山东省主题出版重点出版物
中国作协重点作品扶持项目

百年沂蒙

杨文学 杨牧原 著

上部

山东文艺出版社

图书在版编目（CIP）数据

百年沂蒙/杨文学，杨牧原著.—济南：山东文艺出版社，2021.10

ISBN 978-7-5329-6328-7

Ⅰ.①百… Ⅱ.①杨…②杨… Ⅲ.①报告文学—中国—当代 Ⅳ.① I25

中国版本图书馆 CIP 数据核字 (2021) 第 039995 号

百年沂蒙

杨文学　杨牧原　著

主管单位	山东出版传媒股份有限公司
出版发行	山东文艺出版社
社　　址	山东省济南市英雄山路 189 号
邮　　编	250002
网　　址	www.sdwypress.com
读者服务	0531-82098776（总编室）
	0531-82098775（市场营销部）
电子邮箱	sdwy@sdpress.com.cn
印　　刷	山东新华印务有限公司
开　　本	710 毫米 × 1000 毫米　1/16
印　　张	36　　插页 /6
字　　数	520 千
版　　次	2021 年 10 月第 1 版
印　　次	2021 年 10 月第 1 次印刷
书　　号	ISBN 978-7-5329-6328-7
定　　价	108.00 元（全二册）

版权专有，侵权必究。如有图书质量问题，请与出版社联系调换。

在旧中国，强者欺负弱者、富人剥削穷人的社会乱象一直延续着，直到1921年，一个弱小的政党拍案而起：不合理！

这个政党就是中国共产党。

在那个混乱不堪的年代，许多地方军阀，其实力都强于中国共产党，为什么只有弱小的中国共产党，能高高擎起民族希望的大纛？

从鸦片战争到抗日战争，一百多年来，觉醒的各个阶级都做过改变旧中国命运的尝试，但他们都无一例外地失败了，为什么只有弱小的中国共产党胜利了？

新中国成立后，长期遭到西方世界的打压，面对致命的"和平演变"，连强大的苏联都解体了，为什么只有社会主义中国能一枝独秀？

沂蒙百年史就是对这些问题的最好诠释。

——题记

目录

上部

第一章	蜩螗沸羹	1
第二章	开天辟地	20
第三章	大水大鱼	39
第四章	发面引子	55
第五章	拔刀亮剑	74
第六章	恢廓胸襟	98
第七章	信仰为王	117
第八章	水乳交融	143
第九章	生死与共	165
第十章	沂蒙脊梁	189
第十一章	红嫂素描	214
第十二章	红哥群雕	242
第十三章	改天换地	266

下部

第十四章	荆天棘地	285
第十五章	筚路蓝缕	304
第十六章	千年恶疠	332
第十七章	羁绊蛟龙	350
第十八章	一半天空	370
第十九章	库区移民	391
第二十章	绿水青山	420
第二十一章	信任资本	441
第二十二章	江河无形	468
第二十三章	楷模时代	487
第二十四章	翻天覆地	508
第二十五章	山河无恙	530
第二十六章	千年梦圆	547

第一章　蜩螗沸羹

战乱是民族和国家灾难的根源，动荡是贫困和衰落的渊薮。

人祸天灾，百年难忘的记忆。

沿着时空隧道回溯到19世纪20年代，山东沂蒙地区天灾轮番上演，人祸重复叠加，加之军阀们为一己私利相互攻伐，致使战火四处蔓延，狼烟遍地升腾，百姓陷入生存最艰难的时代。

国家失序，社会混乱，强盗、土匪多如牛毛，一时沂蒙境内，有名号的土匪达50股之多，无名之辈更多如蝼蚁。他们或占山为王攻村拔寨，将富裕的村镇洗劫一空；或昼伏夜出劫道掠财，致使贫困的百姓惶惶不安。

那些手握重兵的军阀对权力狼顾鸢视，那些党派魁首对政权眈眈逐逐，独独对天下苍生的苦难不以为意。

私利诱发欲望，冷漠忽视民生。

谁能以天下为公，救国家于倒悬，解民众于苦难，还社会于太平？

1. 土匪血洗八里巷

鲁南匪患破坏了这片土地的秩序。

土匪是战乱和贫穷孕育的畸形儿,是罪孽和邪恶组合的怪胎。匪患是历史的毒瘤,严重地破坏了社会秩序,无情地撕裂了道德底线。

那些为非作歹的土匪都是道德严重缺失的人。

一直以来,对人的最好评价是"德才兼备",可见"德"远比"才"更重要。有德无才者,也许一世碌碌无为,但会四邻和睦,不会给他人带来危险,给社会带来危害;有才无德者,就算才华盖世,也只会危害四方。如刘黑七、赵嬷嬷之流,他们统帅的人越多,给社会造成的危害越大。假如赵嬷嬷手下没有六百条枪,她就没有能力血洗由大刀队保护的东八里巷,也不会制造出震惊全国的鲁南大惨案。

让我们沿着时空隧道,回到1923年那场由土匪制造的山东第一惨案,当地的志书不约而同地称其为"赵嬷嬷血洗八里巷"。

八里巷全称东八里巷村,位于鲁东南,坐落在蜿蜒百里的马陵山下,以前属于郯城县,现在划归了临沭县。

马陵山是鲁东南最后的山脉,绵延至鲁南、苏北,号为"百里马陵"。公元前341年孙膑与庞涓斗法、军事史上著名的马陵之战,据说就在这里展开。20世纪60年代修大寨田时,山坳里挖出了成筐的箭镞和大量的戈矛,从历史遗物上看,这里也算是古战场了。

马陵山虽不高却依河而立,风景绝佳。清代乾隆皇帝六度南巡,三幸此山,留下了"钟吾漫道才拳石,早具江山秀几分"的诗句,形象地赞美了马陵山的瑰美,并御封其为"第一江山"。马陵山区在新石器时代就是人类祖先活动的重要地区之一,从花厅文化和小徐庄文化遗址来看,这里的文明开化甚早,其中花厅文化遗址有着"东方的土筑金字塔"之称。

在鲁南境内，马陵山左牵沭河、右带沂河，可谓山因水而活，水因山而秀。坐落在山下的冲积平原上的东八里巷，土地肥沃，水路发达。20世纪20年代，东八里巷全村300余户，1200人口，算得上一个大村子；由于村民疾恶如仇，平时又喜欢练武，是周围村庄抗匪联庄会的会首，围圩的石墙既高且宽，坚固无比。村民配有土枪土炮，村里的百余名大刀会会员，白天放哨，夜里巡逻，守护着自己的亲人和财富。东八里巷是小股土匪无法撼动的村堡，因此，周边一些富户、商人也都迁居此地。于是，这里无意之间成为财富的聚集地。"人怕出名猪怕壮"，鲁南数股土匪也就惦记上了东八里巷，几乎到了垂涎欲滴的程度，孙美瑶、刘黑七、赵嬷嬷无不投来贪婪的目光。

一天，邻村的大刀会会员在清乡时，抓到赵嬷嬷手下的两名匪探，送交东八里巷扣押。

匪酋赵嬷嬷闻报震怒，派人传话，勒令东八里巷限时放人。赵嬷嬷的命令，血性的东八里巷人根本不放在眼里。一向说一不二的赵嬷嬷哪咽得下这口窝囊气？其实，贪婪的赵嬷嬷早就派人收集东八里巷的信息了。东八里巷有多少财富她早已掌握，同时一直在暗中打探其他土匪的动静：刘黑七遭遇官军的重创，携残兵败卒逃亡，抱犊崮上的孙美瑶制造了临城火车大劫案，震惊了朝野，惊动了世界。这工夫，官府和官军的注意力都在抱犊崮上，没有力量顾及马陵山，自己何不干个大活？这样可一举三得：首先救出落难的兄弟，落个好名声；其次借机夺取东八里巷的财富；第三也好在其他杆子头面前露露脸，省得那些家伙一向把她的武装当成绣花的娘们。一向说干就干的女匪，亲率600多名荷枪实弹的匪徒，杀向东八里巷。

"兵来将挡，水来土掩。"沂蒙人有着不惹事也不怕事的性格。东八里巷人毫不畏惧，拿起简陋的武器，凭借高大的围墙誓死抵抗，一时土枪、土炮向匪群轰击，大刀、长矛砍向爬墙的土匪。

众匪狂攻一日，死伤甚多，东八里巷依旧安然无恙。

腰插双枪、身跨烈马的赵嬷嬷，没想到小小的东八里巷如此硬气。看看死伤甚巨的部下，她意识到仅仅凭借自己的力量是打不开东八里巷的，于是连夜撤围。赵嬷嬷和刘黑七有些交情，可是两年前刘黑七被围，她拒不救援，已被刘黑七恨上了，她只好星夜策马驰奔百里之外，向文峰山的徐大鼻子和窦二敦二匪求助。

徐、窦二匪既贪财又好色。

狡诈的赵嬷嬷投其所好，答应破围之后，所获取的财物多半归徐、窦所有，出色的姑娘、媳妇任由二人挑选。土匪都是些唯利是图的家伙，面对眼前的诱惑和重金许诺，二匪满脸带笑，当即应诺。

徐、窦二匪各率匪徒，狼奔豕突。6月19日早上，他们在距东八里巷不远的店头村与赵匪会合。赵、徐、窦在十余名年轻女匪的伴护下结辔而来，千名匪徒迤逦于后。

一场浩劫在所难免了。

东八里巷的武姓两兄弟正在田间劳作，被行进中的匪徒抓住将头割下。匪徒用长杆挑着武姓两兄弟的头颅，绕着村周的围墙叫骂示众，名曰：叫阵。

三天前刚刚击退赵匪的东八里巷人，不知徐、窦二匪入伙，加之初胜激发的豪气还没有消退，哪里把赵嬷嬷这个娘们放在眼里？两颗血淋淋的人头，激起了阖村父老复仇的火焰。喝过符水的大刀会会员，凭血气之勇，当即打开圩门，挥刀舞枪冲向匪群。狡猾的匪徒开始后退，诱使村民远离围墙后，举枪齐射。密集的子弹迎头而来，十余名跑在最前头的大刀会会员纷纷中弹，六人登时毙命。活着的人立时醒悟，方知自己并非刀枪不入的金身，所谓的可以避刀枪的符水压根就不管用。惊恐之余，他们掉头跑回圩里，严关圩门，据围死守。

面对巨石垒成的高大坚硬的围墙，土匪的钢枪失去了作用。石头做的围墙就成了老百姓的救命草、护身符。

为了攻破围墙，赵、徐、窦三匪酋亲临阵前，封官许愿，给钱给色煽动匪徒。他们组织火力掩护匪徒用炸药炸围墙。爆破的土匪被村民用土枪、土炮纷纷击毙；竖上长梯强登围墙的土匪，被大刀会会员砍翻圩下……

一村之民与三股恶匪在墙上圩下血战一昼夜，双方死伤百余人。天亮后，双方罢兵，战事陷入僵局。

其实，村里派出的求援人，已经到达了驻军的团部，但近在咫尺的皖系军阀的一个团，听到枪声却没有援救。他们厚颜无耻地对求援的村民说："没有旅长的命令，我部不敢擅自出兵。"村民无奈，跑到临沂城，李大旅长正陪着姨太太们打牌，哪有时间管这些"破事"？倒是联庄会的大刀会按约定出动了，可惜没有了围墙和战壕掩护的大刀会会员，成了土匪的靶子，一阵激烈的枪声后，他们只好抬着尸体仓皇逃遁。

孤立无援的东八里巷陷入绝境。

赵嬷嬷这边也好不了多少，他们破围未遂，徒增伤亡，徒唤奈何？

双方都在想办法。

女匪酋毕竟久闯江湖，狡狯之极，她在夜间派匪徒切断联庄会支援东八里巷的所有通道后，开始实施恶毒的攻村计划。这个计划可谓别出心裁，亦可谓丧尽天良。

翌晨，东八里巷人看见大批手持镢头的村民，在黑洞洞的枪口的逼迫下，无奈地走过来。这些村民都是四乡八寨的，好多还是东八里巷人的亲朋好友，东八里巷人都认识。土匪命令他们扒墙，这些人行动稍有迟缓，土匪就开枪杀人。

他们无路可逃，只得按照土匪的要求刨墙。

东八里巷人陷入最痛苦的抉择。若开枪，死伤的是无辜的乡邻；若不还击，墙倒之日就是土匪屠村之时……

东八里巷人含泪问苍天：天哪，谁来救救我们？

尽管东八里巷的围墙上堆满雷石，尽管炮楼的土炮里装满火药，但谁也不忍心向邻村的百姓下手……

虽然村民刨墙的动作缓慢,但是危险却一步步逼近。

围墙内,东八里巷人在呐喊;围墙外,土匪在狞笑……

傍晚时分,村东北角的圩墙轰然倒塌,匪徒们凭借三丈宽的豁口,一边用火力封锁两侧,一边饿狼扑食般涌进圩内……

沂蒙历史上最残忍的杀戮,在马陵山下无情地上演了。屠刀在落日的余晖里闪着寒光,鲜血溅红了村庄,狞笑和哭声从沭河的波浪上划过,荡向远方……

这场杀戮,是沂蒙历史上残暴的屠杀之一,它和刘黑七制造的大泗彦惨案一起,成为土匪危害鲁南的标志性事件。直到20世纪80年代末期,大屠杀的幸存者谈起那段历史依然心有余悸。

破围前,恼羞成怒的赵嬷嬷一再叫嚷:斩草要除根!

匪徒原本就是一群没有道德底线的恶魔,加之赵嬷嬷的煽动,他们一进圩子便杀红了眼。他们把白翁老妪拴在窗棂上、牛车上,浇上煤油点火焚烧;他们把壮丁青年绑在树干上、马桩上,用快刀削割;他们将媳妇姑娘统统剥光衣服,强暴后开膛破肚;他们对男婴也不放过,将婴儿在青石上摔得脑浆迸裂……

为防漏网,赵嬷嬷早已派匪徒在圩子四门的出口处放好铡刀,窜出一个逮一个铡一个。无辜的村民身首异处,成为铡刀下的冤魂。不到半天,东八里巷就变成尸山血海,全村19户被杀绝,700多人死于这场匪祸,连同邻村避祸于东八里巷者,死于这场匪祸的老百姓多达860人。

当匪徒们把村中财物及牛、马、猪、羊抢劫一空后,毫无人性的女匪赵嬷嬷又下令将圩内房屋付之一炬。由此,一个由几十代人苦心经营的富裕村落,就这样彻底败落了。

这场由沂蒙女匪一手制造的惨案,与临城火车大劫案的时间仅仅隔了40天。对山东督军来说,可谓"按下葫芦起来瓢"。况且,在赵嬷嬷放手屠杀村民时,刘黑七还在抱犊崮上帮助孙美瑶折磨那些洋人呢!其实,葫芦压根没按下,瓢就漂起来了。

2．剿匪闹剧何时休

赵嬷嬷与刘黑七结怨，是两年前的事了。

1921年，在匪道上混了6年的刘黑七，也算是破扫帚翻跟头——成精了。

山东督军派出的剿匪大军第五混成旅到达蒙山之阳的费县城时，站在山岗上的刘黑七嘿嘿一笑，似乎把剿匪的军队当成了观光的游客，压根就没理这个碴。

"不怕当家的叫，就怕当家的笑。"刘黑七笑，就是杀人的前兆。呼啸于山林的土匪把撕票当成最大的乐子，崽子们知道要杀人了，一个个癫狂起来。不过，这回嗜血成性的刘黑七笑早了。也许第五混成旅总结了历次剿匪的教训，不再攻击易守难攻的土匪山寨。大军封锁了山寨所有进出通道，既不攻也不撤，跟土匪耗起来了。这就让刘黑七惯用的有便宜就捞一把，没便宜就溜的伎俩彻底失效了。

打仗是要死人的，军阀的士兵原本就不愿意流血牺牲，他们扛枪不是为了打仗，而是为了吃粮。官军长期采取围而不攻的对策，给山上的土匪造成了巨大的压力。多次跟官军交手都没吃过亏的刘黑七，一开始也没有把田中玉的兵当块咸菜，可是日子一长，被困在山上的土匪开始分崩离析。尽管刘黑七要尽了令人毛骨悚然的约束手段，却挡不住动摇者逃跑的脚步，三三两两的土匪趁着月黑风高，悄悄地消失在茫茫丛林中。

土匪队伍的人数急剧减少。

第二年春天，刘黑七的队伍已经折去大半，眼瞅着就要树倒猢狲散了，四梁八柱们终于坐不住了。

里四梁里的"粮台"一脸苦相地说："大当家的，咱这是叫花子跟龙王爷比宝啊，再这么玩下去，弟兄们就得把嘴缝起来了。"

刘黑七黑着脸问："咱们吃粮，官军这帮子龟孙就喝风吃露？耗呗，老寡妇遇上新光棍子，怕他个鸟？"

粮台是1915年跟刘黑七一起拉杆子的老土匪了，经的事多，说话就有分量。他说："大当家的，话不能那么说，咱是坐吃山空啊，官军跟咱不同。据眼线汇报，官军不仅钱粮充足，这四乡八寨的穷鬼都帮着他们呢，东流村一次就给官军送了5000个暄子（馒头）、1000个响子（银圆）呢！"

刘黑七瞪起了眼珠子，问："东流村？老子屡次催粮要款，他们都一毛不拔，这回怎么穷大方起来了？"

粮台说："不光富得淌油的东流村，就连穷得叮当响的大泗彦村，都给这帮龟孙子撵去了十几只爬山子（羊）呢。"

刘黑七登时大怒："大泗彦？爷早晚得灭了这些村子，让他们知道锅是铁打的。"

粮台急眼了："大当家的，那是以后的事情，咱先放一放。眼下都火烧眉毛了，我们得想想办法。"

官军到来前，刘黑七就悄悄与周边的杆子结盟了。但土匪之间的盟誓只是貌合神离的谎言。这不，郯城马陵山的赵嬷嬷看到官军后，就躲到山上看热闹去了。文峰山的徐大鼻子把铜钱看得比磨盘还大，开口就是两万大洋。抱犊崮的孙美瑶，也是一副事不关己的德行，不过他撂下一句话，实在过不下去了就来"靠窑"。

指望破鞋扎了脚！刘黑七知道同行们的德行。其实，他早就明白，自己苦心孤诣积攒的家底，早被人惦记上了。土匪之间相互吞并是他们发展壮大的惯用伎俩。这次官军围困他，正给了那些各怀鬼胎的家伙一个发展的机会，他们巴不得他被击溃，好趁机扩大地盘。对此，刘黑七心里再明白不过了。

刘黑七问："周边那些杆子的情况，都摸清楚了？"

外四梁里负责情报的老匪"插千的"急忙跑过来，把鲁南几股土匪孙美瑶、窦二敦、赵嬷嬷、徐大鼻子的情况，从头到尾说了一遍。一听人家那里都安然无事，独独自己这边大兵压境，刘黑七咬牙切齿地说："邪性，官军不找他们的麻烦，怎么死死地盯上了咱爷们？咱们又没有扒他田督军家的祖坟，没踹他老娘的门。翻垛的，你说说，官军这是抽的哪门子风，独独跟咱爷们过不去？"

里四梁里的军师"翻垛的"凑过来，无奈地说："大当家的，这还不好解释吗，官军这是逮不着兔子扒狗吃。这帮子龟孙一向是软的欺、硬的怕，碰上玩命的就跪下。"

刘黑七也知道自己能吃几碗干饭，他辛辛苦苦拉起的这杆子人马，在鲁南几十股土匪中，顶多算是一个比上不足、比下有余的"半吊子"。别说兵强马壮的孙美瑶了，就连赵嬷嬷这个老娘们都有六百多条枪了。正如"翻垛的"所言，充其量算是个软柿子，官军不捏你还捏谁？

其实，土匪们只顾自己逍遥，他们的恶行，已经让被天灾和战乱折腾得苦不堪言的沂蒙人无法忍受了，雪片似的状纸、请愿书，把军阀政府的衙门都塞满了。不作为的山东督军，实在是被民意和上峰的严令逼急了才出兵剿匪的。第五混成旅就像一贴狗皮膏药，死死贴在了刘黑七身上。

就在四梁八柱惶惶不安的时候，刘黑七却不急不躁地对粮台说："把所有响子都拿出来，分给弟兄们。"粮台不解："大当家的，这是散伙啊？"刘黑七看看丈二和尚摸不着头脑的部下，喊了一声："当年诸葛亮草船借箭，现在老子要银圆退兵！"

众人不解。

官军的围困终于变成了进攻，一时大炮轰鸣，枪声炒豆般响起来。看到官军像模像样地攻击土匪守卫的山头，深受土匪盘剥的老百姓激动地奔走相告。但可怜的老百姓哪里知道，沂蒙剿匪史上最肮脏的交易开始了。攻上山头的官军，纷纷掀开扣在地上的帽子，欣喜若狂地把白花花的银圆装进兜里。随后，官军把子弹和枪支放在帽子一旁，得胜下山。山下不远处的村庄里，老百姓正在杀羊，准备犒劳他们呢。

官军撤走后，土匪回来了，看到一地的枪弹，四梁八柱都竖起大拇指，夸赞大当家的制胜奇谋。

后来，沂蒙山区的蒙山前一带就有了这样一个歇后语：山东官军打土匪——各取所需。

3."光棍"时期大乱象

旧中国时代，山东出响马，鲁南多匪盗。

鲁南的匪盗横行，源于清朝灭亡后的乱世。那个时候的中国到底贫穷、混乱到什么程度？时过境迁，我们一时无法还原历史的真相，不妨借用一个伟人的报告，对当时的社会做一个简单的素描。

1924年，孙中山先生在《中国国民党第一次全国代表大会宣言》中说：

> 海禁既开，列强之帝国主义如怒潮骤至，武力的掠夺与经济的压迫，使中国丧失独立，陷于半殖民地之地位。
>
> ……
>
> 袁世凯既死，革命之事业仍屡遭失败，其结果使国内军阀暴戾恣睢，自为刀俎，而以人民为鱼肉，一切政治上民权主义之建设，皆无可言。……所谓民国政府，已为军阀所控制，军阀即利用之结欢于列强，以求自固。而列强亦即利用之，资以大借款，充其军费，使中国内乱纠纷不已，以攫取利权，各占势力范围。……其为祸之酷，不止吾国人政治上之生命为之剥夺，即经济上之生命亦为之剥夺无余矣。环顾国内，自革命失败以来，中等阶级频经激变，尤为困苦；小企业家渐趋破产，小手工业者渐致失业，沦为游氓，流为兵匪；农民无力以营本业，至以其土地廉价售人，生活日以昂，租税日以重。如此惨状，触目皆是，犹得不谓已濒绝境乎？

由是言之，自辛亥革命以后，以迄于今，中国情况不但无进步可言，且有江河日下之势。军阀之专横，列强之侵蚀，日益加厉，令中国深入半殖民地之泥犁地狱。

（摘自孟庆鹏编《孙中山文集》上卷，团结出版社2016年版，第261~262页）

这是一个伟人眼里的旧中国，字里行间透着一副触目惊心的贫穷乱象。混乱和贫穷是一对孪生兄弟，它们形影相随、须臾不分。整个旧中国被这两副枷锁死死地套着。

中华民族血泪斑斑的近代历史，至今仍旧铭刻在老一辈的记忆中，镌铸在960万平方公里的土地上，刻印在卷帙浩繁的文本里。曾经为世界文明做出巨大贡献的泱泱大国，具有五千年文明的大国啊，曾经的辉煌凋落了，衰败和贫困覆盖了整个国土；"犯强汉者虽远必诛"的气势，在列强面前荡然无存，满眼都是食不果腹、衣不蔽体的人民，他们在水深火热中煎熬着，在黑暗的泥潭中挣扎着。

脚踏没有希望的土地，头顶没有光明的天空，在黑暗中无助地行走。这就是当时中国人民的真实写照。

显然，八百里沂蒙的贫穷、乱象，要比孙中山先生看到的更加严重。

沂蒙人民除忍受军阀的盘剥、官府的欺凌外，还要忍受土匪的敲诈。沂蒙人民的头上又多出一座大山，这座大山就是遍地匪患。

在沂蒙山区有首歌谣："耍光棍耍光棍，耍上光棍就是恣（念zèi）；白煞煞的馍馍任你吃，滑溜溜的女人任你睡。"

随着音调的不同，"光棍"一词也就有了不同的含义。第一种发音"guāng gùn"，是指成年未婚男性，也指地痞、流氓、无赖。第二种发音"guǎng gun"，则专指土匪。从民国初期到20世纪30年代末期，被称为沂蒙山区的"光棍世"或"闹光棍时"，几乎每一个村庄都曾有过土匪的踪迹。人们谈"光棍"色变，唯恐避之不及。20世纪二三十年代，沂蒙的大山高崗成了"光棍"的乐园，沂蒙大地几乎成了土匪的"天堂"。

百年前的沂蒙是一片土匪横行的土地，土匪肆意妄为、无恶不作，山清水秀的八百里沂蒙被他们折腾得乌烟瘴气。这样的土地注定了灾难的深重，这片土地上的人民毫无悬念地陷入长久的苦难。

如今，沂蒙乡村仍旧残存着当年防匪的山寨、围圩。这些无处不在的遗迹，诉说着当年的匪事。

到1943年八路军鲁南军区发动柱子山战役，击毙惯匪刘黑七为止，土匪横行沂蒙的历史达40多年。至今，沂蒙彻底清除匪患的历史已经过去了70多年，可是沂蒙人民依旧对土匪记忆犹新。

在八百里沂蒙山区，土匪对历史影响之大、之深无与伦比。查阅所有沂蒙山区的县志或地方志书，都会看到土匪危害社会的记录，以及土匪伤害百姓的记载。

地方志书，是历代儒士把地方经历、遭际的事件，用或整齐或残缺的时间和空间缝缀起来的地方史书。匪事一向不是志书的主题，不被编纂者重点关注。但在沂蒙各县民国时期的志书中，有关匪事的记述却理重事复、叠床架屋到重点记录的程度，那是因桩桩匪事皆过于重大，影响至深，是当地发生的大事件。如赵嬷嬷血洗八里巷，孙美瑶伙同刘黑七制造的临城火车大劫案，刘黑七独自制造的血洗白马峪、大泗彦惨案、柘沟事件等等，这些都是沂蒙历史上影响深远的事件，编纂者很难回避，历史也不容忘却。

志书上那些含泪带血的文字，常常戳疼读者的眼睛，让其周身震颤过后，心灵也被撕扯得支离破碎。

漫长的匪患是沂蒙的历史特色，也是沂蒙近代史上特有的文化现象。

对整个沂蒙山区的老百姓而言，土匪造成的灾难在民间的影响，远大于官府的横征暴敛，猛于军阀的战事之祸……

让我们回到民国初期的沂蒙山区吧。

嵯峨绵亘的八百里沂蒙山区，是万万年前造山运动留下的奇葩，其山形奇崛，风光无限。谁承想，这些大自然的馈赠，却成了土匪最佳的落脚点，陡峭的山崮成为土匪的天然堡垒，沂蒙山区一度到了无山不匪、无峦不盗的程度。

七十二崮那峥嵘险峻的崮顶，本以无限风光而存于史、存于世，却沦为土匪施暴逞凶的营盘，深山巨壑成为匪徒的藏身之所。沂蒙山区的惯匪如刘黑七，曾祸及大半个中国；巨匪若孙美瑶之流，因劫掠欧美洋人而酿成国际大案；女匪似赵嬷嬷之伙，曾使百姓一提起这个恶夜叉便周身寒战；悍匪似李殿全之帮，把人性之恶展现得无以复加……至于昼伏夜出、栖于山林的散匪，隐藏于草丛树荫里的草寇，打劫行人的山贼，更是多如牛毛，他们制造的恐怖事件此起彼伏……

东八里巷惨案发生后，郯城县士绅武汉柏以民众代表的名义去济南、北京告状。

1923年，远在北京的《道心报》主编、临沂人张耀远获知了东八里巷惨案的消息，出于新闻人的良知和媒体的责任，同时出于对桑梓的同情、对土匪的憎恶以及对当政者不作为的愤慨，他以文化人的情怀拍案而起，挥动如椽大笔，在报纸上发表了东八里巷惨案的通讯，撰写了《山东盗匪如毛》的社论。文章语言犀利，事实清楚，惨案数据翔实得令人吃惊，过程真实得令人愤慨，官府不作为、驻军不作为的无耻行径被揭露出来，一时舆论大哗。

应该说，具有家国情怀的沂蒙人张耀远功不可没，他的愤慨直接决定了毒妇赵嬷嬷的生死，决定了马陵山匪帮的终结。但是，沂蒙山区匪患遍地且由来已久，这么多的巨匪小盗不是一个文人、一张报纸就能解决的事情。

土匪抢劫民财，草菅人命，肥己害人。

刘黑七是从1915年混"光棍"的。之前，八百里沂蒙已不乏土匪的影子，随着刘黑七的加盟，沂蒙山区的土匪走向猖獗。刘黑七天生就是干土匪的料，几年工夫就从一个赤脚牧羊的穷光蛋，一跃成为鼎铛玉石的暴发户。他用贪心金、狠心银、昧心钱、黑心财，在济南、青岛、南京、上海购得公馆别墅，在天津租界买下洋楼华寓，就连他的老巢，蒙山前的锅泉村，他也耗费巨资修起一座由五个大院组成的"八卦"庄园，石砌的围墙既高且宽，墙头之上可操兵跑马。其奢华程度，就连金玉满堂的财主，驷马高车的官宦，也很难与之比肩。

有人说土匪绑票，绑架的是地主老财，是有钱人家，与穷苦百姓无关，事实上完全不是那么一回事，沂蒙猖獗的匪事也证明：无助的平民极易成为土匪施暴的对象。土匪由于没有道德规范，没有制度束缚，没有纪律约束，行事没有道德底线，往往一步就达极限。无论是赵嬷嬷血洗八里巷，还是刘黑七屠杀大泗彦、南孝义，都是土匪留给沂蒙人民的永远的伤痛，是平民百姓无法抹去的伤痕。土匪给当地百姓的生命带来严重伤害，给他们造成了难以释怀的恐慌，使他们原本就艰难的生存环境更加恶劣了。

兵来如梳，匪来如篦，这是老百姓的切身感受。兵来了，他们对老百姓横征暴敛，但毕竟他们来去匆匆，就像梳子梳头一样，只是过一遍而已。可是那些土生土长的土匪就完全不一样了，他们来了，就像用细密的篦子梳头，没有落下的地方。跟流水的兵相比，长期盘踞的土匪给老百姓造成的伤害更大，危害时间更长，令他们的记忆更深。

从时间上看，沂蒙山区的"光棍世"前后长达近半个世纪，到刘黑七部被剿灭为止，土匪在沂蒙山区横行40多年，匪患给沂蒙人民带来的身心伤害是巨大的，给他们带来的灵魂摧残是长期的，所以沂蒙人民对土匪的恨也是深入骨髓的。至此，我们也就理解了幸存的东八里巷人，不惜巨资买回赵嬷嬷的脑袋用油炸的行为了，读者也就理解了我们为什么用如此的笔墨来叙述沂蒙匪患了。

土匪遍地，带来的是社会环境的极度恶化，是民不聊生。

英国人贝思飞在其所著《民国时期的土匪》中这样记载："在1911年和1949年中国的两次大革命之间，报纸杂志充斥着内地农村土匪骚动和行凶的耸人听闻的报道。尽管一再通过'惩治土匪'的法规，土匪数量仍然有增无减，这应验了老子的名言：'法令滋彰，而盗贼多有。'到1930年，土匪人数的保守估计，为2000万左右，一些地方志反映了当时老百姓的抱怨：'国家不像国家，简直成了土匪世界！'"

著名作家李存葆先生在报告文学《沂蒙匪事》里，形容当时土匪的情景：一时，惯匪、巨匪、女匪、悍匪、团匪、散匪，你来他去，此消彼长，搅得整个蒙山沂水鸡犬不宁……

民国时期土匪肆虐，尤以山东、河南、四川、湖南为甚，山东又以沂蒙山区为甚，沂蒙山区又以蒙山前为甚，几乎到了无山不匪、无村不盗的地步。整个沂蒙山区，仅有名有号的土匪，在20世纪20年代末就已有50余股，无名之辈更是遍布沂蒙，至于那些打家劫舍的散匪流寇，则是难以计数。沂蒙山区的大股土匪，其组织机构、武器装备与官军不相上下。到了抗日战争时期，山东更是土匪遍地了。土匪、流氓、地主武装蜂起，一派混乱，三里一司令，五里一团长，土匪武装犹如过江之鲫。

那么鲁南土匪成灾的原因是什么？

4．人祸、天灾助匪患

外侵内乱，中国社会动荡不安。吏治腐败，苛捐杂税，导致农民苦不堪言，铤而走险走上土匪道路。除此之外，还有什么其他原因导致沂蒙山区土匪猖獗吗？

有！

人祸和天灾向来是一对形影不离的孪生兄弟。

近代以来，沂蒙山区一直是自然灾害多发地带，尤其在民国时期，各种灾害频繁发生，几乎到了无年不荒的地步。抗日战争时期，山东地区更是不断发生水灾、旱灾、风灾、冰雹和蝗灾等自然灾害，人民生活困顿不堪。这些灾难大都记录在各县的县志里，天灾成为匪患的助力器。

当时，地处沂蒙腹地的蒙阴县和费县，是刘黑七作恶最多、危害最大的地域，也是沂蒙山区极具代表性的地域。费县多山，蒙山四座海拔千米以上的高山，都集中在费县境内。蒙山的最高峰龟蒙顶，就坐落在费县西部。蒙阴多崮，有"沂蒙72崮，36崮在蒙阴"之说。我们曾详细查阅《费县志》《蒙阴县志》《沂水县志》，从民国初年到20世纪30年代，关于灾难的记载竟然连篇累牍。"本年，全县大旱，有蝗灾""夏，多淫雨、瘟疫流行，大饥""本年，土匪猖獗"之类的记载充斥其中。而县志里关于民国以前的记载则是另一番情景："蒙邑匪祸，明以前无考。"

地方史书告诉我们，沂蒙土匪从形成到盛行，大都集中在民国前后。这个时期正是沂蒙乃至山东陷入社会动乱、天灾连绵不断的时代。上述的文字足以说明，沂蒙本是民风淳朴之地，民国初叶，此地土匪如毛，实在是天灾和动乱这两个魔鬼沆瀣一气、教猱升木、逼民为匪的结果。

在刘黑七匪部里，一度流传着这样的歌谣："三十亩地靠沙河，不如钢枪压着脖。"歌谣的意思再明白不过了：你就是一个乡村富裕户，也不如上山当个土匪过得舒服悠闲。可见，当时的官府和军警对土匪放任自流到什么程度。在这种宽松的环境里，刘黑七得以迅速发展，到1927年，他就拥有一支几千人的武装了，当然这样的武装是鱼龙混杂的，其中不乏"舔潮水"的农民。1928年，刘黑七攻打蒙山前的大泗彦村，跟随其后"舔潮水"者不下300人。

"舔潮水"是蒙山一带土匪攻城拔寨时特有的现象。

1988年，我们在大泗彦村采访那些幸存者时，他们说，曾亲眼看见在拿枪的土匪后面，出现了不少挑着空篮子、空筐子，甚至背着空口袋的人，这些人不是真正意义上的土匪，他们只是"舔潮水"的人。这些人是自发前来的，帮助土匪运送财物。他们之所以不唤自到，目的十分明确，就是从中获取一点财物分成，用以活命。土匪也喜欢以这样的方式招募财物搬运工，不需要给他们支付工钱，只是从每个人搬运的财物或粮食中，多少给一点，这些处在饥饿边缘的流民就争先恐后了。这是民国时期沂蒙土匪队伍里的又一个奇观。

奇怪吗？的确很奇怪。

悲哀吗？确实十分悲哀。

对饥饿的流民来说，那是一块锅饼甚至一张煎饼，便可当作旗帜挥舞的年代。在饥饿的时候，一个窝头的分量绝不亚于一个元宝。

我们无法指责昔日那些站在饥饿和死亡边缘上的老百姓，饫甘餍肥者无法体会吃糠咽菜人的感受，就像一个锦衣貂裘的人不知道挨冻的滋味一样。

当被贫穷压瘪了的百姓，即使一死也难以完成对命运的抗争时，他们为了活着，往往不择手段，面对物质的诱惑、罪恶的教唆，很容易选择人性的堕落。当赵嬷嬷、孙美瑶、刘黑七他们把盗旗贼幡轻轻一挥，就有那么多饥饿的赤民跟随而去，也就不难理解了。

看看在刘黑七部广为传唱的歌谣吧。

"要想欢，上戏班；要想玩，撑花船；要使钱，上刘团；要看媳妇，亲兵连。"亲兵连，是刘黑七的护卫武装，标准的服饰，一样的装备，人人配备长短枪，也叫双枪队。他们除了护卫刘黑七的安全，还有一个任务就是保护刘黑七的妻妾。因为刘黑七妻妾成群，在行军路上，这些浓妆艳抹、花里胡哨的女人就成了一道风景，故有"要看媳妇，亲兵连"一说。

"跟着师长到处窜，给个知县也不换。"土匪追求的自由，其实是建立在剥夺他人自由之上的自由。土匪要想过得舒服，就必须有充足的钱财。在有着等级的阶级社会中，工农学商、五行八作、三教九流，各色人等养家糊口、敛财聚富的手段可谓多矣，唯官吏靠权力的侵吞、土匪靠暴力的掠夺，纯属"无本生意"。前者最卑鄙，最龌龊，最无耻；后者最酷虐，最暴戾，最凶悍。两者所攫得的金钱中，每个铜板里都有百姓含泪带血的痛苦！只是后者比前者更直接、更简单。前者多少还有些顾忌，后者可谓有恃无恐，故有"当上土匪比做县长都自在"之说。

"犋牛顷地耕你的田，瓦屋门楼欠我的钱，老少爷们跟咱玩。"这是刘黑七最初拉杆子时的口号。倘若按照这个逻辑发展下去的话，刘黑七顶多算个杀富不济贫的强盗而已。可是在后来的日子里，刘黑七无恶不作，每次打开村寨，就会喊出一句："带蛋的不留。"就是所有男人不管老幼一律杀光，包括嗷嗷待哺的男婴。

"带蛋的不留"不仅仅是土匪凶残的表现，也是土匪内心世界空虚的流露。土匪杀人越货越多，其内心深处越是不安，生怕仇家复仇，要了他们的性命，故要杀绝这个家族的男性。哪怕留下一个男婴，也是一个潜在的威胁。复仇的利刃，时刻悬在他们的项顶，也许 20 年后，这个男孩就是他们的掘墓人。

另外，官府隔靴搔痒式的剿匪助长了匪气，有的军阀名义上剿匪实则助匪。一场看似枪声激烈的剿匪战打下来，官军个个兜里装满银圆，土匪个个鸟枪换炮。

在土匪越剿越多、越剿越强的现实面前，无奈的村民不得不结寨筑围以自保，可是在强大的土匪武装面前，农民的村寨往往变成了墓场。

就在土匪不断制造人祸的时候，天灾开始轮番上演：

1918 年 5 月 15 日至 20 日，连降特大暴雨，降雨量为 720 毫米，河水五米，平地三尺。（《费县志》）

1920 年夏，沂水大雨，遍地洪水，后出现蝗灾，飞蝗蔽日……（《沂水县志》）

1927 年春夏，连续 100 天无雨，作物颗粒无收，灾民纷纷外出讨饭。

（《平邑县志》）

蒙阴县知事左超，在呈送省府的《报灾请恤呈文》中这样写道："……频年以来，凶荒、兵燹、疠疫，纷至沓来，奇灾殊祸，非惟近今之世所未有，亦前古之时所未闻。死亡流离，盖已损十之五六矣，……一村之中，其死亡者，日或数人，或十余人，甚至有人死，求人抬埋，村之中不能得者。送死之具，初犹用棺，继则用箔，终则箔亦用尽，割取田中禾本编之，捆缚以掩埋者。……自五月至于八月，数月之间，死者据查已达二万三千余人，迄今犹未已焉。"（《蒙阴县志》）

如此触目惊心的呈文，被十万火急地送达省府，竟如泥牛入海。

人祸、天灾在八百里沂蒙联袂而至，携手出场，致使沂蒙人民无力承受。如果说，旧中国人民头上有帝国主义、封建主义、官僚资本主义三座大山，那么，沂蒙人民头上还要多出一座大山——匪患。在四座大山压迫下的八百里沂蒙，土匪制造的苦难还在延续，饥饿致死的人数还在递增。无助的百姓问鬼、问神、问苍天：谁来拯救我们？

鸦片战争之后，具有五千年文明的中国，沦为半殖民地半封建社会。民族存亡之际，社会各阶层纷纷开展救亡图存，从农民阶级到地主阶级再到资产阶级，从太平天国到洋务运动再到戊戌变法、辛亥革命，全都失败了。

旧中国走向何处？沂蒙黎民在呼救，一个民族在呐喊。

就在谁来拯救百姓，谁来拯救国家，谁来拯救民族的呼喊声中，中国共产党应运而生……

第二章　开天辟地

一批忧国忧民的觉醒者,从俄国十月革命的胜利中看到了曙光,并开始关注和介绍指导十月革命的学说——马克思主义。马克思主义与中国工人运动相结合产生了中国共产党。这个当时只有50余人的政党,在危难时刻扛起了一个民族希望的大旗。

在八百里沂蒙山区,王尽美、刘一梦、李清漪这些沂蒙籍的先驱,是共产主义的先行者。

世上没有从天而降的英雄。所谓英雄,其实就是一个又一个的凡人,在危难来临时挺身而出。如鲁中的李鸿宝、鲁南的李韶九、蒙山前的鲍天仇……他们是沂蒙地区早期的觉醒者。

他们不为名,不为利,只为使命和初心。

他们有一分热发一分光,把点点萤火汇聚成照亮人间的太阳。

中国共产党的诞生,让逆来顺受的中国人民有了斗争的思想,让软弱可欺的中国人民有了胜利的能力。

1. 执着的先行者

在灾难深重的沂蒙大地上，一个叫王尽美的读书人在苦苦地寻找。在马克思主义的引领下，他终于找到了旧中国社会动乱、国弱民穷的根源。他认为，只有砸碎旧体制，建立新秩序，才能从根本上解救苦难的民众。于是，他毅然走向了为民众寻找光明的道路，尽管四周是无边的黑暗，尽管黑暗里藏着无数的危险。作为一个有文化、有才智的读书人，他比谁都清楚，黑暗时刻会吞没他的躯体，危险时刻会索取他的生命。

"乔木亭亭倚盖苍，栉风沐雨自担当。"在中华民族成长发展的道路上，充满各种可以预见和难以预见的危险及挑战。但总有不惧风雨的勇气、不畏艰险的力量，汇聚成推动中华民族不断发展壮大的历史潮流。王尽美参加的中国共产党就是这样一股力量。

1898年，沂山东北部的大北杏村，一个坐落在诸城、莒县交界处的普通的村落。银带般的潍河，蜿蜒起伏的沂山山脉，一望无际的潍河小平原，在落日余晖下构成了一幅恬静美丽的图画。潍河冲积而成的小平原，在沂蒙人眼里就是粮囤子。按说，这样的地理环境，百姓应该衣食无忧、生活富足。可事实上，土地大都被地主占有，大量农民沦为佃户，加上土匪横行，贫穷依旧是潍河岸边的主色调。

1898年6月14日，王姓佃户家添丁了。添丁对富裕人家是大事、喜事，可是对穷苦人家来说，添丁就意味着多出一张吃饭的嘴，是负担。这个累赘般的男孩在苦难的家庭里慢慢长大了。

父亲跟所有的农民一样，希望儿子长大后娶妻生子，为家族延续香火，至于孩子将来光宗耀祖，那是农民不敢奢望的事情。因此，私塾先生给他起了一个普通的名字——王瑞俊。

王家租种地主的土地，除了农忙时节精心耕种，农闲时节几乎包揽了地主家的杂活，深得地主的信任，加之王瑞俊才思敏捷、勤奋好学，幼年的他获得了给地主的孩子陪读的机会，由此得以读书。高小毕业后，他帮助父亲耕种了两年地，农暇时刻苦自学，酷爱进步书刊，关心国家大事，较早萌发了民主主义思想与救国救民的志向。1918年，他考入山东省立第一师范学校，临行前挥毫作诗，以抒情怀。诗曰："沉浮谁主问苍茫，古往今来一战场。潍水泥沙挟入海，铮铮乔有看沧桑。"

1919年，因"巴黎和会"引发众怒，五四运动的风潮席卷全国。此时的王瑞俊积极参与活动，被选为省立一师北园分校代表，负责建立爱国反日组织，带领学生参加集会、游行，开展宣传活动。1920年秋，他与邓恩铭发起组织"励新学会"，创办《励新》半月刊，积极研究宣传新思想、新文化。

1921年春，王瑞俊与邓恩铭发起创建济南共产党早期组织。7月，他俩一同赴上海出席中国共产党第一次全国代表大会。为此，他把自己的名字改为王尽美，"尽善尽美唯解放"，坚定了为实现共产主义理想而献身的信念。

党的一大之后，在中国共产党中央局的指导下，王尽美在山东建立了中国共产党济南支部，并出任党支部书记。

1922年1月，王尽美和邓恩铭等人参加在莫斯科召开的远东各国共产党及民族革命团体第一次代表大会。同年6月，为适应工人运动的发展需要，中国劳动组合书记部山东分部建立，王尽美任主任。7月，他赴上海出席党的二大。会后，他同邓中夏、毛泽东等人共同起草《劳动法大纲》，作为这一时期党指导全国工人运动的纲领。

中国共产党从1921年成立到1925年1月，全国的党员只有994人。当时全国人口超过四亿人。在这样的情况下，中国共产党需要发展壮大。山东党组织的早期领导者，中国共产党的创始人之一王尽美开始物色人选，壮大队伍。于是，一个又一个有信仰、有情怀的沂蒙人走进他的视野。

1923年，土匪在沂蒙山区肆无忌惮，残害生灵，他们在杀人越货的同时，不断制造大小惨案，招惹事端；军阀之间为一己之利就大打出手，国计民生无人顾及。此时，为了还百姓一个太平世界，沂蒙人刘一梦毅然加入了中国共产党。

刘一梦是沂水县垛庄（现在属于蒙阴县）的大地主"燕翼堂"刘家的子孙。刘家是沂蒙腹地有名的大财主，子孙自然接受了良好的教育。聪明的刘一梦考入了金陵大学文学系，1923年转入共产党开办的上海大学社会系，此时的他已经是一名很有才气的作家了。他的小说《失业之后》倍受鲁迅的好评。他在校受瞿秋白、邓中夏等共产党人的教诲和影响，接受了共产主义思想，同年加入中国共产党。此后，他经常利用假期回沂蒙老家宣传革命。

此后，又一个沂蒙人进入了党组织的视野，这个人就是沂水县诸葛镇下胡同峪人李清漪。他虽然和年轻的作家刘一梦同年进入上海大学，却比这位老乡晚一年入党。1924年，李清漪在社会学系主任瞿秋白的介绍下入党。这两个沂蒙老乡、同系的同学，相互之间并不知道对方是共产党员。那时候入党是一件要求严格保密的事情，上不可告诉父母，下不可告诉子女，中不能告诉爱人。在那个时代，弱小的中国共产党屡遭敌对势力的剿杀，那时入党就意味着为民族、为民众抛头颅、洒热血，用战争年代的一句流行的话说：共产党人干的是把脑袋挂在裤腰带上的事业。一句话，加入中国共产党，就得时刻准备着奉献出自己的生命，党组织绝对不允许党员有私欲和私心。中国共产党从成立起就以天下为公，党员心里只有国家和民众。

又一个入党的沂蒙人叫王敬斋，沂水县东关街人。为了生存，他到淄川的鲁大公司（现在的淄川煤矿）做下井挖煤的苦力。淄川煤矿是当时沂蒙山区的两大煤矿之一，集中了大量的苦难矿工。王尽美多次深入矿区宣传马克思主义，组织工人运动。经过共产党人组织的一次次罢工，苦难的矿工们的待遇才逐步获得提升，井下的作业环境也有所改善。底层矿工王敬斋等人，就是从以王尽美为首的共产党人身上，知道了共产党是一个为劳苦大众着想的党，他们由此看到了中国的希望、民族的未来。1924年，王敬斋在淄川煤矿秘密加入中国共产党。

就在李清漪从上海返回沂水的时候，即1926年4月，王敬斋受山东党组织的派遣，去广东参加了毛泽东任所长的农民运动讲习所。

不管是王尽美还是刘晓浦、刘一梦、李清潍、李清漪、王敬斋，他们无一例外地回到熟悉的故乡沂蒙，宣传共产党的主张，秘密发展党员。沂蒙山区成为这些早期共产党人活动的大舞台，他们把理想的种子，播撒在了八百里沂蒙大地上。

据《蒙阴县志》记载，刘一梦经常利用假期回乡宣传革命，1924年夏天，他在故乡的行动被发现，当局对他进行拘捕，多亏担任垛庄社社长的大伯父掩护，他才得以脱险。

刘一梦返回上海时，李清漪从上海回到沂水县。他带回一台油印机和大量进步书籍，在这里创办平民夜校，出版油印报纸《农民小报》，在沂水西北乡村大力宣传共产党的革命主张，并发展了沂水县境内的第一个农村党员李鸿宝，在沂蒙山区的农村成立了党支部。

1926年9月，王敬斋从广东农民运动讲习所结业后，受中共山东地方执行委员会的派遣，回到故乡沂水发展党员，建立党组织。后来，他经过严密考察，先后发展了县城的邵德孚、鞠百实加入中国共产党，在沂蒙山区的城里成立了党支部。

这些在沂蒙山区播撒红色革命火种的人，都是把身家性命交给党的革命者，干的是救国救民的伟大事业。

1927年，国民党反动派发动反革命政变，在沂蒙的李清漪原本是可以躲过一劫的，但是，早已把生死置之度外的他，时刻担忧在上海的同志的安危，毅然返回上海，刚到济南就落入国民党反动派的魔爪，在泉城惨遭杀害，年仅26岁。作为一名先行者，他的生命实现了"生如夏花之绚烂，死如秋叶之静美"。

1929年7月,由于叛徒告密,中共山东省委领导机关遭到严重破坏,时任团省委书记的刘一梦被捕。1931年4月5日,他和中共山东省委执行委员兼秘书长刘晓浦(刘一梦的叔父)一同被杀害,同时遇难的还有山东省委书记刘谦初。

刘一梦就义前,刘家曾携带巨资保他出狱。在金钱面前,敌人同意了,条件是要他在自首书上签字画押。面对自首书,刘氏叔侄毫不动摇,展现出共产党人的坚定信念:宁愿掉头也不叛党。年轻的刘一梦无比清楚,拒绝签字就是拒绝了生的希望。

刘一梦就义时也是26岁。他和李清漪一样,为了党的事业,为了民族的解放,把生命定格在26岁。

同刘一梦一起就义的刘谦初,就义前给妻子张文秋写了一首诗鼓励她:"无事不必苦忧愁,应把真理细探求。只有武器握在手,可把细水变洪流。"这些年轻的先行者,就是这样为初心和使命,为国家和民族,流尽了最后一滴血,他们无一不是后人学习的典范。

"砍头不要紧,只要主义真。杀了夏明翰,还有后来人。"面对屠刀,无数先行者表现出共产党人特有的决绝,他们的鲜血染红了齐鲁大地,他们的精神照亮了沂蒙天空。一个共产党人倒下去,无数个共产党人站起来。这些先行者播撒的火种开始燎原,渐渐烧红了八百里沂蒙山区……

2. 艰难的守望人

沂水长流映日月,群崮巍巍纪春秋。

沂水县因千里沂河而得名。沂河发源于鲁中东北部的牛角山北麓,由北向南穿过整个沂蒙地区,在江苏流入骆马湖,进入黄海,全长574千米,流域面积17325平方千米,是沂蒙人民的母亲河。

抗日战争初期,在沂蒙山区,八路军最早建立的两块较大的根据地是鲁中根据地和鲁南根据地。八百里沂蒙地域广阔,为什么八路军山东纵队、115师选在鲁中和鲁南地区建立根据地呢？前者是1937年中共山东省委在泰山地区的徂徕山起义的部队，对沂蒙山区来讲，他们也算是外地人；后者是中共中央从3000里外的山西长途派来的队伍，是名副其实的外地人。无论是前者还是后者，他们对具备广阔纵深的沂蒙山区并不熟悉。那么，他们为什么不约而同地选择了沂蒙山区？

让我们掀开尘封的历史，走进20世纪20年代，看看这两片土地上究竟发生了什么。

就在共产党人李清漪回到故乡沂水宣扬共产党的主张，在鲁中南点燃革命的圣火时，刘黑七带着他新扩编的"刘团"，扬威耀武地开回了鲁中南。刘黑七的发迹是和孙美瑶的倒霉拴在一根绳子上的。刘黑七遭到官军的清剿，兵败"靠窑"抱犊崮，成了孙美瑶的部下。孙美瑶被招安时，一向脚踏两只船的刘黑七竭力撺掇他留一手，无奈孙美瑶被高官厚禄迷惑了眼睛，刘黑七只好暗中行动。当孙美瑶的脑壳落地时，狡猾的刘黑七趁机收编其残匪，组建了1500人的私人武装"刘团"，开始了长期祸乱沂蒙的日子。

由于刘一梦、李清漪等人早期的发动，沂水一带的星火已在暗中燎原。两个人牺牲10年后，这一地区的党组织已经在乡村构建起完整的网络。1938年，八路军山东纵队成立，沂水西部山区因党员人数多、群众基础好，成为八路军山东纵队司令部的首选地，首脑机关就设在沂水县西部的夏蔚镇。这个地方跟李清漪的家乡只有一山之隔。

李清漪和埠前村地主李家少爷李鸿宝，既是同乡又是同庚，都是1902年出生。1923年6月，李清漪带病告别上海回家休养前，瞿秋白、邓中夏嘱咐他回乡宣传革命、发展党员，他就带着这一使命开始了故乡行。那时候，李鸿宝正在家乡一带开办义学，目标是让穷苦孩子能念书。这个"不肖之子"既不去打点父亲的油坊，也不过问祖上的地产，更不去享受一个少爷的荣华，却一门心思做慈善。这一点被共产党人李清漪相中了，共同的理想和一致的追求，让一个从大城市来的大学生，和一个地主家的少爷迅速走在了一起。很快，他们两个就成了志同道合的战友。

1927年春天，沂蒙山区百日无雨，地里的麦苗见火就着，连一向耐旱的松柏都蔫了。天灾开始降临到沂蒙人民头上。

怎么办？

此时，中国共产党正在遭受着前所未有的大追杀。一个蓬勃发展的政党，在屠刀面前岌岌可危了。

1927年4月12日，以蒋介石为首的国民党新右派，在上海发动反对国民党左派和共产党的武装政变，大肆屠杀共产党员、国民党左派及革命群众，使中国大革命遭到了严重的摧残，同时也宣告国共两党第一次合作的破产。一时间，手无寸铁的共产党人血流成河，党组织和党员们只得转入地下。

上海的屠杀迅速成为全国一致的行动，沂蒙山区的共产党人也遭到了彻查、追杀。就在这年春天，沂蒙遭遇百年不遇的大旱，人祸和天灾又一次联合。面对每天都有人因饥饿而毙命的社会状况，面对衣食无着的灾民，国民政府迟迟没有救助行动，却在忙着追杀为民立命的共产党人。沂蒙百姓陷入困境。此时，土匪趁机推波助澜。刘黑七忙着敲诈勒索老百姓，在沂蒙山区西部制造了惨绝人寰的"白马峪惨案"。偌大的沂蒙山区已经没有人顾及老百姓的死活了。为讨生路，沂蒙山区出现了历史上最大的一波闯关东的移民潮。蒙山前的仲村人王保胜就是在这个时候无奈地告别沂蒙，跟着浩浩荡荡的闯关东大军走的。

就在王保胜为生存走出沂蒙时，沂水人李清漪却在家乡撒播革命的火种，忙着发展党员，壮大党组织。

1927年春天的沂蒙，在漫长的干旱中彻底失去了生机，山里山外都是一副凋零的惨相。一个落日的傍晚，在沂水县西部山区，两个年轻人坐在村头的山岗上，开始了如下对话：

"你是一个富有正义感、同情心的人，你都看见了，快一百天没下雨了，救灾粮还遥遥无期啊！凭你我个人之力都无法拯救一村的民众，更谈不上一县灾民、天下苍生了。"

"我也觉得孙先生创立的中华民国走样了，各地军阀都在忙着夺权、敛财，山东的张宗昌跟田中玉就是瓦罐子遇上土坯子——都是一个窑的货。"

"我们不能寄希望于军阀，正如我的大学老师所言，只有彻底砸碎这个旧世界，才能建立一个符合老百姓利益的新秩序。"

"现在的中国除了东三省，其他的几乎都被国民党统治了。"

"可是，国民党并不代表天下苍生的利益，眼前就是例证：昨天咱西北乡又饿死了80余人，报灾请恤的呈文雪片似的飞往济南府，可是那些国民党要员不是依旧歌舞升平吗？这个国家，是不能指望他们了。"

"还有谁能拯救这个世界？"

"共产党！"

"清漪兄，你是共产党？"

"你看像吗？"

"不像。"

"为什么？"

"他们说，共产党人一个个青面獠牙，共产党提倡'共产共妻'，是洪水猛兽。你一介书生，细皮嫩肉，怎么会是共产党？"

"我就是共产党。"

"哦？"

"你可以去沂水县国民党那里告发我。你大概也知道，眼下共产党人的脑袋是很值钱的，这样，你可得到一大笔赏银。"

"清漪兄，这些年来，你干的都是为穷苦人谋福祉的好事啊！咱沂水西北乡的老百姓都看在眼里、记在心里呢！你要是共产党，那我就跟你一起干，我也加入共产党！"

两双大手紧紧地握在一起。黑夜里,两双眼睛闪烁着明光,那就是黑暗中的希望啊!

1927年春天,正是四一二反革命政变的前夜,国民党反动派的磨刀声已经声声在耳,远在沂蒙的进步者也已嗅到血腥气了。在这种白色恐怖的时刻入党,从事发展党的事业,不仅仅需要赤诚的信仰、坚定的信念、执着的信心,更需要决绝的勇气和忘我的牺牲精神,这就是共产党人的情怀。毫无疑问,这样的胸怀沂蒙人李清漪具备了,教书先生李鸿宝也具备了,尽管他是地主的儿子。

李清漪遇难后,李鸿宝没有退缩,而是以他为榜样开始行动了。李鸿宝将生死置之度外,在鲁中山区点燃革命的圣火。

少爷的行动引起了老爷的不安。一个月光融融的晚上,少爷又要出去发展党员了,没想到老爷坐在门槛上挡住了他的去路:

"你一个少爷,不好好耕读,怎么老是跟一帮子下人瞎胡闹?"

"爹,我这不是胡闹,我们是在干一番大事业。"

"你说的大事业,就是让人家把你自己的脑袋挂在城门楼子上,让当局连你爹、你娘、你兄、你妹都活埋了的那个大事业?"

"爹,你不知道,中国的未来就得寄托在被当局追杀的这批人身上,他们是一个民族的未来,是这个国家的希望。"

"希望?脑壳都让人家砍了还有什么希望?说不定哪天,他们就砍了你吃饭的家伙,到那时候,咱们老李家就有希望啦?从你祖爷爷开始,咱们李家就世代耕读持家,如今怎么出了你这么个不孝的东西?"

少爷知道一时半会儿说不清楚,老爷也一时半会儿弄不明白,于是他瞅瞅老爷,一步跳过门槛。老爷一把没有拉住,"不孝的东西"转眼就消失在月色里。

就这样,李鸿宝冒着掉脑袋的危险,硬是在沂水县西北乡(现在的诸葛镇、沙沟镇)一带秘密发展上百人加入了共产党。正是有了这样的坚守者,鲁中山区的沂水西北乡,在白色恐怖最严重的年代,成为整个沂蒙山区党员最集中的片区，星火在鲁中地区局部燃烧起来。

共产党之所以能成功，一个关键的因素是无数追随者都在履行使命、坚守信仰，都有着"杀了夏明翰，还有后来人"的决绝和勇气，他们为了不变的初心，做着永恒的追求。就在蒋介石发动四一二反革命政变的前一周，沂水县县城的鞠家当铺里，王敬斋带着他发展的三名党员，在沂水县县城成立了党支部。正是有了这些党组织和党员，1938年11月，中共苏鲁豫皖边区省委搬到沂水县西部的夏蔚乡王庄村；1938年12月，八路军山东纵队司令部在此安营扎寨……

就这样，在这些先驱者的努力下，鲁中沂水一带的星火得以燎原。在八百里沂蒙山区，与鲁中的沂水遥相呼应的是鲁南的抱犊崮地区。

3. 星火燃鲁南

龟蒙顶高浮日月，温凉河水润民心。

龟蒙顶是蒙山的主峰，海拔仅次于泰山，为山东境内的第二高峰。温凉河是龟蒙顶前的一条大河，流经整个费县，是费县人的母亲河。它发源于抱犊崮山区，那里曾经是大土匪孙美瑶的老巢，也是惯匪刘黑七最初拉杆子的地方。

在当地，有这样一种说法，温凉河水之所以一半凉一半温，与东海龙王有关。相传古时候，东海龙王三公主因貌美被青龙洞里的泥鳅精抢走，洞中逼亲，三公主誓死不从，泥鳅精无奈，逼其在青龙山上牧羊。当时，青龙山下是方圆百余里的寒江湖，三公主天天赶羊来湖边喝水。一日，书生柳毅因拜师学艺无果，无颜面见父老，欲投湖自尽，被三公主搭救。同是天涯沦落人，两个人互诉衷肠，产生了恋情。三公主见书生忠实可托，道破真相，破指写下血书。柳毅跋山涉水，历尽千难万险，将血书送到东海龙王手中。东海龙王遣青龙斩杀了泥鳅精，扒掉了堵水岭，让寒江湖水倾泻东逝，形成大河。

重新找到爱女，东海龙王大喜，欲迎回三公主。三公主爱慕柳毅，誓死不回。东海龙王无奈，由青龙保媒，让三公主与柳毅结为夫妻。有一年冬天，暴雪遮天盖地，河水冰封尺厚，三公主欲破冰饮羊，手被磨破，冰却未开，禁不住席地痛哭。恰巧东海龙王来看女儿，见此情景十分心疼，龙威大发，对着大河源头连吹三口龙气。立时，一侧的河冰融化，温腾腾的河水顺流而下，不仅羊群喝上了温水，沿河百姓也有了温水可用了。从此，这条河冬天一边流温水，一边流凉水，成为鲁南地区的一大奇观。

一条大河，一半温一半凉，让人们平添了几多遐想。春秋末期的梁王据此封地，看后十分惊奇，为此赋诗一首："万古奔腾兮，云影岚光。山水相傍兮，上下一色。龙女饮羊兮，令尊神呵。一河温凉兮，天下独绝。"

东海龙王化冰造福一方百姓显然是个善意的传说，而共产党人在此宣传马列主义，带领人民为美好生活奋斗，却是历史上的实事。

1926年3月，中共山东地方执行委员会派纪子瑞到鲁南最大的煤矿枣庄中兴公司，开展工人运动并从事建党工作。纪子瑞先后秘密发展19名矿工加入共产党，之后建立了鲁南地区第一个党支部——中共枣庄矿区支部，点燃了鲁南地区的革命圣火。

1931年，中共枣庄矿区党（工）委成立，并于1932年7月16日组织了枣庄工人大罢工，但由于国民党军警的残酷镇压，罢工最终失败。与此同时，中共临郯县委在蒙山前发动的"苍山暴动"也惨遭失败，整个鲁南地区的形势急转直下，轰轰烈烈的革命斗争陷入低潮。

中共徐州特委急派特委委员郭子化到枣庄恢复开展党的工作。

郭子化，江苏省邳县人，1926年参加革命，同年加入中国共产党。他精通中医，在枣庄开起了"同春堂"药店，以行医为掩护，发展党员，进行革命活动。在他的努力下，鲁南地区建立了中共枣庄矿区临时工委。1933年，郭子化带领临时工委发动了"五一"大罢工，取得了胜利，并成立了矿区党委,他担任书记。矿区党委先后办起了广仁医院和中西药品运销合作社,在鲁南地区组织70家药铺成立了医药公会,为饥民奔波、热心革命的沂蒙人李韶九任会长。

李韶九,费县新庄镇信兴庄人,是费县南部山区的乡村名医,曾任临沂第十一区农会主任,1929年加入中国共产党,是费县南部山区最早的共产党员之一。

1935年,特委派李韶九回到蒙山前的费县,让他在家乡临、费边区一带进行革命活动。他利用上层社会关系作掩护,依靠老农会的群众基础,先后发展了费县梁邱的魏立久等多人入党。李韶九没有忘记特委书记郭子化的话:共产党是为天下苍生谋福祉的,每一个党员都要胸怀天下;我们不能像国民党那样容不下持不同意见的人,凡是愿意为民族求解放,为天下苍生谋福利的人,不管他是地主还是资本家,无论他是雇工还是乞丐,我们都要团结他。

这就是共产党和国民党的区别。

就这样,李韶九认准了万家少爷万国华。

万家是鲁南一带颇有名气的大地主,当家人万春圃是个有血性的爷们,人称"万三爷",面对鲁南遍地土匪,面对不作为的政府和军队,他拍案而起,对大炉村(今属于兰陵县)的百姓说:"咱自己干!"于是,他慷慨解囊,卖地买枪,组建起大炉村的自卫武装,守卫着一方的安宁。鉴于万三爷的实力和威名,连刘黑七这样的大股土匪都不敢轻举妄动,小股散匪只能绕道而行了。大炉村在乱世中得以安宁。

李韶九以行医为名走进万家,最终把万家少爷发展成了共产党员。正是因为有了万国华的入党,才促成了八路军115师主帅罗荣桓与鲁南进步地主万春圃的一段佳话。

李韶九回乡,不仅为苏鲁豫皖边区特委落户费南打下了基础,也在费县南部山区点燃了革命的圣火。在他的努力下,1935年5月上旬成立了费南地区第一个中共党支部——信兴庄党支部,他任书记,后相继建立了侯家庄、大炉、埠阳等十余个党支部。开中药铺的李韶九干的是治病救人的善事，作为共产党员的李韶九干的是救国家、救民族的伟业。

李韶九马不停蹄，一路上播撒着革命的火种。1935年7月，他来到了抱犊崮下的高桥村。

高桥村是温凉河岸边的一个普通的山村，站在村头，可以清楚地看见雄奇典雅的抱犊崮主峰，晴空无云时，连崮顶上孙美瑶修建的大殿都能看见，尽管已经破败不堪了。李韶九的中药铺在群众的一片欢呼声中开业了，整个高桥村没有人知道，这个中药铺就是共产党的秘密联络点。温凉河畔的高桥村人做梦也想不到，他们的村庄从此写进了中国共产党历史。

风云突变。

1936年6月17日，由于叛徒出卖，特委书记郭子化在枣庄"同春堂"被捕，后被押往江苏徐州。特委立即展开营救。此时，在医界颇有声望的李韶九出场了。他以医药公会会长的合法身份，携带筹集的款项赶往徐州，不惜重金并动用各方力量游说、疏通，最终，郭子化成功获释。

特委在枣庄已无法立足了。郭子化出狱后，立即召开特委临时紧急会议，听取了李韶九在鲁南一带发展党员、建立党组织的情况后，认为鲁南一带党组织健全，党员数量多，群众基础好，于是立刻决定将特委机关由枣庄迁往费县高桥村。事前，郭子化派王寿山等人协助李韶九扩大高桥村的中药铺，开设了"广德堂"药店，作为特委的秘密机关。

中共徐州特委被破坏后，郭子化与上级党组织失去了联系。他知道，共产党自从成立以来就多灾多难，尤其是四一二反革命政变后，国民政府加紧了对共产党的清查和追杀，上级党组织被破坏的事情时有发生，下级跟上级失去联系在那个非常时期也成了常态。这个时候，党的事业不能停下来，因为大家不是给上级或某一个人干事，而是为了一个共同的理想、一个永恒的初心而革命的。被这种思想武装的人即使离开上级的监督,也能围着为人民求解放的目标而独立行动。郭子化他们就是这样做的。没有上级领导的中共苏鲁边区临时特委,就这样被他们带到了抱犊崮下的高桥村。他们丝毫没有懈怠,而是以时不我待的激情开展工作,先后发展了葛成俊、荆守胜等人入党,建立了高桥党支部。

为了方便开展活动,发展党员、培养干部,特委筹资在高桥村办起了一所小学和一所夜校,那些从未接触过共产主义学说的农民,开始了解这个被国民党妖魔化的组织。这些一心为民的共产党人,让农民明白了事情的真相;这些充满正能量的人,让农民看到了希望。

名不见经传的高桥村,就这样成了苏鲁地区红色革命的中心。

今天,一切都在变化,已物是人非,高桥村那座简陋的纪念馆却一直开放着,它真实地还原了当年的情景,时刻引领着当代人走进历史,感受那一代抛头颅、洒热血的革命者的家国情怀。当年为扩大中药铺增添的药柜、药橱等设施,如今就陈列在高桥村苏鲁豫皖边区特委纪念馆里。这座纪念馆,是一个叫于国宏的镇党委书记,在镇财政极其困难的情况下,筹资在原址上建起来的。采访时,这位年轻的镇党委书记说:这是我们的基因,是我们的根基,必须传承。

在社会快速发展的今天,在暗淡了刀光剑影、远去了鼓角铮鸣的今天,沂蒙人没有忘记那些革命星火的传播者。时时不忘薪火相传,这就是沂蒙人的情怀。

徐州的党组织被破坏后,郭子化一直在寻找上级党组织。多少个夜晚,他坐在温凉河岸边思考党的大业。尽管在白色恐怖下,鲁南地区党的事业在秘密状态下如火如荼,但郭子化总感到离开党的领导就像孩子没了娘一样。坐在温凉河岸边,在月色里眺望突兀的抱犊崮,他感到远方朦胧起来。

党啊,您在哪里?

前几天,万国华送来一些国民党的报纸,郭子化从上面看到了党中央带着红军,一路长征到达延安的消息。他眼前顿时一亮,远处的抱犊崮也渐渐清晰起来。从此,他一面承担着鲁南、徐州党组织的恢复和发展的重任,一面艰难地寻找上级党组织,用党员李韶九的话说:"那时候,我们到处找娘啊!"

1936年9月初,郭子化奔赴西安,同中共西北特支委的谢华、徐彬如、宋绮云等人进行了会晤。宋绮云就是中国最小的烈士"小萝卜头"宋振中的父亲。在此以前,苏鲁边区临时特委曾派人同安徽泗县的许宝亭、河南永城的李兰轩等党组织负责人接上了组织关系。

随着苏鲁边区临时特委工作范围的逐步扩大,特委已经不能适应形势发展的要求。1936年底,苏鲁边区临时特委决定改为苏鲁豫皖边区特委,并积极寻找与中共中央的联系。

1937年2月,郭子化第三次赶赴西安,终于同中共中央取得了联系,苏鲁豫皖边区特委得到中共中央正式批准,并划归中共河南省委领导。随后,郭子化以苏鲁豫皖边区特委代表的身份,参加了中共中央召开的苏区党代表会和白区工作会议,并同河南省委书记朱理治研究了下一步的工作。当时河南省委辖区内有党员460人,其中苏鲁豫皖边区特委就占300人,仅费县南部山区就有党员90人,此时距苏鲁边区临时特委成立才两年时间,鲁南地区党的力量之大可见一斑。

以郭子化为中心的苏鲁豫皖边区特委,成为党在华东和华中白区工作的一面旗帜。这面大旗在抱犊崮地区高高飘扬,为中共中央派兵山东提供了依据,为八路军主力115师创建鲁南根据地打下了坚实的基础……

4. 明光照蒙山

就在抱犊崮地区的郭子化秘密找"娘"的时候,两百里之外的费县西部仲村镇鲍家坡村的鲍天仇,也开始了找"娘"的孤独之旅。

仲村镇现在属于平邑县,是离蒙山主峰龟蒙顶最近的古镇。1946年之前，平邑县全境属于费县，仲村镇也就成了费县的四大古镇之一，和平邑镇、上冶镇、梁邱镇并驾齐驱。

蒙山这片区域，在山东根据地中的地位举足轻重，虽然只有费北山区，人口不过20万，却是连接鲁中、鲁南两大根据地的桥梁，也是连接滨海和鲁西根据地的纽带。共产党占据蒙山，山东境内的四大根据地就连成一片了；敌人占据蒙山，四大根据地就被彻底分割开了。

仲村是这片根据地的中心，有蒙山根据地"小延安"之誉。这片根据地的建立，与以鲍天仇为首的费县籍共产党员们舍生忘死的工作有着密不可分的关系。

鲍天仇，原名鲍衍钦，幼年读私塾，后考入费县县立第三完全小学。九一八事变爆发时，他刚考入临沂省立第三乡村师范。面对外敌的入侵，他积极参加学校组织的游行、演讲等抗日救亡宣传活动，加入了进步组织"反帝大同盟"。他思想先进、意志坚决，1932年春天秘密加入了中国共产党，是蒙山一带早期的党员之一。

原本想通过读书改变命运的鲍衍钦，面对日本人的步步紧逼，开始了对个体、对民族命运的思考。通过阅读进步书籍，参与一系列学生运动，他渐渐懂得了一些革命道理。后来，鲍衍钦彻底觉醒了，认为日本人侵占东三省，杀我子民，灭我华夏，是不共戴天的仇恨，于是他将自己的名字改为"鲍天仇"。他说，日本人占领中国，这是中国人的通天大仇，此仇不报，誓不为人！这次改名，鲍衍钦将自己的家国情怀和做事果断的性格展露得一览无余，也将自己的血性完全展露了出来。

1933年春，鲍天仇和同学唐军一起奉命返回家乡，组织成立鲍家坡党小组，他任组长，同时以教学为掩护，积极发展党员。同年夏天，经上级党组织批准，鲍家坡党小组与同时期成立的贾庄、武安、石崮庄、西西皋四个党小组整合在一起，组建了中共仲村党支部，鲍天仇任支部书记。这是蒙山西部地区的第一个农村党支部。

从时间上看，西蒙山的鲍天仇成立的党支部，比鲁中沂水县王敬斋成立的党支部晚6年，比李鸿宝成立的党支部晚3个月。

1935年，鲍天仇考入梁漱溟在烟台创办的乡村建设学院，毕业后任日照县石臼所乡农学校校长。他人虽然离开了，但是心还在蒙山。在此期间，他不断地用书信与仲村党支部保持密切联系。在日照，他领导开展了石臼所抗日宣传和禁烟（鸦片）抓赌运动。

七七事变前夕，受石臼所反动势力的排挤和打压，在日照无法立身的鲍天仇只身返回家乡。

七七事变爆发后，国内的局势发生了剧变，鲍天仇一度和上级党组织失去联系，陷入苦闷。他积极寻找上级党组织，先派唐军去临沂寻找，没有结果。后来，他变卖家产筹集路费，喊上郝存友、刘瑞新一起，顶着冬日的寒风去延安寻找，因沿途国民党的严密封锁，没有到达。党啊，你在哪里？鲍天仇不甘心，只身去武汉找老乡唐绍鼎求助。

唐绍鼎，仲村镇三合四村人，原在上海警察局工作，是1927年前的老党员。四一二反革命政变时，为了躲避国民党当局的追捕，他逆流而上转移到武汉。1937年底，鲍天仇只身去武汉，就是奔着唐绍鼎去的。可惜，当他到达武汉时，唐绍鼎已经回到仲村镇。此时，1927年闯关东的王保胜也回到了家乡。

鲍天仇、唐绍鼎、王保胜三人在仲村相遇了。那时候，没有人知道王保胜的情况，更没有人想到，这个穷困潦倒的蒙山汉子，日后会成为蒙山根据地叱咤风云的大英雄。

王保胜闯荡关东十余年，在仲村人眼里他是见过世面的，比王保胜小四岁的鲍天仇关注王保胜却另有原因。那是王保胜闯关东的前一年，仲村街上已经是商铺林立、私营企业遍地开花了。山西人的酿酒作坊已经颇具规模，酿酒剩下的酒糟成为老百姓养猪的最好饲料，王保胜就和村民一起到酒厂门前排队领签，可是发签人鄙视穷人，总是将签分给那些衣着、打扮好一点的人，穷人敢怒不敢言。血性汉子王保胜却不吃这一套，他一步上前，一把夺过签子，顺势一脚踢倒对方，自己拿着签子按序号分给排队的人。从此，不怕事、敢担事的王保胜一下子被众人记住了，尤其是鲍天仇，把这一幕深深地记在了心里。可惜的是，鲍天仇还没来得及同王保胜交朋友，王保胜就闯关东去了。

十年后，鲍天仇和王保胜在蒙山下相逢，自然有说不完的话。鲍天仇请王保胜吃饭，酒也喝了，饭也吃了，可是不管鲍天仇怎么问，王保胜总是笑笑，一句多余的话都不说。越是这样，鲍天仇就越发关注他。王保胜虽然精瘦却异常干练，浑身都是力量，尤其是一双眼睛特别有神。

鲍天仇说："日本人占领我们的国土，目的就是亡我们的国家，灭我们的种族，我们怎么能当亡国奴呢？！"

王保胜想起来了，在深山老林里，东北抗联的周保中将军跟他拉呱时说过："小鬼子是铁了心要亡我中华了，不愿当亡国奴的人，就拿起枪跟鬼子玩命去！"

王保胜依旧没有说话，不过目光一下子炙热起来。这一丝变化，并没有逃过鲍天仇的眼睛。

1938年初春，中共山东省委书记黎玉，率领八路军山东人民抗日游击队第四支队的两个中队及省委机关，来到柘沟村的消息，如同一声布谷鸟的鸣叫传遍了蒙山……

久违的春天终于来了。

第三章　大水大鱼

蒙山的冬天是漫长的。

不管大雪封山的时间有多长，蒙山上有一种藤本植物，总是最先感知春天的到来。也许山头上还覆盖着皑皑白雪，也许山溪里还结着薄薄的冰层，只要有一丝稍暖的春风袭来，它总是最先开出一朵朵黄色的花。这些细碎的小花在山风里摇曳，用温暖的色调向山下的人们宣布：春天来了。

这种藤本植物叫连翘。

在连翘花开的时节，中共山东省委来到小山村，点燃了蒙山前抗战的烽火。

春天来了，冰雪融化了，河里的鱼活跃起来，一条寂寞了整个冬季的河流热闹起来。

大水可以养大鱼。

鱼因水而聚集，水因鱼而鲜活。

水是鱼的命，失去了水，再大的鱼也只有一个悲惨结局。

鱼是水的魂，没有了鱼，再多的水也只能沦为一潭死水。

1. 连翘花开省委来

当历史的脚步在动荡中迈进1938年时，沂蒙山区的刘黑七"耍光棍"已经23年了，算是老奸巨猾之辈了。在这漫长的岁月里，他大多数时间盘踞在沂蒙山区，其间也曾流窜到热河、山西、河北等十多个省区，先后投靠过冯玉祥、张学良、阎锡山、韩复榘等军阀。在"有奶就是娘，有枪就是草头王"思想的支配下，他无论投靠谁，都是暂时的、貌合神离的，获得装备、补给后立刻反目。就这样，他的匪帮被各路军阀武装起来了。他的兵时聚时散，时多时少，从来没有定额。这一年，刘黑七率部返回沂蒙，在蒙山前一带驻扎下来。

土匪到哪里，哪里就陷入灾难。

此时的鲁南，大股匪徒如孙美瑶、赵嬷嬷等，都已树倒猢狲散了，刘黑七就一枝独大起来。因为有他这个混世魔王，沂蒙山区的黑暗时期尤其漫长。

1938年春天，山上的连翘花开得比往年都要早，多灾多难的沂蒙山区终于出现了生机。

2月，从蒙山的西北方向，来了一支衣衫褴褛、武器参差不齐的队伍。这支武装队伍并不醒目，但人人精神饱满，一杆红旗在山风中猎猎作响，显得格外耀眼。这支队伍的番号是：八路军山东人民抗日游击队第四支队。同来的还有中共山东省委机关，领队的是山东省委书记黎玉。这支部队就是八路军山东纵队的前身，应该称之为八路军地方部队。

3月，从蒙山的最东面，开来一支近3万人的大军。这支部队衣着整齐，不仅配备了制式枪械，还配备了坦克、大炮，关键是他们还有飞机配合作战。这支部队就是号称"钢军"的日军第五师团，是日军满员的甲种师团，师团长叫板垣征四郎。这个板垣征四郎就是策划九一八事变的"三元凶"之一。1937年9月，在平型关被八路军115师伏击的，正是他的一支运输队。那是这支部队侵华以来死伤最多、损失最大的败仗。在此前后，这支部队在中国战场上如同饿狼进入羊群，一路横冲直撞，此次兵锋直指沂蒙重镇，大有一举荡平临沂城的架势。

蒙山前一带方圆几千平方公里的区域，千百年来一直属于古郡费县。到了解放战争期间，包括蒙山主峰在内的整个费县西部，才被单设为平邑县。在抗日战争期间，由于日军对根据地的严密封锁，八路军为便于领导群众抗日，大致以浚河为界，把偌大的费县分割成南北两片，北片称为"费北县"，南片称为"费南县"。

在共产党的领导下，王保胜、魏立九、袁长巨等人以费北、费南两县为舞台，演绎出人生的绝唱，成为蒙山前叱咤风云的人物。他们被老百姓视为靠山、救星，却被刘黑七视为眼中钉，被日本人视为肉中刺。

就在鲍天仇、唐绍鼎、王保胜这些仲村人对时局议论纷纷的时候，一轮朝阳普照在北仲村西侧的倒座观音寺上。倒座观音寺东北方向30里处，便是蒙山龟蒙顶。山南有个卜家崖村，现在属于平邑县卞桥镇。1938年春天，最先被春天包围起来的就是这个小山村。

枪杆子里面出政权。

经过四一二反革命政变，惨遭杀害的共产党人从血泊里站了起来，彻底觉醒了的中国共产党人强烈地意识到：革命不能只靠笔杆子，还得需要枪杆子。只有握住了这两支杆子，才能有效地保护党，实现党的主张，完成党的使命。因此，发展武装成了党的首要任务。

七七事变后，日军加快了亡我中华的进程，山东迅速沦为敌占区，共产党抓住时机发动武装起义。中共山东省委书记黎玉率先在徂徕山举起了起义的大旗。这次起义与淄博的黑铁山起义和胶东的昆嵛山起义，被称为"三山起义"。徂徕山起义的军队称为八路军山东人民抗日游击队第四支队。在连翘初放的2月，第四支队分兵了，黎玉率山东省委机关及第四支队的两个中队，从泰山之南的新泰进入蒙山西的仲村，然后沿蒙山山脉南麓，经保太到达蒙山前的柘沟村。

今天，如果到蒙山主峰景区旅游，必须经过的山脚下的那个村就是柘沟村。很可惜，中共山东省委以及第四支队的指挥机关所在的那几间草房早已不复存在，否则应该是级别较高的红色遗址，是重要的红色教育基地。毕竟，那是八路军首次到达蒙山的见证，也是山东省委及八路军在沂蒙的第一个正式而非临时的落脚点，是共产党正式点燃蒙山抗战火炬的地方。我们没有理由淡化对这个小小山村的记忆，不仅是我们，就连我们的后人都应该记住这个山村的名字：柘沟村。

一向藏于地下的中共山东省委公开亮相，沂蒙地区的整个党组织从地下转到地上，标志着国共第二次合作正式生效，共产党的生存发展环境发生了巨变。山东省委的到来如一阵春风吹进了倒座观音寺，也吹遍了蒙山，于是那些失去联系的地下党员，如同憋屈了一个冬天的连翘花，一遇春光便立即绽放了。

最先来的是鲍天仇、高锡贵、李伯瑾，接着是刘次恭、唐绍鼎等人，随后就是1936年入党的王敬明、王力生，这些处在地下的共产党员活跃起来，他们像孤独的孩子见到了久别的母亲一样幸福、激动，甚至泪流满面、失声痛哭。

蒙山前一带的党组织恢复了，整个区域内党的工作正常起来。这是山东省委到达蒙山前的第一大贡献。两个月后，省委书记黎玉就开始了延安之旅。

八百里沂蒙山区千山万壑，战略纵深大，利于打游击的地方很多。可是，山东省委为什么单单选择蒙山前的柘沟村？黎玉为什么选择离柘沟村十几里外的高廷光家作为省委研究大事的会场？

那时候，第四支队的两个中队也就200多人，武器大都是"土压五""汉阳造"，况且这些放下锄头拿起枪的农民，脱下长衫换上军服的知识分子，压根就没有军事素质，甚至连枪都打不响。这样的武装，其战斗力是可想而知的。当时蒙山一带的武装力量，比第四支队强大者比比皆是，如蒙山前的刘黑七的土匪队伍，白彦镇的恶霸孙鹤龄的地主武装，就连平邑镇米栻民的联庄会都有200多条钢枪，至于黄沙会、红门道、大刀会，虽然武器是猎枪、大刀和长矛，但是他们动辄就是千万之众。这些武装力量都想吞并其他力量，扩大自己的势力，初来乍到的第四支队，时刻都面临着被吞并的危险。所以，山东省委给这支弱小的武装选择的安身立命的场所，绝对是经过深思熟虑的。

事实上，山东省委之所以选择蒙山前，是源于背山依水建立根据地的设想。背山，就是背靠蒙山；依水，就是面依浚河。那么，远在徂徕山的省委书记黎玉，是怎么知道蒙山前这片退可守、进可攻的土地的呢？

各种党史资料以及费县、平邑的有关史书都记载，山东省委的这个决定，是与平邑的一个共产党员密不可分的。这个人就是平邑下桥镇卜家崖村的高启彬，他就是沂蒙山区最小的八路军战士高廷光的父亲。1935年，高启彬在菏泽药厂加入中国共产党。1938年初，他响应山东省委的号召，秘密赶到徂徕山参加了武装起义，出任第四支队的侦察排长。

高启彬跟鲍天仇既是老乡又是朋友，整个蒙山前的党组织的情况，高启彬了如指掌，这就给山东省委决策提供了依据。1938年春天，作为向导的高启彬穿着长衫走在队伍的前头。

我们第三次采访高廷光是在2015年，87岁高龄的高廷光清楚地记得，父亲是以小学教员的身份出现的。高启彬脱下长衫到徂徕山扛起枪是党组织的决定，放下枪换上长衫依然是党组织的安排。

在侦察排长的家乡安营扎寨，肯定是放心的，选择在他家里开会自然是较为安全的。

因此，山东省委和八路军地方部队来到蒙山前，是一个费县人做向导。巧合的是，一年后八路军主力115师来到这里，依旧是一个费县人做向导，这个人就是平邑镇石崮庄村的高锡贵，一个1932年入党的老党员。

我们经过数次采访、调研，发现高锡贵跟高启彬虽然不是一家，但同属高氏一族，按照高氏族谱，高廷光得喊高锡贵"大爷"。高锡贵不仅做了八路军主力115师的向导，也是1938年以前甚至是抗日战争胜利前，唯一到延安见到毛泽东并给他做专题汇报的沂蒙人。

八路军到沂蒙，高启彬、高锡贵这两个人功不可没。历史是公正的，在有形的档案和无形的口传里，都给了这两个蒙山汉子浓墨重彩的一笔。

回过头来我们再说黎玉。

时光荏苒，黎玉带着山东省委机关，已在蒙山一带活动近两个月了，9岁的高廷光也和他混熟了。高家有个闲院，院里有两间小东屋，既清静又不起眼，被选作山东省委开会的主要会场。省委召开的会议一个连着一个。随着会议的召开，原先隐藏在地下的共产党员们迅速活跃起来，中共费县工作委员会成立了，蒙山前的党组织恢复了……此时的高家俨然成了"山东省委办公厅"。

山东省委把党的地下中心站设在了高廷光家，中心站的支部书记就是高廷光的父亲高启彬，组织委员是石崮庄的高锡贵，唐家崖村的邱茂荣是一个小脚老太太，任宣传委员，还有一个党员叫李春玉。可以看出，这个中心站由清一色的蒙山人组成。

所有的资料都显示，这个中心站是蒙山根据地形成前，党设立的最早、最大的一个工作站。不要小瞧这个中心站，它直属于山东省委，是省委通往各个县委的桥梁，是省委和各地党小组、党支部之间的纽带。也就是在这里，山东省委决定由黎玉同志去延安向毛泽东汇报，向中共中央汇报。

2. 小山村大决策

就在山东省委在高家小院里不停地开会时，会场东南方百里之外的临沂城，国民党40集团军正和日军第五师团鏖战，战事已经在拉锯中胶着好几天了。40集团军的军团长是善于投机的老滑头庞炳勋，不过这次只有 13000 人的瘸腿将军毫不含糊，说："兄弟们，以前咱们打的都是内战，可以出工不出力；这回，咱们打的是外敌，是小鬼子，兄弟们要拿出玩命的手段，让小鬼子尝尝咱们的厉害。"这次他们真的玩命了，小鬼子愣是没打过沂河。但是在强大的日军面前，庞部伤亡惨重，已经独木难支了。重兵围攻下的临沂城岌岌可危，预感到在劫难逃的庞炳勋已经开始处理后事了。

危急关头，卜家崖以南，一支劲旅正发了疯似的向东疾行，那是张自忠的 59 军。这支部队的目的地是临沂城，任务是救援庞炳勋，阻击日军于临沂城下，确保台儿庄东翼的安全。

临沂城东北的汤头镇，是沂蒙山区有名的温泉小镇，泡完温泉的日军第五师团师团长板垣征四郎正在欣赏《樱之花》，准备进临沂城大摆庆功宴，然后配合矶谷师团合击台儿庄。他没有想到，张自忠的 59 军一天一夜负重疾行，到达后未及休整就向狂妄的日军发动猛攻，打了第五师团一个措手不及。这一仗，日军第五师团死伤 6000 精锐。临沂阻击战的胜利，奠定了台儿庄大捷的基础。

当然，这些大事，小小的高廷光还不知道。这段时间里，高廷光要干的事情就是跟奶奶一起站岗放哨。每当山东省委的会议进行时，高廷光全家都要上阵做警卫。全家人把警卫工作融入日常活动中，谁也看不出他们家中的异常。高廷光的奶奶装作拾柴草，在村子的外围转悠，以便查看远处的动静；二叔高启顺装作用小车运粪，来回和村外的母亲互通信息；三叔高启连在门口捣粪，随时都可以给会场传递消息。

农民的智慧就是多，他们最能将普通的东西发挥出最大的功用，围绕一堆粪就能做好三个环节的警卫工作，且毫无破绽。

奶奶做警卫时会带上高廷光，因为有个小孩在旁边捣蛋，不容易引起别人的怀疑。虽然高廷光还不能理解大人们在干什么，但感觉有大事要发生了……

1938 年 3 月底，就在这个生机盎然的小院里，一个重大的决策出台了。

省委书记去延安,无疑是一件大事。山东省委、费县工委的领导们研究怎样护送黎玉,这涉及人员问题、路线问题、安全问题、经费问题……

去延安,一路上不仅要经过日本人的占领区,还要经过国统区,另外还要经过大大小小的土匪、伪顽势力以及地主恶霸势力的地盘。路途遥远,道路不平,危险叠加,稍有疏忽就会造成无法弥补的损失。经过充分研究,大家决定由高启彬组织一个精干的团队,护送黎玉出山。高锡贵则作为全程护送人,随黎玉同志去延安。

高锡贵何许人也,能在危难之际担此大任?

从高锡贵的遗像看,他非常符合人们对侠士的印象:平头正脸,鼻直口方,英俊帅气。

据高廷光回忆,高锡贵不光有文化,还是一位武林高手。他打拳卖艺,行走江湖。论武功,只要随便给他一条铁鞭、一把大刀或一根棍子,十几条壮汉都无法近其身。

据平邑县党史资料记载,高锡贵曾用名高培武,平邑县平邑镇石崮庄人。1905年,高锡贵出生在一个农民家庭,童年时期先后在村私塾和平邑高等小学就读,1925年考入山东省立第一师范。在学校,他阅读了大量进步刊物,听了一些进步教师对时局的讲解,特别是受到了爱国学生的影响,由此激发了心中的爱国热忱。从此,他积极参加爱国运动,以游行的方式反对军阀的统治,渐渐地就成了学生中的骨干分子。

1928年,高锡贵回到家乡。那个时候,四一二反革命政变的阴云还在天空弥漫,革命处于低潮期,党组织和党员纷纷转入地下,高锡贵却仍在行动。高锡贵是个机灵人,为了便于行动,他去平邑镇寻访到了卖野药为生的贺二巧嘴,并拜他为师,学会了江湖上的一些规矩。学成后,他以卖药为掩护,行走于江湖,去各地寻找省立一师的同学,向党组织靠拢。到上海后,经同学介绍,他进入教会办的广启医院学习了一年半,并以优异的成绩毕业。再次回乡后,他在蒙山前小下桥开设了一家名为"保华"的药房,以行医为生。之后,他联系上了鲍天仇等人。

九一八事变爆发后,由于蒋介石实行不抵抗政策,手握重兵的张学良不战而溃,致使日军长驱直入,富庶的东北三省沦陷敌手,成为日军全面侵华的物资基地。高锡贵对此十分激愤。他以一个进步青年的自觉,多方寻求救国之路。他听了费县师范讲习所的学生李伯瑾等人宣讲的中国共产党的政治主张,知道了工农红军在苏区的活动,对共产党充满了敬仰。从此,他和地下党组织的联系更加密切了。在李伯瑾等人的帮助下,翌年高锡贵光荣地加入了中国共产党。

当时,高锡贵的保华药房由于收费低廉、服务热情、药效良好而声名鹊起,前来就医求药者络绎不绝,他利用这些机会宣传革命。后来,当地党组织把保华药房作为秘密联络点,确定由高锡贵同志负责传递秘密文件、报纸,散发传单,他欣然接受了这项危险性极高的任务。为了避免暴露,他以出诊为名,晚出早归,夜间行动,往往一夜之间跑几十里路,从无怨言。那时候,党的经费极其有限,他主动卖掉七亩好地,将钱款交给党组织作为活动经费。

1927年大旱之后,蒙山前因土匪抢劫,食不果腹的群众曾连续三年没缴纳钱粮。1932年,收成稍好,国民党县政府便下令,要农民将拖欠数年的钱粮补齐。这种不顾老百姓死活的政策,必然遭到群众的抵抗,可是散乱的百姓显然不是国民党县政府的对手,被抓捕的人越来越多。于是,费县共产党组织决定制止这种不合理的政策,解救被抓的百姓,便派高锡贵以卖药看病为名,串联群众抗缴钱粮,联合起来对抗国民党县政府。共产党的主张得到了包括地主、富农在内的广大民众的赞同,老百姓普遍反映高锡贵是"讲真理的人"。群众被发动起来了,高锡贵借机大力宣传共产党的主张,宣讲抗日救国的道理,让农民明白组织起来争取自身解放的必要性。通过宣传教育,群众的觉悟提高得很快。不久,蒙山前就发起了一场抵制补缴钱粮的运动。这场运动声势浩大,数以万计的农民涌进费县县城,包围县衙,要求国民党县政府撤销不合理的政策。突然暴发的农民运动让国民党县政府措手不及，最终只好放弃了不合理的征缴计划。

这次行动，让高锡贵看到了群众的力量，他借机在石岗庄培养和发展了一批党员，建立了最基层的党组织。

高锡贵有胆略、有智谋，对党忠心耿耿，而且熟悉江湖，显然是一个最合适的护卫。那时候，江湖是一张无形的网络，融入了江湖，就等于在全国范围内拿到了一张畅通无阻的通行证。所以，当山东省委让费县工委书记张若林推荐一名可靠的同志陪同黎玉去延安时，张若林不假思索地举荐了高锡贵。

抗日战争初期，延安已成为全国抗日志士心中的圣地。此前，鲍天仇等人多次试图去延安，都因国民党的多重封锁无功而返。能够陪着省委书记到圣地延安，高锡贵激动的心情可想而知。

3. 延安大搬兵

1938年3月27日凌晨，睡梦中的高廷光迷迷糊糊地听到了大人们忙碌的动静，同时也闻到了面汤的香味。但他毕竟还是个孩子，迷糊一阵子后又睡着了。等到太阳晒屁股时，他发现昨夜聚集在家里的那些大人一个都不见了，只有奶奶在收拾散乱的碗筷。他感到费解：那些大人都干什么去了？

黎玉一行原本打算到徐州坐火车，可徐州地区正遭受日军的攻击，于是他们便选择了陇海铁路上的一处小车站——八义集车站。从柘沟到八义集有300里，他们五个人推一辆木轮车，步行着一路走来，每个人肩上都背着用土布包袱包着的一摞地瓜面大煎饼，那是高卜氏几个不眠之夜的杰作。大煎饼是沂蒙人的主食。几张大煎饼、一块咸菜、几根大葱，就可饱餐一顿。大煎饼因食用方便被沂蒙人普遍接纳，但是风干了的大煎饼又涩又硬，需要一副铁齿铜牙才能咬得下、嚼得动。但是，这种食品保质期特别长，便于携带，是沂蒙人长途旅行必备的食品。

急速的脚步带起了路上的黄土，洒落在他们青色的布鞋上。又是一个春旱之年，空气中弥漫着干燥的气息，无边的黄土中间点缀着片片麦苗，虽然已经返青，却显得有些柔弱。这是人种天收的沂蒙山区特有的境况。沿途的房屋也同样单调，都是些矮小的土墙草房。途中的意外、突变，都由江湖人士高锡贵应付着，一路上还算顺当。第三天早晨，他们到了八义集。高启顺三人告别了黎玉和高锡贵，步行返回。高锡贵买了车票一看，到西安的火车是下午的，还有六个小时才能上车。反正闲着也是闲着，于是他把锣鼓家什摆开，舞刀弄枪，耍七节鞭，叫卖野药。野药不是假药，虽然没有批准文号，却都是根据偏方自制的特效药。显然，打拳卖药只是幌子，掩护山东省委书记才是目的。当然，筹集途中的费用是必须的；要不，两个人身无分文，怎么去遥远的延安啊！

黎玉暮年曾告诉儿子黎小弟，他是1938年3月底启程去延安的，当时扮成卖酒的商户，带着由地下党筹集的景芝白干和兰陵美酒，那是沂蒙山区最有名气的两种酒。他要儿子有机会到沂蒙山区时，一定代表他向上述厂家致谢。他的这个夙愿终于在2018年11月20日得以实现。这天，中共中央党校、人民日报社、中共山东省委在临沂举办沂蒙精神高端论坛，黎小弟作为革命后代应邀出席。其间，他找到了兰陵酒厂，因时间关系没有联系到景芝酒厂。远在安丘的景芝酒业的工会主席冯金玉得知情况后火速进京，找到了黎小弟，求证了这一历史事件的真相。

可以断定，山东特产景芝白干和兰陵美酒是最早进入圣地延安的酒类地方品牌。黎玉在延安期间，毛泽东把他介绍给八路军的高级将领，并用他带去的景芝白干和兰陵美酒招待了诸位大员。1948年淮海战役期间，粟裕命许世友筹集2000斤高度景芝白干，火速运到前线替代消毒的酒精。景芝人一听，立即贡献了4000斤。说景芝、兰陵都是"革命酒"似乎并不过分。景芝、兰陵不仅浓香飘逸，也弥漫着浓烈的家国情怀。

今天，黎玉和高锡贵两位主人公都已作古。我们不知道，在漫长的旅途中,省委书记黎玉和基层党员高锡贵都谈了些什么,但我们可以肯定,一路上二人配合相当默契,因为在高锡贵身上,革命者的素养已经压倒了江湖秉性。

当时,在去西安的列车上,危急时刻会出现。有一次,一个乘警对旅客进行检查。当高锡贵看到乘警向自己走来时,马上拿出一本清洪帮的内部刊物《海底》看起来。乘警问道:"你看的是什么书?"高锡贵答道:"老大,这是《海底》!"乘警又问:"你拿这个干什么?"高锡贵微微一笑,说:"以道会友。"乘警见他对答如流,且气宇轩昂,便点头走了。

沿途的盘问和检查是严密的、繁复的,稍有不慎就会酿成大祸。所幸的是有高锡贵在,他都替省委书记一一化解了。

黎玉目睹了途中发生的一切,高锡贵的应变能力令他折服。

有高锡贵一路相随,黎玉去延安的漫漫长途才有惊无险。

按照预定计划,他们在关中的渭南车站下了车,由当地的党组织安排在赤水中学暂住。这所中学是党组织专门设立的,也是全国奔往延安的干部和进步青年的一个秘密联络点。两天后,地下党组织和八路军办事处取得联系。在八路军的接应下,黎玉和高锡贵顺利到达延安。

高锡贵第一次到延安,满眼里都是生机和朝气。延安到处是土岭沟壑,千山万壑的地形跟蒙山有着地貌上的相似性,可惜土山上的树木比蒙山上要少得多,但是延安蓬勃向上的气息是蒙山所没有的。高锡贵仰望高高的宝塔山,俯视奔流的延河水,一股激情忍不住迸发出来。至此,我们也就读懂了"几回回梦里回延安,双手搂定宝塔山。千声万声呼唤你,母亲延安就在这里"的含义,理解了那代人的情怀。

在窑洞里,黎玉带着高锡贵见到了毛泽东,也见到了周恩来。毛泽东听黎玉做汇报时,高锡贵站在一旁,随时准备回答毛泽东的提问。

当黎玉提出山东急需一批能带兵、会打仗的将领,山东缺少会做群众工作的干部时,毛泽东笑了,说:"中央不光给山东派干部,还要派主力部队去山东，这样他们就不敢喊你们土八路了。"

派主力部队去山东？这是黎玉没有想到的，也是高锡贵没有想到的。要知道 1938 年 4 月，毛泽东手里的兵非常有限啊！要不是他老人家有雄才大略，放眼整个中国，怎么舍得把有限的主力派到遥远的山东？

毛泽东告诉黎玉，要多团结群众，团结的群众越多越好，军民是鱼水关系，水越多，养的鱼就越大。

高锡贵没想到毛泽东如此风趣幽默，把那么大的事情说得如此轻松，也就放松了许多。毛泽东不时地问高锡贵蒙山一带的地理环境和人文环境，高锡贵就把沂蒙山区地大物博、人口众多，沂蒙人讲究与人为善，也敢于路见不平、拍案而起的性格讲给毛泽东听。他说，蒙山山脉和沂山山脉号称八百里，大得很啊！毛泽东听了说："好啊，大水养大鱼嘛！"（毛泽东的这句话，如今被凿刻在蒙山景区的一块大石头上。）

那时，由于国民党的严密封锁，延安没有任何关于蒙山的地图，甚至连一张像样的山东地图也没有，仅凭二人的描述，毛泽东就对遥远的鲁中南山区有了大致的印象。正是黎玉和高锡贵的这次延安之行，加快了中共六届六中全会派兵去山东的决策，也就有了八路军主力 115 师 3000 里东进沂蒙的壮举。

4. 敌人的眼睛

毛泽东对黎玉和高锡贵讲的"大水养大鱼"，"水"就是指广大的人民群众，"鱼"是指共产党领导的八路军和新四军。这种鱼水关系，就是后来形成的"水乳交融、生死与共"的沂蒙精神的军民特质。共产党的成长、八路军和新四军的壮大，都是营养丰富的"水"最终孕育的结果。这个结果让一支疲惫不堪、装备极差的军队越战越勇、越战越强、越战越大，最终武装夺取了政权，建立了新中国。党和人民的鱼水关系，开创了执政党与老百姓关系的先河。

在抗日战争的年代里，八路军由于严格执行党的亲民政策、惠民政策，敢于为人民而战斗，为民众而牺牲，因而被沂蒙人民亲切地称作"咱们的队伍"。

那么日军是如何看待八路军的呢？

1939年初至1940年底，日军以华北方面军参谋部第二课及下属特务机关为主，宪兵队及新民会各调查部为辅，对晋、冀、鲁等主要抗日民主根据地的八路军进行秘密调研，最终编写出了《北支共产军占据地区》的调查报告。报告认为，抗日民主根据地是建立在数省的边境之政权，八路军会定期选拔勇敢、忠诚、富有精力的人员，充实边区政府力量。边区政府通过物质上补偿、劳动上照顾、日常生活上优待、精神上嘉奖等方式优待军属，吸引更多的民众参加八路军。军队联合政府，通过组织自卫团、锄奸队打击亲日分子或投降者，用以维护民众之彻底团结……

总之，日军通过调查渐渐认识到，八路军正是通过抗日民主根据地政权建设以及各项民众工作，获取老百姓广泛的支持，使自身的力量不断壮大并有着源源不断的兵力。

在对抗日民主根据地的土地及税收制度的调查中，日军认为，八路军以合理负担的名义通过累进征收的方式，按照土地多少征收赋税。对于农民而言，负担较轻，以此收揽民心；而对于拥有较多土地的地主豪农则是"酷烈的压迫"，认为这些地主豪农一旦难以忍受就会有离心趋势。

在对抗日民主根据地物产状况的调查中，日军认为，根据地基本以生产谷物、棉花为主，且产量不多，因而不允许随意买卖，除了定量配给，多数都用以补充作战部队。

在对文教与宣传的调查中，日军认为，八路军趁机对民众进行反日煽动，专门宣传煽动民众反日的相关内容，甚至派遣工作人员潜入治安区进行秘密宣传。八路军的宣传效果非常显著，积极有效地调动了民众的抗日热情。

通过调查研究，日军得出这样的结论：八路军要比国民党军更难对付，也棘手得多，对付八路军绝不仅仅是军事上的事情。在日军看来，八路军确实成了他们的心腹大患。

日军根据八路军的特点，迅速制定出一套对付八路军的政策："三光"政策。这种灭绝人性的杀光、抢光、烧光的"三光"政策，被日本作战部队疯狂地实施后，给八路军和抗日民主根据地造成了巨大的麻烦，甚至给局部地区带来了灭顶之灾。

万幸的是，中华民族有不服输的精神。在中国共产党的领导下，广大民众度过了一个又一个危机，抗日民主根据地采取坚壁清野的对策来化解"三光"政策。于是，骄横的日军迅速陷入了人民战争的汪洋大海。

许多时候，我们不能忽视了敌人的眼睛，因为敌人看我们，比我们自己看自己更透彻。

失天下者，先失民心。水可载舟，亦可覆舟。懂得这个道理的不仅仅是共产党，国民党也明白，甚至连觉悟的日本人也懂得；可是，把水舟关系发展成"水乳交融、生死与共"的却只有共产党。这一点，连我们的死敌都看得十分清楚，但是他们无法做到。

我们采访高廷光时，这位沂蒙抗战的见证者、实践者谈起日军时，说："日本鬼子嘛，就是鬼心眼子多。他们看到共产党、八路军获得了老百姓的支持，也想学这一招。在他们占领的城镇，日本人画了许多中日友善、日本人帮助中国人的漫画，以'大东亚共荣'来骗取老百姓的信任。但是他们所谓的友善的宣传，在他们一次次无辜地杀人、一次次有意识地放火中彻底败露了。"

共产党的政策不是谁想学就能学会的。譬如，小小的日本为什么敢侵略泱泱中华？不同的党派有着不同的答案。如两国实力差距太大，中国内部乱成一团，执政者鼠目寸光，高层腐败，等等。可是，毛泽东给出了不同的解释。他在《论持久战》中道出乾坤："战争的伟力之最深厚的根源，存在于民众之中。日本敢于欺负我们，主要的原因在于中国民众的无组织状态。克服了这一缺点，就把日本侵略者置于我们数万万站起来了的人民面前……"正是有了《论持久战》这个对付日军的宝典，加之八路军、新四军忠实地执行中共中央的政策——为了群众，发动群众，依靠群众，一种鱼和水的关系就开始形成了。很快，日军就陷入人民战争的汪洋大海。

日军华北方面军司令官冈村宁次，为剿灭八路军发明的"三光"政策，其目的就是"涸泽而渔"。但是，这个丧尽天良的政策不仅在沂蒙山区失败了，在华北地区乃至整个敌后，皆以失败而告终，因为中国的"水"太大，无法干涸，因此，他想彻底消灭"鱼"的想法，也就成了黄粱一梦。

第四章　发面引子

当"水乳交融、生死与共"的沂蒙精神横空出世后,有人总是不解地问:惊天地、泣鬼神的沂蒙精神,为什么偏偏诞生在遥远的沂蒙山区?

一首经典的民歌《沂蒙山小调》似乎给出了答案:"人人(那个)都说沂蒙山好,沂蒙(那个)山上好风光……"

沂蒙厚重的传统文化是沂蒙精神诞生的沃土。沂蒙精神是党政军民联合铸造的,一曲唱响全国的《跟着共产党走》足可为证:"你是灯塔,照耀着黎明前的海洋;你是舵手,掌握着航行的方向……"

《沂蒙山小调》1940年10月诞生于费县薛庄镇白石屋村,《跟着共产党走》1940年6月诞生于沂南县孙祖镇东高庄村,两地同属于沂蒙腹地。

发面需要引子。

假如我们把沂蒙比作一盆好面,要把这盆面发起来,就必须用上好引子。毫无疑问,共产党领导的八路军就是最好的引子。

1. 沂蒙山横空出世

"沂蒙精神""沂蒙山""沂蒙老区",这些词汇,在当下的中国已经是家喻户晓、人尽皆知了,一度还成为点击率极高的热词。然而,在山东省乃至全国地图上,我们是找不到沂蒙山的。为什么?因为作为地理概念上的山脉,沂蒙山压根就不存在。在山东省地图上,我们能看到的只有蒙山山脉和沂山山脉。

"沂蒙山"一词,从一出现就带着红红的色彩,先天的优势注定了它的红色传奇。

"沂蒙山"一词的出现,是与中国共产党密不可分的。

在山东境内,除了泰山山脉,有名的山脉还有鲁中地区的沂山山脉,鲁南地区的蒙山山脉,胶东地区的昆嵛山脉,以及抱犊崮山区、天宝山区等大大小小的山地,这些山形成了山东特有的地域风貌,尤其是蒙山、沂山山脉里的崮,其奇绝的造型堪称山中一绝。

沂山山脉和蒙山山脉,以山的姿态在风雨中已经傲立了几亿年,而沂蒙山的出世不过才 80 余年。要弄清楚这个话题,我们还得沿着时空隧道回到抗日战争初期。

1938 年 5 月 21 日上午。

在徂徕山下南上庄村外的一片外人罕至的柏树林里,山东省委一次重要的干部会议正在这里召开。几十名地方干部与延安来的 50 余名干部,席地坐在柏树下,正专心倾听一位个头不高、年轻、干练,带着浓重陕北口音的人做报告。他就是中共中央从延安派来的中共陕甘宁边区原党委书记郭洪涛。他虽然年轻,可是他正是陕北革命根据地、陕北红军的主要创建者和领导者之一,对创建根据地有着丰富的实践经验。

中共中央派这批干部来山东,是根据黎玉赴延安给毛泽东汇报时,提出派干部来山东的请求而做出的决策。

党创建了大事要开会商讨、集体酝酿决策的制度，派兵去山东这样的大事，须经中共六届六中全会集体讨论、决策。可是毛泽东早已意识到山东对整个党的现在和未来的重要性，就当机立断，先派一批干部去山东，发动群众，开展工作，为主力部队到山东打基础。

中共中央在组织这批干部前，委托陈云和李富春专门征求郭洪涛的意见。得知中央拟派自己到山东工作时，一向听党的话、服从组织安排的郭洪涛欣然领命。

中共中央于4月间，很快从延安抗日军政大学、中央党校的学员和中央机关、陕甘宁边区的干部中，选出一批具有地方工作经验和军事斗争能力的干部，首批50余人，决定由高锡贵做向导，由郭洪涛率队进山东。后来出任费北行署第一任主任的徐元泉就是这批干部中的一员。

毛泽东已经给3000里外的山东画好了蓝图。郭洪涛一行临行前，毛泽东接见了他们，并把这个蓝图描绘给他们：日本帝国主义已占领我华北、华东大片国土，特别是侵占山东后仍继续南进。李宗仁将军在徐州拒敌。我党的方针是，在敌占区开展独立自主的游击战争，创建敌后抗日民主根据地。你们到了敌后，要像柳树那样插到哪里都能活，像松柏那样天寒地冻也巍然屹立不凋谢。你们到山东后，要服从当地党委领导，同当地党委搞好团结；要发动群众，依靠群众，不断发展壮大党的组织；要坚持党在统一战线中的领导权和独立自主的原则，放手发动群众，开展游击战争，建立和发展民兵、地方基干武装和主力部队，创建抗日民主政权，建立山东抗日民主根据地。

郭洪涛领命后，率领这支50余人的队伍，携带两部电台，由高锡贵带路，于1938年4月底由延安起程，经西安乘火车到河南柳河车站下车，步行经鲁西南曹县等地，于5月20日到达中共山东省委驻地泰安县南上庄。

此时，郭洪涛已接替黎玉出任山东省委书记。可以说，沂蒙汉子高锡贵送走了一个省委书记，又迎回了一个省委书记。之后，中共山东省委扩大为中共苏鲁豫皖边区省委,仍由郭洪涛担任书记。

同山东省委接上头后,郭洪涛一行马不停蹄,第二天就召开了省委干部会议。经讨论,会议制定了《发展和坚持山东游击战争的战略计划》:确定创立以鲁中沂蒙山区为中心的根据地;向北以淄博山区为依托,开创清河地区平原游击根据地;向南开创抱犊崮抗日根据地;向东发展,开创沿海地区抗日根据地;在津浦铁路以西,创立梁山泊和微山湖抗日根据地;在胶东创立以大泽山为中心的抗日根据地。

历史表明,山东省委这次干部会议,由于及时传达了中共中央的重要指示,为今后坚持山东的抗日游击战争指明了方向,明确了任务。这次会议和一年后八路军115师在蒙山前天宝山区召开的桃峪高干会议,史称"北南会议"。北南会议对创建以沂蒙为中心的山东抗日民主根据地具有重大意义。

会后,郭洪涛南下西蒙山,到达费县西部的仲村一带,在这里发动群众、组建武装、建立政权后,由西蒙山到达东蒙山,进入鲁中地区,10月份到达潍坊南部的沂山山脉。在这里,他们商讨、起草了给中共中央的电文。他们认为,沂山山区和蒙山山区,纵横八百里,战略纵深大,人多枪多,物产丰富,是建立抗日民主根据地最好的选择。鉴于电报要言简意赅,于是电报中把沂山地区和蒙山地区合称沂蒙山区。从此,"沂蒙山"一词就横空出世了。

2. 东进——老八路到沂蒙

假如我们把沂蒙山区比作一盆好面,那么,八路军第四支队就是把这盆面发起来的引子。可是,沂蒙山区盆太大、面太多,还需要更多的引子,黎玉的延安之行显然是向党中央要发面的引子。

1938年春天,黎玉离开沂蒙前往延安前,蒙山山区的武装势力,无论是国民党顽固派还是汉奸武装,都比八路军第四支队强大得多。那时候,惯匪刘黑七拥有上万人马,这个牛气冲天的匪酋,压根就没把这支破衣烂衫的八路军放在眼里。当眼线告诉他八路军第四支队到达蒙山前时,刘黑七眼皮都没有翻一下,不屑一顾地说:"一群叫花子,几条破枪,能成大事?"

半年后,形势就发生了变化。在八路军115师师部及686团出发前,中共中央山东分局已于1938年12月成立,从延安到达沂蒙的郭洪涛被任命为山东分局书记,统一领导山东及豫苏皖边区的抗日武装。山东境内共产党领导的抗日武装集中整编为八路军山东纵队,张经武任总指挥,黎玉任政委,队伍共有24500人。由此可见,115师到来之前,山东境内的八路军地方武装已经颇具规模了。

1939年1月1日,115师主力抵达山西省屯留县常村镇休整,开始为挺进山东做准备。1月27日,115师主力在代师长陈光、政委罗荣桓的带领下挺进山东。不到3个月,这支部队行程3000里,到达山东境内的泰西地区。

115师的首长是极具战略眼光的,他们最初的设想是在泰西地区依山傍水(山是指泰山,水是指东平湖)组建根据地。从战略意义上看,这里是一片进可攻、退可守的好地方,尽管战略纵深小了一些。115师的到来引起驻济南日军的极大关注,其最高指挥官决定趁115师立足未稳之际,一举将其击溃。刚到山东的115师就这样在仓促中和日军开战了。陆房战役让115师在泰西建立根据地的计划落空了,突围而去的115师南下微山湖,9月底到达蒙山前。

115师是红军的老班底,干部战士大都是百战余生的精英,这支部队是主力中的主力,王牌中的王牌。这支部队几乎跟所有的军阀都交过手,一路从江西打到陕西,无论是密集的敌阵还是汹涌的江河,都挡不住这支部队前行的脚步。1937年,这支部队和日军的"钢军"第五师团在平型关亮剑,日军大败。这支从江南打到江北的队伍,几乎纵横大半个中国,可谓所向无敌。驻山东的日军之所以关注这支精锐之师,源于日军精锐在平型关的惨败，他们千方百计要将其消灭，于是115师初到山东就陷入日军的包围之中，指挥这场战役的是日军驻济南的第12军司令官尾高龟藏。这是一个狡猾的对手，也是日军里一个足智多谋的将领。他利用九路围攻的办法，将刚到山东、人生地不熟的115师一步步逼迫到狭小的泰西陆房村，妄图一举歼灭，以给他的老朋友板垣征四郎雪平型关之耻。可惜，日军面对的是八路军的精锐之师。在这场硬碰硬的较量中，115师以牺牲200人的代价斩敌1200余人后，一夜之间跳出铁桶一般的包围圈，成功突围。

翌日，费了九牛二虎之力的日军主力终于攻占了陆房村。站在村头尚未散去的硝烟里，看着一地鸡毛的战场，尾髙龟藏一脸困惑。此时，他似乎明白了板垣征四郎兵败平型关的缘由了。作为日军的高级将领，面对被他的8000精锐铁桶一样围困在狭小村落里，一夜之间却又无影无踪的对手，他感到自己在山东的安生日子到头了。为此，他派出大批侦探寻找115师的下落，以便聚而歼之。可是，这个日酋一直也没有弄清楚，这支八路军是共产党用来发酵沂蒙乃至整个齐鲁的引子，一旦这团引子融入人民这盆面里，就不是他一个军的力量所能控制的事情了。两年后，日军纠集5.3万兵力围攻沂蒙山根据地，无果而终就是最好的证明。

显然，对沂蒙山区这盆面而言，115师是最好的发面引子。当时，毛泽东手下只有三师之众，居然将精锐之师派到山东，可见中共中央对山东尤其是沂蒙山区的重视。当然，115师也不负重托、不辱使命，一到山东就打出一套漂亮的组合拳：樊坝大捷、陆房突围、梁山歼灭战……

3. 忧思泗水河

在泰西地区的陆房村，被强大的日军无缝隙包围的115师突出重围后，去了哪里呢？

日军大面积的搜索开始了。通信技术先进、信息渠道畅通的日军绞尽脑汁，就是找不到115师的下落。就在久经沙场的尾高龟藏苦恼的时候，8月1日，一个意外的消息让他目瞪口呆：天皇的族亲、第12军32师团的少佐田敏江，率领一个精锐的步兵大队为徐州日军送大炮时，在离陆房200里外的水泊梁山，被115师干净利落地歼灭了，2门野炮、1门重炮、15挺机枪和一大批武器，一并落入八路军手里。

这是一个经典的歼灭战。要紧的是，被击毙的大队长是天皇的至亲。消息传到东京，天皇震怒。尾高龟藏在自责的同时，也受到了上司的严斥。

在尾高龟藏的记忆里，在中国战场上，一个日军大队追着国民党军一个旅甚至一个师打的场景，就像东京盛开的樱花一样，是令人赏心悦目的，这样的场景在中国正面战场上屡见不鲜。可是遇上八路军，风景就不一样了。难道携带德国重炮的一个步兵大队真的消失了？八路军好大的胃口啊！侵华日军司令部严令尾高龟藏消灭八路军115师，以慰天皇陛下。尾高龟藏也想借机以雪陆房之耻，就立即调集3000名日军，飞蝗一般地扑向梁山。可是，等他的大军赶到梁山时，留给他的仍旧是一地鸡毛。

八路军115师，到底在哪里？

泗水河畔。

在河流星罗棋布的鲁南地区，泗水河是一条流经区域并不大的内流河。在大河向东流的山东境内，泗水河有点奇怪：沿着八百里沂蒙的西部边缘向南流，最后汇入大运河。

梁山歼灭战后，115师这支纵横鲁西南的劲旅沿途建立一块块小根据地，经过层层分兵，到达泗水下游的河畔时，只剩下张仁初的686团的一部分兵力了，加上师部不过1600余人的样子，他们的目标是在蒙山前创建根据地。

115师政委罗荣桓站在河边远望，眼前莽莽苍苍，蹚过这条河就可以进入沂蒙山区了。

泗水河上游，从河岸东行百余里，就是中共山东省委书记黎玉，率八路军山东人民抗日游击队第四支队一部初到沂蒙时驻扎的地方。

其实，中共六届六中全会决定115师挺进山东时，罗荣桓就开始关注这片土地了，可惜延安被国民党封锁得实在太严实了，无法找到任何关于山东省地形、地貌的地图和资料，直到他率部进入鲁南，师部住进开明绅士万春圃家里，他才从一本发黄的《沂州志》里看到了对沂蒙地区的描述：沂蒙地处"京津之要冲，江淮之锁喉"。占据了沂蒙，北出可以进击北京、天津，南下可以威慑江淮。或者说，坐拥沂蒙，只要一动，西可以切断津浦线，南可以切断陇海线，东有大海盐鱼之利，西有中原腹地之广……沂蒙才是一块战略要地呢！中共中央派兵长途到山东，确实是一招高棋。这是具备战略眼光的人才能看到的。当然，山东的战略地位，敌人也会意识到，尤其是沂蒙山区，已成为各种力量的逐鹿之地了。

泗水河滔滔南流，蒙山苍苍莽莽，站在河边，眺望远处的蒙山，罗荣桓想起一首绝句："胜日寻芳泗水滨，无边光景一时新。等闲识得东风面，万紫千红总是春。"这是朱熹的一首哲理诗。至于这位南宋大理学家是否到过泗水，一时无从考知，但诗中的春景的确令人心旷神怡，无边无际的风光焕然一新，多么美好的泗水之滨啊！可是罗荣桓无心欣赏平原与山岳交会之处的风景。想想从入鲁第一战樊坝大捷，到随后的陆房突围，虽然险胜，但从陕西带来的辎重悉数丢尽，这一路血战下来，身经百战的罗荣桓感到了山东敌情的复杂程度。沂蒙山区不仅有日军、国民党军、伪军，还有大量土匪，各种势力犬牙交错。罗荣桓在想：八路军能在沂蒙这片土地上扎根吗？

4. 登东山而小鲁

1939年5月27日。

渡过泗水河的八路军 115 师师部踏入西蒙山。雄伟的蒙山主峰，以俯视众山小的姿态挺立在阳光里。

孟子曰："孔子登东山而小鲁，登泰山而小天下。"

东山，就是龟蒙顶，它是八百里沂蒙的最高峰。从地理位置上看，龟蒙顶处在曲阜的东面，距鲁国国都不过百余里，鲁国人称其为东山。

1938 年，蒙山上的连翘花开的时候，八路军的地方部队第四支队来到蒙山，那次带队的是黎玉。1939 年，蒙山上的洋槐花开的时候，八路军 115 师一部来到蒙山，这是中共中央派来的主力。115 师跟中共中央派出的第一批由郭洪涛带队的干部到蒙山的时间只差一年，但就在这短短的一年内，蒙山前的这片古老的土地已经彻底复苏了，正如朱熹诗句中所说："无边光景一时新。"

一年前，蒙山上的连翘花开时，中共山东省委来到这里，建起了费县工委，潜伏在蒙山前的共产党员们，如唐绍鼎、鲍天仇、高锡贵等纷纷走进阳光里。在"枪杆子里面出政权"的理念下，唐绍鼎、鲍天仇等人组建起蒙山前共产党领导的第一支武装——常备军，王保胜出任这支武装的军事大队长。鲍天仇的眼光的确独到，王保胜是一名难得的军事人才，仅两个月工夫，他就把这群放下锄杆子端起枪杆子的农民训练得像模像样了。

这支队伍从诞生起就受到来自各方的势力的打压，先是国民党山东省第三区行政督察专员公署专员张里元软硬兼施，后是国民党仲村区长管友恩百般刁难，最危险的是惯匪刘黑七动了歪心眼，一心想把这支部队变成他的一个大队。这些明枪暗箭都被中共费县县委巧妙地化解了。这期间王保胜居功至伟，他带领着这支武装，时刻以战备的状态应对刘黑七的暗算。1940 年，这支武装被八路军 115 师升级为主力四团一营四连，王保胜出任首任连长。

八路军 115 师主力到达蒙山前，这片土地迅速红起来，自然就招来敌对势力的联合绞杀，于是枪声就连绵不断地响起来。

如果说 115 师师部来到蒙山前，迎接他们的是锣鼓和鞭炮，是鲜花和彩旗，那么一年前，中共陕甘宁边区原党委书记郭洪涛带队来到这里时，就不那么幸运了。

1938 年 6 月，郭洪涛、徐元泉等首批延安干部来到蒙山前，就遭到了地方势力的抵制，干部队没有多少武器，多亏了王保胜领导的常备军全力保护，才得以安全。但是，蒙山前的第一重镇仲村被国民党死死地控制着，确切地说，仲村镇是由国民党区长管友恩说了算。那时候，虽说国共合作了，但是四一二反革命政变的阴影依旧在，双方之间的隔阂依旧清晰可见，郭洪涛带着延安来的干部们，就是磨破了嘴皮子也进不了仲村。

怎么办？

仲村镇是蒙山前的重镇，要想在蒙山前站住脚，就必须进入仲村，让这座被国民党控制的堡垒成为宣传抗日主张的舞台。

王保胜主动承担了带领宣传队进仲村宣讲的任务。当他们喊着抗日的口号，排着整齐的队伍走近仲村镇大门时，遭到了管友恩的枪击。枪声打破了蒙山前的宁静，宣传队立即陷入混乱。多亏王保胜在东北抗联打过 6 年仗，有丰富的实战经验。他喝令大家原地趴下，然后带领队伍向后退，就这样大家安全撤出来了。

王保胜临危不乱，指挥得当，队员无一伤亡。为此，他受到郭洪涛的表扬。

为了团结抗日，仲村镇必须进去！

怎么办？

此时，王保胜献计，由费县县委出面，通过唐绍鼎和鲍天仇，请当地颇有威望的名流乡绅唐绍典出面说和，劝说管友恩打开城门。德高望重的唐绍典欣然领命，孤身一人走进戒备森严的仲村镇。

旧中国的乡村是一个乡贤治理的社会，对唐绍典这样名声显赫的乡贤，管友恩不敢怠慢，亲自迎出镇门。

7月初,在唐绍典的斡旋下,管友恩勉强同意苏鲁豫皖边区省委机关进驻仲村镇,对峙了一个多月的双方表面上算是握手言和了。

边区省委和第四支队的领导,在仲村召开了当地乡绅名流座谈会,宣传共产党的抗日民族统一战线和《抗日救国十大纲领》,提出了"抗日高于一切"和"一切服从抗日"的口号,对社会各阶层的人士及广大群众进行了总动员。

宣传带来了巨大效应。

1939年初夏,蒙山前的空气异常清新,白云从龟蒙顶上空飘来,在阳光里如丝如缕,一望无际的庄稼郁郁葱葱。这是仲村人渴盼的阳光普照的夏天,火热的气息在蒙山前荡漾着,向四周扩散……115师在仲村召开了声势浩大的抗战2周年纪念大会。这次会议是借纪念之名,借机造势,扩大共产党和八路军的影响,放手发动群众。当地群众近3000人参加了会议,负责保卫会场的是王保胜带领的县大队,同时派出主力一部,在地方一带警戒刘黑七,以防他趁机捣乱。

115师参谋处处长王秉璋,手持铁皮卷成的喊话筒,发表了慷慨激昂的演讲。他说,日军侵占我中华,所到之处,杀人放火,无恶不作。在这紧急关头,站在国家和民族的立场上需要抗日,站在保全个体生命和私有财产的立场上也需要抗日。不抗日就无法生存,就要做亡国奴。一切不愿受奴役的同胞,一切有骨气的中国人,一切有血性的汉子们,都要在抗日的大原则下,巩固、扩大、发展抗日民族统一战线。有钱的出钱,有粮的出粮,有枪的出枪,有力的出力,把日本帝国主义驱逐出中国!保卫国家,保卫家乡,保卫父母兄弟姐妹的生命财产!

他还引用了蒋介石的话:"地无分南北,年无分老幼,无论何人,皆有守土抗战之责任……"他接着痛斥了国民党顽固派背信弃义、破坏抗战的无耻行径,猛批了土匪、伪军的无道嘴脸,表达了中国共产党领导全国人民抗战到底的决心,阐述了抗战必胜的信念。

会后,文工团还演出了丰富多彩的文艺节目,附近的群众越来越多,开始是悄悄地站在会场周围看，看着看着，慢慢地涌进了会场。

就在王保胜带领县大队走进会场的时候，沂蒙猎手唐嘉告还在右手提着猎枪，左臂架着猎鹰，悠然地在山坡上寻找动物的踪迹；小商贩宋美续还在山里收购山茭子；布贩子张西柱还在镇子的大街上卖布……这些后来叱咤风云的蒙山抗战英雄，现在还没有行动起来，还分散在四乡八寨，干着维持生活的营生。

这次大会之后，这些人纷纷走向抗战。他们跟王保胜一起，在共产党的教育、感化下，成长为坚定的抗战斗士，成为威震敌胆、名震蒙山的大英雄。日、伪军为他们的人头开出的价格之高，连他们自己都不敢相信。当年，唐嘉告跟王保胜使性子时，王保胜说："要是不当八路，你那颗人头能值300个银圆？"

正是中共山东省委和费县县委，在蒙山前奠定了良好的群众基础，八路军115师才能一到蒙山就受到广大民众的欢迎。蒙山前的八路军有了主力部队撑腰，地方武装不再受气；老百姓有了主力部队撑腰，也不再担心土匪和日、伪军的报复了。

115师迅速开辟蒙山前抗日民主根据地，三个月后，留下王保胜的县大队独撑蒙山的局面，主力部队南下抱犊崮，开辟鲁南根据地去了。

5. 结交"山大王"

如果说115师开辟蒙山前抗日民主根据地，依靠的是唐绍典、鲍天仇、王保胜这样的无产阶层；那么开辟抱犊崮抗日民主根据地的初期，很大程度上是依靠以万春圃为首的有产阶层。不管是无产阶级还是有产阶级，只要他们抗日，对八路军来说都是要发的"面"。

1939年9月1日，115师来到抱犊崮山区，师部开向大炉村。

八路军主力要来的消息，事先通知了中共鲁南特委，特委组织了群众，敲锣打鼓夹道欢迎。同时，特委及郯城、峄县等县的党组织及社会各界人士，也已早早等候在大炉村外。115师师部一出现在村头，立即就听到鞭炮齐鸣、锣鼓喧天，鲁南民众在共产党的组织下，欢迎八路军主力到鲁南。在欢迎的人群里，有一个穿长衫的长者格外显眼。

后来，郭子化告诉罗荣桓，那个穿长衫欢迎八路军的人叫万春圃，是抱犊崮一带有名的豪侠地主，江湖上人称"山大王"的万三爷，他的长子万国华就是鲁南特委发展的共产党员。

豪侠之人必是仗义之士，罗荣桓对此人颇感兴趣。

特委领导人给罗荣桓讲述了这位"山大王"的传奇故事。万三爷出身地主家庭，家里有200多亩粮田和500多亩山场。他家的粮田都是河岸边的沃土，对山区而言，那就是"用手一攥就流油"的好地，当地人把这样的土地称为"粮囤子"。所以，万家骡马成群，粮仓林立。500亩山场遍植柞栎，年年放蚕，剥茧抽丝，收获颇丰。万家虽无大院，也有瓦房30多间，虽然称不上豪门，但在抱犊崮山区也是屈指可数的大户人家，加之万三爷的江湖名声，提起他没有不知道的。就连小股土匪也畏惧他的名声，轻易不敢在大炉一带撒野。

万三爷自幼不爱读书，却喜欢骑马玩枪。他为人耿直，颇有侠客之风，具有强烈的正义感。他交友广泛，仗义疏财，济困扶危，很受乡民尊重。

通过好友陈玉山的介绍，万三爷相继结识了鲁南向城的刘子才、城后的赵剑南、兰陵的李子赢、万村的王洪辰等一些士绅名流，并和他们结拜为兄弟，经常在一起议事谈心。有一次，万三爷正在陈玉山家里喝酒，忽然家人急报，二老被土匪绑架了。万三爷听了顿时火冒三丈，提枪上马就要与土匪拼命。陈玉山一把拉住缰绳劝他说："土匪绑票，无非是想钱。就咱现在的实力还不是来硬的时候，先设法把二老赎回来再说。"

万三爷只好花钱赎人。

要想对付土匪，必须有自己的武装。万三爷立即组织起护家民团，开始只限于守围子，后来不断和小股土匪作战，慢慢地民团就壮大起来。有一年冬天，刘黑七派出一队喽啰攻打大炉村，结果"偷鸡不成反蚀一把米"。刘黑七不信这个邪，亲自披甲上阵，结果险些丧命在万三爷的枪下。直到这个时候，刘黑七才知道大炉村的锅是铁打的，万三爷果然名不虚传。

名声是打出来的。敢于拔刀亮剑的万三爷当上了地主武装联庄会的会长。只要他一声令下，就能调动上千人的武装，从此他就成为独霸一方的"山大王"了。他这个"山大王"是保护一方安宁的，是让真正的土匪头疼的"山大王"。

大炉村是那一带的富裕村，被刘黑七惦记上也是很自然的事情。他多次打大炉村的主意，都因为万三爷的小心应对无功而返。硬攻？即使破村代价也太大，再说鹿死谁手还不好说呢！智取？他们玩过几次，皆不是万三爷的对手。无计可施的刘黑七只能瞅着大炉村，叫花子咬牙——发穷狠了。

20世纪20年代初，万三爷担任临沂县第七区联庄会会长。30年代初，他办起了一所小学，受教师、共产党人聂立人、聂益人的影响，同情穷人，倾向革命。在共产党人的教育下，他认识到这种土匪遍地、民不聊生的乱象是政府无能、制度腐败、军队不担当的结果，要想还社会一个太平，就必须砸碎旧世界，建立新秩序。

1933年春，国民党山东省政府不管民间疾苦，准备新置柞城县，决定筹资造城，这种不顾地僻人穷的强行集资，最终激起了鲁南的民怨。此时，共产党已在鲁南经营两年有余，建起4个区委、21个支部，发展党员350人、农协会员6000余人。特委认为时机已成熟，7月，指示中共临郯县委在苍山举行武装暴动，史称"苍山暴动"。由于国民党81师的残酷镇压，苍山暴动失败了。国民党临沂县政府密令万三爷立即搜查、逮捕躲在辖区里的共产党员聂立人、聂益人。其实，这两个大难不死的共产党人、苍山暴动的参加者，就躲在万家。于是，万三爷巧使计谋应付政府，暗中放走了二人，为革命保存了火种。

1936年底，中共苏鲁豫皖边区特委为形势所迫，决定移师抱犊崮山区，郭子化派李韶九、郭致远以行医作掩护，到抱犊崮一带活动。当时，鲁南地区官僚、土匪、恶霸横行乡里，劳苦大众饥寒交迫，镇压苍山暴动的白色恐怖依然笼罩着这片山区。边区特委要在这里落脚生根，没有当地有势力的人物庇护，是无法立足的。因此，李韶九来抱犊崮前，郭子化再三交代：要想开辟这一带的工作，就一定要争取地方实力派万三爷的支持。于是，李韶九成为第一个正式做万家工作的共产党人。

经过李韶九的努力，万家与中共枣庄矿区委员会建立了密切联系，万三爷的长子万国华也加入了中国共产党。此后，郭子化及其他工作人员经常住在万家，在万三爷的庇护下发展党员，建立党组织，群众工作如火如荼地开展了起来。

抗日战争爆发后，万三爷以自己的护院队为班底，整合其他力量，建立了一支抗日队伍。为保障这支队伍，万家献出粮食、银圆。后来，这支部队被编入中共苏鲁豫皖边区特委领导的人民抗日义勇队，实际上是一支由共产党完全掌控的队伍。

1937年冬，韩复榘不战而退，日军的铁蹄越过黄河，山东沦陷。

1938年春天，日军先后占领了临沂、枣庄等重镇，鲁南的城镇相继落入敌手。这时，万三爷根据党的指示，公开打出了"守土抗战、坚决不做亡国奴"的抗日旗帜。他把自己家的粮食、猪羊献出来，开了齐心会，喝了盟誓酒，带头宣誓"抗日救国不怕牺牲，打鬼子灭汉奸不当孬种，武装抗日"，并在第五战区临、郯、费、峄四县边区联合办事处筹备处的基础上，正式建立了四县边联办事处。

1939年2月，鲁南特委在矿坑召开鲁南各县县委书记会议时，正逢日、伪军万余人分五路"扫荡"鲁南山区。特委立即带领参加会议的人员避开敌人，迂回进山，回到大炉村。不料，第二天敌人兵分两路包围过来。在万分危急的情况下，万三爷主动承担阻击任务，掩护特委机关转移。万家父子组团迎敌，一场旨在掩护特委的阻击战打响了。子弹无眼，炮弹无情。在激战中，年仅19岁的万三爷的次子万国英中弹牺牲，战士们都为之万分悲痛。在这关键时刻，万三爷赶到队伍前面高声喊道："国英是为国家、民族的解放而死的，他死得光荣，有什么可悲的呢？要打鬼子就得做好牺牲的准备，在这点上，国英为我们树立了榜样。"万三爷的话句句震撼人心，一时士气大振。就这样，他带领队伍胜利地完成了阻击敌人、掩护特委机关转移的任务。

此战，万三爷表现得更像一个共产党人了，党对他更加信任了，组织决定：把鲁南特委迁到党群工作基础好的大炉村，特委机关就公开设在万三爷的家里。

从此，大地主万三爷家，成了鲁南地区共产党的政治、行政中心。

认真地听了这个"山大王"的故事后，罗荣桓高兴地说："像万春圃这样的开明地主，我们党要充分理解他，八路军要完全相信他，咱们共同团结他、依靠他、支持他。我们党不仅要获得广大群众的支持，也要获得有产阶级的支持，只有这样才能形成广泛的统一战线，115师才能在抱犊崮地区站住脚。"

作为鲁南地区地主阶级的代表性人物，一开始万三爷对八路军并非毫无戒心，因为在各派势力之间生存的万三爷一向信奉：为人只说三分话，不可全抛一片心。但在认识罗荣桓之后，这种情况就完全改变了。罗荣桓和他见面的那一天，就紧紧握住他的手说："万会长是抗战的英雄，您为四县边联抗日根据地的建立做出了重大贡献，我代表115师全体同志向您表示感谢！"

初次谋面，罗荣桓的这些话，令万三爷心里热乎乎的。

胸襟坦荡的罗荣桓，对他这个"山大王"毫无戒心，面对他的邀请，丝毫没有犹豫，一口答应住进他家里，让他在众人面前赚足了面子，也令他格外感动。

住进万家之后，罗荣桓很快就和万家打成一片。万三爷每天总要到罗荣桓的房间里坐坐，罗荣桓常常给他讲国内外形势和八路军的历史及传统，还不断地给他讲革命道理，有时一直讲到深夜。在罗荣桓的影响下，万三爷抗日的觉悟越来越高，对共产党的戒心也荡然无存了。

有一次，罗荣桓的坐骑病了，他就和马夫一起给马喂药，万三爷看到后颇为惊奇。作为115师的长官，罗荣桓和普通战士没什么两样，穿的都是带补丁的军服，盖的都是带补丁的旧被子，吃的是同一锅饭菜，这和万三爷看到的国民党军官完全不一样。国民党军官个个都是挺阔的呢子大氅，擦得锃亮的马靴，营长就有姨太太，团长就有专门的厨子，师长就有别墅了，哪一个出门不是前呼后拥的？

头一次看到官和兵一样的军队，这个60多岁、经多见广的"山大王"颇感新奇。罗荣桓的一日三餐并不比士兵的好多少，许多时候都是警卫员王汇川直接替他从伙房里领取饭菜。万三爷觉得罗荣桓生活清苦，就吩咐妻子给他改善一下生活。万三爷的妻子跟罗荣桓的妻子林月琴聊天时，得知罗荣桓爱吃辣椒，就杀了一只鸡做成一盘辣子鸡，托王汇川给罗荣桓送过去。王汇川知道罗荣桓的脾气，不敢接盘子。万三爷说："你只管送过去，有事我兜着。"一开始，罗荣桓以为是部队改善伙食，吃了两块感到特别香，立刻意识到不是部队的伙食，得知缘由后，就命令王汇川端回去。王汇川说："首长，都动筷了，怎么好意思再送回去？下不为例，行吧？"罗荣桓摇摇头，让妻子拿出一块银圆，说："这样吧，你把钱送过去，一定要给人家讲明这是八路军的纪律，千万别让万先生误会。"

拿着银圆，万三爷感慨地对王汇川说："我都60岁了，头一回见到这样廉洁、这样爱百姓的军队领导。有八路军在，中国有救了！"

为证实这个细节，2013年夏天，我终于在济南市郎茂山下的一座旧房子里找到了退休在家的王汇川。他是陆房战役前参加八路军的，因为是小学毕业，在八路军里算是难得的文化人了，加之人机灵，罗荣桓就选他做了警卫员。我去的那天，老人正在修订他的书稿《罗帅在鲁南》。谈及这件事，王汇川老人说："一点也不假。"他说，他跟罗荣桓才三四年，没想到罗帅影响了他一辈子。退休后，他几乎把所有的工资都拿出来，沿着罗荣桓当年走过的路，一遍又一遍地采访、搜集资料，自己写作、出版了介绍罗荣桓的图书。他认为，不管出多少力、花多少钱，只要罗帅那代人的精神能让后代人传承下去，他就满足了。

那时，八路军初来乍到，衣食住行都得仰仗万三爷。为了加深彼此的感情，不光罗荣桓跟万三爷交友交心，就连爱马如命的陈光代师长知道万三爷喜欢马后，也毫不犹豫地把自己的战马送给了他。

八路军三千里东进，可以说是孤军远征山东，陆房一战，所携带的物资悉数损失。部队一路打仗，到达鲁南山区时，可谓山穷水尽了。

1939年1月21日至30日，国民党在重庆召开了五届五中全会，会议的中心议题是抗战和反共，确定了"溶共、防共、限共、反共"的反动方针。这次会议标志着国民党自抗日战争以来在政策上有了重要转变，蒋介石集团把政策的重心由对外转向对内。八路军115师虽说在国民政府那里有编制，可是蒋介石恶意拖欠军饷，地方实力派亦步亦趋，防共限共，致使八路军的后勤没有丝毫保障，所需、所用都要就地取材。部队要筹措钱粮，只能征用地主或百姓的。如果强行征集，就会造成地主、百姓的反感，影响八路军的政治宣传工作和形象；但不去征集，那么多人无法生存。

万三爷体谅八路军的难处，主动找到罗荣桓，要求把自家历年积存的15万斤粮食以及大量新伐的木材，全部献给八路军。罗荣桓说，这些粮食是你们家的全部积蓄，我们不能要。万三爷"生气"地说："八路军为了抗击日本鬼子，连命都不要了，我万某人难道还舍不得这点粮食吗？你们如果不要，那就是看不起我万某人。"

万三爷这番直爽的话，把罗荣桓、陈光的心里说得热乎乎的。15万斤粮食，绝不是一个小数目，对115师来说那就是救急粮、救命粮啊！虽说这些粮食并不能满足115师的巨大需求，但万三爷是在八路军为难之时慷慨解囊的。

那时候，鲁南的存粮大都集中在地主和商户手里。八路军初来乍到，地主、商户都对他们不熟悉。再说，如果八路军刚刚落脚，就动手向富人筹粮，那会是一个什么样的局面啊！万三爷懂得。于是，他主动请缨，以他的江湖威望，一家一户地去动员游说那些存粮户，终于筹来了几十万斤粮食，极大地解决了115师的粮草难题。粮草解决了，115师还需要一个办公地点，需要大量房屋。万三爷二话没说，除了留下几间房子供自己的家人住，三个大院子里的其他房屋全部让给八路军使用。

鲁南地区其实有一个实力很强的富裕阶层，但由于国民党的负面报道和恶意宣传，这些富裕阶层，除了万三爷，其他人都对八路军抱有或多或少的成见。如果能团结这些人，将有助于115师在鲁南开创抗日新局面。

万三爷知道了罗荣桓的心思，二话没说又把这个任务揽了过来。万三爷的那些结拜兄弟，如盛清沂、刘子才、赵剑南、王洪辰等人，都很给万三爷面子，再加上八路军确实说到做到，对没有罪恶、不投日的地主阶层保持尊重，所以他们都愿意和八路军合作。

由此，115师在鲁南地区获得了广大群众和地主阶级的广泛支持，部队获得了物资供应，官兵得到休整和加强，战力大增，为拔刀亮剑打下了基础。

第五章　拔刀亮剑

英雄是一个民族最经典的文化符号。

何谓英雄？剑指苍穹，背负使命。

何谓英雄？行事磊落，形同日月。

夫英雄者，挽澜于狂危，摧峰于正锐。

世界上只有一种真正的英雄，即认清生活的真相后依然热爱生活。

一个有希望的民族不能没有英雄，一个有前途的国家不能没有先锋。英雄是民族最闪亮的旗帜，他们的事迹和精神是激励后人前行的强大力量。

对英雄崇拜的民族可以造出更多的民族英雄。没有了崇拜者，就没有了英雄的未来，也就没有了未来的英雄。

匪患未除，外寇又强行入侵，以鲁南重镇临沂城失守为标志，整个沂蒙山区陷入内忧外患的困境，百姓陷入水深火热的煎熬中。

以太河惨案、银厂惨案为标志，国民党顽固派频频在鲁南、鲁中制造血案，沂蒙山区一时陷入三重磨难。

看淡生死，焚香为己还愿；尝尽千杯，入墓三分为谁？

危急关头，谁是拯救沂蒙百姓的英雄？谁敢拔刀亮剑？

1. 三打白彦

初来乍到的115师，能在陌生的蒙山建立根据地，敢打、能打、善打、打必胜是必须的，但鲁南地下党组织苦心经营，地方武装倾力协助，沂蒙人民全力支持是关键。蒙山前抗日民主根据地初具雏形后，115师就挥师抱犊崮，迅速建立起鲁南抗日民主根据地，郭子化领导的中共鲁南特委功莫大焉。事实证明，只要有党组织活动、党员相对集中的地域，八路军建立根据地就容易、迅捷。

山东各地虽然都有党组织在活动，但罗荣桓站在泗水河边的忧思，绝非杞人忧天，因为八路军刚来到形势相对复杂、社会绝对混乱的鲁南，就遭遇老百姓的冷遇。那时候，老百姓被扛枪的兵欺负怕了，他们还不了解八路军。我们今天津津乐道的"水乳交融"的军民关系，绝对不是初来乍到的八路军115师能看到的，因此，我们绝对不能用现在的思维去看待过去的事情。

鲁南地区民风彪悍，又有守旧忠君的文化传统，旧时军阀都喜欢到这里征兵。由于官军横征暴敛，加之刘黑七、赵嬷嬷、孙美瑶这些土匪敲诈勒索，这里的老百姓也就见识了各路队伍，交道打得多了，就有了经验：兵来如梳，匪来如篦，官来如剃。老百姓对扛枪吃粮的大兵一概没有好印象，对陌生的八路军也不例外；加之国民党有意的煽动和恶意的宣传，鲁南的老百姓对这些由外乡人组成的八路军印象相当一般，以至于八路军还没有到村，村里的人就跑光了。可是，群众很快就发现，这些穿着灰色军装的队伍跟其他队伍完全不一样：他们进村并不入户，晚上宁住街头也不进院，对民财一律不拿不抢。部队走后，老百姓的物资一概保持原样，即便用了农户的粮食，他们也会留下字条和现金，这就让老百姓颇感意外了。就在老百姓疑惑不解的时候，李韶九这些当地党员，纷纷走村进户进行解释、宣传，这样鲁南的老百姓才开始认识八路军，了解八路军，接近八路军。

那时候，所有武装都打"抗日"这张牌。一时间，"抗日"成了一个大箩筐，什么东西都可以往里面装；一旦装进去，干什么就冠冕堂皇了。就连恶贯满盈的巨匪刘黑七，也在喊着"抗日"，借机招兵买马。显然，在"全民抗日"这面大旗下，什么人都有。像张里元，自己不抗日，专门污蔑抗日的八路军。时间一长，听了一面之词的鲁南的老百姓就唱起这样的民谣："国民党是抗战的，八路军是闲看的，荣子恒（汉奸的司令，东北军参谋长荣臻的儿子）是混饭的，刘黑七是捣乱的。"

歌谣里说的这四股军事力量，几乎都在蒙山前后占据地盘。

在鲁南，115师靠亲民政策渐渐站住了脚。可是，如何树立八路军抗战的形象成了当务之急。尽管八路军一路征尘，多次跟日军交手，但是信息闭塞的鲁南民众并不知道。

怎么办？

最简单的办法就是打一仗给当地老百姓看看。

打哪里？怎么打？

蒙山之南重兵把守的白彦镇，就这样进入了115师决策层的视野。

温凉河上游的白彦镇，处在四县交会处，是临滕公路上一个重要的城镇。日军占领临沂城后，徐州失守，他们就在临沂、滕州建立起兵站和物资供给中心，临滕公路就成了他们的交通要道，中途的白彦镇则成了他们的驿站。战略地位十分重要的白彦镇，是鲁南地主孙鹤龄的老巢。同是地主，做事做人的差距是巨大的。如果说万三爷是正能量的代表，那么孙鹤龄就是恶势力的代言人。孙家靠剥削发家后，豢养家丁，组建武装，欺压百姓。日军占领临沂和滕县后，发现了地处两地之间的白彦镇的战略地位，对这位鲁南地区的恶霸采取招降纳叛的政策。在日本间谍的教唆、拉拢下，拥有千人武装的孙家父子倒向了日军的怀抱。在日军的扶持下，地主武装成了他们的帮凶，原本就墙高壕深的白彦镇成了日军的重要据点。

白彦镇是抱犊崮地区北上蒙山的必经之路。

从整个鲁南地区来看，临滕公路就像一条链子，横在蒙山和抱犊崮之间，白彦镇就是这条链子上的一把锁，彻底阻断了八路军向北、向南发展的通道。北上沂蒙是115师的既定目标，因为山东纵队、山东分局都在鲁中地区，115师必须向他们靠拢。从抱犊崮抗日民主根据地来看，白彦镇就是日军钉在鲁南的一颗钉子。

一向喜欢研究当地文化的罗荣桓，从万三爷那里得到一本《费县志》：白彦地处蒙山地区南部的太皇崮山区，白彦镇自古为人文荟萃之地。面对这样一个文化重镇，罗荣桓认为：先礼后兵。

陈光、罗荣桓商量后，派人与孙家父子联系，希望共同抗日，但孙家父子坚持顽固的媚日立场，纠集周边几十个村的民团，妄图阻拦八路军。面对八路军的劝说，孙家父子置若罔闻。八路军的工作人员走后，数典忘祖、认贼作父的孙家父子公开联手日军，喊出"不让一个八路军进蒙山"的口号，铁了心与八路军为敌，气焰十分嚣张。

文统失败，只有武统了。

经过研究，陈光、罗荣桓决定突袭白彦镇，解除孙家武装，建立抗日民主政权，彻底砸开这把铁锁，腰斩临滕公路。

八路军开始拔刀了。

1940年2月14日，陈光、罗荣桓指挥115师686团、特务团、苏鲁豫支队第一大队和山东纵队苏鲁支队发起白彦战斗。被日军武装起来的白彦镇民团，凭借多年修筑的防匪工事，以及在日军协助下修建的核心工事，疯狂叫嚣，跟八路军叫板。

那时候，抱犊崮地区的老百姓都知道，白彦镇是铜打铁铸的堡垒，土匪数次攻打，白彦镇毫发无损，没有重炮的八路军能打开白彦镇吗？

行家一交手，就知道有没有。

115师是打遍军阀无敌手的八路军主力，一个小小的白彦镇算什么？一战下来，孙家伪化武装除一部逃往滕县外，其余全部被歼，白彦镇及周围据点悉数被摧毁。抱犊崮地区的老百姓终于见识了八路军的实力。他们评价说:"那些戴斗笠的八路军(指从江南长征过来的老红军将士)真能打。"

一战白彦全面取胜,中共鲁南特委迅速跟进,在白彦镇建立起抗日民主政权。

孙家残余武装逃亡滕县投靠日军,日军明白白彦镇丢失临滕公路就被拦腰截断了,必须夺回来。那时候,打下临沂城,取得徐州会战胜利的日军,压根没把八路军放在眼里,小觑了115师的战斗力。3月7日,滕县日军派出100余人,在孙家残余武装的引导下,试图夺回白彦镇。

其实,日军的行动早在罗荣桓的预料之内。八路军开始积极备战,派115师特务团设伏,在日军经过时发起突袭,歼灭其一部后,日军不支,残部逃回滕县。

日军的进攻引起了罗荣桓的深思:既然日军想夺回白彦镇,就不可能派这点兵力,显然这是试探性进攻,目的是探探八路军的虚实。他立即动员部队,开始了打大仗、打恶仗、打硬仗的准备。

获悉八路军主力在白彦地区后,日军立即纠集周边据点的日军700余人,运用分进合击的老战法,从平邑、梁邱、城后三处据点出发,3月12日再次进攻白彦镇。

罗荣桓命令蒙山第四大队王保胜部盯紧平邑日军,瞅准机会从背后出击,使其无法全力南下;命令第一大队魏立九部盯紧梁邱日军,只要他们出动就袭击梁邱据点,加大日军的后顾之忧;命令八路军主力严阵以待,打击进犯的日军。

面对气势汹汹的日军,115师寸步不让,对日军实行分兵阻击。从城后据点出发的日军西行至柴山附近时,被八路军苏鲁豫支队第一大队歼灭大部,残敌逃回据点。从平邑出发的日军,摆脱王保胜部的追袭,行至白彦镇以北的官庄地区时,就被张仁初、刘西元指挥的686团阻击,停滞不前，后与从梁邱方向赶来的日、伪军会合，当天下午再次发起进攻。

鉴于白天战斗不利，686团歼敌一部后转移，白彦镇被日军攻占。日军打了整整一天，个个疲惫不堪，占据白彦后立刻休整，哪里想到八路军会不顾疲劳，采用他们最不习惯的战术——夜袭。

12日夜，686团派遣小分队化装潜入白彦镇，与镇外的主力配合，对日军发起突袭。睡梦中的日军仓促应战，厮杀半夜，日、伪军被歼灭200余人，残敌于13日拂晓向北逃去。686团和特务团各派一个连追击，再次歼灭日军一部。

二战白彦又获全胜。

两次失败的日军终于摸清了八路军的虚实：对手就是让板垣征四郎伤心平型关，让尾高龟藏败于陆房村的八路军115师啊！这回他们不得不小心对付了。

日军就是这样，一旦战败，必定恶性报复。一路所向披靡的日军，被八路军再次打脸后，纠集滕县、费县、平邑等大据点的兵力2000多人，经过几天的精心准备，再次杀向白彦镇。这回日军是要报前两次失败之仇，一副志在必得的架势。而115师认为，日军之所以如此猖狂，是因为没有把他们真正打疼、彻底打垮。于是，115师上下动员，再次向日军亮剑。

19日，从平邑和滕县出发的日、伪军约1000余人，被八路军顽强阻击在白彦镇西北的官庄和西面的太皇崮高地。从费县出发的日军约300余人，被苏鲁支队完全击退。20日，从费县再次出发的日、伪军500余人行进至白彦镇东南的魏庄、张家庄附近时，又被苏鲁支队伏击歼灭一部。21日，从滕县和平邑再次出发的日军1500余人，气势汹汹，压向白彦镇。

面对强敌，八路军毁掉白彦镇的围墙，把防御工事全部破坏，然后号召村民坚壁清野，填埋水井。做完这一切，撤出群众后，八路军开始放手一搏了。经过层层阻击，大量消耗日军的实力后，天黑前，八路军主力放弃白彦镇。

八路军拆除白彦镇古老的围墙,实在是无奈之举,因为他们没有重炮,缺乏攻城的利器,一旦日军再次占据白彦镇,他们就很难攻克了。日军也正是抓住了八路军的这一短板,只要占领一地,就修筑炮楼,以备长期守护。整个抗日战争时期,敌后战场上炮楼林立,那不是日军的创举,而是我们国力弱、武器落后的证明。所以,八路军每攻克一处据点,就会动员群众拆除围墙和炮楼。

要知道,一村一镇的围墙,那是一代人甚至几代人心血的结晶,是村民的财富,也是他们安全的屏障,彻底拆除,没有老百姓的支持和奉献,是无法完成的。

日军苦战一天,原本计划攻下白彦镇后饱餐一顿,休整一夜,养精蓄锐后再与八路军决战。可是,进入白彦镇的日军,找不到一粒粮食、一碗水,连个可以躺下休息的草铺都找不到。饥渴难耐的日军折腾半夜,总算吃了顿半饥半饱的晚餐,席地而眠。

后半夜,陈光和罗荣桓指挥八路军主力突袭白彦镇。686团、特务团、苏鲁豫支队第一大队分别从西北、东南方向隐蔽接近白彦镇,摸掉日军岗哨,随后发起突袭。日军没有料到,连续血战三天的八路军,居然杀了他们一个回马枪,防线转眼被全面突破。攻入镇内的八路军,与日、伪军展开激烈的巷战,短兵相接,开始肉搏。日军尽管武器精良,弹药充足,但是夜战却是他们的短板。两军战至22日凌晨,白彦镇内的日、伪军大部被歼灭,残部靠施放毒气后侥幸逃脱。

这次,日军伤亡惨重,重武器全被缴获,他们被彻底打服气了。

八路军115师在山东纵队苏鲁支队的配合下,在白彦镇对日军三战三捷,共击毙日、伪军800余人,伤其无数,缴获各种枪支350余杆,拔掉了鲁南最坚硬的一颗钉子,砍断了横在两个根据地之间的链子。

在八路军山东抗战史上有很多可圈可点的战役、战斗,白彦战斗就是一个精彩的案例。这是继平型关大捷后115师在鲁南的一次漂亮的歼灭战，史称"三打白彦"。这次重大战斗被誉为"八路军115师沂蒙第一战"，作为抗战史上的经典之战上了军事教科书。

三打白彦后，八路军在鲁南地区声名鹊起，"游而不击""避战求生"等谎言不攻自破，流言蜚语顿时消失。鲁南地区的老百姓从此也就彻底认识了八路军，于是那首歌谣就变成了："八路军是抗战的，顽固派是闲看的，荣子恒是混饭的，刘黑七是捣乱的。"

日军不甘失败，不久又组织了8000大军"扫荡"鲁南。在罗荣桓、陈光的领导下，115师和地方武装历时一个多月，作战32次，歼灭日、伪军2000多人，粉碎了日军对鲁南山区的春季大"扫荡"，保卫了鲁南抗日民主根据地。

八路军就这样靠着"两手硬"，在鲁南打出了威风，站稳了脚跟，在蒙山前树立起了自己的形象。用鲁南老百姓的话说就是："人在做，天在看。"其实，对八路军来说，这个"天"就是人民群众。

八路军三打白彦的消息像风一样传遍了蒙山前，正在老巢锅泉村花天酒地的刘黑七听了大吃一惊。他攥着手里的纸牌，一双绿豆小眼不信任地看着情报官，问："你不说就一群破衣烂衫的土八路吗？他们哪有这个实力？"当"插千的"老匪告诉刘黑七，拔掉白彦镇，把日军打得溃不成军的是八路军主力115师时，他手中的纸牌不由得掉了下来。刘黑七一拍桌子站起来，骂了一句："八路是把咱爷们当软柿子捏了！弟兄们，是站着撒尿的爷们，就跟老子去踹八路的鳖窝！"

2. 背后下毒手

其实，早在1939年下半年，刘黑七就盯上了八路军津浦支队第三团，决定拿续志先部开刀了。刘黑七决定吃掉三团，还有一个隐情：三团是八路军115师在蒙山组建的。115师南下后，三团就成了蒙山前的留守主力。这个团是蒙山前地方武装的升级版，团长续志先原是国民党的区长，后带领区中队参加了八路军。他们都是当地人，对这些人，刘黑七是知根知底的。县大队王保胜部成为这个团的第三营，是该团的主力，其他两个营战斗力薄弱，这一点刘黑七的细作早就弄清楚了。刘黑七决定趁115师主力不在，干上一票。一来出口窝囊气，二来杀杀八路军的威风。

三团危险了。

我们知道，115师师部及主力于1939年初进入山东，那么进入山东的第一支八路军正规部队是哪支呢？1938年初，徐向前率领东进纵队陈再道部、129师骑兵团宋任穷部先后进入冀南，开辟了冀南抗日民主根据地；同年2月，组建津浦支队，由冀南渡过卫河、运河进入山东境内，在高唐、武城一带开展抗日斗争，成为第一支入鲁的八路军主力。

1939年，津浦支队南下至蒙山，续志先部等地方部队就升级为津浦支队第三团。这个团的三营营长王保胜是仲村人，他是1927年刘黑七血洗南孝义后，绝望之下闯关东的。1931年，他加入东北抗联，从战士干起，升任第五军周保中部的副营长，有着丰富的作战经验和出色的指挥才能。他对刘黑七知根知底，曾多次劝说续志先，要时刻提防刘黑七。可惜，斗争经验不足的续志先认为，现在是国共合作时期，刘黑七不敢冒天下之大不韪。

续志先并不知道，刘黑七早就固执地认为，115师在蒙山前圈地、招兵、发动群众，极大地蚕食了他的活动空间，尤其是那些当年见到他都得低头躲着走的老百姓，现在有八路军撑腰，个个都是池塘里的泥鳅——成精了，居然跟着八路军闹腾起来。那帮子当年给他侄子出"马殡"的穷鬼，现在竟然掘了"马坟"，这是对他刘大师长的公然挑衅。这口窝囊气他怎么咽得下？

刘黑七暗中行动了。1939年11月初，他抓住115师开辟抱犊崮根据地、远离蒙山的机会，对续志先的三团下手了。他的目的是把刚组建的三团一口吞掉，当然要逮住王保胜，因为他发现王保胜是个军事奇才。千军易得，一将难求啊！刘黑七的队伍里就缺少这样的人物。他曾派人去游说，并以团长的位子作诱惑，可是王保胜压根就没理他。刘黑七觉得自己的热脸贴上了人家的冷屁股，这口气他也得出！

当时，中共费县县委和津浦支队三团团部驻在万寿宫，三团参谋处、政治处及特务营均驻在蒙山前柘沟村，战士分排、班驻在老百姓家或搭草棚暂栖。三营王保胜部是一支能打、敢打、打则能胜的队伍，他们作战任务重，一般单独行动。

4日，经过精心策划的刘黑七，秘派一团团长刘世铭（诨号刘货郎）率部，驻到柘沟村村西2里处的陈家庄、郭家庄。费县县委和津浦支队三团得知这一情报后，认为刘部已"反正抗日"，不可能对抗日武装下手，因此并未引起高度警惕，只是调一营到距柘沟3里的邢家庄，做了些一般性的防御。

其实，狡猾的刘货郎已从三团特务营副营长汪运昌那里，把三团的情况打听得一清二楚了。可惜，三团的领导并不晓得特务营里有刘黑七的卧底，因此对刘货郎的行动一无所知，还以为他们是来联合抗日的呢。

6日晚9时，刘货郎派人请续志先去郭家庄，在他的团部研讨如何解决部队过冬的问题。三团参谋处分析论证后认为，这也许就是一场鸿门宴，黑天半夜的不去为妙。再说，既然是解决他们的问题，他们就应该到八路军这边来谈才合乎情理。

续志先对敌斗争经验不足，认为刘黑七既然成了国民党军，也抗日了，就不要猜疑他，出于礼貌还是参加为妥，于是他不顾劝阻，执意前往。那天，对刘黑七非常了解的王保胜正巧不在。假如王保胜在，就会力劝续志先；即便劝说不成，凭他的战斗经验，也会立即组织防卫。总之，这场悲剧是有可能避免的，即便不能避免也会把损失降到最低。然而，历史不能假设。

续志先一到郭家庄，就被扣留了。后半夜，刘黑七兵分两路突然将柘沟村包围。当时，虽然有哨兵鸣枪报警，但因多数同志都在睡觉，来不及组织反击；加之团长不在，群龙无首，乱成一团。三团除300多人带枪突围外，特务营和团部伤亡惨重，200多人被俘，250余杆枪被抢走。

远在仲村的王保胜隐隐约约听到了枪声，当即判断三团出事了。他知道跟随团部的一营，大都是刚刚升级的区中队战士，他们缺乏警惕性，也缺少战斗经验和战斗力。于是，王保胜率部急速增援，但等他们赶到柘沟村，见地上躺的都是牺牲的战士，一切都无法挽回了。

刘黑七首战获胜。他精心策划、制造的柘沟事件，给刚组建起来的蒙山前的抗日武装造成了重大损失，致使津浦支队三团番号被撤销。

柘沟事件的教训是深刻的。一是过于偏重抗日统一战线中的联合，过多照顾统战关系，没有在特务营尽快建立党的领导核心，缺乏做必要斗争的思想准备，产生了麻痹思想，对统战对象缺乏有针对性的分析，特别是对刘黑七的反动本质缺乏认识，放松了警惕，以致逆端突现，无所适从；二是队伍成分不纯又缺乏严格管理，对特务营副营长汪运昌当过土匪，是刘部团长刘货郎结拜兄弟这一重要情况没有及时掌握，政治处也没有对特务营的成员进行严格审查；三是全团除三营外，没有进行应急作战训练，以致在遭受突然袭击时全团失去作战能力。

远在抱犊崮山区的罗荣桓得知情况后，痛心疾首地说："人不犯我，我不犯人；人若犯我，我必犯人！"

一向干脆、果断的代师长陈光一拍桌子，大喊一声："打！"

既然刘黑七拔刀，八路军就亮剑！

蒙山前，讨伐刘黑七的战斗打响了。

3. 王连长吊打刘团长

恶贯满盈的刘黑七制造震惊沂蒙的柘沟事件，无端袭击八路军，激起了根据地军民的极大愤慨。刘黑七也明白，和八路军撕破脸，得找个更大的靠山，以防被八路军消灭了。白彦镇的孙鹤龄就是例子，自己怎么能重蹈他的覆辙？于是，在日军的拉拢下，刘黑七和驻临沂的日军司令一拍即合。针对刘黑七的倒行逆施，八路军多次召集群众大会，广造舆论，对其罪恶进行声讨，部队已经抽刀在手，相机予以讨伐。开打的架势已经拉开了。

刘黑七和八路军主力部队第一次交手是在1940年2月16日。

那时候，王保胜部已由地方部队升级为115师主力连队。此时，刘黑七公开投靠了日军，当上了皇协军司令。八路军和刘黑七在蒙山前的对决开始了。

王保胜是蒙山抗日民主根据地里唯一在东北抗联跟日军拼过6年命的沂蒙人。在抗联的6年中，他从战士干到营长，是一名有着丰富的实战经验的基层指挥员。

1939年5月，八路军115师师直机关及教导大队、第七团开赴沂蒙山区，进驻仲村以北的太平集（今属新泰市）、马家峪和峡峪一带，在峡峪成立了八路军费县人民抗日游击队第四大队（简称"四大队"），唐绍鼎任大队长，鲍天仇任政委，王保胜任副大队长兼第三中队队长，负责整个大队的军事斗争。王保胜带着这支地方武装，多次和日、伪军交手。八路军115师三打白彦后，回师蒙山前，首战武安失利后，就是王保胜献策——火鸡烧武安，并带领四大队率先攻入武安，受到陈光、罗荣桓的高度赞扬。

1940年初，115师扩编，四大队升级到115师，王保胜出任七团一营四连连长，从此蒙山前的老百姓都喊他"王连长"。"王连长"是名副其实的，王保胜先后两次出任八路军主力连长，一次教导旅中队长，一次特务营营长。前三次都是被费北行署、费北县委硬要回来的。

1940年2月16日，费县各界抗日代表230余人，在保太镇大夫宁村集会，建立费县抗日民主政府和抗日动员委员会，选举韩文一为县长，唐绍典为参议长。为推动全县群众武装的迅速发展，决定在汪家坡村召开自卫团员誓师大会。王保胜接到命令，带领四连负责会议的安全保卫工作。

共产党要开誓师大会的消息被刘黑七知道了,已经尝到甜头的他又想起柘沟事件来。那次事件,他缴获了250余杆枪,自己毫发无损,可谓大获全胜,这回他又想故伎重演。

根据情报,驻扎在铜石的刘黑七匪部要来袭击会场。于是,115师的领导研究对敌方案。王保胜提出了利用地雷伏击来犯之敌的作战方案,得到了115师陈光代师长的批准。于是,王保胜找到了王法元。

王法元,1917年腊月出生于蒙山前的柏林镇贾庄村一个农民家庭。这个农民家庭五口人,种着六亩多地,养着一头小耕牛。本来日子还算过得去,但是蒙山前政治黑暗,军阀混战,农民负担沉重,生活一年不如一年。1923年遇上蝗灾,无力交纳官府的税款,恶霸便以王法元家的土地顶税,强行将他家赖以为生的田地卖给了地主。一气之下,王法元的父亲一病不起,很快离开了人世。从此,母亲领着他兄妹三人逃荒要饭,长年挣扎在死亡线上。5岁的王法元心中由此埋下了仇恨的种子。

1939年春天,日军占据平邑镇,任意烧杀抢掠,奸淫妇女。这年,王法元已经22岁。此时,八路军在蒙山前广泛发动群众,他的家乡一带也开展了蓬勃的抗日救亡运动,他心情振奋,积极参加了各种活动。1941年,王法元担任本地民兵联防队的队长。从此,他在党组织的培养教育下,懂得了许多革命道理和抗日救亡的方针政策。他带领全村民兵站岗放哨,传送情报,埋地雷,修工事,寻机袭击敌人。在他的带领下,民兵联防队成为一支非常活跃的抗日力量。王法元尤其喜欢研究地雷。一个没上过几天学的汉子,研究起地雷来居然头头是道,这就是天赋。

当时,日军对抗日民主根据地进行残酷"扫荡"。他们到处设据点,建炮楼,以分割和封锁八路军的根据地。当时,费北县固城区的领导指示王法元带领民兵拔掉滋(阳)临(沂)公路上的温水炮楼。王法元接受任务后,没有急于行动,而是先进行了细致的侦察和周密的计划,决定在阴历五月初五开始行动。这天正是端午节,天气特别闷热,他带领本村 10 名民兵，在接近中午时出发，急行十几里路，在离炮楼约 200 米的地方停下。他留下 8 名队员进行警卫，准备接应，自己和孙玉彩每人扛一把锄头，锄头上各挂一个茶罐子，装作锄地的农民，到炮楼去找水喝。站岗的伪军没把他俩当回事。他俩进院后，看见守卫炮楼的一个班的伪军正在伙房包饺子。王法元手疾眼快，只身闪入炮楼，取下挂在墙上的长枪，一拉枪栓，瞄准伪军大声喊道："缴枪不杀！"伪军一个个大惊失色，乖乖地举起了手。此时，孙玉彩急忙收缴伪军的全部枪支，把枪栓卸下让他们扛着，押出炮楼，与接应的民兵会合后放火烧掉炮楼，把俘虏送到驻地。这次，他们未放一枪、未投一弹，就摧毁炮楼一座，俘虏敌人 11 名，缴获长枪 10 支、手枪 1 支、手炮 1 门，受到了区委领导的表扬。当时山东《大众日报》曾以《单身独战温水楼》为题，报道了王法元的事迹。

后来，王法元被调到费南县任爆破队队长，不久又被送到军区举办的制雷爆破学习班培训。在学习班里，他惜时如金，别人学 8 个小时，他则学习十三四个小时，每天都学到深夜十一二点。结业时，他取得了第一名的好成绩。回到费南县后，他和同志们一起，经过反复试验，成功制造了砖雷、拉雷、踏雷、动发雷等 12 种爆破武器。

王法元一听要打刘黑七，高兴得不得了，因为他们村多次受到刘黑七的盘剥，报仇的机会终于来了。于是，他和王保胜精诚合作，演绎出了一场惊天动地的地雷大战。

王保胜带领战士于会议前一天赶到埋伏地点，在王法元的指导下，经过一夜的忙碌，终于在敌人的必经之路摩天岭、杨谢村密密麻麻地布下了地雷。

那天早上，因柘沟事件立了功，刚被刘黑七提拔为副师长的刘货郎，在日军军事顾问的帮助下，带领两个营前来进犯。

王保胜机智灵活，命令一个班进行阻击，边打边退，同时命令战士在摩天岭上立起数面小红旗吸引敌人，一步步把敌人引入雷区。地雷在敌群中爆炸开花，匪兵顿时尸横遍野，狼狈逃窜。败下阵来的敌人已经士气低落，正是出击歼敌的好机会。王保胜立即命令吹号，全连在嘹亮的军号声中杀向敌人。在王保胜部的堵截和追击下，刘货郎的两个营是黄瓜打驴——折去了一半。

刚刚在柘沟事件中捡了大便宜的刘货郎，这回是"偷鸡不成反蚀一把米"，被八路军一个连吊打。刘黑七骂他：两个营让人家一个连吊着打，丢人现眼啊！

战后，罗荣桓主持表彰大会，陈光代师长表彰四连："此役，王保胜率领四连不但出色地完成了保卫会议安全的任务，而且利用土枪土雷战胜了刘黑七的洋枪洋炮，创下了八路军一个连击溃敌人两个营，我军无一伤亡的辉煌战绩。王保胜同志是我军优秀的军事人才。"

这次交手，王保胜算是替津浦支队三团报了柘沟事件的一箭之仇，同时也让巨匪刘黑七终生惦记上了他。

4. 马王爷有几只眼？

八路军对刘黑七的打击是连续性的，用罗荣桓一贯的思路：要打就彻底打疼他、打垮他，叫他知道马王爷到底有几只眼。这样的民族败类，迟早都要灭了他！

王保胜的一场地雷战，并没有彻底炸醒刘黑七。他在伺机而动，准备报仇。别看刘黑七骂起刘货郎来很有底气，可是当他跟八路军交手后，就登时没了脾气。

1940年4月26日，平邑、梁邱等据点日军共800余人，分四路向流峪、常庄一带的根据地进犯。刘黑七认为机会来了，日军的指令他欣然接受，率皇协军主力参加了对八路军的攻击。

按照115师首长的指示，苏鲁支队担当阻击任务，对来犯之敌迎头给予痛击；主力则寻机出击，消灭来犯的敌人。

5月2日，刘黑七部配合日军进犯陈家庄、柘沟一带，115师七团击退日、伪军的进攻，毙伤、俘获日、伪军400余人。这次刘黑七没有讨到任何便宜。

刘黑七部除配合日军"扫荡"外，还经常在滋临公路两侧窜来窜去，独自对根据地进行破坏。5月15日，刘黑七部1000余人进犯常庄一带，115师686团一部在常庄东北部击溃刘部的进犯，并收复了流峪。

6月13日，刘黑七部倾巢出动，他指挥3000人马，几乎在同一时间内占领了柘沟、杨谢、北孝义一带村庄。刘黑七的司令部携三团驻柘沟，一团驻北孝义，二团驻杨谢。刘部占领这些村庄后，修围墙，扎木寨，妄图长期占领。他不仅逮捕杀害当地的抗日军民，连乐陵县逃荒至此的10余个无辜难民也被他活埋。刘黑七占领区的人民叫苦连天。

115师决定拔除这颗钉子。686团一部和冀鲁边区第七团大部共约2000多人，从鲁埠出发，一夜赶到汪家坡隐蔽起来。

被刘黑七抓去修工事的民夫，一看到八路军，就把刘黑七的布防情况全盘说了出来。他们一听要打刘黑七，二话没说，就带领八路军趁夜色浓重绕过岗哨较多的柘沟村北和村西，到达村南。眼瞅着突袭就要实现了，可是狡猾的匪徒在村南设了暗哨，哨兵开枪报警。

八路军指挥员见偷袭不成，当机立断，发出强攻令。部队迅速冲入村内，直奔刘黑七的住处。刘黑七刚入睡，听到枪声，翻墙逃跑，去了一团驻守的北孝义。

柘沟战斗打死、俘虏匪军100多人，缴枪100余支。

几个月前，刘黑七在这里制造了柘沟事件，给津浦支队三团造成了巨大伤亡。今天，八路军以牙还牙，打得刘黑七溃不成军。

柘沟战斗打响的同时，杨谢战斗也随即打响了。

杨谢村的老百姓告诉八路军详细的地形，提供了匪兵驻扎的所有情报，战斗几乎没有悬念地向着预设的目标推进。夜里11点，部队攻进村庄后，展开了夜间巷战。狡猾的匪兵从挖有枪眼的墙上向外射击，阻止了八路军的攻击，战斗呈胶着状态。

为保护村民及其财产，天明后，八路军有意把匪兵压到村东南角，采取"三围缺一"的战术，迫使匪兵向外逃跑。村外是一条河，河东面是又高又陡的摩天岭。1000余匪兵从村东南角逃出，埋伏在那里的八路军用机枪扫射，把匪兵压在大河以东摩天岭下，然后趁机发动攻击。此战毙伤匪兵200余人，俘虏300多人，缴枪400多支。

翌日下午，攻击部队以连续作战的顽强风格，对固守北孝义的刘黑七司令部发动强攻。刘黑七部渐渐不支，于黄昏时弃寨逃窜，灰溜溜地跑回了老家锅泉村。

惊魂未定的刘黑七对前来安慰他的刘货郎说："老子闯荡江湖几十载，跟冯玉祥、张宗昌、汤玉麟、杨虎城、韩复榘都交过手，他们都没有八路军这么玩命。跟八路军过了这几招，老子知道马王爷有几只眼了。"

刘货郎表面上毕恭毕敬，心中却幸灾乐祸。主子的惨败，终于给他挽回了被王保胜一个连吊打丢失的脸面。

连续几仗打下来，刘黑七像一条被打怕了的狗，夹着尾巴趴在老巢不动了。

八路军115师在蒙山前频频进攻，让日军、伪军、土匪一败再败。在连续的惨败中，骄横的日军不得不重新审视这个衣着破旧、武器简陋的对手了。

一向嘲笑"八路军瞎胡闹，一身虱子两脚泡"的刘黑七，在损兵折将中，知道了八路军的实力。八路军在蒙山前一路攻击，从鲁南打到蒙山，三打白彦、两战武安、血战重坊……连续组织了天宝山、塔佛山等大型战斗，最终把日军压缩到郯城、费县等几大据点里。

在八路军的战绩面前，国民党顽固派污蔑八路军的谎言不攻自破了。

打跑了敌人，发动起群众，蒙山前根据地就这样从敌人手里一点一点地剜出来。

5．"阻李送于"，沂蒙逐鹿

当我们揭开历史的封盖，就会发现有些事情完全不是现实社会中描述的模样，也不是后人按传统的思路想象的样子。的确，历史不是一个任人打扮的小姑娘，它的真实面貌不会随时空的变化而改变。

譬如抗日战争初期的沂蒙山区。

1938年，中共山东省委在酝酿、发动徂徕山武装起义时，国民党军队正与日军会战于上海。全国都在抗战，共产党在敌后举行了多次起义，创建了自己的武装。山东纵队在沂蒙腹地沂水县成立时，武汉会战刚刚结束，国民党军队败退，日军尾随而至，南京危急。焦头烂额的蒋介石清楚，山东是华北和华东的枢纽地带，尤其是沂蒙地区，如同一根扁担，一头挑着北京，一头挑着上海，丢了山东，整个华北和华东就被彻底分割了。

惦记着山东的蒋介石，早已任命拥兵10万的韩复榘为第五战区副司令长官兼山东省政府主席，目的是让这位倒戈将军替他占据山东。无奈韩复榘为保存实力，把山东让给了日军，日军轻易占据济南、泰安等重镇，山东沦陷。在长江流域，国民党军队从上海一路败走武汉。

武汉失守以后，败走山城重庆的国民党军队虽然继续抗战，但反共、投降倾向日益滋长，国共合作以来的危机日渐显现。而在敌后，坚持游击抗战的八路军却屡有斩获，在山东境内，从陆房突围到梁山歼灭战，从三打白彦到两战武安，敌后战场生机勃勃，呈现出迅猛发展的态势。散布在敌后的八路军，不断地发展积蓄力量，重创日军，动摇了日军的大后方。从全民族抗战的角度看，八路军开辟敌后战场，是和国民党军的正面战场遥相呼应的，可是对八路军的战绩，蒋介石丝毫没有兴致，反而对八路军、新四军的壮大积极出招加以限制。

1938年底，中共中央在延安召开六届六中全会，做出一个重大决策：派兵去山东。此时蒋介石不干了，在他的意识里，山东是国民党的地盘，共产党染指不得。于是,蒋介石放大招了。

1939年1月,国民党召开五届五中全会,给全国的国民党顽固派做了顶层设计,为他们进攻八路军提供了政策依据。随后,国民党顽固派就掀起了第一波反共高潮。在这波反共高潮中,共产党损失颇大,鲁南军区政委、鲁南党委书记、共产党的高级将领赵博,就是在这时候牺牲的。

蒋介石也十分明白,在国民党的大部分兵力尤其是中央军被死死地缠在长江流域的时候,他只能采取招降纳叛的政策,在山东安插反共力量,帮他占领地盘。为强化国民党在山东的军事力量,蒋介石先是调东北军于学忠部入鲁,填补韩复榘逃跑后留下的空白,让杂牌军替中央军占领齐鲁大地。于是,东北军于学忠部数万人粉墨登场。随后,刘黑七、吴化文等被蒋介石委以重任。一纸委任状,把他们从鬼打扮成了人,掩盖了这些魔鬼的所有罪恶。他们脱下匪衣换上军服,一个个由罪恶累累的杀人魔王,变成了国民党军的将军。这些沐猴而冠的家伙纷纷回到沂蒙,刘黑七占据鲁南,吴化文占据鲁中,两个魔头遥相呼应,一时威风八面。

这样一来,沂蒙境内国民党的实力就大大强于共产党了,况且刘黑七、吴化文他们有国民政府撑腰,仅装备就比八路军强了很多。刘黑七部每个排都有一挺机枪,每个连队都有炮兵班,装备沈阳兵工厂生产的两门迫击炮,且弹药充足。别说成立不久的八路军山东纵队了,就连115师这样的老牌主力都没法跟他们比。

此时,日军也意识到山东的分量。徐州失守后,日军在鲁南、鲁中的力量得到强化。日军的装备是当时最好的,坦克、大炮应有尽有,就连他们的歪把子机枪、曲射步兵炮都是当时步兵最好的装备,尤其是制式的三八大盖,是单兵装备最好的武器。八路军在四方势力中装备是最差的,就连王牌主力115师还装备着老式的"汉阳造",地方武装使用的则是红缨枪、大刀片。从军事力量上看,八路军在沂蒙山区也处于劣势。当时经济发达、交通便利的县城甚至大镇都在国民党军和日军手中,八路军只能在乡村活动。战争打的是钱粮,八路军也不占优势,可是他们有着顽强的精神和灵活的战术。就这样，日军、国民党军、土匪、八路军四方势力开始逐鹿沂蒙。

共产党内聚集了大批精英人才，这些被"理想"和"主义"吸引来的人才，跟那些受高官厚禄诱惑的人才是截然不同的。前者拥有坚定的信仰，是为了民众的利益甘愿牺牲的革命者，这样的人一旦走上领导岗位，其带动性和创造力是无穷的，往往能化腐朽为神奇；后者缺乏理想，看重利益。

1939年，115师到达蒙山前，山东境内的武装力量已经整合、成立了八路军山东纵队。随着115师的开进，山东境内就存在着两支共产党领导的武装力量、两个指挥中心。为争夺山东，1943年1月，蒋介石任命李仙洲为28集团军司令，命其入鲁替代于学忠。3月，中共中央决定罗荣桓任山东军区司令员兼政委，115师政委、代师长，统一领导山东抗日民主根据地的军事工作。罗荣桓不辱使命，横刀立马于沂蒙山区，打出了一片新天地。他指挥若定，奇迹频生，最具有战略眼光的就是他制定的"阻李送于"计划。这个战略的实施，让国共两党势在必争的沂蒙山区全境落入共产党的手里，八百里沂蒙成为八路军的天下。这就是毛泽东说的，"山东只换上一个罗荣桓，全局的棋就下活了"。

搞活山东，是从搞活沂蒙开始的。在沂蒙山区，罗荣桓下了一盘大棋：阻李送于。

阻李送于，即阻止国民党中央军李仙洲部入鲁反共，礼送国民党东北军于学忠部离开沂蒙，这是1943年山东抗日民主根据地一件影响深远的大事。因为于学忠部抗日情绪高，和八路军能够和平共处，东北军主鲁，八路军在沂蒙山区的压力相对较小。一旦反共积极的李仙洲入鲁，反共意识强的中央军会无情地挤压八路军的生存空间。阻李送于显然是一步高明的大棋，是大战略。

1939年3月，于学忠率鲁苏战区总部和国民党东北军51军进入沂蒙山区,在沂水县建立了鲁苏战区总司令部,除指挥东北军 51、57 军外,还统辖国民党山东省政府主席沈鸿烈和江苏省政府主席韩德勤部。

于学忠是东北军中的名将。西安事变后,张学良送蒋介石回南京前,将东北军的指挥权交给于学忠。全国抗战后,于学忠既要信守张学良对他的嘱托,又因张学良被控制在蒋介石手中,实际成为人质而不得不服从蒋介石的军令、政令,因此他标榜"不红也不蓝,两条路走中间"。在 51、57 军里,军、师两级都有秘密的中共工委。在军官中,既有万毅、解方、谷牧等中共秘密党员,也有 111 师师长常恩多这样坚决抗日的志士;既有像 57 军军长缪澂流这样的同日、伪军勾结的腐朽、反动的官僚,也有像孙焕彩这样的死不悔改的顽固派。在整个东北军里,国民党派来的特务渗透到师、旅、团指挥机构,比如时任鲁苏战区总部政训处主任的周复。因此,入鲁的东北军可谓鱼龙混杂,政治倾向五花八门。

山东的八路军和东北军的关系大致以 1941 年为界,经历了较好、较坏两个不同的时期。因此,共产党对东北军的统战工作,也因不同时期的需求不同,呈现出各自的特点。1941 年 1 月 6 日,皖南事变发生,反共浪潮迭起,东北军中的顽固派开始发难。1941 年 10 月 27 日,顽固派张本技勾结王洪九,突袭苍山县银厂村,杀害了鲁南军区政委赵博。银厂惨案后,八路军在滨海区发起讨顽战役,东北军顽固派孙焕彩部被打残。甲子山战役奠定了滨海区根据地的基础,八路军与东北军的关系也进入紧张时期。

国民党里从来都是派系林立,于学忠率部进入山东后,就和地方派沈鸿烈产生了尖锐的矛盾。这一矛盾是国民党内部顽固派和中间派矛盾的反映。矛盾激化后,沈鸿烈派人行刺于学忠,被于学忠抓住把柄,告到蒋介石那里。蒋介石权衡再三,认为山东还得指望东北军维持局面,于是不得不调走沈鸿烈。沈鸿烈离开山东后,国民党军队中沈系的吴化文部和张步云部先后投降日军,当了伪军,积极配合日军频繁向于学忠部进攻。撇开民族大义,就私人恩怨而言,这两个魔头总算替前主子沈鸿烈出了口恶气。

在日、伪军的合力攻击下，于学忠部的处境日益艰难。

与此同时，沈鸿烈在重庆大造"倒于"舆论，抹黑于学忠。谎言千遍成真理，弄得于学忠人不人鬼不鬼，一肚子晦气。

蒋介石对杂牌军一向心存芥蒂，怎么能容忍一个跟共产党眉来眼去的于学忠主政山东？于是，他决定调东北军离鲁，让反共积极的李仙洲部从皖北入鲁接替于学忠部的防务。

这是蒋介石在山东下的一盘大棋。

李仙洲，山东长清人，黄埔一期毕业，是蒋介石嫡系中著名的山东籍将领，1938年1月任国民党军92军军长。早在1939年，为增强国民党军在山东的力量，蒋介石密令李仙洲部东进，准备入鲁。1941年春，李仙洲部由湖北通城北进到安徽阜阳一线。皖南事变后，李仙洲率部一面同新四军搞摩擦，一面为入鲁做准备。

在阜阳，李仙洲派遣大批人员到山东，暗中同各地方实力派和伪军联络。有的互派联络人员，交换情报；有的建立无线电联络；有的建立联络站、情报站。山东那些地方实力派和伪军听说中央军李仙洲部准备入鲁，纷纷派人到阜阳阿谀谄媚，继而求官晋爵，伪军则要求得到曲线救国的护身符。很快，李仙洲便同鲁南的刘黑七、王洪九，鲁中的吴化文、厉文礼，滨海的张步云，胶东的赵保原等人沆瀣一气，尤其是与蒙山前的刘黑七、鲁东南的王洪九联系最为密切。国民党在山东的军政中心，实际上已转移到阜阳。

于学忠的大权已经旁落了。

1943年1月，蒋介石命令李仙洲入鲁，并晋升其为28集团军总司令。但此时，28集团军只有一个92军。李仙洲借机扩大自己的队伍，着手将刘黑七、吴化文等部加以收编。两个恶魔穿上了将军服，部下纷纷升官，顿时手舞足蹈，群匪开始弹冠相庆了。

沂蒙的局势立时紧张起来。

李仙洲暗中的动作有点下作，等于挖了于学忠的墙脚。于学忠也不是吃素的，为巩固自己在山东的地位，即以山东省政府主席牟中珩的名义，将山东境内所有小股地方武装统编为县和专署的保安队，同时对跟李仙洲眉来眼去的保安2师张步云部，以不听指挥为由，进行武力讨伐。至此，于学忠和沈鸿烈的矛盾便演变为和李仙洲的矛盾。

罗荣桓审时度势，充分利用这些矛盾，制定了阻李送于的战略决策。

1月27日，中共中央山东分局和115师提出对李仙洲入鲁的对策："以强调疏通团结为主，鼓励与推动他与敌积极作战，对其非友好行为，多用善意批评态度，除万不得已不轻易使用武装反击。""我各兵团在日军大'扫荡'下，须利用李部入鲁遭受困难，东北军自身难保之际，有力地进行疏通团结，减轻军事行动，军事上严守自卫原则，静观变动。"

3月初，李仙洲的主力越过陇海线进入鲁西。3月上旬，李仙洲部142师越过津浦线进入鲁南，打着"驱逐逆流，收复失地"的口号，勾结沂蒙恶匪刘黑七。142师师长也姓刘，刘黑七就与其燃香盟誓，结为生死兄弟。

在刘黑七的帮助下，142师很快就占领了抗日民主根据地的山亭、白彦等重镇。那些地方都是八路军浴血奋战，从日军手里夺来的。出师大捷的李仙洲发誓，要把八路军全部赶出沂蒙，赶出山东。

经过静观，山东抗日民主根据地领导一致认为，对于李仙洲部入鲁反共的行为应给予坚决阻止。就在刘黑七部在鲁南接迎142师主力时，八路军在松林一带设伏，痛击该师。

国民党军主力败给了八路军，就在被八路军击伤的142师师长等待生死兄弟刘黑七救援时，刘黑七见势不妙，早把结义时的诺言抛在脑后，气得142师师长破口大骂他不仗义。

7月4日，罗荣桓、朱瑞、黎玉、萧华致电中共中央军委和八路军总部，报告了阻李送于的战略部署："对李部东进北上，尽量迟滞其时间，并在自卫原则下，乘其入我根据地立足未稳之际，予以歼灭一部之打击，但不放松与之政治疏通及扩大敌顽矛盾。对于部附近之地方部队，争取可能争取者，歼灭某些最坚决反共的死硬分子，力求控制鲁中山区及莒县、日照等山区……"

7月15日，中共中央书记处复电山东分局："同意你们对付于学忠、李仙洲的方针。"

八路军对时局进行了精确的分析，本着互惠的原则，于学忠和罗荣桓达成协议，决定不等李仙洲前来接防，于学忠部就撤出沂蒙。双方约定，以烟火为号，于学忠部撤离，八路军即去接防。于学忠部则经蒙阴县的坦埠、旧寨，通过鲁中根据地八路军的防地，撤往鲁西和鲁南，转道至安徽阜阳。沿途，八路军筹备粮草，予以欢送。阻李送于的决策之所以能够实现，与八路军对东北军长期的统战工作有重大关系。

对于于学忠部撤走后空出来的地区，八路军抢在这些防地周围的日、伪军之前，全部予以控制和占领。八路军占领了沂山、莒县和日照地区后，整个沂蒙山区就连成一片了，大大改善了山东八路军对敌斗争的战略地位，为在山东实施局部反攻创造了极为有利的条件。

阻李送于这步大棋，成为八路军在山东战场上重要的战略转折点。尽管八路军初来乍到就打了不少漂亮的胜仗，但是，"不战而屈人之兵"永远是最高的境界。

第六章　恢廓胸襟

蚯蚓霸一穴，神龙行天下。

立志欲坚不欲锐，成功在久不在速。

命运负责洗牌，但是玩牌的是自己。有人把一手乱牌打好了，有人却把一手好牌打乱了。差距在哪里？

在世上，想有所成就的话，需要的是豁达大度、心胸开阔。做人做事都要宽宏大量，通情达理。除此之外，还有何策？

心在人民原无事大事小，利归天下何必得多得少。

东北沦陷、华北沦陷、华东沦陷……在国家全面告急、民族存亡的危急关头，谁能胸怀天下？

为抗日，八路军将橄榄枝送给敌人。

为抗日，罗荣桓在桃峪村胸怀天下。

比陆地宽广的是海洋，比海洋宽广的是天空，比天空宽广的是胸怀。

胸怀容纳天下。

1. 混世魔王回蒙山

对流窜了大半个中国的刘黑七来说，鲁南是他发迹的地方，混世的舞台，尤其是蒙山前一带。

在蒋介石、阎锡山、冯玉祥、张学良各派之间游走，坑蒙拐骗了一圈后，翻手为云、覆手为雨的混世魔王刘黑七，还是回到了他熟悉的鲁南。一时间，鲁南民众又陷入恐慌。

刘黑七回来了。

恶狼来了。

在饱受刘黑七摧残的鲁南人眼里，刘黑七和狼似乎没有区别，以至于孩子闹夜，母亲喊一声"刘黑七来了"，比喊一句"狼来了"还要管用。孩子会立刻惊恐地钻入被窝，大气不敢喘一口。

抱犊崮山区方圆二百里，位于峄县之北、临沂之西、滕县之东、费县之南的四县接壤处。其主峰抱犊崮突兀而立，素有"鲁南擎天柱"之称。由于各县官僚的推诿，这片谁也管不了，管也管不好的山区，渐渐成为一个"四不管"的真空地带。

抱犊崮是沂蒙72崮中最具有代表性的山崮，其具备了所有崮的元素，譬如突兀而立、壁立万仞……崮峰在山顶突兀而出，四壁都是呈直角而立的悬崖，攀爬艰难。由于崮顶有粮田，需要耕种，村民就抱一牛犊上崮，牛犊长大成为耕牛，在崮顶耕田，故名曰：抱犊崮。

孙美瑶曾在这里经营数载，在崮顶修建房舍，经营山崮。孙美瑶被诱杀后，刘黑七收留其残部回到这里，度过了"混光棍时"最好的时光。在这里，他从一个名不见经传的散匪，发展成一个威震八方的匪酋，由8个"光棍"混成了1000多人的"刘团"。从此，他开始了攻村拔寨、祸及沂蒙乃至北方十余省的流寇生涯。

刘黑七有人有枪，队伍人多时3万余众，少时也常常有3000余人。

这样的一支武装，引来各路军阀贪婪的目光，于是刘黑七开始了他一生中最"辉煌"的时代。他先投靠冯玉祥做前敌副总指挥，跟吉鸿昌搭班子；见东北军势大，又跟上张学良当旅长，旋即又投靠阎锡山当军长，刚刚拿了韩复榘的钱还没来得及上任，转眼又成了何应钦的师长……昨日姓冯，今日姓阎，后日姓张。

军阀看好刘黑七的实力，刘黑七看好军阀的装备，他们之间毫无诚信可言，各怀鬼胎，各算各的账。因此，这样的合作或收编都是昙花一现的热闹，分手是必然的结局。

1939年，八路军115师在刘黑七的老巢抱犊崮地区开辟鲁南抗日民主根据地的时候，刘黑七已是国民党鲁苏战区新编36师师长了。换上了国民党军的外套，当上了师长的土匪刘黑七，堂而皇之地返回了蒙山前。他原本是要回到老地方，当一个拿着国民党军军饷的挂牌土匪的，可是抱犊崮这时已经成了八路军的根据地，刘黑七心里自然不痛快。然而，此时非彼时，八路军发展很快，115师根本没把一个国民党军的杂牌师放在眼里，何况是一支作恶多端的土匪武装。

刘黑七没有想到，不到一年工夫，八路军就强大起来了，在与日军的战斗中屡屡获胜。有国民党军撑腰的刘黑七还是不服气，但看了看鲁南抗日民主根据地的气象，这个狡猾的惯匪没敢轻举妄动。

鲁南的老百姓对刘黑七恨之入骨，强烈要求八路军除掉这个杀人魔王、乱世巨匪，为无辜被杀的百姓申冤，还蒙山前一个太平。

鲁南人为什么如此恨刘黑七？还是让我们来看看这个土匪的档案吧。

刘相云，一个家境贫寒的农民。这样的农民在蒙山前比比皆是，可是刘家的贫寒似乎更严重一些，穷到镰刀垫着瓢切菜的程度。32岁那年，刘相云才娶了邻村的大脚寡妇。三年后，媳妇生下一子，取名叫"棠"。当时，刘家寸地没有，仅有两间夏天漏雨、秋天透风、冬天钻雪的破房。为了养活一家三口，刘相云白天护青、夜里打更，赚点辛苦钱，家中时常是吃了上顿没下顿。为了活命，棠刚落地，就被母亲抱着沿街乞讨，到处流浪。8岁那年，棠成为本村地主孙安常家的小羊倌。

孙安常刁钻狡猾、心狠手辣，稍有不如意，就对棠拳脚相加，皮鞭抽身，可怜的棠浑身上下没有一块好皮肉。有一次，孙安常半夜听到几声羊叫，便大为恼火，认为棠放羊失职，羊饿了肚子才半夜叫唤的，且叫声影响了他的睡眠。第二天，孙安常就让管家把棠绑起来，罚其跪上一夜。生性倔强的棠紧咬着牙，就是不跪。孙安常见他拒不认错，更加恼火，命管家把棠反吊到房梁上，痛打了一顿。这样的遭遇，棠不知经历了多少次，但是为了生活，又想到家中忍饥挨饿的父母，走投无路的棠还是在孙安常家忍气吞声地干了8年羊倌。

20岁时，棠跑到青岛去谋生。那个年代，社会黑暗、民不聊生，哪有穷人的出路？棠在青岛溜达了一个多月，仍没有找到活。后来，他在一个同乡的引荐下，到码头扛大包、卖苦力，出的是牛马力，挣的是汗水钱，吃的是血泪饭。

资本家和地主都是"一个窑里烧的砖"，剥削穷人是他们的拿手戏。棠拼死拼活干上一天，所得的工钱仅够自己吃饭。断断续续干了一年，仍旧两手空空，迫不得已，他又回到蒙山前继续给地主家当羊倌。

羊倌生涯不仅使棠熟悉了周围山地的环境，而且使他练就了一身翻山越岭的好本领，尤其是投石打羊的犄角，可谓百发百中。此时，闯荡青岛见了世面的棠，心变野了，越来越不安分。他见当地匪伙打家劫舍、为所欲为，不用出苦力就能吃香的、喝辣的，于是也渐渐生了结伙为匪的念头。1915年，棠扯起"打富济贫"的旗子，开始网罗人马。他约集同村的三个痞子弄了一把鬼头刀、一支马冲子，东抢西夺。不久，他又联络了当地的流氓夏兴德等8个人，占山为王。按照年龄，棠排老七，因人长得黑，故得名：刘黑七。

当时正是兵荒马乱的年代，穷人难觅活路，附近一些无业游民为讨口饭吃，纷纷投奔匪酋做了土匪。

刘黑七是典型的双重性格,他生性凶残却是个有名的孝子。他首次当土匪,就将掠得的钱财购来鸡鸭鱼肉,提回父母蜗居的团瓢,孝敬父母。平生不知肉滋味的父亲刘相云,当即一顿饕餮,撑得肚胀如鼓,疼得满地翻滚,不消一个时辰便毙命了。

埋葬了父亲,刘黑七做起了专业土匪,开始了他恶贯满盈的一生,沂蒙山区也因刘黑七的出现而陷入更加黑暗的渊薮。沂蒙山区的屠村血案,多数都是他干的。据资料记载,刘黑七为匪二十八载,祸害十余省,伤害无辜百姓达十余万人。所以沂蒙人称他为恶魔,一点都不过分。

沂蒙人民纷纷请求除掉这个祸害也在情理之中,却给八路军出了一道难题。

2. 给敌人送橄榄枝

八路军主力 115 师还在东进的路上时,国民党召开了五届五中全会,反共的浪潮开始涌动,抗战以来好不容易构建的国共合作的大好局面极速反转。此时,日军却在中国正面战场上屡屡得手,国民党军被打得丢盔弃甲。北边,东三省已失,长城危急,华北沦陷,山东沦陷;南边,上海丢了,南京丢了,武汉丢了……民族存亡关头,蒋介石却要打破西安事变后形成的全民族抗战的局面,限制共产党武装的发展,这些做法可谓"有家无国,有党派无民族",是典型的蚯蚓霸一穴的心胸。

上行下效。

全国范围内,一股"防共""限共"的思潮迅速蔓延,刚刚建立的抗日民族统一战线原本就脆弱不堪,在"反共"舆论下一触即溃。

1939 年 2 月 5 日,国民党山东省政府主席、顽固分子沈鸿烈,在沂源县鲁山村召集全省军政联席会议,抛出了酝酿已久的"统一划分防区、统一行政事权、统一粮秣征收"的所谓"三统"方案。他不仅妄图在政治上取消共产党领导的山东抗日民主政权,还妄图在经济上卡共产党的脖子，困死、饿死八路军，而且妄图借日军之手，消灭共产党领导的山东抗日武装。不久，沈鸿烈又疯狂地叫嚣"宁匪化，勿赤化""宁亡于日，不亡于共""日可以不抗，共不可不打"等反动透顶的口号，忠实地执行了蒋介石的"攘外必先安内"的政治主张。在其蛊惑下，山东境内的各路国民党顽固派纷纷响应，反共势力蠢蠢欲动，对坚持抗战的八路军大搞摩擦，其中尤以秦启荣部为烈，刘黑七也摩拳擦掌，准备给八路军一点颜色瞧瞧。用刘黑七的话说就是：让八路军知道蒙山前是谁家的地盘。

一时，沂蒙地区可谓"山雨欲来风满楼"。

1939年3月30日，国民党顽固派在鲁中博山县太河村制造了一起震惊全国的反共事件——太河惨案，杀害和抓捕八路军指战员200余人，鲍辉等多名山东纵队的高级干部遇难。这一惨案引起了毛泽东的无比愤怒，他在1939年9月16日和中央社、《扫荡报》《新民报》记者的谈话中痛斥了太河惨案的制造者，揭开了背后主谋反共的面纱。

得天下者必须以天下为己任，胸怀天下。

大敌当前，民族存亡关头，看看共产党是怎么做的。

台儿庄战役前，特委书记郭子化来到徐州，几经周折，终于敲开了国民党第五战区司令长官的大门。他对李宗仁将军说："亡我民族的日本人，是我们共同的敌人，我们共产党拥有广泛的群众基础，尽管我们手中没有枪，但我们共产党愿意并能够发动一切力量，配合、支援第五战区打鬼子。"

共产党人的诚恳，共产党人的大局观，深深地打动了李宗仁将军。1937年10月，李宗仁接受了抗日民族统一战线的主张，邀请郭子化担任第五战区民众总动员委员会委员，成为战区共产党人的代表。共产党人的胸怀促成了鲁南、苏北地区的抗日民族统一战线。郭子化还与第五战区游击司令部总指挥兼江苏省第九区行政督察专员公署专员李明扬，山东省第三区行政督察专员公署专员兼保安司令张里元建立了统战关系。沂蒙人都知道，张里元是积极反共的国民党专员。

1938 年初，第五战区总动委会所领导的民众抗日团体有 1518 个，约 36 万人，遍及苏鲁豫皖四省边区，成为抗日救亡运动中一支不可低估的生力军。这些民众抗日团体，绝大多数是由中共特委组织并直接领导的。这些团体为台儿庄战役的胜利做出了巨大贡献。

面对民族的仇敌，共产党的大局观念可见一斑。

在中华民族共同的敌人面前，共产党抛开所有的个人和党派成见，团结一切可以团结的力量，抗击日军。八路军 115 师进入鲁南后，依旧本着团结一切可以团结的力量、共同抗日的原则，将鲁南抱犊崮一带大小地主及民间武装团体，尽量团结在抗战这面大旗下。所以，蒙山前老百姓除掉刘黑七的请求，让罗荣桓为难起来。

秋后的蒙山前多了几分空旷，原野上有了几分萧条。远处的蒙山并没有因为秋日的到来而显得有什么特别，四季常青的松树还是那个样子。不同的是，蒙山前的锅泉村热闹起来，当然最热闹的还是刘家大院。但这些日子，来给国民党苏鲁战区新编 36 师刘师长祝贺的人也渐渐少了。大脚刘老太太贫苦人家出身，寂寞的日子过惯了，尤其是老伴死后，她嫌弃那些热闹，刘黑七带兵去蒙山西驻防后，村子里就静下来了。

蒙山前仲村镇通往铜石镇锅泉村的路上，走来两个穿灰色服装的八路军和一个穿土布衣服的汉子。近了，在田里收拾地瓜叶子的农民才看清楚，他们挑着一个装满礼物的担子，那个穿灰色服装的女八路军背着一套全新的棉衣。

来人是 115 师警卫连连长和文工团的战士，那个汉子是费北县大队王保胜部派的带路人。他们是受罗荣桓的派遣，来看望刘黑七的母亲的。善于做思想工作的罗荣桓，得知无恶不作的刘黑七是个孝子后，就做出这样一个决定。

到了刘家大院，他们先是传达了115师首长的问候，然后讲述了八路军的政策，最后委托刘黑七的母亲转告刘师长：国难当头，每一个中国人的责任和义务都是救民族、救国家、救亲人，跟八路军一起打击侵略者，作为拥有武装力量的刘师长更应该冲在前面。刘师长也是中国人，不管他以前做了多少对不起人民的事情，只要他真心抗战，共产党都会做群众的工作，让人民群众原谅他。只要他真心抗日，八路军都会不计前仇，和他联合起来共同对付日本鬼子。请刘师长以国家利益为重，以民族利益为重，不要再做伤天害理的事情了，否则多行不义必自毙！

　　刘老太太第一次看到说话和气、有礼有节的八路军，当场答应等儿子回来看她时，一定把八路军的意思说给儿子听。

　　警卫连连长说："大娘，不是光传话，您是他娘，刘师长又是孝子，最听您的话，再说您老人家也有责任教育儿子带头抗日。"

　　刘老太太说："儿大不由娘，俺试试吧。"

　　50年后，我们在平邑县寻找关于抗日战争的红色传奇时，找到了刘老太太当年的丫鬟。她已经是个典型的农村老太太了，牙齿都快掉光了。她是刘家的远房亲戚，为讨口饭吃，在刘家当了三年的丫鬟。她说，刘老太太吃了大半辈子的苦，人也善良，从不打骂下人，走路都怕踩死蚂蚁，没想到居然生了一个蛇蝎心肠的儿子。

　　当我们询问起八路军看望刘母后的事情时，她证实：不到一集（蒙山一带的老百姓喜欢用"集"来计算时间，"集"就是当地的集市，一般是五天一个集市），刘黑七就带着卫队回来了。每次回家，刘黑七总是先跪下叩头请安。不论刘黑七当羊倌，还是"混光棍"当匪酋，还是当国民党军的师长，这个程序都没有变。儿子磕完头，母亲说："棠啊，八路军懂得孝敬老人，人家和你不认识，都大老远地来看娘，娘看这帮子人能行，他们想喊你一块打鬼子呢！"

　　刘黑七的头摇得拨浪鼓似的说："娘啊，你不知道啊！八路军瞎胡闹，一身虱子两脚泡。他们三天两头挨饿，一年到头就那身破衣裳，跟他们混，我这帮子兄弟哪里吃得下这份苦。给娘说句实话，我的这帮子兄弟若是跟了八路军，不出一集就都尥蹄子蹽圈了。"

刘老太太说："娘可是答应过人家了。"

刘黑七轻描淡写地回了一句："娘，我知道了。"

就这样，罗荣桓苦心孤诣送来的橄榄枝，被刘黑七轻描淡写地当成了山茅草。

3．含泪迎仇敌

不管刘黑七心里是怎么想的，八路军联合他抗战是真诚的，老百姓欢迎他抗日也是真诚的。

刘黑七回来时，被他屠村的幸存者，组织请愿团，要求八路军主持正义，替罹难的老百姓报仇。

面对八路军，请愿团含泪讲述了刘黑七制造的两起惨案。

——1927年，蒙山大旱，百日无雨，民不聊生，南孝义村已经穷到揭不开锅的程度。可是毫无人性的刘黑七，不顾民众的死活，喊出：只要锅底不结蛛丝网，就得缴给养！

2月10日，刘黑七以未纳钱粮为由攻入该村，烧杀奸淫，骇人听闻。在土匪"带蛋的不留"的喊声中，男子被砍去四肢、大卸八块，儿童也不能幸免，妇女则被轮奸后残忍杀害……此次匪祸中，该村被杀346人，41户被杀绝。因全村被烧光，幸存和归来的人无以为生，冻饿而死73人，卖儿鬻女38人，妇女改嫁51人，后来全村735人仅余212人。

——1928年3月29日，大泗彦村因拿不出刘黑七索取的给养，饥饿的百姓揭竿而起。他们同土匪血战三天后，刘匪攻入村内，该村92户人家被杀绝48户，总人口637人被杀559人，外村来此避匪祸的被杀388人，共死亡947人。劫后余生者仅78人（包括外出归来的15人），后由于饥馑、瘟疫，又死去近一半，到秋天，全村仅余42人。

桩桩祸事，声声血泪，让见惯血迹的115师的将士们听得义愤填膺。大家一致认为，应消灭刘黑七，给蒙山人民报仇雪恨！

血性的代师长陈光愤怒了。大家一致认为，刘黑七这次是在劫难逃了。

罗荣桓含泪摇摇头，语重心长地说：当前，中华民族的敌人不是刘黑七而是日本鬼子，刘黑七的罪行是罄竹难书，我们八路军是人民的军队，理应给人民出这口恶气，但是如果我们和刘黑七打起来，日本人就会很高兴，蒋介石也会说我们破坏联合抗战。同志们，大敌当前，国家为重，民族为重。

罗荣桓发动大家做群众的工作，说服大家以大局为重，团结一切力量，共同抗日。在八路军的开导、劝说、教育下，这个双手沾满鲁南人民鲜血的特号土匪，被人民群众原谅了。其实，刘黑七不知道，为了他，八路军做了多少工作啊！当刘部到达费县时，曾深受其害的费县人民不计前嫌，按照八路军统一战线、联合抗日的政策，沿途准备热水、食物，强忍着满腔怒火，欢迎刘师长回乡抗日。

含泪迎仇人，这不仅仅需要宽广博大的胸怀，还需要承受巨大的心理压力啊！

谁能做到？

共产党做到了，八路军做到了，他们以民族为重，以大局为重，动员、说服蒙山前的老百姓，让普通老百姓也做到了。

今天，我们无法体会当年的白马峪、南孝义、大泗彦村那些失去亲人、劫后余生的人们箪食壶浆欢迎仇人时的心情，但隐忍和复仇是沂蒙人一贯的文化积淀。

谁能让他们把仇恨埋在心底，拿出笑脸欢迎杀夫辱母的仇人？

谁能让他们放弃复仇，拿出真诚团结不共戴天的仇人？

天下谁能做到？

唯有共产党。

杀人魔王刘黑七回来了。有八路军115师撑腰，有人民民主政府做后盾的广大受害者，没有扔石头，反而拿出花生、红枣欢迎仇敌。

县委还派员慰问、联络刘黑七部。

县大队王保胜部帮助刘黑七的部队筹集粮秣，号房子。

115师东进支队、民运工作团和县委的领导，多次带慰问品去刘部慰问。

面对蒙山人民的热情和115师的真诚，狡猾的刘黑七也曾表示，愿意与八路军合作，共同抗日。可是，对一个毫无诚信可言、没有丝毫道德底线的惯匪来说，刘黑七的话有几句是真的呢？

4. 统战"土皇帝"

八路军三打白彦后，在鲁南一带名声大振。日军自然不甘失败，纠集8000兵力，分进合击鲁南根据地。面对气势汹汹的日军，八路军灵活机动，依靠鲁南人民，充分利用地形，向日军亮剑。结果，日军损兵折将，精心策划的大"扫荡"被粉碎了。胜利之师——115师一部继续北上，于1940年5月向天宝山区进发。

天宝山是蒙山前的一片特殊的山地，这片由青石山岭组成的山地，横亘在蒙山山脉和尼山山脉之间，是抱犊崮抗日民主根据地进入蒙山抗日民主根据地的枢纽地带，八路军无论是南下还是北上都得经过这里。占据了天宝山区，蒙山前广大的区域就彻底连成一片了，这对八路军来说意义重大。

日军当然明白这一点。白彦镇丢失，日军就失去了临滕公路的控制权。为了保障山东东西部的交通，日军开始在平邑镇和费县县城加大兵力，以便随时控制由临沂通往兖州的另一条通道，即现在的327国道，占领蒙山前的核心区域。同时，兵力有限的日军充分利用刘黑七，纵容其渗透到这一地区，让他帮忙占场子。就这样，八路军、日军和刘黑七同时盯上了一个人。这个人在天宝山区是一个不可忽视的角色，他就是天宝山区的民团总首领、地方武装的实力派廉德三。

天宝山区是一个相对封闭的山区，由于漫山遍野都是黄梨，山民的日子相对好过，于是土匪就惦记上了这里。为防土匪，这里的百姓就习武结寨，于是山岗上下到处都是石头垒成的围子，守护这些围子的是村里的民团，大地主廉德三则是当地民团的总首领。但为求自保，廉德三跟刘黑七结成了联盟。刘黑七"混光棍"的时候，廉德三就和他眉来眼去。八路军关注廉德三的时候，日军也派出特务到了廉德三的大院。一时间，"土皇帝"廉德三成了炙手可热的人物。

天宝山区历史上就是蒙山前的兵家必争之地，气壮山河的苏家崮阻击战就发生在这一地区。

1939年冬天，罗荣桓就站在抱犊崮上打量天宝山区了。他知道，八路军要想占领天宝山区，只有两个办法：一是武力夺取，二是和平入驻。无论是哪一种方式，都离不开一个人物——天宝山区的实际控制人廉德三。

无论是从人品还是一贯的做事准则上看，同是地主的廉德三和万三爷不是一个层面上的人物。廉德三在天宝山区有着"土皇帝"的称谓，是地主阶层中的顽固派，称得上天宝山区的一霸。因为手中有一支武装，他一向把天宝山区当成"廉家封地"，不准外人染指。廉德三对八路军早有耳闻，被日军武装起来的大地主孙鹤龄的力量比他的强大多了，还不是被八路军吊着打？于是他联合天宝山区所有的民团，成立了联保武装，加紧了对辖区的统治。

在罗荣桓眼前的规划里，蒙山和抱犊崮抗日民主根据地已经形成，若得天宝山区，整个蒙山前就连成一片了。这样，115师跟鲁中抗日民主根据地的联系就便利了许多。天宝山区势在必得。

怎样才能占据这片被廉家势力控制的山区呢？

在罗荣桓心里，打仗不是目的，打仗是为了和平，和平才是战争的终极目标。再说一旦开打，八路军会给反对派一个"抢占地盘"的口实，很容易把廉德三这样的地方实力派逼到日军的怀抱，那样八路军在蒙山前又多了一个对手。八路军到山东的目的就是集中一切力量抗战，连恶贯满盈的巨匪刘黑七，八路军都联合他抗日，那么对廉德三这样的"土皇帝"，八路军自然是要联合的。

115师到山东是带着艰巨的发展任务的，当时毛泽东指示，要在两年内发展到15万人枪，积蓄革命力量。这个任务始终被罗荣桓牢牢地记在心里。张仁初刚到鲁南时，遇到日军扫荡根据地。在郯城的重坊决战中，这位长征时的悍将血性大发，骑上战马就去追击日军的坦克。此战获胜，八路军也伤亡百余人，这些人大都是历经长征的精英，都是百战余生的种子，是发酵沂蒙这盆面的引子啊！

罗荣桓得知这次战斗损失了百余将士后，心疼得不得了。获胜归来的张仁初得意地来到师部，他没有想到，一向温和的罗荣桓立时变成了一头暴怒的狮子："你是来领功的吧？我告诉你，这里没有功给你！"

罗荣桓的一反常态，让张仁初大感不解。就在他疑惑之际，罗荣桓怒吼："疯子，疯子！你还我的干部，你还我的战士！"

喊着喊着，罗荣桓落下了眼泪。

罗荣桓的温和在全军是出了名的，这次却对一个打了胜仗的部下一反常态，师部所有人都愣了，站在门口的警卫员王汇川头一次见到罗荣桓如此失态。这个入伍一年多的新战士，哪里知道罗荣桓的心思啊！那时候，由红军改编而来的八路军将士们，个个都是军事过硬、意志坚强的革命者，一旦到了战场，都是舍得上性命的人。这些有着丰富实战经验的将士，才是八路军扩充军队的本钱，是共产党经营山东的本钱啊！如果把本钱弄没了，将来拿什么发展啊？

猛将张仁初终于明白了罗荣桓的良苦用心。他说："政委，我错了。"

已经控制住情绪的罗荣桓说："能知道错在哪里就好，能改正错误更好。去吧，到你的部队去，给我们的干部、战士讲明白：打仗不能凭一时痛快，我们得有长期抗战的打算，抗日是一场持久的战争，毛主席早就说过了。"

每个人都有自己独特的性格。在罗荣桓的儿子罗东进的记忆中，父亲能和意见不同的人一起工作，这是他留给罗东进的最深刻的印象。其实，有这种深刻印象的何止罗东进一个人啊！

罗荣桓是一个坚定的革命者，从延安来的那一天，他就知道115师肩负着一个政党的历史使命，他要让从延安带来的这点发面引子，把整个沂蒙乃至山东发酵起来，为党积蓄实力，以备将来。所以，1963年12月16日罗荣桓去世时，毛泽东伤心不已，写下了"记得当年草上飞……国有疑难可问谁？"的诗句。可见，罗荣桓在毛泽东心里的分量有多重啊！

面对廉德三的武装，罗荣桓提出"以统为上"的决策，一个"借道进山抗日"的方案在他的苦思冥想中出台了。

此时，鲁南抗日民主根据地建起了鲁南区党委、鲁南军区，赵博任区党委书记兼军区政委。罗荣桓带领人马向天宝山区靠拢，命区党委派出工作队先期到达天宝山区做群众工作，同时派出工作组跟廉德三谈判。

廉德三那里此时十分热闹，刘黑七派来的"花舌子"、日本人派来的间谍纷纷到达，开始了对廉德三的游说。

八路军得知详情后，有些将领主张：打，以绝后患。

罗荣桓还是坚定地摇摇头，反复告诫指战员们：要抗战，就必须团结一切可以团结的力量，化敌为友。

为了防止廉德三倒向敌人，罗荣桓一面采取积极的统战政策，说服教育廉德三抗日，一面采取大军压境的办法，力促廉德三就范。罗荣桓把115师主力派到天宝山南部，给摇摆不定的廉德三施加压力。刘黑七却把一个团派到天宝山北部，给廉德三助威。日军也向梁邱和平邑增兵，为廉德三护阵。此时，115师经过三打白彦、鲁南"反扫荡"，在实战中发展壮大，兵力已达到6万余人。刘黑七感叹地说："八路军扩军速度太快了。"他也就是趁115师主力不在的时候称霸了。这不，他已经给团长刘货郎发来密令：今非昔比，千万别跟 115 师较劲。

见廉德三还在摇摆观望，罗荣桓不仅陈兵天宝山南部，还调动费北行署大队王保胜部和津浦支队一个团，公开南下，对天宝山形成南北夹击之势。这一招果然奏效，廉德三反复权衡起来，因为孙鹤龄的教训就在眼前。

"不战而屈人之兵"才是上策，占据绝对优势的 115 师没有出兵，而是派出 350 人的工作团，分赴费南 7 个区开展工作，很快就在天宝山区掀起抗日救亡的高潮。1940 年 6 月 16 日，八路军在赵庄召开首届代表大会，成立抗日民主政府，终于控制了天宝山区。此时，廉德三不再观望，勉强接受了八路军提出的条件。廉德三的民团武装被改编成了八路军天宝山游击大队。八路军坚守承诺，把游击大队的指挥权交给廉德三，让他任大队长，八路军只指派政委。同时被改编的还有油篓崮村李灿营的民团。这些地域的实力派纷纷归顺，八路军掌控的地方武装迅速发展，占有的地盘就呈几何级数扩大。

不仅鲁南，滨海抗日民主根据地也在这个时期进入快速发展的轨道。滨海地区抗日力量的形成是从 1938 年 3 月开始的，中共山东省委将莒县民众抗敌自卫团和沂水邵德孚六大队合编，成立八路军山东人民抗日游击队第四支队六大队，正式进入滨海地区。1939 年 5 月，滨海地区的八路军整编为山东纵队第二支队。在军队的保卫下，滨海地区建立民主政权，大力发展武装，滨海抗日民主根据地进入新阶段，为日后迎接中共中央山东分局、115 师机关入驻滨海打下了基础。但是，在 115 师师部、山东分局进入滨海之前，鲁南、鲁中抗日民主根据地的发展势头更猛一些，尤其是鲁南，115 师进驻天宝山区后，一个山东抗战史上重要的会议召开了，这就是桃峪高干会议。

天宝山区落入八路军之手，被迅速发展成根据地，日军、刘黑七哪能甘心？于是他们联合起来，趁八路军桃峪高干会议召开之际，谋划了一场更大的阴谋。

5．检讨，验证气度

桃峪村位于现在的平邑县郑城镇。今天的郑城镇是我国的金银花主产地，年产金银花 600 万斤，有"中国金银花第一镇"的美称，2000 年被国家林业局命名为"中国金银花之乡"。

郑城镇的历史很悠久，文化底蕴十分深厚。小镇人杰地灵，素有"鲁南奇葩"之称。

1940 年初夏，漫山遍野的野生金银花花期已到，鲜花开始绽放了，一束束白黄相间的花构成花的海洋，把山区渲染得格外美丽，漫山遍野的花香好像在迎接远道而来的八路军。

9 月 15 日，八路军 115 师高级干部（支队、旅）会议在这里召开了，代师长陈光、政委罗荣桓先后主持了这次会议。115 师各支队和师直机关各部门的主要负责人、中共中央山东分局书记朱瑞等出席了这次会议，史称"桃峪高干会议"。

万三爷此时已将自己组建的武装置于共产党领导之下，建立了边联支队并任队长，他应邀参加了这次会议。

桃峪高干会议的参会人员共 42 人。这 42 人中，除参加中共中央山东分局扩大会议的负责人，以及几位地方武装改编而成的支队负责人外，绝大部分是 115 师中骁勇善战的将领。这些人生具有传奇色彩的将领们，大多是在大革命时期和土地革命时期入党的，都是历经长征、驰骋沙场、百战余生的精英，从瑞金到延安，从延安到山东，哪一个不是叱咤风云、功勋卓著的重量级人物？到 1955 年新中国第一次授衔时，参会人员中除 6 人在抗日战争中血洒疆场，2 人在解放战争中马革裹尸外，幸存下来的授大校 1 人、少将 8 人、中将 13 人、上将 4 人、元帅 1 人；行政干部中司局级 2 人、省部级 5 人。

对这样一个高级别的会议，一向心细的罗荣桓自然不会掉以轻心。

他之所以选择在天宝山区腹地的桃峪召开为期3周的高干会议，是因为桃峪村东临悬崖峭壁，南靠观音山，北、西两面视野开阔且居高临下，便于保密和警卫。从外部环境看，天宝山区南依抱犊崮抗日民主根据地，北靠蒙山抗日民主根据地，处在两个根据地之间，况且通过天宝山战斗，境内以廉德三为首的变节分子全部被肃清，自然相对安全。

桃峪高干会议的会址，就选在村民林化吉家的三间草房子里。

115师为什么要在这个时间召开这样一次会议呢？首先让我们看看当时的环境。

外部环境：1940年，全国抗日战争进入相持阶段。在山东抗日民主根据地，由于存在着115师和山东纵队这两支平行的武装，虽然有中央主力和地方武装之分，但都是共产党的武装，都是抗日的队伍，这就存在着统一指挥的问题。由于山东纵队的司令部在鲁中地区，115师的指挥部在鲁南抱犊崮山区，两者之间隔着天宝山区、蒙山山区，相距数百里，沟通起来十分不便，统一指挥的问题一直得不到解决。

内部环境：115师入鲁以来发展迅速，军队人数以几何级数增长，人员成分复杂，内部的一些矛盾开始显现，自身也亟须整治。更重要的是，党在部队的建设有所弱化，个人英雄主义抬头。

许多问题交织在一起，也就拉长了会议议程，桃峪高干会议开了三周。

革命者需要宽阔的胸怀，才能容纳全局。

批评和自我批评是党的三大法宝之一，有意见当面提出来，严禁当面不说背后乱说，因此，会议开得十分尖锐。对会议上的不同意见，甚至尖锐的批评——中共中央山东分局书记就对115师提出批评，罗荣桓一概认真听取。

会议期间，八路军总部来电，对桃峪高干会议做出指示，批评了115师军队纪律和干部教育方面存在的问题。115师入鲁后，和山东纵队之间没有进行及时的沟通、协调，山东境内两个军事指挥中心一直存在。山东一盘棋的思想，既有利于根据地的发展，也是党的大政方针。显然，中共中央对山东目前的状况并不满意。有权必有责，失责必追究，是党一贯的方针。作为115师的主要领导者，罗荣桓没有推卸任何责任。作为一个无产者，他一直认为，敢于承认错误，能够主动纠正错误，是共产党人必备的素养，无论是领导还是一般党员都应该具备这样的素质。于是，他在大会上主动做出检讨，承担了责任。

面对罗荣桓的深刻检讨，与会者耳目一新，尤其是山东当地的领导干部，见识了来自延安的干部的胸襟。人心换人心，双方之间的隔阂，因这个深刻的检讨消除了许多。但是，统一指挥并不是一句话的事情，也不是双方坐下来讨论一下就能决定的事情，这需要中共中央的顶层设计。1942年4月10日，化名胡服的中共中央政治局候补委员、华中局书记兼新四军政委刘少奇到达滨海区朱樊村。他四个月的调查研究，不仅纠正了山东党组织在减租减息等工作中存在的不足，也为中共中央决策山东问题提供了充分的依据。于是，山东悬而未决的统一指挥问题才得以解决，山东境内的军政大权才集中到罗荣桓的手中。

事实证明，罗荣桓统一指挥后，山东抗日民主根据地的武装实行统一整编，部队战力大增，鲁中军区发动的沂水县葛庄伏击战就是例证，一战消灭日、伪军1200多人，创造了一次全歼日军一个大队的辉煌纪录。

桃峪高干会议是党领导的山东抗日武装，在比较艰苦的时期召开的一次非常重要的会议，对抗日武装的统一领导发挥了关键作用，为山东抗日局面出现大的历史性转机奠定了基础。

会议的重要成果就是高举团结抗战的大旗，强调思想建党、政治建军，统一了全军指战员的思想认识，开展了大规模的军政素质建设，真正践行了人民军队"党指挥枪"的建军思想，把115师及山东境内的八路军武装打造成了一支铁一般信仰、铁一般意志、铁一般纪律、铁一般担当的队伍，使山东八路军的信仰更加坚定、斗志更加昂扬。这次会议的战果，不久就得到了验证。1941年12月8日，山东纵队一旅三团为掩护中共中央山东分局党校转移，250名指战员在离桃峪不远的苏家崮上，面对6000余名日、伪军的合围，顽强拼杀了一天，以牺牲200余人的代价，击毙日、伪军400多人，完成了任务，打出了军威。

会议就加强党的建设形成了两个决议：《关于营连党组织的规定》和《建立模范党军的支部工作》。会议形成的一系列决议、制度和规章，成为山东创建抗日民主根据地的宝贵财富。

如今，中共平邑县委已将桃峪高干会议旧址建设成了党性教育基地，还原、再现了当年的场景。

桃峪高干会议结束后，为了便于115师、山东纵队联合作战，115师决定按照中共中央山东分局的意见，将师部转移到蒙山地区。但考虑到鲁南地区是通向华中的枢纽，又是沂蒙山区的南部屏障，一旦主力北进，日军就会卷土重来，鲁南不能放弃，也丢不起，于是就采取了两全其美的办法：除在鲁南留下重兵外，115师师部转移到东蒙山的聂家庄，鲁南一旦受到攻击，随时可以出兵援助。

至此，115师在蒙山及蒙山以南广大地区全面铺开。

第七章　信仰为王

布鼓雷门的东北军跟红军过招了,却被破衣烂衫的红军打得一败涂地。面对覆舟之戒,张学良既感慨又无奈地问手下将领:

——你们都是带兵的,红军的将领能让士兵跟他们走两万里而不散,你们能带兵走多远?

——共产党的军队就是打散了,他们的兵也能找回来,你们的兵能做到吗?

不仅东北军的将领做不到,西北军的将领也做不到,川军、滇军、黔军的将领更做不到,就连国民党军的将领也做不到。当然,他们那些扛枪吃粮的士兵,同样也做不到。

红军能做到,是因为红军将领有信仰,参加这支军队的士兵也有信仰。

信仰是人类赖以发展的重要力量之一。没有它,便意味着崩溃。

信仰是核,能引爆出巨大的正能量。这个摧枯拉朽的能量,被人们称之为"精神力量"。

1. 比钢还硬的东西

沂蒙人民的反抗精神由来已久，打响沂蒙山区村民自发抗日第一枪的东流村村民就是例证。

当时的东流村有836人，村里的吴姓地主富有血性，加之他乐善好施，村民空前团结，村内开着油坊、粉厂等手工作坊，村民的生活相对富裕一些。

东流村坐落在蒙山前的临滕大道上，是临沂日军到滕县的必经之处，极具战略地位。为防御土匪，村子建起坚固的围墙，村里有自己的武装。"金东流，银崮口，铁打的山西头"，这些村庄都是土匪眼里的硬坎子，占领临沂城和费县城的日军当然知道。但是狂傲的日军不会想到，一帮子农夫就敢跟他们决斗！1939年1月30日，日军分三路进击中共鲁南特委，北路日军从东流村经过时，被村民阻击，78个鬼子在此丧命。东流村村民以不畏死的精神，打出了沂蒙人的血性，打疼了日军。

不到三年，沂蒙乡村又一批农民毅然跟日军亮剑，再次让武装精良的日军惨遭败绩，这就是著名的渊子崖保卫战！

渊子崖在沭河东岸，属于滨海区。为抗击土匪，它和沂蒙山区所有的村落一样，建有坚固的围墙。115师挺进滨海后，渊子崖在八路军的支持下，成立了抗日先锋队，抗捐、抗粮、抗伪军，被日、伪军视为眼中钉、肉中刺。1941年12月20日，参与沂蒙山区铁壁合围的大队日军，返回江苏新浦时包围了渊子崖。面对1000多名日军，村民没有退缩，而是拔刀迎战！

第一个回合就吃了大亏的日军架起大炮，炸开了坚硬的围墙，血性的村民开始了悲壮的巷战，大刀、抓钩、铁锨、锄头这些农具成了他们的武器，日军的大炮、机枪居然败下阵来。在八路军山东纵队和区武工队的援助下，一场血战下来，居然以牺牲147人的代价，歼灭日军112人！

1942年，滨海军区授予渊子崖"抗日模范村"称号。

后人谈及沂蒙抗战时，往往会提到这两场战斗，言外之意是：中国农民如果都像沂蒙的东流村、渊子崖的村民那样有血性，面对外敌敢于出手，日军在中国就不会狂横那么长时间。

这就是沂蒙人比钢铁还要硬的东西！

从1941年到1942年，由于日军的疯狂进攻，沂蒙人民的抗战进入了最严酷的时期，全国抗战进入了相持阶段。

此时，115师主力离开蒙山东进，开辟滨海抗日民主根据地去了。留守蒙山抗日民主根据地的是八路军王保胜部。蒙山根据地差不多就是当时的费北县全境，人口不过20多万，由于它地理位置特殊，日军为了彻底铲除这块小根据地，将鲁南、鲁中、鲁西三大根据地分割开来，制定了长期围困、彻底灭绝的政策。由于蒙山根据地沟壑纵横，山高林密，讨伐不易，日军就用据点＋碉堡＋铁丝网＋战壕的方式，死死困住蒙山。日军的战术在1941年冬季开始见成效，费北行署、费北县委、行署大队王保胜部被死死地压在蒙山里。

1942年正月，山里寒风呼啸，大雪纷飞，树上结成了厚厚的雾凇，就连鸟儿也不知躲到哪里去了。在蒙山深处的一座崖洞里，缺少被褥的八路军挤在铺了山草的地上睡觉，以便互相取暖。深夜冻醒了就烤篝火，但一烤火，前胸热后背凉，很不是滋味。怎么办？所有的山道都被敌人封死了，整个山外成了日、伪、顽的天下。这些酒足饭饱的家伙，晚上睡在热炕上，白天棉衣棉鞋，跟八路军形成鲜明的对比。

王保胜带着数百名八路军战士藏在深山里。他们一个个形容枯槁，面如刀刻，沉默不语，与蒙山的岩石是那么一致，两者共同构成了一幅凝重而凄美的画面。

沂蒙人都知道，八路军在村里驻扎时，如果天气允许的话，顶多会将老百姓家的门板卸下来当床，或在房檐下、偏房内、牛棚里铺一些干草，和衣而睡。5万多日军"扫荡"沂蒙后，遭受重创的八路军连这样的待遇也没有了。

费北的党政军被困蒙山的那几年，连睡门板也成了奢望，搭上几间草棚，那就算是别墅了。他们的休息地点，一般就是山洞里和岩石下，先找点山草铺在地上，在上面和衣而眠。由于长期不脱衣服，加上卫生条件差，大家满身都是虱子，很多人还长了疥疮。

夏天的时候，闲下来的八路军，"作战"对象主要是蚊子。睡觉前，先在山洞里烧柴草，用烟将蚊子熏跑。睡不一会儿，蚊子又回来了，然后大家轮流值班再熏。烟雾熏蚊子，同时也熏人，想睡踏实是不可能的。有经验的战士就把蚊子草拧成绳晒干，夜里点上一根，果然方便许多。

睡在山崖上，山风吹来，一般不受蚊子骚扰，可也有烦恼。有时候，正睡着，突然感觉腰间湿湿的，起身一看，原来是山泉流了下来。

即便是这样的休息状况，也难以长久地保持。日军总是绞尽脑汁想办法消灭山里的八路军，时常派出精干力量摸黑进山。这样一来，王保胜他们就居无定所了。有时上半夜睡在广尧崮，下半夜就躺在龟蒙顶了，早上醒来后又发现自己在养泉峪了。由于敌人封锁严密，情报无法有效地传递，为避免被围歼，一夜搬迁数次，让鬼子、汉奸扑空，成了八路军对付敌人的无奈之举。

正因为如此，八路军大多都养成了"猫睡"的习惯。像王保胜，没事的时候随便把头一歪，立马就睡着了，十分钟、八分钟就算一觉。这种"驴打滚觉"，好多八路军都会，而且得心应手到了炉火纯青的地步。

当八路军清苦，大家都知道。

沂蒙籍作家彭庆东曾经有个比喻很形象——

如果把当时的日、伪军，国民党中央军，八路军比作三家企业，日、伪军企业，靠的是黑社会手段，通过强买强卖占领了半数市场；国民党中央军企业，有着合法的生产许可证，有着从西方引进的先进设备，有着垄断经营权和定价权，产品也覆盖了半壁江山。上述两家企业都设在城里，有着漂亮的办公楼和生产线。八路军这家企业，虽然勉强被国民政府允许贴牌生产，但产量被严格限制，产品也在市场上屡遭查封。他们得不到财政扶持，也没有外部投资，还不能外出考察学习，只能躲在偏远处。因为屡遭查封，无法批量生产，好不容易产品生产出来了，只能晚上偷偷运出山，不敢进超市上柜台，只能靠进村入户分散销售。更令人不看好的是，这家企业不发工资，也不去强制员工，大门始终敞开着，老太太也可以进来帮忙，不愿干的随时走人，俨然像个集市。没有办公楼、豪华轿车，甚至连工作服都没有。当领导的没个领导样，个个都像"土老帽"。115师领导有张著名的合影，作为主要领导的罗荣桓被挤在一旁，中间坐着的是师部的参谋。八路军有官兵之分，却等级模糊。奇怪的是，这样一家不被看好的公司，却越做越大。从1937年算起，这支不被看好的团队8年后打败了日、伪军，夺取了一半的市场份额；12年后打败了国民党军队，收复了全部的市场；15年后又在朝鲜战场上打败了16国联军，获得了国际市场的认可。

是什么支撑着不被看好的八路军、新四军从弱到强，一步步走向胜利？

首先看领导。

在派系林立、军阀割据的旧中国,蒋介石领导的国民党能够异军突起，几乎统一了全国，他也算得上非常有领导才能了。可是中国出了一个毛泽东，他领导了一个最先进的政党，这个政党聚集了一大批为理想而献身的民族精英，拥有无数忠诚于党的战士。中华民族有幸，中华儿女有幸，于是历史重新被书写。

无论是胸襟还是谋略，都无人能与毛泽东相提并论。

这就应了那句话：一支由狮子统领的绵羊大军，是可以打败一支由绵羊率领的狮子大军的，那么一支由狮子统领的虎狼之师就天下无敌了。

要知道，无论是其他物质条件还是武器装备，国民党中央军甚至连杂牌军都比八路军强很多倍。论队伍的战斗力和战士的吃苦耐劳精神，桂军也不差。论官兵平等，西北军也有这个传统……可是他们最终都失败了。那么，这些部队和共产党领导的军队相比，到底缺少什么呢？

在战场上，八路军的队伍就是打到只剩下最后几个人，他们依旧能坚守在阵地上；即使他们连续几天粒米未吃、滴水未进，他们依旧能咬牙挺着。王保胜招兵时就说：饿不了三天肚，不能干八路。究竟是什么东西支撑着八路军？

共产党领导的军队所独有的、核心的东西，被当时的少数人所破解，如美国记者埃德加·斯诺、日本商人缅川、美军延安观察组，甚至国民党中央考察团……

全面抗战前夕，蒋介石派出国民党中央考察团赴延安，考察共产党及其军队的情况，以备决策之参考。考察报告中的一句话，透过现象抓住了本质："延安没有一样东西是正规的，但它体现的精神却是不可轻估的。"

精神？是的，精神。一种看不见、摸不着的东西，但是，它却真实地存在着。

这种精神就是最好的发面引子，它遇上了沂蒙这盆好面，于是呼啦一下就发了起来；也正是这种精神，传到沂蒙，被这片特有的土地吸纳、融化，于是惊天地、泣鬼神的"水乳交融、生死与共"的伟大的沂蒙精神诞生了。精神才是比钢铁还硬的东西啊！

沂蒙山区的那些八路军，在日军、伪军、国民党顽固派的联合绞杀中，如同蒙山上的不死草，能够坚强地活下来并迅速发展壮大，就是因为具有了这种精神。

精神，永远是一个团队、一个民族崛起的内在动力。那么，这种精神来自哪里？为什么东北军没有，西北军没有，滇军、川军没有，国民党也没有，独独共产党有呢？

2. 永远跟着你走

"你是灯塔，照耀着黎明前的海洋。你是舵手，掌握着航行的方向。伟大的中国共产党，你就是核心，你就是方向。我们永远跟着你走，人类一定解放。"这是1940年初夏，为迎接建党19周年、纪念抗战3周年，受中共中央山东分局的委托，沙洪、王久鸣两位年轻的文艺战士以饱满的抗战激情和跟着共产党走的坚定信念，在沂南县东高庄村仅用20分钟创作的经典歌曲《跟着共产党走》的歌词。歌词表达的正是那代人的普遍心声，于是这首歌立即在根据地传唱开来。

其实，跟着共产党打鬼子、救民族、救中国，早就被觉醒的底层民众所认同，譬如蒙山前北仲村人王保胜就是突出的代表。但他真正懂得革命道理，成为一个纯粹的革命军人，是在回到故乡之后。

1938年，王保胜初次上学的时候已经31岁了。第二次上学是1940年，他33岁。这个年龄了还要上学读书，这是王保胜绝对没有想到的。

他第一次上学是在蒙山后的峡玗，是中共苏鲁豫皖边区省委举办的短期培训班，主讲的老师大部分是从延安来的，其中就有边区省委书记郭洪涛。

他第二次上学是在天宝山，是115师的干部学校，全称是115师教导大队，大队长就是战神"张疯子"——后来的开国中将张仁初。王保胜跟他算是八两对半斤，两个人很对脾气，于是王保胜就被任命为学员队正营级的中队长。没想到，王保胜把一个中队管理得井然有序。要知道，这些学员都是从各部队来的下级军官，个个都是出生入死的高手，管理起来尤其不易。张仁初发现了王保胜的才能后，破格让他管理两个中队。

20世纪60年代初，王保胜的儿子王庆文逃学，坐在轮椅上的王保胜告诉儿子："爸爸是在吉林参加东北抗联打鬼子的，也算是老兵了，可是明白为什么当兵，为谁打仗这个道理是在1938年之后。组织让爸爸先后上了两次学，爸爸就是通过两次上学读书才明白这些道理的。不懂这些道理，兵就是瞎当，仗就是瞎打。人啊，不上学、不读书就不明白这些大道理，就是一个糊涂的人，一个糊涂的人是不会为国家、为人民做贡献的。去吧，上学去吧。"

1931年，王保胜走进东北抗联队伍，当初参军的目的简单得很，就是给二叔报仇！二叔被活埋的惨相成为他永远的梦魇，二叔求生的呐喊成了他心中永远的伤痛。他永远记住了与二叔一起讨生计的日子……

1927年，王保胜跟着二叔一家走上了闯关东的路。

一路艰难，走到大连时，二叔不幸染上了伤寒。惨无人道的日本人为防止传染，居然将患伤寒的中国人聚在一起活埋了。为了活下去，二婶含泪带女儿改嫁。此时王保胜举目无亲，孤身一人沿街乞讨，在大连以北的小湾沟村给地主当了一年长工，后又流落到哈尔滨。

1931年，九一八事变爆发，日军的飞机狂轰滥炸，富饶的松辽平原，美丽的白山黑水，顷刻间变成了人间地狱。日军的烧杀抢掠，震动了王保胜的心灵，联想到二叔被活埋的悲惨情景，他抱定了为二叔报仇、打鬼子的决心。他动员了十几名出苦力的同伴，于同年9月参加了东北抗日义勇军——吉林自卫军，被任命为班长。部队紧接着就上了前线，先在顾乡屯以南、双城埠以北的铁道线上与日军反复作战，后又到通子口作战。他们扒铁路，拧道钉，埋炸药伏击日军，还时常袭击日军占领的火车站，有时也打肉搏战，战事频繁。

有一次，为阻击日军向黑龙江的高岭子一带进犯，王保胜接到命令，带领小分队，连夜在中东铁路线上把铁路掏空，埋下地雷，拧松道钉，然后埋伏在铁路两侧的树林里。不一会儿，一列满载日军军火的列车呼啸而来。霎时，火车脱轨，军火爆炸。王保胜带领战友们冲了上去，向那些惊魂未定的日军开火,而后又展开了激烈的肉搏战。这次战斗,他们炸毁了16节车厢,炸掉了日军大批军火,打死、打伤日军近百人。此后,日军再也不敢轻易向那一带进犯了。战后,王保胜因指挥有方受到嘉奖。

1932年10月,他们攻打宁安县城。在激战中,周保中将军被流弹击中了左腿,鲜血直流。战斗结束后,周保中的腿伤要在没有麻药的情况下实施手术。部队里没有外科医生,敢死队队长王保胜的祖父是仲村一带的郎中,王保胜多少有点医药基础,于是他就用一把刺刀和一把铁钳子把子弹拔了出来,然后又用刀一层一层地把打烂的肉刮掉。王保胜是在周保中的谈笑声中完成这项手术的。周保中的大将风度,令自卫军的战士非常震撼,由此他的声望空前提高,王保胜也在这次手术中受益匪浅。就这样,王保胜从班长一直当到营长。

东北抗联的磨炼,让王保胜成熟起来。

1936年,在林海雪原里,王保胜患上了伤寒,和其他患病的伤员一起被留在三道崴子。在缺医少药的恶劣环境里,战友们都牺牲了,只有他一个人顽强地活了下来。抗联失败后,他孤身一人逃出林海雪原。那时候,整个东北都是日本人的天下了,黑土地上已没有了抗联的影子。1937年,王保胜只身回到家乡,翌年和唐绍鼎、鲍天仇等人拉起一支200人的常备军,由于只有他懂军事,就当了这支队伍的军事副大队长。

高锡贵带着郭洪涛的干部队从延安来到王保胜的家乡仲村镇后,在仲村枪击事件中,郭洪涛发现了王保胜,就把他安排到边区省委驻地峡玗,让他参加了干部培训班。正是这次为期不到十天的培训,王保胜才知道了延安,知道了毛泽东,才弄清楚这批来自延安的干部绝大部分是红军。从此,他看到了一个全新的世界……

3.干部的熔炉

1938年12月,115师从晋西孝义地区出发开始东进时,不过几千人。

经过两个半月的时间，翻绵山、过黄河、跨津浦铁路，跋涉3个省19个县，行程3000里，于1939年3月2日到达鲁西郓城地区，5月27日进入连接鲁南、鲁中的枢纽地带——费县。到1940年9月在天宝山区召开桃峪高干会议时，115师已发展到6万人，队伍扩大了十几倍，一个现实难题凸显出来了：千军易得，一将难求。部队扩编了，德才兼备的军事干部、政工干部从哪里来？

其实，115师东进蒙山前，一所培养干部的随军学校——115师教导大队就组建了。教导大队在蒙山前这块美丽、富饶的土地上边办学边战斗，生活了整整两个春秋。它就是一座大熔炉，发扬"团结、紧张、严肃、活泼"的延安抗大（中国人民抗日军政大学）的校风，把数以千计的干部投进去重新锻造，最后培养出党和军队需要的政治达标、军事过硬的干部。自1939年6月至1941年8月两年多的时间里，教导大队为部队和地方训练了1800余名军政骨干。与此同时，山东纵队也有一所培养干部的学校，是中共苏鲁豫皖边区省委1938年6月创办的，这就是设在沂南岸堤的山东抗日军政干部学校。两所学校为山东培养出了大批军事指挥人员和地方政工干部，这些军政干部成为推进山东抗日民主根据地发展、壮大的生力军。

115师教导大队按照军事建制组建。大队辖司、政、后三个处和五个学员中队。每个中队设正副队长和正副指导员。中队下设三个区队，有正副区队长各一名。一中队是部队副排至副营级军事干部学员；二中队为政治队，主要为部队培训副排到副营职政治干部；三中队是战斗英雄、攻城模范、积极分子老战士队；四、五中队是地方干部队，学员由地方县、区、乡、村干部及进步的青年学生组成。四、五中队的学员毕业后回原单位工作，其他中队的学员由各旅、团、游击支队输送，毕业后由师政治部统一分配。

军事队和政治队的主要任务是提高学员的军事素质和政治素质，以学员能胜任部队基层军政干部为办学目标。军事训练包括管理条令、队克利斯朵夫站住了。曼希沃声音发抖的又说：

"我的小克利斯朵夫！……别瞧不起我！"

克利斯朵夫扑上去勾住了他的脖子，哭着叫道：

"爸爸，亲爱的爸爸！我没有瞧不起您！唉，我多痛苦！"

他们俩都大声地哭了。曼希沃自怨自叹地说：

"这不是我的错，我并不是坏人。可不是，克利斯朵夫？你说呀，我不是坏人！"

他答应不喝酒了。克利斯朵夫摇摇头表示不信；而曼希沃也承认手头有了钱就管不住自己。克利斯朵夫想了一想，说道："爸爸，您知道吗，我们应当……"

他不说下去了。

"什么啊？"

"我难为情……"

"为了谁？"曼希沃天真地问。

"为了您。"

曼希沃做了个鬼脸："没关系，你说罢。"

于是克利斯朵夫说，家里所有的钱，连父亲的薪水在内，应当交给另外一个人，由他把父亲的零用按日或按星期交给他。曼希沃一心想讨饶，——并且还带着点酒意，——认为儿子的提议应当更进一步，他说要当场写个呈文给大公爵，请求自己的薪水按期由克利斯朵夫代领。克利斯朵夫不愿意这么办，觉得太丢人了。可是曼希沃一心要做些牺牲，硬把呈文写好。他被自己这种慷慨的行为感动了。克利斯朵夫不肯拿这封信；而刚回家的鲁意莎，知道了这件事，也说她宁可去要饭，也不愿意丈夫丢这个脸。她又说她是相信他的，相信他为了爱他们，一定能痛改前非。结果大家都感动了，彼此亲热了一阵。曼希沃的信留在桌上，随后给扔进抽屉藏了起来。

锅泉村。他不敢跟 115 师主力正面交锋，就拿教导大队开刀，于是不断向流峪、常庄一带进犯。其实，刘黑七算错了账，教导大队并不仅仅是一群读书的学生，学员放下课本提起枪就是战士，而且是久经沙场的老兵。刘黑七派一个营围攻流峪。他没有想到，军号一响，这些学员就以战斗队形冲出来，把他打了一个措手不及。刘黑七气得质问刘货郎："学生能有这么强的战斗力？"

不仅刘黑七低估了学员的战斗力，就连日军主力独立混成第六旅团也低估了。1941 年 11 月，他们 8000 精锐和刘黑七的 3000 大军，把手无寸铁的 115 师后勤、山东省战时工作推行委员会机关 5000 余众，死死地围在费县大青山周围。大青山突围战爆发了。

一方是武装到牙齿的精锐，一方是除了抗大的学员队，其他都是只有一颗"光荣弹"的后勤人员，毫无悬念的一边倒是不可避免的，在黎明的曙光里，谁都看得出来。眼看日军就要获取山东战场上最容易的大胜利了，却被抗大一分校第五大队的学员们击碎了美梦。不足 500 人的第五大队，是从各个部队、地方武装抽调的基层指挥员，都是军事、思想素质过硬的人。这些人意志坚强，不论对手多么强大，从不会低头认输。接到命令后，面对强敌，他们毫不含糊，死死地钉在阵地上，以血肉之躯挡住了日军精锐，保证了突围的成功。

在战斗过程中，第二中队指导员程克，接到周纯全校长死守高地的命令。他带领学生队，硬是没让日军越过山冈，最后全队阵亡。这样的对手彻底征服了日军，他们纷纷举手向战死的程克们致敬！

英雄程克们死得光荣。

八路军能打，学员队能战，不是八路军自己宣传的，是刘黑七、日军、国民党反动派们，通过一次次较量给出的评语。

王保胜第二次上学时，已经升任鲁南支队七团一营四连连长。之前，他在蒙山前经历并指挥了大大小小百余仗，几乎仗仗获胜，早已名声在外。刘黑七曾悬赏"一两皮肉一两银，一两骨头一两金"来买王保胜的人头。

教导大队选王保胜入学，主要是想从政治上强化他，同时还有一个目的，让实战经验丰富的他教学员怎么指挥打仗。

张仁初任命他为第一中队队长，看重的就是他百战不输的指挥艺术。

王保胜果然不负众望，经他训练出来的队员都和他一样，蒙上双眼，在规定的时间内能把机枪、手枪分解开来再安装上。他还独创了"王氏投弹追敌"的战术——为了战时能快速准确地抓住战机、追击敌人，边扔手榴弹边向前奔跑，在手榴弹着地爆炸前侧卧在爆炸扇面的死角里，手榴弹爆炸后，再迅速爬起来去追击敌人，这样就缩短了与敌人之间的距离，赢得了时间，抓住了战机。此项创举，先后在教导大队和八路军鲁南各部队中进行推广。

儿行千里母担忧。

王保胜部升级到主力部队一个月后，父亲王子荣来看望他。夜深人静了，爷俩还在畅谈，久久没有入睡。

王保胜说："大大（蒙山前一带对父亲的称呼），您以后不能再来看我了，您一来，我好几天都安不下心。现在国家有难、民族危急，儿得为国尽忠，不能在家尽孝了。自古以来忠孝不能两全，我顾不上您老人家了，今后您多保重就行了。"

思子心切的父亲王子荣老泪纵横。

他们谈话的内容恰好让执勤的政委听到了。政委联想到王保胜来教导大队后，积极开展政治思想工作，抗战坚决，军事训练成绩出色，有这样的好助手，教导大队的工作就好开展了。第二天，全队在驻地王家庄召开大会，张仁初支队长到会讲了话，表扬王保胜：有信仰，有骨气，忠诚可靠的共产党员。他还把王保胜请上主席台与大家见面，让他讲话，以鼓舞士气。会上，宣布命令：王保胜为模范中队长，并带一、二两个中队学习、军训。

至此，我们看到，那个为报杀叔之仇参军打鬼子的人，已经彻底明白为谁当兵、为谁打仗了。可以说，两次上学让王保胜脱胎换骨了。

无论是鲁南的教导大队,还是鲁中的山东抗日军政干部学校,都是山东抗日民主根据地锻造干部的大熔炉,所有经过这个熔炉锻造的干部,信仰、理想、道德水准都发生了质的变化。正是这一革命的大熔炉,培养和造就了一大批德才兼备、文武双全的优秀干部,为山东根据地的发展储备了大量人才。

毛泽东有个著名的理论:政治路线确定之后,干部就是决定的因素。

毛泽东讲话从来都是一语中的,因为党员干部是代表党和政府与人民群众直接接触的特殊群体,其政治思想、工作作风、道德品质以及业务水平的高低,不仅影响党和政府在人民群众中的地位和形象,也直接影响党的领导能力和执政水平。

毛泽东的理论、山东根据地的经验、王保胜个人的体验都表明,对干部进行培训,提高干部的整体素质,是党的事业持续发展的保证。

一个有信仰、有能力的干部,能影响一批人,带好一个团队,振兴一个地方。

在教导大队学习时,王保胜已经是正营级干部了,如果他在115师继续干下去,就他的军事素质而言,前途不可限量。但是,115师首长的一个决定,彻底改变了他的个人命运。

4. 唐猎户改行

我们还是回到抗日战争时期的沂蒙山区吧。

1940年秋,115师代师长陈光、政委罗荣桓与王保胜谈话:"王保胜同志,师党委决定,派你回到西蒙山。那里是你的家乡,你回去发动群众、发展武装,帮助主力部队扩军。有什么困难,你提出来,组织尽可能地帮你解决。"

王保胜表现得干脆利落:一个标准的军礼,一句"坚决完成任务"的话,转身走人了。

那时候，流行着"服从命令，听从指挥"的口头禅。事实上，广大共产党员是这样说的，也是这样做的。王保胜当然也不例外。

王保胜没想到，自己倒是痛快了，可是，115师有一个人不太痛快，有一个人颇为担忧。这两人一个是支队长张仁初，一个是政治部主任萧华。

张仁初找到罗荣桓，直截了当地说："政委，王保胜是个难得的军事干部，我们支队打算让他当营长的。"

罗荣桓问："咱八路军的靠山是什么？"

张仁初说："人民群众啊！"

罗荣桓说："你什么都知道怎么就不懂得这个道理？王保胜这样意志坚定、能力超群的同志回到人民群众中去动员群众、发动群众，对党的贡献会远远大于当一个营长甚至支队长，你信不？"

性格倔强的张仁初没了脾气。

萧华拦住王保胜，说："西蒙山地区敌情复杂，各种势力相互交错，尤其是你的死对头刘黑七还在坐守蒙山，你一个人回去安全没有保障。我给师长和政委说了，你从四连挑选一个班的战士携带武器回去，一来做个帮手，二来保障你的安全。"

王保胜回答："谢谢首长的关心，眼下部队急需扩编，到处都缺人手。您放心，只要我回到蒙山，那就是鱼回到河里，敌人想逮我，门都没有。"

看，八路军的一个下级军官，做事都会从大局出发，这就是共产党培养出来的干部。

猎户唐嘉告改行，与萧华有关，与王保胜干系更大。

1940年冬，萧华从泰宁边区向南穿越蒙山。他带着警卫排走在山沟里，突然一声沉闷的枪声传来，训练有素的战士立即卧倒观察动静，因为蒙山一带极不平静，时常有小股乱兵、土匪出没，小股日军也敢出入蒙山。

这时,一只受伤的野兔连滚带爬地跑过来。由于两条前腿被打断,野兔跑得十分缓慢。远处,一个提着枪的猎人不慌不忙地追过来,伸手抓起兔子,斜起掌用力一击兔子的后脑勺,兔子挣扎了几下就不动了。猎人将其收入囊中,动作干脆利索。

萧华有着一双犀利的眼睛,他一眼就看上了这个年轻的猎人。

他笑着走过来,问:"你贵姓?"

猎人瞟他一眼,说:"唐嘉告。你们是八路军?"

萧华笑着说:"到底是猎手,眼力不错。你打兔子,我们打鬼子,都是玩枪的,一家人嘛,别客气。"

唐嘉告觉得这个人说话还中听,就放松了警惕,跟萧华拉起家常。

萧华看了看兔子,问:"你怎么打腿啊?"

唐嘉告轻描淡写地说:"狩猎要的就是一张好皮子,照着猎物的身上就是一枪,一张上好的皮子就糟蹋了。那样打猎还叫猎手?"

看着被打断的细小的兔子腿,萧华问道:"会用步枪吗?"

唐嘉告淡淡地说:"枪都是一个用法。"

萧华递给他一支步枪,问:"试试?"

唐嘉告拉开枪栓,子弹上膛,说:"可惜了一粒子弹。"

一个战士想难为一下他,说:"打只鸟呗。"

唐嘉告翻了一下眼皮,问:"你要整的还是要碎的?"

众人一下子来了兴致,问:"怎么讲?"

唐嘉告说:"这是中正式步枪,射程不远,可是火力猛。鸟才多大,一枪下去,不碎才怪呢!"

战士问:"整的,怎么打?"

唐嘉告说:"打眼,不就是完整的一只了吗?"

"打眼?"战士们立时兴奋起来。

也正是这一枪,让爱惜人才的萧华喜欢上了这个猎人。面对一只完整的还在挣扎的鸟，萧华感叹地说："打兔子可惜喽，你应该去打鬼子。"

唐嘉告问："我为什么要打鬼子？"

萧华想：看来我们的宣传教育还是不到位啊！

见到王保胜，萧华问："这附近有个猎手叫唐嘉告，你知道吗？"

唐嘉告是三合四村人，蒙山前著名的乡贤唐绍典的叔伯侄子。作为一名百步穿杨的猎手，王保胜哪能不知道他？

萧华说："你一定想法子把他招进咱们的队伍里来，这个人要是被国民党、汉奸或鬼子弄去了，咱们的损失可就大了。这个人能抵得上一个新兵排啊！"

王保胜当成事了，立即行动起来。

艺高人胆大，有能耐的人都有个性。王保胜多次找到唐嘉告，动员他参加八路军，都被他拒绝了，弄得王保胜极为尴尬。唐嘉告是一个自由惯了的角色，部队有严明的纪律，他哪里受得了那份管制？当一个独来独往的猎人多自由啊！天天有肉吃，卖张皮子就是钱，小日子滋润着呢！

当王保胜第十次将他堵在家里的时候，说话做事都干脆的唐嘉告烦了，最后答应到县大队干两天试试。王保胜抓住机会，给他挖了一个不大不小的坑，断了他的归路，从此唐嘉告悠闲的狩猎生活算是结束了。

在王保胜眼里，一个猎户不打兔子改行打鬼子，这只是第一步，得让他知道为什么当兵，为谁打鬼子，明白了这个道理，他才能成为一名合格的八路军战士。于是，王保胜对他开始了漫长的思想教育工作，直到唐嘉告没了脾气，一声叹息："王大爷，老祖宗，您别再叨叨了，我不走了，这辈子就跟着你了。"

20世纪五六十年代，解甲归田的唐嘉告时常打只兔子找王保胜喝酒，每次进门，他就一句话："我这辈子最受不了的就是你没完没了的叨叨。"

唐嘉告的话是有所指的。当年他思想极不稳定，王保胜就找他谈话，蒙山上的那棵老栗子树见证了整个过程：一连十三个晚上，王保胜就在这棵大树下做唐嘉告的思想工作。唐嘉告被王保胜说急了眼："队长，你就别叨叨了，我留下跟你打鬼子还不行吗？"

王保胜说："唐嘉告同志，你愿意留下我很高兴，但是你的认识还不到位。你这样我不放心。"

唐嘉告说："我都答应不走了，你还不放心？"

王保胜说："不对，你到现在还没弄明白为什么当兵、为谁当兵。"

唐嘉告说："我当兵，不是你叫来的吗？"

于是，王保胜就给他讲当兵的道理。这个道理王保胜讲了三个晚上，直到唐嘉告彻底弄懂了。

王保胜又给他讲另一个道理："你不是跟我王保胜打鬼子，你是跟着共产党打鬼子，跟着八路军打鬼子。你打鬼子不是打给我看的，你是为你自己打鬼子，是为你爹娘打鬼子，是为你姐姐、妹妹打鬼子。八路军打鬼子，是为了民族打鬼子，为了国家打鬼子。"这个道理王保胜又讲了三个晚上。

所以，多年以后，唐嘉告只要一见到王保胜，开口就是那句话："受不了你没完没了的叨叨。"

王保胜总是呵呵一笑："要不是我叨叨，你哪里明白这么多道理。你连这些道理都不明白，怎么当中队长、大队长？你得感谢萧主任，当然也得感谢我，你要不改行打鬼子，哪来的那么大的名气，这山前山后鬼子、汉奸谁不知道你——闩上门放上哨，还得提防唐嘉告。"

唐嘉告就哈哈大笑起来。

王保胜说的是实话。几次战斗下来，唐嘉告就以精准的枪法和稳定的心理素质，在县大队树立起绝对的威望，成为人才济济的县大队的业务骨干。唐嘉告却轻描淡写地说："鬼子比兔子目标大几十倍呢，好打嘛！"

王保胜的确是个懂得管理的干部，他发现了唐嘉告的优势，为培养他，忍痛割爱，放虎下山了。临别，王保胜还是不放心，因为他知道唐嘉告胆大妄为、独来独往的脾性。在送别的路上，王保胜一再嘱咐："唐嘉告同志，你是区中队长了，上百号人的身家性命都攥在你手里，一个不慎就会血流成河啊！你记住了，当队长就得千方百计保护战士的生命安全，只有保住了队伍，才能打鬼子啊！唐嘉告同志，你记住了吗？"

唐嘉告大大咧咧地说："老娘们似的，你有完没完？跟你这么长时间了，这点破事还用你吩咐？"

唐嘉告越是这样说，王保胜就越不放心，反复叮咛："千万别自己行动，你是一队之长，遇事要冷静，凡事都要以大局为重。"

唐嘉告再次被王保胜叨叨烦了。为了早日脱离王保胜的视线，他说："大队长，你不用再吩咐了，把心放在肚子里吧。就泰宁边区那帮孙子，早晚都是我区中队盘子里的菜，别管是汉奸还是小鬼子，他们的枪啊，炮啊，早晚我都给你弄回来，行了吧？"

王保胜说："我知道你有这个能力。"

唐嘉告说："知道你还叨叨起来没完没了？你回去吧！"

唐嘉告没等王保胜答应，就迈开大脚板子跑了。

目送唐嘉告远去的背影，王保胜无奈地摇摇头，自言自语地说："这个'二杆子'，要是改改独行侠的臭毛病就好了。"

王保胜还是不放心。他把唐嘉告送到115师教导大队，让他上学。唐嘉告毕业后，他还是不放心，就隔三岔五地去区中队给他做思想政治工作。每次告别，王保胜都反复叮嘱他千万别一个人行动。可是，王保胜一走，唐嘉告就把他的千叮咛、万嘱咐抛在脑后了。

唐嘉告又独自溜达到仲村据点，不过这次王保胜不但没有批评他，反倒大张旗鼓地表彰了他。这是为什么？

5. 使命和担当

秋收起义后，毛泽东在三湾改编时把党支部建在连队上，目的是让党领导军队。干部战士们知道了军队是党的,是人民的,不是哪个人的,也就明白了为什么要流血牺牲,明白了为谁打仗了。实践很快就验证了这个制度的优越性。

八路军发动群众是把民族、国家、个人三者的利益结合起来,既有理想也有自己的切身利益。既不同于国民党的假大空,也有别于刘黑七的自私狭隘。一个最鲜活的例子,就是国共合作初期,蒙山一带有国民党于学忠的 51 军,刘黑七的新编 36 师,八路军 115 师,他们都在蒙山地区招过兵。

国民党 51 军喊出的口号是:"保卫国家,扛枪吃粮。"

刘黑七的新编 36 师喊出的口号是:"三十亩地靠沙河,不如钢枪压着脖。"

八路军 115 师喊出的口号是:"打鬼子救民族就是救自己。"

这些口号展现出各自不同的理念。理念的不同,信仰的差异,孕育了军队不同的灵魂。

中华文明之所以五千年生生不息,有一点是别的民族无法效仿的,那就是中华民族优秀的传统文化。在传统文化里,信仰就是普通人对祖宗的敬重,对民族文化的认同,对国家的归属感。如百善孝为先的思想、落叶归根的思想,"先天下之忧而忧,后天下之乐而乐"的家国情怀……

共产党在民族存亡的紧要关头,把优秀的民族文化具象化了。如 1937 年 9 月,八路军在陕西省三原县出师抗日的誓词:

> 日本帝国主义,是中华民族的死敌。它要亡我国家,灭我种族,杀害我父母兄弟,奸淫我母妻姐妹,烧我们的庄稼房屋,毁我们的耕具牲口。为了民族,为了国家,为了同胞,为了子孙,我们只有抗战到底!为了抗日救国,我们已经奋斗了六年。现在,民族统一战线已经成功,我们改名为国民革命军,上前线去杀敌!我们拥护国民政府,服从军事委员会统一指挥,严守纪律,勇敢作战,不把日本强盗赶出中国,不把汉奸完全肃清,誓不

回家。我们是工农出身，不侵犯群众一针一线，替民众谋福利，对友军要亲爱，对革命要忠实。如果违犯民族利益，愿受革命纪律的制裁，同志的指责！谨此宣誓。

（摘自暮千雪著《巍巍嵯峨》，陕西师范大学出版总社2018年版，第86页）

这个开宗明义的誓词一点也不高大上，甚至有点土，如"烧我们的庄稼房屋，毁我们的耕具牲口"等，但旗帜鲜明、思想明晰。抗战，既是为了民族，也是为了家族，为了亲人，为了自己，颇有人情味。这样一来，任何一个不识字的战士，都能明白为什么抗战、为谁抗战了。正是这种看得见、摸得着的信念，才让每一个八路军战士明白了自己的使命：不把日本强盗赶出中国，誓不回家！

没有国，哪来的家啊！这种信念自然会生出令人感动的家国情怀。

八路军不仅培养有信仰、有使命感的军官，也对士兵进行信仰教育。唐嘉告就是例证。八路军在贯彻信念、使命教育的过程中，发明了一个屡试不爽的绝招。后来，这个绝招被一个美国军官复制了，结果在太平洋战场上，别的部队都被日军打散了，只有他的部队战斗力陡增，不仅从日军的重围中突围，还击溃了日军一个打伏击的联队。

这究竟是什么绝招？

让我们看一个战例吧，蒙山前三大战斗之一——塔佛山战斗。

为彻底铲除蒙山抗日民主根据地，日军趁115师主力开进鲁南的机会，派出畑烟大队和伪军4个大队进驻蒙山前，于是这里的重要村镇纷纷落入敌手。日军耀武扬威，天天叫嚣要灭绝八路军，尤其是由数百名日军把守的武安村，如同一只恶狗死死地盯住了蒙山。

陈光借三打白彦后鼓舞起来的士气，采取王保胜的战术——火鸡烧武安，打跑了这只恶狗。

畑烟大队长实在难以咽下这口窝囊气。自从进入山东以来，他率部几乎是所向无敌。在同国民党军的对阵中，他一个大队就敢攻击他们的一个师，那是何等威风！眼下一群连军装都没有的八路军，居然拿下了重兵把守的武安，这是日军的奇耻大辱啊！一向桀骜不驯的畑烟，哪里把八路军放在眼里？他认为武安战斗的失败是偶然的，日军吃了火鸡的亏。根据情报，畑烟得知这群刚刚拿下武安的八路军并没走，就住在蒙山前的小卞桥。不就是一群八路军吗，何不给他来个连窝端？狡猾的畑烟得意地笑了。

1940年11月24日，武安战斗刚刚结束，八路军和王保胜部还没有来得及休整，日军就卷土重来了。来自平邑、费县等据点的800名日军和皇协军刘黑七部2000多人，携带4门火炮，开着20辆汽车，拉开架势，要和八路军在蒙山前决战。

大战在即，八路军各部都在开战前动员会，这是惯例。

王保胜站在打麦场的碌碡上，整个行署大队的战士全部整齐地站在打麦场上。

王保胜说："小鬼子在武安村被咱们揍得鼻青脸肿，让咱们主力一口气吃掉百余人。小鬼子就这副德行，败得越惨，报复越重。现在费县城的鬼子已经出动了，各个大据点的鬼子也参战了，800多名鬼子加上刘黑七的2000余人，来头不小啊！"

有战士唏嘘："这么多啊！"

"有115师在，咱们才不怕他们呢！首长决定彻底消灭来犯之敌，这次咱们的部队调集8000名主力，加上地方武装共计1万人。这样咱们就形成了4打1的优势。"

"4个打1个啊！用脚也能踩死小鬼子了。"

战士们立刻兴奋起来。

这就等于把战争的局势给战士们讲清楚了，开战之前大家心里就有底了。

王保胜接着说："115师来了，在蒙山前建立根据地，咱们的家人才过上安生日子，可是刘黑七联合小鬼子，就是不让咱过好日子！怎么办？"

"揍他！"

这就把打这一仗的意义和目的，明确地告诉每一个战士了。

王保胜说："115师首长的意思是，既然是一块送上门来的大肥肉，这回就多加把火，一锅炖了算啦。"

有战士说："大队长，咱们也得捞块肉吃啊！"

王保胜说："你说得对，这样的好事，115师首长哪能忘了咱们大队？师部这回是把咱们当主力使用，等主力115师把鬼子打急眼了，就轮着咱们出场了。同志们，咱们的老对手刘黑七也来了，这个老东西从鬼子那里获得了不少好武器，三八大盖、歪把子机枪、曲射步兵炮啊，鬼子给了他不少。同志们，这回有115师主力部队打头阵，都给我睁大了眼、铆足了劲，不管是小鬼子的还是刘黑七的，都给夺过来，这回轮到咱们换装了。"

这就等于把胜利的诱惑摆在大家面前，于是战士们一片欢腾。

这就是八路军的战前动员会。

为了挖掘王保胜的事迹，1992年，我们专门采访了当年的费北行署主任、王保胜的上司徐元泉同志。提起王保胜的战前动员，他立时来了激情，说："王保胜啊，那才叫艺术呢！他总是三言两语就把敌我态势、为什么打、怎么打讲得一清二楚，几句话就能让部队嗷嗷叫起来，人才啊！要不是我三次把他从主力部队要回来，他说不定早当将军了呢！说起来，是我们误了王保胜同志啊！"

6. 厮杀前的动员

按说，双方交火就来不及动员了，但八路军的动员活动，一直到拼刺刀的时刻才停止。不信？那就一起看看塔佛山战斗吧。这样的战斗就算是小型的战役了,双方动用兵力达万余人。越是这样的大型战斗往往越残酷,因为双方都志在必得,打到最后,拼的还是士气、毅力。这时候,士气决定胜败。士气靠鼓舞,缺少弹药的八路军往往胜在士气上。

凌晨,西路来的日军开始进攻了,骑兵在前,步兵紧随其后,气势汹汹地杀向小卞桥村。

小卞桥村当时驻扎着八路军主力部队教导二旅四团,再往东10里就是团部和115师师部的驻地——岳家村。根据平邑、地方地下交通站事先送出的情报,知己知彼的115师早已拉开了迎战阵势。陈光命令四团三营以小部分兵力坚守村落,牵制敌人;大部分兵力迅速占领村西及村东北庙岭高地,一方面阻击日军向我师机关驻地岳家村进攻,另一方面可居高临下地有效杀伤日军。

在武安攻坚战中表现出色的王保胜部,被陈光调到侧翼,作为主力使用。

王保胜接到命令后,当即把行署大队分成两路:一路埋伏在柏林一带的山岭上,阻击西路(平邑)来的日、伪援军;他亲自带领一个中队,埋伏在小王庄北面的山沟及坟头后,伺机伏击进犯岳家村的鬼子。同时被调集的还有几个区中队,石立山的区中队就这样参加了塔佛山战斗,归王保胜指挥。

王保胜看看远处的日军,再看看眼前的战士,开腔了:"同志们,听听枪炮声,就知道咱们的主力都来了,老三团、老四团齐上阵,这次小鬼子是必败无疑的。首长说了,这回打的是歼灭战,鬼子、汉奸是一锅煮。咱们子弹少,老规矩是留着两发好突围,这回不用了,全都照着鬼子的要害打出去。子弹打完后,小鬼子若是还进攻,就放到30米以内,用手榴弹招呼。解决战斗最后还得用刺刀,小鬼子玩刺刀的技术不赖,同志们都小心一点。"

战士们回答:"大队长,你就放心吧。"

王保胜为鼓舞士气,说:"这回破个例,除了歪把子机枪外,谁缴获的三八大盖就归谁用了。"

立时，阵地上一片低笑声。要知道，日军的步枪可是单兵作战的好武器啊！

战斗开始了，四团三营负责阻击的一个排躲在工事里，等日军靠近时迎头一阵射击，日军被打了个措手不及。训练有素的日军立即架炮，还没等开打，这个主力排就撤出了小卞桥村，跑上了塔佛山。日、伪军被惹恼了，立即追上来，在炮火和机关枪的掩护下，一路从右翼向塔佛山山头进攻，一路以一个中队的兵力向左翼迂回。正当两翼之敌推进至山脚下，得意忘形地向前进发之际，埋伏已久的八路军四团和王保胜部突然开打，密集的子弹向敌人飞去，他们接二连三地倒下。日军稍做休整，再次发起反击。就这样，两军主力拉开了决战的架势。

日军的数次攻击均被击退。打到最后，弹药奇缺的八路军还是吹响了冲锋号。

拼刺刀前，王保胜重复说了命令："以排为单元，以班为组团，三人一组，老兵照顾新兵，抱成团，不给鬼子留空隙。利用人多的优势，三个人对付一个鬼子，一刀见红，绝不留活口，能一刀削掉脑袋最好，那样会对鬼子造成巨大的心理压力，泄了他们的斗志！"

枪声变得零散起来，渐渐地就没了枪声，只有刀械的撞击声。

日军的拼刺技术不差，八路军在实践中也有长进，业务尖子王保胜更是不在话下，一阵忙活撂倒了五个鬼子。最后，他累得连拔刺刀的力气都没有了。

唐嘉告曾回忆说："拼刺刀，是咱们王连长的绝活，到底是东北抗联的老营长，玩刺刀，我们这些人都玩不过他。塔佛山那次战斗他一连刺死了五个鬼子，连115师首长都表扬他是民族大英雄呢！"

整个塔佛山陷入拼杀的紧张氛围。八路军的武器无法跟日军的比，但人数占绝对优势，在拼刺刀这样的格斗中，就占大便宜了。在八路军的强势反击下，日军、汉奸很快就支撑不住了。

兵败如山倒,从来如此。

溃退时,一队日军逃进了小王庄。他们确实被打怕了,一个个慌不择路,有的跳进了枯井里,有的藏进了猪圈里,有的钻到了床底下,还有的躲到了棺材里,自己盖上了棺材盖。

蒙山一带有个习俗,如果经济条件允许,人到中年就要为自己做口棺材,放在屋子里看着心里踏实。棺材原本是给死人用的,没想到,被活鬼子先用了。

很显然,武士道精神并没有全天候地控制着鬼子的大脑,这些不可一世的家伙,终于被打服了,也被打怕了。

刘黑七一向是看见便宜就上,遇到危险就躲,这回也不例外。在主子被八路军吊打,指望他救援的时候,多次领教过八路军厉害的刘黑七,早就窜圈了。

群众来了,一个眼神就是一个准确的信息,王保胜带人从猪圈里、床底下、棺材里,将鬼子一一揪了出来。

此战,畑烟严重误判,低估了八路军的战斗力,他们狂妄的进攻彻底变成了绝望的溃败。这次战斗,八路军击毙日、伪军500余人,俘虏40余人。

战后,日军宣布:驻平邑的日军头目由畑烟换成岛龙。由此判断,大队长畑烟不是重伤就是被击毙了。

从此,信仰至上的八路军越战越强大了。

随着日军的不断失败,狡猾的刘黑七的一双小眼睛直转悠,他在想什么?

第八章　水乳交融

　　八路军创建的根据地无一不是两条腿走路的结果——放手发动群众，坚决打击敌人。可见，放手发动群众是第一位的，人民才是胜利的依靠。认识到了人民的力量，也就看到了胜利的希望。

　　毛泽东一直在思考这件决定中华民族命运的大事：怎样动员一切力量争取抗战的胜利。

　　1938年5月26日至6月3日，毛泽东在延安抗日战争研究会上的演讲中提出了"兵民是胜利之本"的理论，随之就变成了实践。

　　一部中国共产党的发展史，就是一部相信群众、发动群众、依靠群众的历史。

　　发动群众的前提，是让群众得到实惠，看到光明；依靠群众的前提，是政党、军队和群众成为利益的共同体。

1. 减租减息得人心

在中国的抗日战场上，美国战地新闻记者西奥德·怀特一直跟着国民党军行动。一日，他跟几个便装的国民党兵来到根据地的一个山村。一个士兵喊了一声："我们是八路军，马饿了。"立刻，就有人送来了草料。怀特惊讶地看着那些忙着为他们喂马、烧水、做饭的农民，从那一张张笑脸里，他慢慢读懂了许多东西。

得民心者得天下。一句老话，一句永远也不过时的老话。

共产党、八路军是如何获得民心的？

让我们先看一个故事。1940年初夏，罗荣桓、陈光带领115师进入天宝山区。天宝山区由于地理环境的原因，封闭的程度尤其高，八路军主力又是头一次进入此地，群众见到这么多扛枪的兵，惶恐不安，许多农民采取惯用的办法，跑到山里躲起来了。看到这些兵不抢、不夺、不骚扰老百姓，还主动帮助村民干活，村民的不安情绪渐渐消除了。老百姓知道这些兵叫八路军，八路军是天宝山区的农民首次遇见的不欺负老百姓的兵。

练兵需要场地，部队选择了巩家庄周培成兄弟俩的13亩耕地。周家兄弟一听队伍要占地，心想这回可完了，一家人指望这块地吃饭呢！就在兄弟俩急得团团转的时候，八路军的军官进门了，一脸笑容地跟他们商量占用土地的补偿事宜。周氏兄弟极为意外，在他们的记忆里，从来都是扛枪的欺负扛锄的，哪有当兵的求老百姓的道理？

良久，周氏兄弟胆怯地说："真的用不着商量，你们看着办就行了。"

八路军的军官回答："老乡，我们八路军是有纪律的，你不同意，你家的耕地我们是不能占用的。"

当八路军以稍高于去年的粮食产量给予占用土地的补偿时，周氏兄弟大为感动，说："长这么大头一次见到买卖公平、讲道理的队伍，八路军跟别的队伍就是不一样。"

一桩暂时征用土地的买卖就这样在公平交易中完成了。看着饱满的粮食，周家兄弟有些不相信自己的眼睛了。

其实，早在1928年4月，毛泽东就在湖南省桂东县沙田圩向全体官兵正式宣布了"三大纪律，六项注意"，1929年改为"三大纪律，八项注意"，并作为军队传统和行为的准则，体现了人民军队的本质和宗旨。

八路军和老百姓，就像是鱼和水一样，鱼爱惜水，水保护鱼。

1938年，在延安的窑洞里，毛泽东听了黎玉的汇报后说："好啊，大水养大鱼嘛！"

1940年，八路军主力连长王保胜受115师首长的派遣，脱下军装只身回蒙山前时，面对政治部主任萧华的担忧，他说："您放心，只要我回到蒙山，那就是鱼回到河里，敌人想逮我，门都没有。"

无论是毛泽东说的"水"，还是王保胜说的"河"，都是指广大人民群众。

当下，谈战争年代老百姓拥护共产党、八路军，无论是媒体的报道还是专家的报告，都在不厌其烦地讲述这样的细节：八路军秋毫不犯、买卖公平，所到之处帮助老百姓打扫院落、挑满水缸、收获庄稼……在讲述者眼里，似乎八路军就会做这些事情，而且都是生活中的琐事。假如这样做就能获得民心的话，那么，民心的获得也太容易了。如果干几件司空见惯的小事，譬如扫扫院子、挑挑水就能获得民心，那么，民心似乎也就不值钱了。

得民心者得天下，这个道理不光八路军明白，连我们的敌人也懂得。我采访沂蒙将近40年，掌握了大量的故事。20世纪80年代初，我在采访时，一些乡村老人常常给我讲："鬼子也在搞亲民活动，他们下乡时也拿些糖块给小孩子吃，也会给据点周围的百姓发点粮食，用来收买人心。大土匪刘黑七也搞些亲民的动作，譬如给驻扎村的老百姓分点衣服，发点过节钱。"可是老百姓为什么不跟他们走,非要跟着穷得连布鞋都穿不上的共产党、八路军走呢?

显然,仅仅靠小恩小惠是不可能吸引劳苦大众的。那么,怎样才能让老百姓跟着走呢?

首先,八路军让老百姓过上了太平生活。

老百姓都希望过个安生日子,即便是一日饿上半天肚,也比日夜担惊受怕强。这个最低的要求,在八路军没来之前,对蒙山人民来说,那就是一个奢侈的梦想。以滨海、鲁南、鲁中、蒙山抗日民主根据地为例,在八路军开辟之前,这些地方大小海盗猖獗,土匪横行乡里,他们敲诈勒索、绑票劫道、杀人屠村、无恶不作;地主、恶霸层层盘剥,老百姓生活在水深火热之中,就连万三爷这样有兵丁保护的人家,不也让刘黑七绑过票吗?

当时,老百姓编了这样的歌谣:"半夜三更狗一叫,不是盗贼就是绑票……"极度混乱的社会治安,让老百姓陷入惶惶不可终日的困局。

八路军扫清了土匪,铲除了地主恶霸,还给老百姓一个相对安宁的生存环境。蒙山里的农民葛老三的一句话最能代表民意:"八路军来了,俺才睡上个安生觉啊!"

正是对八路军的这种感情,这个大字不识一个的农民才把三个儿子先后送到王保胜的县大队。他对儿子们说:"跟着王连长走吧,不打跑那些乌龟王八蛋,咱庄户人就没有安生日子。"

其次,八路军让老百姓吃上了饭。

要吃饭就得有地种,可是地在哪里?

以蒙山前为例,这片区域拥有浚河、祊河、温凉河、沂河、薛河等冲积而成的小平原,那些土地跟种一葫芦打两瓢的山地比就是"粮囤子",也是土匪刘黑七曾向往的:家有顷地靠沙河。沙河地就是河滩地。除了种植粮食的土地,成片的山场可以种植山果、养牛牧羊,大片的山林可以提供烧柴,应该算是比较适合人类居住的地方,这片土地上的人口密度就是证明。

但是，在1938年之前，蒙山前80%的耕地都在占人口2%的地主手里。所有靠河的土地无一例外都是地主家的，农民只有少量的山岭薄地。每一次天灾对农民来说都是苦难，对地主而言则是一次发财的机会。如1927年，蒙山前百日无雨，大旱之后又是大涝，饥民遍地，饿殍遍野。军阀政府对此视若无睹。白彦镇的地主孙鹤龄、武安村的地主孙宝珠等，都是抓住难得的"机遇"，用一个花生饼换一亩地的微小代价，以这种乘人之危的不平等交易，从饥民手里掠去大量土地一夜暴富的。

这种暴富的手段，几乎屡试不爽。这些人暴富了，数以万计的农民则更为贫穷。失去土地的农民成为佃户，只得租种地主的土地，或给地主做长、短工维持生计。蒙山前地主的发家史是这样，滨海地区、胶东地区的地主亦如此，莒南大店镇的庄氏大地主、胶东栖霞的大地主牟二黑子等，他们之所以拥有数不清的土地，灾年廉价获得耕地是他们惯用的伎俩。

在农耕文明时代，地主阶级掌握土地资源，于是无尽的盘剥开始了。以佃户为例，租种一亩山地或河套地，都得把收获的粮食七成甚至八成交给地主。交不起租子的农民比比皆是，可地主却熟视无睹：反正天下穷人有的是，不缺佃户。地主如此，官府更是不顾老百姓的死活。1935年，蒙山前风调雨顺，收成大增，老百姓好不容易有口饭吃了，国民党县政府竟然发文，要求把前三年天灾时的欠税一次补齐。

八路军在蒙山建立根据地后，忠实地执行党的政策，决定在广大农村迅速开展减租减息运动。

减租减息是共产党在抗日战争时期，处理农村土地问题，广泛发动、团结农村各阶层参加抗战的重要政策。共产党高瞻远瞩：抗战是一场关系中华民族生死存亡的战争，中国作为一个农业大国，广大农村数亿农民构成了抗战最基本的力量，激活了这股力量，就能打赢这场战争。而农村千百年来的体制固化，激化了阶级矛盾，致使广大农村中蕴藏的抗战力量得不到充分发挥。只有消除封建压迫和剥削,解决广大贫苦农民的基本生存问题,才能发动他们去从事长期、艰苦的抗日斗争。共产党又看到:抗日战争是涉及全民族整体利益的民族解放战争,没有广泛的、包括各阶层参加的统一战线,抗战的胜利同样是不可能的。因此,在解除广大贫苦农民所受的政治压迫和经济剥削的同时,还要顾及农村富有阶层的利益,在他们所能接受的范围内改革农村的生产关系,调整分配制度,团结富有阶层共同参加抗战。

七七事变后,8月,中共中央政治局在洛川召开的扩大会议上正式决定,将减租减息作为抗战时期解决中国农村问题的基本政策,写进《抗日救国十大纲领》。

罗荣桓是这个政策的忠实执行者。1937年10月,八路军115师一部进入晋东后,提出了"二五减租""一分利息"的口号,并发动群众开展了减租减息斗争。从1939年冬天起,各根据地相继实行减租减息。

1940年7月,山东省战时工作推行委员会在东蒙山的青驼古镇成立,减租减息成为会议的一项内容。12月,山东抗日民主根据地正式开始施行《减租减息暂行条例》,规定减租1/5,年利率一律不得超过1分5厘(即15%)。截至1942年初,莱芜地区减租245589斤,减息47009.20元;泰安地区减租4127斤,减息8454.15元;博山地区减租28285斤,减息381.01元;蒙山前鲁南有2/3地区实行了减租。

1942年5月4日,在刘少奇的指导帮助下,中共中央山东分局做出了关于减租减息、改善雇工待遇、开展群众运动的决议。5月15日,山东省战时工作推行委员会颁布了《山东省租佃暂行条例》,规定公私租佃的土地,均须实行"二五"减租;同时公布了《山东省借贷暂行条例》,实行分半减息。7月,中共中央山东分局再次加大减租减息运动的力度,要求各级领导干部一定要把减租减息当作中心工作去抓。

经过减租减息运动,到1943年已经颇见成效。沂蒙抗日民主根据地的租子最轻。以高粱为例,国统区每亩大约为80~90斤,敌占区大约在

100~110 斤，而根据地只有 20~40 斤，蒙山前的根据地有些区只有 19 斤。

根据地的农民是这个政策的既得利益者，他们欢呼雀跃。这种让利于民的利好政策，极大地改善了根据地人民的物质生活，提高了农民跟共产党走的积极性，激起了他们强烈的抗日热情。

由于沂蒙抗日民主根据地实施减租减息时，对地主、富农的利益给予了保护，富有阶层也站到了抗日战线上来。

共产党成了广大农民的权益保护人，也就获得了绝大多数人的支持，抗日民主根据地蓬勃发展。

这就是中国共产党获得民心的重要原因。

2. 妇救会的女汉子

一副黝黑的大脸盘子，板起来有些吓人；一双大脚板子走起路来呼呼生风；手里长年累月提着一杆大烟袋，时不时就挖一窝子烟末，吧嗒吧嗒抽上几口。此人做事果断，行动迅捷，一副天不怕地不怕的样子。此人叫王恩涛，无论从长相、性格还是名字上看，都是一个十足的爷们，然而此人却是个彻头彻尾的女人。此时，这个 54 岁的女人已经是鲁中地区赫赫有名的妇救会会长了。

在 80 年前的农村，54 岁算是老人了，可是加入了共产党的王恩涛，觉得自己还年轻，这种心态与她叛逆的性格有关系。

王恩涛，1886 年出生于沂水县诸葛镇上梭峪村。跟所有的女孩一样，在她很小的时候，母亲已让她开始裹脚了。就在别的女孩忍受着痛苦的折磨，一边流泪哭喊一边裹脚的时候，幼小的她开始了抗争。她撕烂了长长的裹脚布，逃出家门。母亲把她追回来，捆绑起她的双手，给她重新裹上裹脚布。手不能动了，倔强的她就用牙撕，最终还是把裹脚布撕了个稀巴烂。

面对这样一个具有反叛精神的女儿，母亲无奈地妥协了。这一妥协，让她的脚疯长起来。

在那个年代,大脚女子注定不会嫁个好人家,因为一双大脚板是丑陋、贫寒的象征。

1904年,18岁的王恩涛嫁给了埠前庄村稍有薄产的李星德,两个人勤俭持家,终于积攒了20亩山岭薄地。但就在她生下三儿子不久,丈夫不幸离开人世。加上女儿,王恩涛一共拉扯着四个孩子,生活的艰难可想而知。屋漏偏逢连阴雨,雪上加霜的事还是发生了。刘黑七的一个部下,脱离了他的控制,跑到蒙山后的鲁中地区另起杆子,开始了绑票索金的土匪生涯。一天,王恩涛三岁的儿子在河边玩耍,土匪问他:"你家喂了几头牛啊?"三岁的孩子回答:"两头。"那时候一头牛可以耕30多亩地。土匪一听:两头牛啊!这个"富"有啃头,就把孩子背走了。土匪派"花舌子"捎信给王恩涛,让她拿钱赎人。实际上,王恩涛家里的两头牛是四家共养的,是一头母牛带着一头小牛犊。三岁的孩子哪里懂得这些?结果就把一家人坑苦了。

为了赎回孩子,王恩涛把所有的土地都卖光了,从此家里变得一贫如洗,连最基本的吃饭穿衣都成了问题。那时候,鲁中地区有句民谣:"好男不当兵,好铁不打钉。"在军阀混战的年代,当兵的人就是死了都没人埋的人,所以,有钱人家的儿子都逃兵役。穷得揭不开锅的王恩涛万般无奈,就让二儿子顶替地主家的儿子参军,换了8亩地,才算勉强有口饭吃。生活的异常艰难,并没有击倒王恩涛。她以不服输的性格顽强地支撑着一个贫困的家,用母亲的温暖呵护着孩子们的成长。

沂水县是沂蒙境内共产党活动最早的县区之一,刘一梦、李清漪、李鸿宝等早期的共产党人都在这里宣传革命,发展党员。苦大仇深且性格叛逆、天不怕地不怕的王恩涛,自然成了共产党团结、发展的对象。

1938年夏天,王恩涛在埠前庄村李道德、李贵德、李芳芬等地下共产党员的鼓励影响下,加入了中国共产党。后来,以她为骨干,共产党在埠前庄村成立了妇救会。不久,她因为做事有能力,办事有魄力,行事有威力，被选拔到诸葛区担任了妇救会会长。

当了区妇救会会长的王恩涛，办了一件轰动整个沂北县的大事：审判并枪毙了武将峪村的恶婆婆王氏。王氏有个小儿媳妇，姓于，家是于家旺村的。这个女人个子很矮，人也很瘦，还有痨病，也就是现在说的肺结核，一副弱不禁风的样子。她到了王家后先当童养媳，王氏老欺负她，动不动就打她；与王氏的儿子成亲后，王氏还是欺负她。那时候，婆婆打儿媳妇是历史上延续下来的恶习，"多年的媳妇熬成婆"，就是在这样的社会背景下产生的。

八路军来了以后，极力废除这种恶习，讲究人人平等。八路军里的女兵常给于氏做思想工作，看到希望的于氏就想参加八路军。当时，她心里有这种想法，还没行动，只是偷偷地给八路军做军鞋。这件事让王氏发现了，她硬说于氏跟野男人私通，不守妇道，不仅对于氏进行毒打和谩骂，还把她已经纳好的鞋底用斧头剁了。于氏一气之下决定离开这个家，找王恩涛当八路军去。她把这个想法偷偷跟邻居家的媳妇说了。善良的她哪里知道，这个邻家的媳妇就是一个长舌妇，立时麻烦来了。

这天，于氏到田里拾棉花、摘豆角，回来后，因为把豆角放在了棉花上，王氏便找碴了。王氏把于氏关在屋里，五天时间不给她饭吃，表面上是治她不会干活，实际上是阻止她参加八路军，目的就是让她在家做一个安分守己的媳妇。但是于氏很犟，坚决不服。她偷着跑出去找王恩涛，却被王家抓回去了。王氏气不打一处来，用赶牛鞭的木把狠狠地砸于氏的头。赶牛鞭的把儿是枣木做的，很硬、很沉，王氏只砸了几下，就把于氏打死了。

于氏的娘家人知道后，打算找共产党成立的民主政府去告状，可是他们无论走哪条路都会遇到王家人。王家人在各个路口设下宴席拦截于家人，见了面就强拉硬扯让他们坐下喝酒，对他们横加阻拦。后来，于家人终于想出法子，冲破王家的阻拦，告到民主政府。

在沂北县民主政府的指示下，诸葛区妇救会会长王恩涛亲自带人去武将峪村抓捕王氏。当时王氏藏在本村齐家的一口大瓮后面，王恩涛上去一脚把王氏踹倒，大喊一声："给俺绑了！"

第二天正逢诸葛大集，王恩涛就叫人把王氏押到集上，主持召开了公审大会。王恩涛在大会上扯开大嗓门喊："姐妹们，是共产党、民主政府给咱妇女撑了腰，往后谁再敢欺负妇女，就是王氏这样的下场！咱们妇救会要救国，先要救咱们自己，自己解放了，才能去打日本鬼子。从今往后，咱们妇女要干出个样子来，叫男人瞧瞧！"

那天集市上人山人海，王恩涛的讲话赢得了妇女们的热烈掌声。

杀人偿命，借债还钱。王氏被宣判了死刑，就地枪决了。

这件事在鲁中一带影响深远，它宣告了不合理的婆媳关系的结束，也宣告了妇女当家做主时代的到来。

妇救会会长的主要任务，就是发动妇女做军鞋、碾军粮，帮助队伍摊煎饼，号召广大妇女送子、送夫参军，抗日打鬼子。王恩涛恰恰最擅长这方面的工作，于是全区的妇救工作在她的带领下搞得风生水起。

王恩涛知道，要动员别人的儿子、丈夫参军，自己就得带个好头。出任诸葛区妇救会会长不久，她便让三儿子李世勤参加了共产党领导的诸葛乡抗日小分队，并要求儿子练好枪法，多杀鬼子。李世勤没有辜负母亲的期望，参加抗日队伍不久，就因杀敌勇敢、足智多谋，担任了抗日分队队长，并与副队长孔三一起，并称诸葛区的两大"神枪手"，成了敌人闻风丧胆的英雄，也成了母亲王恩涛的骄傲。王恩涛动员青年参军的办法，跟蒙山前的县大队队长王保胜如出一辙。

从 1939 年到 1945 年，仅有 3 万人口的诸葛区，就有 2000 多人参加了八路军，230 多人为国捐躯。这一点，诸葛区跟蒙山前的仲村镇有着惊人的相似。

在当时的八路军队伍和地方武装里，父子一个连，兄弟一个排，姐妹一个班的情况屡见不鲜。这种有利于八路军的大好局面，固然来自很多人的共同努力，但像王恩涛这样的妇救会会长，功不可没。

那时候八路军没有军工厂，所有军鞋都是靠发动妇女来手工制作。1942年春，大暖峪村有几户人家，屡次安排的军鞋任务都完不成。王恩涛经过调查，发现是几个婆婆串通起来，不让儿媳妇或孙媳妇给八路军做事，害怕招来鬼子、汉奸的打击报复，还误了家里的正事。王恩涛就领着几个妇救会会员找上门去了，好言好语说了半天没说动她们。王恩涛火了："俺知道谁在背后捣鼓事，告诉你们，限你们一个集空把军鞋给俺做完，谁再顶着不办还使坏点子，俺就给她脖子上挂个'破坏抗战'的牌子，到诸葛集上敲锣打鼓游她的街！不信你们查问查问，俺王恩涛可是说一不二！"紧接着，她又把几个坏婆婆的名单找人用毛笔写了，以妇救会的名义张贴在了大街上。好家伙，这下不到五天，大暖峪村的所有军鞋任务都完成了。

八路军把农家妇女王恩涛打造成了革命者。正是有了这样一些人，诸葛一带的八路军才有了坚强的后盾。没有她们的无私奉献，做军鞋、碾军粮，以及送子、送夫参军的大好局面就不可能出现；没有这些人的全力支持，鲁中军区在最艰难的抗日战争时期，也就很难坚持下来。

抗日战争末期，日军败局已定，共产党和国民党的关系也日趋紧张起来，一个谁主宰中国的问题摆在面前。很多老百姓都希望共产党领导国家，因为执政为民的共产党已经和老百姓建立了水乳交融的关系。对于王恩涛来说，她更盼望共产党执政中国。所以，她希望当年为了8亩地，替地主家的儿子当兵的二儿子能从国民党军队回来，参加八路军。但是，二儿子却杳无音信。直到1949年重庆解放，二儿子被俘，遣送回老家埠前庄村，王恩涛才见到了分别整整11年的二儿子。然而，这对一个革命了十几年的老人来说，不是喜讯，而是悲哀。年近六旬的王恩涛悔恨交加，精神瞬间垮了，身体状况日渐下降，不久便离开了人世。

王恩涛带着二儿子未能参加八路军的遗憾，倒在了为八路军、为老百姓操劳的路上。她的死谈不上轰轰烈烈，甚至有些窝囊，但她仍旧是一个生得伟大、死得光荣的母亲。

3. 识字班

"识字班"是沂蒙山区对年轻妇女的一种特殊称呼。生了孩子，年龄大的叫"大识字班"，年龄小的叫"小识字班"。男人把娶媳妇叫"娶识字班"，谁家媳妇漂亮，就叫"娶了个俊识字班"……把女孩子称作"识字班"，也许很多人会觉得新鲜有趣，因为在全国的方言里，对女孩子的称呼有很多，如北京叫"姑娘"，河南称"妮"，青岛称"嫚"，客家称"细妹子"等，为什么独独在沂蒙山区把女孩子称作"识字班"呢？

要弄明白这个问题，还得回到抗日战争时期。

"识字班"和"庄户学"都是沂蒙山区农民学文化的形式。

穷人也知道读书的重要性，可是在旧社会，他们饭都吃不上，哪有钱请先生教孩子识字？在农村，读书是富人家的事情。长工的儿子王尽美之所以能读上书，那是沾了给地主的儿子陪读的光。这样的光不是谁都能沾上的。

共产党一心为民，目光远大。在日军"扫荡"频繁的时期，山东省战时工作推行委员会就开始大办教育了，从滨海中学分配了一批学生到根据地任教师。18岁的张建华被分配到滨海区莒南县刘家莲子坡村。刘家莲子坡村在抗日战争时期只有300多人，耕种着1000多亩山岭薄地，生活极为贫困，识字的人很少。张建华根据自己在滨海所学的知识，正儿八经地给孩子们上课，从早晨一直上到太阳落山。但没过多久，40个孩子就只剩下四五个人了。

怎么办？

张建华走出学校，发现那些辍学的孩子在割草、拾粪、捡柴、放牛、放羊或照看弟弟、妹妹。村里虽然已开始施行减租减息政策，但百姓的日子还是很困难，孩子们要帮助家里干活。张建华不得不来到山坡、田间、河边和孩子们混在一起，孩子们干什么，他就一块帮着干；休息的时候，他就乘机教他们学几个字。那天，孩子们捡拾柴火，等捡满了篮子，张建华就把篮子摆成一排，在地上写上了"二十个篮子排一行"八个字，让孩子们一起认。孩子们很感兴趣，很快就学会了。这种既学字又干活的教学，孩子们认可，家长们也很乐意接受。

于是，张建华就把学生召集起来，按照农活、家务活的特点编成割草组、拾粪组、放牛组等小组，利用劳动间隙或中午教学生。

"小黑板，黑又亮，放牛挂在牛角上，锄地插在地边上。"有时候是半天读书，半天干活。天气好就在地头、山坡学习，遇到刮风下雨或下雪天，就回教室读书。这样一来，刘家莲子坡村的孩子们的入学率就稳定住了。村干部和学生家长称赞说："这样既干活又学习，很合咱庄户人的心意，像个庄户学堂。"这样的做法很快得到了家长们的支持和拥护，到后来，看见孩子们会认字写字了，家长们也组织起来学习。

"庄户学"是适应战争环境和群众要求创办的，所以越办越红火，形式也很灵活。"庄户学"的教学内容也离不开抗战，始终把政治教育放在首位，教材也是根据形势随编随用。他们编成短文、快板、顺口溜进行教学，比如："儿童团，真能干，站岗放哨查汉奸。""南风吹，麦子黄，快收快打又快藏，防备鬼子来抢粮。""去年打开石沟崖，活捉汉奸朱信斋。今年打开赣榆县，活捉汉奸李亚藩。"石沟崖、赣榆县战斗，都是滨海八路军为创建根据地发动的进攻战。

1944年4月21日，《大众日报》发表了《莲子坡的"庄户学"老百姓人人拥护》的文章，介绍张建华办"庄户学"的经验。时任山东省战时工作推行委员会主任的黎玉号召全省："我们所有的老师，都要学习张建华老师那种深入实际，走群众路线，为人民服务的精神！"

延安《解放日报》也专题报道了沂蒙办"庄户学"的消息和经验。从此，"庄户学"这种新的学习形式很快在山东的根据地得到全面推广，成为山东省抗日民主根据地教育改革的一面旗帜。据不完全统计，1945年初，鲁南区10个县的"庄户学"达到3348处，学员达到197758人。滨海的滨北、滨南两区约有3.4万人参加学习，有些村庄参加的人数占成人总数的85%以上。"庄户学"的推广和普及，把根据地的民众教育推向了高潮，在山东教育史上写下了光辉的一页。

"识字班"最初于1940年春天在沂蒙山区开办，此前，已先期在滨海抗日民主根据地的莒南县大店、洙边、板泉等区乡试点，并取得了较好的成效。1941年春，山东妇联号召在全省抗日民主根据地全面开展"识字班"运动。沂蒙根据地当时是山东党政机关所在地，这项工作开展得比较早，而且比较成熟。以农村姑娘为主体的青年妇女以极大的热情参加学习，利用劳动间隙，复习所学内容，墙上、地上到处写满了字。她们勤学苦练，文化水平提高很快，三四个月下来，不仅能认得"路条"，大多数人还能阅读简单的书报，会写简单的书信。在学文化知识的同时，她们还学习革命道理，思想觉悟也有了很大提高。曾经有一首歌谣就叫《识字班》，其内容反映了青年妇女当时参加"识字班"之后的喜悦心情："识字班来什么班，俺上夜校去上班。一上上到下两点，回到家中去纺线、去纺线。个人识字个人好，妇女地位提高了。能看书来能看报，还能看个黑白票。看书识字懂道理，想起过去干生气、干生气。"

经过了沂蒙新文化运动洗礼的年轻妇女，在中国共产党的领导下，走出家庭，积极支前参战，为挽救民族危亡做出了巨大的牺牲和贡献。那时，男人大都在前线，村里的许多工作就落在了妇女肩上。于是，"识字班"挑起了后勤生产保障的重担。由于敌人的严密封锁，当时军需布匹奇缺，"识字班"就白天下地干活，晚上在家里纺织。据史料记载，1944年底，仅莒南县的纺织合作社就有128处，纺织小组1353个，大小织布机1240架，平均每个村有两架织布机和上千辆纺车。另据统计，1944年上半年，沂蒙山区的妇女依靠纺织使4000多名难民获得了衣食，八路军战士全部穿上了解放区生产的军服。沂蒙山区妇女的纺织运动，不仅有力地支援了前线，安抚了军心，也保障了后方的生活问题。当时流传着这样的说法:"男支前、女生产,妇女胜过半边天。"

妇女们不仅耕种、纺织,更令人钦敬的是动员自己的亲人参军参战。滨海根据地"谁第一个参军我就嫁给谁"的梁怀玉,鲁中抗日民主根据地的蒙阴支前六姐妹,都是"识字班"的成员。那时,"嫁人就嫁八路军""娶妻就娶识字班"的口号,看似简单,却凝聚了一代沂蒙女性的伟大勇气和高尚情怀,它鼓舞了沂蒙山区的热血男儿,迎着枪林弹雨冲向战场。好多已婚的"大识字班"把丈夫送到战场,丈夫牺牲后终身不嫁,育儿奉亲,苦熬岁月。"识字班"为民族解放所做出的牺牲,惊天地、泣鬼神。

教育开启民智,民智增强国力。

新中国成立后,党一如既往地注重沂蒙山区的教育事业,确立了"面向工农,普及小学教育,为生产建设服务"的教育宗旨。在沂蒙山区,村庄办小学,公社办中学。那时候,沂蒙山区的读书人少,教师严重缺乏,国家就从全国各地的城市中选拔年轻学生、青年教师支援老区教育,同时选拔农村的文化人担任民办教师,承担繁重的教学任务。这些教师,白天给孩子上课,晚上就教那些在旧社会根本没有机会上学的大人学文化。在20世纪六七十年代,沂蒙山区的这种"扫盲"教育十分普遍。

不管是"庄户学""识字班",还是"义务教育",都淋漓尽致地反映了党为人民谋利益,人民跟党走的水乳交融的关系。

4. 一汪水乳满西墙

抗日战争时期,沂蒙抗日民主根据地惨烈的战斗,集中爆发在1941年秋天至1942年底。那时候,八百里沂蒙,山山有枪声,崮崮有炮火。

侵华日军总司令官畑俊六,一度坐镇临沂城,指挥5万多日军,对根据地进行拉网式"扫荡"。这次他采取了恶魔冈村宁次的战术:涸泽而渔,对根据地实行罪恶的"三光"政策。

在这个臭名昭著的政策下，山东纵队被日军重兵黏上了。日军事先在鲁中的沂水县圈里一带布下重兵，然后从滨南、滨北两个方向向滨海根据地重兵施压，逼迫八路军撤离滨海，进入他们的圈套。滨海的形势日趋紧张起来。在滨海的山东纵队匆忙撤回鲁中山区，一头扎进了日军的包围圈，一场场惨烈的战斗在鲁中打响。

日军封死包围圈，八路军坚决突破重围。于是，激战一场接着一场，场场都事关生死存亡。从仙姑顶打到挡阳柱再打到对崮山，几场战役打下来，山东纵队伤亡惨重。打到对崮山时，鲁中军区司令员王建安、山东纵队政委黎玉双双负伤，司令部被包围。为救纵队机关，一营八路军死守北对崮，最终弹尽粮绝，几十名伤员在营长的带领下跳下山崖，书写了沂蒙山区最大的一次跳崖壮举。

几场大战下来，山东纵队被打散，大量伤病人员散落在山崮间。

在地方党组织和共产党员的带动下，鲁中抗日民主根据地的群众开始了一场惊天地、泣鬼神的大救援。他们冒着被日军砍头、灭族的危险，向无助的八路军伤病人员伸出温暖的手，挽救了无数的生命。

在这场旷日持久的大营救中，沂蒙山区的妇女出任主角，她们把女性的温柔演绎得刚烈无比，她们用羸弱的身躯演绎出感天动地的绝唱。全国人民熟悉的红嫂——沂水县的祖秀莲、沂南县的明德英，都是在这一时期出现的。

沂水县西部山区的西墙峪村，在长达一年多的大救援中，全村变成了一个大医院，家家有病房，户户藏伤员，在那个恶劣的环境里，演绎了一场水乳交融的千古绝唱。

1941年的西墙峪村，是一个只有50户人家200多口人的小村子。这个村庄处在一条"人字形"的山峪内，"人头"在东，"两条腿"一条向西北，一条向西南，形成了两条深深的峪筒子。峪筒子的两侧是刀削钎凿的山峰，陡峭如墙，故名"西墙峪"。村子是由十几个自然村组成的，差不多两三户、四五户人家就是一个自然村。其中一个叫梁子峪的山谷里，只有两户人家：一户是张文桥，另一户是张效武。

别看这里偏僻，可是在共产党人的眼里，只要有人民的地方，就可以发展党员，建立党组织。由于李清漪、邵德孚他们的早期活动，从未走出山峪的张文桥知道了马列主义，知道了共产党。1938年，这个老实巴交的农民加入了共产党，成为西墙峪村最早的党员。

西墙峪人之所以敢在危难时刻出手，是因为村里的共产党员们带领村民认识八路军，了解八路军，把八路军当成亲人；他们之所以能救护伤病人员，是因为他们懂得救护知识，有救护经验。早在1939年，八路军山东纵队野战医院就搬到了西墙峪村，病房就设在各家各户，来了伤病人员，村里的党员就往各家各户安排，一户最少接纳一两名，多的负担三四名。这个村的张恒谦和张道增都是共产党员，他们率先垂范，两家也就成了掩护伤病人员的模范户，先后掩护和护理伤病人员达40人。村民也跟医生、护士学会了许多救护知识。

西墙峪村获得"抗日堡垒村"的称号，绝对是名副其实的。

什么叫水乳交融？什么是亲如一家人？看看西墙峪村的老百姓和八路军的关系就明白了。

1940年，日军在沂水大量增兵，加之国民党反共高潮迭起，鲁中抗日民主根据地的抗日局面一天天恶化，形势不容乐观。日军经常从县城到乡下来"扫荡"，由于汉奸告密，遥远偏僻的西墙峪村进入了日军的视野。当时，村里的私塾先生张文树被日军抓到县城干杂务。一日，他看到日军在一幅地图上把西墙峪村画了个大红圈，十分纳闷，就问他们原因，日军指指红圈，说："这个，大炮的干活。"

日军无意间透露的信息，被有心的张文树牢牢地记住了。他想方设法把信息传到西墙峪村，立即引起了八路军山东纵队首长的警惕，野战医院连夜搬离西墙峪村，转移到了更加隐蔽的四角泉村。

日军扑空了。

尽管野战医院搬走了，但西墙峪村作为"抗日堡垒村"的名声传得更远了。

1942年10月28日，在西墙峪村东南2000米外的仙姑顶，发生了著名的反"扫荡"战斗，史称"仙姑顶突围战"。战斗持续了整整一个白天和半个夜晚，一方拼死突围，一方力求全歼，双方都志在必得，仗打得异常惨烈。夜里，不善夜战的日军停止攻击，八路军山东纵队借助夜色掩护突围，很多伤员因为伤势过于严重就地隐蔽，但轻伤者在突围中不断掉队。为求活命，伤员们只好就近找个村庄寻求掩护。

跟随部队往西南方向突围的伤员，是沿西墙峪、龙岗峪自然村西面的山梁走的，伤员掉队后就顺着山坡爬进西墙峪的各个自然村，很多人因伤势严重，昏迷在半道上，甚至因流血过多而牺牲。

村民张恒谦带领西墙峪游击小组的杨发升、张道秀、张道树、代玉明等人，为独立团的将士带路，完成任务返回时，遇到了一些无法行走的伤员，就把他们背回村里。

西墙峪村村民极力掩护、救助八路军伤病人员，日军却乘机搜查、杀害他们，于是武装到牙齿的日军和手无寸铁的村民，立即就剑拔弩张地对峙起来了。

虽然西墙峪村山势险峻、道路崎岖，人走马行极不方便，但是日军还是经常进村搜查，专找八路军伤病人员和中共地下党员。嗜血成性的日军别说发现八路军伤病人员了，就是发现了八路军的血衣或用品，也会毫不留情地把村民全家杀光。

村民白天根本不敢在家，全到山上藏着。晚上回家做点饭吃，也是提心吊胆。夜里睡觉衣服都不敢脱，连鞋带也要系得紧紧的，一有动静就跑。战争彻底改变了人们的生活规律。

早在山东纵队野战医院搬到西墙峪村前，党组织就用粮食作酬劳，让青壮劳力在西墙峪、龙岗峪的山崖下或梯田旁，挖了大量的地洞。这些秘密的人工地洞，对掩护伤病人员起到了巨大的作用。伤病人员来了就抬进地洞，白天没人敢去探望，怕被汉奸、密探发现，只有到了晚上才敢偷偷溜出去，送饭、送水、换药。

地洞里夏天潮湿不堪，冬天寒冷无比。有些地洞因地理条件所限，面积狭小，伤病人员在里面只能蜷缩双腿半躺，不能站，也无法坐，更伸展不了腿脚。如果日军"扫荡"频繁，伤病人员在里面连续几天不敢出来，就会手脚麻木，失去走路的功能，需要给予热敷或按摩才能恢复。村民心疼伤病人员，就在日军不来的时候把他们接到家里过夜，白天则把他们抱到洞外晒晒太阳，让他们呼吸呼吸新鲜空气。村民的大胆负责，让伤病人员的生存环境有了极大的改善，活下来的希望成倍增加。

1941年秋冬，5万多日军"扫荡"沂蒙山区，县政府工作人员吴士金在转移途中遭到日军枪击，一颗子弹从后腰打入，从前腹穿出，他重伤昏迷。党员张恒谦发现了吴士金，就把他背回了家。张恒谦的母亲给吴士金弄了些淡盐水喝，然后把他藏进了一个地洞。此时，山东纵队野战医院早已搬离西墙峪村，这里没有医生，疗伤的重任就落到了张恒谦的母亲身上。老人当时已经70岁了，白发苍苍，皱纹纵横，接受了儿子的安排以后，想不出更好的办法给吴士金治伤，只好采用土方子。于是，她迈着一双小脚漫山遍野地寻找败毒草和艾蒿，拿到地洞里先给吴士金消毒熏伤，再把烧成灰的艾蒿敷在他的伤口上，每天一次，一治就是半个多月，硬是把吴士金从死神手里夺了回来。

仙姑顶战斗结束后，张文桥一次收留过7位伤病人员，全都藏在梁子峪的一个地洞里。有个湖北籍的八路军副团长叫腾兆龙，在战斗中一颗子弹从左腮打进去，从右腮出来，满嘴的牙齿被打得没剩下几颗，舌头也被子弹穿出了一道"沟"。

党组织派人把腾兆龙抬到张文桥家。张文桥的母亲为了防止腾兆龙的伤口感染，顶着满头的白发采来芸豆叶，捣碎以后，挤出汁液给腾兆龙灌到嘴里，涂在伤口上。腾兆龙因为伤口满嘴肿胀，无法吃饭，老人就做了很稀的面粥，让他往嘴里一点点"溜"。腾兆龙的舌头伤得太重，沾到饭水就疼痛难忍，每次吃饭都疼得死去活来。老人就耐心地劝他忍着疼痛多吃点，说如果不吃，人就会饿死，只有治好伤才能打鬼子啊！腾兆龙含着泪一点一点地吞咽着。

一个星期以后，医生来了，一看腾兆龙的伤口不仅没有感染，而且开始长肉芽了，大喊："奇迹！奇迹！"

精心的护理，是伤病人员恢复的前提。腾兆龙感激张文桥和他的母亲。伤好归队前，腾兆龙给张文桥写下了一张字条，告诉他："你好好保存这张字条，等把鬼子打跑了，不管我在哪里，你都拿着这张字条找我。我的命是娘救的，咱俩是亲兄弟，我们一起孝敬咱娘。"

非常可惜，这张珍贵的字条，张文桥担心被日军、汉奸搜到，害了全家人的性命，提心吊胆地藏了一段时间以后就烧掉了。

在张文桥收留的 7 位伤病人员中，有一位女军官叫王志远，是开国中将胡奇才的妻子。当时，她已经怀孕 9 个多月，即将生产，由于下身流血散发出强烈的血腥味，致使一条大蛇钻入了地洞。王志远感觉身体下面有个动物在蠕动，用手一摸又凉又滑，知道是蛇，吓得出了一身冷汗，但她害怕招来敌人，不敢大叫，只能低声求救。腾兆龙等人便一齐动手，硬把这条蛇掐死了。这条蛇很大，如果不是众人合力杀死，后果不堪设想。

伤病人员来了不只是需要治疗，还需要营养。老百姓的粗茶淡饭可以吃，但对伤病人员恢复不利。山东纵队野战医院刚来的时候，带来了三头荷兰奶牛，用来给伤病人员增加营养。在日军的频繁"扫荡"下，掩护和饲养这几头奶牛极为不易，医院就把这一任务交给了当时的村政委员张在周。

多年后，导演管虎拍了个电影《斗牛》，讲的是一个光棍汉保护奶牛的故事，就是以西墙峪村保护奶牛的故事为原型改编的。电影告诉我们，在抗日战争时期，即便是为了保护一头奶牛，老百姓也是要付出极其惨重的代价。

1941年秋天，日军偷袭西墙峪村。日军是秘密而来，等村民发现时，他们已经到了南墙峪的西山岗了。农救会会长张效治家有5个伤员，当时正在山洞外面晒太阳。张效治一听鬼子来了，赶紧把他们一个个往山洞里背。当时他父亲有病躺在炕上动不了，等把所有伤员都藏好，他才背起父亲，刚到门口，就看到医疗所里的护士田桂兰让鬼子撵着跑来了。张效治赶紧放下父亲，拉起田桂兰就跑，等他把她藏到了树丛里再返回来背父亲时，鬼子的刺刀已经把父亲的胸膛穿透了。

5. 初一的饺子敬烈士

不仅仅是一个西墙峪村，在以沂蒙为中心的整个山东抗日民主根据地，每次战后都会出现这样的场景：枪声一停，老百姓就跑到战场去搜救八路军伤员。

1941年11月，日军重兵包围了八路军115师后勤机关和抗大一分校，著名的大青山战役打响，那是一场牺牲巨大的战役。战后，山壑间藏有不少八路军伤员。夜幕降临，周围的村庄出动了大批群众，寻找伤员……这样水乳交融、生死与共的场景，纵观人类的战争史，只能在共产党领导的根据地里才能看到。

根据地的人民和八路军的水乳交融，不仅表现在对待伤病人员方面，在对待阵亡的烈士方面，也表现得淋漓尽致。

临沭县朱村至今还保留着这样一个传统习惯：每年大年初一，村里的家家户户都要把第一碗热腾腾、香喷喷的水饺送给24位烈士。

在民俗文化浓郁的沂蒙山区，大年初一第一碗水饺至关重要，那是要用来敬天的。沂蒙人眼中的"天"，不仅仅是地面上的空中部分。"天"是一个至高无上的存在，是人的庇护神。敬天，就是祈求上天保佑平安，保佑来年五谷丰登。不要小看这碗水饺，它所蕴含的情愫是朴素的、真诚的，朱村人民却把它敬给了24位烈士。

在朱村后面的那片墓地里，安葬着为救朱村百姓而牺牲的烈士，墓地经过朱村人几十年的精心打理，如今已经松柏苍翠、花影重重了。24位八路军烈士静静地躺在这里，他们来自五湖四海，没有回归故里，躺在了异乡的土地上。朱村人从来没把他们当外人，在朱村人眼里，他们是朱村人的大恩人，是保佑朱村人平安幸福的"天"。所以，几十年来，他们一直享用着朱村人生生不息的香火。

在墓地前方有一座雕塑，底座上面刻着几个大字：枪声就是命令。当年发出这个命令的是115师老四团八连连长鄢思甲。他1983年病逝，按照老人的遗愿，家人把他的骨灰留在了他和战友们曾经战斗过的朱村。

在安葬这些烈士几十年后，富裕起来的朱村群众，带着对八路军难以割舍的情感，300户村民自发捐款40余万元，在战斗遗址上建起了一座红色文化纪念馆——钢八连朱村纪念馆。一个个朴素的展室，一张张真实的展板，展示着八路军和人民群众的水乳交融、生死与共。

"这都是俺们的亲人，俺们世世代代都不能忘记的亲人。"经历了当年的惨烈战斗、年逾90的村民李映华说，"不仅仅是大年初一的第一碗水饺，每到节假日，村民都会自发前来祭奠，打扫卫生，甚至连孩子考上大学了，村民也要领着孩子来到烈士墓前祭奠告慰。告慰烈士们，村里的孩子又出息了；同时也告诉孩子们，不管走到哪里，都要记住，没有这些烈士，就没有咱们的今天。"

2013年11月25日，村民深情地给前来视察的习近平总书记讲述了这个感人至深的故事：新年的第一碗水饺敬烈士。

第九章　生死与共

采访红哥李德时,他说:"伤员到家,他的命就是我的命了。我会对同志说,放心吧,我活你就活,我死你也活!"

八路军已经打出了日军的包围圈,将追击的敌人甩在身后,眼看着就将突围而去,然而大批老百姓突然出现在秦营长的视野里……

罗荣桓得知三营全体阵亡的消息时,含泪对代师长陈光说:"八路军是党的队伍,更是老百姓的队伍,为了救人民群众,打光了也值!"

"老乡们,别怕!我们是老四团八连,我们来了!"立时,混乱的沭河河滩上,慌乱的村民安静下来。

打,为了人民群众,战死又如何?

老四团团长大喊一声:"为了人民的生命财产而违纪的指挥官,这样的干部坚决不能处分!团党委研究决定,任命钢八连连长鄢思甲同志为一营副营长!"

"同志,俺们的命是你用自己的命换的,在俺家过个年吧。"

一队队疲惫不堪的八路军,抬着伤员离开了朱村。

朱村人留下了烈士,说:"这些烈士是俺们朱村的保护神,就葬在俺村里吧。"

1. 惨案之另因

"官兵来了卡拿要，官府来了乱征缴，土匪来了绑肉票……"

这个民谣是20世纪二三十年代沂蒙乡村社会的真实写照。尤其是土匪，为掠夺财物，他们不断地抢劫绑票；为震慑村民，他们攻村掠寨，在沂蒙山区制造的血案罄竹难书。

就在赵嬷嬷血洗八里巷5年后的1928年3月29日，刘黑七攻破了费县大泗彦村，又一起震惊全国的血案在鲁南地区发生。

大泗彦村地处蒙山之阳，是蒙山前一个比较大的村庄，全村有637人。蒙山前土匪横行几十年，为了自保，大泗彦村修筑了两个土围子，四周安装了十几门土炮。在小庄归大庄、大庄归围子的社会环境中，周边的村民也纷纷到大泗彦村躲避土匪。

然而，军阀政府从来不把老百姓的死活当回事，官兵甚至和土匪勾结，联合演出"名为剿匪实则助匪"的闹剧。

像临沂驻军旅长李森，就是一个见死不救的家伙，致使赵嬷嬷攻破东八里巷，制造了举国震惊的大血案。后来全国舆情汹汹，直指军阀的软肋，在上峰的高压下，李森不得不出兵剿匪，赵嬷嬷兵败被俘。但在沂蒙人严惩元凶的呼声里，这个毫无底线的李大旅长，居然收下赵嬷嬷的8000块大洋，把一个双手沾满百姓鲜血的匪酋私自放了。

在这样的政府"管理"下，在这样的军队"保护"下，老百姓的安全何在？结寨自保成了老百姓无奈的选择。可是在全副武装的土匪面前，手持大刀长矛的老百姓，往往成为土匪的活靶子；村民赖以存活的土围子，往往成为血腥的屠场，村落成了土匪施暴的平台、杀人的刑场。刘黑七制造的大泗彦惨案就是例证。

应该说，土匪这个历史的毒瘤，之所以在旧中国疯长，就是不作为的政府、军阀联合纵容甚至变相扶持的结果。

1927年，沂蒙山区大旱，百日无雨，蒙山前一带饿殍遍野。1928年春天，人们开始吃树皮了，山上到处都是被剥光皮的榆树，白花花的十分耀眼。能吃的树皮都剥光后，人们听说费县西北部有座小土山，山上出一种可以吃的土——面石。于是，四面八方的饥民都来挖，回到家里用铁锅一炒当面吃。可是，吃了这种土的人大便不通，大批的人胀腹而亡。乡村到了这个地步，毫无人性可言的刘黑七依旧横征暴敛，致使老百姓陷入绝境。

这天，已经是土匪第四次来大泗彦村催粮了。

十余名土匪面对面黄肌瘦甚至奄奄一息的村民，没有丝毫恻隐之心，依旧狂喊乱叫："只要锅底不结蛛丝网，就得缴给养。刘师长命令你们村今天必须交出：摊张子（煎饼）100斤，暄子（馒头）200斤，黑毛子（活猪）10头，响子（银圆）100个。"

村长跪求无望。

忍无可忍的村民实在看不下去了，就用土炸弹打跑了土匪。

住在胡家庄的刘黑七，看到满脸血迹、瘸着腿跑回来的土匪，嘿嘿一笑，命人回信一封："大泗彦村庄长，你村村民太猖狂，把我军打伤，我军气愤不平。愿好者把你村让出来，放你老少逃命，愿打者夜晚12点来打，或让或不让速回信。师长刘桂堂。"

意识到危险来临的大泗彦村村长，立刻派人向县政府求援。费县城有警察局、保安队，百里之外的临沂城有驻军。他们要想保护老百姓的生命财产安全，不过是举手之劳，只要他们任何一方出手，刘黑七都会有所顾忌、有所收敛，可是他们都把老百姓的呼救当成了耳旁风，把一村人的性命视为草芥，没有采取任何行动。

可恨的是，县长得知消息，非但不救援，还下令关闭城门，派出保安队和警察巡逻城防，以防刘黑七趁机偷袭县城。

刘黑七要攻打的是大泗彦村，八竿子打不着的县城紧闭城门干什么？

真是滑天下之大稽。

就这样,政府和官军把一村民众扔在一边,可怜的大泗彦村村民陷入呼天天不灵、哭地地不应的绝境。

大泗彦村的处境跟1923年的东八里巷如出一辙,只是5年前,临沂城驻军换了军阀。城头变换大王旗,但有一点是不变的,这些军队都是为军阀服务的,尽管他们吃的是老百姓的粮食,可都不是为老百姓服务的。

5年前,就在赵嬷嬷围攻东八里巷的危急关头,东八里巷求援的村民就跪在了临沂城驻军皖系军阀的旅长李森面前。在"救命"的呼喊声里,李旅长开出出兵的价钱:5000块大洋。

村民哭求:"现在土匪正在攻打围子,就是有钱也拿不出来啊!军爷啊!你们先救援,等打跑土匪再付钱行吗?"

不行!一手交钱一手发兵!别无商量!

李旅长的明码标价跟县长紧闭城门,其目的是一样的:见死不救!由此可以看出:所有的军阀,其本性都是一样的。

5年前,赵嬷嬷打开东八里巷,狂杀无辜百姓860人。5年后,刘黑七打开大泗彦村,比赵嬷嬷更凶残,狂杀百姓947人(大泗彦村559人,外村避难者388人)。

5年前,土匪抢劫一空,安然撤出后,官兵来了,东八里巷幸存的村民只是淡淡地说一句:"土匪都走了,你们还来做什么!"5年后,刘黑七洗劫大泗彦村后,县长来安民,幸存者冷冷地质问:"你还是我们的父母官吗?"

无论是东八里巷还是大泗彦村村民的话,流露的难道仅仅是内心的怨气吗?

天地之间有杆秤,秤砣是老百姓。不管是党派还是政府,不管是军队还是军阀,处在底层的老百姓都能称出分量。

就两起惨案而言,与其说土匪是惨案的制造者,不如说是官府和驻军协同土匪完成了惨案制造的全过程。说他们是凶手好像有点冤屈，可是说他们是帮凶绝不冤枉。无论哪一派军阀，他们组建军队的目的，除了保护他们的私利，就是夺取更大的权利。为了填满个人或派系的欲壑，权利和财富是他们追逐的目标，天下苍生不是他们关注的对象，这就是他们为什么不能救中国、救民族的根本原因。

那么，哪个政党、哪个军队才能在老百姓危急的时刻，摧锋于正锐，挽澜于极危，救百姓于水火？

2．血染杜家庄

刘鸣銮，1902年出生，沂水县苏村镇门家庵子村人。父亲刘治一生务农，有土地二十几亩，属于富农。刘鸣銮自幼聪颖，8岁读书，1924年以优异的成绩考入中国共产党主办的上海大学。瞿秋白、邓中夏等一批著名的共产党人和著名学者都在这里任教。1925年，他在该校加入了中国共产党。刘鸣銮比沂水老乡垜庄的刘一梦晚一年入学，比另一个老乡诸葛镇下胡同峪的李清漪晚一年入党。

1926年，刘鸣銮离开上海到武汉中央军事政治学校学习，实际上是黄埔军校第四期的继续。

1927年，蒋介石发动四一二反革命政变后，汪精卫嫡系分子、国民党中央委员、山东诸城人王乐平，公开鼓动反共，刘鸣銮极为愤慨，亲手抓了他。这件事震动了武汉三镇。汪精卫叛变革命，大肆逮捕共产党员，屠杀革命群众，刘鸣銮被列入逮捕名单。

武汉非久留之地，党组织安排刘鸣銮立即返回山东，找中共山东区执行委员会继续开展工作。刘鸣銮随一批军校学生离开武汉，乘船来到九江。这时，中央军事政治学校的左派学生臧克家，感到前途难以预测，便跟随刘鸣銮一起离开队伍。他们俩路过南京、上海，8月底到达青岛。刘鸣銮在青岛和邓恩铭接上关系后，因路途染病，只好到臧克家的家乡诸城县臧家庄休养。两个月后，身体刚一康复，刘鸣銮就带着山东区执行委员会书记邓恩铭的亲笔信，到沂水县城与沂水县党组织接上关系。鉴于当时土匪横行，刘黑七刚刚制造了惨绝人寰的白马峪惨案，沂蒙山区人心惶惶。刘鸣銮提议以邻村小杜家庄的土围子为临时根据地，成立武装民团，抗击土匪，保护老百姓的生命财产。这样，鲁中地区就有了共产党领导的一支武装。必要时，他们就公开打出革命的旗帜，以莒（县）沂（水）边区一带为根据地，开展武装斗争。

刘鸣銮在学生时代就多次参加过战斗，并因战功提升为班长、排长。组建武装，指挥打仗，对他而言并不陌生。

1928年春节以后，刘黑七率众匪到沂河以东劫掠，刘鸣銮的家乡陷入土匪的烧杀蹂躏之中。2月6日（农历正月十五），土匪逼近苏村。刘鸣銮将民团拉进小杜家庄，进行联庄自卫。他手提鬼头大刀，臂佩"团副"符号，率众加固工事，高筑围墙，号召大家抗击土匪、保卫家乡。2月7日晚，土匪包围了小杜家庄，勒令老百姓献粮献钱。刘鸣銮将土炮口悄悄对准土匪，轰的一声巨响，冲在前头的土匪登时毙命。刘黑七没有想到，小小的村庄胆敢"鸡蛋碰石头"，他顿时恼羞成怒，调整部署，发起了总攻。

刘鸣銮急令围墙各边挂起马灯，严密防守。午夜时分，狡猾的土匪在村东北方向呐喊射击，却在村西南隅搭起云梯强攻。

土匪的声东击西，在刘鸣銮眼里不过是雕虫小技。当他带着几十个队员悄悄赶到村西时，十几名土匪已经通过云梯登上了围墙，站岗的两名团丁当场被打死。值此千钧一发之际，刘鸣銮带人赶来。他大吼一声，一个箭步跃上围墙，手抡鬼头大刀，嗖嗖几声，数名土匪人头落地，其余土匪吓得连滚带爬，逃了回去。

久攻不下的刘黑七终于发现了指挥民团的刘鸣銮。他调集枪手，伏击刘鸣銮。当团丁们把身中数弹的团副抬下火线时，刘鸣銮面色苍白，身上鲜血直流，口中不住地说："一定要守住围子，舍我生命，能救众生，我愿足矣。"由于流血过多，抢救无效，刘鸣銮献出了年轻的生命，年仅26岁。

26岁啊，一个火红的年纪。

26岁，沂蒙山区几个早期的共产党员，刘鸣銮的师哥刘一梦、李清漪都是在这个年龄将一腔热血献给了劳苦大众，献给了党的事业。

我们搜集到的所有资料都证实：刘鸣銮是沂蒙山区率领群众，抗击土匪牺牲的第一个共产党员。

由于刘鸣銮身先士卒，加之事前组织严密，群众被广泛发动起来，抗击刘黑七的战斗一直打到2月9日。刘黑七部死伤甚巨，村子的围墙依旧高高耸立着。刘黑七一声叹息："老子大江大河都过了，没想到在这条小沟里翻了船！"

其实刘黑七并不知道，和他当面锣、正面鼓厮杀的是共产党组建的一支农民武装。面对这支顽强抵抗、视死如归的农民武装，折兵损将的刘黑七只好带队撤离，一村人的生命和财产得到了保护。

刘鸣銮牺牲后，当地民众悲痛万分，集资立了"刘鸣銮纪念碑"，将其英雄事迹传给后人，向后人讲述着一个共产党人与群众生死与共的故事。

3. 我活你就活，我死你也活

大青山战役是发生在沂蒙山区的一场大规模的遭遇战。在这场狭路相逢勇者胜的恶战中，八路军有我无敌的气概、视死如归的决绝是那样惊天地，当地群众用生命谱写的生死与共大救援更是泣鬼神。

那场实力悬殊的突围战结束后，八路军伤员超过500人，无法行动的重伤员大都留在原地，这批人员多达200人，他们都被当地群众掩护起来了。日军对此十分清楚，战后不停地派兵在大青山周边搜查这批伤员，可是无论他们使用什么手段都毫无收获。日军疑惑不解，这些伤员好像一夜之间蒸发了。

国务院原副总理谷牧，就是被当地群众救助并保护的一个。1941年11月16日，时任中共中央山东分局秘书室主任的谷牧，在柳红峪战斗中身负重伤，躺在担架上随机关转移，刚到大青山，就遇上日军的合围。无奈之下，警卫人员只好把他藏在高粱秸秆里。幸运的是，他三次都躲过了日军的搜查。天黑后，谷牧爬出来，被两位老人发现，他们背着他找到了队伍。由于他伤势严重，部队就将他安排在费县薛庄镇小言店村抗日堡垒户胡大娘家养伤。细心的胡大娘把他藏在一间偏房里面，外面放满杂物。为了让他早日康复，家境贫寒的胡大娘千方百计给他增加营养，最后把仅有的一只老母鸡杀了，直到他痊愈归队。

战争年代环境复杂，为安全起见，伤员往往不知道堡垒户的真实身份，堡垒户也不晓得伤员的真实情况，这就给后来伤员寻找恩人增加了难度。滴水之恩，当涌泉相报，何况是救命之恩。谷牧多次来费县寻找胡大娘，均未找到。于是，他把对沂蒙人民的一腔思念都寄托在《沂蒙山小调》上。在生命的最后时刻，他是听着《沂蒙山小调》闭上眼睛的。

新中国成立后，来沂蒙山区寻找救命恩人者不计其数。中央军委原副主席迟浩田，就曾多次到蒙阴县野店一带，寻找掩护他养伤的老房东。

沂蒙人并没有把救护八路军伤病人员视为日后寻求回报的行为，在他们的骨子里，这些伤病人员就是他们的亲人，搭救他们是自己的职责。

20世纪80年代末期，红哥李德接受采访时说过这样的话："伤员到家，他的命就是我的命了。我会对同志说，放心吧，我活你就活，我死你也活！"

这不仅仅是一句承诺，而是生死与共的海誓山盟啊！

大青山下小布袋峪的刘苦妮一家就演绎出"我活你就活，我死你也活"的惊天动地的千古绝唱！

1941年，大青山一带早已建成了根据地，这里的群众也早就发动起来了，八路军和当地群众已经结成了水乳交融的情谊，军民一家不分你我。

大青山战役后,刘苦妮一家人一下子掩护起来三名重伤员,同时,部队派出的医护人员也住在她家里。

刘苦妮是村支部书记,丈夫马大爷是村长。

在根据地里,所有的堡垒户都要干这样一件事:秘密挖地洞,以备隐藏伤病人员。这件事是在"谁挖谁知道"的极度绝密状态下进行的,隐藏伤病人员也是严格执行"谁藏谁知道",这样就最大限度地保证了伤病人员和堡垒户的安全。因为敌人总是绞尽脑汁寻找这些伤病人员,不断派出密探,或收买一些意志薄弱的人帮助他们搜集情报,以确定伤病人员的藏身之地。当时,在鲁中、鲁南根据地,这样的地洞几乎遍及山沟、堤堰。正是这种未雨绸缪的行动,八路军成千上万的伤病人员才有了藏身之处,才能在敌人的反复清剿中安然无恙。

刘苦妮把从战场上背回来的重伤员,分头藏在事先挖好并铺上山草的地洞里,有一个还藏在挖空了的坟茔里。由于她精心的伪装和细心的周旋,敌人一次次搜查都扑空了。

但是敌人是不会轻易放过对手的,哪怕是暂时失去对抗能力的对手。一天,日军突然包围了小布袋峪,用刺刀逼着马大爷:带路,找八路军的伤员。

马大爷就是一句话:这里没有伤员。

日军就将他绑在树上,点燃了柴草,边烧边逼他屈服,硬生生把一个大活人烧焦了。令日军不解的是,至死,马大爷也没有改口,自始至终就那一句话:这里没有伤员。

眼睁睁看着自己的亲人被烧焦,刘苦妮和儿子铁柱掩埋了亲人后,一如既往地照顾那些伤员,尽管他们都知道,自己从事的是会被杀头和灭门的事业。正如刘苦妮所言:就是咱死了,也得让八路军伤员活下来,这样就有人给咱报仇了,死也就值了。

不久,日军再次突袭小布袋峪,在外面晒太阳的伤病人员来不及转入地洞,情况十分危急。刘苦妮急得团团转。要知道那些重伤员个个生活不能自理,都需要人背着才能进入地洞。关键时刻,儿子铁柱拿起猎枪就往山上跑。他开枪暴露自己吸引日军,给娘安置伤员创造了条件。

日军果然被吸引了,纷纷追出村庄。结局是没有任何悬念的:三名重伤员得救了,刘苦妮唯一的儿子死在了日军的三八大盖下。

时间一天天过去,敌情终于缓解了,伤势好转的伤员可以自由活动了。一天,伤员问刘苦妮:"大娘,大爷和铁柱兄弟呢?好些日子不见他们了。"刘苦妮淡淡地说:"他们出去揽活了。"可是,伤员从她闪闪的泪光里读懂了一切。他们安慰刘苦妮:"大娘,您等着,过些日子我们就归队了,这仇我们一定替您报了。"

刘苦妮终于哇的一声大哭起来。

沂蒙人刘苦妮一家,在救助八路军伤员的行动中,把"我活你就活,我死你也活"的生死与共,演绎得淋漓尽致、气贯长虹。正是有了这样的群众,大青山战役后,留在当地的200余名重伤员才得以活下来。

4. 朱村大救援

现在的朱村,隶属山东省临沭县曹庄镇,位于鲁东南苏鲁交界处,西倚岌山,东傍沭河,与大官庄水利枢纽遥相呼应,与沭河古道、沭马风景区上下贯通,人工劈凿的分沂入沭的河道穿境而过,在村东南汇入沭河,形成著名的沂沭水利风景区。朱村水陆交通方便,地理条件得天独厚,自然环境十分优美。

朱村原名"珠村",因境内河流纵横、溪水汇流、玉带缠绕,呈"九龙戏珠"之格局而得名。历代村民由于崇尚朱子儒学,尤其是明清两朝,朱熹的学说成为圭臬,于是后来正式更名为"朱村"。

朱村因土地肥沃且都能灌溉,粮食年年丰收,人丁兴旺。

在抗日战争时期,朱村是滨海抗日民主根据地沭河防线上的重要堡垒。1939年,朱村就成立了临沭县最早的党支部。它是115师移师滨海根据地时，最早发动起来的堡垒村、抗日模范村。谷牧同志在朱村战斗、生活过。

"沭河好风光，庄庄相连多么长，鬼子太心狠，顽固土匪趁火抢……庄稼人勇敢有胆量，拿起刀和枪……"这是1942年10月，八路军抗大一分校文工团的刘知侠（作词）和王久鸣（作曲），在朱村共同创作的《沭河的歌声》中的歌词，歌曲反映了当年朱村人真实的抗战场景。

战争打的是经济。八路军115师在天宝山区平叛，消灭廉德三，击溃刘黑七，赶跑日军，把蒙山抗日民主根据地和鲁南抗日民主根据地连成一片后，按照桃峪高干会议的规划发展，立即挥师山东纵队创建的滨海抗日民主根据地，巩固、发展、扩大的同时，夺取鱼盐之利的日照海岸，控制盐场。在农业文明时代，盐业是利税大户，历朝历代的统治者都把盐作为国家控制的资源，实行专营，任何民间的晒盐、熬盐、贩盐行为，都被视为非法经营而遭到取缔或受到惩罚。

滨海抗日民主根据地，南起陇海铁路，西北依托沂蒙山区，战略位置十分重要。1940年以前，山东纵队二支队配合中共鲁东南特委在此创建根据地。115师主力和中共中央山东分局移师莒南县后，和国民党顽固派、日军、汉奸多次作战，尤其是甲子山三次反顽战役、青口战役、海陵反"蚕食"战役等大战后，硬是将滨海发展成一个经济发达、体系完备的滨南抗日民主根据地。三次甲子山战役，歼敌3500人，将国民党顽固派打出滨南地区，从根本上扭转了滨海区的形势。此时，沂蒙山区的第二大河沭河就成了敌我占领区的分界线。沭河位于对敌斗争的前沿，过了沭河就是日军占领区。这样的地段，是敌我双方都在争夺的地方。因此，游击战、地雷战、拉锯战如火如荼。沭河沿岸形成了抗击侵略者的坚固防线，朱村就是牢牢地楔在这道防线上的一颗钉子。八路军守护得越紧，日军争夺得就越激烈，于是围绕着朱村，战事不断。

朱村组建起农民说了算的政权组织，减租减息搞得异常彻底，村里建起"庄户学""妇救会""识字班""民兵队"，老百姓有饭吃，跟着共产党走得异常坚决。因此，朱村也就成了日、伪军的眼中钉、肉中刺，他们千方百计想拔除它。

1943年除夕，朱村人都沉浸在迎接新年的喜悦里，盼望已久的年终于到了。

那个时候的农村物质极度贫乏，村民一年到头吃糠咽菜，吃顿水饺都成了难忘的记忆。因此，大人小孩都在盼年。朱村人跟所有沂蒙人一样，进入小年就开始筹备年货，这是鲁南一带老百姓的传统，年是从腊月二十三祭灶开始的，一直延续到正月十五。在这段时间里有两个高潮：一个是大年三十到初一熬大年，一个是正月十五闹元宵。为了过好年，家家户户生豆芽、做豆腐、炸藕盒、杀鸡宰鱼，富裕人家甚至杀猪、剥羊，即便是穷苦人家，也要包饺子、蒸窝头……

鲁南人的风俗日军当然知道，汉奸更清楚。

就在朱村人积极准备年货过大年的时候，日军和汉奸也在准备过大年，不过他们是把过大年的欢乐建立在老百姓的痛苦之上的。他们做出周密的计划：趁八路军、老百姓都在过年的时候，出兵抢百姓家的年货。

"抢年"是土匪刘黑七的发明，如今日军要效仿了。

太平洋战争爆发后，日军在战争的泥潭中越陷越深，物资供应捉襟见肘，中国敌后战场上的日军只能靠掠夺和抢劫来维持开支了。

日军这次抢掠的目标就是沭河岸边富裕的朱村，他们的计划是：既要抢走村民所有的年货，又要彻底毁掉这个堡垒村，拔出八路军揳在沭河上的钉子。

子夜过后，鞭炮声响起来，500多名日、伪军以鞭炮声作掩护，趁机扑向了朱村。

朱村瞬间浓烟滚滚，枪声和村民的哭喊声连成一片……

朱村危急！

驻扎在沭河东岸顶子村的八路军115师老四团八连连长鄢思甲，敏锐地分辨出鞭炮声中的三八大盖的声音。他立刻意识到日军来了。随后，在晨光里,他看见了沭河西岸的火光和浓烟。经验告诉他:这批日军不少。他和指导员谭沛然商定:朱村危急,百姓遭难,我们出兵救援!

可是,八路军有着严明的纪律:服从命令听指挥,少数服从多数,下级服从上级。没有上级的命令,下级军官是不能擅自出兵的。

怎么办?

请示报告、等待上级的命令是部队的纪律,也是常规做法,可是日军正在屠杀老百姓,逐级请示下来,日军就屠村了,百姓就遇难了。

怎么办?这时就是考验一个指挥官应变能力的时候了。

枪声就是命令!吹紧急集合号!鄢连长果断发出命令。

他亲自率领最先赶到集合场的一班先行,命令谭沛然指导员带全连随后跟进,救援朱村,同时派通信员骑马火速向营长报告,请求支援。

八连在沭河东岸河滩上跑步前进,结了冰的河滩发出一串串响声。沭河岸边都是从村里逃过来的村民,他们哭着、叫着,场面混乱。有人看见八路军出现了,大声呼喊:"乡亲们,八路军来了!咱们有救了!"

立时,惊慌的人群安静下来。

虽然那场战斗已经过去 70 多年,村民王克昌也从少年变成了老汉,但当年的情景仍历历在目。记者采访王克昌时,老人回忆说:"当时跑到河边的村民,听到过河的八连战士高声喊着:'老乡们,不要怕,我们是八路军,我们一定能把鬼子打跑!'"

随后,八连快速赶到朱村,鄢思甲决定:谭沛然带二排从村东南打,副连长带一排从村东打,他自己带三排从村北打,三围缺一,一齐开火,给日军造成大兵压境的错觉,目的是把他们逼出村子,保护老百姓的生命财产。队伍散开后,迅速冲入村内,一排手榴弹扔出去,先把伪军打散,然后用轻机枪和排子枪向日军发动猛烈的攻击。日军没想到八路军来得这么快。他们刚刚进村,还没来得及抢掠年货,就被八路军一个猛烈的冲锋赶出了村子。日军无奈,只好退守到村西高地上的坟地里负隅顽抗。

八连在鄢思甲的指挥下,把他们紧紧包围起来。

王克昌告诉记者，朱村是个大村子，全村有 1400 多人，那天只有老人、孩子躲出去了，青壮年都留在了家里，村里还有 50 多名民兵，大家一起配合八连打鬼子。当时鬼子清一色的三八大盖，歪把子机枪、重机枪带了六七挺，而八路军的武器则多是步枪，多亏民兵把部队留在村里的手榴弹搬来了，上千枚手榴弹成了克敌的利器。第一轮手榴弹扔向坟地，鬼子就撑不住了，纷纷躲入沟底、坟头后面，再也不敢露头了。

后来，包围圈里的鬼子打算突围，无奈八路军有充足的手榴弹，还有民兵和村民配合，他们一时难以冲出手榴弹组成的火力网。鬼子意识到一旦被这股八路军缠住，周围的八路军就会蜂拥而至，那时候，他们再想突围就没那么容易了，因此必须在八路军的援军赶到前，让自己的援军先赶到，里外夹击，撕开缺口，才能突围成功。

我们不能小觑日军的救援能力，八路军的援军来了，日军的援军也来了，他们开始反击。

鄢思甲的脖子被子弹打穿，但仍然坚持指挥战斗。一排排长秦家龙受了重伤，刚被抬下火线，一班班长焦锡模立即站到指挥位置，他的一条胳膊被打断了，仍坚持不下火线，直至壮烈牺牲。一排副排长安吉然同一个鬼子扭打在一起，鬼子拉开手榴弹，妄图把他吓倒，安吉然却死死抓住鬼子不放，鬼子的意志崩溃了，哆嗦着将手榴弹抛出，俯首就擒。战士郝红娃的腿负了重伤，他简单地包扎了一下，又继续战斗……

八路军这种视死如归的决绝，彻底击垮了日军。

战斗持续了 6 个多小时，日军在救援部队的接应下，丢下一批武器，扔下 30 多具尸体，带着近百名伤员，丧家犬似的逃跑了。

原本想抢些年货、过个丰盛大年的日军，可谓"偷鸡不成反蚀一把米"，被八路军重创。此战，八连也有 24 位战士献出了宝贵的生命。

战斗胜利结束了。乡亲们陆续回到村里，看见家里的年货、物资完好无损，个个百感交集，纷纷请八路军战士一块过年。八路军为了不给群众添麻烦，包扎完伤员，打扫完战场，就抬着伤员走了，一村的百姓哭了,他们跟在队伍后面送了一程又一程……

之后,朱村群众把一面绣了"钢八连"三个字的锦旗送到连队,从此"钢八连"的名字就叫开了。

后来,山东军区政治部主任萧华(原 115 师政治部主任),了解了八连朱村战斗的经过后,顺应民意,在 1944 年 8 月山东军区战斗英雄、民兵英雄表彰大会上,亲自宣布老四团八连为"钢八连"。

如果按照部队的管理体制看待八连这次出兵,显然是一次典型的违纪行动,在没有得到上级批准的情况下,连长私自调动全连官兵,擅自出击,而且牺牲了 24 名战士,指挥官是要接受军纪处分的。可是 115 师首长给出的结果却出人意料:八路军是人民的军队,理应为人民牺牲,"钢八连"为人民而战,朱村之战成果斐然。连长鄢思甲、排长徐乐之、班长郝红娃被授予"山东军区一级战斗英雄"称号,战士裴飞正、焦锡模被授予"滨海军区二级战斗英雄"称号,战士赵吉祥被授予"滨海军区战斗英雄"称号。战后,鄢思甲被提升为副营长,"钢八连"由一排排长秦家龙接任连长。

这个结果说明,共产党一向遵循造福于民的宗旨,讲究实事求是。尽管鄢思甲先斩后奏,但结果是打跑了日军,保护了群众的生命财产,是应该得到表彰的。

八路军之所以能打胜仗,一个原因就是不墨守成规,面对变幻莫测的战况,允许下级军官及时应变,调动干部战士的积极性、创造性。钢八连就是这样的典型。

这就是共产党的队伍,这就是人民的军队,得知日军包围了村庄,八路军不请自到,第一时间发兵救援。20 年前,离此地不过百里的东八里巷,被土匪赵嬷嬷包围了,军阀部队的一个团就驻扎在附近,一个急行军就能赶到。可是团长以军人服从命令为由,等待旅长的命令,而旅长面对老百姓的哭求跪请却无动于衷,最终导致 860 名村民惨遭杀害,全村几代人积累的财物被洗劫一空。

沂蒙山区有句方言:"不比不知道,一比吓一跳。"任何天花乱坠的宣传都不如一个实际行动,同是军队,却有天壤之别,原因似乎十分简单:共产党是为劳苦大众求解放才创建军队的,八路军是替老百姓撑腰的。

远的不说,纵观整个中国近代史,军阀之间混战不休,都是为一己私利,只有共产党领导的军队,是用生命来保护老百姓的。可见,八路军与老百姓生死与共是初心使然,是使命使然,是基因使然。

5. 热血和尚崮

八路军和老百姓生死与共的故事,在山东抗日民主根据地可谓恒河沙数。

在抗日战争和解放战争期间,军民生死与共的事例不胜枚举。但是,发生在1941年12月鲁中抗日民主根据地和尚崮的一场战事,却不能不详细地书写,因为它惊天地、泣鬼神,不仅让我们自己肃然起敬,也让敌人竖起了大拇指。

那场导致八路军山东纵队一营将士全体阵亡的战斗,原本是可以避免的。当时完成救援任务的三营,已经脱离了日军重机枪的射程,只要他们翻越和尚崮,追击的日军就毫无办法了,可就在日军的指挥官怅然若失的时候,意外发生了……

这场尸横遍野的阻击战是由一场攻击战转变而来的。其实,两场战斗都源于山东纵队宣传部部长刘子超的一封求援急电。

刘子超,著名抗日烈士,1906年生于广东兴宁,1926年加入中国共产党,成为党领导下的上海社联青年理论家和宣传鼓动家,曾参加闻名全国的"中国社会史论战"等。1929年,他先后任中共沪西区委宣传部部长、中共闸北区委书记,参加社会问题的论战,捍卫党的正确路线,在国民党文化"围剿"中两次被捕,出狱后继续从事革命活动。

七七事变后,刘子超先后调任华北军政干部训练所所长、华北军政干部学校校长、山西抗日新军太行南区游击司令部司令员、晋冀豫军区第五军分区副司令员,1939年6月担任八路军山东纵队政治部宣传部部长。1941年12月,刘子超在一次突围战斗中不幸牺牲。他的牺牲绝对是山东纵队,是115师,是共产党、八路军的重大损失。刘子超的牺牲一度成为日军在山东战场上吹嘘的资本,被他们视为大胜的标志。

2014年9月1日,刘子超被列入民政部公布的第一批300名著名抗日英烈和英雄群体名录。

从1941年冬季开始,山东纵队司令部被日军先后包围在鲁中山区仙姑顶、挡阳柱、对崮山,血战连着血战。每次突围后,日军都会穷追不舍,给山东纵队造成了巨大的损失。为了给伤亡惨重的山东纵队减轻压力,刘子超奉命带领一支队伍杀回根据地,牵制日军。就当时的形势而言,孤军置于日军的重兵包围圈里,绝对是一个风险极大的任务,没有"一身报国有万死"的勇气,没有"忧国者不顾其身"的情怀,是难以胜任的。刘子超就是这样的人。为了让根据地的老百姓看到八路军的身影,感觉到共产党依旧在他们身边,他带着小股部队,毅然进入了日军的包围圈。

1941年12月,刘子超转战到沂南县孙祖一带,开展游击战。孙祖是艾山和孟良崮之间一个较大的村镇,是从张庄镇到岸堤镇的必经之地,其位置十分重要。1941年秋季日军大"扫荡"开始前,就派部队直插这里,设立据点,控制了这一地带。

日军进驻孙祖后,一边四处烧杀抢掠,一边抓人修筑从张庄镇到岸堤镇的公路,这里一时狼烟四起、血腥遍地。

早期的孙祖,由于共产党的宣传发动和八路军的全力支持,这一带的群众英勇不屈,抗日氛围异常浓厚。1940年3月,日军为抢夺粮食,破坏根据地,曾经进犯过这里,被徐向前指挥的山东纵队打得一败涂地,日、伪军被毙伤190多人,致使他们在长达一年的时间内不敢涉足此地。

这就是沂蒙抗战史上有名的孙祖战斗。

5万多日军"扫荡"沂蒙山区后,这里成为日军占领区。孙祖是一块红色的土地,人民渴望八路军给他们撑腰。刘子超带领战士,以孙祖北边的皂山为依托,开展了抗日斗争。他用"零敲牛皮糖"的战术,先后吃掉小股日军,俘获外出打粮的小队伪军,鼓舞了群众,也振奋了士气。

刘子超是东蒙、鲁中等沂蒙抗日民主根据地赫赫有名的人物,是山东纵队德高望重的领导人之一,根据地的干部群众对他相当认可。当地的党组织听说刘部长带队打回来了,纷纷奔走相告。他们主动和刘子超联系,给部队筹集粮草,提供情报。被日军重兵暂时打压下去的抗日热潮,在孙祖地区再起波澜。

孙祖据点的日军被刘子超打得坐卧不宁。为了消灭这股八路军,日军费尽心思,派出大批特务,明察暗访,终于摸清了八路军的行踪,悄悄派出一个大队的日军和一个团的伪军,拉开了一张罪恶的大网。刘子超部和日军频频发生战斗,日军苦心孤诣地设置包围圈,屡次被刘子超机智地打破。这次,为了掩护群众,八路军失去了最佳转移时机,被日军死死包围在辉山崮上。面对日军的重重包围,数次突围无望的刘子超只好向滨海根据地的115师发报求救。

陈光、罗荣桓接到电报后,立即派山东纵队三旅四团三营返回沂蒙根据地,实施救援。由于战斗频繁,各部队减员很多,为了加强三营的力量,把临沂边联县大队一个连编入了三营。115师首长反复交代:"你们这次是孤军深入,眼下根据地里日军重兵集结,四处寻找八路军,你们千万不要让日军缠住,救出刘子超部后,不必恋战,立即摆脱日军,迅速脱离战场。"

既要救援又得自保,三营副营长秦鹏飞感到肩上的担子比山还要重,他牢牢地记住了首长的话。

三营兵力补充完毕,在秦鹏飞的率领下,从滨海区的十字路镇出发,一夜急行130里，过沭河、沂河、蒙河三条大河，天刚亮就来到艾山脚下，悄悄地埋伏在敌后。由于日军苦战了一天，个个疲惫不堪，加之他们的注意力都在辉山崮上，没有注意到背后悄悄摸上来的八路军主力。

此时天已经亮起来，日军经过一夜的休整恢复了体力，他们准备早饭后一举拿下易守难攻的山头，彻底消灭山上的八路军。

有着丰富作战经验的秦鹏飞抓住日军开饭的时机，出其不意地发动攻击，一声令下，枪炮齐鸣。

自从5万多日军实施秋季大"扫荡"以来，在日军的记忆里，由于联队级的连续"围剿"，师团级的持续"扫荡"，八路军主力早已被击溃、逃走了。他们做梦也没有想到，八路军主力会从地下冒出来。毫无防备的日军在八路军狂风骤雨般的攻击下乱作一团，死伤惨重。困在山上的刘子超乘机率部反攻，他们内外夹击，一举打破了日军的包围圈，救援成功了。从战术和效果上看，这是一次完美的救援。

虽然两个人的年龄差不多，可秦鹏飞总拿刘子超当老首长看待，时常听他讲话、讲课。这次秦鹏飞百里救援，一举打破危局，救出刘子超，老首长颇为感动。但是，日军主力并没有受到重创，战场上的主动权依旧在日军手里，局面并没有彻底扭转。日军虽然暂时溃退，但马上就会散而复聚，发动反击。两个人经过短暂的商讨，就带领战士们迅速顺着山坡向西撤退了。

为甩开日军，他们过皂旗山，走绿门山，翻山越岭，急速奔驰。

战士们一夜飞奔，来不及吃饭、喝水就仓促接战，个个疲惫不堪。脱离险境后，秦鹏飞和刘子超商量，到村里吃饭后再走。为了安全，他们兵分两路，秦鹏飞带着九连、十连进了栗林村，刘子超带领两个连进了夏庄，约定饭后在艾山集合。

村里群众看见战士们饥饿的样子，十分心疼，急忙烧水、做饭。

秦鹏飞和刘子超忽视了日军的通信能力和调动速度，对艾山地区变化后的敌情也缺乏详细的情报。追击的日军根据八路军撤退的方向，断定他们去了艾山，于是立即发电报给马牧池、岸堤的日军，让他们派兵阻截。

战士们进村吃饭的时候，岸堤、马牧池的日军已经悄悄地向这里进发了。

打仗历来如此，机会对双方都是均等的，你砍了我一刀，反手我就给你一剑。救援成功的秦鹏飞部，刚刚摆脱了日军的追击，随即又陷入日军布下的另一张更大的网。

枪声响起，两个村同时遭到日军的攻击。八路军随即陷入新的包围圈，瞬间由主动变为被动。

局势突变，必须马上突围。刘子超带领战士们从村北打开一个缺口，突出夏庄上了艾山。突围中有十几名战士牺牲，但他们爬上艾山后，日军的围歼计划就彻底落空了，虽然日军还在后面追赶，但危险已经解除了。重机枪的呼叫变成了欢送的鞭炮，八路军再次突出日军的包围圈。

秦鹏飞本来也想往艾山方向突围，但看见刘子超带领战士们冲上艾山，日军还在后面追击，此时，他再上艾山已经不可能了。他随机应变，立即指挥战士们从栗林村的东面打开缺口，直奔和尚崮。栗林村村东是一条干涸的水沟，战士们在水沟里弯着腰往东猛冲，冲出包围圈，就能上山坡，翻过一道山梁便能摆脱日军的纠缠。

这时候，从南面代庄据点出动的日军正在抢占和尚崮，企图当头截住，围歼八路军于和尚崮下。但秦鹏飞不知道情况，他带领战士们下了高石顶山，迅速向和尚崮爬行。

和尚崮是艾山山系里比较高的一座山峰，只要登上山顶，向东可以去辉山，向西可以上艾山，其地理位置十分有利。和尚崮南面有两条山腿，追击的日军从东面那条山腿往上爬，秦鹏飞和战士们从西面那条山腿往上爬。不一会儿，双方的距离就很近了。于是，双方都在一边爬山一边开枪，企图阻止对方前进，自己却不停脚且越爬越快。很显然，谁先爬上崮顶，谁就是胜利者。就爬山速度而言，穿布鞋的八路军比日军快多了，不一会儿，优势就显出来了。

和尚崮的东西两条山腿，延伸到崮崖下的时候并到了一起。秦鹏飞和战士们到了两条山腿的结合部时，日军还在下面老远。这时候，只要再往上爬百余米，就能攀上崮顶了，一旦到达崮顶，东面山腿上的日军就只能被动挨打了，天平就会立即倾斜到八路军一方。

胜利就在眼前了。

和尚崮有许多山梁、山沟，在战士们脚下的山腿和西北方向的一条山梁中间有一条深沟，叫白腊沟，是和尚崮最深、最陡、最险的一条大山沟。山沟深30多米，两边都是绝壁，沟上端也是绝崖，沟底全是乱石丛，从沟里根本无法攀爬绝壁，从沟两边的山腿上掉进沟里就没命了。地形特殊的白腊沟，成了群众"躲反"的藏身之地，即日军进村"扫荡"，山崮周围的群众就来到这里避难。

秦鹏飞爬到山腿上端，正要往崮顶攀缘的时候，一眼瞥见了白腊沟里"躲反"的群众。

原来，围攻夏庄和栗林村的日军一开枪，附近村庄的群众就扶老携幼上了山崮，钻进这条大沟里。上千名群众挤在白腊沟里，密密麻麻，居高临下的秦鹏飞看得清清楚楚。

秦鹏飞的脑袋嗡的一声就大起来。他明白，战士们冲上崮顶，就可以摆脱日军，队伍就安全了。可是，东面那条山腿上的日军随后就会赶到这里，这些毫无人性的侵略者，只需往沟里扔一轮手榴弹，这些群众就遭殃了。再说，追击的日军只要赶过来，一挺机枪就能封死沟口，藏在沟里的群众一个也跑不掉了，那可是上千人（后来证实，沟里有1300人）啊！

怎么办？

八路军山东纵队副营长秦鹏飞遇到的难题，跟115师连长鄢思甲遇到的是一样的，差别是前者比后者早了一年。

按说，秦鹏飞部执行的是救援任务，从日军的包围圈里救出被围困的刘子超部，他们的任务就算胜利完成了。秦鹏飞完全可以以一个胜利者的姿态归队复命，他有充足的理由带兵离去，脱离险境。再说，他没有接到任何帮助老百姓的命令，完全没必要节外生枝，上级也不会因此而责备他。然而，共产党人的初心使命在每一个干部甚至战士的心里根深蒂固，八路军和老百姓的鱼水深情由来已久，救护老百姓成为一个部队甚至每一个战士自觉的行动。从115师老四团"钢八连"到山东纵队四团三营，时空在变换，一心为民的宗旨没有改变。

秦鹏飞当机立断：就地阻击，掩护群众撤退！

他下达了命令，把抢占山头变成就地阻击。他转过身对着山沟大喊："乡亲们，鬼子的大部队马上就过来了，你们赶快顺着山势往西北跑。八路军在这里挡住鬼子。快，要快，否则就来不及了。"

群众纷纷跑出山沟，向西北方向跑去。

追赶八路军的日军越来越近，正顺着战士们的脚印往上爬。

秦鹏飞把部队分为两部分：九连阻击东山腿的日军，十连阻击追击的日军。他大喊一声："同志们，我们是老百姓的队伍，撇下群众不管，不是咱们八路军的风格！只要有一个群众在这里，我们就不能走！"

子弹向日军射去，他们被压得抬不起头来，趴在山坡上还击。

跑出山沟的群众，不时地回头看看陷入两路夹击的八路军，心里有一种无法表达的感动。他们只有加快步伐，给八路军争取时间。

阻击和攻击的双方一时呈现出胶着状态，可是秦鹏飞最担心的事情还是出现了。就在双方胜负难分的时候，和尚崮上泼来一阵弹雨，夹杂着掷弹筒的尖叫声，立时就有十多名战士背后中枪，倒在了山崮上。

原来，从代庄据点赶来的一股日军从山崮背后攀上了崮顶，居高临下地打击没有任何掩护的八路军。秦鹏飞只好命令战士们朝崮崖下躲避，进入山顶日军射击的死角。可是山下的日军却蜂拥而至。

久经沙场的秦鹏飞知道，这只是缓兵之计，部队此时已经陷入绝境。

战争的天平就这样一下子向敌人倾斜了，刚刚还占据绝对优势的八路军瞬间陷入劣势。很显然，机会就在十多分钟前因为救助群众而丧失了。八路军若是不顾百姓，提前攀上岗顶，日军就失去了先机。然而，一切都过去了。

　　日军大喜，这个意外绝对出乎他们的预料。机会给了日军，他们呼啦啦地压了下来，山下、山侧的日军也加速了合围。

　　经过数次激战，战士们的子弹差不多打光了，手榴弹也没几个了，他们唯一的武器就是手中的刺刀。日军也不敢放枪了，狭小的空间里都是他们的人，山岗静了下来。

　　看着远去的群众，秦鹏飞长舒一口气，说："同志们，群众脱险了，我们的任务完成了！为中华民族献身的时刻到了，上刺刀！杀一个够本，杀两个赚一个！"

　　秦鹏飞把打光子弹的匣子枪扔进白腊沟，从牺牲的战士手里抓过一杆步枪，一个箭步冲向日军。战士们也呼喊着向日军冲去。瞬间，八路军就和日军搅在了一起。

　　作为一名刺杀老手，秦鹏飞知道刺杀敌人的时候要先保护好自己。他连连变换角度、位置，瞅准机会就是一个突刺，接着一转枪杆，随即抽出刺刀，血就从鬼子的胸部流出来，鬼子倒下，干净利索。几个鬼子围住他，却找不到下手的机会，反倒被他刺中。站在远处的日军首领，发现秦鹏飞就是八路军的指挥员，在他和两个鬼子拼搏的时候，命令机枪手开枪射击。秦鹏飞腰部中了一弹，额头中了一弹，失去了攻击能力，被鬼子乘机一刀贯穿了胸膛。

　　九连连长封欣儒一看秦鹏飞牺牲了，大吼一声，端着刺刀就扑向日军的小队长……

　　和尚岗的白刃战还在继续，只是日军越来越多，八路军越来越少。最后，岗崖下只剩下17名战士了。他们依旧抱着"杀一个够本，杀两个赚一个"的信念在和日军拼命，只是个个筋疲力尽，刺出的刀没有先前的力度了。战士们背靠背相互支撑着，这些都没能逃出日军指挥官的眼睛，他发出命令："活捉八路军！"

日军蜂拥而上，团团围住了八路军战士。

封欣儒也是一员沙场老将，他知道眼前的局势意味着什么，就使出最后的力气对几乎无力挺枪的战士们大喊："同志们，死也不当俘虏！快，跳崖！"

日军还没听懂封欣儒喊的什么，战士们一个集体冲刺，杀出了包围圈，站在了悬崖边上。

"打倒日本帝国主义！""中国共产党万岁！"17名战士在连长的带领下，抱着武器跳进了30多米深的白腊沟。

日军一个个看傻了眼……

这是一场没有任何悬念的阻击战，山东纵队二旅四团三营九、十两个连队，172名指战员，为了掩护1300名群众，几乎全部阵亡在和尚崮下。

此战，给"我是谁，为了谁"做了最好的注解。

此战，八路军用鲜血在山崮上写下了四个大字：生死与共。

保护广大群众的利益，不仅需要热情、政策，更需要行动乃至生命。在抗日战争和解放战争期间，无数先烈用鲜血书写了"为了谁"的传奇，用生命讲述了与群众生死与共的故事。115师连长鄢思甲、八路军山东纵队副营长秦鹏飞，是个体行为的代表；埋葬在朱村的24名烈士、血染和尚崮的172名八路军指战员，则是团体行为的代表。这些个体和团体，用生命演绎了一曲军民生死与共的千古绝唱。

第十章　沂蒙脊梁

1941年12月7日，在悲壮的苏家崮战斗中，身负重伤的老三团政委张玉华，在当地群众的救助下死里逃生……

采访这位90高龄的老人时，他情绪激动地说："我有仨娘，一个是我的生母，一个是共产党，一个是人民群众。三个娘啊！一个生育了我，她给了我生命；一个培育了我，她给了我信仰；一个养育了我，她给了我衣食住行……"

沂蒙抗日民主根据地之所以能迅速崛起，就是因为共产党把数以万计的汉子打造成了"仨娘之人"。正是有了这些人的生死相依、至死相随，八路军才由弱变强，根据地才由小到大。这些人是沂蒙的脊梁。

共产党不是用金钱组建军队，而是用"主义"和"理想"召唤起一支强大的军队，并武装了官兵的头脑。

在中华民族五千年的历史中，多少英雄豪杰要么为自己打江山，要么为皇帝打江山，只有共产党领导的军队一心一意为人民打江山。

这就是中国共产党百年执政的基础。

1．一个长工守蒙山

1940 年底，八路军 115 师经过武安、塔佛山等一系列战斗，打跑了日军，打服了汉奸，在费县县委、县大队的协助下，发动群众，在蒙山前剜出一片属于自己的根据地。此时，蒙山抗日民主根据地正式形成了。

之后，115 师要开发鲁中、滨海等根据地，蒙山根据地就交给了费北行署，由行署大队王保胜部及地方武装来守护。

八路军主力部队一走，被 115 师打压得抬不起头来的刘黑七立时"胀饱"起来，一副"山中无老虎，猴子称霸王"的德行。于是，在日军支持下的刘黑七部，与人民群众支持的王保胜部在蒙山前开始了长期的较量。

蒙山根据地的抗战，大体经历了四个阶段：

1938 年 2 月黎玉率领八路军山东人民抗日游击队第四支队的两个中队和山东省委机关来到蒙山，至 1939 年 5 月 115 师主力部队到来之前，这个阶段称之为游击队作战阶段。日军初来乍到，大规模的进攻还没开始，王保胜带领着蒙山的八路军地方武装唱主角。

1939 年 5 月至 1940 年底，八路军 115 师主力部队到来，是日军和八路军争夺蒙山根据地的重要时期，这个阶段称之为主力部队作战阶段。王保胜、袁长巨带领着八路军地方武装配合作战，唱配角。

1941 年初 115 师主力部队移师滨海区至 1944 年大反攻前，这个阶段称之为山地游击阶段，是日军最强盛、八路军地方武装最艰难的时期。尤其是从 1941 年下半年开始，日军集中 5 万多主力，反复"扫荡"沂蒙，伪顽势力趁机抬头，蒙山根据地不断被蚕食、压缩，主力部队外调，王保胜、袁长巨带领的八路军地方武装唱主角。

1944 年 5 月以后，115 师主力部队、八路军地方武装一同大反攻，是日军惨败、八路军胜利的最后时期，王保胜、袁长巨率部跟八路军主力一齐唱主角。

蒙山抗战不到八年，算来算去，八路军地方武装单独支撑蒙山抗战的时间更长一些，尤其是王保胜部。

在很多人的意识中，八路军正规军是抗日战争的主角，地方武装主要起协助作用，是配角。持有这种观点的人对沂蒙那段历史不够了解，缺乏认真的研究，实质上是没吃透人民战争的真正含义，也没有弄明白全局和局部的关系。假如我们认真研究就会发现，从蒙山根据地这个局部上看，唱主角的显然是八路军地方武装，尤其是王保胜部。他们不仅与正规军并肩作战，还为正规军提供了稳定、可靠的兵源、物资和情报，尤其是情报。初来乍到的115师在蒙山前的作战，情报几乎全部由县委、县大队提供。如115师"一打武安"失败后，决定"二打武安"时，就是王保胜派小八路高廷光混进戒备森严的武安村，弄来了日军的布防图。

从蒙山的局部抗战事实来看，在沂蒙山区，没有八路军正规军，地方武装也可以单独作战。反之，没有八路军地方武装，正规军作战就面临着很多困难。打个不恰当的比喻：群众是基石，地方武装是塔身，正规军就是塔尖。人民战争，没有主角、配角之分，重要的是各种力量的有机配合。没有115师主力，仅靠王保胜们是建不了蒙山根据地的；没有王保胜们，就是有了根据地也难以长期坚守。

蒙山主峰一带共有三大山峪，自西向东依次为：大涝峪、罗圈峪、大洼峪。

大涝峪在主峰以西，罗圈峪、大洼峪在主峰以东。三大山峪，从蒙山深处向外延伸，通向山前的浚河小平原。在蒙山前的山峪、山梁、河流冲积平原上，依稀坐落着500多个村庄，此时这片区域已变成了共产党的天下，是八路军在沂蒙山区的核心根据地。当然，这里也是日军恨之入骨、志在必得的地方。

让我们回到抗日战争初期，看看蒙山根据地里都有些什么吧。

战争年代的行政区划是由形势决定的。蒙山前这片广阔的区域，

1940年8月之前统称费县,日军占领蒙山前的城镇后费县被彻底分割了,共产党顺应形势需要成立了费北、费南两个县级的抗日民主政府。1941年8月,形势又发生了变化,于是成立了蒙山工委,建立了蒙山各县联合办事处……但无论行政区划怎么变换,这片区域内党领导的抗日民主政权在加强,抗日民主政府领导的武装力量在壮大。在费北县内,有费北行署大队(大队长由徐元泉兼任,副大队长为王保胜、崔镇),仲村、卞桥、固城、地方四个区中队,另组建了上百个村民兵小组。另外,这个区域内还有诸满邵子厚的蒙山独立大队。

同时,根据地在猪尾巴沟创办了鞋厂和制造修械厂,在裤腿村建立了军用被服厂,这两个地方都位于大洼峪。

在根据地里,费北行署常驻小公馆村,费北县委常驻大公馆村。这两个村都只有十几户人家,属于蒙山罗圈峪,位于主峰东侧的深山坳里。如今,包括这两个村在内的12个自然村,合称为"李石屋行政村"。罗圈峪沟深林密,是蒙山最大的来水面。夏天,这里山洪滚滚、声如巨雷,深冬时节也是流水潺潺。如今的蒙山,很多地方都被开发成了景区,非常难得的是,李石屋流域仍保留着原始的风貌。

八路军主力部队忙活了一年多,就是为了这片根据地。打仗,是为了建立根据地;建立根据地,又是为了更好地打仗。根据地,是共产党发展的依靠,也是八路军的命根子。

为什么这么说?

因为国民党军队在正面战场不敌日军,每战必全线撤退并丢失大量领土,照此下去,我们的领土岂不要丧失殆尽?毛泽东在《抗日游击战争的战略问题》及《论持久战》中把辩证法思想充分运用于战争中:敌进我也进,在沦陷区剜出一块区域作为我们的根据地。

具体到蒙山。

抗日战争初期,日军主力从济南、胶东两个方向横扫鲁中、鲁南,直至占领徐州,大片国土成为沦陷区。共产党派115师一部进入这片沦陷区，把蒙山从日、伪、顽、土匪手里剜出来，作为根据地。不仅蒙山根据地，其他根据地也是这样创建的，八路军依靠人民，用武力从沦陷区硬是剜出一块块根据地。这些大大小小的根据地，成为共产党、八路军领导人民抗击日本侵略者的主要基地，是八路军发展壮大的重要根基。

有了根据地，就有了藏身之所、休整之地，进可攻、退可守，免于在大战中遭遇灭顶之灾。

有了根据地，就有了源源不断的兵源和粮秣供给，战争后劲充足。

有了根据地，就能与敌人互相穿插包围，形成犬牙交错的战争格局；就能把敌人分散开来，集中优势兵力予以各个击破。

有了根据地，就有了将来反攻的基地。

可以说，运动战和根据地，是八路军取胜的两大法宝。根据地是个好东西，应该大力建设。可是，历史上无数次农民战争，都有精彩绝伦的运动战战例，而鲜有成功的根据地建设的实践。根据地的建设是一项复杂而又系统的工程，因为它改造的是普通群众，就需要采用不同于过去的新观念、新制度、新作风，从而开创新局面。

建设根据地，远没有打仗来得痛快、过瘾。毛泽东早在红军时期就批评只重视流动作战而忽视根据地建设的"流寇"思想，可见根据地在共产党决策者眼里的分量。

蒙山根据地就是最好的例证。

从敌人那里剜一块地方，不怕遭到敌人的包围吗？

毛泽东说得好，他们包围我们，我们也反包围他们。

以蒙山根据地为例，从外围看整个根据地是被平邑、蒙阴、新泰、费城、上冶、诸满、青驼等城镇的日、伪军包围着，但平邑、费城的敌人也被蒙山、费南、费东根据地反包围着，蒙阴的敌人又在蒙山、鲁中根据地的包围之中，敌与我犬牙交错。

敌人要进攻、毁掉根据地，我们就要反击、保卫根据地。正像115师的领导与王保胜谈话所言："保胜同志，你们要保住蒙山根据地，没有 1000 条枪肯定是不行的。"王保胜他们果然不负众望，硬是在极端困难的条件下发展壮大队伍，一刀一枪地跟日、伪军作战，在人民群众的支持下保住了蒙山根据地。

那么，抗日战争时期，蒙山根据地的八路军地方武装牵制了多少日、伪军呢？

以王保胜的费北大队、几个区中队为例。为了围困躲在蒙山里的八路军地方武装，仅蒙山之阳，日军就动用了一个大队，并在上冶镇据点配置了一个日军应急骑兵小队，同时配备 7 个汉奸大队。西起蒙山之阳的仲村镇，东到诸满村，在东西近 200 里的线路上，日军建起了几十个据点。这仅仅是布在根据地之阳的兵力，再加上其他三个方向的兵力，日军至少也得动用 1000 人，还有 2 万汉奸，这是多大一股力量啊！这仅仅是用来围困一个小小的蒙山根据地，至于鲁中、滨海、鲁南根据地，日军动用的力量就更多了。所以，我们敬仰这些草根英雄，甭说他们消灭了那么多日、伪军，就说牵制了这么大的敌军力量，给正面战场减轻了多大的压力啊！仅此一项，国民政府就该奖励他们。然而，他们得到的却是国民党反动派的追杀。

抗日英雄王保胜一家就有 4 名亲人死于国民党和土匪的联合"围剿"。蒙山飞虎队的那些战士，家人几乎都遭到了敌人的迫害。只是这些革命者从没因此而动摇过，相反，亲人的不幸更加激发起了他们的斗志。如王保胜的妻子被日、伪军杀害后，王保胜擦干眼泪说了一句话："你安心走吧，这仇我给你报！"

飞虎队队员宋美续就给汉奸队队长捎去一句话："谁敢动我娘一根指头，我就要他一条老命！"汉奸被"宋二愣子"唬住了，直到抗战胜利，宋家都安然无恙。

正是有了这些坚强的革命者，才有了烧不光、杀不光、抢不光的根据地，日、伪军才有了伤心谷。

后来，日军的情报机构终于搞清楚了：数年来，带着一群八路军地方武装和日军打了数百仗，几乎没有输过的指挥官，其实就是一个闯过关东、靠出卖力气挣口饭吃的长工。但是日军并不知道，这个长工经过共产党的两次培训，又先后两次在八路军 115 师任职锻炼，已经成为一个彻底的革命者、一名出色的指挥官了。

至于共产党用什么办法把一个目不识丁的长工，打造成一个能看报、会写材料的秀才，一个坚强的抗日分子、坚定的爱国者、优秀的指挥官，日军就搞不清楚了。

2．一群农民守家园

被共产党十分看重的八路军地方武装，在刘黑七眼里就是一群破衣烂衫的人。确切地说，他们昨天还是一群扛着锄头的农民，是八路军动员他们放下锄头扛起枪的。

"一群枪都打不响的'庄户孙'，能鼓捣成什么事？"这是刘黑七对他们的评价。除了刘黑七的偏见，国民党的舆论也在推波助澜，连蒋介石都污蔑八路军："游击游击，游而不击。"

当时的国家宣传机器全部掌握在国民党手里，八路军没有任何话语权，他们能做的就是用实际行动来证明自己。不过，刘黑七对母亲说的那句话，"八路军瞎胡闹，一身虱子两脚泡"，倒是八路军的部分真实写照："瞎胡闹"是假，"一身虱子两脚泡"是真。

王保胜先后两次在 115 师主力连任连长，他说："那时候，战士们身上的虱子、虮子都滚成球了。秋冬时节，部队一旦住下来，战士们就会生一堆火，把衣服脱下来，用笤帚扫，火里就传来噼里啪啦的响声，那是虱子、虮子被烧炸的声音。就这样，战士们还乐观地说：'放鞭炮！'夏天，战士们就把衣服放在铁锅里煮，开水里就漂了厚厚的一层煮胀的虱子。"

抗日战争初期，国民党给了八路军三个师的编制。1939 年，国民党确定"溶共、防共、限共"的方针后,这三个师也不发军饷了。不光王保胜、袁长巨、徐敏山这些八路军地方武装衣食无着,就连八路军主力 115 师的情景也大致相似。他们长途跋涉 3000 里到山东,全凭一双脚板,部队常年打仗,战士的脚板上除了陈年的老茧,就是新磨出的血泡。陆房一战,115 师从山西带来的物资悉数丢尽,突围到达鲁南时天已经冷起来,但他们从官到兵仍旧是一身夹衣,这还是去年冬天的棉衣掏出棉花后改造的。1938 年底之前,八路军在沂蒙没有像样的根据地,没有经济来源,战士们无论冬夏就一身军服。根据地建成初期,部队供给稍有好转,但由于敌人的层层封锁,物资仍旧匮乏。

冬天来了,战士们的夹衣里还没有棉花。

怎么办?

爱兵如子的罗荣桓十分着急。他发现鲁南山区放养着大量的绵羊,老百姓家里积攒了不少羊毛,部队就花钱买来替代棉花。可是羊毛在衣服里老是移动,钻出衣服的羊毛扎得人皮肤痒痒,要命的是时间一长,羊毛就滚成球,棉衣就透风撒气了,八路军战士就穿着这样的棉衣熬过了寒冷的冬天。这样清苦的生活,除了八路军,任何一支队伍都是无法承受的。所以,刘黑七给他娘说:我的兄弟跟八路军干的话,不出三天就跑光了。这个毫无诚信可言的魔头,算是说了一句实话。

比起八路军主力部队来,坚守蒙山根据地的王保胜部吃的苦更多,尤其是 1941 年之后,刘黑七配合日军加紧了对蒙山根据地的封锁、"围剿",让王保胜部数度陷入绝境。1941 年冬天,被逼到蒙山深处的王保胜部,物资极度匮乏,一个排只剩下一床被子,只有站岗的人才有资格披着取暖,其他人都躲在山洞里避寒。食物短缺的情况更加严重。原津浦支队三团团长续志先,因柘沟事件被刘黑七扣押,后被营救出来,安排到费北县工作,就为了给部队弄几块花生饼吃,冒险回故乡,结果死在了刘黑七的枪口下。即便是这样,整个行署大队却很少有逃兵。

就在蒙山八路军地方武装最困难的时候,刘黑七趁火打劫,在日军的支持下，开始对王保胜部实施打击。这次刘黑七是倾巢出动，企图一战定蒙山。

但是，八路军地方武装也从实战中获得了提升，战斗力不容小觑。多次和八路军地方武装交手都没占到便宜的刘黑七，对王保胜部非常痛恨，所以他在历次配合日军攻击八路军的行动中都显得异常卖力，由此得到了日军的青睐。在日军的大力扶持下，刘黑七的力量开始强大起来。

1943年初，一向重视山东战略地位的蒋介石终于腾出手来了。他调出与八路军"眉来眼去"的东北军于学忠的51军，派遣反共先锋派李仙洲的92军大举入鲁。国民党中央军的到来，令那些反共分子弹冠相庆。尤其是刘黑七，仿佛钻进土里的蛤蟆听到了惊蛰的雷声，率先跑出鲁南，跟92军142师刘师长"拜了把子"。

"有奶就是娘"的刘黑七再次靠上了国民党。欢呼雀跃的刘黑七，准备配合国民党消灭蒙山的八路军。

1943年3月，国民党92军142师到达鲁南，勾结伪军李以锦部，占领孙家山、三山顶、白彦镇一带。

为策应李仙洲部占领鲁南，刘黑七要抢先控制蒙山等战略要地。他们倾巢而出，以三团之众，进驻石河、洪河、崔家庄，经大涝峪、罗圈峪进犯蒙山中心地带大、小公馆等村庄，目标就是消灭蒙山根据地的王保胜大队和区中队。

这回轮到王保胜部唱主角了。王保胜率领县大队、区中队的武装力量，保卫根据地。双方都是志在必得，几仗下来，王保胜部终因寡不敌众退守蒙山。

熟悉蒙山地形的刘黑七部兵分数路，步步紧逼，终于把行署、县委等机关逼至蒙山北峰挂心橛子一带，县委书记刘次恭、县长马鸿祥组织后勤机关人员转移撤退。当时形势相当严峻，如蒙山丢失，沂蒙抗日民主根据地就失去了南部屏障，鲁中、鲁南两大战略区的联系就会断开，战略策应的局面就不存在了。

费北县委决定死守蒙山，由王保胜指挥县大队依据地形固守待援，同时派人分头去鲁中、鲁南军区火速求援。

就大局而言，这个决定是正确的，可是从县大队的角度看，这无异于将孤羊投入狼群。原本可以突出重围的县大队，为执行这一决定，就地阻击。就这样，突围的最佳时机已经丧失，王保胜部陷入刘黑七的重围。

曾在杨谢被王保胜的地雷战打得丢盔卸甲的刘货郎，狂喊着要报一箭之仇。数次和县大队交锋，都被打得鼻青脸肿的刘黑七也下达死命令："一举荡平蒙山，彻底消灭土八路，活捉王保胜。"就这样，刘货郎再次充当急先锋，驱赶土匪扑上来。

为鼓励土匪卖命，刘黑七喊出"逮住王保胜，一两骨头一两金，一两皮肉一两银"的奖励政策，同时给出"攻上山顶者，每人一个大闺女"的奖赏。一时，众匪疯狂起来。

疲惫不堪的王保胜部，面对穷凶极恶的土匪，很快就陷入了绝境。

面对敌众我寡的现实，王保胜带领县大队的战士们利用有利地形，节节阻击。他提出的口号是："誓死保卫县委，誓死保卫蒙山抗日根据地，决心与阵地共存亡！"他的战术是：争取时间，等待援军，击败敌人。

在前沿阵地，哪里危急，哪里就有王保胜的身影。说起来也奇怪，王保胜在哪里出现，哪里的战士的战斗激情就空前高涨。

为拖延时间，等待救援，王保胜命令节省子弹，集中优秀的枪手，专打冲在前面的顽匪和下级指挥官，打击敌人的气焰，瓦解敌人的斗志。这一招十分管用，随着土匪的指挥官一个个滚下山坡，刘货郎的攻势渐渐成了强弩之末。

一计不成，刘黑七对死守高山的王保胜开出了优惠条件："只要你下来，就既往不咎，给你个团长当当！"

王保胜回答："有种，你就上来！"

山上的王保胜，山下的刘黑七，一个誓死不下山投降，一个使出吃奶的力气也攻不上山顶，双方就这样对峙着，谁也奈何不了谁。但是王保胜知道，如果外援不到结局是什么。他竭力鼓舞战士们：三分区离我们只有一天的路程，鲁中、鲁南军区的部队也只有一天半的路程，只要我们坚持一天，援军必到，土匪必败。

可是，一天过去了，不见援军。到了第二天中午，依旧不见援军，战士们有些动摇。看着王保胜坚毅的面孔和必胜的眼神，战士们咬牙坚持。数年的恶战告诉他们，只要大队长在，县大队就有希望，这是百战后战士们共同的认识，尽管他们已经两天一夜没吃东西了，有些战士连枪都端不起来了。

山下，土匪在休息养神。他们都明白县大队的困境，打算耗尽他们的力气后，第三天发动大规模的攻击，一举消灭王保胜部，彻底解决蒙山的八路军地方武装。

局势到了最坏的时候，王保胜心里十分清楚：若援军再不到，一旦土匪发起全面攻击，那就是战士们以死相搏的时候了。可是这些被饥饿和疲劳拖垮的战士，能跟敌人拼几个回合？看着一张张熟悉的面孔，王保胜心里很不是滋味。可是，数百次战斗锻炼出来的心理素质，让王保胜有一种不到最后绝不放弃的信念。他在耐心地等待着援军的出现，因为他坚信八路军主力一定会救援！

第三天凌晨，酒足饭饱的土匪果然发动了全面进攻，饥饿的战士们只好咬紧牙关端起枪，准备向敌人射击。

看着身边这些几天没吃过一顿饱饭的战士，王保胜感到最后的时刻来临了。他不甘心，这些都是他一个一个动员参军的农民啊！他得想办法把这些战士带出去！

王保胜的大脑在极速运转，苦思良策。

在这万分危急的时刻，八路军鲁中军区二团二营赶到蒙山后的团埠，听到山前枪声大作，教导员刘振华不顾疲劳，率先带一个连翻过金钱岭。当刘振华看到县大队孤立无援的危急情况时，心理素质极强的他并没有贸然出击。他审时度势，将部队分成三路，在不被土匪发现的情况下，悄悄接近敌人，占领了三个山梁子。

进攻的土匪已经打到半山腰了，他们连山上八路军的脸都看得真真切切的了。于是，他们狂喊："王保胜，这回你跑不了了，识相的，就缴枪吧！"

王保胜紧紧裤腰带，喊了一声："上刺刀！"

作为一名久经沙场的老将，他从战士上刺刀的声响中，就估计出了部队的战斗力还有多大。此时，他知道，士气不能垮。他喊着："同志们，这几天刘黑七已经被咱们拖垮了。你们都看见了，这些家伙进攻的速度越来越慢，这说明这次进攻是最后一次了，只要我们打退这次进攻，刘黑七就没戏唱了。"

王保胜总是这样，三言两语就能鼓起士气来。

土匪越来越近了，王保胜连土匪脸上的麻子都看清楚了。

他心寒起来。这次出击，能回来几个，他心里无底。但是，作为一名指挥官，他必须时刻让战士充满信心，尤其是在危急关头，一个优秀的指挥官就是一枚定海神针啊！

王保胜手握一把上了刺刀的三八大盖俯在战壕里，就在他要下达出击的命令时，突然，一侧的山梁子上响起了激烈的枪声，捷克式轻机枪的响声尤其清脆，接着，猫着腰进攻的土匪接二连三地中枪滚下山坡。

援军秘密接近敌人，出其不意地向土匪发动了攻击，打了刘黑七一个措手不及。

援军在关键时刻赶到了！

王保胜部立即士气大振，配合援军夹击敌人。经过一上午的激战，志在必得的敌人被打退了。

一个连的援军仅仅缓解了局势，无法奠定胜局。土匪人多势众，依旧掌握着战场上的主动权。

中午，第二个救援的连队赶到战场。在双方都疲惫不堪的时候，一方陡然增加了一个主力连队意味着什么，双方都清楚。

援军指挥官跟王保胜合计，决定全线发起反击。

胜利的天平立即发生倾斜，八路军很快掌握了战场上的主动权。刘黑七看到煮熟的鸭子又飞了，只得丢下200多具尸体，在猪尾巴沟据点孙彦喜部的接应下，率部脱离战场，从东峪溃窜。

这一仗打得尽管十分艰难，却是十分关键的一战，由于县大队的坚持和主力部队的援助，击败了敌人，守住了蒙山根据地，从而保证了鲁中、鲁南两大根据地的联系，彻底粉碎了刘黑七配合国民党军主力占据蒙山的巨大阴谋。这一仗可以说是国共双方争夺蒙山前根据地的前哨战，事关全局，王保胜和县大队无意间成为这场争夺战中一枚重要的棋子。

事后多年，研究沂蒙战争史的专家也这样认为：一旦刘黑七部占领了蒙山，就和国民党军对鲁南根据地形成南北夹击之势；鲁南根据地一旦丢失，鲁中、滨海根据地都将面临巨大的威胁。由此可见，王保胜带领县大队跟刘黑七死抗，是事关大局的一场不得不打的险仗、恶仗。

经过数次苦战、恶战、大战后，县大队的战士们说："跟着王连长，没有打不赢的仗。"

打仗，打的就是一口气，这口气就是精神，缺少这种精神的军队是无法取胜的。

蒙山上有一种草，俗称"万年松"，民间也叫"不死草"，长在绝壁悬崖之上，根须牢牢地抓着一点可怜的山土，根系紧紧地贴在石头上。如果一连几日干旱，它就失去水分干枯了。通身枯萎的万年松干得见火就燃，但只要有一场细雨，或者一场大雾，获得水分的它又会招展枝叶、生机勃勃。即便把它拔下来，暴晒成为干柴，只要一沾水，它也马上会展露出生命的迹象，那些干枯的叶子立即就返青了。

沂蒙人都熟悉这种草，一个叫缅川的日本人可能也听说过。缅川是平邑镇所谓"新民会"的会长，其实就是打着经商的招牌收集情报的日军特务。他分析了蒙山八路军地方武装后，做出了这样的预言：对华战争，如果中国人胜利了，最后取得政权的肯定是共产党而不会是国民党。为此，在离开平邑时，他曾专门跟管友恩谈过这个话题。

管友恩听得一头雾水。

这个极其熟悉蒙山八路军的日本人做出预言之际，正是蒙山上的王保胜部看上去被"晒干"之时。在日军的强势进攻面前，在国民党强大的军事力量面前，几乎没有哪一个外国人敢预言共产党将取得政权，即便是中国人，大多数看好的也是国民党。管友恩就把这个日本人的预言当成梦话、疯话。

面对老朋友不屑一顾的眼神，缅川说了最后一句话："不信？你走着瞧。"

稍晚，美军驻延安观察组中一个有眼光的美国人也看到了这一点，他的预言跟日本人缅川有着惊人的相似。此后，这个叫赫伯特·希契的观察组成员，带着朱德的信件返回美国，在五角大楼向美国军事最高层疾呼："共产党将来会取得中国政权，请你们调整对华政策！"

五角大楼里那些普遍看好国民党的高级幕僚们，那些对共产党一无所知的高层政客们，对此毫无反应。他们觉得希契去了一趟延安，受到意外刺激，肯定是疯了，不要理他，他说的都是疯话、梦话。

我们不能不佩服缅川和希契惊人的洞察力。其实，只要是跟共产党、八路军有深层次接触，只要是在根据地仔细体会并能客观看待事实的人，得出这个结论似乎并不难。

看一个事物是否具有生命力，一定要看其在最困难时候的表现。

无论是日本人缅川还是美国人希契，他们都是零距离接触共产党、八路军的人，只有他们才能感受到共产党人的那种蓬勃向上、不折不挠的精神力量，那些胸怀理想、脑子里有主义的人，是一群不计个人得失乃至生命的理想主义者。

仗，打的不仅仅是装备，更重要的是一种精神。那些穿着破衣、吃着粗饭的八路军身上就有这种精神。一个叫王保胜的长工，就敢带着一群放下锄头的农民，独挑守卫蒙山根据地的大梁，没有这种精神，这样的重任几乎是无法胜任的。王保胜在蒙山跟敌人死缠硬打了八年。据王保胜的儿子王庆文说，父亲在蒙山打了八年的仗，几乎一双新鞋都没有穿过，一顿饱饭也没吃过，一夜的安稳觉也没睡过。打仗，靠的就是这股子精神。

3. 一个佃户挑大梁

1940年6月，受高锡贵影响加入共产党的开明地主马健担任费南县县长，他和费北县县长马鸿祥并称为"费南费北两匹马"。佃户袁长巨出任费南县县大队军事副大队长，当时还有一句顺口溜："费北有个王保胜，费南有个袁长巨。"可见，在费南根据地里，袁长巨的作用和费北县的王保胜有一拼。

在战争年代，很多时候，一个人就能支撑起一片天来。费北县的王保胜具备这样的个人魅力，费南县的袁长巨也是如此。

袁长巨，1905年11月出生于平邑县流峪镇下固安村一个贫苦农民家庭。他家祖上就是地主家的佃户，由于家贫，父亲袁德明62岁那年才和一个43岁的寡妇结婚，生下一子就是袁长巨。袁长巨7岁丧父，10岁便给地主放牛，每天吃的是残羹剩饭，住的是简陋牛棚，夏天蚊子叮咬，冬天衣不御寒。由于卫生条件极差，他身上生疮，头上长癣。在苦难的生活中，袁长巨磨炼出坚韧不拔的意志，养成了吃苦耐劳的精神，这为他以后成为费南县"擎天一柱"打牢了基础。

刘黑七制造大泗彦惨案那年，蒙山前遭遇干旱后又遭遇蝗灾，庄稼颗粒无收，贫苦的群众只能终日以糠菜、树叶填肚。这一年，光身一人的王保胜闯关东去了；拖家带口的袁长巨万般无奈，带着年迈的母亲和妻子、儿女逃荒到西皋村的姑母家，给地主家当了佃户，勉强维持全家的生活。后来，妻子生下一男二女，皆因贫病交加而夭折。再后来，刘黑七带领土匪，流窜到西皋村一带烧杀抢掠，搅得这一带民不聊生。袁长巨无奈，只好带着全家又回到故乡下固安村。

此时，妻子病逝，袁长巨一个人承担着供养老母、抚养四个幼子的重任，日子过得异常艰辛。

七七事变后，面对国家安危和民族存亡，袁长巨开始了新的思考。1938年7月，袁长巨去流峪赶集，听到了高锡贵、马健等人在费县五区一带组织抗日武装打击日军的消息。他几经思考，约了自家侄子袁京太、袁京银和表兄弟刘兴臣、李文山等8个青年一起参加了费县五区游击队。袁长巨一次带来这么多人参军，被任命为班长。由于他作战勇敢，很快被提升为游击队分队长，并光荣地加入了中国共产党。

1940年6月，费南、费北县委建立，袁长巨所在的游击队升级为费南县大队，他任一中队队长。8月19日，参加八路军才两个月的天宝山游击队大队长廉德三，在日军特务的煽动下，趁刘黑七进犯天宝山区之机发动叛乱，将八路军派到游击队帮助军训的一个班全部缴械后，送给了驻费县城的日军，然后劫持1000多名群众投奔刘黑七，盘踞在天宝山南大顶。廉德三勾结日军残害抗日军民，致使新开辟的天宝山根据地落入敌手，鲁南根据地急剧缩小，蒙山根据地受到正面威胁。

天宝山区的丢失，彻底割断了蒙山根据地和抱犊崮根据地之间的联系。115师决定以津浦支队为主力，武力夺回天宝山。于是，115师调集费北县王保胜部，费南县袁长巨、魏立久、米杖民等地方武装，发动天宝山战役，彻底消灭了叛军廉德三部，重创刘黑七部，击败了救援的日军。

这是蒙山前一场著名的战斗，也称天宝山战役，其意义重大。此战，也是王保胜和袁长巨第一次联手作战。

天宝山的主峰南大顶地势险要，三面是悬崖绝壁，一面是漫长的山坡。当时，廉德三在刘黑七和日军的帮助下，在山坡处筑有坚固的防御工事，大有"一夫当关、万夫莫开"之势。八路军几次进攻都成效不大，撤围后商讨方案。费南县县大队隐藏在与天宝山毗邻的九间棚村，袁长巨站在回龙山顶看天宝山时，九间棚村人告诉他，天宝山南大顶异常险要，只有从西南那个豁口处，架上梯子才可攀缘到山顶。得知这一情况后，袁长巨立刻报告给八路军指挥部，并自告奋勇带部队夜战。经批准后，夜里12时，他带领一个中队和七团一个主力连，由熟悉路况的九间棚村人做向导，趁着夜色爬上山腰，架起长梯，从敌人防守薄弱的悬崖处悄悄登上山顶。

袁长巨的奇谋迅速改变了战场态势，八路军双向夹击，彻底打垮了叛军，重伤廉德三。狡猾的刘黑七看到天宝山失守，不再前行，立即将主力撤回老巢。天宝山重回人民手中，鲁南和蒙山抗日根据地再次连在一起。

此战，让佃户袁长巨的军事才华大放光彩。115师给予他褒奖，并第二次调他到教导大队学习，使他和王保胜一样，成为有"三个娘"的共产党人。

1941年下半年，日军组织规模空前的大"扫荡"，八路军主力部队实施外线作战，袁长巨率费南县县大队受命坚守根据地。刘黑七乘机派两个营再次占领天宝山东大顶，企图阻止费南县委开展抗日活动。

针对敌人的阴谋，5月8日，费南县县大队与八路军山东纵队一旅三团二营取得联系，决定趁敌人立足未稳拿下东大顶。晚11时，二营一连首先在西北角进行助攻，袁长巨带一个中队与八连的战士在南门进行主攻，以手榴弹、机枪、步枪猛烈攻击，连续突破两道防线。敌人退至山顶，以机枪进行顽抗，袁长巨手疾眼快，一枪把敌人的机枪手打死，端起刚刚缴获的机枪向土匪扫射，土匪成片倒地，阵地大乱。袁长巨乘机带十几个战士冲进敌营。土匪惊慌失措，企图向西北逃窜。就在这时，一连的战士冲至山顶，截住了逃兵。在双面夹击下，土匪死伤大部，残匪逃向东北，九连的战士迎击。经过两个小时的激战，俘虏刘匪团副以下200多人，其余大部摔死、摔伤，仅少数人漏网。此战，缴获手炮2门，长枪200余支，弹药无数。

费南县县大队的节节胜利，使刘黑七恼羞成怒，苦思冥想报复袁长巨的办法。但他自知战场上不是袁长巨的对手，就绑架了他的两个幼子，妄图以他们为人质，逼袁长巨就范。此时的袁长巨，在共产党的教育、培养下，已从佃户快速成长为一名坚强的无产者。他跟王保胜一样，是一名信仰坚定、金刚不可夺其志的基层指挥官，早已将个人、家庭置之度外了。面对亲人的遭遇，他只回了一句话："你只会使用下三烂的手段，有种咱战场上见！"

后经组织营救，两个孩子被救出，但因受土匪折磨，一个精神失常，一个患上了重病。

在家庭遭遇上，袁长巨和王保胜有着惊人的相似。也许，这是革命者共同的遭际，也是敌人瓦解其斗志的卑劣手段。

占领费南县的日军继续推行灭绝人性的"三光"政策，同时网罗恶霸地主、土匪、会道门头子组织伪政权，实行保甲制，妄图困死抗日武装。敌人步步为营的封锁让费南根据地陷入困境。袁长巨采取"你有关门计，我用跳墙法"的对策，将县大队划分为若干小分队，通常以班为一个战斗单位，深入边沿区或敌占区内，开展政治攻势，宣传抗战形势，瓦解敌伪。对那些罪大恶极的伪政人员，采取"枪打出头鸟"的政策，坚决予以打击。王家庄恶霸地主王景胜对减租减息运动极端仇视，他勾结平邑街日军突袭历东区公所，使其损失严重。袁长巨决心杀一儆百。他带一个班夜袭王家庄，处决了王景胜，使其他反动分子大大收敛。

1943年初，国民党92军的142师进入鲁南后，刘黑七立即活跃起来，积极配合92军向费南根据地进攻。鲁南军区首长王麓水、张光中决定调集地方武装，配合主力部队反击顽军，副大队长袁长巨奉命率县大队参加松林伏击战。7月13日上午，当顽军全部进入伏击圈后，军区首长下达了攻击令。经过激战，国民党军142师师部被打瘫，师长刘春霖被击伤，弃下数百具尸体和重武器，向四开山方向溃退。

袁长巨带领县大队猛追穷寇，不给敌人喘息的机会。当把敌人追至城子时，袁长巨胳膊、大腿有三处被敌人的子弹穿透，鲜血顺着胳膊和大腿直往下淌。卫生员简单包扎后，袁长巨还坚持不下战场，但因失血过多，身体实在支撑不住，昏倒后才被担架抬到抱犊崮山区的八路军医院治疗。

蒙山前的鲁南一带有刘黑七这个搅局者在，根据地就无法安宁，忍无可忍的八路军终于发起讨伐刘黑七的战役。

正在住院治疗，伤还未痊愈的袁长巨积极要求出院参加战斗，领导不同意，命令他养伤。袁长巨说："刘匪盘踞在费南境内多年，没有人比我更熟悉那里的情况了，那里的山山水水都在我心里。再说，刘黑七杀了那么多老百姓，报仇雪恨是鲁南人盼了几十年的事情，我能不参加吗？"

经不住袁长巨的软磨硬泡，鲁南军区政委王麓水只得派一名医生跟着他。袁长巨带领县大队部分精英，化装成村民，带足弹药在刘黑七盘踞的东柱子、西柱子、向家庄周围，开始了长达一个半月的袭扰，以此麻痹敌人。

由于袁长巨熟悉地理环境，善于游击夜战，他率部搞得刘黑七坐卧不宁。一连几十天都是这样，刘黑七刚刚入睡，摸到敌人跟前的袁长巨就突然开火，击毙岗哨，往围子里扔几个手榴弹。等敌人出动时，他们已经站在山头上朝追兵喊话了。这让刘黑七极为恼火，但他屡次设伏都徒劳无功。这种持续不断的袭扰，给狡猾的刘黑七造成了判断上的错觉，他认为八路军是"干打雷不下雨"，况且他的密探汇报：200里之内没有八路军主力。放下心来的刘黑七不耐烦地说："一帮'庄户孙'，也跟老子玩三国，也不撒泡尿照照。"

其实，袁长巨长达几十天的袭扰，是八路军歼灭刘黑七的前奏，袭扰战是整个柱子山战役的一个组成部分。

1943年11月15日晚，八路军鲁南军区主力三团、五团秘密奔袭，到达指定地点，以优势兵力把刘黑七驻扎的几个据点全部包围起来。等八路军发起进攻时，正在打牌的刘黑七还以为又是袁长巨们在袭扰，没有理会，但等他明白过来，大势已去，外围据点悉数被攻破。此时，刘黑七算是弄明白袁长巨部这几十天袭扰的目的了，但为时已晚。他咬牙切齿，恨死了袁长巨这些八路军地方武装。

1945年3月，为迎接战略大反攻，八路军主力部队扩编。此时，担任县大队副队长的袁长巨以全局利益为重，在两个月内，先后将县大队及区中队1000多名战士输送到八路军主力部队。为了让走的人安心，他率先把自己16岁的儿子袁京秀从区中队调出来，送到老三团当了兵。袁长巨的做法跟王保胜有异曲同工之妙：以身作则是共产党人的法宝，是八路军的利器。当然，使用这个法宝、利器的人，必须胸怀大局，无任何私心。也就是说，心里装着党的大业，眼里看的是人民群众。

袁长巨担任县大队副队长多年，从来不摆官架子。他作风民主，平易近人，关心战士，有的战士生病，他亲自煎药。在恶劣的战争环境下，县大队有时每晚要宿营两三个地方。每到宿营地，他总是习惯性地到大街小巷观察地形，设立岗哨，并检查各班、排的住所，夜间还亲自带人巡查，从不马虎。在带兵打仗上，这个佃户和长工王保胜很有一拼。

1949年夏季，由于战事频繁，操劳过度，加上长期奔波在恶劣的环境中，袁长巨原先所患的胃病突然加重，时常吐血，脸色日益憔悴，身体渐渐消瘦，多次晕倒在地。那时，费北、费南县已撤销，蒙山前西部设置了平邑县，平邑县委领导便让他立即离职休养治疗，并派两名同志照顾他，他再三推辞："全国将要解放，现在正是一个人顶两个人用的时候，我却离开工作岗位，组织上还派人照顾我，我是一个共产党员，怎么能给组织添麻烦？"

带病工作的袁长巨病情更加严重了，终因医治无效，于1949年8月与世长辞，年仅44岁。

得知费南"折一柱"的消息，数次与他并肩作战的王保胜，试图从轮椅上站起来。可是早在1945年，王保胜指挥特务营攻打协庄据点时，被日军的炮弹炸昏而落入敌手，日军砸碎了他的膝盖，挑断了他所有的腿筋，高度残疾的他连站起来送老战友一程的能力都没有了。他调整轮椅，冲着费南方向郑重地敬了一个军礼……

4. 一个牛倌当区长

抗日战争期间，蒙山前的日、伪军中流传着一句口头禅："闩上门放上哨，还得提防唐嘉告。"蒙山后的日、伪军中也流传着一句口头禅："谁要做了亏心事，出门遇上放牛的。"

唐嘉告在王保胜的动员下参加八路军，成了名震西蒙的区中队长，他是个猎户；徐敏山是受共产党的影响参加革命，成为名震东蒙的区长，他是个牛倌。

牛倌当区长，羊倌当县长，佃户当县大队队长，小脚老太太当交通站站长、小妮子出任妇救会会长……这些在传统观念里不可能的事，可在共产党、八路军领导的根据地早已司空见惯了。

1938年夏天，中共山东省委从蒙山前转移到蒙山后，开辟鲁中抗日民主根据地，此后有相当长的一段时间，省委机关就设在汶河岸边的岸堤镇，并在那里建立了山东抗日军政干部学校。省委派出工作团，配合干校师生开展抗日活动，形势发展很快，使岸堤一带成为山东抗日民主根据地的中枢。当时曾有这样的说法："山东抗日民主根据地的中心是沂蒙，沂蒙的中心是沂南，沂南的中心是常山（即岸堤、马牧池一带，那时候这些地方属于沂水县）。"因此，岸堤曾有山东的"小延安"之誉。

共产党来到岸堤镇时，33岁的徐敏山已经给地主放了23年的牛了。

徐家"上无片瓦遮身体，下无寸土立足迹"，属于吃了上顿不知道下顿在哪里的穷苦人家。徐敏山的父亲徐征来是个剃头匠。在旧社会，剃头匠虽然是手艺人，却属于下九流，在社会上低人数等。那时候，一个剃头匠是难以维持一家人的生计的，徐敏山的母亲被逼出走（到莒南大店附近的一家地主家当雇工），幼小的徐敏山只好寄住在红花峪村的外祖母家里。徐敏山10岁时，外祖父、外祖母相继去世，他便到贾家庄给人家放牛。从此，一个10岁的孩子，开始了孤独而又艰难的放牛生涯。

这一点，刘黑七跟他极为相似，只是徐敏山放牛、刘黑七放羊而已。

寒暑易节，年复一年，长期和牛打交道，徐敏山的生活也跟牛的无异了。20多年的放牛生涯，磨尽了他青春的光华。夏天，顶烈日、冒酷暑，身披蓑衣，光着脚板赶牛。山上的荆棘、蒺藜、碎石踩在脚下，脚底板磨出一层厚厚的茧子。茧子有多厚？同龄的伙伴好奇，用棘针刺他的脚底板，任凭他们怎么刺，也刺不出血、刺不疼肉。夏季暴风雨来临的时候，电闪雷鸣，徐敏山把牛群赶到避风处，披着蓑衣蹲在山岗上，像一只孤独的山鹰。

雨过天晴，流水淙淙，牧草肥美，牛群安静，这算是一年四季中最舒心的时候。最难熬的是冬天，只要大雪不封地，他仍要赶着牛群上山啃干草，仍要光着脚板走。徐敏山生就了一双特号脚，夏天好说，冬天没有鞋穿，捡双旧鞋却往往因为脚大而穿不上。尽管他脚上茧子厚，也不抗冻，三九严寒，两脚红肿；春暖花开，双脚又流血流脓。仅从徐敏山的一双脚的经历，就足以勾画出他青少年时期的生活历程。这双脚不仅让他熟悉了东蒙山一带所有的地形，也让他练成了百发百中的投石技巧。他在几十米外要打牛的右犄角，绝对不会打到左犄角上，就像刘黑七打羊角一样准确无误。

东蒙山的徐敏山和西蒙山的刘黑七有着相似的出身、完全相同的经历和丝毫不差的投掷技术，他们之所以走出不同的人生轨迹，除却信仰不同外，还与他们所接触的人不同有着巨大的关系。刘黑七成为万人唾弃的土匪，是因为有赵嬷嬷和孙美瑶这样的狐朋狗友。徐敏山成为威震敌胆的英雄，当上区长、模范县长，是因为共产党成了他的引路人。沂蒙山区的乡间有句土话，"跟着好人学好人，跟着巫婆学跳神"，道理就在这里。

1938年夏天，八路军的工作队员找到徐敏山的时候，他正在东蒙山黄草关上放牛。

这次长谈，让"斗大的字不识一升"的牛倌明白了一个道理：自己之所以受苦受累，拼死拼活还得挨冻受饿，不是生来命苦，是这个不合理的社会制度造成的。要想改变自己的命运，就必须站起来，跟共产党一起砸碎这个旧世界，重建人民当家做主的新社会。

在这之前，没有人跟徐敏山讲这些道理。

地主老财说："人的命天注定，命里只该八合米，走遍天下不满升。"

放牛的同伴说："别争了，咱们就是受罪的命。"

是共产党让徐敏山明白了。看到一缕曙光的徐敏山，毅然放下鞭子拿起枪杆子，参加了岸堤抗日游击小组。村里的姐妹量了一下他的大脚，从此，光了几十年大脚板子的徐敏山穿上了鞋子。

由于徐敏山苦大仇深，立场坚定，打仗勇敢，不怕苦、不怕死，所以深得领导的器重和群众的拥护。1939年秋天，他被选为岸堤庄庄长，同期加入了中国共产党。共产党没有嫌弃他是牛倌，正在培养他担任更高的职务。共产党告诉他，你的职位越高，你给党和人民做的贡献就会越大。他明白，跟共产党干，升官并不是为了发财。

就这样，牛倌徐敏山又有了一个娘：共产党。

他领导全庄群众抗日，发动男女老少站岗、放哨、查路条，使得日军密探无法进出岸堤，1939年8月10日的《大众日报》赞誉省委驻地、徐敏山的家乡岸堤一带为"铜墙铁壁的九区"。

1940年3月上旬，在岸堤附近的南岩路村抗日小学院内，举行了九区区政权选举大会。选举产生人民民主政权，是共产党在根据地发动人民的手段。那时候，庄户人不认字，无法写选票，就发明了"豆选"。

这天，风和日丽，会场周围挂满了标语，标语在微风吹拂下光彩夺目。全区80多名参议员及30名士绅来宾聚集在一起，庄严地选举了区人民政府。牛倌徐敏山获得的黄豆粒子最多，当选为新区长。1940年5月13日，《大众日报》发表了题为《胜利的基石》的报道。报道中说，牛倌徐敏山当选为区长，是"还政于民""以民治国"的具体实现，称誉徐敏山是一个纯洁、忠实、勇敢，为全区人民所敬佩的领导。

徐敏山当选为区长的消息在沂蒙山区不胫而走。牛倌当区长，这是沂蒙山区有史以来的第一次。旧社会当官的人，不是世袭就是有钱有势的人，像徐敏山这样的牛倌区长，确实是亘古未有的新鲜事。特别是徐敏山系剃头匠的后代，在旧社会"下九流"的后代是没有任何做官的资格的，只有共产党不分等级、不看身份，把穷苦百姓当成主人，把权力赋予这些愿意为老百姓做事的雇工，因此"雇工区长""牛倌区长"一时传为佳话。

共产党之所以能成功，就是因其激发了劳苦大众的潜在能量。徐敏山就是最好的例证。一个徐敏山站出来，无数个穷苦农民就跟着他走了。于是，沂水县第九区有了一支让日、伪军头疼的区中队，有了一支拔炮楼、打日军的武装。从此，这里的日、伪军就无法安眠于榻上，开始了提心吊胆的日子。

共产党对人的世界观改造是彻底的、迅速的。谁也没有想到，一个不识字的牛倌，加入共产党后，立刻就变了。有一次，徐敏山带领区中队拔掉了重山炮楼，缴获了一批白面，区里决定改善伙食：吃顿白菜肉馅的饺子。那个时候吃顿肉馅的水饺，绝对是一件很幸福的大事。徐敏山带着一个小队来到闫二嫂家，闫二嫂正忙着和面剁馅，为区中队包饺子。

徐敏山看着她家两个黄瘦黄瘦的孩子，说："二嫂，我有点饿，有煎饼吗？"

闫二嫂没有多想，顺手卷了一个。徐敏山几口下肚后，说："还没饱。"

闫二嫂笑了，说："徐区长，留着肚子好吃水饺吧。"

徐敏山说："不耽误吃饺子，我肚子大。"就这样，徐敏山就着咸菜吃了五个大煎饼。

当水饺煮好后，徐敏山端着自己的两大碗水饺，招呼闫二嫂一家："二嫂，这是胜利的果实，招呼孩子们尝尝。"

闫二嫂这才明白徐区长为什么讨煎饼吃了。看着孩子们狼吞虎咽的样子，闫二嫂的眼泪流了出来。多年后，年迈的闫二嫂给我们讲这个故事的时候，依旧含着眼泪说："这才是咱庄户人家的区长啊！"

后来，出任济宁地区副专员的徐敏山，在他的讲话里写道："除了我的亲娘外，还有两个娘是我一辈子都不能忘记的，一个是共产党，一个是人民群众。"

旧社会把徐敏山打造成一个合格的牛倌用了20年，共产党把一个牛倌打造成一个合格的区长只用了不到2年，把一个牛倌打造成一个威震西蒙山的县长用了不到5年，把一个目不识丁的牛倌打造成一个能写报告的地区行署副专员只用了13年。共产党培养人的速度之快是空前的。

无数的事实证明，共产党之所以能成功，是因为把无数的穷苦人培养成了像王保胜、袁长巨、徐敏山这样的"仨娘之人"，这些至死不渝的追随者，是一个政党的中流砥柱，是一个民族崛起的脊梁。

第十一章　红嫂素描

兰生幽谷，不为莫服而不芳。

在漫长的战争年代里，沂蒙山区涌现出一个"最后一碗米当军粮，最后一块布做军装，最后一个儿子送战场"的红嫂群体。

红嫂是沂蒙特有的文化品牌，是根据地、解放区里最亮丽的风景。

红嫂是指送子打鬼子的母亲、送夫上战场的妻子，是指那些为民族的解放、国家的独立而奉献光和热的女性。

仅抗日战争期间，沂蒙山区的妇女就以不同的方式，掩护、救助了9.4万革命军人和抗日志士。

从抗日战争到解放战争，沂蒙妇女做军鞋315.13万双、军衣121.68万件，碾米磨面烙煎饼11715.9万斤……

她们用女性柔弱的双肩扛起了共和国的大厦，她们用三寸小脚踏出了胜利的大道，她们用纤纤的细手举起了共和国的大纛……

沂蒙母亲王换于、沂蒙红嫂明德英、沂蒙六姐妹的故事家喻户晓。在沂蒙大地上，还有更多不出名的红嫂，她们的事迹依然值得我们铭记。

1. 乳汁救亲人

"蒙山高，沂水长……我为亲人熬鸡汤，续一把蒙山柴炉火更旺，添一瓢沂河水情深意长。"这是芭蕾舞剧《沂蒙颂》里的歌词，剧中那个为解放军伤员熬鸡汤的沂蒙妇女叫"英嫂"。

现实中用乳汁救八路军的红嫂，远没有舞台上的英嫂那样鲜活动人。她叫明德英，是沂南县马牧池村人，也是2009年中宣部等11部门联合组织评选的全国"双百"人物里唯一的哑女。

乳汁救亲人，首先必须具备以下三个特殊的条件：一是特殊的战场环境让周围无水可用；二是失血而饥渴的伤员急需用水救命；三是红嫂必须在哺乳期。

在受传统伦理道德束缚和世俗观念影响较深的沂蒙山区，在露乳近乎失贞的年代，用自己的乳汁救助一个素昧平生的男人，这种举动需要打破多少传统的心理障碍，需要多大的勇气啊！

从20世纪80年代中期开始，我就在沂南县研究红色文化的专家杨桂柱的帮助下多次采访明德英。采访一个哑女是一件极其困难的事情，因此许多采访都是围绕着她的家人展开的。

明德英跟随看林的丈夫李开田，住在坟头密集、树大草深的李家林里，这种特殊的环境给她救助伤员创造了条件。在这样一个偏僻的场所，她和丈夫一起救了不少伤员。

在李开田的回忆中，我知道了故事里的伤员叫彭小春，是八路军山东纵队司令部警卫班的战士。多年后，李开田这样描述他：个子不高，十四五岁的样子，瘦巴巴的像个孩子。1941年，5万多日军进攻沂蒙山区，山东纵队司令部陷入包围，警卫班掩护司令部突围，在马牧池村与数倍于己的日军血战，最后全班只剩下两个人。11月6日，两个人分头突围。

彭小春浑身是伤，七弯八拐地跑向他熟悉的李家林，鬼子在后面紧追，用三八大盖击断了他的右臂。

李家林西依龟山，东靠汶河，南靠王家河，是个依山傍水之处，可谓风水宝地。马牧池村周围的李姓人家都以此为墓地，于是就形成了一个占地上百亩的大墓区。明德英和丈夫李开田就在林地的西北角，用茅草和秫秸搭起一个又矮又小的团瓢住下来。自古守墓看坟的人都是穷人中的穷人。李开田自幼以乞讨为生，明德英也是一个乞丐，她是因为无钱治病而致哑。两个乞丐在团瓢里相依为命，在死人的身边安顿下来，平日里靠耕种林子的边角地收获粮食，冬春外出给人赶脚挣些小钱，维持着一家人的生计。

1941年的冬天很冷。一天，当两个鬼子在日薄西山时追着八路军彭小春跑到李家林的时候，明德英刚给不满周岁的二儿子喂完奶。

明德英对八路军不陌生，这年秋天，李家林就来了一群八路军。他们在林子里东看西瞧，折腾了半天，还到她家找水喝。八路军战士个个笑眯眯的，这个喊她"婶"，那个喊她"大娘"，叫得她心里乐滋滋的。十个哑巴九个聋，明德英是个例外。她见过不少扛枪的土匪、日军、伪军，但是，只有这些八路军跟穷人最热乎。

明德英并不知道，这些八路军是来熟悉地形的。按照八路军的指示，部队所到之处，方圆三十里不得找向导。哪条河水深几尺，哪片林子可以藏人，哪处地盘可以埋伏，哪个村庄有几条街道，都必须熟记于心，尤其是日军正集结兵力准备"扫荡"的地区，八路军必须做到心中有张地图。地处平地上的这片李家林树大林深，每一个坟头都是天然的掩体，自然引起了八路军的注意。那天，彭小春恰巧也在这里熟悉地形，所以这时被鬼子追击的他不假思索地跑到林地里。

听到枪声后，明德英没有躲藏，而是走出团瓢，发现两个鬼子正在追赶一名八路军。这名八路军身上显然有伤，跑起来东倒西歪的，可就是这样鬼子仍旧追不上他。他跟跟跄跄地向明德英跑过来，在一棵大树前晃了几晃就要倒下。

抱着孩子的明德英上前一把拉住他,把他拖进了团瓢。

鬼子追到团瓢,看见了坐在门口逗孩子玩的明德英,用枪指着她比画了一阵。她向前一指,"啊啊"地叫着告诉鬼子:有个人向龟山方向跑了。

鬼子走远后,明德英回到团瓢,掀开破被子,见彭小春处于半昏迷状态。她扒开他的上衣,找到伤口,撕了一条破袖子给他包扎起来。失血过多的彭小春嘴唇又干又紫,明显是缺水,明德英提起空瓦罐打算去河里提水,但怕引来鬼子就放弃了。

怎么办?

明德英照顾彭小春时,儿子不干了。小家伙一闹腾,明德英有了主意。

于是,舞台上那种"乳汁救亲人"的场景出现了。

彭小春伤好后,在村干部赵成全护送他归队的路上,含泪讲述了明德英用乳汁救他的事情,并说如果他将来能活下来,就认她为娘,养她一辈子。但不幸的是,彭小春在孟良崮战役中牺牲了。赵成全回到村子,对李开田讲了这件事情。那个时候沂蒙山区相对封闭,人们的封建意识很浓,李开田告诫赵成全:"这事千万莫说了。"

著名作家刘知侠三进沂蒙,写了轰动一时的小说《红嫂》。小说被改编后搬上银幕,"红嫂"一词就横空出世了,她们的故事在全国也家喻户晓了。

其实,明德英只是千千万万个沂蒙红嫂中的代表。

2. 跨世纪的孤坟

面对一座孤零零的、落寞的、长满萋萋蒿草的坟茔,我们泪流满面。作为采访者,我们没有资格向这些伟大的亡灵说些什么,哪怕只轻轻一句"安息吧"。我们能做的只有双膝跪下,施以深深的、深深的叩首……

这是 1998 年我调查沂蒙红嫂时,在她的孤坟前写下的文字。

她没有名字，她的故事湮没在历史的长河里，如果不是那次偶遇，我们至今还不知道，这座荒草萋萋的孤坟里，安葬的是一个痴情的妻子，一个无私的母亲，一个伟大的女性，一个高尚的灵魂，一个无名的红嫂……

在我的再三追问下，村支书努力地想了想，告诉我们："那时候，俺们这里的女人都没有自己的名字，她娘家姓杨，丈夫跟我一个姓，姓刘，你们要是真想写她的故事，就按照俺们这里的习惯，叫他刘杨氏吧。"

村支书慢慢地打开记忆的闸门，讲述刘杨氏的故事。

她像许多裹着小脚的农村老太太一样，嫁鸡随鸡，嫁狗随狗，嫁块木板背着走。从嫁过来的那一天，她就没有自己的名字，直到1980年去世，火化证上依旧写着刘杨氏。其实，她活着的时候，整个刘家河村里的人都喊她"刘家的"，那些来到乡下开展工作的八路军则喊她"刘大嫂"。刘是婆家的姓氏，她丈夫虎背熊腰，腰一弯再一直，就能把打麦场的碌碡抱起来。她娘说，男人啊，俊丑都不重要，重要的是腰板硬朗，嫁个有力气的男人不愁没饭吃。父母之命，媒妁之言，于是她就嫁了过来，由杨家的二妮子变成了刘家的媳妇。

她婆家有10亩山岭薄地，被能干的丈夫侍弄得花簇一般，粮囤里就有了可以吃四季的粮食。在这样的人家当媳妇，对一个村姑而言也算是件幸福的事了，因为那时候沂蒙山区的农民三尺肠子几乎闲二尺。婚后第二年，她生下一个男孩，小子和他爹一样壮实，全家人呵呵地笑了。

可是日本人不让他们笑。

九一八事变后，村里闯关东的人逃回来说，日本鬼子炸死了张大帅，占领了东三省，日本侵略中国了，咱庄户人的日子更难过了。

那工夫她还不明白，日本人不在他们国家好好待着，跑到中国来发什么疯？他们凭什么在中国地里杀人放火？这些问题对一个常年生活在山村的女人来说是有点深了，也难怪她弄不明白。出于好奇，她问："小鬼子莫非比刘黑七还孬种？"

"日本帝国主义，是中华民族的死敌。它要亡我国家，灭我种族，杀害我父母兄弟，奸淫我母妻姐妹，烧我们的庄稼房屋，毁我们的耕具牲口。为了民族，为了国家，为了同胞，为了子孙，我们只有抗战到底！"八路军的抗战誓词传到她家乡的时候，已经是几年之后的事情了。

1938年，中共山东省委带着徂徕山起义的队伍来了。随后，延安派了大批干部来她的家乡，在不远的岸堤扎下营盘。不久，徐向前也来了，抗日的烈火呼啦啦地烧起来。

她清楚地记得，洋槐花快开败的时候，一个梳着齐耳短发、赤着大脚板子的女八路军来到她家，给她讲述了女人裹脚的陋习，告诉她那是旧社会摧残妇女的行为，必须彻底废除。这很对她的心思，因为她家穷，买不起裹脚布，她的一双大脚遭受过无数富人的嗤笑。那时候，她觉得无地自容，一直为自己有一双大脚而犯愁，没想到八路军反对裹脚，支持妇女放脚。她看看女八路军的那双大脚板子，动情地说："你们要是早来几年就好了。"

第二天，女八路军又来了，这次是在农田里帮助她家种花生，边干农活边给她两口子讲了民族存亡和她家的关系，讲述了为什么要抗战。她恍然大悟："那些二鬼子到处说，日本人是来帮助共荣的，原来都是糊弄人的鬼话啊！"

第三天，女八路军一如往常地帮她家种花生，并给她描述了一个庄户人当家做主的新社会。她觉得眼前明亮了许多。

此后不久，她参加了妇救会，跟着共产党走了。

1942年，因日军反复"扫荡"沂蒙山区，八路军队伍锐减，急需扩兵。作为妇救会的成员，她跟那些大姑娘、小媳妇一样，肩负起扩军的任务。动员谁参军呢？她想了一圈，最后对丈夫说："孩子他爹，去吧，跟八路军打鬼子去吧。孩子大了，地里的活俺来干，爹娘俺来伺候，你就放心地跟队伍走吧。"

其实，村里已征了好几茬兵了，年轻人都走光了，轮也轮到自己的丈夫了，她不能拖他的后腿。丈夫看到她还在犹豫，说："其实，俺也想参加队伍，就是舍不得你。"

她笑了，说："俺带着儿子给你守着这个家，等着你回来，咱好过安生日子。"

丈夫放下锄头，扛起枪打鬼子去了，一个家的担子就落到她的肩上。

那时候，村里成立了帮工队，军、烈属家农田里的活有人帮着干，水缸天天满满的，甚至连烧柴都有人给背回家。于是，她就抽出时间来同姐妹们一起做军鞋、磨军粮，开始拥军。此时，她成了村里人高看一眼的军属。

她家是军属，又在村头上住，上级只要来人都过来看看她，喝碗她用茶树叶煮的茶，拉几句家常话。尽管丈夫不在家，可她并不觉得孤独。

鬼子被打败的那年，丈夫回来看她，她跟丈夫有说不完的话。鬼子投降那年，已经当排长的丈夫回家看她，她高兴得直唱歌：死了那么多人，丈夫活下来不容易啊！小别胜新婚，但天一亮，丈夫告诉她，还得走，鬼子跑了，国民党来了，还得打。她不解，不是说好了，打跑了鬼子就有好日子过吗？

丈夫说："国民党来抢咱的胜利果实呢！不打还是没有好日子过。"

因为丈夫当兵打仗，在解放区的农村里，她受到众人的尊敬，有一顶闪耀着光环的桂冠：光荣人家。

她自己也是一脸荣光。

那时候，上级来人到她家看她的家人时，她就把来人当成亲人，什么花生、红枣、栗子，凡是能吃的她都会捧出来。分田那工夫，村里通知她："你家是军人家庭，优先挑好地。"于是，村里把最好的田地分到了烈、军属名下。高兴之余，她急于把这些告诉丈夫，可是丈夫打完孟良崮战役，全歼国民党军整编74师后，就去参加南麻战役（解放军在沂源县围歼国民党军整编11师）了。

她从母亲那里学会了迷信：初一、十五磕头烧香，求神灵保佑，子弹别打在丈夫的身上。你别说，跟鬼子打了好几年，死了那么多人，丈夫愣是没伤着。跟国民党军打了鲁南战役、孟良崮战役，也死了很多人，丈夫也没伤着。正在她庆幸时，国民党军的炮弹却一下子把丈夫炸成了碎片。当上级领导把一张烈士证书交到她手里时，她愣了。

良久，等她止住了哭声、流干了眼泪后，上级领导对她说："有什么困难都说出来，有要求尽管提，政府会照顾你们娘俩的。"

她含着眼泪提了。她说："俺有一个条件，俺丈夫走了，俺孤儿寡母的怪冷清，你们上级领导常来俺家坐坐，拉拉呱行吗？"

这哪里是提的条件啊？上级领导和在场的村干部都感到惊讶和意外。

从此，她由军属变成了烈属。

上级领导说话算数，那些年，每逢进村工作或路过这里，都要进门来看看她，同这位先前的军属现在的烈属拉一阵子家常，喝一碗她烧的大碗茶。

后来，蒋介石被打跑了，新中国成立了，儿子也长成了大小伙子，她失去丈夫的痛苦也渐渐地被时间冲淡了。就在这时候，美军把战火烧到了鸭绿江边，抗美援朝开始了。

一天，她牵着唯一的儿子来到区里，对区长说，美国人跟日本鬼子一个德行，不挨打不知道疼。他们不在自己国家好好待着，跑到鸭绿江边折腾什么？该打，让孩子参军去抗美援朝、保家卫国吧。

区长告诉她，你是烈属，身边只有一个孩子，他可以在家里陪你过日子。

她很倔强地说，还是去吧，没有国哪还有家啊！区长说，这事得问县长，他要是答应了，就等于破例了。她二话没说，就领着儿子来到县里。

从此，她又从烈属变成了军属。

那时候，上级领导只要来村里办事，就会上门看望这位"三属"大娘，军属、烈属加军属，这让她感到无比荣耀。可惜的是，不到一年，儿子牺牲了。这一次打击让她绝望，她一下子晕倒，昏睡了一天一夜。

她醒来时,见床前围了不少人,有村干部,有区干部,还有县里的干部。等她情绪稳定下来,县里的干部问她:"大娘,您对组织有什么要求就说吧,政府会帮您的。"

从军属又变成烈属的她摇摇头,眼泪顺着眼角流成河。

干部们再三探问,她说:"有一个。"

所有的人都松了一口气:"有就好,有就好,您老人家慢慢说,政府一定会帮您办的。"

她说:"俺丈夫走了,儿子也走了,就剩下俺一个孤老婆子了,怪冷清的。你们啊,要是到村里办事就别落下俺的门子,能隔三岔五地到俺家里坐坐,拉拉呱就行。"

这个意料之外的要求让在场的人全都惊呆了。继而,大家异口同声地说:"行!我们只要下乡就先上您家。"

开始几年里,上级干部进村都要来她家坐坐,同她说说话。随着干部的调动,渐渐地来她家坐坐的人少了。后来,一年也来不了几个干部,但是她还坚守着。后来,干部进村由步行换成骑自行车了。每次有干部骑车进村,她就早早地站在门口,可是干部直奔大队部了。她怅然地站在那里,目送着远去的车子。再后来,干部进村换成了吉普车。车子从她家门前经过,留给她的是一股久久不散的尘土,她依旧站在尘土里看着车子远去。

到20世纪80年代初,干部很少到村里来了,只有过年时村干部才把光荣牌捎过来,但没有前几年敲锣打鼓、扭着秧歌来挂牌的隆重场面了。一切都冷清下来,只有她的心还在热切地盼着上级干部能像往常那样来她家坐坐。

1982年,临近过春节了,零星的鞭炮声响起来,她两眼无神地在门口张望。这时,村干部来了,后面跟着一群人。村干部告诉她,这是省里的领导,来看您老人家的。

她有些难以置信，可是这一切又是多么熟悉啊！尽管有些久违了。一院子人影有些模糊，但她依稀记起了从前的情景，一双青筋暴露、满是老年斑的手，颤抖着握住了省领导的手，她激动得不知说什么好。

省领导说："您老人家受苦了。"

她说："不苦，不苦，你们能来俺家坐坐，俺就高兴哩。"

她的记忆复活了。那时候，干部进门都要喝一壶她煮的茶，有时候赶上饭点，就吃一张她摊的大煎饼，甚至吃一碗她擀的面条。于是，她的话一下子多起来，说："同志，你们能来看看俺这孤老婆子，俺真的高兴啊！俺燎壶茶你们喝吧。噢，忘了，俺那把破铁壶都熏成黑砖头了，脏着呢！怎么办呢？你们大老远的来了，俺高兴，可俺这个家穷得都快塌架子了，俺实在拿不出像样的东西招待你们啊！"她一急泪就流下来了。

省领导没说一句话，目光扫过四壁徒空的破草房，立时眼里有了泪光。

省领导深深地记住了这位为民族、为国家做出巨大牺牲的老人。他发话了：我们有责任、有义务为这样的人养老送终。

之后，双料"军烈属"刘杨氏被安置到敬老院，终于告别了那破旧的、孤零零的草房，不再寂寞，过上了吃穿不愁的日子。

令人惋惜的是，这位为民族的解放、国家的独立付出巨大牺牲的老人，没有像乳汁救亲人的明德英、舍命救八路的祖秀莲、倾家荡产抚育八路娃的王换于那样，享受到红嫂的无上荣光，也没有像沂蒙六姐妹张玉梅、伊廷珍、杨桂英、伊淑英、冀贞兰、公方莲那样被报道宣扬。她从20世纪80年代末期就静静地躺在这座孤坟里。令我们宽慰的是，2014年的清明节，那是习总书记视察临沂，对沂蒙精神发表讲话后的第一个清明节，当我们再次到刘家林祭奠她的时候，分明发现这座跨世纪的坟茔前有刚刚烧过的纸钱，大片的灰烬在微微的山风里绕着坟茔飞扬成一只只蝴蝶……

3. 孤独的岁月

战争年代，只有420万人口的沂蒙山区，先后有23万人参军参战，10.5万人血洒疆场、马革裹尸。巨量的牺牲让多少母亲痛失儿子、多少妻子痛失丈夫、多少孩子失去了父亲啊！

从抗日战争到解放战争，一仗一仗地打下来，八百里沂蒙山区村村有烈士，寨寨有寡妇。每逢过年，断续的哭声就在村里此起彼伏。那是母亲对儿子的思念，妻子对丈夫的呼喊……

在我童年的记忆里，沂蒙乡村新年的钟声，总是伴着那些寡妇无尽的哭声响起来的。这种不和谐的声音，一直盘桓在我童年的记忆深处。就在我书写这部作品时，这个渐渐远去的声响，重新在我耳边嘶鸣。

沂蒙妇女守寡，大体上有两种情况：一种是战争时期，留下了大批烈士的遗属；另一种是战后，大批干部随大军南下进城，让一批妇女加入了寡妇的行列，具有红嫂美誉的地下交通员赵传春就是一例。她是沂蒙山区千千万万个寡妇中比较有代表性的一位，也是最具有传奇色彩的一位。

赵传春是沂水县夏蔚镇柳树头村人，沂水县较早的女党员之一。

很多有关她的书籍、报纸都这样写道：赵传春，1940年入党，农村妇女，共产党地下交通员，个头不高、瘦弱，人长得俊秀、精明，心地善良。丈夫岳洪春，中共沂水县王庄区第一任区长，沂源县第一任县长。抗战胜利后，为争夺东三省，随罗荣桓的大军进驻东北，后又随林彪的百万大军出关南下，任四川省委常委、组织部部长……"文革"后，病逝于上海。

赵传春一直生活在沂水西部的大山里，1979年的一天，她一个人去赶集时被撞骨折，不久后去世。

读着这些材料，我心中就疑惑起来：赵传春既然和岳洪春是夫妻，而且生了好几个孩子，岳洪春同志官职都这么高了，与他相依为命的妻子怎么还住在小山村，以种地为生呢？

2011年的冬天，我决定再访沂水，到夏蔚镇柳树头村找红嫂赵传春的后人，解开这个令人困惑的谜团。

无论是沂水党史资料，还是本土作家撰写的文章或回忆录，都准确地提供了这样一个信息：赵传春，党员、红嫂，同时又不约而同地回避着她的婚姻史。

柳树头村南边三里之外，就是当年中共中央山东分局的驻地王庄村，五里之外就是八路军山东纵队司令部所在地，徐向前就曾住在那里。当年的王庄区在沂蒙山区有"小延安"之誉，赵传春的丈夫岳洪春就在这里任区长兼区中队长，跟日、伪军周旋。有战斗就会有人伤亡，区中队的伤员平时就藏在她家里养伤，赵传春拥军就是从那时开始的。

那个时候她还不是共产党员。当时加入共产党就意味着将生命交给了组织，随时随地都有被敌人活埋、杀害的危险，赵传春就是在这个危机四伏的时刻积极入党的。一天，丈夫郑重其事地告诉她："晚饭后，你到村西头那棵柳树下，在那里有人等你，跟你谈入党的事。注意，这事上不可告诉父母，中间不能告诉丈夫，下不能告诉子女。千万要绝对保密，这关系到你和家人的性命。"

月上柳梢头，赵传春梳梳头、洗洗脸果真去了。走近了，她发现柳树底下坐着自己的丈夫，一扭头就走了。丈夫叫住她说："现在我不是你的丈夫，我是中共地下党支部书记，代表党组织跟你谈话。"

在月光下，两个人有了如下的对话——

问：你为什么要加入中国共产党？

答：打鬼子，救自己，救百姓，救中国。

问：你怕不怕？

答：怕死不入党，入党不怕死，干革命就是把脑袋挂在裤腰带上。

岳洪春从贴身处掏出一面小红旗，挂在柳树上，带着赵传春宣誓。

那是一种只有中国共产党中才有的宣誓场景：一个丈夫带领自己的妻子，向一个十分弱小的组织宣誓了。这个宣誓等于把自己的一切包括生命都交给了组织。此时的丈夫是妻子的入党介绍人，是引导妻子走向革命道路的引路人。此时的赵传春不再是丈夫的妻子，而是一名秘密的共产党员。当她担忧地说，党的纪律规定，入党不能告诉任何人，可你知道啊！丈夫说，在党内，你我就是同志。赵传春同志，欢迎你加入中国共产党。

两双熟悉的手握在一起。

加入了党组织的赵传春秘密担当了区委的交通员。对岳洪春来说，这个交通员的可信度是相当高的。

在那个血腥的岁月里，入党意味着奉献、牺牲，抛头颅、洒热血是每一个跟党走的人都必须具备的心态。在被国民党赶尽杀绝的年代，加入共产党的人，都是带着神圣的使命感来的，他们的初心是纯洁的，信仰是高尚的，也就是说，共产党的伟大是从胚胎里就注定的。在最血腥的岁月里，共产党之所以能够发展壮大，就是这样通过亲情关系壮大起来的。夫妻、父子、父女、兄弟、姐妹都是党员的家庭，在那个暗无天日的时代比比皆是，正是这些亲人组成的团队，成就了共产党的大业，为广大民众支撑起一片希望的天空。

1939年，沂水城的日、伪军加紧了对王庄区的围剿，形势陡然严峻起来。

一天，赵传春接到一份情报：敌人今晚袭击区公所。岳区长他们还不知道，天黑前必须把情报送出去，否则他们就危险了。岳区长他们今晚住在龙湾村。

从柳树头村到龙湾村有20多里路，而且全是山路，中间要过七八个村庄，这些村庄全被汉奸队占领了，要穿过敌占区，显然不是一件容易的事。机灵的赵传春战胜了敌人的三次盘查、数次恐吓，终于闯过了敌人的重重关卡。

当她把情报送到龙湾村时，一双小脚磨得全是血泡，可是获救的是整个区政府、区中队。事后，丈夫得知她过敌占区时敌人把刀架在她脖子上审讯她的事情，问她怕不怕，她说："眼瞅着自己的同志就落进了敌人的包围圈，哪有工夫怕啊！"

日、伪军逮不着岳洪春，就拿他的家人出气。就这样，赵传春进入了敌人的视野。作为大名鼎鼎的区长的妻子，日、伪军和国民党反动派都想抓到她。每次敌人进村前，柳树头村人就把她娘四个藏在夹墙里，躲过一次次灾难。后来，敌人打探到消息，得知赵传春就在村里，决定再次搜查柳树头村。赵传春为了不让乡亲们受连累，领着10岁的女儿、3岁的大儿子，抱着才几个月的小儿子出走几十里，躲到夏蔚峪。1942年10月，正逢日军"扫荡"，躲在山坡石洞里的她看到一位被打伤的八路军，就放下孩子，解下自己的扎腿带为伤员包扎。为了救伤员，她把小儿子用布包了包藏在地堰里，扶着伤员、领着两个大孩子走了。

她看看垒好的地堰，含着眼泪对小儿子说："儿子，不是娘心狠，娘得救同志啊！"

当她救走伤员回来抱孩子时，孩子已经不成样子了。孩子一身的奶腥味引来了成群的蚂蚁，浑身上下都被咬肿了。她在村人的帮助下，费了好大力气才把孩子嘴里、鼻子里、耳朵里的蚂蚁清理干净。看着孩子遭受的苦难，赵传春泪如雨下。所幸的是，孩子在苦难的环境里倔强地活了下来。

为找到赵传春的后人，2011年冬天，我在沂蒙作家魏然森的带领下，沿着当年八路军进山的路向山里走去。如今的柳树头村已经修上了柏油路，沿路的村户办起了超市和各式各样的店铺，一个繁荣的山村出现在我眼前。

听说我来寻找赵传春的故事，村支书高兴起来，向我讲述了这位红嫂生前许多鲜为人知的事情。譬如她一生如何爱党，怎样拥军。当我问及战争胜利后岳洪春如何处理与妻子的关系时，村支书告诉我，差不多是1948年吧，他刚记事，听说村里来了个大官，骑着白马，带着警卫，前呼后拥地进了村。村子里的人都围过来，原来是岳洪春回来了。

他还活着。

抗日战争胜利后，国民党开始抢占胜利果实，中共中央决定出兵东北，岳洪春随罗荣桓北上。那时候东北情况复杂，为了欺骗特务，在四平战役中负伤的岳洪春让警卫员在城外做了一个假坟，立了块木牌，上书：山东沂水县柳树头村人岳洪春之墓。没想到这个假坟让一个闯关东的沂水人看见了，就把这个消息告诉了赵传春，当时她哭得死去活来。抹干眼泪后，这个倔强的女人毅然挑起了整个家庭的重担。一晃几年过去了，这天中午，当岳洪春突然来到她面前时，她一下子愣住了。赵传春揉揉眼睛，看清楚来人就是她朝思暮想的丈夫岳洪春时，手中的菜篮子掉在了地上。

赵传春万万没想到丈夫还活着。更令她没有想到的是，久别重逢的丈夫见到她没有一丝喜悦，反倒是一脸愧疚和难堪。原来，到达东北的第二年，岳洪春在一次遭遇战中身负重伤，生命垂危之际，党组织悄悄把他藏在一户家境殷实的人家救治。日久天长，伺候他的姑娘对这位英雄产生了深深的爱慕之情，而岳洪春也有了一种负罪感，他不知道该如何面对结发妻子。后来，辽沈战役结束，东北全境解放，百万大军出关南下。岳洪春要随队伍去遥远的南方任职，他必须回家把这事儿说清楚，寻求解决的方法。

听完丈夫的故事后，赵传春这个不识字的乡下女人，既没有哭闹，也没有拴绳子上吊，她平静地做出一个令岳洪春一生都无法忘怀的决定——这是一个令无数人都自叹弗如的决定。她静静地说："人家一家子拿命护着你，你怎么能辜负人家？我老了，也习惯了乡村生活，南方路远水长，我就不跟你去了。你跟着队伍走吧，我留下来照顾孩子和爹娘。"

这令岳洪春非常感动，此时，他又想起几年前奔赴东北的那个晚上，妻子似乎也是这样劝说他的。

赵传春离婚的过程村里人并不清楚，但是村民都知道，赵传春从此再没有离开过这个家，年迈的公婆需要照顾，年幼的子女需要呵护……村里人还知道，逢年过节总会有一张汇款单送到赵传春家，邻居清晰地记得，赵传春总是乐呵呵地吩咐儿子："你爹又给咱寄钱了，拿上我的私章，去镇上取回来。"后来，寄款人的地址由四川变成了江西、上海，但是收款人的地址从未变过。村里人都知道，正是因为岳洪春源源不断地汇款，身单力薄的赵传春才能支撑起这个大家庭。

岳洪春离开村庄后再也没有回来，直到他去世，汇款才停止。

特殊的年代总会发生特殊的故事，年轻人或许无法理解上辈人的爱情。

岳洪春病重在上海住院时，给赵传春写了一封信，说想吃沂蒙的地瓜，想喝老家的山水，想摸一摸家乡的土。赵传春知道他心系故乡，一一准备好，让大儿子送到上海。

岳洪春在异乡病故的消息传到沂蒙时，赵传春失声痛哭，那哭声发自内心深处。村里人说，她那次哭得死去活来，跟小儿子病死时的哭声一样一样的。

哭成泪人的赵传春，卖掉辛苦喂养的肥猪，凑齐了路费，派大儿子千里奔丧，给她的入党介绍人、曾经的丈夫岳洪春同志吊孝，从千里之外送去一个共产党员对曾经的丈夫、永远的同志的一份真诚的念想。她吩咐大儿子："孩子，多给他磕几个头，告诉他，我老了，走不动了，不能给他送行了。"

大儿子不情愿地说："娘，非去不可吗？"

赵传春说："战争年代咱们的同志战死了，咱都去给他们送葬。他，不光是娘的入党介绍人，是咱们夏蔚共产党的第一任区长，是革命同志；他，还是你爹啊！再说了，这些年咱们一家人走过来，多亏了你爹。他人在外面，心在家里，年年往家里寄钱。你爹没忘了咱啊！"

这就是伟大的沂蒙红嫂赵传春同志。她原本就是一个围着锅台转的普通女人，共产党来了，给了她信仰，让她有了使命和担当，从此她从一个普通的人变成了一个脱离了低级趣味的人，一个高尚的人，纯粹的人，一个有益于人民的人。

清贫一生的岳洪春留下遗言，将自己在东北时组织分配给他的那件绵羊皮大衣，留给赵传春。他说，我这一辈子都对不起她。沂蒙山里风大，冬日里天冷，给她保暖。

数年后，赵传春外出赶集，被一个骑车的年轻人撞成重伤，公安局逮捕了肇事者。赵传春知道后，对前来看望的领导发话了："那孩子是刚学会骑车，再加上我年龄大，腿脚不灵便，躲闪不及才出的事。放了那个孩子吧，别难为人家。"

这就是与人为善的赵传春，这就是中国的共产党员。

那次重伤，赵传春再也没有康复。大半年后，她走了。她是穿着那件绵羊皮大衣走的。据说，她走的时候挺温暖。

我们的红嫂走了，她把精神留给了我们，留给了我们的子孙后代。这是一笔巨大的财富，足以传承千秋万代。

不仅仅是一个沂蒙山区，在山东各个根据地，像赵传春这样的无私奉献者比比皆是。

鲁西根据地的菏泽曹县韩集乡红三村的尹巧云就是一例。她是杨得志当年的房东，这个为共和国做出巨大贡献的妇女，先后牺牲了丈夫和三个儿子。解放战争时期，大军驻扎在她所在的村庄，为让战士们吃上饭，她用光了自己的存粮后，变卖了家中所有的物资换回粮食，她一天做9次饭……20世纪80年代初期，菏泽地委书记周振兴看望了这位83岁、卧病在床的老共产党员，这个为新中国几乎奉献了一切的老革命，面对地委书记的询问，只提了一个要求：想吃半碗肥中带瘦的猪肉。

那时候，在好多乡村，吃上猪肉还是一种奢望，但是，地委书记周振兴没有以此推脱一个共产党员的责任。他在县委听取汇报的会议上说：这样一个为共和国做出巨大牺牲的革命老人，在我们的领导下，生了重病都吃不上半碗肥中带瘦的猪肉，同志们，我们还有脸做他们的书记吗？

周振兴突然给自已一记响亮的耳光。他说：我们这些大大小小的书记的脸，还叫脸吗？

立时全场肃然起敬，不少人含着泪说：周书记，地委处罚我吧，是我失职了。

共产党之所以得天下，是因为除了有无数赵传春、尹巧云这样的基层群众，还有无数周振兴这样的党员干部。这是中国共产党的两根中流砥柱！

4．老太太的功绩

在中国共产党用人的词典里，从来没有"无用"之人。任何人，只要发动起来，都是革命的力量，所有人都是团结发动的对象。就连刘黑七这种十恶不赦的人，共产党都动员他去抗日。像年轻的刘杨氏、赵传春自然是要动员的力量，就连王恩涛这样的大妈，共产党不照样让她担任区妇救会会长吗？一视同仁是共产党用人的准则。

1938年，高廷光的奶奶高卜氏已经是60岁的老太太了。在那时候的农村，年过70就很稀罕，路上看不见80岁的，60岁就算是高龄了。可是，黎玉在蒙山前开办起中心通信站，这个60岁的小脚老太太就成了第一任交通员。

也许读者要问，一个年迈的老人能干什么呢？

让我们看看抗日战争时期，这个被共产党发动起来的老太太的贡献吧。

高卜氏，这位年过60的老太太，没有红嫂的称誉，但她却干出了让人刮目相看的抗日大事。当然，她的故事同千千万万的沂蒙妇女的故事一样，被历史的烟尘湮没了，却在民间流传下来。

1942年春，日军在蒙山前建起据点—碉堡—壕沟—铁丝网为一体的防御工事，将进出蒙山的三大峪口和所有小道完全封锁了。这个囚笼政策的目的是困死山里的八路军，这些工程给王保胜部带来了巨大的麻烦。

一天，鬼子突然发现，还有一条小小的、狭长的山沟，可能是山里的八路军跟外界联系的通道。鬼子看中了高卜氏所在的村庄，想在村头高地上建一个炮楼，堵死这条山沟。于是，鬼子和汉奸押着一队民夫来了。他们白天扣了一地土坯，晚上就收工回据点了。

令鬼子想不到的是，他们辛辛苦苦扣了一个白天的土坯，眼瞅着就可以立起来晾干建炮楼用了，可是一夜工夫却全烂成一团泥巴了，没有一块完整的。

这是谁干的？

鬼子只好从头再来。他们将烂土坯重新和泥，再次制作。

鬼子也是吃一次亏长一个心眼。他们认定是山里的八路军干的，就派出重兵在他们出山的关口设伏，准备以土坯为诱饵，伏击山里的八路军。可是鬼子在草丛里趴了一夜，别说八路军，山里连一只兔子都没跑出来。

鬼子泄气了。但一夜平安无事，他们也放心了：昨天扣好的土坯再过一天就可以立起来晾晒了。但当他们来到工地时，全傻了眼，跟前天一样，大片土坯无一块完好的。

鬼子暴跳如雷。八路军没有出山，哪个干的？

第三次，鬼子留下一个班的汉奸，守护着一天的劳动成果。汉奸跟鬼子不同，他们大多数是为混口饭吃才当汉奸的，与八路军为敌实在是苦于鬼子的驱使，死心塌地地为鬼子服务的汉奸是少数。另外，少数"铁杆"汉奸，已被王保胜派出的蒙山飞虎队采用掏心、拔牙、敲竹杠、打闷棍等方法处决得差不多了。汉奸都知道八路军锄奸队的手段，谁也不愿意为一块土坯挨飞虎队的刀子。天一黑，几个汉奸就躲进一户人家的院子里顶上了门。

就这样，到了第四天早晨，鬼子再次傻眼了，土坯还是一块没剩，全被抓烂了。鬼子没办法，气得用三八大盖的枪托捣汉奸的屁股，每个汉奸挨了七八枪托子，个个的屁股被捣得又红又肿。

汉奸一个个捂着屁股叫苦连天："这事不是八路军干的，我们几个可是一夜没睡啊！"

鬼子说："那是谁干的？"

汉奸说："鬼，是鬼干的。你看你看，这些土坯上都留下了爪子印呢！"

鬼子看了半天，也没弄明白抓烂了土坯的那些爪子是什么动物的。没办法，鬼子只好打消了在卜家崖村修炮楼的念头，撤兵回据点了。

汉奸说的"鬼"，其实就是卜家崖村的老太太高卜氏。

让我们还原一下现场吧。

深夜，高卜氏悄悄来到工地，用抓钩将一块块土坯全抓烂了。别看她小脚三寸，走起路来如风摆柳，可是抓起土坯来却像一个壮劳力，一把抓钩让她使唤得得心应手，一抓钩下去，一块还没风干的土坯就烂了，成了废品。

汉奸值班的那天晚上，村里民兵出动了，故意在村外转悠，惹得狗叫不止。狗一叫，汉奸就知道是八路军下山了，他们就躲在小院里不敢出来了。这时候，高卜氏却带着高廷光大摇大摆地来了。高廷光提着一罐子水，往快风干的土坯上浇一勺，后面的高卜氏就刨上一抓钩。就这样，小半夜工夫，一地土坯就全烂在地上了。

高卜氏干这活得心应手，在农村像她这样的老人，给地瓜、花生施肥，使用的都是这种轻巧便利的铁抓钩。

也许有人说了，这不是打鬼子、打汉奸啊，一个干农活的老妪不就是弄坏了一地土坯吗，怎么堪称伟大的红嫂呢？

我们不妨做这样的假设：鬼子在沟口修成炮楼，就要派兵来守，那么最先遭罪的是谁？肯定是村子里的老百姓啊！炮楼里的鬼子、汉奸的吃喝、烧柴等费用，不都得分摊到老百姓头上？再说，这个地方正对着一条秘密的山沟，是山里的八路军与山外的老百姓联系的通道。炮楼建成了，严重威胁着八路军的生存，八路军就要拔除它，那就得兵戎相见。鬼子、汉奸居高临下，躲在暗处，八路军在明处，而且重武器只是炸药包外加手榴弹，土坯做成的炮楼就是坚固的工事，一旦打起来，死伤是不可避免的。也就是说，原本八路军用生命才能攻克的炮楼，让这个老太太给扒了。你说，这贡献小吗？

难道这不是我们心目中伟大的红嫂吗？

什么是人民战争的汪洋大海？沂蒙山抗日民主根据地将此演绎得淋漓尽致。

5. 小业主的壮举

假如说，农村的小脚老太太高卜氏不算红嫂的话，那么柏林镇上开旅馆的个体户彭大妈算不算呢？

当时，蒙山抗日民主根据地八路军地方武装的最高级别是县大队，往下依次是区中队、乡小队、村民兵组。在县大队这一级，兵农还能分开；到了区中队，这个界线就模糊起来，队员扛起枪是兵，扛起锄头就是农民；到了乡小队、村民兵组，队员基本上就是农民了。这些人白天种地，晚上常提个大刀片子、扛个土枪到鬼子、汉奸的据点外放上一枪。一旦有了战斗，他们就跟在区中队后面助阵，可以说是标准的抗日农民了。

跟村民兵相比，彭大妈就是一个真真正正的农民了。她在敌占区柏林镇也算个有头有脸的人物，因为她在镇上开着一个小旅馆，说起来也算个小业主。柏林镇警察所的那些人都叫她"开馆子的老妈子"。

彭大妈开个小旅馆挣点小钱养家糊口，原本与抗日没有什么关系，但镇上的鬼子、汉奸隔三岔五来旅馆安排住宿，彼此就熟悉了。就这样，费北县委就将一次营救任务交给了她。彭大妈不费一枪一弹，轻松愉快地从日、伪军手里救出一名小八路。那次营救成了经典案例。

故事得从头说起。

9岁那年，高廷光在115师三号首长萧华的亲自安排下，骑在费县公安局交通员的脖子上，顶着一头星光上了蒙山，加入了萧华的警卫班。他穿上萧华亲手改小的军服，背上萧华的手枪，成了最年轻的八路军战士。一年后，萧华发现了这个孩子的天赋，亲自将他送回费北县委，让他做了情报员。到1942年夏天，蒙山前已经有一个据点、五六个伪政权、四五个"铁杆"大汉奸因为他情报的及时准确被消灭了，同时被击溃的还有铜石镇汉奸大队，其大队长张纯被飞虎队击伤，差点要了命，王保胜部也因此获得了充足的武器装备。

这天，13岁的高廷光推着一小车西瓜来到柏林镇，他的任务是侦察据点、传递情报。可惜，小家伙百密一疏，给汉奸找钱时，不小心掏出了北海币——根据地政府发行的货币，由九间棚北海银行印制。

高廷光被捕了。

费北县委得知消息，立刻开会研究营救方案。

这个孩子可了不得，他对山里的八路军而言太重要了。别看他人小，可天生是搞情报的料。1939年，他才9岁，就被萧华派去泰西给陈光、罗荣桓送信。他几乎横穿了整个日军占领区，从鲁东南到鲁西北，硬是闯了日军的连营，完成了任务。他的被捕，是蒙山根据地的大事，费北行署、费北县委、县大队迅速开展营救行动。

营救方案有两种：一是派王保胜率部攻打柏林镇，武力救出高廷光；二是派飞虎队下山，夜入柏林镇，巧入虎穴，出其不意地救出这部"活电台"。

很快，第一个方案就被王保胜否了。他的理由是：枪声一响，就等于告诉敌人高廷光是八路军，那样敌人很可能会抢先一步，在柏林镇未被攻克之前就杀了他。接着，第二种方案也被推翻了：这个方案虽然可取，但这样一来，高廷光的身份就彻底暴露了，这部"活电台"以后还怎么用？

怎么办？

八路军是不会眼睁睁地丢了这部"活电台"的。王保胜在苦苦思考对策。

在伪警察所里，高廷光被审了好几次了，也被伪警察揍得不轻，可是他一口咬定："俺哪里认得八路军的钱啊，那是一个买瓜的人给俺的。"他还振振有词，"俺就是个卖西瓜的，谁给钱俺都得卖，你们不是也买俺的瓜吃吗？"高廷光说的有道理，可是那些伪警察还是照常审讯他，他被他们打急眼了，说，"你们就是逮不着兔子扒狗吃，欺负俺小，打不过你们，有种把那个买瓜的抓回来啊！"

汉奸狠狠地打了他一顿，把他关起来，打算饿他一天再审。

第二天一大早，开旅馆的彭大妈来了。

她气呼呼地闯进了伪警察所，上来就没给汉奸好脸色，大声大气地质问："你们也真是的，欺负一个孩子算什么能耐？有本事到山上去找八路军打架去！我外甥才几岁？他怎么认识八路军的钱？他就是个卖西瓜的，谁买都得给，你们不是也拿钱买了他的瓜吃吗？逮不着兔子扒狗吃，哪有你们这样办事的？"

汉奸让她鼻子不是鼻子、脸不是脸地戗了一顿，一个个没了脾气。

彭大妈，开旅馆的，他们都熟悉啊！

彭大妈依旧不算完，她生气地解开绑高廷光的绳子，心疼地一把抱住他说："走，跟姥姥回家，这瓜咱不卖了。你爹也是，种几亩破瓜，自己不出来卖，让一个孩子遭的什么罪啊，这兵荒马乱的。"

高廷光机灵啊，一头扑进彭大妈怀里，喊了一声"姥姥"就哭了，二人配合得天衣无缝。

汉奸没辙了，只好眼睁睁地看着"姥姥"领着自己的"外甥"扬长而去。高廷光聪明，临走还没忘了踢汉奸一脚，边踢边骂："姥姥，就是他，打我最狠。"

营救成功了。

这样的营救有三大好处：一来不费一枪一弹，没有任何成本；二来不牺牲人员；三来既救了人又保了密，"活电台"今后照常使用。

小业主彭大妈当然算红嫂。只是跟明德英、方兰亭这些名声在外的红嫂比，她一生都是默默无闻的。就连她智救高廷光的事迹，都是多年后我们采访时，高廷光给我们讲述的。这个壮举，任何地方史书都没有记载，当然也就没有人知道这个为抗战做出过贡献的彭大妈了。

这些乡村老太太，在共产党的眼里都是抗战的力量，她们被八路军广泛团结、发动起来了。她们从凡桃俗李的三尺锅台走向波澜壮阔的抗日战场，让有限的生命的暮年，释放出无限的异彩。

红嫂是广大觉醒的女性的代表，她们和广大觉悟的老百姓一起，铸就了共产党胜利的基石。

6. 新媳妇的大公鸡

1946年10月19日，是李凤兰终生难忘的日子。

家人正在为她举行一场没有新郎的婚礼。

李凤兰头戴红巾，身披云肩长裙，在主婚人的引领下，由嫂子怀抱一只大公鸡陪着拜了堂。这种场景曾出现在电视剧《沂蒙》里。

在八百里沂蒙，由于种种原因，新郎不在现场，新娘同大公鸡拜堂成亲者不在少数。这种无奈的选择，给喜庆的婚礼增加了些许悲哀。

新婚之夜，在贴着红"囍"字的大床上，孤单的新娘和一只大公鸡相对无言。

也许读者要问，她为什么不等到丈夫回来再结婚呢？

话还得从头说起。

1945年4月，日军气数已尽。曾经耀武扬威的日军都龟缩在据点里，轻易不敢出来了，除了大一点的县城，乡村已很少见到日军了。这样的日子对饱受日军蹂躏的沂蒙人来说，就是充满希望的日子，于是村里的喜事就多起来。第二年，媒人走进蒙阴县李家堡德村李凤兰家商量婚嫁的事，李家决定：10月9日让女儿出嫁。

大姑娘李凤兰不知道东关村的小伙子什么模样，只知道他叫王玉德。王玉德是她未来的丈夫，她要同这个人厮守一生了，因此有关他的消息都会引起她的关注。

7月，媒人急匆匆上门，说："王玉德要参军了。"

李凤兰的父母一下子急出汗来：这怎么行？眼瞅着就办婚礼了，他当了兵怎么办？李凤兰的父母跟媒人一合计，要去阻拦。坐在一旁的李凤兰有自己的想法。她是"识字班"，自己就常干些动员男青年当兵的事。"好男要当兵，好铁才打钉。"那工夫，在根据地里，当兵是觉悟高的表现，是好男儿的行为。于是，她平静地说："嫁人就嫁八路军。一人当兵全家光荣。眼下鬼子败了，可国民党又来了，不打就没有太平，爹、娘，咱可不能拦他啊！"

媒人求之不得，老脸笑成一朵花，李凤兰的母亲说："她婶子，既然闺女支持，这扯后腿的事咱就别干了，让玉德去吧。再说，人家队伍上说了，到时可以请假回来娶媳妇的。"

眼看着婚期一天天临近，部队今天在这里，明天又跑到百里之外了，上哪儿找他啊！见玉德一直没有音信，李凤兰的父母想把女儿的婚期往后推迟。但李凤兰想：玉德从小失去了父亲，母亲又常年有病，他能舍下母亲去参军已经很不容易了。如今整个根据地都在拥军支前，若能亲自照顾婆婆，就是最好的拥军了。再说了，婆婆有病正是用人之际，在这个时候推迟婚期，对不起他们母子。她应该嫁过去，安慰老人的心，也好让玉德安心打仗，杀敌立功。主意已定，李凤兰说服了父母，婚礼按期举行。

婚后第二天，李凤兰就搬到堂屋里，执意和婆婆睡在一张床上。婆婆内心有愧地攥着她的手说："孩子，苦了你了。"李凤兰含泪笑了："娘，玉德不在，家里的事你就交给俺吧，俺替玉德孝敬您。"

李凤兰是个一诺千金的女子，用邻居的话说，那可是"吐口唾沫就是钉"的主，比爷们还爷们。婆婆有病，她四处求医，煎汤熬药，床前案边细心伺候。夏天，屋里燥热，她一把蒲扇不离手，隔一会儿就给婆婆扇扇。冬天，同婆婆通腿睡觉，睡前总是先给老人暖被窝……街坊邻居无不羡慕老人娶上了个好儿媳。

李凤兰和婆婆一家分得八亩四分地，除重活由代耕队帮助外，其余田间场上的活全是她担当起来。

按当地风俗，大年初四是新婚夫妇回娘家磕新头的日子。这天一大早，李凤兰安顿好婆婆，独自一人回了娘家。

初七中午，二大爷气喘吁吁地跑来，上气不接下气地说："凤兰快回去，玉德回来了。"

突然而来的喜讯让李凤兰惊喜交加……

部队行军打仗路过家乡，玉德顺便回家探亲。他向母亲问安、诉完离别之情后，走进了自己的婚房：大红"囍"字还在墙上，新被褥叠得整整齐齐。坐在床沿上，手扶罗帐，玉德眼圈红了，母亲心疼地说："儿啊，在家住两天吧，我打发人叫你媳妇去了。"

这时，出发的命令来了。服从命令是军人的天职，为国尽忠的使命还在肩上。当军号吹响的时候，玉德恋恋不舍地离开了婚房，又随部队踏上了征程。

听了二大爷的话后，李凤兰欢喜地放开大脚丫子向婆家跑来，一边跑一边想：玉德长什么样子？穿着军装的玉德一定很威武，见了我一定会傻笑吧。七八里山路就这样让她一口气跑了下来。当她怀着激动和喜悦的心情跨进家门时，只见孤单的婆婆伏在门框上，在低声抽泣。

"孩子，你回来晚了，玉德随队伍走了。"

李凤兰想大哭一场，可她得安慰婆婆，于是就说："娘，咱不哭，玉德是队伍上的人，他得服从队伍上的规矩。咱等吧，他早晚得回来。"

玉德走后不久，李凤兰收到了他的来信。夜晚伺候婆婆睡下后，在昏暗的灯光下，李凤兰捧着信，一次一次地看，一遍一遍地读：三营八连三排九班。玉德的部队番号，她刻骨铭心。玉德告诉她，队伍天天在行军，时刻准备打大仗，等全国一胜利，他就报名复员回家过日子。玉德在信中说了感谢她的话，要她等着他。这封信，成了年轻的李凤兰熬过无数个漫漫长夜的希望和安慰。

李凤兰一直等待着从未谋面的丈夫回来。

玉德，你在哪里？你不知道家里还有一个没有见过面的媳妇吗？

儿啊，你在哪里？你不知道家里还有一个年迈的老娘吗？

婆媳二人在声声呼唤。

婆婆思子心切，眼泪流干了，双目失明了，带着对儿子无尽的期盼走了；母亲怀着对女儿无限的担忧也走了。这时，李凤兰已经30岁了，世事沧桑，她秀丽的额头上留下了道道皱纹。可她依然在苦苦地坚守，在等待玉德归来。

结婚12年后，李凤兰终于盼来了丈夫的消息，但不是荣归故里，而是政府发给她的鲜红的烈士证书。县民政局的领导登门道歉，并做了解释：王玉德同志是在莱芜战役中牺牲的。这张烈士证书，送得有些晚了。

展开烈士证书后，李凤兰陷入了无尽的悲痛中。十几年的翘首期盼，十几年的绵绵思绪，一时间像断了线的风筝，在漫无边际的天空中飘荡、飘荡……她再也压制不住埋在心底的情感，放声痛哭……

就这样，李凤兰成了寡妇，开始了她孤单漫长的一生。她的后半生，差不多都是在拥军中度过的，她由此成为沂蒙红嫂里的代表性人物。

2008年4月，李凤兰老人在孤独中走向生命的终点。她去世时，胸口的衣兜里还装着那封被岁月染黄的书信。

20世纪80年代中期，我采访抱公鸡出嫁的红嫂李凤兰时，满以为她一肚子委屈，可她却满脸激动地说："俺们这代人啊，是赶上了好时候，遇上了共产党、八路军，才活出个人样子。"

谈及她这么多年来的孤独和苦闷，这么多夜晚数星星的寂寞，她只是轻描淡写地说了一句："俺哪，这辈子唯一的遗憾是没能给烈士留个后。"

这就是沂蒙红嫂的胸怀。

是啊！人生难得红火一回。她说得对，是共产党、八路军让她们这代人的岁月开始了激情大燃烧。这次燃烧，不仅烧红了自己，也烧红了整个沂蒙、整个中国。

第十二章　红哥群雕

船在江海，不为莫乘而不浮。

红哥，一个令人肃然起敬的群体，一个历史不能忘却的记忆。

战争年代，红嫂拥军，红哥支前，构成了八百里沂蒙最感人的历史画面。

作为沂蒙精神的标志性文化符号，红嫂的名声早已闻名遐迩了，红哥却遁迹藏名。

站在光鲜照人的红嫂背后的红哥，是一个庞大的群体。他们在红嫂的背影里，如一株幽兰，静静地生长，默默地开放。

红哥，支援前线，救护伤病人员……淮海战役期间，只有420万人的沂蒙山区，就出动支前民工108万人次。他们抬担架、运粮草、送弹药……

只要枪炮一响，共产党的队伍后面，支前的民工就会浩浩荡荡。

这种景观，在人类战争史上，何处还有？

1. 小红哥"三疯子"

从时间上看，无论是沂蒙红嫂还是沂蒙红哥，大量涌现、集中亮相的时间还是在解放战争时期。普通老百姓和八路军之间，形成了"水乳交融、生死与共"的鱼水情，共产党的军队被老百姓坚定地视为帮自己打天下的队伍。在八百里沂蒙，我们随时都会听到这样的话：

村长，山前来了一支队伍。

看清了吗？

看清了，老长老长的。

是咱的队伍吗？

没错，打着红旗呢，是咱的队伍。

快，烧水，做饭。

这种关系绝对不是一朝一夕就能形成的，是全民抗战中军民用血和生命凝聚而成的。在漫长的抗战岁月里，八路军打鬼子，红嫂红哥支前，这种场景成为战时的常态。这种状态，在解放战争中更加常见。

为寻找这些隐藏在民间的红哥，挖掘整理沂蒙红色故事，1982年从费县师范院校毕业后，从秋假开始，我就骑着一辆单车走进沂蒙进行采访。

至今，我还得感谢1982年秋天的那个决定。那个决定，让我以行走的姿态在沂蒙一走就是11年。我几乎走遍了费县、平邑、苍山、蒙阴、沂水、沂南、沂源等八百里沂蒙的核心区域。11年的行走，让我有机会走进沂蒙深处，记录下那些鲜为人知、感人至深的故事。它给我带来天量的素材、天量的精神财富，以至于我38年的写作只是用了这些素材的冰山一角。我知道，沂蒙是座文学的富矿，永远挖不尽，于是我动员写小说的儿子杨牧原改行写沂蒙故事。令人欣慰的是，儿子写出了《我的爷爷是英雄》

《沂蒙商人》《沂蒙名片》等被业界看好的长篇纪实文学。

沂蒙精神需要薪火相传，沂蒙题材的文学创作也需要代代接力啊！

20世纪90年代的一天，我在沂水县跋山水库库区采访。突然，一个邋遢的男子挥动着手臂，慌慌张张地围着我大喊起来："手榴弹，手榴弹！"

"手榴弹？"我迷惑地看着他，他却在冲我笑。

这时，村主任过来了，挥挥手说："三疯子，快去抓俘虏，晚了鬼子就跑光了。"

他一听，疯劲荡然无存，转身跑了，嘴里还喊着一句我至今也没弄清楚的话。

眼前的情景，令我有点摸不着头脑，但对这个有点疯的男人产生了浓厚的兴趣。那天，我在村里住下来，几经周折，终于得到了这样一个故事——

1944年9月，鲁中军区主力在王建安司令员的指挥下，在沂水西部的葛庄突然包围了日军草野清大队和汉奸陈三坎一部，日、伪军1200多人被死死地困在沂河湾里。

显然，这是一场突发性战斗。为了保密，事先没有发动群众，等战斗打响了，当地的民主政府才通知老百姓。八路军围住了日军一个大队的消息，随着枪炮声传播开来。

1944年的鲁中已经完全是共产党的天下，人民群众支援八路军已成为常态。这不，葛庄的枪炮声一响，沂水县北部山区呼啦一下子就来了4000多名支前的民工。他们组成浩浩荡荡的支前大军，如同赶庙会一样，往葛庄汇集。

这是根据地特有的情景，人们提着一罐罐小米绿豆粥，背着一包包卷了大葱和咸菜的煎饼往前线跑，有的一直送到工事里。

当时部队的子弹还不富裕，根据地的兵工厂就大量生产手榴弹，八路军打仗基本上靠手榴弹。于是,大批民工就把手榴弹源源不断地送到战士手里。

"三疯子"就是这些民工中的一员。

那时候,他既不疯也不傻,是一个聪明伶俐的少年。他挎着一个用柳条编织的篮子,篮子上面放着一个破旧的包袱,包袱下面是卷着大葱和咸菜的地瓜面大煎饼。那是听到枪声后的母亲连夜赶做的。母亲脚小跑不动,就说:"三,八路军都打了一夜了,肯定饿坏了,你赶快给他们送过去。"

三问:"往哪里送啊?"

母亲说:"憨子,到打枪的地方不就找着八路军了?"

三腿脚利索,半天就跑到沂河边。那时候,葛庄在沂河湾里,由于没修水库,站在河岸上,河湾里的情景一览无余。

好家伙,河湾里到处都是被围困的鬼子、汉奸。再仔细一看,整个漫长的河岸上全是趴在简单的掩体里打枪的八路军。八路军战士常常借住在三家里,他对这些人熟悉得很。

三继续往前跑。鬼子的一颗炮弹飞来,咣的一声就响了。三感到有个东西压在他身上,原来是一个长着胡子的八路军排长。排长站起来拍拍身上的土,埋怨他说:"瞎胡闹,谁叫你来的?这里是战场!"

三拍拍篮子:"煎饼!"

八路军战士的眼睛齐刷刷地盯上了篮子。排长笑了,拍拍三的脑袋说:"小兄弟,你来得正是时候啊!同志们,来,一人一个,快吃!"

一篮子沂蒙大煎饼,给一个排的八路军带来了巨大的能量。饿急了的战士们狼吞虎咽,第二个煎饼刚下肚,鬼子就开始反击了,曲射步兵炮弹在八路军身边炸响,三走不了了。排长一把拉过他,说:"你就跟在我后面,千万别露头,鬼子的枪贼准。"

这时候,民工把成箱的手榴弹运过来,排长的脚下就放了两箱。排长拧开一个,问三:"会拧盖子吗?"三点点头,开始帮着拧手榴弹的盖子，然后拉出线，放在排长手边上。排长看到少年干得蛮仔细，就笑着拍拍他的脑袋说："是个当兵的料，再长几年跟我当兵吧。"

得到表扬的三，龇牙笑了。

鬼子在重机枪的掩护下开始冲锋了，排长喊："不准开枪，都给我趴在工事里，准备好手榴弹！"

鬼子越来越近了。三忍不住露出小脑袋：一群鬼子弯着腰冲过来了，他都看见鬼子脸上的小胡子了，可是八路军阵地上静得怕人。三的心怦怦直跳，离鬼子这么近，他还是第一次。眼看着鬼子就要上河岸了，就听见排长突然喊："手榴弹！"

三分明看见手榴弹像麻雀一样飞出去，转眼就落在鬼子的脚下。立刻，残腿断臂就随着烟雾、尘土飞到空中。

"手榴弹！"排长又喊一声，又一群"麻雀"飞出去。就这样，排长喊了五声"手榴弹！"将近200个手榴弹就飞到鬼子群里。鬼子实在撑不下去了，开始退却。

排长抓住时机，大喊一声："开枪！"

机枪率先响起来，接着几十支步枪也响了。河滩上，十几个鬼子中枪倒在了地上。

"停止射击！"排长发出命令。

立即，一切都恢复了平静。三露出头来，看见河滩上躺着不少鬼子，残肢断臂到处都是，血红血红的，把沙滩都染红了。重伤的鬼子还在哭喊，声音令人毛骨悚然。三第一次见到这么血腥的场景，吓得愣愣地站在那里⋯⋯

对于这次战斗，《沂水县大事记》记载，1944年9月初，参加"扫荡"滨海区抗日根据地的日军第59师团及伪军第3方面军，经沂水城分东西两路向博山、临朐撤退。八路军鲁中军区司令员王建安、政委罗舜初，决定抓住敌人分散的时机，集中所属第1、第2、第4、第12团等部队，分别于沂水城西北葛庄和草沟地区设伏，歼灭西路日、伪军。3日，沿沂（水）博（山）公路行进的右路日军草野清大队、伪军一部，进入葛庄伏击区，第1团突然发起冲击，日、伪军仓促应战，企图抢占葛庄东岭高地。第1团与日、伪军激烈争夺，展开白刃格斗，将日、伪军压缩到岭下。日、伪军以山炮、机枪火力作掩护，连续发起5次冲击，均被击退。黄昏，第2、第12团加入战斗，与第1团一起展开猛攻，日、伪军伤亡惨重，逃到葛庄西小岭负隅顽抗。4日下午，日军涉过沂河向南突围，八路军分两路跟踪追击，将其大部歼灭，仅余十几个日军在飞机的接应下逃走。此次战斗，共毙伤日、伪军1200多人，缴获"四一式"山炮1门、迫击炮2门……

葛庄歼灭战是一次大型的战斗，是八路军一次性消灭日军一个大队的著名战斗。关于这次战斗记载的文献可谓车载斗量。这次战斗缴获的那门"四一式"山炮的故事，编入1953年高级小学语文课本，同时编入总政印发的部队干部速成语文课本。

"四一式"山炮，是日本大阪兵工厂在1908年研制生产的，1911年完成定型并加以命名，其战斗状态全重540公斤，射程达7100米，射速每分钟10发以上，炮班人员11人，是日军步兵标志性的重武器。

这门山炮列入八路军的编制后，跟随部队南征北战。《昌乐县志》记载，1944年鲁中军区一团再次攻打高崖敌伪重要据点，首次使用缴获的日式"四一式"山炮，轰塌敌人盘踞的"明楼"，打中火药库。这门山炮，曾经九次跨过陇海路，三次跨过京汉路，最后顺着津浦路南下，一直打过长江，参加了上海解放战役。它曾经受过六次伤，换过四次护板、三次炮轮。它的"肚皮"上还留着枪弹的疤痕，炮架上还深深地嵌着一颗子弹。它立下赫赫战功，被誉为"功劳炮"，至今还在北京军事博物馆里威武地陈列着。这是沂蒙抗战无数战利品中标志性的重武器，它无言地讲述着日军侵华的罪行，也诉说着解放战争的历史。

可是，亲身经历这场战斗、被战场上的惨烈状况吓疯的少年三，却没有任何资料提及。按说，一个亲自到战场送饭并参与了战斗的男孩，称得上沂蒙红哥了，且是众多红哥中最特殊、最年轻的一位。

了解了他吓疯的经过，我对村主任说："他是因为打鬼子才吓疯的，得想办法给他争取民政补助啊！"村主任笑了："战争年代，我们这里的男人，哪个没流过汗甚至流过血？牺牲的多啦，这算什么！"

是啊！抗日战争的胜利，一个民族的胜利，是一代人奉献的结果啊！

这位村主任也是位老支前，他也没有红哥的名誉。这又有什么呢，当年支前谁想到这些事？大家都在想法子帮八路军打鬼子。

当时葛庄村有位老人叫赵路祯，因为年纪大，村里没有分配他支前的任务，他就在夜里偷着跑出来，冒着枪林弹雨来到阵地，一夜工夫背了三趟伤员。战后地方政府开表彰大会，想让他说几句，他说："唉，老了，老了，要是再年轻十岁的话，我才不支前呢，早扛枪跟八路军上前线了。"

应该说，这一老一少，组成了战地上最美丽的一道风景。

葛庄战斗结束后，漏网的汉奸、鬼子四处躲藏。

赶来支前的红哥就提着镢头、铁锨上阵抓敌人，两天工夫居然抓了120多个化装潜逃的鬼子、汉奸。

有个鬼子吓破了胆，一头钻进秫秸堆。由于他浑身发抖，弄得秫秸簌簌作响，被秫秸堆的主人发现了。主人用一把割草的镰刀，将这个鬼子砍了个血头血脸。鬼子的刺刀竟然不敌农民的镰刀，一个日本军人最终向一个中国农民彻底投降了。

被支前的红哥活捉的那120个日、伪军，差不多都是这副狼狈相。

当年，根据地的农民去前线送饭、送弹药、抬担架，几乎成了一项义务。没事时在家种地，打仗了，放下锄头，抬起担架，推起小车就走。他们自带干粮，自带鞋帽、被子，一件草编的蓑衣既挡雨雪又当被子。这些红哥啊，支前没商量。

2. 红哥"徐傻子"

在鲁中抗日民主根据地的少年三在战场上被吓疯的前两年,蒙山抗日民主根据地的一个中年男人就进入八路军的视野。

这个人就是平邑铜石镇的光棍汉徐皆光。名如其人,徐皆光除了一间破旧的草屋,一张破渔网,其他皆无。一个除了打鱼什么都不会的乡下人,邋遢窝囊,给人一种无才无料的感觉。由于他平时不善交流、性格木讷,一身让人躲闪不及的鱼腥味,街上的人都喊他"徐傻子"。不管大人喊还是小孩叫,他总是嘿嘿一笑。时间一长,人们真的把他当成"傻子"了。可是,对任何人都一视同仁的共产党却把他当成了抗日力量。

徐皆光引起共产党的注意,是因为铜石镇这个日、伪军大据点每天都要消费鲜鱼。于是,渔夫徐皆光就和鬼子的据点联系起来了。

费北行署大队大队长王保胜几乎天天在琢磨铜石据点,苦思冥想怎样灭了这帮鬼子和汉奸,把他们手中的武器抢过来,顺便也给山里饥贫交加的八路军弄些物资。别看山里的八路军连地瓜煎饼都吃不上,可是据点的汉奸却三天两头吃馍馍、吃鱼、吃肉,用王保胜的话说:"这帮子肥贼,人事不干,天天糟蹋粮食。"

要想打败敌人,就得做到知己知彼。用徐皆光的话说就是:"鳖有鳖路,虾有虾道。只有摸清了鳖路才能逮着王八。"可是,如何进出戒备森严的据点呢?

徐皆光有一个本族的叔叔叫徐树珍,在据点给汉奸大队长当文书。因为这层关系,徐皆光就成了八路军进入铜石据点的梯子。

一天,徐树珍对来送鱼的徐皆光说:"看在本家的分上,今后你的鱼我全收下了。你以后再打了鱼,就全送到据点的伙房来。"

徐皆光感动得一个劲地点头。

徐树珍又漫不经心地接着说:"哎,我在卞桥的卜家崖村有个外甥,叫'小光子'，没爹没妈，可怜人啊！哪天你再来送鱼时，喊上他来玩吧。"

徐皆光就主动找上门来请高廷光了。

"活电台"高廷光就这样轻松愉快地走进三步一岗、五步一哨的鬼子的据点，来到徐树珍面前。

就这样，一条秘密地下交通线，就让徐皆光帮着组建起来了。这条线一头连着日、伪铜石据点，一头连着蒙山县委。有了这条线，铜石据点日、伪军的一举一动都在八路军的掌控之中了。所以说，拥有电台网络和高级间谍的日军，到了根据地就成了聋子、瞎子，在情报方面根本没法与八路军比也就在情理之中了。

那个傻儿吧唧的打鱼人不但一副窝囊相，用铜石人的话说，是个"三脚踹不出个屁"的家伙。而高廷光长得又是一副孩子相，顽皮好动，穿一件破褂子，一双破鞋漏着脚丫子。一个货真价实的打鱼"半傻子"，一个整天拉拉着黄鼻涕的小屁孩，一个在敌人核心层当文书的人，日军就是做梦，也不会把反侦察的目标锁定在他们身上。

1942年7月的一天，高廷光跟着徐皆光进了铜石据点，门岗配了四个伪军、两个鬼子，可以说连个老鼠都进不来。然而，一个邋遢的卖鱼人领着一个脏兮兮的交通员，就在鬼子、伪军的眼皮底下走进据点，他们谁也没把他俩放在眼里。可是，就是这么两个不起眼的人，从戒备森严的铜石据点带出一份情报：伪军大队明天出动，到浚河北岸抢粮。王保胜带着县大队后半夜下山埋伏起来，要不是宋美续这帮子飞虎队队员贪功激进，按照王保胜的预案打的话，这个汉奸大队就不存在了。挨了一枪的汉奸大队长张纯躺在病榻上，百思不得其解：从哪里走漏了风声呢？

新中国成立后，有一年地方政府统计在战争年代做出过贡献的人，有人想到了1942年7月费北县大队伏击伪军张纯大队的那场战斗。那可是一场让穷得叮当的八路军"发了大财"的胜仗啊！王保胜部毙伤汉奸50余人，缴获长短枪60余杆，弹药一大宗，是5万多日军"扫荡"沂蒙以来的第一场胜仗。此战让县大队获得大量补给，日军配给张纯的坐骑也被乱枪打死，八路军炖了好几锅马肉，算是彻底改善了一次生活。

有人对徐皆光说："徐傻子，你别老在大街上晃荡了。你啊，得给上级说说，你也是有功之人。再说，高廷光可以为你证明。"

徐皆光憨憨地笑了笑，说："咱从来没扛过一天枪，有什么资格向上级伸手？人家王保胜他们是把脑袋挂在裤腰带上打仗的，咱呢，除了打个鱼没干什么。"

徐皆光拒绝了。他尽管穷得叮当响，可硬是没向上级伸过一次手，对数次带高廷光进据点的事只字不提。一直到去世，这个邋遢的汉子都坚守着一个底线：那些当兵杀鬼子的人太多了，多得国家都照顾不过来了，咱可是一天枪都没扛过啊！

其实，仅蒙山地区，像徐皆光这样为抗日战争做出过贡献的人就数不胜数。他们是被历史湮没的红哥。

3. 红哥李德

在鲁中根据地，李德是位名声很响的人物。作为宅科村第一批共产党员、党支书，李德那时年轻有为，发展党员，组建支部，组织党员挖洞藏伤员，抚养八路军的后代，给八路军筹集粮秣，参加支援淮海战役的担架队……从1938年打鬼子一直到打败蒋介石，李德几乎没闲着。

抗日战争初期，李德以做事缜密被上级看中，比如组织党员挖洞，李德的口号是："谁挖谁知道，谁挖谁负责。"责任明确，保密性极强。他所在的村庄三面环山，是条狭隘的山峪，两边的山陡峭高耸，坎多林深，石头遍布，是藏人藏粮的绝佳场所。由于洞挖得隐蔽，再加之责任到党员个人，藏在洞里的伤病人员无论鬼子、汉奸怎么搜索，都难以发现。

李德挖洞有绝招。他找一个石坝子垒成的地堰，在下方取出几块石头，然后向里挖，只要把人藏进去，把石块一垒，石坝子复原，鬼子就是站在石坝前也找不到。在整个抗日战争时期，这里隐藏了那么多伤病人员，基本上连一根汗毛都没少过。

1941年，日军集结重兵在仙姑顶、挡阳柱一带，连续"扫荡"几十天，战斗频繁，八路军伤员剧增。一个深夜，两位八路军女干部因伤被连夜送到李德家，李德找出媳妇的破衣裳，将她俩一打扮，就成了自己的妹子。没有敌情时，她俩就住在李德家；一旦鬼子出动，李德就把她俩背到事先挖好的洞里。洞里铺着干草，很舒适。

有一次，鬼子在洞的周围驻扎了十几天，两位女伤员吃喝拉撒就全在洞里。洞口白天不能开，李德只能在夜深人静的时候带上饭和水，偷偷地爬山过崖，摸向洞口。一路上，他得转圈绕弯子，躲开敌人的跟踪。到达洞口附近时，他用两块石头敲击，给洞里人发暗号（连敲两下就是安全，可以开洞；连敲三下就是有情况，暂时不能开洞；连敲四下就是危险，今夜不能开洞了）。那夜无事，扒开洞口，两位女伤员见到李德，一口一个"哥"地叫着。李德要进洞收拾垃圾，她俩死活不肯。

李德笑了，说："你们俩住在俺家，就是俺的妹子，哥哥给妹子收拾收拾房子有什么见外的？再说，眼下情况紧急，你们俩快吃饭，我得把这些垃圾扔得远远的，以防被鬼子发现。鬼子就住在村南的王庄村，离这里没几里地，说来转眼就来，咱可不能马虎。"

李德心细，为了减轻脚步声，每次上山送饭，他都光着脚板。这样走路无声息了，但也有一个大麻烦：漫山遍野的棘针、荆条刺不时地扎进他那双光脚板里。李德忍着疼，咬牙坚持着。他知道，自己的任何一点闪失都可能让这两位女八路军丢掉性命。脚上扎几根刺跟两条命比起来，就是小事一桩。就这样，忙到半夜的李德，白天就在墙根用针挑脚上的刺，有时一挑就是半天，把脚板挑得血迹斑斑。

1942年4月初，区干部王琰突然来到李德家。李德曾精心救助、掩护王琰一个月，两个人早已成了异姓兄妹。王琰对李德夫妇说："哥、嫂子，有件事跟你们俩商量商量。"

李德说:"一家人还商量个啥?你说,哥就办。"

王琰说:"八路军陈宏团长的爱人王文淑,生了一个女孩叫'鲁生',还没满月。王文淑同志身体不好,加上工作劳累,缺少奶水,孩子眼看着就不行了。我想把孩子抱给你们养着,不知道哥、嫂同意不?"

李德说:"行啊!你嫂子生了个妮子,正好有奶,就是喂两个孩子怕吃不饱,我们是怕误了八路军的孩子。队伍上要是不嫌弃,就送过来吧。"

李德夫妇初见鲁生时吓了一跳。由于王文淑缺少奶水,鲁生头大身子小,极度虚弱,就像一副骨头架子。

李德就对妻子说:"这孩子比咱的孩子虚弱多了,你喂奶时就多让他吃几口吧。要是喂不活八路军的娃子,别说对上级,就是对邻居也不好说啊!再说,娃子她爹娘正在前线打鬼子,说不上哪场战斗下来就没命了,这娃是人家的根,咱得给八路军留个根啊!再说了,咱既然答应了人家,就得把人家的娃子养好。"

李德这段话,很容易让人想起沂蒙母亲王换于。1939 年,王换于倾尽家资给八路军办起了地下托儿所,养了一群干部子女和烈士的遗孤。她的两个儿媳当时刚生了孩子,有奶水,她就对儿媳说:"你们喂孩子时,尽量让八路军的娃子吃。你们记住娘的一句话,你们还年轻,还能生育,八路军可就这根独苗,要是有个三长两短,咱对不起那些打鬼子死去的烈士。"

沂蒙山区的老百姓与八路军就是一家人,共产党在老百姓的心中至高无上。

李德比谁都明白,吃糠咽菜的妻子能有多少奶水?养自己的孩子都困难,何况喂养两个娃子,其结果可想而知。

李德看到鲁生一天天长胖,笑了。可是,看看自己孩子的瘦样,一个父亲的心就滴血了。原本属于女儿的奶水被另一个陌生孩子抢吃了,女儿就日渐憔悴起来。对一个婴儿来说,营养严重不足是致命的。李德心里清楚,可是他不能亏了八路军的孩子啊!

这一年深冬,山风呼啸着从山垭处传来,低沉而又尖利的声响也掩盖不住茅屋里的哭声。在豆油灯下,妻子抱着已经发凉变硬的女儿在低声哭泣。

李德含着眼泪说:"我知道你心里难受,可是要是八路的孩子出了事,咱怎么对得起人家啊!"

妻子渐渐止住了哭声。

李德在妻子悲痛欲绝的目光里,用一片破席子卷起女儿瘦弱的躯体,脚步沉重地走出家门,这时妻子突然喊起来:"别走,俺再看她一眼。"妻子扒开破席子,大喊一声"俺的苦命的孩子啊"就昏了过去。

那一夜异常寒冷,清冷的月光格外惨淡,层层山峦变得模糊起来。李德迈着沉重的脚步走出家门,在乱石岗上给瘦小的女儿挖了一个坑,埋下了自己的骨肉。那一刻,李德再也控制不住自己的眼泪,呜呜地哭了,边哭边说:"苦命妮啊,这年月,人吃的是猪狗食,你娘的奶能喂活一个娃就不容易了。没法子啊,俺只能牺牲你了。妮啊,要恨,就恨你爹吧。"

山岗上,寒风吹来,很冷很冷,如同李德的心。

李德坐在小小的坟头前,流干了泪水。他不愿离去,他要在这个寒冷的夜晚,多陪陪亲生女儿。

四年后,陈宏夫妇派人来接孩子了。

李德流着泪躲到山上去了,他怕看到孩子哭闹的场景。

鲁生已经认定李德夫妇为亲生父母了,谁也别想带走她。

李德回到家,对妻子说:"咱得想法子让鲁生走啊,都四年不见了,人家爹娘也想啊!"

妻子流着泪说:"自从妮子走后,鲁生就是俺的闺女了,俺一把屎一把屎拉扯她，她就是俺的亲骨肉啊！你让她走，就等于割俺的心头肉啊！"

李德说："我知道，我知道。这样吧，到明晚大后半夜，等孩子睡下，咱让八路军悄悄地抱走吧。到时，你我都别在家里，要不，咱俩都受不了。"

那天夜里，鲁生被抱走了。刚到村头，鲁生醒了，放声哭喊："爷啊，娘啊，快来啊，他们来抢我了——"

鲁生的哭喊声在寂静的夜晚尤为响亮，躲在山岗上的李德夫妇抱头痛哭。

鲁南战役打响了，李德跟村里的一批男人抬着担架上了前线。

他们跟在大军后面走着。这时，两匹马跑过来，停在他的身边，一匹马上的汉子就是陈宏，如今他已是华东野战军第八纵队的师长了。陈宏跳下战马，一把握住李德的手说："哥，我老远看着像你。"

李德问："鲁生怎么样？"

陈宏说："她一直不认我这个爹，晚上老是喊你这个爹。"

李德说："慢慢就好了，你嫂子怪想她的。"

陈宏说："她也想你和嫂子。哥，今天，你们这支民工队可能就随我的部队行动，咱们有空再聊，战事紧，我得先走一步了。"

李德说："去吧，去吧，你办大事去吧，等胜利了咱哥俩再好好拉拉。"

陈宏上马前看见了李德腰间的小瓢头子——民工腰间都有一个葫芦做的瓢头子，用来盛饭喝水，一只瓢头子就是民工的锅碗盆勺——解下自己腰间的搪瓷缸子说："哥，把这个捎给嫂子做个念想吧。"

这个搪瓷缸子被细心的李德保存下来。后来，这个记录着军民鱼水情的搪瓷缸子被收进了纪念馆。其实，很少有人知道这个搪瓷缸子的背后，有这样一个红哥的感人故事。

4. 红色货郎

战争不单单是战场上的拼杀,也是经济的较量,无论是日军还是国民党军,他们对付根据地、苏区惯用的一招就是经济封锁。

在鲁中山区,有一个为抗战筹集战略物资的红色货郎,他带领着合作社的全体成员,以"粉身碎骨寻常事,但愿牺牲为国家"的勇气,为根据地打通了一条经济通道,他就是沂水县诸葛镇上华庄村人靳玉翰。

1905年,靳玉翰出生于一个贫困的农民家庭,小时候经常吃不饱、穿不暖,所以小小的他有一个志向:长大后做生意让家里富起来,让父母和兄弟姐妹吃饱饭、穿暖衣。有一年,靳家种了一片大葱,10岁的靳玉翰到集市上去卖,杂货铺的周老板一眼看出了他的经商天赋,把他招到店里当伙计。周老板给靳玉翰置办了一副货郎挑子,让他下乡叫卖东西。两年以后,靳玉翰为了给家里多挣些钱,就出来自己干了。

后来,靳玉翰走沂河水路,将沂蒙山区的药材、蚕丝运到江浙地区,然后把南方的丝绸、瓷器运到沂蒙。这期间,他开阔了眼界,接触到了共产主义学说,弄明白了穷人为什么穷的道理。1933年春天,他毅然加入中国共产党。这年7月,中共沂水县委遭到国民政府的破坏,此后他与党组织失去了联系。

1938年,八路军第四支队来到鲁中山区,33岁的靳玉翰看到了希望。他重新入党,并担任村里的抗日自卫团团长兼村长。他利用自己善做生意的专长,以染坊为基础,创办了纺织合作经济体,以纺线、织布、印染一条龙服务的方式承担了八路军的部分物资供应,并在八路军的帮助下,把物资供应范围扩大,涉及药品、枪支、弹药等领域。那时候,药品、弹药极其昂贵,需要大量经费,靳玉翰就不断地扩大业务,成立了合作社,采用易货贸易的手段为八路军筹集稀缺的战略物资。

为了躲避敌人、保障生产,靳玉翰把合作社搬到了大山深处。1941

年秋,日军"扫荡"沂蒙抗日民主根据地,上级命令他立即转移。临行前,他面容坚定、充满自信地指着桃树、杏树对街坊邻居说:"别看小鬼子猖狂,过了年咱就打回来,一定误不了吃桃、吃杏!"果然,杏树还没开花靳玉翰就回来了。当晚,在刘家河北村,他冒着杀头的危险召开党员秘密会议,商讨如何在敌人的严密控制下为八路军筹措军需物资。大家集思广益,之后一条秘密的经济通道建立起来了。在这条经济通道上,活跃着几十个货郎,靳玉翰带着他们穿梭在敌占区和根据地之间,从敌占区买回大量棉花、食盐、药品等物资,用蚕丝换回武器、弹药以供军需。

1942年秋天,日军再次对沂蒙山区开展拉网合围大"扫荡",并对物资流通渠道进行全面封锁,抗战进入最艰难的阶段。为了打破敌人的封锁,在抗日民主政府的支持下,靳玉翰依托沂蒙合作社,发动群众开展土纺土织。他自己先学会打毛衣、织毛袜,然后再向广大群众传授技术。为了尽快把生产自救推向高潮,他从高桥请来织匠教女儿、儿子学织布,后来,把生活困难的军、烈属和孤儿寡母组织起来成立了纺织工厂,让女儿和儿子进厂当师傅。就这样,他把一家人都动员起来了。在他的带领下,短短几个月的时间,鲁中根据地就成立了32家纺织社,纺车总量达3500架,织布机290台。布纺织出来了,可是根据地缺少染料,他就组织群众采集槐米,加工成染料染制土布,供应被服厂做军装。根据地里日夜不停的纺织声宣告了敌人阴谋的破产。

靳玉翰创办的合作社对鲁中山区的抗战发挥了巨大的作用,他创建的经济模式在沂蒙根据地乃至全国根据地都产生了极大的影响。1945年8月,他作为合作模范被选为山东解放区人民代表会议代表,赴延安开会(后因形势变化,到濮阳一带奉命返回)。

至今,鲁中地区的人们还记得,靳玉翰带领合作社的人员挑着一副副货郎担子走村串乡,并渗透进敌占区,采购大量的军需物资,源源不断地送往前线。

他们被誉为根据地的红色货郎。

5. 红哥大组团

　　沂蒙红哥大组团支前，发生在解放战争时期。

　　这是一组令人震撼的数字：在解放战争期间，山东人民为支援前线，出动民工 1106 万人次，动用大小车子 100 多万辆。他们组成各式各样的担架队、挑工营、小车队，转移伤员，运送粮食弹药，仅运粮一项就达 11 亿斤，有力地支援了华东、中原、东北、西北四大野战军……

　　1959 年，在青岛地方戏曲晋京汇报演出座谈会上，陈毅元帅说："我陈毅死在棺材里也忘不了山东人民对我们的支援。他们在战斗中做出许多可歌可泣的英雄事迹。鲁南平邑一区担架队就是一个范例……"

　　在大量的支前民工中，陈毅元帅为何对沂蒙山区一支担架队难以忘怀？

　　2011 年，我在平邑县城社区中采访支前老人，见到了 86 岁的老支前王立法，他正在太阳底下看一群老人下"六棋"。六棋是沂蒙民间的一种娱乐活动，就地取材，在地上画六条纵横垂直交叉的线作为棋盘，两个人下棋，一群人围着观看，煞是热闹。

　　王立法是一名老担架队队员，属于支前的红哥。他耳不聋、眼不花，生活能自理。听说我要了解当年担架队的事情，他一下子精神了许多，兴致瞬间提高了数倍。于是，我们就聊起来。

　　"大爷，你还记得什么时候参加担架队的吗？"

　　"记得，1946 年嘛，老蒋要进攻咱解放区的那一年。"

　　"你能回忆一下当年的情景吗？"

　　"好像是那年的八九月份吧，记得当时俺们平邑一村的青年人，碰在一堆就相互询问：区里要组织担架队上前线，你去吗？大伙儿说：得去，要是国民党军队打过来，那些外逃的地主恶霸会随后跑回来，他们要抢我们刚刚分到手的土地啊！咱还得指望共产党、解放军保护咱们的胜利果实。就这样，我第一个报名了。当时，我才20岁，担任村里的民兵连连长，村长不想让我去，说村里好多事还得靠我呢！那工夫，我年轻气盛，认准的事情几头牛都拉不回来。我执意要去支前，村长也就不阻拦了。当时年轻人都积极报名，在很短的时间内，我们平邑一区就组织起68副担架、354人的队伍。区里对我们担架队进行了严格的编组，一副担架5个人，其中配一个全副武装的民兵担任警卫，三副担架编成一个班，三个班编成一个分队，三个分队编成一个中队。我们一共编成三个中队，经过短期的训练就开赴前线了。我们的中队长姓高，也是平邑人。"

"大爷，你还记得什么时候上的前线吗？"

老人记性真好，一口咬定："1946年10月中旬。"

我后来查阅的许多资料都证实，平邑一区担架队是1946年10月16日接到部队总兵站的命令，参加著名的傅山口战役，担负护送、抢救伤员的任务。

到战场待命时，王立法他们将担架展开，在上面垫好干软的细草，然后铺上自己家的被褥，做好抢救伤员的准备。

据王立法老人回忆，伤员大都是皮肉伤，流血不止，而且很多人的活动受到限制，担架队队员得帮助他们翻身，协助他们大小便。那时候生活穷，没有碗，担架队队员每人腰带上挂着一只瓢头子，能用上一个带把的茶缸就已经很不容易了。碰上伤员不能动，大小便就得用帽子、茶缸接着，这样的活很多担架队队员都干过。中队长高启文就用自己的茶缸替伤员接过大便。当时伤员说什么也不肯，高队长就说："不碍事，这东西不是瓢头子，不渗粪便汁，用完了刷一下，照常盛饭吃。"后来这个茶缸被人拿去了，在北京一家战争纪念馆里放着哩。

"大爷，你们是到战场上救伤员吗？"

"不是的，共产党的军队爱护咱老百姓，队伍不让我们这些民工到最前沿，我们就是在战场外接收伤员。"

"是不是这样就安全啦？"

"也不安全，俺们平邑一区的担架队，从傅山口战役到鲁南战役，再到莱芜战役、孟良崮战役，最后到淮海战役，一支354人的担架队就牺牲了49人。"

"49人？怎么会牺牲那么多？"

"都是飞机给炸的。蒋介石有飞机啊！那东西在天上，咱们没办法对付这些铁家伙。为了躲飞机，担架队一般都是白天休息，晚上赶路。有一次，我们改成临时运输队，担负弹药运输任务。那天，我们接到命令，天黑前必须赶到指定地点。当时我们推着炮弹，抬着物资向北急进，行至一个村边的麦场时，走在前头的瞭望哨发出发现飞机的信号，我们赶快分散隐蔽。这时，三架飞机从南方飞过来，在村子上空盘旋两圈后开始俯冲扫射，并投下两个大炸弹，草垛燃起了大火。这时飞机还没飞走，队长高启文就跳起来，大吼一声：'快，把弹药车运到安全地带。'

"我们的弹药车就放在草垛边，大火很快就会烧到车子，引爆车上的炮弹，那样损失就会很大。可我们都知道，这个时候从隐蔽的地方出来很危险，一旦飞机折回来就麻烦了，但一想到成车的弹药，大伙儿就什么也不顾了。

"就在我们跑向火场的时候，狡猾的敌机果然又折回来了，又是扫射又是投炸弹。就这样，在敌机密集的扫射中，我们把9辆装满炮弹的小推车弄到了安全地带。那一次，我们有6名担架队队员牺牲了，4人负了重伤。记得队员徐和治当场没死，一块弹片打进他的胸膛，他胸口一个劲地往外冒着血，血染红了弹药车子。临终前，他对队长高启文说：'启文哥，给陈毅司令员上个建议，咱们也得造飞机啊！'他是说完这句话才死的。"

"大爷，当时一下子死了那么多人，你们害怕吗？"

"怕个啥啊？当时我们只有一个想法：把弹药送上战场，把伤员抬下战场，打败国民党军队，保卫胜利果实。我给你讲过负责瞭望的林传德，你知道他是怎么参加担架队的吗？在宿北战役时，我们遭到敌机轰炸、扫射，一个叫林传江的队员临终前对高启文说：'队长，我死了，就把我的尸首带回平邑老家，顺便交代我的家属，告诉双亲，别难过，打仗就得死人，解放军在前方死的更多。打蒋介石保卫胜利果实，就会有人牺牲。老爹战死了，儿子上；哥哥死了，弟弟补上，一家人前仆后继地支前才中。你告诉我弟弟，我死后，要他来前线替我支前。'"

高启文把林传江的尸体运回家。当天晚上，全村召开追悼会，会上高启文把林传江临终的话说给乡亲们听。林传江的弟弟林传德当场就报名了。全村人在他的带动下，当夜就有16人报名上了前线。

"大爷，你当了好几年的担架队队员，历经了不少死亡的场面，也多次受到奖励。你说说，哪一回最让你难忘？"

我没有想到，几十年后，王立法老人一直不能忘怀的不是血与火的血腥，不是死亡的恐惧，也不是胜利归来的喜悦，更不是受到表彰时的激动，而是没有饭吃的饥饿。

"要说忘不掉的事啊，也不少。那些年，最难忘的事就是饿肚子。这人啊，三天不吃饭，英雄就变成了狗熊。人是铁饭是钢，一顿不吃都饿得慌啊！在傅山口战役时，我们跟着新四军七团。战后，我们抬着伤员向后方转运，两天两夜急行500里。长途无轻担，我们是抬着伤员急奔啊！两天两夜，一天喝了九锅开水，大家饿得两眼直冒金星，见到屎壳郎都想啃上两口，可是我们硬是一口气把伤员抬到了指定地点。一放下担架，人又饥又累又困，一个个躺在地上，再也爬不起来了。告诉你啊，当年我还小，大概是1941年吧，听说蒙山上有群八路军，头儿叫王连长王保胜，他的口号是：'饿不了三天肚，不能当八路。'我们才两天没吃饭，人就撑不了了，三天不吃饭是个什么样子？我真的不知道。我就记得抬着伤员路过地瓜地时，抓一把干地瓜叶子塞进嘴里，嚼不上两下就一下子吞咽下去了。那个香啊！有一次路过一块地瓜地，在地上捡了一片地瓜干子,顺手就放在嘴里了,那感觉简直就是现在的钙奶饼干啊!"

老人陷入深深的回忆中。

我还是忍不住问:"大爷,这些年了,你除了记住了饥饿,还有什么让你忘不掉的事情吗?"

老人想了想,说:"有啊!那次,我们刚开完表彰大会,还没来得及休整,就接到北上的命令,随华东野战军开回沂蒙山区。那是2月份,下着小雪,我们担架队正好路过平邑县。全队人那个高兴哟!终于转到家门口了,谁不高兴啊!一转眼就是小半年,家里人都挂念着呢!再说,我们也想家里人!父母怎么样了,姐妹怎么样了,我们多想把支前的见闻告诉父老乡亲啊!可是上级讲了,兵贵神速,打仗赢的就是时间,谁抢先一步占了先机,谁就能打赢战争,于是我们决定过家门而不入,直奔前线。但是,区委还是把我们整个担架队回来的消息告诉了乡亲们,于是县、区、村干部和当地群众组织起2000多人的慰问团,打着灯笼、举着火把,敲锣打鼓、吹着唢呐,走出5里多地迎接我们。那天晚上,我们一个个兴奋地喊着、叫着,心里翻起巨大的浪花。亲人啊,我们回来了。"

亲人们拥上来,与担架队队员们紧紧地拥抱在一起。

亲人们把卷烟、烟丝、炒花生、大红枣捧上来……

队员们把奖章、奖牌、立功的证书、奖旗拿出来……

老支前队员丁立本的妻子从8里外的村庄赶来,提着一壶酒,带着一包吃的东西,一见他的面就喊:"老东西,辛苦了,过过酒瘾吧。"

丁立本一摆手,说道:"喝酒误事,戒酒啦!等赶跑蒋介石,回家炒两个小菜,我再好好地喝它一壶。"他又嘱咐妻子道,"你一个人在家可要保重啊!"

妻子笑着说:"你放心吧,村里对咱家可照顾了,地有人耕种,大门口还挂起了支前的光荣灯笼呢!老东西,你立功了没有?"

丁立本把一枚奖章递给妻子:"瞧,这是啥?"

两口子看着奖章乐呵极了。

就这样,家乡父老送担架队过了城,又向北送了5里地才返回。

这支担架队先后参加了13次战斗、战役。大反攻后,他们又随解放军外线出击,两过津浦线,三跨陇海路,一渡黄河,足迹遍及鲁、冀、苏、豫、皖5省,行程1万里,从没丢掉一个伤员。

这支担架队被记大功1次,3人被记特等功1次,1人被评为华东支前担架英雄,还出席了1950年的国庆大典。刘起顺等13人被评为鲁南地区支前担架特等功臣。担架队集体荣获支前民工最高奖——"陈毅担架队"的殊荣。至今,淮海战役、莱芜战役、孟良崮战役等各大纪念馆里都有担架队的影子,队员们使用过的担架,吃饭用的瓢头子,立功的证书和奖章都被纪念馆收藏了。

江北解放后,这支有着光荣称号的担架队解散了,队员们回乡快乐地种起了自己的土地,这段光荣的历史被悄悄地封存在记忆中。

我问王立法老人:"大爷,你也是支前模范、担架队英雄,证书还存着吧?"

老人一笑:"有啊!当时都包起来,放在房梁上了。有一年,房子实在太破了,又没钱修,一场大雨给泡塌了,证书、奖状全弄烂了。"

"奖章呢,那东西不怕水啊!"

"当年我得的奖章还真不少,铁的、铜的一大堆。1960年,生活实在困难,穷得连盐都买不起,我就用它们去供销社换了1斤盐。"

"大爷,可惜了。"

老人用自己的血汗乃至生命换来的荣誉证书、奖章就这样弄丢了,但他丝毫不觉得可惜。在他的眼里,那些东西跟牺牲的49名队员相比,显得微不足道,重要的是他们都参加了解放战争,贡献了自己的力量。

老人告诉我:"那仗是为咱自己打的,胜利了就行了,至于奖章啊、奖状啊,没了就没了吧,可惜什么?我现在的日子可好哩,有吃、有喝、有房住,国家还月月给我发补助呢!我现在吃的这些东西,牺牲的那49

个伙伴别说吃了，连听说都没听说过呢！"

我被老人的豁达逗笑了。

老人说："忘了告诉你，现在像我这样年纪的农民，看病都不用花钱了，国家都替咱想着呢！就凭这，当年咱支前就没白干，血和汗流得值，命搭得也不憋屈啊！"

老人说完就笑了。

旁边一个年轻人不解地说："爷爷，你当年立了那么大的功，咋不早说呢？原来你是英雄啊！"

老人摇摇头，说："咱们平邑一区的陈毅担架队，一共354人，只有那49名牺牲的队员才是英雄哩！"

今天，无论我们怎样描述当年的支前盛况，都不如当时的报道真实感人。《中共沂水地方党史大事记》中记载，1947年4月上旬，"根据华东局提出的'一切为了战争，一切为了胜利'的指示，为粉碎敌人的重点进攻，沂水县调集千余民夫，五百辆小车，协助部队运输战争所需物资。为使民工安心支前，县委、县政府对于民夫家属的生产、生活做了妥善安排，从而解除了每个民工的顾虑，大大调动了他们的积极性。如峙阳区民工队于五月一日写信给陈毅司令员表决心：'不打倒反动派决不回家！'"5月上旬，"山东支前委员会主任郭子化到达沂中县王庄村，直接向县长李贯一部署支前任务，令他三天内备足五十万斤粮食，一百万斤柴草。随后，华东野战军司令部到达王庄，在这里部署举世闻名的孟良崮战役。大批部队亦在沂中县境内集结，沂河以西、泰石路沿线各区，大军云集。为了保证部队的供给，县委、县政府向全县人民提出：即使砸锅卖铁也在所不惜。"

其实，早在1938年5月26日至6月3日，毛泽东就在延安抗日战争研究会上做了《论持久战》的演讲，提出"兵民是胜利之本"，争取抗日战争胜利的关键在于，使已经发动的抗战发展为全面的全民族的抗战。只有这种全面的全民族的抗战，才能使抗日战争获得最后的胜利。

动员了全国的老百姓，就能陷敌于灭顶之灾的汪洋大海，就能弥补武器不足的缺陷，就能克服一切战争困难。

抗战的胜利证明，动员起人民群众参加战争，就能打败一切侵略者。抗日战争胜利后，依旧比国民党弱小的共产党，继续运用这个法宝，只用四年时间，就夺取了全国的胜利。

第十三章　改天换地

　　一颗迟来的子弹击穿了刘黑七硕大的头颅，这声正义的枪响，宣告了沂蒙几十年"光棍"乱象的结束。

　　无论是抗日战争还是解放战争，都在证实：得山东者，必先得沂蒙。

　　鲁南战役、莱芜战役、孟良崮战役，不足半年，沂蒙山区连续发生了三大战役。解放军三战三捷，沂蒙得以解放，随后解放军赶走了国民党反动派，解放了全中国。

　　还社会以太平，救民族于危难，建国家于乱世。事实证明，改天换地只有共产党能做到、能做好。

　　火线桥，一个高悬在历史功勋簿上的文化符号。

　　横跨在千里沂河上的那些美丽的彩虹，不仅连接了两岸群众，也使沂河流域的经济得以繁荣，这些造型各异的桥梁，遗传的是火线桥的基因。

　　沧海桑田，换了人间，不变的基因代代相传。

1. 还沂蒙一个太平世界

从 1915 年"混光棍"算起到 1943 年被八路军击毙，刘黑七的土匪生涯长达 28 年之久。在这漫长的时间里，刘黑七除了杀人放火为害百姓，就是在唯利是图的军阀之间左坑右骗。这样一个多姓家奴，跟任何一方势力的媾和都是利益的捆绑。蜜月总是偶然的，交恶才是必然的。土匪和军阀，为了各自的需求，时而沆瀣一气，时而反目为仇。数十年间，刘黑七跟军阀没少打仗，时败时胜。跟韩复榘大打出手后，刘黑七跑到他的老家，扒了韩家的祖坟，气得韩复榘吐血，可是拥兵 10 万的韩复榘，对这样的流寇一点招都没有。有时，刘黑七也被击败，可是每次被打败，即使土匪作鸟兽散，他也总是能够东山再起。

为什么？

首先在于刘黑七的狡诈，其次在于政府的无能、军阀的纵容。当然，社会的动荡、民众的贫困也成为土匪猖獗的温床。那时候，整个中国国不像国、家不像家，正值兵荒马乱的年代。乱世出英雄也出盗匪。在饥饿和死亡面前，道德的防线极其脆弱，听说刘黑七那里有饭吃，附近一些无业游民便纷纷投奔，壮大了土匪的队伍。

刘黑七一生恶贯满盈，尤其是他投靠日军成为民族的败类，激起了广大人民的切齿痛恨。顺应民意，迎合民心，1943 年，八路军山东军区为民决策，下达了彻底铲除这颗毒瘤的命令。

其实，八路军早就看清了刘黑七的本质，只是大敌当前，御外敌为要，才一忍再忍。可是，刘黑七却把八路军的忍让当成软弱，更加飞扬跋扈，多次配合日军进攻根据地，是可忍孰不可忍！八路军决定发起战斗，一举将刘黑七拿下。一向不打无把握之仗的八路军，这次定的目标异常明确：活要见人，死要见尸！一战平息匪患。

一旦八路军决定拿土匪开刀，为害沂蒙 28 年之久的惯匪刘黑七就在劫难逃了。

在日军的帮助下,刘黑七在老家锅泉村一带经营数年,筑有坚固的防御工事,要打,就是一场艰巨的攻坚战。没有重炮的八路军不会在不利于己的情况下贸然开战的,所以鲁南军区首长决定:把刘黑七引出老巢,让他失去优势,在运动中将其一举歼灭。

怎样才能把刘黑七从堡垒中引出来呢?

情报来了:刘黑七骗取了日军的武器,但并不听日军调遣,有便宜可赚的活他干,没有便宜的活,日军再怎么调动,他都是阳奉阴违。于是,二者之间的合作开始出现缝隙。日军开始提防他,他更提防日军。

有缝隙就有办法。

在根据地打仗,八路军总是和县大队、区中队、村民兵、村民结为一个有机的团体。这不,在最关键的时候,人民帮忙了,具有"活电台"之誉的高廷光出场了。1943年,高廷光不过是个13岁的小孩子。但是我们千万不要小瞧这个小孩子,八路军在蒙山前攻城拔寨,哪一仗都有他的影子。

高廷光要见的"花舌子",是刘黑七的情报官,也是刘黑七最信任的亲信之一。其实,刘黑七、高廷光都不知道,为策反"花舌子",费北县委情报科没少费心思,甚至暗中找到他的父母,经过持续说服、教育,"花舌子"才表示愿意和八路军合作。但是,此人和刘黑七交情深厚。再说,土匪都是朝三暮四的亡命徒,八路军派高廷光深入虎穴是冒着巨大风险的,只要"花舌子"歪歪嘴,县委、县大队的这个宝贝疙瘩,蒙山"活电台"的人头就会瞬间落地。

13岁的高廷光接受任务后,丝毫没有犹豫,一蹦一跳地向匪窟走去。尽管他知道刘黑七狡诈奸猾,这一次可能是他最后一次出场了,但是这个极为成熟的小交通员,连眉头都没有皱一下。

"花舌子"在他的豪宅里接待了八路军的代表高廷光。

八路军利用刘黑七生性多疑的性格，制定了一套完美的方案："花舌子"从临沂日军司令部获取了绝密情报，亲自送给刘黑七，内容是日军对刘黑七拿着工钱不干活的行为极为不满，以至于失去了最后的忍耐，决定派飞机轰炸他的锅泉老巢。

刘黑七明白，他的锅泉堡垒是日军帮助打造的，图纸都在他们手里，日军要轰炸，那是手到擒来的事。再说，日军轰炸机的厉害，刘黑七是领教过的，尽管那次是误炸。

狡猾的刘黑七不会坐以待毙，决定连夜撤离锅泉。

刘黑七中计了。

调虎离山后，八路军并没有立即出击，而是动员群众扒了他的老巢，绝了他的归路。

随后，八路军主力南撤，远离刘黑七部，给他造成一个安全的错觉，让他在费县城和梁邱镇之间安心驻扎下来。这的确给刘黑七造成了一种错觉：八路军主力远去了，地方武装奈何不了他。此时，若八路军主力有动静，刘黑七就会扤蹶子窜圈，一旦他窜入沂蒙腹地，就如狼群进入深山老林，麻烦就大了；假如他流窜到外省，那更鞭长莫及了。所以，火候不到不能轻举妄动，八路军的策略是非常正确的。

等刘黑七在费南的柱子山一带建立据点、修筑碉堡安定下来后，费南县的袁长巨和费北县的王保胜就出场了。他们原本就是刘黑七的老对手，对付这个惯匪可谓经验丰富，况且到1943年下半年，日、伪军已经是王小二过年——一年不如一年了，而八路军主力和地方武装却是芝麻开花——节节高。在敌后根据地，胜利的天平朝着八路军一方倾斜了，日、伪军的处境就渐渐不妙起来。

离开锅泉堡垒庇护的刘黑七，处处被动挨打，就连县大队都敢瞅机会给他一棍子。

为了安全起见，刘黑七只得和伪10军荣子恒部结成作战同盟。压根就没把荣子恒当块咸菜的刘黑七，此时也不得不委曲求全，成为伪10军的一个师。伪10军驻扎在费县的梁邱镇，刘黑七就驻扎在几十里外的柱子山一带，双方以求抱团取暖。

1943年刚入冬，费南县县大队袁长巨部就实施八路军的计划了，率部夜夜袭扰刘黑七。

40天后，就在刘黑七彻底放松警惕时，中共鲁南区党委书记兼鲁南军区政治委员王麓水制定了详细的作战方案，定于11月15日指挥鲁南军区的精锐部队三团、五团，长途奔袭柱子山。一场围歼乱世惯匪刘黑七的大战开始了。

王麓水在战前动员会上说："刘黑七为非作歹近30年，屠杀大量无辜百姓，罪恶波及半个中国。现在党和人民把消灭刘黑七的光荣任务交给我们鲁南军区，我们要坚决打好这一仗，为人民除害，彻底消灭刘黑七部！军区的命令是：活要见人，死要见尸！"

他又问战士们，记准刘黑七的模样没有？战士们齐声回答："胖子刘匪既黑又矮，十个指头既粗又短，投石既准又狠。"

王麓水告诉战士们："刘黑七善于战场溜号，这次我们彻底堵死他的逃路！"八路军打仗从来都是这样，战前工作严格精细。刘黑七的形象被广大指战员死死地记住了。这回，刘黑七是插翅难逃了。

午夜时分，八路军两个主力团经过长途奔袭，插到攻击位置。

袁长巨、王保胜等八路军地方武装早已待命多时了。

在"活要见人，死要见尸"的命令下，八路军布置了四道包围圈。

五团率先打响战斗的第一枪，向外围据点发起进攻。土匪开枪抵抗，但他们以为又是袁长巨部来捣乱，并没当回事。随后，三团从几个方向向刘黑七居住的据点发起猛攻。

此时，陷入铁桶包围的刘黑七，从轻、重机枪急促的枪声里，意识到大事不妙。

战斗进行得十分激烈，王麓水坐镇前线亲自指挥。突然，一颗炮弹将王麓水炸昏。醒来后，他依旧站在原地不动，沉着地指挥战斗。王麓水的沉着冷静使战士们增强了必胜的信心。经过半夜激战，土匪大部分被消灭，只有刘黑七率精锐卫队和师部直属营死守在柱子村，战斗呈现胶着状态。

已成瓮中之鳖的刘黑七，看出八路军是志在必得了，再次使出惯用的手段——脱离战场，悄悄逃命。

他哪里知道，八路军针对他布置了四层包围圈。

到黎明前，土匪的指挥部被捣毁，俘敌近百人，包括刘黑七的7个老婆，唯独不见刘黑七。审问得知，刘黑七带着几个卫兵逃向西南炮楼了。

炮楼被攻下后，还是不见刘黑七的踪影。

莫非刘黑七又逃脱了？

数十年来，刘黑七之所以屡次被围、屡次逃脱，是因为他确实有自己的一套诡计。这不，天亮前，双方都打得疲倦的时候，预感到巨大危机来临的刘黑七，换上便装，带着卫兵，以到前沿督战为名离开了指挥部。他命人拴上绳索，悄悄地从围墙上下来，利用夜色掩护连续摸出了三道包围圈。眼瞅着他就可以进入柱子山了，一旦进入山里，他刘黑七就安全了。兵没了再聚，钱没了再抢。他什么都可以放弃，唯独命不能丢。

逃出三道包围圈的刘黑七，回望身后激烈的战场，阴险地一笑，长舒了一口气。但他做梦也没有想到，在第四道防线上，三团四连一个叫何荣贵的新兵，却成了这个老匪的克星。

按照战前的安排，三团四连是警戒部队，埋伏在战场外围，既打援敌又消灭漏网之敌。

当主攻部队攻下大围子、展开激战后，四连的伏兵突然发现有三个黑影向他们的埋伏地跑来。等他们靠近时，一个战士突然开枪，将前面的一个打死，另外一高一矮的两个人慌忙向东跑去。几个战士立即展开追击，送信归来的新兵何荣贵也跟着追了上去。

何荣贵来自蒙山东北部的莱芜山区，刚满18岁，血气方刚，自小练就了一副攀山越岭的好腿脚。他紧盯着那个手提短枪飞快逃窜的矮胖子，那天，作为警戒的新兵，排长只发给了他三发子弹，他必须节省着用，没有把握绝不开枪。无论前面的人如何开枪，他就是不还击。在追击到距离50米的时候，他照着疾跑的黑影开了一枪，没中。子弹打在矮胖子的身边，矮胖子吓了一跳，极速爬上一道地堰，回头向追来的何荣贵打了一个连发，子弹贴着何荣贵的身子飞过。就这样，矮胖子打光了子弹。何荣贵奋不顾身地紧追不舍，眼看就要追上了，矮胖子弯腰捡起一块石头打来，正砸在何荣贵当胸。趁何荣贵卧倒的一刹那，矮胖子与他拉大了距离。何荣贵一跃而起，但身上又挨了一石头。

黑夜飞石就能击中飞奔的目标，何荣贵立刻意识到，眼前的这个矮胖子一定是刘黑七，因为只有这个老羊倌才有这手绝活！

东方渐渐放亮了，前面的影子清晰了许多。当刘黑七吃力地爬上另一道地堰，弯腰捡石头时，何荣贵抓住机会，单腿跪地，端稳步枪，准星锁定了目标，扣动了扳机。

新兵何荣贵的这一枪，让整个战役瞬间完美起来。

胜利的消息鼓舞了军队和人民，这个殃及半个中国、流窜数十年的混世魔王终于覆灭了。为此，延安《解放日报》发表了新闻报道；新华广播电台以滚动播出的方式，每隔两小时就播报一次山东沂蒙战场击毙惯匪刘黑七的特大新闻。

号称"打不死"的惯匪刘黑七被八路军击毙了，整个沂蒙振奋了，尤其是蒙山前的鲁南一带，老百姓高兴地敲锣打鼓，庆祝八路军的胜利。

大泗彦村幸存的村民来了……

白马峪幸存的村民来了……

南孝义村幸存的村民来了……

大仇终于让八路军给报了！

一个双手沾满民众鲜血的恶魔，一个流窜十几个省的惯匪，一个为害沂蒙28年的巨匪，终于被他一向瞧不起的八路军消灭了。

八路军击毙刘黑七，代表着沂蒙山区土匪势力的终结，宣告了沂蒙山区"光棍时代"的结束。

2．一桥飞架成通途

2013年11月25日,习总书记视察临沂,就弘扬"水乳交融、生死与共"的沂蒙精神发表重要论述,特别强调"沂蒙精神与延安精神、井冈山精神、西柏坡精神一样,是党和国家的宝贵精神财富"。

惊天地、泣鬼神的沂蒙精神,有其经典的文化符号,除了前述的"识字班""红嫂"等,还有一个很多人熟悉的"火线桥"。

1946年12月,宿北战役即将胜利。毛泽东高瞻远瞩,指示中央军委给山东野战军下达指令:下一步作战,宜集中主力歼灭鲁南之敌。

伟人真是运筹于帷幄之中,决胜于千里之外,毛泽东在3000里以外,就为鲁南战役指定了方向。

据此,新四军军长、山东野战军司令员兼政治委员陈毅,率两军主力迅速移师鲁南。

大部队要过沂河了。

一道命令飞到郯城县委:以最快的速度,5天内在沂河上搭建一座桥。

郯城县委根据战斗需要和实地考察,决定在郯三区高庄东的沂河上修建木桥。解放军要开着汽车、炮车从桥上经过,所以这座桥的要求比较高:桥宽6米,载重3吨以上。

为保证桥的质量,确保大军顺利过桥,上级派一名作战参谋和一名桥梁工程技术员协助建桥。

选在这里建桥,主要考虑到此处河面较窄,利于建桥;再者,此处地势隐蔽,能避免敌机轰炸;另外,附近大树特别多,建桥用的木材便于就地获取。

据《郯城县志》记载，1946年12月1日晚上，郯城县委召开了紧急会议，决定：第二日早饭前，300名木匠、200名铁匠、100名泥瓦匠、1200名青壮劳力，各带工具必须按时到达建桥地点。

这是一个看起来有点不近人情的决定。1946年，根据地的通信环境和交通条件是相当落后的，铁匠、木匠、泥瓦匠都分散在广大的农村，这么多的技术工，得分散在多少村落里？那时候没有电话，甚至连一辆自行车都是稀罕货，所有的通知都要靠人去送达。怎么能一夜工夫通知那么多的匠人？这么短的时间，又怎么能让这些分散在遥远的村落里的匠人按时到达指定地点？然而，第二天一早，沂河岸边一字排开的大铁锅里就飘出了饭香。那些夜行而来的匠人，已经云集在河滩上开始吃早饭了。令人意外的是，赶来的匠人和民工还远远超出事前通知的人数。

寒风顺着宽阔的河面吹来，带着水的寒气，人们没有畏惧冬日的严寒，匆匆吃过早饭，就按照分工，撸起袖子干起来。

木匠们杀树。

铁匠们支红炉。

石匠们打制石料。

泥瓦匠们指挥青壮劳力清理河道。

空旷的河滩、寂寞的河道顿时热闹起来，铁锤的敲击声、激昂的号子声此起彼伏，在沂河上空回荡。河滩上，乡亲们来回穿梭运送物料。白天人海一片，夜晚灯火通明。

为架好这座木桥，附近的村民献出了自己家的大树，还把能找到的木材都运了过来，甚至老人的棺材板、大姑娘的嫁妆板……

那时候，村里的青壮劳力大都随军支援前线去了，农村妇女成了主要劳力。郯城县委调集的1200名青壮劳力，青年妇女占了很大的比例。

"识字班"孙玉兰带领200多名妇女不畏冰水刺骨，冲在建桥第一线。这是架桥现场发生的最让人感动的一幕。

我们查阅了1946年12月郯城县的气候发现，那时候的冬天远远比现在寒冷得多，我们完全可以想象站在冰冷的河水里的感受。如果没有强大的精神力量做支撑，是无法完成这样的任务的。那时候，在整个沂蒙根据地，这种精神成为战胜一切困难的力量。

当时吹着西北风，沂河里到处漂着冰凌。搭建支撑桥梁的木桩需要人站在水中，孙玉兰是第一个下水的妇女。那时候，她穿着一个打着补丁的棉袄和一条同样满是补丁的单裤。一个女人，就这样站在冰冷的河水里，双手扶住木桩，专心致志，仿佛从膝盖处漂过的不是冰块……

年轻的姑娘就这样在桥下站成一道亮丽的风景。

榜样的力量是无穷的。

孙玉兰的行为感染了所有的男人，不知道是谁喊了一声："向孙玉兰学习！"接着，无数人挽起裤腿，呼啦啦地走进冰水里……

大块的冰凌从人们的大腿根漂过，锋利的冰凌划破了他们的腿，即便是这样，人们依然没有退缩。由于工具有限，为了按时完成建桥任务，大家分班轮换，昼夜不停。那时候，夜晚的照明只有手提马灯，烧的是煤油，外面有个玻璃罩，大家就靠着这些灯光来干活。

2000余人苦干了三天两夜，一座结实的木桥飞架在大沂河上。

桥建好之后，为保证汽车、重炮从桥上顺利通过，孙玉兰和其他人在桥两侧撑船巡逻。只要桥有一丝变化，便立刻进行维修。桥上车水马龙，过桥的解放军战士热情地向她们挥手，感谢她们搭建的木桥。

这座桥的及时建成，确保了解放军27个团的主力及大批辎重顺利渡河，为提前组织防御赢得了时间。鲁南战役历时19天，山东野战军和华东野战军联合作战，以伤亡8000人的代价，歼灭国民党军队5.3万余人，缴获坦克24辆、各种火炮200余门、汽车474辆，首创华东战场一次歼灭国民党军队两个整编师和一个快速纵队的纪录，挫败了国民党军队的进攻计划。此役，解放军不仅获得了对机械化部队作战的经验，同时为组建自己的特种兵部队奠定了基础。

之后，郯城县委开了庆功会，孙玉兰被评为"铺路先锋""架桥英雄"。

在解放区，国民党军来了，老百姓扒路、拆桥，阻止他们前进；解放军来了，老百姓修路、架桥，保证他们及时顺利地通过，这已经成为常态。难怪国民党军都不愿到解放区作战，在这里他们处处被掣肘，行军作战极为艰难。可以说，国民党军进了解放区，就像日军进了根据地一样，处处艰难；解放军在解放区，则如同在家一样，如鱼得水般自在。解放战争期间，有一个战地记者拍下一张著名的照片：一位身穿粗布棉袄的大嫂，站在山坡上认真地给解放军炮兵指示敌人的方位。显然，她是发现了敌人的炮兵阵地后，从敌人占领的村庄跑出来找解放军的。

1947年5月，在沂蒙腹地的蒙阴城东南部，爆发了一场举世瞩目的战役，史称"孟良崮战役"。这是一场由解放军主动进攻、老百姓积极配合取得的胜利之战。感人至深的另一座"火线桥"的故事，就发生在这次战役期间。

战役开始前一天，沂南县马牧池妇救会会长接到通知，需要在5个小时之内在崔家庄与万粮庄之间的汶河上架一座桥。

马牧池离岸堤镇不远，抗日战争时期这一带是中共中央山东分局、山东抗日军政干部学校的所在地，也是八路军秦鹏飞部为解救老百姓与日军以命相搏的地方，因此群众基础相当好。抗日战争期间，人民支前已养成了习惯；解放战争开始后，获得了土地的人民支前的情绪更加高涨。孟良崮战役开始前，这一带的男人大都跟随部队支前去了，村里剩下的基本上是妇女、儿童和老人，妇救会会长就是在这个时候接到上级派发的架桥任务的。

晚上9点多，解放军的先头部队来到汶河边，可是却没有桥。

妇救会会长大喊一声："架桥！"

32名妇女扛起门板就跳进河里，一转眼工夫，宽宽的河面上就架起一座"人桥"。

战士们都看愣了。

5月，河水还很凉。看到没在凉水里的妇女，战士们都不愿意上桥。妇女们大声喊："时间就是胜利，同志们上桥啊！"

战士们这才上桥，他们脚步轻轻，从"人桥"上快速通过……

就这样，妇女们在冰凉的河水中站了一个多小时，谁也没有叫苦，直到部队全部渡过大汶河，她们才从河里爬出来，一个个累瘫在河岸上。

这座人体为桥腿，门板为桥面的特殊桥梁，成为战争胜利的最便捷的通道……

孟良崮战役进行到第二天，为了阻止解放军驰援孟良崮，通往战场的桥差不多都被敌机炸断了，后方部队的辎重、武器过不了河，前方的伤员运不回来。在这个决定战争胜负的关键时刻，附近的群众自发地组织起来，砍树木、拆门板，在通往孟良崮的河流上架起了浮桥。由于水深浪急，桥面不稳，人在上面行走困难，架桥的群众纷纷跳入水中，用双手固定桥墩。就这样，一座座简易的桥梁，飞架在大大小小的河流上，把天堑变成了通途。在人民群众的支援下，一支支部队从桥上通过，一批批弹药从桥上运往前线，一批批伤员从桥上送回后方……史书记下了这样的数字：整个孟良崮战役前后，根据作战需要，沂南、蒙阴、临沂三县组织沿线群众，冒着连绵阴雨，苦战三个昼夜，抢修公路50余公里，架石桥、木桥40余座……

这一个个"火线桥"的故事告诉我们：没有了人民的支持，任何一个政党、一支军队都会变成无水之鱼。人民才是真正的靠山，是胜利之本。

3. 大转折在沂蒙

1945年8月15日正午，日本裕仁天皇情绪低落地向全日本广播：接受波茨坦公告，实行无条件投降，结束战争。

旷日持久的抗日战争终于结束了。胜利的消息传来，沂蒙根据地一片欢腾。身负重伤的鲁中军区特务营营长王保胜,听到这个消息时一脸泪水。14年啊,他整整跟日军血拼了14年。14年里,他目睹了日军的一次次暴行,眼睁睁地看着战友一个个倒下,虽说自己战后余生,也断了五根肋骨,肺部被戳了三刀,双腿的骨骼断了五六处……他虚弱的生命只能靠药物维持,高度瘫痪的身体只能借助轮椅移动了。但是,日军彻底输了,我们赢啦!想到这里,他抹了一把眼泪,笑了。王保胜对着院子喊了一声:"吴娟啊,找人把我抬出去,我要参加庆祝大会。"

在会上,王保胜见到了自己的老部下蒙山飞虎队队员宋美续。宋美续告诉他,自己复员回家种地了。王保胜惋惜地说:"你是县大队里有名的神枪手,你不当兵可惜了。"宋美续大大咧咧地说:"拉倒吧,你动员我当八路军时说,等打败了鬼子就让我回家娶媳妇生孩子,种地过日子。抗战胜利了,不回家干什么?"

王保胜想想,说:"也是。不过你小子娶媳妇的时候,我得去讨杯喜酒啊!"

宋美续说:"就你这个熊样,从北仲村爬到俺家,还不得一个月?还是我到你家去喝吧。"

说完,两个人都笑起来。王保胜很快发现自己笑早了,国民党已经开始到处抢夺地盘了。在山西,阎锡山部已经在上党地区动手了。可是,共产党还是以天下苍生为重,为避免战争、争取和平,毛泽东亲自飞到重庆谈判。但国民党却想趁共产党羽翼未丰、根基未稳,表面和谈、暗中备战,企图一举消灭共产党。面对和平无望的现实,中共中央给山东下达命令:主力迅速挺进东北。国共之间的战争已经无法避免了。

1946年6月,准备妥当的蒋介石悍然撕毁《双十协定》,对陕甘宁解放区发动进攻,内战全面爆发。

解放战争开始了。

兵强马壮的国民党军发动了全面进攻。在关外,东北三省成为国共两党争夺的重点;在关内,山东成了国共双方争夺的重点之一,沂蒙就这样再次成为国共两党对决的大舞台。

沂蒙山区具有重要的战略地位，敌我双方都晓得。抗日战争结束后，国民党军悍然进攻解放区，无论是在全面进攻还是重点进攻的大规划里，沂蒙都是重点。对沂蒙山区，国共都是志在必得，于是双方都集结大军于沂蒙，大规模的战役相继在这里爆发。

1947年1月2日，鲁南战役爆发。解放军取得胜利后，山东和华中两大野战军合并，成立了由11个步兵纵队和一个特种兵纵队组成的华东野战军。国民党决心趁山东境内的解放军整编，鲁南战役给解放军造成诸多麻烦之际，集中优势兵力，南北夹击，在沂蒙决战，企图一战定山东。就这样，2月20日，莱芜战役爆发。在华东野战军的重拳打击下，北线李仙洲集团5.6万人土崩瓦解，彻底打乱了蒋介石南北会师的计划。

山东战场让国民党折兵损将，他们自然不甘心在沂蒙山区的两场惨败，于是以重点进攻的姿态再次大军压境，并吸取上两次的教训，采取步步为营的战术，企图与解放军"鲁中决战"，占领沂蒙这块战略重地。面对国民党的大军，华东野战军再次亮剑，大战的气息又一次笼罩着沂蒙山区。1947年5月13日，孟良崮战役爆发。战役16日结束，解放军歼灭国民党军整编74师和整编83师一个团，共计3.2万人，彻底粉碎了国民党的重点进攻。

沂蒙三战，不足半年，解放军取得了辉煌的战果。国民党在沂蒙折戟沉沙，损失18万精锐，再也无力对沂蒙山区发动规模性进攻了。沂蒙三战可以说彻底扭转了乾坤，改变了山东乃至华东的局势。

几十年后，谈起解放战争时期的山东战场，发生在沂蒙根据地的这三场战役，依旧让人们津津乐道。以孟良崮战役为例，我们依旧感叹解放军的攻坚克难精神，感叹解放军于百万军中取上将之首的神勇。但是，仔细分析解放军取胜、国民党军失败的原因，我们依旧不能忽视这种事实：华东野战军的胜利是与沂蒙人民的全力支持分不开的，国民党军的失败是脱离了人民的结果。至今，在蒙阴县境内的孟良崮战役纪念馆里，一组数字依旧触目惊心：孟良崮战役，参战双方的兵力是 72 万，解放军 27 万，国民党军 45 万。

从参战部队的人数上看，国民党军占绝对优势，可是 27 万解放军的身后呢？让我们永远记住这样一组数据吧：孟良崮战役期间，随军的常备民工 7.6 万人，二线民工 15.4 万人，临时民工 69 万人，他们是参战的解放军人数的 3 倍！也就是说，一个解放军战士身后有 3 个民工为其服务！这样一来，优势就发生了大逆转。这种军民抱团、水乳交融、生死与共的景观，纵观整个世界战争史，恐怕只有中国共产党领导的军队中才会出现！

近百万大军支前，不仅仅是在孟良崮战役中。无论是抗日战争还是解放战争，共产党的军队后面总是有大量的民工，他们抬担架救伤员，运弹药送粮秣，肩负起了繁重的后勤保障和战地救援任务。

4．沂蒙，换了人间

在以沂蒙山区为中心的山东根据地里，在广大人民群众的支持下，八路军书写了抗日战争的传奇，解放军书写了解放战争的传奇。他们战胜了日、伪军，消灭了匪患，打败了国民党。事实告诉我们，共产党之所以能赢得山东，关键是赢在了沂蒙。

如果说沂蒙是山东的一枚棋子，那么山东就是全国的一枚棋子。对整个山东而言，罗荣桓就是毛泽东布下的一枚棋子。

抗日战争初期，山东成为全国唯一的省、县、乡、村四级政权组织齐全，党、政、军、民齐备完整的省级建制的根据地。早在 1940 年 7 月底，共产党就在东蒙山的青驼寺成立了山东省战时工作推行委员会，下设政治、军事、财政、教育、民运五个组，选举黎玉任首席组长。这就是山东省政府的前身。1943 年 8 月，山东省临时参议会第一届第二次会议在莒南召开，将其改为山东省战时行政委员会。1945年日本投降前，正式成立了山东省政府。

罗荣桓、陈光率115师主力进入山东后，十分清楚中共中央在山东的战略意图。罗荣桓以宽阔的胸怀，促成了115师和山东纵队的联合，山东的局面发生了明显的变化。尤其是刘少奇来山东，把山东的实际情况向中共中央汇报后，中共中央决定，山东抗日民主根据地实行党的一元化领导，罗荣桓担任中共中央山东分局书记、山东军区司令员兼政委，山东的发展进入了快车道。

1938年，八路军主力初来山东的时候不过几千人。抗日战争胜利后，山东八路军正规军达到27万人，还有近百万八路军地方武装。为抢占东北，1945年9月，中共中央命罗荣桓率山东军区主力挺进东北。11月5日，罗荣桓率山东军区直属机关、警卫部队和独立营共4000多人向东北进发，于11月13日到达沈阳。截至11月24日，山东军区共调赴东北部队21个主力团、10个基干团。这批山东将士构成了东北民主联军的重要力量，也带去了成功创建根据地的宝贵经验。

对于罗荣桓的功绩，毛泽东在1962年曾有过这样的评价："山东只换上一个罗荣桓，全局的棋就下活了。山东的棋下活了，全国的棋也就活了。山东把所有的战略点线都抢占和包围了——北占东北，南下长江。"

1963年12月19日，毛泽东亲自参加了罗荣桓的追悼会，深深地向这位从秋收起义开始就跟随他的"解放军政治思想战线的奠基人"（毛泽东语）之一的元帅三鞠躬。

毛泽东十分悲痛，夜不能寐。他带着对一个优秀无产者、一个最知己的老战友的怀念，写下了七律《吊罗荣桓同志》：

记得当年草上飞，红军队里每相违。
长征不是难堪日，战锦方为大问题。
斥鷃每闻欺大鸟，昆鸡长笑老鹰非。
君今不幸离人世，国有疑难可问谁？

这首诗充分表达了一代伟人毛泽东对罗荣桓的高度评价和痛惜之情。

在沂蒙战斗了七年、发展了七年的罗荣桓率部北上后,内战全面爆发,八百里沂蒙山区由罗荣桓时代进入了陈毅、粟裕叱咤风云的时代。不管谁主政,只要是共产党领导的队伍,沂蒙人民总是一如既往地给予支持。

解放战争初期,国民党和共产党的实力差距非常大。

兵力:解放战争爆发前,国民党的兵力为 430 万,外加收编的几十万伪军。共产党的兵力约 127 万,其中野战部队 61 万,地方部队 66 万。

武器装备:截至 1946 年 7 月,国民党军的装备四分之一为美械,二分之一为日械,四分之一为德械(自己仿制)。以装备最好的整编 11 师为例,配备长短枪 11520 支(其中冲锋枪等自动武器 2370 支),火炮 440 门(其中美式大口径榴弹炮 8 门),火箭筒 120 具,汽车 360 辆。国民党军还组建了三个快速纵队,每个纵队有坦克 40 辆,重炮 24 门,汽车 200 辆。国民党空军有 900 多架飞机,装备了世界上最先进的 B-52 轰炸机和 P-51 战斗机;海军接收日军舰艇 288 艘,美军转让的舰艇 271 艘。共产党只有陆军,最好的武器都是从日、伪军手里缴获的,全军仅有坦克 8 辆。以装备最好的东北民主联军第一纵队为例,有长短枪 13991 支(其中冲锋枪等自动武器 92 支),火炮 46 门(其中日式大口径山炮 12 门)。

后勤保障:国民党控制着四分之三的国土面积,拥有完备的工业体系,大炮、坦克等重武器都能自产。共产党控制的地区较小,经济以传统农业和手工业为主,兵工厂只能生产手榴弹、步枪等轻武器。

当时,国际社会普遍认为,国民党获胜已成定局。然而四年后,国民党输给了共产党,而且输得干干净净。

弱者打败强者的秘诀是什么?

还是那句老话:得民心者得天下。

如果说，抗日战争时期，沂蒙山区是山东敌后的主战场；那么解放战争时期，沂蒙山区就成了国民党全面进攻、重点进攻的正面主战场了。共产党让国民党在沂蒙折戟沉沙，拿手的利器有两个：一是共产党在抗日战争中培养了一批能干的干部，打造了一支能战的队伍；二是八路军一直坚持"紧紧依靠群众，放手发动群众"的路线。

当陈毅、粟裕率近30万华东野战军在沂蒙亮剑时，面对一天就耗掉几十万斤粮食的现实，不仅他俩担忧，各部队的军需官们更是忧心忡忡。多年的仗打下来，八百里沂蒙几乎村村残垣、崮崮战火。日军的"三光"政策制造的无人区，土匪血洗后的荒凉，国民党反动派制造的惨案，让原本就不富裕的八百里沂蒙山区格外贫穷，供应30万大军的粮草实在是力不从心啊！可是，沂蒙人民还是勒紧裤腰带，全力支持解放军。所以，华东野战军第九纵队参谋长聂凤智对此感激不尽。他的回忆录最后一句话是："功勋和荣誉永远归于人民。"

华东野战军第八纵队师长陈宏回忆，孟良崮战役期间，他接到命令，率全师直插孟良崮。部队轻装全速飞奔，到达沂水时，急行军让将士体能耗尽，急需食物和开水补充体力。就在他焦急万分的时候，村头水缸、面盆、黑碗一溜摆开，里面全是凉好的茶水，成排的篮子里装满了卷着大葱和咸菜的沂蒙大煎饼。那个场景，让久经沙场的陈宏泪水忍不住流了下来。

在苏家崮战斗中负伤的老三团政委张玉华，回忆在沂蒙战斗过的岁月，老人脱口而出：人民群众就是我们的爹娘。

是啊，有这样的人民做后盾，军队能不打胜仗吗？所以说，共产党赢就赢在有沂蒙这样的根据地，有沂蒙人民这样的群众！至此，我们也就彻底理解了"水乳交融、生死与共"的沂蒙精神诞生在这样一个偏远山区的原因了，也就找到了共产党得天下的缘由了。

为了群众，发动群众，依靠群众。就这样，中国共产党只用28年的时间，就把一个混乱不堪、羸弱不堪的旧中国改天换地了。

1949年10月1日下午3点,毛泽东站在天安门城楼上向世界庄严宣告:"中华人民共和国中央人民政府今天成立了!"此时,八百里沂蒙跟全国一样,人们欢声雷动、群情激昂。

那么,夺得天下的中国共产党,能治理好一个被战争打烂的国家吗?

山东省主题出版重点出版物
中国作协重点作品扶持项目

百年沂蒙

杨文学 杨牧原 著

下部

山东文艺出版社

第十四章　荆天棘地

天天炮火，夜夜枪声，战争的场景成为生活的主色调。显然，这是一个民族的不幸，也是天下苍生的苦难。

混乱、恐惧、死亡是战乱的三大产物，由此组成的"云团"久久不散。而战争的重灾区沂蒙，原本就蓬牖茅椽、绳床瓦灶，经过多年的战争，更是千疮百孔了。

从1921年建党到1949年新中国成立，中国共产党创建一个新的国家用了28年，其间经历了北伐战争、土地革命战争、抗日战争、解放战争……一个在漫长的战争中诞生的新国家一定是五劳七伤的。

"马上得天下，安能马上治之？"历史的探问同样适合创建了中华人民共和国的共产党。

面对破瓦颓垣的新中国，人民在期待，而世界在观望……

1. 残垣断壁的村庄

一脉东西排列的山峦挡住了遒劲的寒风，一轮东方升起的太阳带来了一村的温暖，一条大河造就了两岸沃土，一河碧水养育了一方子民。依山傍水的兴旺村，是一个古老的村庄，也是一个寄予了百姓美好希冀的村落。

兴旺村，历史上属于沂水县，后来划归沂南县。

这个从明朝初期就形成的村子，在沂蒙山区虽然没有什么奇特之处，却以拥有两岸沃土、相对富裕而闻名。就连沂蒙山区最大、最富有的惯匪刘黑七都羡慕地说："家有顷地靠沙河，一天两头吃白馍。"的确如此，兴旺村在沂水县西部是富得淌油的村子，是四乡八镇都羡慕的村落。这个拥有2000多亩河套良田的村落，地主就有5户。一方土地上聚集了这么多地主，其富裕程度可想而知。

当时的牛佀区长徐敏山有篇回忆录，详细记载了兴旺村的繁荣：村子的土地都是能攥出油来的河淤地，这样的土地就是天然的粮囤子。一年四季，村里的人都有粮食吃，只要不是佃户，但凡有几亩河套地的人家，三天两头吃馒头不是梦想。因此，兴旺村也就成了四乡八镇的姑娘向往的地方。旧社会光棍多，娶不起媳妇的穷人在乡村到处都是，可是兴旺村的光棍汉却十分罕见。由于村内户户有余粮，抗日战争初期，兴旺村对八路军山东纵队、区中队的支持很大……

可就是这样一个富得流油的村落，1950年时却残垣断壁，偌大的一个村子，除地主家残存的瓦房外，找不到一个完整的院落，甚至找不到一间完整的房子。

是什么原因造成了这样的局面？

战争。

1938年，山东抗日军政干部学校进驻岸堤镇。受先进文化的影响，加之村内两户马姓地主比较开明,隔河相望的兴旺村就成了共产党员比较集中的村落。徐敏山总是隔三岔五到村里开展工作。

1940年,徐敏山任区长兼区中队长后,兴旺村就成了区中队的大本营。在八路军的帮助下,这支以农民为主的武装力量,迅速成为沂水县西部广大山区里一支让日、伪军头疼的队伍。在兴旺村,徐敏山利用地主看家护院的武器,帮助村里组建起民兵队,由区中队管理。

那时候,地处沂蒙腹地的兴旺村交通闭塞,从蒙阴县到沂水县,必须经过一个关隘,一条羊肠小道从关口通过。这个关隘四周的山头上长满了高高的黄草,故被称为"黄草关"。黄草关高高矗立在日军的占领区和八路军的根据地之间,而兴旺村就在黄草关下,日军要想攻击八路军,这里是必经之地。

自从山东军政干部学校进驻岸堤镇,徐敏山带领的区中队就成为镶在关口上的一颗钉子。

卧榻之下岂容他人安睡?驻扎在蒙阴城的日军,开始轮番"扫荡"八路军山东纵队和中共中央山东分局。挡在黄草关前的兴旺村,就成为日军的眼中钉、肉中刺,于是灾难开始降临这个富裕的小村庄。

1941年3月8日,400多名武装精良的日军,在夜色的掩护下,越过黄草关,向岸堤镇摸来。日军的目标是一举打掉驻扎在岸堤镇的山东纵队机关。日军早就清楚,兴旺村不容小觑。他们数次派出奸细,多方打探,都因为徐敏山防守严密而无法获取详细的情报。由于情况不明,日军不敢轻举妄动,他们行进到离兴旺村不远处的一片林地里,悄悄地隐蔽起来。

那个时候,乡村由于贫富不均,大户大族都有自己的祖林,人死了可以葬在祖林里,而小门独姓和贫穷的人家,由于没有安葬的土地,人死了就只能葬在"官地"里。日军隐蔽的林子就是兴旺村的官地,也叫"公共坟地"。

官地由于没有专人管理,树木茂密、杂草丛生,几百人藏在里面压根就看不出来。日军自以为天衣无缝，可惜遇上了机警的徐敏山。他有着丰富的战斗经验，事先在官地一侧埋伏了暗哨。躲在暗处的民兵发现了这支日军，果断开枪报警。

凄厉的枪声划破了黎明前的天空。

枪声给区中队和民兵队提前报警，同时也让日军明白：兴旺村有八路军！于是日军的突袭就变成了强攻，攻打的目标也由岸堤镇变成了兴旺村。

"大炮轰，步兵冲"是日军一贯的伎俩，依仗着弹药富足、武器精良，他们一上来就用曲射步兵炮对着村落狂轰滥炸。

枪炮声一响，兴旺村的党员干部就招呼民兵，迅速在村头集合。

徐敏山那天就住在村子里。他当即做出决定：第一，日军打炮，说明他们摸不清底细，不管来多少日军，就地阻击；第二，组织村里的老幼迅速转移；第三，迅速派人报告上级。

徐敏山分析得对。多疑的日军之所以打炮，是因为他们不知道村里有多少八路军，贸然攻击怕遭遇伏击；要是情报准确，凭日军的实力，不用打炮，一个冲锋就打进去了。

趁日军打炮的空，徐敏山迅速组织区中队和民兵，利用村头事先挖好的掩体、垒好的石墙，拉开阻击的架势。从官地到村西头，中间隔着一片开阔地，日军要进村就必须经过这片一览无余的平地，那他们就成了活靶子。尽管八路军弹药有限，枪法也不太准，但是环境绝对有利，这就多出一成胜算。

果然如徐敏山所料，日军打完炮就组织进攻了。他们刚到开阔地，躲在工事里的民兵手中的枪就响起来了。一阵射击后，地上就有被击毙、击伤的日军。

就这样，日军的第一波攻击被八路军的突然还击击退了。

由于阻击阵地完美无缺，阻击战从早上5点开始一直打到8点，其间，日军的几次冲锋都被八路军打回去了。无奈之下，日军又开始炮击了。

按照"牛羊猪牵走，鸡鸭鹅放开"的办法，此时村子里的老人、妇女、儿童以及牛羊都撤到山上去了。就在日军第二次炮击前，机灵的徐敏山指挥民兵迅速脱离日军，也撤到山上。日军这才弄清楚阻击他们的居然是一群衣衫不整、武器参差不齐的八路军地方武装。正是这群八路军，让他们伤亡了十几个士兵，让他们苦心孤诣制订的计划化为泡影。攻进村子里的日军恼羞成怒，开始残酷地进行报复——烧光。

靠山吃山，靠水吃水。兴旺村靠近黄草关，山上都是建房用的黄草。村里除几户地主拥有数量不多的瓦房外，几乎是清一色的草房。日军分开点火，不一会儿，全村就浓烟滚滚、火光冲天了。偌大一个村落，转眼就陷入火海。

这是村民们从没有想过的事情啊！

民兵第一次跟日军交手，不了解他们，对他们的所有认识都来自八路军的宣传。村民都知道日军杀人，只要逃离他们的三八大盖的射程，人就安全了，谁也没想到他们会来这样的招数——放火烧村。山上的民众猝不及防，滚滚浓烟下就是他们的家园啊！那是他们一生的心血甚至几代人辛苦积攒的家业啊！那是他们赖以生存的房舍啊！

决不能眼睁睁看着房屋被日军一把火烧了，山上的民众嚷着要下山救火，抢救自己的财产。

徐敏山知道这个时候下山就等于送死，他竭力说服大家："只要咱们人还在，就什么都不怕，房子烧了咱们再建。"他动员党员干部逐一做群众的工作，安抚群众的情绪。

大火烧起来，烟雾连成一片，整个村子都看不见了。

眼瞅着自己的家园被毁而束手无策，这的确是一件让人痛苦的事情，山上的哭声连成了一片。

点燃了整个村子后，一无所获的日军只好撤离，抬着战死的同伴返回黄草关。日军刚走，汉奸就上来了，他们是来抢财产的。

日军过了黄草关，看不见了，村里的汉奸还在大街上逮鸡撵鸭，搞得全村鸡飞狗跳。徐敏山知道汉奸的战斗力,他将区中队和民兵分成三路,悄悄地下山。隐蔽进村后,他们突然发起冲锋,民兵高声喊着:"徐敏山来了!徐敏山来了!"

这一招果然管用,汉奸一向惧怕徐敏山。汉奸队伍里流传着这样的歌谣:"谁要做了亏心事,出门遇上放牛的。""放牛的"就是区长、区中队长徐敏山。几年来,被徐敏山处死的汉奸、告密者,少说也有几十个了。因此,汉奸一听徐敏山来了,赶紧放下抢来的物资一溜烟地逃窜了。

草房子烧得快,村民赶回村子时,除地主家的房子梁粗椽大烧得慢外,全村的房子都变成了黑乎乎的墙框子,家具、农具、牛草、烧柴,村民的一应生活用品全部被大火烧光了。

水火无情,那个富饶的村庄瞬间就变成了一片废墟。

这时候,无家可归的村民中有人开始埋怨区中队,说是因为他们招惹了日军才导致这场灾难。

面对群众的不满情绪,徐敏山召集全村人讨论。他说:"鬼子在鲁中、鲁南根据地里,屠村的事还少吗?1938年12月,驻临沂的日军不就血屠了费县东流村吗?要知道人家东流村压根就没招惹鬼子。南京城倒是放弃了抵抗,拱手让给了鬼子,结果还是杀了几十万人。这就是鬼子,对待这样的敌人,只有一个办法:就是打!往死里打!"

经过讨论,全村人统一了认识:打!村子被烧光了,损失大;不打,日军照样杀人放火,损失更大。

日军这次放火,彻底激怒了兴旺村村民。

徐敏山说:"咱们兴旺村牺牲了一村人的财产,换取了岸堤镇军政干部学校和山东纵队机关的安全,从全局看这是一个大胜利,这笔账划算。"

就在群众望着一片废墟不知所措的时候,中共中央山东分局、县、区三级人民政府的领导,纷纷赶到了兴旺村,研究救灾工作。

刚成立不久的抗日民主政府,动员周边村庄,临时接纳兴旺村的老弱病残、儿童妇女。随后,在全区范围内调集物资,抽调劳力,帮助兴旺村灾后重建。于是，在这片废墟上，轰轰烈烈的重建工作在共产党、八路军的帮助下全面展开了。

一方有难，八方支援。在政府、军队的帮助下，仅半个月的工夫，被日军烧光的村庄重建起来了，尽管有些简陋，但村民都有了住的房屋，有了过日子的物品，村民们脸上的愁容消失了。

这就是中国共产党的政策：不让一个老百姓掉队。

多亏徐敏山事先有准备，动员村民只留半个月的粮食，将其余的分散藏在山洞、土窖里，埋在地底下。全村的房子悉数被毁，粮食几乎无损，这是不幸中的万幸。

村民们都说："还是人家徐区长想得周到啊！"

这次阻击战，吃了大亏的日军记恨上了兴旺村。

抗日战争时期，兴旺村被日军烧了三回。

日军三次火烧兴旺村，硬生生把一个美丽、富饶的村庄烧毁，而兴旺村只是无数个被烧光、抢光的村庄的代表。

兴旺村是不幸的，三次遭到日军的焚烧；兴旺村又是幸运的，多次得到抗日民主政府的援助，灾后迅速获得重建。抗日战争中，兴旺村得到八路军的重重保护，穷凶极恶的日军始终没有找到屠村的机会。但凶残的日军带给中国人民的苦难却是深重的。

2．无限废墟塞满眼

蒙山前，从西到东有费县城和临沂城两座重要的城市，尤其是临沂城，是陇海铁路以北的军事重地，鲁南、鲁中和滨海三个抗日民主根据地的联系枢纽，于是成为敌我双方争夺的焦点。从抗日战争到解放战争十多年的时间里，围绕着这一座城，仅战役就发生了两次。

临沂城是一座被打烂过两次的城市，一座英雄的城市。

1938年3月10日，日军第五师团9000多人，在500多名骑兵的引导下，携带战车 20 余辆、装甲车 60 余辆、大炮 30 余门，在 10 多架飞机的掩护下，向临沂发起猛烈的攻击，成群的炮弹飞向古城，将守军的阵地炸得七零八落。13 日夜，援兵 59 军赶到，与守军联合拒敌于城下，后经过反复争夺，毙伤日军精锐 6000 多人，取得了临沂保卫战的胜利，挫败了日军由津浦线和临沂两路夹击台儿庄的阴谋，奠定了台儿庄大捷的基础。4 月 21 日，日军再次纠集重兵攻打临沂城，城破后，日军进入城内，对无辜的居民进行疯狂的大屠杀。日军屠城长达 10 余日，全城居民被杀害 2840 人，加上城郊被屠者共 3000 多人。日军在屠城的同时纵火烧城，大火在城中连续烧了六七天，整个城西、南隅化为灰烬，南关老母庙前、阁子门外的房屋也被全部烧光。就这样，一座古城被日军的飞机、大炮狂轰滥炸后，又被焚烧一空。

日军占领临沂后，这座城市成为伪沂州道公署驻地。日军投降后，盘踞在城里的伪沂州道皇协军王洪九乘机撕下"沂州道皇协军"的旗号，摇身一变成了国民党军，一个双手沾满沂蒙人民鲜血的大汉奸变成了临沂保安司令。他胁迫伪费县保安大队大队长邵子厚部等 4000 多人，拒绝向八路军投降。他们在南京国民政府的蛊惑下，凭借日军遗留下来的防御工事、大批的武器弹药和充足的粮草，妄图长期固守，把临沂城变成国民党进攻抗日根据地的桥头堡。临沂城的战略地位决定了一场血战必然要发生。

1941 年 8 月 17 日，八路军山东军区开始攻打临沂。直到 9 月 10 日，八路军才炸开了可以跑汽车的城墙，此后又历经一天一夜的城市巷战才肃清城里的残敌。八路军以伤亡 3000 人的代价，苦战将近一个月拿下了临沂城，沂蒙山区的三大抗日根据地至此才连成了一片。从此，临沂城成为山东解放区、华东解放区的首府。解放战争爆发后，为了使费县城、临沂城免遭战火，也为了在运动中寻觅战机，解放军主动让出城市。可是，这些落入国民党之手的城池，成为其阻止解放军南下的堡垒，于是激烈的城市攻坚战再次上演。1947 年 6 月 6 日，华东野战军的叶、陶兵团经过6天的连续攻坚,拿下了敌人重兵困守的费县城。就这样,历经一次次战火的蒙山前重镇费县城、临沂城,回到人民的怀抱时基本化为一片废墟了。

1941年冬,侵华日军对沂蒙山区实行"铁壁合围",进行规模空前的大"扫荡"。日军所到之处拆房舍修建碉堡,毁良田挖封锁壕,实行灭绝人性的抢光、烧光、杀光的"三光"政策。这是畑俊六从冈村宁次那里学来的对付八路军的"锦囊妙计",这个惨无人道的政策,立即被残暴的日军丝毫不打折扣地执行了,甚至发挥到极致。于是,八百里沂蒙陷入了旷古绝今的浩劫。

抗日战争进入最艰苦的阶段,根据地的抗日军民遭受了难以想象的摧残。此番战事,规模之大、范围之广、兵力之多、时间之长、手段之毒都是空前的。日军所到之处,狼烟四起,尸横遍野,血流成河,鸡犬不宁。

我们完全可以想象,5万多荷枪实弹的日军杀人、放火,是多么可怕的场景。用冈村宁次的话说,八路军和老百姓不是鱼水关系吗,那就把水抽干,看鱼还能跑到哪里去?因此,沂蒙山区的很多村落被日军"三光"后,跟兴旺村一样直接变为废墟。

抗日战争时期,山东是全国独一无二的以省为建制的根据地。在山东抗日民主根据地,省、县、乡、村四级政权组织完善,共产党的政策深得民心,人民民主政府为人民的工作理念得到了广泛认同。在这个省级建制的区域里,八路军是抗战的主角,尤其是罗荣桓制定的阻李送于的政策落地后,山东境内已无国民党军主力,因此,日军在沂蒙山区主要的对手就是八路军。

这些人拿起枪就是抗日战士,拿起锄头就是庄户汉子,他们是最让日军头疼的抗日组织,因为他们信仰最决绝,打日军、灭汉奸最坚决,因此,日军不得不想出各种绝招来对付这些半军半民的武装组织。多次跟八路军过招后,日军固执地相信,冈村宁次发明的那个臭名昭著的"三光"政策,可以用来对付八路军。

抢光、烧光、杀光的"三光"政策,终极目标就是彻底毁掉共产党、八路军赖以生存的乡村,打掉共产党、八路军依赖的基础,让八路军成为失去水的鱼。这样一来,山清水秀的沂蒙乡村就陷入灾难的深渊。

日军在沂蒙究竟烧毁、炸平了多少村庄,已经无法计算了。但是有一点沂蒙人都清楚,各县县志都有记载:从1941年日军在沂蒙推行"三光"政策后,他们所到之处,村庄悉数被毁……

鲁中根据地是这样,鲁南、滨海根据地也是如此。滨海根据地的厉家寨原本是一个依山傍河的村落,这里远离敌占区,却也难以幸免,发生在村西北角的大山阻击战就是例证。八路军115师686团的何万祥连打得十分顽强,与数量20倍之多的日军在大山血战数日,硬是把大山变成了日军的坟地。战后,躁怒的日军杀进厉家寨进行报复,手段完全是兴旺村的翻版。

这是所有敌人惯用的手段,他们在八路军那里讨不到便宜,就拿支援八路军的老百姓出气。滨海区的渊子崖就是这样被1000多名日军屠村的,147名村民惨遭杀戮,若不是30多人的区中队以全部阵亡的决绝舍命救援,村民恐怕就无一生还了。

日、伪军败得越惨,对无辜百姓的报复就越狠,"三光"政策就执行得越彻底,村庄的受害程度就越大。沂蒙民间有句俗话,叫"逮不着兔子扒狗吃"。不仅日军会这一手,连土匪刘黑七也是如此。

1940年8月,天宝山战斗后,115师彻底消灭了叛军廉德三,斩断了日军和刘黑七的一条臂膀。打不过八路军的刘黑七,就把仇恨发泄到老百姓身上,瞅准八路军转移蒙山前的机会,突然袭击天宝山区,把一腔怨恨发泄到村庄里,支持八路军的村庄被他血洗一遍,处在龙顶山上的九间棚也未能幸免。

残酷无情的战争对社会的破坏是空前绝后的,作为主战场的沂蒙遭受的破坏更为严重。

从刘黑七"混光棍"到1949年新中国成立,在这长达35年的动荡、战乱中,沂蒙人过着惶惶不可终日的生活。先是无恶不作的土匪们拖累一方百姓,家境稍微殷实的人家,只要被绑票一次,结局就是倾家荡产。如郯城县的一户罗姓富户,为赎回女儿,卖掉了30亩良田,可是被恶匪赵嬷嬷送回来的女孩,已经冻烂了四肢、生不如死了。无奈的母亲忍着揪心的疼痛,用颤抖的手包了一碗掺入砒霜的水饺,以一双泪眼送女儿上路。一个幸福家庭就这样灰飞烟灭了。在漫长的土匪时代,沂蒙山区被土匪祸害的人家比比皆是,被土匪烧光的村庄不胜枚举。

这些土匪对付村民自有他们的一套办法,他们的眼线遍及乡村,老百姓防不胜防。突破了道德底线的土匪们,一旦私欲得不到满足,就会做出天怒人愤的事情,如赵嬷嬷血洗八里巷,刘黑七血屠大泗彦、南孝义等村庄。这些相对富裕的村庄,从此一蹶不振,几十年都无法恢复生机;那些被杀绝的人家,整个家族从此销声匿迹。费西一带的妇女,吓唬淘气的孩子时就说:"别出声,刘黑七来了。"跟土匪有一比的是顽固派,费东地区则说:"别出声,王洪九来了!"孩子就会一头拱进娘的怀抱,大气都不敢喘了。王洪九是鲁南地区最大的顽固派。可见这些土匪、顽固派对沂蒙的伤害到了什么程度!

共产党来了,土匪势力被遏制,顽固派被打击,日寇被灭了,老百姓刚喘了口气,国民党又点燃了内战的大火。他们开着坦克,拉着火炮逼近沂蒙山区,其破坏力是土匪、顽固派们无法比拟的,一个美丽富饶的村庄,几发炮弹就没了。

连绵不断的战火,让原本就弊车羸马的沂蒙人民更加艰难起来,八百里沂蒙满目都是废墟。

付出了,牺牲了,打赢了,新中国成立了。

1949年9月21日,毛泽东在中国人民政治协商会议第一届全体会议上,发表《中国人民站起来了》的开幕词:"中国人民从此站立起来了！"这句话成为历经艰难困苦最终获得胜利的中国人民最自豪、自信、自强的话语。

然而，新中国成立初期，站起来的乡村千疮百孔，翻身的农民衣不蔽体、食不果腹，那么，站起来的新中国呢？

3．千疮百孔的国家

从战争的废墟上站起来的村庄可谓残垣断壁，站起来的国家可谓满目疮痍。纵观长城内外、大江南北，用一个词形容新中国恰如其分：荆天棘地。

新中国成立后，以国民经济得到迅速发展的1952年来说，我国工业的人均生产总值，不仅所有品种全部低于同期的美国，低几十倍、几百倍，有的甚至低两千多倍，大多数品种（如钢材、水泥、发电量、石油、布、食糖等）还低于同期的印度。

而新中国成立前，在如此低的工业生产中，外国资本又占到70%，国内资本仅占30%；在有限的国内资本中，官僚资本又占绝对的统治地位，以1946年为例，占到80%。再如1936年，全国（除东三省外）工业产值的94%是由上海、青岛、广州、北平、南京、无锡这六个城市提供的，其他城市可以说没有什么工业。

工业基础到底落伍到什么程度？

譬如最简单的火柴、钉子，被中国人称之为洋火、洋钉，之所以冠名一个"洋"字，是因为这些产品都是外国人制造的，是人家的技术专利。一个有着四大发明的文明古国，居然造不出火柴和钉子。

旧中国的工业就是这样一副不堪一击的模样，那么，我们赖以生存的传统农业呢？拥有五千年文化积淀的中华民族，有着世界上最早的农耕文明，但是农业生产的单一性、持久性是相当惊人的，传统的农耕经济主导了一个民族几千年的历史。到了近代，社会的动荡加速了农耕文明的瓦解。

一直到新中国成立前，大约占农村人口 4% 的地主，占有全国耕地面积的 50%，而这些地主大都占据优质的粮田。在沂蒙山区，地主占有优质耕地的比例要比全国更高一些，譬如兴旺村，沿河 2000 多亩良田，被少数几家地主垄断着，其中马姓地主就占据了 800 亩。在蒙山前一带，从北往南依次排开的大地主为孙宝珠、牛桐、孙鹤龄，这些大地主动辄占有几千亩耕地和无数的山场。根据《费县志》记载，他们占据了大约 80% 的耕地。像沂蒙东部大店的庄姓地主，他家到底占有多少耕地，连他们自己都不清楚，只有个大致的概念：人行十日不住外人的店，马走三日不吃外人的草。其土地的占有量之大可见一斑。

农村生产资料严重失衡，生产力绝对低下。新中国成立前夕，中国农村最具有代表性的是传统的耕具，在沂蒙山区，是否拥有耕牛成为衡量一个农户贫富的首要指标。耕牛是中国农民最大的财富。1937 年 9 月，八路军在陕西省三原县誓师时宣誓："日本帝国主义，是中华民族的死敌。它要亡我国家，灭我种族，杀害我父母兄弟，奸淫我母妻姐妹，烧我们的庄稼房屋，毁我们的耕具牲口⋯⋯"可见耕牛在国人眼里的分量。

发现耕牛重要性的日军，为了绞杀根据地、困死八路军，1942 年春耕时节在蒙山前大肆宰杀耕牛，引起广大农民的公愤，于是很多年轻人为了保护耕牛，拿起武器跟着八路军一起打日军。

没有任何机械化作业，没有电力，没有农药，没有化肥，更不能选育良种，农业抵御自然灾害的能力极低，停留在靠天吃饭的状态。沂蒙山区的土地，好年景亩产高粱不过 180 斤，超过 200 斤就是好收成了，大多数山地处在种一葫芦打两瓢的状态。

沂蒙农村几乎年年闹春荒，饥饿成了农民的常态。1949 年，全国粮食总产 2162 亿斤，平均亩产只有 142 斤，棉花亩产平均只有 22 斤。全国 90% 以上的人口从事农业生产，但粮食依旧不能自给自足。几千年过去了，人们的生活方式没有多大变化。农村中绝大多数人家用的是"黑油灯"，沂蒙腹地的村庄甚至用火把、松明来照明。乡村白天一派寂寞，晚上一片漆黑。

新中国成立前，全国总人口中90%以上的人是文盲。在农村，规模上千人的村庄有个小学毕业生，就算"秀才"了。1912年至1947年，36年间全国毕业的大学生只有21万人，平均每年5800人，这些人大多是地主或资本家的后代，平民少之又少。沂蒙人像刘一梦、李清漪这样能够到上海读大学的，实在是凤毛麟角，而且这些少有的沂蒙籍的大学生，也是沾了祖上富有的光。民众教育的普遍缺失，导致旧中国科学技术极端落后，全国几乎没有像样的科学研究机构。那些有志于科学事业的知识分子，在国内也没有用武之地，只好飘零海外，在异国他乡延续心中的科学梦。

旧中国的医疗卫生事业也极为落后。各种瘟疫疯狂肆虐，整个社会没有任何有效的系统控制机构、规划、措施，劳动人民没有任何医疗保障，像结核病、麻风、血吸虫、疟疾、天花、鼠疫、霍乱、伤寒等各种急慢性传染病，根本无法控制，仅麻风一个病种，全国患病者就高达100万人。沂蒙山区的枣庄、费县、诸城等地都是麻风重灾区，在没有任何医疗保障的情况下，只能任其疯狂戕害人民，摧残群众的健康。新中国成立时，全国人均寿命只有35岁，低于美国的68.6岁和印度的41岁。

所以，对当时的国情相当了解的蒋介石败退台湾，站在孤岛上向北眺望时说的那句话，绝非"吃不到葡萄说葡萄酸"的心理。从当时的国情看，蒋介石说的是一句实话，我们也就能明白为何作为胜利者的毛泽东走向北京城时，带着无限的忧思对周恩来说："我们是进京赶考啊！"

毛泽东无比清楚，共产党为人民打下了江山，仅仅是完成了一个政党使命的第一步；治理好江山，让老百姓过上幸福生活，国富民强，才是这个政党的心愿啊！

4. 遍地英雄建故乡

新中国成立初期，百废待兴，国家急需建设力量，于是大批战斗英雄开始回归故土，完成职业的转变，其中就包括当年那些誉满蒙山、威震敌胆的沂蒙汉子。

跟宋美续、唐嘉告比起来，民族英雄王保胜回到故乡的时间，比前者晚一点，比后者早一点。

蒙山飞虎队的英雄宋美续，离开队伍的过程简单得令人愕然。在抗日战争胜利的大喜之日，他对组织说："我参加八路的时候，跟大队长王保胜就说好了，打跑了鬼子，俺就回家娶媳妇生孩子，种庄稼过日子。眼下鬼子已经认输了，一个个都蹿圈了，俺也该回家了。"说完，他把双枪一缴，没等上级答复，就径自走了。

山难移、性难改，跟日军生死较量了多年，宋美续的性格丝毫没有改变。唯一不同的是，当年宋美续是被汉奸撵着被迫上蒙山的，这次他是哼着小曲自愿下山的。

当王保胜回到故乡时，宋美续已经从一名"说打你拇指绝不会打掉你食指"的神枪手，变成一个熟练的庄户把式了。

王保胜是迄今为止在沂蒙能够找到的唯一全程参加抗战的民族英雄，他的传奇具有唯一性。即便在整个沂蒙山根据地，王保胜的经历都是罕见的。这也是自2017年开始，我们千方百计游说当地政府给王保胜建一座纪念馆的原因。

1945年春天，王保胜部再次升级为八路军主力，这是他第三次率部升级为主力部队了。这次鲁中军区组建特务营，分区司令员钱钧挑来选去，认为最合格的特务营营长非王保胜莫属。令钱钧颇感意外的是，军区司令王建安当场就拍板决定了。1945年6月，王保胜奉命率特务营攻打日军的协庄煤矿，不幸被日军的炮弹击中。重伤昏迷的王保胜在被送往医院的路上，与日军的增援部队遭遇。在监狱里，他遭受了51天惨无人道的酷刑，被日军砸碎了膝盖，挑断了脚筋，用刺刀戳伤了肺，用辣椒水灌坏了胃，用皮鞭抽伤了全身……

然而，宁死不屈的王保胜奇迹般地活了下来。

指挥官不见了，这件事惊动了整个军区，鲁中军区大司令王建安命令三分区司令钱钧："王保胜跟鬼子打了几百仗都没事，他死不了！你们给我把人找回来！"钱钧命令情报处："活要见人，死要见尸，找不到王保胜，你们都回家抱孩子去！"一张寻找英雄王保胜的大网，在高层的关注下秘密拉开了。

51 天后，便衣侦察兵在混乱的协庄据点外，发现了失去人形、只能爬行的王保胜。

英雄不能无后人！于是由钱钧司令做媒，八路军女战士、山西人吴娟来到了王保胜身边。王建安说："革命需要后来人，王保胜同志，军区给你两个任务，一是到荣军医院养伤，另一个是和吴娟同志为八路军多培育几个后来人。"

一向严格执行命令的王保胜，这回打起了折扣。他对妻子吴娟说："咱俩都是共产党员，咱不能给党和国家添乱，回家吧，咱们种地养活自己。"就这样，王保胜回家了。

王保胜有腿但不能走了，有手却不能干活了。抗日战争初期，在塔佛山战斗中，能同时跟三名日军拼刺刀的王保胜，如今坐在轮椅上寸步难行，一天要靠 12 种药物才能维持生命。除此之外，他一天还要打 5 次针剂。为了不麻烦医生，他对吴娟说："你来吧，大不了就多练几次，鬼子的刺刀都穿我六七回了，一个针头才多大？"

北仲村出了个王保胜，自然就有一批青年人跟着他参加了八路军，而土匪刘黑七从锅泉村带出一批土匪，汉奸队长张纯从他村里带出一批"二鬼子"……这就是沂蒙人经常说的"跟着好人学好人，跟着巫婆学跳神"。王保胜带领县大队死守蒙山根据地，于是"逮不着兔子扒狗吃"的日军、汉奸、土匪们，时常组团"光顾"北仲村，带来一场又一场灾难。

1950年，王保胜回到故乡时，北仲村早已被敌人烧得面目全非了。

故乡以极大的热情欢迎英雄回家。

威震西蒙山的区中队长唐嘉告来了，他背着猎枪，手里提着两只野兔走进北仲村。还没有进王保胜的家，他就喊起来："王连长，酒温好了吗？"

跟他一起来的是飞虎队的英雄宋美续。

简易的草屋里，几个大英雄聚会了。

王保胜问："唐大胆，你不是跟着大军南下了吗？"

唐嘉告大大咧咧地说："走到安徽，组织上就把我留下来，那里湖匪多，咱就在芜湖当了几年县大队长专门剿匪。地方安定了，咱又回到费县武装部了。咱天生就是打仗的材料，让咱坐办公室当干部，咱哪受得了那份憋屈？这不，干脆回家了。忙时种种地，闲时打个猎，自在。"

王保胜的身体彻底垮了，当年一斤酒都不在话下，如今滴酒不敢沾了。好汉不提当年勇啊！不过，他还是让吴娟从仲村镇山西人开的酒坊里，弄回几坛子高粱酒，让这帮生死与共的弟兄来耍一次酒疯。那时候穷啊，多亏了唐嘉告。他跟日军打了7年，又跟国民党反动派打了4年，枪法越发准了。每次聚会，他不是带几只胖胖的野兔，就是弄一条肥得淌油的狗獾子或几只野鸡。吴娟用萝卜或白菜炖上一锅野味，就算是有酒有肉了。

酒过三巡，王保胜问："宋二愣子，你过得怎么样？"

宋美续说："有十几亩地种着，有口热乎饭吃着，老婆孩子热炕头，比起战争年代好到天上去了，知足了。"

王保胜摇摇头，说："你说得不对头啊，咱们当年为什么打鬼子？"

唐嘉告说："救民族，救国家，救自己。你招兵时不是常说这句话吗？"

上级为了让王保胜了解国家大事，同时也算是给他解闷，就给他配了一台收音机。王保胜腿脚不中用了,可是他耳朵灵啊,天天听广播电台。王保胜说:"毛主席说了,共产党领导人民打胜了政治翻身仗,还要打一场经济翻身仗。这场仗依然需要党员干部带头搞好生产,提高粮食产量,让全国人民吃饱饭、吃好饭,过上好日子。老宋啊,你得带个头啊!"

宋美续啃着兔子腿说:"种庄稼又不是打冲锋,带什么头?"

唐嘉告接着说:"咱们不是又跟美国鬼子打上了吗,要带头冲锋,去朝鲜啊!"

王保胜说:"你也是当过县大队长的人,你应该更明白共产党带领人民打仗的目的是什么。"

宋美续抢了一句:"三十亩地一头牛,老婆孩子热炕头呗。"

这应该是宋美续记忆最深的一句话了,就像当年他被日军骑兵狂追三十里,在近乎虚脱的情况下,一口气喝了二十多个生鸡蛋一样,这样的记忆是刻进骨子里的,到死都不会忘却。他记得1942年冬天,他跟王保胜等人被日军死死地困在蒙山上,整个县大队就剩一床被子的时候,王保胜还津津有味地给战士们讲这句话呢!

王保胜说:"宋二愣子好记性。"

宋美续说:"就拿我家来说吧,地是分到了不少,可是牛呢?鬼子杀,土匪抢,耕牛都让他们吃了,眼下耕地全靠人拉犁呢!"

王保胜说:"你说的都是实情,当年咱们拉队伍、打鬼子,不是连一杆枪都没有吗?才几年啊,咱们机枪、大炮都有了。嘉告,你还记得当年派你去泰宁县任区队长时说的那句话吗?"

唐嘉告问:"是你不放心,一路上叨叨,我听烦了说的那句?"

王保胜说:"就是那句。"

唐嘉告说:"不就是炮楼里的那些枪炮吗?不出一年,我都给你弄回来!"

王保胜说:"记住就好。人哪,什么时候都得有这股子争强好胜的精神。我在林海雪原参加抗联时，周保中军长说过，咱们中国的事，只有共产党能办成，也只有共产党能办好。我跟鬼子打了这些年，就把握准了一条。"

这两个天不怕地不怕就怕王连长，天不服地不服就服王保胜的家伙问："卖什么关子！说吧，哪一条？"

王保胜坚定地说："听毛主席的话，跟共产党走。"

第十五章　筚路蓝缕

农民获得土地的喜悦，瞬间被生产力低下、生产工具缺乏的严峻现实敲打成一地碎片。势单力薄的个体无力完成农业生产任务，互助组、合作社应运而生。这是新中国成立初期共产党带领人民建立的生产组织，是人民公社的前身。

就当时的社情而言，这种模式无疑是先进的、积极的、有效的，一经顶层推动，立刻在全国范围内展开。这种模式掀起了农业生产的高潮，一直徘徊不前的粮食生产发生了量的巨变。

"愚公移山，改造中国"，是共产党带领全国人民吹响的社会主义建设的号角，这个战天斗地的号角，带有战争年代的基因，其气势先声夺人、锐不可当；"为有牺牲多壮志，敢教日月换新天"，是一个政党宏大的志向，也是全国人民的总动员令。

"愚公移山，改造中国，厉家寨是一个好例"，这是1957年毛泽东对沂蒙山区一个村庄的批示，这个批示让一个名不见经传的山村名扬天下。

沂蒙山区的厉家寨创造了生产力低下时代的奇迹，也打造出农业生产的经典模式。

1. 未雨绸缪

"胜者综合征"是埋葬胜利者的坟墓。现实就是这样吊诡,历史的教训获胜者大都明白晓畅,很多时候却又无法躲避。

兵败大陆的蒋介石安于孤岛,身心憔悴地北眺大陆。作为一个失败者,他认为,中华人民共和国尽管成立了,共产党接管的却是一个破败不堪的烂摊子。

毛泽东离开西柏坡走向北平时,作为一个胜利者,他丝毫没有喜悦,而是忧心忡忡。

不管是失败者还是胜利者,对新中国的认识,都有着惊人的相似:新中国是一个鞠为茂草的烂摊子。

怎样才能让新中国尽快走出战争的创伤呢?共产党首先想到的是管理、使用好各级领导干部,因为他们的身后就是群众。群众离党中央可能很远,但干部就在身边。历史不止一次地证实:一个胜利的集团走不出"胜者综合征"的羁绊,问题不在基层,而在领导层。

刚刚从战争中走出来的中国人民,对枪声习以为常了,但是有两次枪声尤为特别,对人心的震撼也异常强烈:第一次枪声震动了整个沂蒙,第二次枪声震动了整个中国。

第一次枪声比枪决刘青山、张子善的枪声早了十年,发生在蒙山根据地。

在抗日战争最艰苦的阶段,费北县人民民主政府枪决了一个人。这个人是老八路、老革命,在费北县名声响亮,不仅干部战士尊敬他,就连敌人都对他忌惮三分。他就是蒙山前大名鼎鼎的费北县公安局锄奸科科长,一个曾经十分坚定的革命者,一个在敌后为党和人民不计生死的共产党人。

在战争年代,由于环境残酷、条件极端,人很容易失节、叛变、投敌。

叛变者给革命造成的伤害是巨大的。为严惩那些信仰不坚定的变节分子，根据地在费北县公安局成立了锄奸科，人员由熟悉当地情况的革命者和神枪手组成。锄奸科科长一职，只有党组织高度信任的共产党员才能担任，他就这样被选中了。他带着锄奸科的人员在蒙山前干得风生水起，和为数不多的战友，以雷厉风行的作风和足智多谋的手段，多次将变节者的脑壳挂在敌人的城楼上，也多次将深藏在日伪据点里的罪大恶极者的脑袋割下来带回根据地。无处不在的锄奸行动，极大地震慑了敌人，也教育了意志不坚定的动摇分子。

锄奸科科长功不可没。只是这个革命者，在一次行动中遇上了一个颇有姿色的寡妇，两个人一见钟情。一个单身男人跟一个寡妇相爱，这本是一件无可厚非的事情，只要他按照党的政策向组织申请，跟寡妇结婚就可以了。这是必须走的程序。可惜，锄奸科科长简化了所有程序，一步到位跟寡妇同居了。如果仅仅停留在这个层面，锄奸科科长只是犯了一个生活作风上的错误，顶多落个生活不检点的处分，可是事情偏偏向着无法预料的方向极速发展。

寡妇有个手脚不太干净的小姑子。一天夜里，小姑子下地偷了村民的棉花，被村民告到村长那里。敢于担当的村长迅速查清了事情的真相，随即召集村民开会批斗了她。小姑子觉得脸上无光，就央求嫂子给她出口恶气。寡妇也曾犹豫过，无奈小姑子掌握着她和锄奸科科长的秘密，她只好答应了小姑子。于是，这个原本与锄奸科科长毫无关系的盗窃案，三扯两扯就扯到了他身上。

简单的事情立即复杂化了，性质也陡然发生了改变。

特殊时期总有极端的措施。那个时候的锄奸科科长，权力极大。他要处决一个汉奸或变节者，基本上就是一句话的事情。权力一旦失去了约束，就会产生意想不到的腐败，绝对的权力容易产生绝对的腐败。权力一旦被心术不正者运用到极致，就会造成灾难。

为取悦寡妇，锄奸科科长就把手里的权力运用到了极致。他给那个办事干脆、敢于担当的村长捏造了一个莫须有的罪名：通敌。这样的罪名，在战争环境下就是死罪了。

一向积极为民办事的村长怎么也想不到，他的这次正义的行动居然惹火了锄奸科科长，死神就这样悄悄地向他靠近了。在一个月黑风高的夜晚，锄奸科科长提着一把手枪，大大方方地走进村长家，不费吹灰之力就把村长给枪毙了。

面对权力极大的锄奸科科长，村长的家人十分绝望。他们认为，就是告到县里也没有用。于是，悲愤的哭声只能压制在农家小院里。

锄奸科科长并不知道，村长是费北县委敌工科秘密发展的一名地下党员。在敌我拉锯的地带，他白天对日、伪军虚与委蛇，晚上却是真心实意为八路军办事。他秘密为县大队王保胜部提供过不少准确的情报，多次让日、伪军翻船。锄奸科科长不研究、不汇报，私下里就把村长处决了，这里面一定有问题。村里有个对村长知根知底的党员，弄清实情后，冒着生命危险向县长马鸿祥汇报了。

一天晚上，县公安局干警在寡妇家逮捕了锄奸科科长。

县委觉得这是一个教育干部的好机会，于是报请115师、费北行署后，举行公审大会。上万人参加了大会，公开审理后，判处锄奸科科长死刑，立即执行。

锄奸科科长说："我知道，你们是拿我这个共产党员的命，来教育其他党员干部。"

宣判他死刑的马县长说："你道德败坏、草菅人命，还有脸称自己是共产党员？共产党里有你这样的败类吗？"

锄奸科科长大声喊："我为革命做了那么多贡献，就不能留一条命，让我戴罪立功？"

马县长说："正因为你有功劳，党才重用你，提拔你当锄奸科科长，没想到你腐化堕落，为一己私利给党造成重大损失，你必须为自己的行为付出代价。拉出去，枪毙！"

那声枪响格外清晰，在蒙山根据地的上空久久回荡。

村长平反昭雪了，马县长亲自给村长扶棺下葬。他对村长的家人说："是我没有教育好干部，对于你们家的不幸，我有不可推卸的责任，你们有什么要求尽管提。"

村长的儿子号啕大哭："爹，共产党给你平反昭雪了，害你的人被枪决了。爹啊，你跟共产党走算是跟对了。"

村长的家人给县民主政府送来一块匾：明镜高悬。

马县长拒收了。他对来人说："真正的共产党人，人人都是一面镜子，镜子少需要高悬，到处都是镜子了，就不用悬挂了。"

每个共产党员都是一面镜子，随时都能照照自己，也照照别人。事实就是这样，在那个时代，一个人只要跟真正的共产党人在一起，就会看到自己的不足，让自己慢慢走向崇高。像宋美续、唐嘉告这样在农村闲散惯了的"二杆子"，就是跟了王保胜这样的共产党人，才迅速成为威震敌胆的英雄。所以，党组织就是一所育人的大学校。在战争年代，每当战斗到了最关键的时刻，指挥员总是大喊一声："共产党员，跟着我冲！"于是，一个几乎被打残的团队，瞬间就会迸发出战胜对手的力量。加入中国共产党，就是为了时刻准备着奉献自己，这就是共产党人的理想和信念。任何违背这个理想和信念的人，都会被清理出去。锄奸科科长就是活生生的例证。

一部中国共产党的发展史，就是一部党员干部带头为人民求解放的无私奉献史。以王保胜、袁长巨的费北、费南两个县大队为例，干部和战士的比例大约是1∶10，可是牺牲比例是1∶5。按照这个比例计算，在共产党的军队里，牺牲的干部是战士的2倍。不仅八路军地方武装如此，八路军主力部队更是如此。无数共产党人为了民族的解放，抛头颅、洒热血，不计生死。据有关资料显示，仅在北伐战争、土地革命战争、抗日战争三个时期，光荣牺牲的党员就有30多万。牺牲人数如此之多，是因为共产党员在枪林弹雨中带头冲锋陷阵，哪里有危险，哪里就有共产党员，他们是那个时代的领头雁、排头兵。

1942年，驻临沂城的日军研究过中国共产党。他们把战俘关在一起，每次开饭，饥饿难耐的俘虏们总是抢夺食物，凡是站在一旁不动的，十有八九是共产党员。

日军曾多次在沂蒙山区做过这样的试验：他们带着战俘从老百姓的梨园走过，那些不摘梨子吃的人，十有八九是共产党员。

在枣庄监狱里，日军也做过试验：他们往监狱里撒一把纸烟，凡是站在一旁不争不抢的，十有八九是共产党员。

日军大为惊奇。

然而，随着环境的变化，人是在变化的，尤其是经过漫长的苦难、迎来胜利的曙光后。共产党之所以没有被胜利冲昏头脑，是因为找到了医治"胜者综合征"、收拾烂摊子的灵丹妙药——务必使同志们继续地保持谦虚谨慎、不骄不躁的作风，务必使同志们继续地保持艰苦奋斗的作风。

新中国虽然千疮百孔，但是中国人民有一个28年矢志不渝、一心为民的党，有一支被两个"务必"谆谆教导的干部队伍，还有走不出的困境吗？

2. 互助组

1950年，惊蛰。

战争的硝烟已经散去。厉家寨村西的大山河、村东的寨子河上，封冻了一个寒冬的冰层发出断裂的嘶鸣，提示着人们阳气上升，天气变暖，大地复苏，春耕就要开始了。

小河的向阳处，薄冰已经融化，清莹的河水挣脱了严冬的束缚，唱着欢快的歌绕着村子流过；河里的游鱼舒展开身子，欢快地畅游着，似乎要把憋屈了一个冬天的能量都释放出来；河岸的冻土层开始松软起来……这一切都在告诉人们：春天来了。

冰封了一个寒冬的万物开始了生命的萌动，最先感知春天来临的是河岸上的柳树，被寒风蹂躏了一个冬季的柳条，摇曳出一身的愉悦，阳光下，淡淡的黄竟如一层薄薄的云，那是大自然的春天的大写意。此时，庄户人家就该收拾农具准备种地了。

可是，面对分到的土地，厉家寨人却少了一份喜悦，多了几丝忧愁。

为什么？

厉家寨三面环山，酷似一座山寨，故得此名。

山村已有几百年的历史，一直延续着乡贤治理、族长理政的乡村管理模式。1942年之前，这里被国民党顽固派控制着。同年12月，八路军115师为巩固滨海根据地，发动三次甲子山战役，向国民党顽固派发起大规模进攻。12月30日，国民党顽固派被驱逐出甲子山区，八路军获得全胜，厉家寨解放。1944年，党组织在厉家寨发展4名党员，组建起中共厉家寨的村级政权，厉月坤出任第一任党支部书记。从此，厉家寨人在共产党的领导下，开始了艰苦创业的漫长历程。

从时间上看，厉家寨村无论是基层党组织，还是村级人民政权的建设，跟蒙山根据地、鲁南根据地的村庄相比，算是比较晚的，但是厉家寨人有一股不服输的精神，他们后来居上，跟共产党走的积极性空前高涨。到解放战争结束，全村有2000人次参加支前，54人参军，8名厉家寨子弟为新中国血染沙场，是典型的"红色村庄"。八路军在村西大山的那场阻击战，更是让厉家寨在滨海区闻名遐迩。

厉家寨从1946年开始土改，到1950年家家户户都有了自己的土地。可是当时支援前线是第一要务，农业生产主要由老人和妇女担当，生产力极端低下，粮食产量上不去，到1951年，"支前参战模范村"成为整个坪上区经济最落后的村庄。

那么，厉家寨到底落后到什么程度？

让我们沿着时空隧道，回到1951年的厉家寨吧。

整个厉家寨平均十几户人家才有一头耕牛，像耙、犁、耧这些最基本的农具也十分缺乏，有些人家甚至连镢头、铁锨都没有。

生产资料极度缺乏，生产力极度低下，是新中国成立时全国农村的普遍现象。厉家寨由于土地贫瘠，这种贫困就越发明显。那些赤贫的农民，从地主那里分来的农具原本就少得可怜，在这样的条件下，即使有了土地，也无法进行有效的生产，于是有些村民直接把分到手的土地转卖给别人，导致资源占有发生失衡。

惊蛰一过，耕种在即，那些没有耕牛和农具的村民，就来到农救会会长厉月举家诉说难处，寻求帮助。

厉月举算是村里的名人。经历5万多日军残酷"扫荡"的沂蒙山区，由于战争全方位的破坏，战后日军的无情封锁，加上国民党顽固派的横征暴敛，物资十分匮乏，人们的吃、穿、住都成了大难题。为了满足部队和群众生活，共产党在根据地掀起大生产运动。1942年，厉月举召集村里的劳动力，组建起厉家寨开荒队，在大山坡上开垦出80亩土地，获得了不错的收成。为此，他光荣地出席了1944年滨海区的劳动模范代表大会。

这天夜里，皎洁的月光笼罩着寂寞的山岭，居住在村东北角团团山下的几户人家，户主都聚集到厉月举家里。

"月举啊，咱们虽说都分到了土地，可是手头缺三少四的，这地怎么种啊？"

"月举，你经的场子多，见的世面广，你的办法也多，你得出个章程啊！人糊弄地一季，地就糊弄人一年哪！要不拿个章程，这到手的土地就瞎了啊！"

作为农救会会长的厉月举对这些人家的情况了如指掌。谁家有犁，谁家有耙，谁家有镢头、有锨甚至有镰，他都一清二楚。他心里比谁都明白：就目前的情况，一家一户的耕种模式，90%的人家是无法完成整个农业生产流程的。

地荒了，人就得饿肚子。春耕在即，季节不等人哪！怎么办？

那个时候，农民是舍不得点灯的，月光、星光就是村民共有的光亮。星光下，厉月举抽着旱烟，时明时暗的烟锅子，在夜色里照着一张思索的脸。

战争年代，作为农救会会长，他就曾带领劳动力帮助参军支前的人家耕种收割。这个法子当时叫"互帮互助"，效果相当不错。何不采用这个办法，把那些缺少农具、耕牛的人家组织起来，你家有犁，他家有耙，我家有牛……大家凑在一起，不就什么家什都齐全了吗？这样不就可以耕种收割了吗？可是，真的进行组合时，问题又来了：耕牛不仅是农家最值钱的物什，也是当时乡村最主要的生产力，有牛的人家自然觉得吃亏。

怎么办？

厉月举想出一个大家都愿意接受的办法：将耕牛和重要的农具按照使用的程度积分，列入人工积分数，秋后按照出工的多少，从粮食里找齐。这样一来，大家都觉得比较合理。他的这个办法得到村党支部的认可，于是就由他挑头，把居住在团团山下的12户人家组成一个互助组，开始了试点。

厉月举根据农具的数量及使用顺序，对组里的人进行合理分工。运粪组把每家的土杂肥用挑子、独轮车运到各自的田里撒均匀；耕地组根据每一户的种植要求，把每家每户的土地耕好；整地组对耕好的田地进行整理，然后播种。由于分工明确，男女老少搭配合理，互助组成为全村最先完成春播任务的。

春耕如此，夏收和秋收也是如此。

春耕夏收秋收后，余下的时间即是农闲了。

厉月举是一个对土地充满激情又善于琢磨事情的人，一闲下来他就开始琢磨：怎样才能使瘠薄的山地多收粮食呢？他利用农闲时节，在4分瘠薄的沙石地上做起试验。他早起晚睡，一把镢头一把铁锨，苦干了半个多月，把这块沙石地按照一尺的深度深翻了一遍，捡出碎石，平整后种上花生。秋收后，连他自己都没有想到，同是一块地，深翻的4分地就多收入花生米30斤。按照他的试验，深翻后的土地，每亩增收80

斤花生米不成问题。要知道，那时候农业产量普遍低下，80斤花生米可是一个充满诱惑的数字啊！

整个村庄一下子沸腾了。

厉月举把自己的经验告诉了互助组的所有人。他说："土地是咱庄户人的命根子，咱们要把地当成花来绣。"他提出利用冬季的农闲，对互助组里的土地进行深翻，以夺取来年的大丰收。

村里人普遍觉得，这些山岭薄地就是人种天收，那些土层只有三四寸厚的沙石地，从祖辈起就是种一葫芦打两瓢。他们固执地认为，这些石碴子地就是深翻也不能高产，认为厉月举的增产法纯粹是吹牛。厉月举不急不躁地说："我跟你们打个赌，咱们互助组今年冬天深翻上10亩做个试验，到了秋天，若不能实现高产，我把全家粮食的一半分给你们做翻地的报酬。如果实现了增产，多打出来的粮食，咱们按照出工的多少分给大伙，怎么样？"

有了厉月举的保证，互助组的人干劲被激发了。20世纪50年代的冬天，一色的冰天雪地，极度严寒，猫在家里都冻得慌呢，互助组却把劳动力组织起来大战寒冬。整个冬天，他们就靠一腔激情一双手，一把镢头一把铁锨，几只柳条筐子，开始了深翻土地的工程。

一个12户人家组成的互助组，能够出动的全部劳动力、半劳动力不过30余人，然而就是这区区30余人，在团团山下摆开战场，向贫穷开战了。厉月举向上级要来一面红旗，插在山头上，旗帜在寒风里飘扬，给互助组增添了几分生气。

那个冬天，对厉月举的互助组来说多了几分短暂，添了几分温暖。在组团劳动生产的氛围里，在有说有笑的热闹中，他们冒着飞扬的雪花深刨着坚硬的冻土，顶着呼啸的北风拣拾着碎石。太阳出来了，他们就出工；月亮出来了，他们就收工。就这样，整整一个冬季，他们硬是把那些瓢子一块碗一块的零碎地，整成了一片片平展的农田，把翻出来的石头垒成堤堰。就这样，厉月举带领互助组，像绣花一样对待每一寸土地，在春天播种前，硬是整出了9亩7分土地。他们种上了8亩花生、1亩7分高粱。

播下希望的种子，开始了收获的等待。

春天走了，夏天来了，地里的庄稼长势旺盛。夏天走了，收获的季节来了。这年秋天，令全村人眼馋的收获出现了：8亩花生增产花生米640斤，高粱亩产达到660斤。要知道，厉月举他们深翻前的土地，就是种植耐干旱的穄子，每亩产量也不过100斤。亩产660斤高粱米，那是一个厉家寨人从未见过的奇迹啊！这个奇迹立即惊动了整个厉家寨，继而震惊了全区、全县。

厉月举的互助组不仅创造了粮食高产的奇迹，整个组也没有一户人家因缺乏劳动力或生产工具而挨饿。全组12户人家除了完成上交公粮的任务，还实现了全年口粮自给自足。这在1952年的沂蒙山区，不能不说是一个历史性的创举。

今天我们的物质生活极为丰富，20世纪80年代甚至70年代出生的人，早已远离了饥饿，他们只有食品过剩的感受，体会不到吃不饱饭的滋味。但在20世纪五六十年代，挨饿、挨冻是农村司空见惯的现象。农民一年的收成只够大半年的口粮，为填饱肚子，以菜代粮、以糠补粮成为村民一贯的手段，那个时候的人们大都面黄肌瘦、一脸菜色。所以，厉月举的互助组能实现村民全年粮食自给，这绝对是一件轰动沂蒙的大事。

厉家寨村党支部迅速在全村推广厉月举互助组的经验，全村很快成立了50个互助组。在厉家寨村的带动下，互助组在八百里沂蒙山区被迅速推广开来。

3. 遍地互助现生机

20世纪50年代沂蒙山区的互助组，一般由几户或十几户农民自愿组成，实行共同劳动、分散经营。土地、耕畜、农具等生产资料和收获的农产品，仍归私人所有。互助组分临时互助组和常年互助组两种，虽然都是私有制，但是，常年互助组跟临时互助组相比，具有更多的社会主义因素。厉月举的互助组就有力地证明了这一点：大家都有饭吃。不让一个人掉队，有福同享，有难同当，体现了共产党"一切为了人民"的政治主张。

就当时的情况看，互助组是最适合中国农业生产的一种组织形式。

社会主义是消灭剥削的一种最先进的制度，厉月举的互助组无疑体现了这一特点。互助组与个体农户相比，在生产技术上并没有实质性的革新，只是在一定程度上解决了劳力、畜力和农具不足的难题。但是，协作劳动强化了生产力，互助组的粮食产量高于一般个体农户，成为不争的事实。互助组的效益被彰显出来。

互助组的另一项功能就是在一定程度上限制并遏制了土地出租、出售的乱象，彻底解决了雇工剥削现象的发生。但是，它没有改变农民的生产资料私有制，特别是土地私有制，依然是狭小的分散经营模式，因此在提高农业生产水平和阻止农民两极分化方面有其局限性。但是，我们决不能否认这样一个事实：在新中国成立初期的农村，互助组就是先进生产力的代表，是社会主义初期农业生产最好的组织形式。

一种形式被农民认可、接受，是因为农民从中看到了它的好处，否则农民就会拒绝。厉月举的互助组一夜工夫被全厉家寨人所效仿，全村从1个互助组增长到50个，原因就在这里。

互助组，本来是农民解决农业生产困难的一种方式，有较长的历史。在新民主主义革命时期，中国共产党领导的区域，已经开始建立和发展各种形式的劳动互助组织。沂蒙山根据地早在1941年就形成了互助组的雏形，费北县大队副大队长王保胜就长期组织八路军地方武装人员下山，帮助村民搞生产。村级、乡级人民民主政权也率先推行互帮互助制度，组织劳动力帮助军烈属耕种土地、收获庄稼。这种制度有力地鼓舞了农民参军支前的热情，这就是互助组最早的雏形。从某种意义上讲，互助组是实践的结果,是因支援抗战而产生的,说是战争的产物也不为过。

新中国成立后,由于中央人民政府的正确领导和大力支持,全国农村互助组织有了更快的发展,从1950年的272万个迅速发展到1954年的993万个。

互助组产生的力量是巨大的。贫穷落后的厉家寨村,由于50个互助组的横空出世,一年工夫就由全区最贫穷的村庄一跃成为最富的村落。当然,那时候的沂蒙山区衡量一个村庄的贫富,是以粮食生产多少为标准的。

为了加快集体化的进程,拓宽社会主义道路,1953年2月,坪上区党委根据党中央的指示精神,派出精干人员到厉家寨推行初级农业合作社试点。区党委以厉月举的互助组为基础,试办了一个由33户农民自愿参加的初级农业合作社。这个试点充分显示出人多力量大的优势,把集中力量干大事落实到了实处。随后,在村党支部的领导下,厉家寨办起了7个初级农业合作社。

初级农业合作社显然比互助组更具有人力资源的优势。比如厉家寨,一家一户甚至互助组干不了的事情,如修小型水库、大中型塘坝这样的工程,对合作社来说就变得轻而易举了。

行动从来都源自诱惑。合作社的优势彰显后,中央因势利导,到1957年,沂蒙山区所有互助组全部转为农业合作社。

初级农业合作社的进一步深化就是高级农业合作社。

1955年,党中央下发了"农业合作社问题"的指示。当年12月,厉家寨办起了"大山高级农业合作社",厉月坤出任村党支部书记,厉月举任合作社社长。这就是人民公社的前身。

转入高级农业合作社的厉家寨人为了吃饱饭,开始了一场宏大的行动,也许连他们自己都不会想到,他们的行动居然引发了中国乡村的革命。

那么,名不见经传的沂蒙山村厉家寨到底发生了什么?

4. 新愚公

厉家寨是一个典型的山区村，村子北面是高大的徐家山，西面是连绵起伏的大山，东面是冠山、秋牧山，这些山环抱着村庄，大包围圈里还有葡萄山、凤凰岭、团团山等高低大小不同的小土丘。所有的土地都被这些山、岭、丘分割开来，耕地块多，单片面积狭小，不利于耕种。

从互助组到农业合作社，被大山包围着的厉家寨人总结了一个经验：农业要丰产，农民要有粮食吃，唯一的出路就是整治、深翻土地，小地并成大地，农田水利化，旱田变成水田。这些在厉家寨显然不易实现。想要实现这个目标，就需要投入巨大的劳动力，这不是一家一户能干成的事情。怎么办？农业合作社的出现让这种梦想变成了可能，于是愚公移山的故事被重新书写了——

厉家寨人认为，既然老祖宗把这片山地留给他们，他们就要在这片山岭上讨饭吃；既然山在那里搬不走，他们就学习愚公，来个移山改水、重建家园。

新中国成立初期的厉家寨村拥有土地 6350 亩，其中 5300 亩是瘠薄的山岭地，1050 亩是时刻都面临山洪冲击的河淤地。山岭地又分为青石碴子地和红石碴子地，这些山地由于年年受到雨水的冲刷，表层熟土只有三寸厚，下面就是石迭层。这样的土地无法种植玉米、小麦，只能种植耐旱的穄子或谷子，每亩只能收 100 多斤。厉家寨人只能广种薄收。要改变这种局面，唯一的办法就是给土地动大手术。

怎么动？

这时候，老模范厉月举再次出场了。他带领互助组，发明了整治山地的一套组合拳，起名叫"深翻整地，沟洫梯田"。这个大改造，彻底改写了山岭薄地不产或低产粮食的历史。

1957 年 3 月，《山东省第二届社会主义农业建设积极分子代表会议材料汇编》中详细记载了"厉家寨农业增产的经验"。

深翻整地

先在青石碴子和红石碴子地头挖一条 2 尺深的沟，挖沟前把剥离的熟土放在沟边，然后沿着沟向前选取 60 厘米宽的土地，把表层熟土剥下来，翻到沟旁，再用镢头刨下面的生土，深刨一尺到一尺半，把翻上来的石头全部拣出来，把硬坷垃全部砸碎，整平地面；翻第二条沟时，再把上面的熟土剥离，垫在第一条整平的生土上，再刨下面的生土……这样重复进行，直到把第一条沟的熟土垫在最后一条沟的生土上，一块地就算是深翻完毕了。

整地的劳模对土地的研究是专心致志的，厉月举对深翻的土地进行了系统的琢磨。他认为，深翻后的土地庄稼扎根深，增加了抗旱、抗涝、抗风的能力。但是，雨大了依旧能冲毁农田，天旱了依旧能干死庄稼。怎么办？

沟洫梯田

厉月举的办法就是把梯田进一步整平，在每层梯田堤堰下分段挖沟，沟深四尺、宽二尺、长九尺，沟与沟之间距离五尺。从存水沟里挖出来的土均匀地铺在田地里，增加土层的厚度。在水沟靠山下的一面打一个坚固的高堤堰，这样夏季下大雨时田里的水就能排到沟里，深沟就成了蓄水池。到了干旱时，这些水就能浇地。由于水沟在下面的土地之上，积水还可以渗透到下面的地里。

这个办法显然是先进的。但这是一项艰苦的工作，需要日复一日机械重复地进行，单调且枯燥，考验的是人的耐力。这样的劳动需要耗费大量的人力和时间，更需要愚公精神做内在的支撑。只有如此，才能完成对几千亩土地的改造工程。

这样的劳动量和劳动强度一般人根本无法坚持。

任何时候，干任何未知的事业都需要先行者，需要敢于吃螃蟹的人。这些人就是时代的先锋，这些先行者既是智叟嘲笑的对象，又是后人学习的榜样。

毛泽东说，榜样的力量是无穷的。

就整个厉家寨而言，农业劳动模范厉月举就是这样的人，他是全村第一个吃螃蟹的人。前有车，后有辙。有了眼前这个榜样做参照，厉家寨人在村党支部的带领下，开始了"愚公移山，改造家园"的创业史。

厉家寨村党支部宣布：先用 10 年时间，把全村的 5300 亩青石碴子、红石碴子山地，全部深翻整平，实现沟洫梯田化，再用 10 年实现全村水系网络化、土地水田化！

用厉月举的话说，人家愚公带着一家人就敢挖山，咱们一村人就整不了这些石碴子地、收拾不了这些烂河道？

在村党支部的带领下，厉家寨村对全村统一规划，全面实施整山治水工程。1955 年秋后，全村所有的劳动力、"半边天"、半劳动力们齐上阵。他们提出"劈岭填沟，让河流改道；让土地翻身，向大山进军"的口号，配合这个行动的是"拼上命不放手，一气干到腊月二十九，吃了饺子再动手"。

农村的工作要紧紧依靠群众，放手发动群众，因为群众的力量是无穷的，一旦发动起来，就能战胜任何艰难险阻。

在村党支部书记厉月坤、合作社社长厉月举的带领下，社员们在成子沟摆开了战场。

那个冬天似乎格外寒冷，刚进二九，一场冻雨就将厉家寨封起来。河边的柳树上挂着一色的冰溜子，山野里白茫茫的。天寒地冻，这个时节连鸟都躲起来了。社员们以为可以放几天假了，都躲在被窝里，可是他们依旧听到了那熟悉的钟声，古老的铁钟的声音在寒冷的早上格外清脆……

等社员们走到村头时，他们看见白色的山野里有两个黑点，在早晨的阳光里格外耀眼。那是厉月举和厉月坤，他们早已挥着镐头干起来了。社员们没有说话，都自觉地加快了脚步……

党员干部大都是这样，说的少干的多。"羊群跑得快，全靠头头带。"这是那个时代沂蒙人的一句口头语。就这样，厉家寨人一直干到春节前一天才收工，此时他们早已填平了三道沟。

劳动竞赛在几个生产队之间展开。钢六队的社员大年初三就动手刨岭头，刨出来的石头堆了一亩多地，全队12把镢头刨断了10把。可是，社员们的决心和劲头比石头还硬，手上冻裂了口子也不叫苦，鲜血染红了镢把也不停工。他们用一个月的工夫，刨出400多车石头，削去了崖头，填平了汪坑，取直了弯曲的河道。

万众一心加油干，越是艰险越向前。

1955年开春，厉家寨人没有沉浸在"小胜即安"里，他们再次行动起来，到春耕前，使5条河改了道，凿平了11个岭头，填了21个大小水汪、300多道沟，把1000多个零星地块整成了18块大地，扩大的耕地面积高达192亩……

看着这一冬一春的成果，村民们笑了。付出就有收获，汗水从来都不会白流。1956年秋天，深翻的土地粮食产量出来了，玉米亩产量达到590斤。

在良种杂交、化肥充足、机械化普及、水利灌溉盛行的今天，这个产量可谓微不足道，可是在新中国成立初期，山村亩产玉米590斤是一个具有划时代意义的数字。

那么，玉米590斤的亩产量，在山东省具有怎样的意义呢？

新中国成立后，粮食问题成为党的决策层最关心的头等大事，农业生产成为国事。1955年，毛泽东分别在杭州、天津与14位省委书记就全国粮食生产交换意见，商定起草了《农业17条》。1957年，党中央在这个基础上制定了详细的《全国农业发展纲要》，给粮食生产制定了三个发展性指标：黄河、白龙江以北地区，亩产要达到400斤；黄河以南、淮河以北地区，在1955年208斤的基础上增加到500斤；淮河秦岭以南、长江以北地区由1955年的400斤增加到800斤；

鱼米之乡的江南则更高。

这个指标就是后来在民间叫响的"上纲要""过黄河""跨长江"。

厉家寨属于黄河以南、淮河以北，1957年只要达到500斤的亩产量就算完成指标了，要知道1955年这一地区的实际亩产量只有208斤。可是，敢想敢干的厉家寨人，1956年玉米亩产量就达到590斤，显然是"过黄河"了。

天哪，山地亩产玉米590斤！

此时的厉家寨想不出名都难了。

沂蒙山区的厉家寨人，以愚公移山的精神改造的沟洫梯田，彻底结束了厉家寨山上不能种玉米、小麦的历史。这个创举不仅震惊了整个莒南县，也轰动了整个沂蒙山区，继而惊动了国务院。

5. 伟人的批示

被愚公移山精神武装了头脑的厉家寨人，面对落后的现状不怨恨、不气馁，以"一把镢头一张锨，敢教日月换新天"的豪情壮志，整山治水，在山岭薄地上创造了高产量，完全实现了粮食的自给自足，还为国家贡献了大量的商品粮。那时候，共产党在农村工作中常用的办法是：抓典型，以点带面。因此，厉家寨人战天斗地创高产的事迹，被莒南县、临沂地委树成典型，继而又被山东省委树为典型。

各级党委、政府在推广厉家寨典型经验的时候，没有忘记对典型的培养和指导，县委书记、地委书记成了厉家寨的常客。那个时候，区、县级人民政府还没有像样的办公场所，区委的办公地点就设在厉家寨，后来县委书记薛亭也常驻厉家寨，于是厉家寨就成了莒南县委的办公地。由此可见，一个全国典型的树立，除了自身条件过硬，各级政府的培育、宣传推动也必不可少。

厉家寨人苦干几个春秋，终于整成了标准梯田1520亩，全社粮食亩产由互助组时的230斤猛增到550斤，实现了粮食生产全面"跨黄河"。

实干出成果。靠愚公精神干出来的厉家寨出名了，互助组、农业合作社的带头人也出名了。

厉月举，一个地地道道的沂蒙农民，一个乡村农业生产的带头者，荣获了前所未有的荣誉。1956年3月，作为沂蒙山区的农业劳模，他出席了山东省社会主义农业建设积极分子代表大会。作为典型发言人，他介绍了厉家寨战天斗地的经验。1957年2月，厉月举出席全国劳动模范大会，荣获"全国农业劳动模范"称号，受到毛泽东、周恩来的接见。至此，厉家寨成为山东省重点推介的一个先进典型。

1957年6月，毛泽东的俄语翻译、时任山东省委书记处书记的师哲来厉家寨考察。他听取了村干部的汇报，察看了层层深翻的梯田。当他得知厉家寨村粮食亩产量平均达到550斤的时候，他感叹地说："奇迹，你们创造了山区粮食生产的大奇迹。"

师哲书记感慨之余，将《山东省莒南县厉家寨大山农业社千方百计争取丰收再丰收》的报告送呈毛泽东的案头。这是厉家寨走向全国的关键性一步。

1957年10月9日，毛泽东看完报告后十分高兴，当即批示："此件值得一阅，愚公移山，改造中国，厉家寨是一个好例……"

当时，中共中央八届三中全会正在北京举行。毛泽东指示：由杨尚昆办理，将这个批件复制给每一个代表，人手一份，让所有代表阅读。从此，厉家寨声名鹊起，成为全国农业战线的典型。

正是由于毛泽东的批示，厉家寨在全国农业战线上成为一面光辉灿烂的旗帜。如今，"愚公移山，改造中国，厉家寨是一个好例"的光辉批示，就陈列在厉家寨村史馆里。"战天斗地，改造自然，敢为人先，乐于奉献"的厉家寨精神，成为"惊天地、泣鬼神"的沂蒙精神的重要组成部分。

6. 榜样的力量

在中国社会主义初级阶段的发展历程中,大寨是一个无法绕过的存在。名扬天下的陈永贵多次在报告中说:"在治山治水整地上,厉家寨是我的老师。"

这仅仅是一代名人的谦虚吗?

沿着时空隧道,让我们再次回到20世纪50年代中后期。

厉家寨出名后,全国前来参观学习的人络绎不绝。在众多的参观、学习者中,陈永贵、郭凤莲无疑是最耀眼的。

感谢新闻记者,他们捕捉了这些珍贵的历史镜头。

如今,在厉家寨村史馆里,有一张陈永贵跟厉家寨村干部们交流的合影,裹着包头巾、穿着粗布棉袄的永贵大叔,就是日后做了国务院副总理,也还是这个形象。

年轻的郭凤莲则直接融入整山大军,跟厉家寨女青年一起拉车子,搬运土石方。

陈永贵先后两次来厉家寨学习参观。

第一次是1958年8月。第二次来到厉家寨时,陈永贵已经是全国著名的劳动模范、大名鼎鼎的人物了。可是,无论在何种场合做报告,诚实的陈永贵总是说:"厉家寨治山治水整地是我的老师。"由此可见,沂蒙山区的厉家寨在全国的影响之深、之大、之广。

陈永贵是个虚心学习的人,他在厉家寨不仅学到了治山整地的经验,也学到了治水这招绝活。他带领大寨人"三战狼窝掌"的故事,其实就是厉家寨人整治葡萄沟的翻版。

治山必须治水,否则等于白费力气。水给厉家寨、大寨的教训太深刻了。

被三面山包围、数座岭分割的厉家寨,区域内自然不乏河流。这些小河,别看春天流水潺潺、鱼虾浅游、可爱温顺,一旦到了夏天,大雨袭来、山洪暴发,它们瞬间就变成了脱缰的野马,疯狂程度令人目之色变。

1937年秋天,地瓜长势旺盛,花生快要成熟的时候,厉永镰看着自己家10亩丰收在望的河滩地,脸上泛起喜悦的涟漪。然而,一场大雨不期而至,山洪转眼暴发,10亩庄稼一眨眼工夫就被山洪冲走了。厉永镰欲哭无泪,只好带着全家五口人走上了逃荒要饭的路。1942年的雨季,山洪把厉月其的8亩梯田冲得只剩下了石头碴子。这样的不幸事件,年年都在厉家寨上演。从1937年至1947年10年间,全村有70户人家因山洪而沦为赤贫,失去土地的他们只能外出扛活、讨饭为生。

新中国成立后,在互助组、初级农业合作社的努力下,厉家寨人拦了山沟,保住了300多亩河滩好地。但是下大雨时,被拦起来的山沟,也仅能暂时挡一下山洪,仍然无法避免山洪的泛滥,下游地区仍旧被大水洗劫一空。

怎么办?

最好的办法显然是多修几座水库,雨季时把山洪蓄积起来,干旱时可以把水库里的水放出来浇地。但是,修水库是比较大的工程,对小小的互助组来说是心有余而力不足。高级农业合作社成立后,这个问题才得到解决。所以当村党支部提出修水库时,全体社员举双手赞成。于是,村里便根据社员的意见,决定治山和治水同时进行,一面用包工的办法把山包给生产队,一面在东岭上建第一座水库。

那时候的冬天比现在要寒冷一些,还没进入腊月,铺天盖地的大雪就扑面而来,寒风也来凑热闹,天地间一片严寒。冰冻的土层达十几公分,一镐头下去只能刨开一点点冻土。这个时候开工无疑是对社员的严峻考验,然而厉家寨人已经适应了这种艰苦的环境。村党支部一声令下,党员干部率先走出家门,接着是社员,后面是妇女。

铁匠的炉子开始冒烟了,木匠开始拉锯了,一群人在冰天雪地里开始了水库建设,这是千百年来厉家寨村的第一座水库。这个工程告诉厉家寨人:集体化道路才是改变农业生产的捷径。

瞧,寒风里,石匠们的手里攥着冰冷的铁钎子,剧烈的震动使他们的双手裂开了血口子,几乎每一块石料上都留有鲜红的血迹。

瞧,河底清淤了,社员们站在冰冷的河水里挖泥沙,腿脚很快就失去了知觉,变得麻木了。

休息时,人们在简易的窝棚里铺上一层麦穰,一床薄薄的被子就可以鼾声如雷、一夜不醒。

采访厉月举时,他说:"别看人们当时吃的是糠菜地瓜,一年到头不知道猪肉的味道,吃顿米面就是过大年,却干劲冲天。说清淤,没有一个人偷奸耍滑。村干部喊一声:'下水!'大家立即就把鞋子一脱,跳进河里。当然,最先下水的差不多都是党员干部。"

厉月坤在生命的最后一刻,想到的依然是村里的水利工程,他对前来看望他的县、区领导说:"等我出了院,就带领社员把渡槽建起来,让老龙潭的水浇到大山的梯田上。"可是,他早已透支的身体无法承受病魔的摧残,最终没能走出病房。在生命的最后一刻,他提出一个要求:活着没能把水引上大山,死后就埋在渡槽边。这个瘦得只有 80 斤的汉子,带着没能完成的治水遗憾走了,村民为他举办了一个隆重的葬礼。在一片哭声中,厉家寨人安葬了带领他们吃饱肚子的党支部书记。

就这样,厉家寨人利用一个又一个冬天,在几条河流上建起了 11 座水库,在大小山沟上建起了上百个塘坝,给所有的河流戴上了笼头,给所有的山沟拴上了链子。这些水库和塘坝蓄拦山洪,保护梯田免受洪水的冲击。这些用汗水建造的水利设施,成为厉家寨农业水利化的基石,至今还发挥着作用。

厉家寨的行动不是孤立的,每一次行动都是在党中央的决策指导下进行的。比如毛泽东提出"农业八字宪法"时,厉家寨开始推广"金皇后,四二八,一百号的大地瓜"了。"金皇后"是厉家寨种植的玉米新品种,

"四二八"是小麦新品种。科学就是生产力,全村的粮食增产与这些新品种的推广关系密切。比如毛泽东指示"植树造林,绿化祖国"时,厉家寨就开始大面积绿化荒山了。用厉家寨人的话说,只有山上绿了,才能留住雨水,制止山洪,让山上溪水长流……

当年,陈永贵带着郭凤莲一行第一次来到厉家寨,是真心为大寨寻求一条道路的。陈永贵和别的参观学习者不一样,他来到厉家寨就一头扎进劳动的人群中。通过切身体验,陈永贵在厉家寨人定胜天的豪迈气概中感受到了农业合作社的威力。他认为只有走集体化道路,才能集中力量干大事,才能迅速改变农村的旧面貌。于是,他带着满满的收获回到大寨,在那片跟厉家寨差不多的穷乡僻壤上,干出了一番惊天动地的事业。他自己都没有想到,作为厉家寨的学生,大寨"青出于蓝而胜于蓝",学生的名气竟然比老师大得多。

在数以万计的学习者里,还有一个团队十分认真,那就是天宝山区的九间棚村。天宝山区横在抱犊崮山区和蒙山山区之间,是1939年115师、中共中央山东分局举行桃峪高干会议的地方。跟厉家寨的地理环境不同,这里是青石山区,尤其是地处龙顶山上的九间棚村,山上的土层是风化的岩石,不长粮食,只能勉强种地瓜。九间棚人没有生搬硬套,他们知道深翻土地的办法不适合他们,但厉家寨人那种战天斗地的干劲,让他们看到了九间棚的未来:只要自力更生、艰苦奋斗,就能过上好日子。这个理念支撑着九间棚人在极不适合人类生存的荒山顶上顽强地生活下去,最终成为继厉家寨、大寨之后,中国农业战线上的又一面旗帜……

放下枪杆子拿起锄杆子的抗战英雄宋美续没有去厉家寨。王保胜说:"你啊,还是带人去厉家寨看看吧。"宋美续摇摇头说:"我琢磨好一阵子了,上级让咱们成立互助组、农业合作社来搞生产,不就是咱当年打鬼子的老法子嘛!把人集中起来,把力量用在一个点上,打歼灭战,还用去学吗?前天在县委我碰上咱们的活电台高廷光了,他也说我的想法对头。我这就回去成立农业合作社。"不能站立也不能走路的王保胜笑了："你啊，二杆子脾气得改改了。"宋美续说："小光子也说我早晚得吃亏，我的性格我知道，改不了啦。"宋美续头也不回，一溜小跑回村办农业合作社去了。

这真应了毛泽东那句话："榜样的力量是无穷的。"

厉家寨作为全国"愚公移山，改造中国"的"一个好例"，获得了巨大的荣誉，从1956年到1966年10年间，6次受到山东省委的嘉奖，1957年获得国务院授予的锦旗一面，上书"英雄社战胜穷山恶水"。

然而，名声在外的厉家寨人，始终牢记毛泽东的话："务必使同志们继续地保持谦虚、谨慎、不骄、不躁的作风，务必使同志们继续地保持艰苦奋斗的作风。"厉月坤去世后，他们丝毫没有懈怠，依旧保持着自力更生、艰苦奋斗的作风。就这样，全村人一直干到1974年。"文革"期间，别的村忙阶级斗争，厉家寨村仍旧忙治山治水。22年间，厉家寨的社员靠着"一双手两个肩，一把镢头一张锨"，削平了11个岭头，填平了420多条山沟，拔掉了700多个石寨子，把瓢一块碗一块的7000多块零星薄地，整成了1200块旱涝保收的梯田。全村建起了大小水库、塘坝上百座，徒手打造了几十公里的水渠渡槽，终于实现了厉月坤书记的梦想——农田水利化。

厉家寨人坚持走集体化道路，依靠集体的力量，把一个全区最穷的村子建成了美丽、富饶的乡村。

"愚公移山，改造中国"是一代伟人的号召。在顶层设计下，这个号召瞬间在全国变成了苦干实干的热潮。这股热潮，是医治千疮百孔的国家的灵丹妙药，是国人走出极端贫困的路径。在那个时代，共产党只有这条路可走。事实证明：一个村庄，一个国家，无论什么时候都得靠自己，只有一步一个脚印才能走出一条康庄大道。

在这股气势磅礴的大潮里，厉家寨仅仅是其中的一朵浪花，只是这朵浪花格外耀眼了一些而已。

在厉家寨人的带动下，420万沂蒙人迅速行动起来，组建起互助组、农业合作社，靠集体形成的力量，让接近崩溃的沂蒙农业获得了生机，继而发生了翻天覆地的变化。经过几年的努力，国民经济得到全面恢复和初步发展。1952年，全国工农业总产值达810亿元，比1949年增长77.5%，比历史上最高水平的1936年增长20%。沂蒙山区的发展更为突出，经历了十几年战火摧残的沂蒙人，终于填饱了肚子，可以安居乐业了。

这期间，中国共产党带领全国人民实际上是在"双边作战"，一边是同贫困落后全面开战，一边是在进行抗美援朝战争。

沂蒙人民依旧发扬老区精神，支援抗美援朝，无论是物资还是兵员，沂蒙山区都走在全国前列。在支援前线的同时，八百里沂蒙打造了波澜壮阔的"愚公移山，改造中国"的社会主义建设的高潮。连战斗英雄王保胜都让人抬着上了工地。那是塘村水库合龙前的动员大会，王保胜用他熟悉的战前动员法鼓舞士气。随后，他又沿着蒙山的走向，让人抬着，逐村动员："只有卫国才能保家！美国人打到鸭绿江了，咱得把他们打回去！"于是，他的身后站起来一群放下镐头的青年……

由于沂蒙山区普遍推行互助组、农业合作社，在这些带有集体性质的小型组织的带动下，沂蒙山区的经济获得了飞速的发展。

党中央根据新中国成立后三年发展积累的成功经验，开始了全国经济的总体规划。1953年，新中国的第一个"五年规划"出台了，另一个令人振奋的消息也传来了：在朝鲜战场上，我们打赢了！

"双边作战"的胜利证明，新中国选择的社会主义道路正如一首歌里所唱的："一条大路宽又广……"

7. 南稻北移，从吃饱到吃好

沂蒙人民的主粮历史漫长、单一，穄子、黍子、高粱、小米一度成为糊口的主食，这种低产的传统农作物让沂蒙人民常常处于饥饿状态，导致人口增长缓慢。大约在450年前，对土质要求不高、产量却奇高的红薯，从遥远的非洲漂洋过海来到中国，迅速成为沂蒙人民的主食，名声在外的沂蒙大煎饼基本上都是用地瓜加工出来的。地瓜的引种结束了沂蒙人民三尺肠子闲二尺的饥荒史。可是，如何才能让沂蒙人民从一天三顿地瓜饭中摆脱出来呢？

1956年，山东省委第一书记舒同、省长谭启龙来临沂视察时，建议在有条件的地方试种南方水稻，以改善沂蒙人民的生活。在山区引种水稻是颠覆传统种植的思维，可是面对大米饭的诱惑，敢为人先的沂蒙人决定进行试验。

郯城县的马头有一片常年有水的涝洼地，当地人叫采莲湖。1957年春，马头区委组织群众开挖了一条引水渠，既可以把沂河水引到采莲湖进行农业灌溉，又可在洪涝时往外排水，一举两得。采莲湖北的梁村人带着忐忑的心情试种了17亩水稻，秋后过秤，亩产350斤。那时候，沂蒙山区能吃上大米饭的人没有几个，所以面对白花花的大米，人们沸腾了。

郯城水稻丰收的消息如同燕子飞到了各家各户，临沂地委行署立即组织调研，决定：改造全地区的涝洼地，加大"稻改"（正式名称为"南稻北移"）面积，争取让下游人民都吃上大米饭，并提出了"学江南赶江南，定叫临沂变江南"的富有诱惑力的"稻改"口号。"稻改"一时成为全区的头等大事，临沂专署成立了"稻改"指挥部，临沂、郯城、苍山、莒南、莒县、日照等县纷纷成立了"稻改"领导小组，其他县也在条件具备的村庄铺开试验，全区实行统一领导、逐级包干负责的行政手段推动"稻改"。

种水稻对沂蒙人来讲是新鲜事物，他们没有任何种植技术和经验，郯城县的17亩水稻是人们摸索着种出来的。为此，临沂专署从各县抽调了上百名有文化的青年人，到江南学习水稻种植技术，同时聘请扬州的种稻能手和专家来沂蒙，到生产第一线传经送宝。那些南方的水稻种植能手、技术员，来到沂蒙就一头扎在田间地头和当地人一起干活。江苏人周克曾触景生情，写了一首诗："喜鹊叫喜讯传，亲人来到咱蒙山前。

千里迢迢不畏远,山沟里帮咱种稻田。好好干呵学江南,山里也吃大米饭。"在吃上大米饭的诱惑下,全区人民的稻改激情全面迸发,1958年水稻种植面积一下子达到14万亩。

"稻改"对沂蒙而言,毕竟是农业生产的革新试验。任何试验都有风险,沂蒙的"稻改"也一样。一开始推行时,早已习惯种植地瓜、穄子的农民并不认同,因为一旦错过了时节或"稻改"失败,就得饿上半年肚子。有文字记载,郯城县在推广水稻种植时,群众就提出了"十怕":怕地漏水、怕吃大米不当饭、怕稻莠和虫子……加之1958年的"大跃进",多数村庄还不具备灌溉条件就强行"稻改",结果除了郯城县采莲湖里不足100亩、临沂县大塘崖138亩达到亩产600斤,其余的水稻大多减产或绝产。人误地一季,地饿人一年。一时间,"生来就是吃穄子的命,就甭想吃大米了""异想天开,癞蛤蟆想吃天鹅肉"等负面情绪开始蔓延,最终指向"稻改"。

面对创新的失利和巨大的社会压力,一心为民的临沂专署分析后认为:"稻改"的路子是正确的,郯城采莲湖连续两年的丰收证明沂蒙山区完全适合水稻种植,出现目前这种局面的关键是水利配套没有跟上。要搞好"稻改",必须先兴修水利。1959年秋后,国家开始治理淮河,沂蒙山区乘机掀起了大办水利的高潮。1960年以后,全区将近40座大中型水库和绝大部分拦河闸坝相继建成,为大面积的"稻改"提供了源源不断的优质水源。在兴修水利的同时,全区开始了涝洼地的改造工程,将那些"芦苇茂蛤蟆叫"的涝洼地改造成了稻田。

水库建成后,沂蒙人民开始了长达十几年的灌渠建造工程,每座大中型水库都有一条长长的尾巴——灌渠,有些灌渠长达几十公里。如许家崖水库的灌渠,把沿途三四个乡镇10万亩耕地变成了水田;葛沟灌渠联网后,临沂县11个乡镇的旱田变成了稻田。就这样,临沂地区大面积"稻改"在1963年获得成功,全区水稻种植面积达到120万亩,不少地方还出现了"千斤田"。1964年,全区水稻面积进一步发展到145万亩。

太平公社东张屯大队的2100亩水稻大丰收，第二年迅速扩大到3500亩，平均亩产达650斤，全大队结束了吃返销粮的历史，一个村就向国家一次性交了100万斤爱国粮。

南方的水稻在沂蒙山区长势茂盛，不仅改变了老区的农业结构，也改善了老区人民的生活。1965年1月15日，《人民日报》发表《思想不断革命，生产不断发展》的长篇通讯，介绍东张屯"稻改"翻身的经验，同时还发表题为《从胜利跨向更大的胜利》的社论，对东张屯的丰收和全区的"稻改"工作给予充分肯定与褒扬。3月14日，《人民日报》再次在头版头条发表新华社记者的文章，并配发题为《做社会主义时代的新愚公》的社论，号召全国人民学习临沂地区改造自然的成功经验，争做社会主义的新愚公。当年，全国有20多个省市和山东省所有地市先后派员来临沂参观学习"稻改"。10月，在北京举办的全国农业展览会，展示了东张屯等大队的"稻改"事迹。

无论是愚公移山的厉家寨还是"南稻北移"，都是社会主义建设初期沂蒙地区影响深远的大事件。如果说厉家寨的模式是让沂蒙人民吃饱饭，那么"南稻北移"则是让沂蒙人民吃好饭。

第十六章　千年恶疠

　　绿水青山枉自多，华佗无奈小虫何……牛郎欲问瘟神事，一样悲欢逐逝波……

　　　　　　——1958年6月，毛泽东《送瘟神》（其一）

　　全心全意为麻风病人服务。

　　　　　　——1988年5月，全国麻风协会名誉会长习仲勋

　　"创造一个没有麻风的世界"是全球麻风控制的终极目标。……世界麻风防治事业取得了巨大成就，但依然任重道远，仍需要国际社会团结协作、克难攻关。中国将加大投入力度和保障措施，继续同世界各国一道，积极推动麻风学进步和创新，促进消灭麻风目标早日在中国实现，为全球消灭麻风作出贡献。

　　　　　　——2016年9月，习近平致第十九届国际麻风大会的贺信

　　当我们苦心孤诣地揭开麻风神秘的面纱，突然发现，这个千年恶疠被降服的漫长过程，就是一个政党执政为民最真实的历史写照。

　　　　　　——2021年6月，长篇报告文学《国家行动》

1．谈麻色变

就在互助组、农业合作社如雨后春笋般崛起，满目疮痍的华夏大地终于出现生机，中国人民吃饭的难题刚刚破局的关键时刻，各种传染性疾病开始疯狂出击，向刚走出战乱的国人发动了突袭。结核、梅毒、麻风三大传染性疾病还在摧残着国民的健康，折磨着国民的灵魂，血吸虫、黑热病、头癣等又推波助澜，在960万平方公里的国土上大面积发作……

疾病和贫穷是一对孪生兄弟，始终形影不离，越是贫困，疾病越是肆虐。刚刚从战争的苦难中解放出来的中国人民，温饱还没有解决，又开始饱受各种恶疾的困扰、折磨。

显然，这是对新政权的一个全新的考验。

怎么办？

故事还得从头讲起。

1955年仲夏，毛泽东到南方视察，听见了来自民间的疾苦声——

血吸虫病在我国流行甚久，遍及南方12个省市，患病的人数高达1000多万，受感染威胁的人口超过1亿，可见这是危害性甚广的传染性疾病。血吸虫病对于人民健康的危害是极其严重的，患者轻则丧失劳动力，重则死亡。患病的妇女不能生育，患病的儿童发育受影响。在血吸虫疫区，人口锐减，生产力陡降，少数疫区甚至人烟凋敝、田园荒芜。

血吸虫是一种白色线状寄生虫，它寄生在钉螺体内，成虫一旦钻入人的皮肤，就会引发血吸虫病。患者一开始的症状是腹泻，继而食欲不振，精神萎靡、四肢消瘦，逐渐丧失劳动能力，后期腹大如鼓，民间称之为"气鼓"，晚期肝硬化，死亡率极高。在南方，血吸虫病成了危害民众身心健康、阻碍社会经济发展的重大疾病。

毛泽东得知实情后，寝食不安。新中国提高了粮食生产，饥饿的人民刚刚吃上饭，瘟疫又来祸害人民了。

怎么办？

1955年11月，毛泽东专门请卫生部副部长徐运北来杭州，研究血吸虫病防治的问题。当月，在杭州召开了中央工作会议。在会上，毛泽东根据调查到的这些资料，科学地提出："对血吸虫病要全面看待、全面估计，它是危害人民健康最大的疾病，应该估计到它的严重性。共产党人的任务就是要消灭危害人民健康最大的疾病，防治血吸虫病要当作政治任务，各级党委要挂帅，要组织有关部门协作，人人动手，大搞群众运动。一定要消灭血吸虫病！"

伟人一声号召，全国性防治血吸虫病的行动拉开帷幕，危害性极大的血吸虫病瞬间成为全民公敌。

相信科学，积极救治，一场全歼血吸虫病的人民战争，在中国共产党的领导下，在毛泽东的号召下全面打响。

日理万机的毛泽东，时刻关注着"战疫"的进展。

1958年6月30日，一向喜欢读书看报的毛泽东，从《人民日报》上得知江西余江县消灭了危害极大的血吸虫病时，这位时刻心系人民的领袖一夜无眠。血吸虫病的肆虐，深深刺痛了伟人的心。一个残暴的瘟君的覆灭，大大激发了伟人磅礴的激情。他把一腔感慨和无限热忱，化作脍炙人口的诗句：

送瘟神（其一）

绿水青山枉自多，华佗无奈小虫何！

千村薜荔人遗矢，万户萧疏鬼唱歌。

坐地日行八万里，巡天遥看一千河。

牛郎欲问瘟神事，一样悲欢逐逝波。

毛泽东诗中的"瘟神"，是民间的叫法。古时候人民的科学素养低，认为瘟疫是由上天的瘟神主宰的，血吸虫病就是瘟神撒播到人间的。如今余江县彻底消灭了血吸虫病，瘟神无奈地走了，所以才有了"牛郎欲问瘟神事，一样悲欢逐逝波"。

其实，这只是血吸虫病的防治工作。这场短暂的"战疫"，似乎还不能说明什么。

对新中国成立初期的传染病史稍有了解的人都知道，在中国民间引发恐慌，危害程度更深、更广，比结核、梅毒更可怕的传染性疾病，绝不是血吸虫病。

那么，在民间引发高度恐慌的传染性疾病是什么？

麻风！

麻风，一个可怕的字眼，一种令人恐慌的疾病。因为一个正常的人，一旦感染上麻风，就陷入生不如死的魔咒里，度日如年。

新中国成立初期，如果说山东省是全国麻风大省，那么沂蒙山区就是全省麻风的重灾区。八百里沂蒙，几乎到了谈麻色变的程度。

这个被人类用文字记载的恶魔，是世界上无法用疫苗预防的恶病。仅仅在中国和印度，麻风就给几百万人带来生不如死的折磨。在人类所有的灾难性传染病里，给人类造成大量死亡的霍乱甚至鼠疫，都不如它对人类造成的危害之长久，带来的恐怖影响之深远。毫不夸张地说，麻风是所有传染性疾病里最可怕、最顽固的魔头！

麻风的凶猛和顽固，在人类疾病史上是极其少见的，还没有一种传染性疾病，能像麻风那样在人类进化史上持续存活几千年，连续发威几千年。

作为世界三大慢性传染病之一，麻风是有史以来最令人匪夷所思的。染上这种病的人，饱受着肉体的摧残和精神的折磨，承受着难以形容的不幸和痛苦，忍受着社会的歧视和家人的遗弃。即使到了文明和科学发达的今天，这个古老的魔鬼还在亚洲、非洲、南美洲甚至世界各地对着人类狂笑。它以最恐怖的方式，疯狂破坏着人的健康，撕咬着人的肉体，摧残着人的灵魂，践踏着人的精神，让患者羞于面世、哀痛欲绝。

由于麻风杆菌具有"在人体内不易杀死,离开人体又不易养活"的特殊性,医学界至今都无法研究出预防它的疫苗,致使它在人类面前一直恣意妄为。

在近代中国,由于战乱迭起,加之国民政府的不作为,全国数以百万计的麻风病人得不到有效治疗。他们被抛弃在荒郊野岭,被关押在偏远的场所自生自灭,甚至被地方组织、军阀残忍地杀害。麻风病人的生与死,在旧社会并不掌握在自己手里,麻风病人已经不是传统意义上的"人"了。他们像是牲畜,任人宰割;像是魔鬼,被人唾弃。他们被社会抛弃,被政府放弃,甚至被亲人遗弃,他们的生命不再属于自己。他们从感染麻风的那一刻起,就已经走到了生命的尽头,走进了死亡的深渊。

就在中国众多的麻风病人坐以待毙的时候,就在民众谈麻色变的时候,共产党领导全国人民成立了新中国,年轻的执政党温暖的目光柔和地落在了麻风病人身上。一个"为了人民健康"的顶层设计,开启了新中国麻风防治的先河,书写了长达70年麻风防治的感人历史!

2. 顶层设计

从1982年开始,我在沂蒙山区采访、生活了几十年,至今沂蒙山区还是我定点生活的唯一去处。人熟为宝,跟农民闲聊的话题自然就多起来。

问:"大爷,像您这般年龄的人,一生最痛恨的人是谁?"

那些上了年纪的人一口应答:"鬼子。"

问:"您这一辈子最怕的人是谁?"

答:"土匪。"

问:"在您的记忆里,最恐怖的东西是什么?"

他们脱口而出:"大麻风啊!"

沂蒙老人说的"大麻风"就是麻风病人。

大麻风居然和无恶不作的土匪、丧心病狂的鬼子相提并论，足见这种疾病给沂蒙人造成的伤害之大、之深。

2018年，我同儿子一起再次走进沂蒙山区现存的麻风村。看到麻风病人那张恐怖的"麻风脸"时，我又一次感受到这个千年恶疠的凶猛、残忍，也理解了那些沂蒙老人挥之不去的恐怖记忆。

1950年，世界卫生组织经过调查宣布：印度、中国是世界麻风大国。

面对上百万已发病人（每年有20多万新发病人），百废待兴的新中国开始了麻风防治的顶层设计，从中央到县乡的麻风病防治机构迅速组建起来，一个全国清查、隔离治疗、截断传染源的防治方案出台了。

为配合这个方案的实施，国家在土地划拨、物资供给上出台政策，在全国范围内尤其是山东、广东等重灾区，迅速建起1999个供麻风病人治疗、生活、居住的村落——麻风村。中央给卫生部下达命令，于是成千上万的医生、护士响应党和国家的号召，走进乡村排查患者，走进麻风村医治、护理病人。很多年轻的医生、护士，从此与麻风病人为伍，成为终生"麻医"。

为了便于研究、治疗这个千年恶疠，在北京成立了"中国麻风防治协会"，习仲勋出任首任名誉会长。

一场波及面广、动用人力物力大、持续时间长的防麻治麻攻坚战，在全国打响了。饱受折磨的沂蒙山区的麻风病人们，终于迎来了渴盼已久的春天。

在这场声势浩大的国家行动中，麻风重灾区的山东省积极响应并率先落实防治方案。

从1954年起，山东省逐步建立了覆盖全省的专门防治麻风病的机构。麻风病的防治作为公共卫生事业的一部分，各级党委、政府高度重视，迅速投入人力、物力、财力，开始了涉及全省几千万人口、5万多麻风病人、前后跨越近 70 年的麻风防治行动。

那个时候，山东省财力有限，可是共产党为民谋福祉的愿望无限。山东省委、省政府根据党中央的部署，设置省、市、县麻风防治专业机构 79 处，调集医生 1200 人组建"麻医"团队。同时，由政府出资，拨出土地，筹集粮食和家畜等各种生活、生产资料，在全省的麻风重灾区建立生活设施齐全的麻风村，用于收治麻风病人。其宗旨是，保障麻风村的正常运转，确保病人的日常生活，彻底防治大麻风。

全省 71 个功能齐全的麻风村，沂蒙占 4 成。从沂蒙山区北部的诸城到中部的蒙阴，从东南沿海的日照到西南的枣庄，功能齐全的麻风村相继投入使用。麻风重灾区鲁南临沂、枣庄地区相继成立了行署、县、人民公社三级防麻治麻的组织机构。村里成立民兵护卫队、防疫小组，协助上级派来的医生普查、救治患者。

在沂蒙山区广大的农村，医生们走进家家户户、田间地头进行全民普查，一经确认，就由民兵对患者实行隔离，并送往麻风村救治。这种阻断传染源、集中救治的根治方式，为 2003 年"非典"、2020 年"新冠肺炎"的防治积累了成功的经验，为大面积遏制疫情传播提供了有效的借鉴。

经过两代"麻医"的不懈奋斗，1994 年，山东省率先成为全国第一个以县为单位达到基本消灭麻风病的地区。一时间，卫生部的专家们云集沂蒙山区，对麻风防治进行达标验收。一向跟党走的沂蒙山区，又一次走在了全国麻风防治的前头。

3. 你是我的亲人

"哪里需要哪里去，哪里艰苦哪安家"，是那个时代年轻人的口头禅，对于年轻的"麻医"而言，后面一句应该改成"哪里危险哪安身"。在长达几十年的国家行动中，年轻的医生们义无反顾地与麻风展开了生死搏击，他们的目标只有一个：消灭麻风，救助病人，还人民一个健康的身体。

沂蒙人黄义是这样说的，也是这样做的。

黄义，沂蒙山区费县人，虽然不是麻风防治专家尤家骏的嫡系门生，但是也接受过他的培训，算是他的准学生了。

黄义在太阳底下足足奔波了70里，但这70里完成的仅仅是三个村庄的普查。望山跑死马，八百里沂蒙山岗交错，半天爬不出一座山。这一次出门，黄义要跑20多个村庄，也就是说，他前面的路还很遥远。那个时候自行车还是稀罕物，黄义没有，他只能靠自己的双腿走路。一路走下来，他感觉异常疲倦，双脚像是被山里的荆棘缠住了一样，迈起来异常沉重。眼看着天就要黑了，他需要找一个相对安逸的地方，好好睡上一觉。

前面有一家招待所，他长舒了一口气，提着行李走了进去。当他在招待所的登记处工工整整地填写自己的姓名和单位的时候，服务员瞥了一眼就大叫起来："麻风？"

黄义被这声严厉的质问惊住了。

服务员二话不说，从黄义的手中一把将登记表抢了过来，狠狠地撕掉，然后斩钉截铁地说道："我们这里没有床位了！"

黄义纳闷地问道："刚才你不是说，你们这里还有10个床位吗？"

服务员还是斩钉截铁地说："我们这里没有给大麻风住的床位。"

黄义赶紧解释道："我不是麻风病人，我是麻防站的医生。"然后，他把自己的工作证拿出来，不断地重复道，"姑娘你看，我是一名医生。"

服务员根本不看他的证件，只是继续喊道："我不管你是什么医生，凡是和麻风病人接触的人，我们这里都不接待。传染！传染你不知道吗？"

黄义还想辩解，服务员转身喊来了五六个人。他们远远地站在服务台后面，大声责备着："你不能住在这里！你难道不怕传染给别人吗？"

你这个同志怎么这么不负责任?"

面对步步紧逼,黄义后退了。他刚退出大门,只听砰的一声,大门就被死死地关闭了,一个声音抛出来,一下子击穿了黄义的心:"都给我记住了,不能让大麻风进来!"

一个一心防治麻风的医生,被谈麻色变的群众视为麻风的传染源,黄义尽管了解这种社会现实,但是面对无情的拒绝,他的内心还是痛苦的、悲伤的、无助的。然而他愤怒不起来,一整天的奔波让他已经没有任何力气去愤怒了。他只能默默地收拾起自己的行李,走了。此时,天已经黑了,没有路灯,没有车辆,甚至没有人影。他不知道该去往何方,不知道有谁可以收留他。他想大声地呼喊,大声地哭泣,因为无数难以名状的伤痛就如同沉重的山石一样,结结实实地压在他的心头,无论他力气多大,都没有办法将它们移动哪怕一厘米的距离。

他想,也许只有同行可以接纳自己,虽然距离最近的卫生院有十几里的路程,但是那里至少能给自己提供一个可以睡觉的地方。他再次背着行囊,向着十几里之外的地方走去。夜色无边,孤独的黄义是那样无助,内心深处五味杂陈。夜已深,周围寂静得令人害怕,连鸣虫都已经沉默了。空荡荡的路上只有黄义自己,他的身体已经疲惫到了极点。这是黄义一生中无数次经历的场景,刻在记忆的深处,始终无法抹去。

终于,他走到了一个乡镇卫生院。他原以为他的同行会接纳他,但万万没有想到,在这里,他遇见了同样的充满歧视和恐惧的目光。那个时候,谁都不愿做"麻医",千年恐慌造成的压力太大了。他再一次想离开,可是现在他又能去哪里呢?最终,疲惫至极的他选择了妥协:不走了,就在病房里住下,能遮风挡雨就足够了。

狭窄的病床足够一个疲惫至极的人安眠了。

黄义每次下乡总是准备一些玉米窝头,有时也会带上几个白面馒头,能赶上乡镇卫生院食堂开饭,吃上一顿热乎饭,那就是天大的福气了。黄义决定,早饭到卫生院食堂吃。轮到他打饭的时候,他递上了饭票。

一夜的奔波早已经让他饥肠辘辘，看到香喷喷的饭菜到了自己的碗里，他心里热乎乎的。然而，正当他转身离开准备享用的时候，突然跑过来一个人，在厨师耳边说了些什么。厨师马上走过来，一巴掌打翻了他的饭盒，热乎乎的饭菜瞬间洒落一地。

厨师一脸愤怒，吼叫起来："你，出去！这里不允许大麻风吃饭！"

"大麻风？"周围的人开始躁动起来，然后一下子躲得远远的。

黄义没有回答，也没有争辩。他知道在人们还不了解麻风的时候，自己的任何争辩都是苍白的、毫无意义的。

黄义在众人冷漠的目光里无声地蹲下来，用手把掉在地上的饭菜重新装回自己的饭盒，然后拖着已经毫无知觉的身体一步一步地走向门外。走着走着，他突然感觉自己的喉咙里噎着一团东西，死死地顶着上颚。他开始不断地吞咽口水，想要把那个东西咽下去。好像成功了，又好像失败了，好像一切又变得清澈了。原来是因为他走到了门口，太阳热情的照射缓解了他喉咙里的异物带来的难受。然后，他端着饭碗，找到一个地方蹲下来想要吃饭，却发现自己的筷子找不到了，也许刚才不知道被打到什么地方去了。算了吧，还得赶路呢，不回去寻找了。他在自己的裤腿上擦了一下手，然后用手抓起馒头，一把塞进嘴里。突然，刚才喉咙里的那个异物再一次出现了，他再也无法忍受，一口将饭菜吐了出来，然后毫无顾忌地放声哭起来。

沂蒙汉子黄义抱着饭盒，孤独地蹲在地上，就像一个无助的孩子……

黄义是委屈的。

我们无法想象一名"麻医"面对社会、同行的歧视，所感受到的无助和屈辱，那是令人痛苦的、令人无法抗拒的，也是令人难以忘却的。

黄义终于忍住了哭声，他一边流泪，一边吃完了饭菜。他实在是太饿了，不敢浪费这些饭菜。他必须吃饭，只有肚子里有饭，才能有力气赶往另一个村庄，因为这一去又是20里山路。

黄义简单收拾了一下，擦去泪水，开始了下一个行程。

在他的身前，热烈的阳光灼烧着，似乎要耗尽他身体内的最后一点水分；在他的身后，阳光留下的身影伴随着他，他走得越远，那个身影就显得越发高大。而黄义这一走，就没有停步，一直走到退休。

1931 年出生的黄义对故乡的记忆早已经模糊了，也不记得父母的样子，因为他的童年是在孤儿院度过的。如果说起他的家，只有一个麻风病人集中居住的地方令他毕生铭记，因为假如人生百年，黄义就有四分之一的时间在这里停留。这个孤零零的麻风村就是黄义的故乡。

黄义从小在孤儿院长大，后来参加了解放军。在部队，他读了医校。20 世纪 60 年代初期，他转业到了山东省防疫站防疫大队。此时，沂蒙山区黑热病等恶性传染病十分猖獗，尤其是麻风更为严重，但基层缺乏治疗传染病的专业医生。黄义遵从组织安排，来到了沂蒙山区的麻风重灾区费县，先后参与黑热病等多种流行疾病的防治。几年后，黄义接到再次下乡的命令。他二话没说，简单收拾了行囊，离开县城，踏上了新的征程。

出了费县老城往北走，山越来越高，路越来越崎岖，徒步 50 里路后，在一片山坳里，黄义卸下了行装，抬头远望，看见了不远处的目的地——一个默默蜷缩着的小村落。

称得上村庄，是因为这里最多的时候住着 400 多人，每个人都拥有自己的土地，拥有庄稼，也拥有饲养的牲畜，这里甚至拥有大队部等相当健全的组织机构。但是，这里又远远称不上是一个村庄，因为这里多少年来没有嫁娶，没有婴儿的啼哭，没有固定的户籍，没有传统村落的布局。这里只有几排被四面围墙包围起来的瓦房，只是一个被石头墙高高围起来的巨大的院落。更重要的是，每一年，这里都只有进来的人，没有出去的人，死了的人就埋在后院的山坡上。

黄义看了看村庄的环境，确信自己从没有来过这里。在费县的几年时间里，他没有来过这附近的任何地方。虽然他曾经踏遍沂蒙山区无数的土地，但是这个偏远的地方，对他而言是陌生的。只有在接到命令的时候，他才知道在遥远的山沟里，还有这么一个村落。

黄义重新扛起行装，走到村口，站在一个破门面前。这个门一年到头都是敞开的，似乎除了在象征意义上是一个"门"，别无他用。实际上，它没有任何现实中"门"的防护意义。原因很简单，没有人愿意来到这里，也没有人敢进这个院子，知道这个地方的人都远远地躲着它走。它令人抗拒、令人恐怖、令人排斥，这个大门和住在这里的所有人一样，是寂寞的、孤独的。

院墙有些破败，看来这个村落有些年岁了。破门左侧挂着一个木制的牌匾，上面写着黑色的字：费县麻风村。

站在门前的黄义深深地吸了一口气，他心里早就做好了准备，也许他是唯一的痛痛快快来到这里的医生，更是唯一的愿意留在这里的医生。

门前坐着一排人，大都红着一双阴森的眼睛。由于麻风杆菌彻底破坏了他们的面部表层神经，没有了神经系统的支配，他们的眼皮就失去了开合的功能，即使睡眠，他们也无法闭上眼睛。长期处于疲劳状态的眼睛就会充血，变成一双让人恐惧的红眼睛。这是麻风重度患者的标志。

黄义发现大部分人都已经手脚残疾了，个别比较严重的老人戴着一顶大帽子、一个大大的墨镜，或用与时令完全不符合的口罩或头巾，将自己伪装起来。但是，无论怎么遮挡，松散的皮肤和坠下的下颌已经颇为明显，黄义百分百地确定，那个口罩或头巾遮掩的是一张已经变形的脸。

看到黄义，他们热情地打起招呼。任何一个陌生人都能够让他们提起兴趣，因为这里已经很久没来过陌生面孔了。

"你找谁啊？"

"我找你们啊！"

"你找我们干什么？"

"我是新来的医生。"

听到"医生"两个字，老人们兴奋极了，纷纷站起来，瞬间围住了黄义，而后引导他往村子深处走去。

"大夫,你是从哪里来的?"

"大夫,你在这里待多久?"

"大夫,你能给我治治感冒吗?"

黄义在一片问话中很是疑惑,但只能跟着这些老人茫然地向前走着。大部分老人都是拄着拐杖的,也有的老人只能坐在手推车上了。黄义不明白,为什么这些男男女女对自己如此热情;黄义也不明白,为什么他们对自己是走是留的问题如此追问不休。

见到院长,黄义才明白为什么刚才那些老人喋喋不休地追问,因为他的到来,使这里有了一名专业的医生。

此时的费县麻风村里,除了黄义,仅有四个工作人员:一个院长,一个文书,一个会计,一个后勤。黄义不知道这里是一直以来都没有医生,还是曾经的医生逃离了。总之,现在这个住着几百个麻风病人的村庄,就只有自己一个医生。如果自己再走了,这些病人将是怎样失落和沮丧啊!

黄义从院长那里获悉:之前有好几波专业医生来到这里,但很快又离开了,院长以为不会再有医生来了,他是带着这种无奈见黄义的。但在黄义放下行装的一瞬间,院长有了一种判断:麻风村有医生了。

之后,依旧有很多专业的医生来到这里,然后离开这里。无论是来的还是去的,都没有从黄义肩上接过繁重的担子。因为,只有黄义坚持了下来,一个坚持跨越了 23 个年头。而与黄义一同坚持下来的,还有他的妻子和孩子。黄义在距离麻风村 500 米的地方,安置了自己的小家。直到 1985 年,黄义当选费县政协副主席,他才有机会把家搬到县城。

坚守下来的黄义,将毕生的精力贡献给了麻风村,贡献给了这个村庄的 403 个麻风病人。他一直与他们相伴,帮助他们与病魔抗争。他是孤独的,又是喜悦的。他的所有生活几乎都是关于这个小小村庄的,都是关于整个蒙山前的麻风病人的。由于黄义的坚守,费县麻风村办得很像样子，后来，沂南、兰山、平邑等县的病人，都渐渐转到这里。

从孩子记事开始，黄义就极少回家。他总是骑着自行车，去往每一个还有麻风病人的村庄，看看他们的病是否复发；去往每一个可能传染麻风的村庄，查看是否还有人传染，一去就是一二十天。没有同事，没有伙伴。不管是烈日高照的白天，还是布满星辰的夜晚，寂寞的路上只有自行车车轮与黄色土地摩擦的声音，怀中只有几个窝头还稍微有些温度。他坐在冰冷的山石上，伴着山间野外的鸟叫虫鸣，吃上两个小小的带有自己体温的窝头，随便在一个有遮挡的地方睡上一觉，接着就匆忙地赶往下一个村庄。没有人与他说话，没有人与他聊天，也没有人给予他坚持下去的鼓励，他得到的只有人家冷漠的眼神和冷冷的话语："你又来干什么？！俺村没有大麻风！"

冷嘲热讽没有让他停下寻找的脚步。他在日复一日、年复一年的不断坚持和不停行走中，发现了一个又一个患者，治愈了一个又一个麻风病人，他疲惫的灵魂在患者感激的眼神里获得长久的慰藉。

到了20世纪70年代后期，大规模的排查、隔离都过去了，沂蒙山区的麻风患者都集中到麻风村了。但是，由于麻风的传染性极强、隐蔽性极高，初期的麻风患者不易被发现，于是传染还在继续，村庄里总会有新的病人出现。黄义除了管理、救治麻风村的患者，全县1760平方公里内的村庄，还需要他这个专业"麻医"对排查出的疑似患者进行甄别。当时，全县专业的"麻医"只剩下黄义一人了，而麻风依旧在传播，无论从理论还是从实践上看，费县的麻风防治须臾都离不开黄义。假如黄义撂挑子，整个费县的麻风防治就会出现断档、空白。黄义感到了责任的重大，于是他那辆自行车也就一日不停地飞奔在崎岖的山路上……

他用23年的孤独，创造了隐于山林和田野间的长嘶呐喊；他用无声的行动，演绎了在村民中流传甚广、感人至深的故事。

那时候通信条件极其落后，一去20天的光阴里，没有人知道他到了哪一个乡镇，没有人知道他进了哪一个村庄。但是人们可以去往每一个乡镇，向村庄里的每一个人问询："这几天，你可曾知道黄大夫去了哪一户人家？"

村民们会热情地回答："他，刚刚离去。"

再问："你是否知道咱们的黄大夫去了哪一个村庄？"

村民们会很遗憾地摇摇头，回答："说不准，因为他一直在路上。"

一直在路上，成了黄义不变的姿态、行走的模式。

为了免除下一代的苦难，我们愿——
愿把这牢底坐穿！

1948年夏，一个叫何敬平的共产党人，写出了一首振聋发聩的现代诗《把牢底坐穿》。那是一代共产党人的心声。几十年过去了，黄义用无声的行动再次诠释了共产党人的初心——为了减轻麻风病人的苦难，我愿意吃更多的苦，受更多的累，笑对更多的难。

黄义做到了！他的心、他的责任都在麻风村里，家成了他的旅店。他常对妻子说："我算不上一个称职的丈夫。"妻子和5个孩子跟着他在麻风村附近住了20多年，但是在这20多年中，他没有照看过任何一个孩子。一个月的时间里，他只有两天能够待在家里陪伴家人，尽一个父亲和丈夫的责任，其余时间他是属于麻风病人的。他是整个麻风村的村长，是所有麻风病人的守护神。没有他，麻风村是不安全的；没有他，麻风病人是无助的。为了麻风村这个大家，他实在顾不上自己的小家了。

习以为常，慢慢地，家人也就适应了这种日子。

然而，他的职业却给孩子带来了难以名状的痛苦。幼小的孩子从小就没有玩耍的伙伴。在学校里，他的孩子总是一个人走着，小伙伴们会在孩子身后交头接耳地议论，一句句让孩子心悸的话传来："他家住在麻风村，他爸天天跟大麻风打交道。"

大麻风传染人，这是孩子都知道的事情。

——爸爸，咱们为什么跟他们住在一起？

——爸爸，你为什么不换个地方工作？

黄义只能这样解释："麻风村里的那些人，跟你们一样都是爸爸的亲人。"

再多的解释没有了，因为他知道，所有"麻医"的社会境遇差不多都是这样，他们从事着给自己带来孤独、给家人带来无助的职业。

他不想给孩子们讲什么大道理，因为孩子们还小，等他们长大了，就知道他们的爸爸从事的工作对那些无助的患者有多重要了。他用一个人、一家人的无助解除403个病人的无助，不用解释，一切都交给时间吧。

此时，我想起在浙江省德清县上柏麻风村采访时一个老患者的话："麻风病人没有家。"

其实，一个真正的麻风防治工作者也是没有家的，比如黄义。

2018年，在庆祝改革开放40周年，感动费县人物颁奖大会上，主持人这样描述黄义：

> 他不惧世俗观念，不怕传染风险，发扬大爱无疆的精神，亲手建设了全省三家之一的费县麻风病院区，亲自担任负责人，带领医务人员，义无反顾地投入到特殊人民群众群体的救治事业当中，先后为578名患者治愈了麻风病。在医疗条件十分简陋的情况下，克服种种困难，为治疗后留有残疾的麻风病人进行校正，先后进行植眉术36例、足下垂4例、爪形手2例、眼睑外翻2例、倒睫2例、眼下垂8例、足底溃疡恶性截肢5例。

是啊！不惧世俗，大爱无疆。他给这里的麻风患者们带来了生的希望，给他们带来了活下去的勇气。费县人没有忘记他，那些与病魔抗争的麻风患者，更没有忘记他。黄义，永远是他们心中那个亲切、高大、伟岸又充满正能量的黄医生，永远是他们心中那个不知道对病人发火、一脸微笑的黄大夫。

一天，已经兼任费县政协副主席的黄义从县里开完会回家时，被门卫拦住了。门卫向他汇报说："黄主席，刚才有个人鬼鬼祟祟地想要找您。"

黄义笑了："光天化日之下，什么鬼鬼祟祟啊？人呢？"

门卫不好意思地回答："不知道啊！他也不说是谁，他也不说干什么，我就没让他进，说您开会去了。"黄义答应了一声，嘱咐道："以后无论谁来咱们这儿，你得问清楚了，万一有急事呢，不就给人家耽误了吗？"说完，黄义往家里走去。

门卫转身跑到屋子里，提出来一个编织袋子，说道："黄主席，那个人还给您拿来了一些东西。"

黄义接过袋子一看，里面装着新鲜的土豆，上面还留着很多新鲜的泥土，一看就是刚从地里刨出来的。黄义马上明白了，问道："人走了多久了？"

门卫回答："刚走没多久，出门往北边去了。"

黄义二话没说，跑着追了出去。没跑多远，他就看见前面有一个消瘦的身影，一身农民打扮，走得很慢，走走停停，仿佛很犹豫。看着这个身影，黄义脱口而出："王清记！"

那个人回过头来，看见黄义，高兴地笑了："黄医生，黄医生。"

黄义走上前去，责备道："来了怎么不到家里去？"

王清记不好意思地说："怕给您添麻烦，我们这样的人，怎么能随便到家里去呢！"

黄义说："咱不是都说好了吗？门卫要问，你就说是我的亲戚。说吧，有啥事？"

王清记说："没啥事，是村子里的人想您了，刨了点俺们自己种的土豆，大家托我来看看您。土豆干净，您吃的时候再刮刮皮……"

不等王清记说完，黄义就一把抱住了他，说道："明天，我明天就回去看你们。"

烈日下，两个汉子紧紧地抱在一起。

王清记是黄义从山村发现并收治的麻风病人。经过黄义的精心治疗，他的病已经痊愈了。可是，他却有家难回了，就一直住在麻风村。

如今，上千万人口的临沂市只剩下费县一个麻风村了，里面还住着40个人。这40个人当中，一部分是周边市、县撤销麻风村以后转过来的，真正的老村民不过20人。黄义是在麻风村高达403人时走进村子的，也就是说，黄义陪伴383名麻风患者走到了生命的尽头，为他们养老送终。

从403人到20人，从32岁到88岁，黄义付出的太多太多了。这些付出，国家记住了，人民记住了；这些付出，死去的麻风病人记住了，活着的更记住了。

黄义是伟大的，也是孤独的；他被无数人尊崇，也被很多人"驱逐"。他用几十年的光阴赢回尊重，他在不懈的坚守中得到了掌声。他是一名父亲，也是一名丈夫，但更多的，他是一名令人动容的麻风医生，是麻风病人的亲人。

从八百里沂蒙到齐鲁大地再到祖国的大江南北，正是有了无数像黄义这样的"麻医"的坚守，中国抗击麻风的国家行动才得以成功。

20世纪50年代，中国和印度同时被世界卫生组织定为世界麻风大国，但由于我国是社会主义国家，上有党中央的顶层设计，中有各级政府的推动落实，加上我们有一批黄义这样的奋战在防麻治麻最前沿的忠实的执行者，如今我国成为最快、最早基本消灭麻风的国家，而印度依旧是世界麻风大国。

第十七章　羁绊蛟龙

假如没有跋山水库、峡山水库、日照水库等这些动辄蓄水几亿立方米的大型水库，没有塘村水库、龙王口水库等这些蓄水量几千万立方米的中型水库，没有星罗棋布的小型水库，沂蒙山区一准就像一台缺油的汽车，能快速跑起来吗？

假如20世纪50年代末期、60年代初期，中国共产党没有领导全国人民，在神州大地上靠人力打下8.6万座大大小小的水库，真的不晓得我们的国家会干渴成什么样子？我们的农业会是一副什么样的状况？

8.6万座水库啊，为中华民族储备了多少水资源？这是社会主义建设时期，留给子孙后代的无价财富。

8.6万座水库，300万公里人工河渠，220万眼配套机井，16.5万公里堤坝，按照土石方折算，超过1980年到2008年的GDP总和。

"一定要把淮河的事情办好！"这是一代伟人的焦虑。

"打水库去！"曾一度成为沂蒙人的口头禅。

1. 大淮河赌输了

就在党中央为解决全国人民吃饭的难题，千方百计寻求破局的对策时，自然灾害跟随着传染性疾病的脚步汹涌而来。它不像疾病来时那样悄无声息，它的到来往往惊天动地。这对刚刚走出战火的新中国来说，可谓是"风吹雪雨蚀人骨，人面青黄衣薄单"。

新中国面临着考验。

新政权面临着考验。

1950年盛夏，沂蒙山区的母亲河沂河泛滥，沭河、祊河、泗水河也乘机推波助澜，于是下游的临沭、郯城、苍山平原及苏北地区一片汪洋，人民流离失所。如果说沂河水患属于沂蒙山区的局部灾难，那么淮河泛滥就是河南、湖北、安徽、江苏四省的天灾了。

其实淮河泛滥，远离淮河的沂河水系难辞其咎，因为沂蒙所有南向而去的河流组成了淮河庞大的外援水系，沂河、沭河等成了淮河泛滥的帮凶。

突发而至的大灾大难，既是老百姓的苦难，也是对执政者应对能力的考验。

淮河，发源于河南省南阳市桐柏县西部桐柏山主峰太白顶的西北侧，流经河南、安徽、江苏三省，其干流分为上游、中游、下游三部分，全长1000余公里，总落差200米。淮河位于中国东部，不仅是长江与黄河之间的一个重要水系，而且是我国一条重要的地理分界线，它和秦岭一起，组成中国亚热带和暖温带的地理分界线。在淮河宽广的流域内，农业文明发达，非常适宜人类繁衍，因此这里人口众多，一旦水患发生，动辄就会影响千万百姓的生命安全。同时，也会给中国的产粮区一个致命的打击。

这次淮河一改往日的温顺，在沂蒙山区水系的推波助澜下，全面发威，形势极其严峻。

千疮百孔的新中国，发生这样的大水灾，无疑是雪上加霜啊！

7月18日，华东防汛指挥部在发给中央防汛总指挥部的电文里写道：淮河中游水势仍在猛涨，估计可能超过1931年最高洪水水位。

灾情不等人啊！安徽的水势一日数涨，省领导曾希圣等人急电中央。灾情电报迅速送达毛泽东的案头，电文中的每一句话，都像火苗一样烘烤着领袖的心。

……由于水势凶猛，群众来不及逃走，或攀登树上、失足坠水（有在树上被毒蛇咬死者），或船小浪大，翻船而死者，统计489人。受灾人口共990余万，约占皖北人口之半。洪水东流下游，灾情尚在扩大，且秋汛期尚长，今后水灾威胁仍极严重。由于这些原因，干群均极悲观，灾民遇着干部多抱头大哭，干部亦垂头流泪。

毛泽东最不愿看的是百姓的苦难，最不愿听的是民间疾苦声。他在桌前踱了几步，回身在电文上写了一段批示："周：请令水利部限日作出导淮计划，送我一阅。此计划八月份务须作好，由政务院通过，秋初即开始动工。如何，望酌办。"

批示体现了毛泽东的急迫心情和雷厉风行的做事风格。

淮河由于落差小，水势相对平缓，可是一到暴雨季节，这条曾被黄河抢占过的大河，瞬间就会变得桀骜不驯起来。

1931年，江淮大地遭遇百年罕见的特大水灾，灾区涉及湖北、安徽等8个省区，受灾人口总计5000多万，死亡40多万，受灾农田近1.5亿亩，人口集中的城市灾况更为严重。对这次灾害，时人有"洪水横流、弥溢平原，化为巨浸，死亡流离之惨触目惊心"之谓。这年，正是由于洪水超量，江淮地区江河湖泊的堤防多处溃溢。长江干流自湖北石首至江苏南通段，堤坝溃决、漫溢就达354处之多。南京以上水面宽10多公里，九江附近达30多公里，而武汉至湖南境内，洞庭湖与长江交汇处的城陵矶更是一片汪洋，仅见少数山岳露出水面。武汉三镇没入水中一个月有余。

这次水灾，是对国民党的执政能力、旧中国社会的救助能力、国民政府的组织能力以及所持态度的严峻考验。

水灾发生后，国民政府上下联动，开始赈灾。5000万灾民眼巴巴地盼着政府的救济。赈灾的结果是雷声大雨点小。数千万灾民平均每家只获得赈灾大洋6角，政府的救助款仅占各户平均损失的0.13%，可谓是九牛一毛。国民政府每户6角大洋赈灾的结果是：淮河流域赤地千里，饿殍遍野。

时隔19年，淮河再次泛滥，正如电文所言：估计可能超过1931年最高洪水水位。但此时的共产党政权，刚刚接过一个颓垣废井的烂摊子。

内部，百废待兴，人民群众吃饭穿衣都成问题。

外部，就在毛泽东阅读电报的前十天，1950年7月10日，"中国人民反对美国侵略台湾朝鲜运动委员会成立"，抗美援朝拉开序幕。

显然，淮河是在用洪水考验共产党的执政能力，考验人民政府的组织能力，考验全社会的救助能力。它似乎是在赌一把，看看1950年是否是1931年的翻版，看看共产党跟国民党究竟谁的能力大。

可是千里淮河想不到，这次发飙正赶上了新中国成立，国家由"不解救人民，还叫什么共产党"的中国共产党执政，一切将发生不可想象的逆转。

大淮河赌输了。

2. 导沭整沂，泄蓄并举

治水先治淮。

新中国成立初期，声势浩大、惠及子孙后代的水利工程，是从治理淮河开始的。

八百里沂蒙的导沭整沂工程，是治淮工程的一场硬仗。

八百里沂蒙，千山万壑孕育的大小河流有1300条之多。发源于沂蒙北部沂源县牛角山北麓的沂河，又称沂水，全长571公里，流域面积17325平方公里，是沂蒙第一大河，沂蒙人的母亲河。沭河发源于沂山南麓，全长259公里，流域面积5700平方公里，是沂蒙境内与沂河平行南流的大河。两条大河在下游的山东境内冲积出临沭、郯城、苍山平原，是沂蒙山区重要的粮食生产基地，在江苏境内冲积出苏北平原。两条大河同属淮河水系，又处在山东省降雨最丰沛的地区，加之落差大，水流比淮河湍急，洪水暴发时极易造成河水突破岸堤，泛滥成灾。

新中国的治水行动是从1959年秋天开始进入高潮的，而共产党领导的治水，在沂蒙山区至少要提前10年。

还是让我们翻阅历史吧。

1946年，临沂城刚解放，山东省实业厅水利队与原苏皖边区水利局撤到山东的人员，组成水利工作队，开始进行沂河、沭河治理的准备工作。1947年，工程队在连绵的炮火中编制了导沭工程的初步方案。1948年9月，上述方案最终被通过，并组建了山东省沂河、沭河流域水利工程队。同年10月，工程队与济南解放后参加水利工作的80名技术干部，分成3个测量队，对"导沭经沙入海工程"路线进行地形与河道断面测量。水利专家们发现，沭河进入苏北平原后呈现L型流淌，自大官庄到入海口长达230公里，洪水在大平原上兜圈子，这才是鲁南、苏北地区水患的根源。大官庄东边距离入海的大沙河只有70公里，如果打开一个缺口，让沭河水从大沙河入海，即可缩短沭河入海的距离，又可腾出下游的老河道来为沂河泄洪。经过多方论证，中共中央华东局认为，只有完成导沭工程，沂、沭、泗、运四河才能彻底被整治，千年洪灾才能彻底解除。1949年2月，山东省政府批准《导沭经沙入海工程全部计划初稿》。同年3月29日，中共中央山东分局向华东局递交了《关于导沭经沙入海的治水救灾计划的报告》，汇报了开展导沭工程的原因、工程的准备情况以及工程的实施计划。4月2日，华东局复电，完全同意山东分局导沭经沙入海的治水救灾计划。

导沭整沂实际上是两个工程：一个是导沭工程，一个是整沂工程。

导沭工程：在临沭县大官庄劈开沭河左岸的马陵山，将沭河部分洪水泄入沙河，利用沙河排泄入海，全称为"导沭经沙入海工程"，沂蒙人民称之为"沭河东调工程"。

整沂工程：对沂河进行彻底治理，主要包括疏浚、培堤及护险，开挖分沂入沭水道，沂河筑堤、裁湾切滩，开挖中泓河槽等工程。

整个导沭整沂工程自1949年4月21日开工，历时5年，先后动员临沂、沂水、泰安、滕县、胶州、徐州6个专区37个县（市）民工114万人次，技术工人4500余人参加施工，共完成土石方4827万立方米（其中石方315万立方米），用工4255万个，筑堤800余公里，挖河85公里，并完成沭河拦河坝、溢流堰、穿沭涵洞等各种建筑53座，开支经费4500万元（1.5亿公斤小米的折价）。工程既艰巨又宏伟壮观，到这里来参观的中外专家都很震撼，对在战争尚未结束、经济尚未恢复的情况下完成这么宏大的工程而由衷地钦佩，对用独轮车、扁担、铁锹、镐头、炸药等简单工具器材完成这样艰巨的工程而赞叹不已。

在这一工程中，新沭河向东接沙河必须开挖14.2公里的引河，其中有8公里需要穿越马陵断麓，施工人员在这里遇上了坚硬的山体，由于当时准备不足，只好停工。后来，经过积极准备，1950年10月22日重新开工了。这段工程的关键是打通马陵山隧道。那时候，新中国刚刚建立，百废待兴，工人没有挖掘高山隧道的任何技术和经验，国家更没有挖掘隧道的任何机械。但是，只有镐头、钢钎的沂蒙人民，凭着一股子燃烧的激情，向马陵山进军了。

在郯城县花园乡，我们采访了当年的爆破队队长，他说："记得县领导对我说，你不是当过区中队的小队长吗，当年炸炮楼是在鬼子的歪把子机枪的扫射下进行的，拿出炸鬼子炮楼的劲头来，我就不信咱们就凿不通一个小小的马陵山！就是靠着这股子精神，穿越马陵山的水渠如期贯通了。"

在第四期工程中，那些项目都称得上技术工程。为加强技术指导，指挥部又调集渤海水利干校、山东农学院水利系测绘班学员近百人参加导沭施工，并由临沂、徐州等地招收90名初中以上文化青年进行技术培训，充实壮大导沭工程技术力量，从而培养造就了一批水利技术骨干，为以后沂蒙山区的水利工程储备了人才。这项工程也因此被水利部誉为"水利先锋"。

导沭整沂工程的实施，把鲁南、苏北的涝洼地变成了粮食高产田，对鲁南、苏北地区摆脱贫困、发展经济、提高人民生活水平起了决定性的作用，并对苏、鲁两省全面治理沂河、沭河和南四湖流域创造了条件。

从整个导沭整沂工程来看，这次治水重在"泄"。

导沭整沂工程吹响了淮河流域治理的号角。

此时的治水仅仅限于疏导泄水，这是我们的祖先大禹治水的老法子。新中国成立初期，毛泽东把淮河泛滥需要全面治理的批示转交到政务院总理周恩来的手里，一向办事沉稳、果敢的周恩来当即分两头部署：一头抓救灾，一头召集水利部专家研究治淮方略。

从1950年7月20日到8月31日，毛泽东连批了三份淮北地区受灾报告，并指示一定要根治淮河。为了一个大国、穷国的救灾、吃饭问题，毛泽东在这一时期批转了大量电文给周恩来。不仅农村的灾荒，城市的就业问题也很伤脑筋，整个国家要办、急办的事情多如牛毛。为了把人民的事情办好，中央决策层人员连轴转，几乎昼夜不停地工作。

由于党中央领导有力，各级官员恪尽职守，全国上下联动、一呼百应，赈灾工作有条不紊地进行。社会各界也发动募捐，一方有难、八方支援的场景在全国层出不穷。

由于工作及时到位，灾民普遍获得了救助，住有房，穿有衣，吃有粮。千万灾民没有因饥饿而死亡，没有因无家而流浪。大灾后的无序和混乱短时间内就被遏制住了，灾区迅速恢复了秩序。

我们走的是社会主义道路，实行的是社会主义制度，灾区尽管面积广大，却政令畅通、上下一统，没有人借机哄抬物价，没有人乘机发国难财。源源不断运往灾区的物资畅通无阻，一尺布、一粒粮都不少……

为了不误秋播，政府调拨的良种也陆续到位。整个灾区跟1931年比截然不同，呈现出一派灾后重建的繁忙景象。

救灾及时，但治淮会议上却遇到了难题。

周恩来召开治淮会议，亲自主持淮河流域治理大规划，到会的有华东水利部、中南水利部、皖北行署、苏北行署、河南省政府、淮河水利工程总局、河南黄泛区复兴局的负责人。周恩来深知，制订一条河流的流域规划，必须先搞清该河流的水文情况。

《治淮方略》的总图表太大，桌上放不下，就铺在屋内的砖地上。大家都蹲在图表周围的地上，周恩来也俯下身细看图表上的说明。他不时提出一些问题，引导工程师们探讨一个个查补的办法，把淮河不完整的水文记录资料梳理出个眉目。一开始还有些拘谨的专家，一谈起业务，话就多了起来。到后来，在如何治理淮河的大方略上，负责的专家们发生了针锋相对的争论，争论的焦点是"蓄"还是"泄"。

由于地球纬度的不同，各地的降雨量是不均衡的，河流输送的径流量也是不均衡的。在我国，由于受季风的影响，水资源在时间和空间分布上的不均衡性更加显著。旱则赤地千里，河流干涸；涝则洪水泛滥，一片汪洋。在中国历史上，治水就有蓄、泄之争。在传说中，鲧是主张蓄水的，但在堵水的实践中，他失败了；禹改用泄的办法，对大水进行疏导，将水送入大海，他成功了。

专家们争得面红耳赤，周恩来仔细地听着。

最后，他集中专家的意见，提出一个治淮方针："蓄泄兼筹，以达根治之目的。"

理由是：水多了是害，没有水也是害。雨季水大需要泄以防水灾，旱季用水需要蓄以防干旱。因此，单纯地蓄或单纯地泄，都不能全面达到除害兴利的目的，无法满足社会的需求。除害是不让水给人民带来灾难，兴利是让水成为新中国农业发展的重要力量。

这个"蓄泄兼筹"的顶层设计，给祖国大地留下了 8.6 万座水库。

8.6 万座水库，为新中国的百年基业积攒了丰厚家底。

8.6 万座水库，为后来打造小康社会、建设美丽乡村、实现乡村振兴积攒了战略资源。

3. 天文数字的启示

8.6 万座水库在华夏大地上的横空出世，是社会主义制度集中力量办大事的最好体现，是社会主义制度优越性的一个绝佳例证。

在战争年代，毛泽东曾在一首小令中写道："翻江倒海卷巨澜。奔腾急，万马战犹酣。"这是一个诗人的浪漫，但是，如果我们回顾 1959 年秋后开始的水利建设的大潮就会发现，这首小令分明是伟人写给沂蒙人的，是沂蒙人兴修水利场景的真实写照。不信，可以到沂水的跋山水库纪念馆或岸堤水库纪念馆随便找一张当年的黑白照片，就会让人的心灵受到震撼。

如果说，1949 年开始的导沭整沂工程是以疏导为主，那么，50 年代末沂蒙人民的治水就全部进入了以蓄为主的时代。在沂蒙，同时开工的大型水库就有四五处，每一处动辄就聚集五六万民工。岸堤水库，也就是后来人们说的云蒙湖，民工达 7 万之多。人哪，只要聚集过万就会无边无沿，五六万人聚集在一个工地上，是何等壮观？

那时候，沂蒙人彼此见面第一句话不是"吃饭了吗"，而是"出夫了吗"。"出夫"是个人义务出工给集体或国家干活的意思。

沂蒙人跟党走的自觉意识，早在战争年代就形成了。那时候，党群关系到了"水乳交融"的程度，只要上级一纸通知或干部一声令下，年轻力壮的村民二话不说，带上行囊、推起小车就走。那时候叫"支前"。这种民间的自觉，成为沂蒙人大兴水利的内在动力。

现在我们不敢想象：8.6 万座水库如果按照市场化修建，国家支付的成本是怎样的概念？动用的资金是个多大的数字？

1959 年到 1961 年建成的容量 5.29 亿立方米的跋山水库和容量 7.82 亿立方米的岸堤水库，都是临沂行署调集几个县的民工修建而成的。当时的民工实行军队编制，县里组建基干师，公社组建基干团，大村组建连、排，小村组建班。从班长到连长由村干部担任，营、团干部由管理区、公社领导担任，师部干部由县领导组成。这样的基干师一般都在 1.5 万人到 2 万人。每一个师都配有文艺宣传队，团里有卫生所，以连为单位设置炊事班。

一声令下，一个基干团或基干师就立即行动起来，人们推着胶轮车（沂蒙山区在战争年代用的独轮车是木轮车，顶多给木轮镶上铁皮。到 1958 年，由于国内基础工业的兴起，胶轮车才大量替代了木轮车），担着炉灶，背着行囊，扛着铁锨、镢头，浩浩荡荡地出发了，一支队伍往往蜿蜒十里长……

大军到达工地前，总是先由建筑队伍建造住处。那时候的民工房十分简陋，就是在向阳的山坡或收割后的梯田下挖一个一米深的长方形的土坑，晒干后选用粗实的木棒做支架，再用细硬的木棍做横梁，搭成一个巨大的人字形框架，四周用玉米或高粱秸做成挡风的墙，然后再给这些墙盖一层黄草或稻草做的苫子，以防进风漏雨，最后在晒干的土坑里铺上厚厚的麦穰，几张苇席子一铺，就能睡一个排甚至一个连。这样的简易窝棚密密麻麻地排成排，远远望去十分壮观。

工地施工由指挥部统一协调管理，起床、上工、吃饭、休息一律吹号，雄壮嘹亮的军号声在山谷里回响，颇有气势。

工地上配有广播站和采编人员，对出现的带头实干的人物随时给予广播表扬，同时对各个环节的施工进展情况给予通报。

为调动大家的积极性，各团、营甚至连、排之间时常进行竞赛，工地上一派热闹景象。

指挥部经常举办表彰大会，隆重的表彰大会成为各师、团、营、连之间竞赛的加油站。表彰以精神为主，物质只是象征性的，奖品大都是实用物品，一个脸盆、一只暖瓶、一只手电或一块毛巾都是最好的奖品，当然一张奖状也是必需的。

电影队时常到工地放映电影，那是民工们最快乐的时光，尽管他们早就把那些故事情节熟记于心了，但还是争先恐后地跑到现场观看。

一个大水库的建造，工程量巨大，工期长，动辄需要一两年的时间，那么多人除了白天劳动，晚上必须搞好夜生活。于是，除了放电影，剧团、戏班也纷纷走进工地。跟村庄里相比，工地上的文化生活显然要丰富得多。人是群居动物，喜欢热闹是天性，这也是农村青年男女愿意"出夫"的另一个原因。

到了1960年，赶上三年自然灾害，农村出现了粮荒，国家就采取以粮代赈的方式聚集劳动力，开展大规模基础工程建设。每一个"出夫"的农民工，每天可以得到一定的粮食补助，这些粮食基本上能填饱农民的肚子，于是农村出现了争先恐后"出夫"的场面，沂蒙山区的水利工程建设因此获得了快速的发展。

中共中央组织部原部长张全景，曾任山东省委组织部部长数年，他多次到沂蒙考察，后来出版了自己的考察报告。我们摘录了其中一段文字，来证明那个时代全国人民无私奉献的力度。

> 社会主义建设初期，为提高粮食生产发展乡村经济，全国掀起兴修水利的热潮，靠集体的力量，先后修建水库8.6万座，人工河渠300万公里，配套机井220万眼，各种堤坝16.5万公里，按照土石方折算，超过1980年到2008年的GDP总和。

这组天文数字带给我们什么样的启示呢？

显然，这组数字让我们大为震惊，这是一张感动中国也感动世界的成绩单。

今天，当我们为改革开放取得的成就而自豪的时候，有多少人还记得

20世纪五六十年代中国人民创造的辉煌？有多少人还记得一代人奉献的故事？正如张全景同志所言：尽管这些成就彰显了制度的优越，但是我们应当感谢那代人的奉献，记住那代人吧，他们是为国家崛起而甘愿当基石的人！

是的，为了我们的将来，希望当下的人们能记住当年的苦难，记住那个年代发生的故事，感念他们为共和国的崛起所付出的牺牲。看看这组数字吧，没有那一代人的无私奉献，哪里有我们富足的今天？

在科技高度发达的今天，完成上述工程量都有相当大的难度，然而在那个贫困的年代，我们的前辈居然靠双手、双肩完成了。

从1959年到1962年，沂蒙山区到处都是工地，安丘的峡山水库、沂水的跋山水库、日照的日照水库、蒙阴的岸堤水库、费县的许家崖水库、莒县的青峰岭水库……几万人的大工地数不胜数，用毛泽东的诗词"万马战犹酣"来形容绝对恰如其分。

时隔几十年，这样的壮观景象已经尘封在历史的深处了，但是，我们从那些浩渺的水库和那些蜿蜒数十里的人工渡槽等工程遗迹中，依然可以看到那代人的精神风貌。

4."出夫"，时代的象征

沂蒙腹地的跋山水库，地处沂水县城西部，是山东省境内的第三大水库，因腰斩千里沂河而闻名。

高峡出平湖。

昔日深长的山谷如今聚成一片浩渺的大水，形态各异的山峰大崮，在水中倒映出千奇百怪的姿态，构成一幅水因山而柔、山因水而妩的美景。因着绮丽的山水风光，这里成为城里人休闲度假的胜地。

这片湖水有一个亲切的称呼：沂蒙母亲湖。

1944年，这里还是一弯清碧的河流、一片白色的沙滩，就在这片青山绿水间，发生了一场著名的战役。八路军鲁中军区王建安部，在此和日、伪军两个大队展开血战。那是发生在沂蒙山区的一场著名的歼灭战。陷入包围圈的日、伪军拼死突围，八路军誓死围歼。战斗进行到第二天，疲惫的双方开始最后的拼命。包围圈里的日、伪军得不到任何援助，而八路军却得到了沂蒙人民全方位的支持，日、伪军全部被歼灭，从此跋山出名了。

15 年后，跋山再次出名了。1959 年秋末，5 万多民工云集跋山，跋山水库工程在喧天的锣鼓声里开工了，老战场重开新"战火"。历时两年，沂蒙人最终实现了腰斩沂河、高峡出平湖的心愿。

这是新中国成立初期沂蒙人创造的又一个奇迹。

2018 年隆冬，我们重访这座英雄的水库。

冬日的山风从辽阔的水面上吹来，寒气逼人。站在气势恢宏的大坝上，俯视整个湖面，冬阳下，遥远的湖心未结冰的水面上浮着一群群水鸟，将湖面装饰得十分好看。高出水面数米的大坝西接无儿崮、东接跋山，拦腰截断千里沂河，形成了汪洋的水面，大水沿着山谷向远处的山峦荡漾而去。

向我们介绍情况的年近八十的老人李培勤，是水库大坝管理局的退休员工，一个对大坝历史了如指掌的老人，一个和跋山水库结下终生情缘的农民。

1959 年秋末，李培勤年轻气盛、血气方刚，他担任沂水县跋山水库突击队队长兼黄庄民兵连连长。他不仅是修建跋山水库的见证人，也是这个巨型水库的建设者。从 1959 年秋末大坝开工到 1960 年夏天大坝合龙，他带着一连人马，一干就是 200 天，就像一颗钉子扎在工地上。1960 年汛期到来前，大坝必须合龙，否则就会功亏一篑。这是最关键的时刻，也是劳动强度最大的时刻，工地上人山人海，大家轮番上阵。晚上，汽灯照亮了整个工地，山谷里如同白昼。

李培勤带着突击连用独轮车运土方，那是筑基用的黏土。他说，他一天喝一桶凉开水，居然没有多少尿，因为都变成汗了。眼看着汛期就要来临，大坝合龙还遥遥无期，在这个紧急关头，临沂地委总指挥部从费县许家崖水库工地上调来了胡阳老虎团。这个团在沂蒙赫赫有名，团里有个钢铁排，一色的大姑娘，个顶个都是"千斤大王"，人称"花木兰排"。她们扎着长辫子，驾着独轮车，排成一条线，如同一道亮丽的风景，让整个工地的面貌焕然一新。

"老虎团来打援了！"

"花木兰排打头阵了！"

顿时，偌大的工地上沸腾了。

人凭一口气，佛借一炉香。决战时刻就是这样。

1200人的老虎团是一支不可小觑的生力军，这股力量的加盟立马就改变了工地上的格局。几万人热血沸腾、干劲冲天，终于抢在汛期前筑成了这座坝顶高程186.65米、长1780米、坝高33.6米的巨型大坝。

当李培勤带着疲惫不堪的民工大军撤出工地时，平湖已经在千里沂河上横空出世了。

人哪，一生难得燃烧一回，那是一个人一生的荣光。回忆起那些激情燃烧的日子，李培勤老人仍然一脸兴奋，布满皱纹的脸上因充血而涨红。

李培勤回忆，当年他们村是沂水县的大村子，公社来了通知，要他们村出动一个连的民工。村党支部连夜召开动员大会，报名者一下子超过200人。村里研究、筛选，最后定下120人的民工连，第二天一早由他带领向跋山进发。他们带着工具，推着小车，拉着搭建窝棚的玉米秸和黄草，打着红旗，敲着锣鼓上了工地。他们是第一支到工地的连队，偌大的工地上显得冷冷清清。没几天，这里就热闹起来，整个山谷、河滩已是人山人海了。

兵马未动，粮草先行。工地上的食堂十分简陋，一个营一个食堂，一个食堂支着几口大铁锅,铁锅里煮着碾成小碎块的地瓜干和高粱米,有时还能放些豇豆或绿豆之类的东西,如果放上一些黄豆面,那就是难得的美食了。菜,是切碎的地瓜秧和豆面煮在一起,后来指挥部调来了大量萝卜、白菜。可是从1959年之后,连这样的饭也不能敞开供应,每人每顿不过三勺饭外加一勺子菜,勉强能吃饱。

三年自然灾害开始了,从中央到乡村都在压缩供给,准备过苦日子。这时候,工地上的粮食从一斤慢慢减到6两,饭里就多了野菜,此时吃个大半饱就不错了。那时候穷,很多人连个饭碗都没有,民工们几乎人人一只瓢头子,就是一个葫芦锯成两半的那种。当年沂蒙山区支援前线的民工大都是用这样的瓢头子,这东西简陋却实用。筷子就更简单了,随便找段树枝,一断两截就成了。瓢头子还有个用途,上工时用绳子挂在腰上当水缸子。

碰上改善生活,能吃上一顿小米掺上玉米、地瓜干三合一的饭就算高级的了,有时候也能吃上一顿猪大油炖菜。猪大油,是用猪的肥肉熬出来的。1960年是个物资匮乏的年代,能吃上一顿猪大油炖萝卜片就算有口福了。李培勤清楚地记得,1959年腊月二十三过小年,指挥部从日照调集了一批带鱼,算是彻底改善了一次生活。

在激情迸发的岁月里,人们记住的往往不是苦难,而是激情燃烧时所做出的成就。

当时,誓师大会提出的口号是:

"腰斩沂河,根治淮河!"

"我们受苦受累,是为造福子孙!"

誓师大会后,5万大军在无儿崮和跋山之间一字排开了。

当年喊出的口号,李培勤老人至今记忆犹新。谈起当年经历的事,老人说他印象最深刻的一段日子是:挑灯夜战老龙潭。

老龙潭就是大坝中央靠东的一段,那是主河道,1958年曾搞过一次清淤，就是在河上设一座挡水坝，让河水改道走，然后在坝下面清理淤了几千年的河泥。按技术要求，河泥要一直清到石基，并将石基上的泥巴用清水冲刷，再用黄土夯实以防漏水，这样一来工程就艰难了。清到老龙潭时，突然冒出几处脸盆大的泉眼，泉水一个劲地往上冒，十几台抽水机不停地抽，水一退，人就得下去清淤。当时正是四九寒天，天上飘着雪粒子，人得挽起裤腿站在水里清除泥沙。

为了抢占老龙潭，指挥部组建起冲锋队，黄庄民兵连也参加了。

"李大爷，没有防水的皮衣吗？"我问。

李培勤老人笑了："那工夫人都穷，国家也穷，每个人就一条棉裤，一件空心棉袄，连个衬衣都没有，上哪里去弄皮衣啊！人就两条腿泡在冰凉的河水里。风从结了冰的水面上吹来，尽管穿着厚厚的棉衣，身上还是起了一层鸡皮疙瘩。

"下水前，喝上几口白酒，趁着热乎劲就下去干。站在水里挖泥沙的人还好受，背泥沙的人更受罪，一身泥水，不一会儿就冻僵了。没办法，就把支撑不住的人换下来，擦干身上的水，围上棉被子，喝两口白酒暖着。等身子暖热了，再下去干。

"三个突击连轮流干，24小时不停工。晚上，指挥部准备夜饭。夜饭就是加班饭，用猪大油葱花炝锅，放一些切细的白菜叶子或萝卜条子，烧一大锅面汤，每人半瓢子。那饭真香啊！现在想起来，猪肉块子都没有那时候的油饭香啊！"

我问老人："站在冰冷的河水里什么感觉？"

老人笑了，说："刚下去时就像刀子割肉一样，慢慢地就适应了，干上一会儿反而觉得不冷了。冻麻木了，人就不觉得冷了。那工夫年轻，突击队的人都年轻，大家一旦被激起干劲来，就不会轻易上来，最后都是因为冻僵了才被架上来的。人一架上来，先喝口酒暖着，然后由女民兵用酒精给搓腿揉脚。不能用火烤，听工地的医生说，冻僵了的腿最怕火烤，一烤血管子就烂了，腿就废了。

"那个时代，人人都争先恐后地当劳模、英雄。当上劳模、英雄是要授奖的，不光披红戴花、做报告，还拍成大照片挂在宣传栏里。工地的广播站，一日不停地广播劳模、英雄的事迹。人活一张脸啊！当然，一定的物质奖励也是必要的。凡是被架上老龙潭的英雄，除了当场就能喝上半碗温热的白酒，还能奖一盒香烟呢！对了，大丰收牌的，九分钱一盒。那个时候，九分钱一盒的烟就是奢侈品了。"

李培勤老人一脸微笑地告诉我们，他是几万民工中的幸运者。因为他带队有方，贡献大，火线入党。因为他对工程有感情，又善于钻研，帮技术人员解决了不少难题，大队撤离后他被留在了工地上。后来，他从一个农民变成了大坝管理处的一名员工，终身享受政府的工资待遇。他说，是出夫改变了他的命运，他得感谢这座水库。

对五六万民工来说，有李培勤这样待遇的凤毛麟角。大批民工汗流完了，力出尽了，就带着五劳七伤回到故乡种地去了。

奉献从来都是无私的，是没有任何附加条件的，如同跋山水库工地上的那个花木兰排，那个闻名遐迩的老虎团，那些数以万计的民工……

5. 激情燃烧之后

蒙阴县，地处八百里沂蒙的腹地，沂蒙72崮，36崮在蒙阴，可见蒙阴山崮之多。蒙阴县城东部的岸堤水库是山东省境内的第二大水库，如今它有一个美丽的名字——云蒙湖。

作为一个从没走出过沂蒙的汉子，薛玉虎一生的荣光就是当年"出夫"修岸堤水库，那是他一生中最远的一次出行。那次出行，他和同村的青年组成一个排，编入薛家庄公社民兵团。那时候，上级委任他当排长，那一年他才20岁，正是血气方刚、初生牛犊不怕虎的年龄。在工地上，他感到一切都是新鲜的，7万人住在一个个山坡上，搭起的草棚蔚为壮观。分布在山坳里的上百个伙房，终日冒着淡淡的炊烟，男男女女，说说笑笑，好不热闹，尤其是看电影的时候，更是热闹异常。

年轻人不知道后怕，在人人争当劳模、先进的氛围里，他们的激情被点燃了。在抢挖河道时，薛玉虎第一个跳进冰冷的河水里。他记得很清楚，那天天空阴沉，细碎的雪花漫不经心地飘舞着，西北风从河的上游夹着寒气扑面而来，堤坝上的红旗在寒风中飘扬着。当他第一个把一篓沙泥背上来时，他听到大喇叭里响起了他的名字："向薛玉虎同志学习！"他觉得热血在沸腾，冻僵的双腿立刻就有了力气，接着，他又下到河底……

清淤战斗结束后，他成了英模人物。那是几万人的庆功大会，他披红戴花，站在主席台上，讲述着一个农民汉子抗击严寒、挖沙清淤的故事，讲述着一腔热血对抗冰水的故事……他说的话自己已经记不清了，可是他记住了经久不息的掌声，记住了主持大会的领导喊的那句话："薛玉虎同志是我们学习的榜样，向薛玉虎学习！"

山谷里响起经久不息的掌声。

作为一个普普通通的农民汉子，他因"出夫"而成名，这是他一生难得的荣耀。

表彰大会后，他似乎更有力量了，第一个下水的是他，冻僵后被架上来的人还是他。

2019年的深冬，风依旧寒冷，但这一天的温度比薛玉虎赤脚跳进冰水的那个冬天要高得多，但我们还是感到了冬日的严寒。我们冒着严寒走进小山村，是为了找寻当年兴修水利时涌现的英模人物。

时隔60年，物是人非，年轻的村支书显然对薛玉虎没有记忆。在镇宣传委员的反复启发下，他一拍脑袋："你们说了半天，不就是老烂腿嘛！"

"老烂腿？"

"是啊，就是他！当年'出夫'打岸堤水库时，他第一个跳进冰河里，闹了个英雄的名声，红也披了，花也戴了，风头也出尽了，结果呢，老了患上了烂腿病。医生说，他腿上的血管子全冻酥了，兜不住血了。唉，这人可遭罪了。"

"你是说薛玉虎的腿伤了？"

"不是伤，是烂。大概是一九七几年吧，他的腿就开始流血淌脓了。你们不知道，一到夏天，他腿上血淋淋的，苍蝇都围着打转。冬天，他就用草纸隔开，不然裤子早就血糊糊的了。"

"你知道他怎么得的病吗？"

"知道，村里还用拖拉机把他送到县医院。人家医生说，是长期泡在冰水里把血管子冻缩了，喝上温暖的酒，血管子又膨胀了，这样反反复复，血管子坏了，皮肤也坏了。这病没法治，要根除就得把两条腿锯去，可他又舍不得。就这样，他拖着两条烂腿，直至去世。"

良久，我问："玉虎老人生前没有向上级要求过救济或补助？"

"没有，他那个人跟别人不一样，冻死迎风站，饿死不弯腰。别说申请，上级给他救济他都嫌丢人，硬是不要呢！自从得了这病，日子就穷起来，生产责任制后，他没有力气干活，吃尽了儿子、媳妇的白眼。孩子们说他傻，当年在工地上，他一个人推四个篓子，一千好几百斤啊！可是自从腿坏了，他连个空车子也推不动了。孩子们也说，他是为了给公家修水库落下的病，公家怎么着也得给个说法啊！每每这时，他就会嘀咕一句：'说法？什么说法？薛三让滑下来的车子砸死了，都没个说法呢！'"

他们那代人，说起来也真够受罪的，尤其是他那老烂腿，老伴活着的时候，每天晚上还能烧个热水，放一把草药给他烫烫，把一天的血痂给泡掉，他还能享受一晚上的舒坦日子。自从老伴走后，他自个儿住，那日子过得冷清。夏天，一间破房子里苍蝇乱飞，冬天连个炉子都没有，冻死人。

"薛玉虎老人是什么时候去世的？"

村支书想了想说："记得是一个冬天，下了一场小雪，早起的人发现了他，人从土坝上滚了下去，落进藕汪里，发现时，早跟汪里的泥水冻在一块了。为这事，村里的老书记（当年跟薛玉虎一起出夫）把他的两个儿子训了一顿，最后让他们两家出钱给老人办了一场风光的葬礼。那葬礼办得很体面，全村人都参加了。村里给他举办了一个追悼会，让他体面地走了。老人们都说，他一生就风光了两回：第一回是打岸堤水库披红戴花当模范，大会小会受表彰；第二回就是村里的老书记给他开的追悼会了。"

我提出去林地看一眼老人，村支书一脸不解地说："这大冷天，不去了吧？"

在我的坚持下，他还是带我去了薛家林。

薛玉虎的坟在林地边上，早已荒芜了。老人活着时，一直住在村头，没想到死了也是如此，住在林地边上。

我们站在坟前，无语而立，这坨黄土埋葬的是一个普通的农民。在社会主义建设的长途上，就是这些普通的人，奉献了自己的光和热，才有了我们的今天。他们是一个时代的楷模，是后人敬仰的偶像。

据《蒙阴县志》记载，1959年秋后，为修筑这座蓄水7.82亿立方米的大水库，临沂地委调集郯城县、临沂县、蒙阴县7万名民工，在岸堤摆开战场，以牺牲44人、伤残278人的代价，完成了重任。

从时间上看，显然薛玉虎不在44人之列，也不在278人的范畴。可是，当年几十万"出夫"的民工中，落下后遗症而去世的人，绝不仅有薛玉虎一个。也就是说，为修这座岸堤水库而牺牲的绝不止44人，伤残者也不绝不止278人。

安息吧，英雄的"薛玉虎们"！

为了兴修水利，为了彻底治理淮河，沂蒙人付出的代价是巨大的。

我们深深地弯下腰，给这个普通的农民鞠了一躬。就在直起身子的一瞬间，我们瞥见坟前的供桌边长出了一些藤蔓，仔细一看，是沂蒙山区常见的连翘花。我们颇感欣慰，一个生前因为国家建设而奉献而戴花的英模，最有资格与鲜花为伴，尤其是最先报知春天信息的连翘花。

第十八章　一半天空

　　夫此二百年中，……而妇人、女子亦往往舍生取义，视死如归。斯皆纲常名教所关，不当听其湮没……

　　　　　　　　　　　　　　　　　　——重修《费县志》序

　　全国妇女起来之日，就是中国革命胜利之时。

　　　　——1939年7月，毛泽东在中国女子大学开学典礼上的讲话

　　人们对战争年代的沂蒙"红嫂"耳熟能详，却对沂蒙妇女战天斗地的事迹孤陋寡闻。

　　社会主义建设时期，沂蒙妇女秉承红嫂精神，在"愚公移山、改造中国"的大业中继续奉献，燃烧的激情依旧映红了共和国的天空。

　　六七十年代，沂蒙老区的"女石匠连""钢铁十姊妹"这些响彻云霄的名字，是"男人能办到的事情，女人也能办到"的真实写照。

　　　　　　　　　　　　　　　　　　——《临沂地区妇女工作志》

　　妇女能顶半边天。

　　　　　　　　　　　　　　　　　　——1955年，毛泽东

　　我一直很纳闷，为什么在中国的公司中，女性在管理层中占有很大的比例。在商界，尤其是在提供专业服务的公司里，女性处于管理层，可以说是一个真正的战略优势。这一点不只适用于中国，也适用于其他国家。

　　　　　　　　　　　　　　　　　　——〔美国〕威廉·更斯

1. 脱"三台"成趋势

清朝道光年间，沂蒙著名的进士刘淑愈，专门为沂蒙妇女创作了一首诗。他没有想到，这首脍炙人口的诗歌，居然流传了下来。

推　磨

转来转去不自由，为谁辛苦为谁愁？

从登世上团圆路，受尽人间圈套苦。

可怜日暮催功急，愁煞村妇叱不休！

刘淑愈生活在蒙山前的岐山毛家河村，他从小就目睹村女推磨，至老不辍，见其不能读书识字、无法接受文化教育的心酸历史和无奈现状，不由产生了怜悯之心，道出了儒雅之士公正的人性化情感。

由于封建文化对沂蒙地区的影响至深、至广、至纯，沂蒙妇女的思想比较保守。"露乳等于失身"的陈腐思想禁锢了沂蒙女性，她们终生不敢展示自身曲线的美丽。

在中国，几千年的封建思想严重束缚了妇女。在漫长的男权时代，她们成为男人的附庸。在旧中国，占据人口一半的女性被主流社会边缘化了。她们婚前信奉"父母之命，媒妁之言"，婚后服从"嫁鸡随鸡嫁狗随狗，嫁块木板背着走"的宿命。婚后的农村女性被无情地绑在了锅台、磨台、碾台上，一生就围着"三台"转悠，直到耗尽全部的生命能量。

平民进士刘淑愈看透了这一点，发出为女人呐喊的嘶鸣。但是在封建的桎梏里，妇女自己的命运并不掌握在自己手里，任何文人墨客的沉吟或长啸，都无法改变社会的现状，也无力改写女性悲怆的命运。

怎么办？

只有打碎旧世界，建立新秩序，才能把广大女性解放出来。1921年，弱小的共产党在黑暗中发出了声音。这个声音在嘈杂的社会里似乎有些微弱，但毕竟出现了，几千年来被忽视的问题，开始有人关注了。

其实，共产党对女性社会地位的关注是有基础的，这个基础源于马克思。

马克思主义传入中国后，妇女解放的理论产生了。

马克思说："社会的进步可用女性的地位来精确地衡量。"

恩格斯说："在任何社会中，妇女解放的程度，是衡量普遍解放的天然尺度。"

1921年，中国共产党在上海石库门的一间小房子里诞生后，就有了一个远大的理想：建设一个没有剥削、没有压迫，人人平等的社会。在这个理想的感召下，全国妇女解放运动此起彼伏。

之后，沂蒙籍的共产党员从都市潜回乡村，开始传播女性解放的思想，沂蒙女性终于开始觉醒。她们走出狭小的"三台"，开始了角色大反转，渐渐走向了社会大舞台，开始在广义的人生舞台上释放积压已久的能量。

1939年7月20日，毛泽东在中国女子大学开学典礼上的讲话中，热情鼓励投身革命的女学员。他以政治家的敏感预言："全国妇女起来之日，就是中国革命胜利之时。"此后，各级抗日民主政权和组织中，涌现出大批女性楷模、巾帼英雄。沂蒙山根据地中更是如此。在沂蒙，妇女走出"三台"，走向社会。抗日战争和解放战争期间，八百里沂蒙涌现出大批红嫂、识字班，就是女性解放的标志。

1949年新中国成立后，女性就被鼓励投入劳动队伍中去。

1955年，贵州民主妇女联合会的刊物发表了《在合作社内实行男女同酬》的文章，表彰实行男女同酬的第一村——堡子村。毛泽东看到文章后亲批："建议各乡各社普遍照办。"之后，毛泽东提出"妇女能顶半边天"的口号，这一口号迅速响彻长城内外、大江南北。

在这个富有诱惑力的口号的召唤下，大量的青年妇女加入劳动，成为社会主义初级阶段重要的建设力量。革命老区沂蒙尤为突显。

沿着社会主义的大道走到今天，中国女性已成为改革开放的时代先锋，无论是在政治还是在经济领域，女性都靠自身的能量为民族的崛起发光发热。从某种意义上讲，女性的解放是中国共产党的成就之一，是社会主义的标志性行动。

在中国，女性参与政治、经济的深度，参与社会活动的广度，无论与美国、德国等发达经济体比，还是跟巴西、印度等新兴经济体比，都占有绝对的优势。中国的女性就业率高达 76%，美国只有 62%，日本则更低。

当年，沂蒙山区的广大妇女被发动起来参与社会主义大建设，源于毛泽东"妇女能顶半边天"的口号。尤其是 1958 年开始的社会主义大建设运动，沂蒙妇女突出的表现，得到社会的高度认可。以临沂地区为例，在 20 世纪 50 年代末 60 年代初，全区兴建蓄水 1 亿多立方米的大型水库 11 座，每一处工地都有妇女战天斗地的影子。国家重点工程"辛大铁路""205 国道"也都有她们抛洒的汗水……

从此，沂蒙妇女彻底告别"三台"，走上社会大舞台。

对沂蒙山区的广大妇女而言，是共产党给了她们觉醒的理念，是社会主义给了她们发展的空间。

2．蒙山女进中南海

沂蒙姑娘公茂香做梦都不会想到，新中国如火如荼的社会主义建设，彻底改变了她的命运。当她走到毛泽东、周恩来身边的时候，这个小小年纪的女孩才意识到一切都变了。

公茂香，临沂兰山区汪沟镇公家埝村人，一个根正苗红的农家女子。

1944 年，公茂香在一户贫苦农民的家庭里出生了。她的故乡属于东蒙山前哨，地处 205 国道边上，距离沂蒙重镇临沂城不过 60 里，是国民党重点进攻山东的北上必经之地。她 3 岁那年，父亲参加支前民工队，为解放军运送粮食、弹药。支前大军走到临沂、沂南交界处的大柏山时，遭遇国民党飞机的狂轰滥炸，为保护军粮，父亲不幸牺牲，鲜血染红了高粱米。

父亲的尸体被运回村子,当地政府为其举办了隆重的追悼会。3岁的公茂香不解地看着家里发生的一切。母亲哭昏在地上,奶奶一把抱住她,喊了一声"苦命的儿啊",就涕泗滂沱了。公茂香跟着哭起来,童幼的哭喊凄厉而揪心。

家中的顶梁柱倒了,剩下她、母亲、奶奶,三代女人守护着一个更小的男孩,那是尚在襁褓中的弟弟。四口人的日子怎么过?

当时村里有互助组织,优先帮军、烈属耕地收割,但是孤儿寡母的艰辛仍然是可想而知的。为了活命,苦熬到31岁的母亲才改嫁外村,希望有一线出路,以便接济这个风雨飘摇的破家。母亲含泪离开的那一年,公茂香才9岁。母亲一走,她和幼小的弟弟只能依偎着年迈的奶奶艰难度日。在政府、村集体的帮助下,一家人终于熬过了几个灾荒年。奶奶说,咱一家子没有饿死,是沾了社会主义的光啊!

深山出凤凰。

苦难的岁月难以掩盖花季少女的容貌,公茂香15岁就长到1.7米高,这在当时算是高个大姑娘了。她面容白净,高鼻梁、大眼睛,走在路上,人人侧目。苦命的孙女终于可以嫁个好人家了,历经苦难的奶奶,核桃皮样的脸上终于露出笑容。

苦难是童年最好的老师,贫困磨炼了公茂香的意志,烈士的后代给了她红色的光环,要强的性格使她敢于出头露面。

1957年合作化时期,公茂香才13岁,就在村里当上了妇女干部。13岁的少年居然干起了成年人的工作,有人说她还是个孩子,她小脑袋一扬,不服气地说:"小?你看看人家刘胡兰。"

那时候,"生的伟大,死的光荣"的小英雄刘胡兰,已经是全国家喻户晓的楷模了。

公茂香说得不错,刘胡兰13岁的时候,就当上了云周西村妇救会秘书。她发动群众斗地主、筹公粮、做军鞋,动员青年报名参军,在斗争中经受住了严峻考验，1946 年 6 月被正式批准为中国共产党候补党员。这一年，她才 14 岁呢！

在当时的环境条件下，谁敢于担当，谁能做成事，谁有组织领导能力，党就用谁，这是当时考察重用干部的唯一标准。刘胡兰、公茂香都是在这样优质的用人环境中脱颖而出的，她们都是 13 岁就走上领导岗位的。

13 岁的公茂香因为工作积极、敢于担当，被推举为公家埝村村长，成为行政一把手。在村党支部支持下，她带领妇女整山治岭、兴修水利，改变了农业生产面貌，得到上级领导的表扬。当年，她加入共青团，并兼任村团支部书记。

1959 年，许家崖水库开工了，这是沂蒙境内的大型水利工程。在施工过程中，由于男劳动力严重不足，指挥部先后从各公社抽调青年妇女，参加水库工程施工。公茂香积极地参加了。在工地上，她认识了名扬沂蒙的"钢铁十姊妹"。

为调动社员的干劲，抢在汛期前实现大坝合龙，指挥部领导采用"树典型带一般"的战术，组成许多突击队。男子队命名为"卫星连""火箭队""黄继光队""邱少云队"，女子队命名为"花木兰队""穆桂英队""刘胡兰队"。

那时候，汪沟公社"花木兰队"有女青年 8 人，年仅 15 岁的公茂香出任队长。

当时，全国各地都在贯彻毛泽东的批示，推行"男女同工同酬"，既然同酬那就同工。公茂香心性好强，自信男人能干的活，妇女也能干成。都说推土是累活，女孩子干不了，她就要求推车运土。她逐渐增加重量，后来居然能推四个大篓子，车上的土高得连车前的道路都看不见了。

大坝观察员在人山人海里发现了这个特殊的手推车，随后大喇叭高声喊起来：

"汪沟团放卫星了！"

"快看吧，'花木兰队'的千斤大王公茂香！"

文艺宣传鼓乐队跑来，紧锣密鼓，夹道欢呼，工地上一时声势高涨、群情激昂。宣传的力量是巨大的，从此，15岁的公茂香获得了"千斤大王"的称号。

大坝竣工后，指挥部召开总结表彰大会，公茂香被评为劳动模范，发奖状一张、纪念杯一个，还有学习用的钢笔、笔记本。

公茂香出名了。

许家崖水库大坝竣工，公茂香马不停蹄，率领"花木兰队"转战薛庄石岚水库等工地。她率领的"花木兰队"无论在哪里都成为一道靓丽的风景，引人注目。

1959年底，公茂香被费县县委调到县里当通讯员，"花木兰队"的队长由与她同村的姐妹邱红兰担任。

1960年，山东省人民政府为济南南郊宾馆、珍珠泉宾馆选拔服务员，全省共16名，选拔的条件非常严格。公茂香年轻漂亮、出身贫苦、政治表现优秀，被费县县委推荐后，很快被上级选中，分在济南珍珠泉宾馆当服务员。工作环境变了，吃苦耐劳的精神没有变，她在工作中处处表现优秀，年年被评为先进工作者。

1964年春，国务院为人民大会堂挑选服务员，山东省分到5个名额，公茂香又被选中，荣幸地来到北京，到人民大会堂工作。费县县长知道后非常高兴，专门写信夸奖她："你真是全县人民的自豪啊！"

敢为人先、积极进取的文化基因在公茂香的血液里流淌，造就了她争先夺优的性格。

1965年4月，公茂香在人民大会堂机关加入中国共产党，当时全国调入340人，她是第一个。从1964年到1966年，她年年都是国务院事务管理局评选的先进工作者。

1967年，公茂香在8341部队加入军籍，穿上军装，参加了"三支两军"工作，进驻北京针织总厂"支左"。在那里，她又成为学习毛泽东著作积极分子代表大会的代表。

由于根正苗红，她成为当时引人瞩目的人物。

1968年8月，毛泽东、江青处缺少服务人员，汪东兴挑选了公茂香。

在人民大会堂食堂里，公茂香经常遇到周恩来总理和大家一起排队打饭，一起用餐。每次吃完饭，周总理都用半块小馒头擦盘子里的剩菜剩汤，吃得干干净净。这一点给公茂香留下很深的印象。

有一年过春节，公茂香留下值班没回家，周总理看见了，就把她叫到家里一起过年。第一次去周总理家，公茂香带上了二斤花生米，那是奶奶从老家捎来的土特产。邓颖超十分高兴，拉着公茂香的手说："终于吃到沂蒙山区的特产了。"

周总理笑了，一边戴套袖一边说："小超，小公是咱家请的客人，你陪她说说话，今天我来下厨房。"

1968年秋，公茂香受毛泽东嘱托，回沂蒙山区调查基层情况。毛泽东要求：不惊动各级领导，回家后参加基层劳动，做好记录，然后回京汇报。

公茂香领命后悄然出京。她自北京站坐上火车，在泰安的磁窑站下车，然后转乘公共汽车到沂南县青驼站下车，又徒步南行，穿越蒙河，走瓠子山，过竹园回到故乡公家埝村。那时候，奶奶已经去世，她在大爷家住下来，整天吃地瓜干子煎饼，和社员们一起下地干活。

一个星期后，公茂香回京，毛泽东看到她的脸晒黑了，又看到她手上的茧子，满意地说："你写个汇报吧。"

公茂香说："主席，我没上过学，是扫盲认的几个字。"

毛泽东说："好好学，我给你当老师。"

公茂香文化程度低，写的材料错别字多，毛泽东就给她一一改正过来。

她在中南海为毛泽东、江青服务了八个月，受益匪浅，文化水平提高很快。

1969年春天，国务院中直机关要从基层选举两名九大代表，公茂香被选中。4月1日，她光荣地出席了中国共产党第九次代表大会。

那一年，全国有 2200 万党员，九大代表只有 1512 人，可谓万里挑一。可见，公茂香的表现是相当出色的。

后来，我在泉城济南采访了公茂香。她说："我是千千万万个沂蒙妇女中比较幸运的一个，是解放妇女运动的既得利益者，假如没有共产党，没有社会主义，我也得围着'三台'转呢！"说着，她幸福地笑了。

3. 时代的标签

其实，每一个时代都有高声呐喊和默默奉献的个人或群体，他们引领了那个时代的风向，成为那个时代的标签。

提到沂蒙山区，人们似乎对战争年代的"红嫂""识字班"记忆犹新，她们作为沂蒙精神的文化符号被广为传颂。其实，在社会主义建设时期，沂蒙女性燃烧的激情，依旧映照着共和国的天空。在社会主义建设初期，沂蒙涌现出了"黄继光连"连长王桂兰、"女石匠连""钢铁十姊妹"这些响彻天空的个人和团体。她们以燃烧的姿态，书写了社会主义建设的传奇；他们以愚公的勇气和奉献的决绝，铸就了流传后世的文化品牌。

1959 年，大规模的水利建设开工后，在极度缺乏劳动力的状态下，走出"三台"的女性成为建设的主力军。水库建成后，配套的灌渠需要大量的料石，石匠的缺口巨大，料石供给严重不足，拖慢了工程的进度。各个指挥部的人都心急如焚，去哪里找这么多石匠？

费县县委想到了广大妇女，号召女青年颠覆传统观念，为社会主义建设勇当石匠。

这显然是一个创举。在沂蒙人传统的观念里，匠人是男人的职业，尤其是石匠。女人当石匠，亘古未有啊！不少人坚信这招不会有人接的，可是他们忽视了沂蒙女青年的觉悟，红嫂们在枪林弹雨里都敢救助八路军，现在不就是一手握钢钎、一手挥铁锤的事吗，这有何难？

女青年们报名踊跃，费县县委经过选拔，组建起沂蒙山区第一个"女石匠连"。

敢为人先的沂蒙女性彻底承揽了男人的职业，她们用实际行动落实了毛泽东"男女同工同酬"的批示。于是，工地上就有了女人打石头的风景。

1970年，中央新闻纪录片厂专门拍了一部《费县女石匠》的纪录片，在全国轮番放映，一时间，"沂蒙女石匠"成为一个家喻户晓的名词。

在沂蒙山区所有的女性团队中，"女石匠连"是一个存在时间最长的民工组织，无论是国家重点工程辛大铁路、沂蒙山区的重点工程沭河东调，还是后来的农业学大寨运动，女石匠都活跃在生产第一线。她们头戴一顶草帽，脖子里围条毛巾，左手攥钎子、右手握锤打石头的形象，一度成为那个时代的宣传画，成为愚公移山、战天斗地的素描，成为"妇女能顶半边天"的真实写照。至今，提起"女石匠连""钢铁十姊妹"这些闪亮的名字，年龄在60岁以上的沂蒙人依旧记忆犹新。

随着时空的变换，作为那个时代标签的劳动模范们，无论是个人还是群体，都渐渐走进了历史，淹没在岁月的风尘里，但是作为浓缩的精神符号，这些英雄的个体或团队已成为感人至深的"沂蒙精神"的一分子。无论时空如何变幻，她们无私奉献的精神、战天斗地的壮志，依旧在历史的天空中闪烁着璀璨的光芒。

在这些知名的个体或团队中，受到全国妇联隆重表彰的"钢铁十姊妹"，是其中突出的代表。

要了解这个感人至深的团队，就不能不提及这个团队的领头雁——袁春莲。

2018年，沂蒙梨花盛开的时节，袁春莲家热闹起来，孩子们凑到一起商量着给老人举办八十大寿。兄妹三人都知道母亲一生不容易，这个大寿要大办，办热闹，尽儿女的一份孝心，博老人一个欢喜。

袁春莲已经四世同堂了，日子过得有滋有味，在村里算是中上等人家。

按照时髦的说法，袁春莲老人的幸福指数，在村里能拔头筹。原因很简单，她有一群孝顺的子孙。儿子孝顺孙子也孝顺，女婿孝顺外甥也孝顺，可见孝是可以效仿、遗传的。在沂蒙乡村，衡量老人的幸福指数，就三条：自己没病没灾，孩子们成家立业，子女孝顺。

袁春莲有一儿两女。儿子五十多岁，从小听话，是全村出了名的乖孩子，庄稼活样样拿得起放得下，垒墙盖房更是行家里手，家里虽无大钱，小钱一直不断。两个孙子早早地成家立业，两个重孙虎头虎脑招人喜欢。农家乐，奶奶抱着孙子过；农家喜，祖母重孙在一起。单凭这一点，袁春莲在村里的腰杆就比别人硬气多了。

袁春莲年龄大了，耳朵有些背，孙子给她买了助听器，让她依旧能听到虫嘶鸟鸣。家里的大事小情，儿媳和孙媳争着干，所有家务都不让她插手。她一天到晚就是逗两个重孙玩，日子过得乐呵呵的。

不过，临近生日，袁春莲突然闷闷不乐起来，这在她的生活中是不多见的，只有老伴去世的那些日子里，她才有过这样的情况。今天是她八十寿辰，一家人都热热闹闹、欢欢喜喜的，她怎么会这样呢？

儿媳妇悄悄地对丈夫说："有点不对劲啊！每年过生日，她都乐呵呵的，今年不知怎么了，一直不怎么高兴。"

丈夫想了想说："估计是想咱爹了吧。"

袁春莲的老伴年初去世了，这对于袁春莲是一个不小的打击。老伴是个忠厚的沂蒙汉子，一直对袁春莲包容、关心，老两口的感情一直很深。相濡以沫的老伴突然撒手而去，袁春莲如一只孤雁，很长一段时间里都是独自哀鸣。儿孙给她举办生日宴，她想起去世的老伴而伤心，这也是情理之中的事。可是，细心的儿媳不这么认为。

儿媳上前问道："娘，您好像不太高兴，是我们办事不周，还是小辈们惹您生气了？"

袁春莲看到儿媳一脸真诚，说："我啊，就是想去看看许家崖水库。"

孙子说："奶奶，多开几辆车，咱都去！看完风景咱就在水库边上的酒店给您过生日。"

袁春莲的脸上立即绽放出笑容。

随着一声轻微的刹车声,面包车停靠在宽阔的水库大坝上,袁春莲被孙子和儿子慢慢扶下车,立时,山、水、花组合的景观出现在她眼前。

袁春莲一脸懵懂,看了看儿子,又看了看孙子,问:"这是哪里?"

孙子说:"奶奶,错不了,就这里啦。您看看,大闸上还有大书法家舒同写的'许家崖水库'呢!"

袁春莲说:"咋一点不像呢?"

儿子说:"不像?您再好好打量打量。"

袁春莲突然看到了不远处的柱子崮。一晃快50年了,周围的荒山都被白色的梨花占满了。土质的大坝经过历次加固,全是一色的青石护坡、水泥筑面……只有那座高高的柱子崮,依旧站在阳光里,还是那副千年不变的模样。

袁春莲说:"是这里,就是这里,许家崖大水库!"

许家崖水库又称天蒙湖。四月的湖水碧波荡漾,微微的山风带着梨花的芳香。一片大水、两列山峦、一峪梨花,此地已成为自驾游景区了。位于温凉河上游大湾与东安田两村之间,长1200米、底宽211米、顶宽8.5米、高31.6米的大坝,连接官山与鳖子山,十分伟岸。这个正常蓄水位147米的大型水库,两岸为山峦,河道蜿蜒曲折,流域形状狭长,形成了两脉山系夹一湖碧水的特殊景观。沂蒙72崮之一的柱子崮就倒映在湖水里,它因1943年八路军在此击毙沂蒙巨匪刘黑七而闻名。

袁春莲清楚地记得,在开工典礼上,指挥长挥着拳头说:"我们要发扬八路军为民除害的精神,锁住温凉河,治理千年水患!"

80岁的袁春莲站在大坝上,眺望碧波荡漾的湖水,她的目光渐渐滑进历史,当年的景象在她的眼前慢慢清晰起来——

1958年,许家崖水库开始修建的时候,从徕庄村嫁到西北尹村的袁春莲已经是生产队队长了。1959年春节刚过，因工程吃紧，县里要调集一批妇女上工地，袁春莲第一个报了名。当时，她正带领几十名妇女大炼钢铁，家里还有一个多病的婆婆。鉴于她家的实际情况，村干部没有同意。可是，袁春莲是吐口唾沫就是钉的人，她决定的事情谁也挡不住。

1959年春，袁春莲和其他社员一起，推着胶轮车，带着铁锨、镢头和铺盖上路了。

从西北尹村到许家崖水库有一百多里山路，带着工具、推着行囊的袁春莲她们几乎走了一天，到达时工地上已经是人山人海。袁春莲她们找了山坡上一块平整干燥的土地，搭建起简易的窝棚。没有褥子，几把茅草、一层麦穰、一张竹席就成了褥子；没有足够的被子，两个人共用一床小薄被。夜里寒风刺骨，她们就挤在一起取暖。

袁春莲和十几个女青年组成一个排，吃住都在一起。团队里的姑娘，都是各个村里的活跃分子，干活卖力，演出带头。王光兰最小，她和袁春莲的娘家是一个村的，虽然年龄相差四五岁，但两个人从小就是闺密了。王光兰在村里是有名的"疯丫头"，干活舍得力气，刚上工地时还有些羞涩，几天工夫不服输的性格就暴露出来。

工地上的力气活是推小车，这一向是男劳力的专项，女青年只是跟着拉车子。袁春莲她们不干了，说："毛主席都说了，男女要同工同酬，我们也要推小车！"

王光兰二话没说，推起小车就跑。她慢慢地就适应了推车的活，后来一般男劳力还比不过她呢！在水库工地上，她一个人推四篓子土，跟公茂香一样被称为"千斤大王"。薛庄镇有个女社员不服气，打着锣鼓来找王光兰打擂台。王光兰来者不拒，大冬天把小棉袄一脱，一猫腰，推起一辆胶轮车就跑，连车袢都不用。最后，王光兰赢了。可赢归赢，也丢丑了。王光兰穿的一件花衣服被车袢磨坏了，整个肩膀活脱脱露了出来，差点走光了。队长袁春莲眼疾手快，赶紧把小棉袄给她披上。

从此以后，王光兰推车不再上袢，照样能推起四篓子沙土。于是，大喇叭经常表扬她："王光兰真能干，千斤小车不上袢。"

慢慢地，这个团队的名气就打出来了，指挥部就奖给袁春莲的团队一面旗，上书"钢铁十姊妹"，实际上，她们的人数一直多于10人。从此，"钢铁十姊妹"的名字就喊开了。

1959年7月，许家崖大坝到了合龙的关键时刻。那时候，大坝已经高达30米，坡长240多米，在没有机械设备的情况下，如何把坝底的土石运上来，就成了燃眉之急。人多力量大，智慧也多，有人就想出在坝顶上安装滑轮，准备了碗口粗的大绳，把坝底的胶轮车套在大绳上，再用滑轮拉到坝顶。这样一来推车倒不是难题，拉绳反倒成了一项艰巨的任务：一是需要力气，没有力气拉不动胶轮车；二是需要耐力，大绳一上一下不能停歇；三是需要技巧，要均匀用力，还要形成合力，否则一旦失手，将会出现伤亡事故。关键时刻，心细、胆大、有力气的女性成为首选，"钢铁十姊妹"又上阵了。

那些推车的人可以不断增加，不停地轮换，可"十姊妹"没法轮换，她们就一直坚持在崖头上。

为鼓舞斗志，她们喊着号子，唱着劳动歌："不怕累，不怕苦，战天斗地冒酷暑。早日修成大水库，万民共同享幸福。"

"十姊妹"就这样死死地扼守着一条大绳，整整大干了三十天，直到大坝胜利合龙。

工程结束后，"十姊妹"受到指挥部的表彰，其中有四人入党，五人入团，队长袁春莲就是四名党员中的一名。

许家崖水库工程结束以后，"十姊妹"转战稻港水库工程。在这里，领导安排她们承担打夯任务。第一次接手这个任务，她们没有经验，开始有些手忙脚乱。年龄最小的黄殿秀不小心被夯碰伤了头，鲜血直流，至于砸伤脚、碰伤腿，那都是再平常不过的事情了。

危险和困难并没有吓倒"十姊妹"。袁春莲说："男劳力能干，咱就能干！"经过一段时间的摸索，她们不但熟练地掌握了扶夯技术，连拉绳的技巧都摸索出来了。同时她们还发明了飞夯过顶的绝技：等夯锤飞起来，她们一个个像灵巧的小鹿跳过去，转身扶住下落的夯锤，稳稳当当地砸在土上，等夯锤第二次飞起来时，她们再灵巧地跳回来。

这种创意，不但解决了夯锤落地时的用力均匀问题，还具有表演色彩，给枯燥的工地生活增添了乐趣，深得社员们的赞赏。"十姊妹"带领的女子打夯队也就成了工地上的一道风景。在"50天任务30天完成"的口号下，"十姊妹"与全工地打夯队展开了比赛。30天的比赛，28天完成了任务，她们在夺得红旗的同时，也荣获了"常胜夯队"的光荣称号。

1960年春天，"十姊妹"奉命支援跋山水库工程。在那个由5.5万名民工组成的大工地上，她们带领着女子打夯队，在十里大坝上上演了精彩绝伦的表演，让所有的民工眼花缭乱，继而惊讶地张大了嘴巴。

"十姊妹"出名后，县里大小工地只要到了关键时刻，领导总是说："让'十姊妹'上！"

于是在沂蒙山区，从许家崖水库到稻港水库、石岚水库、夹脖岭水库，最后到跋山水库，哪里重要哪里就有"十姊妹"的身影。

如果说推车、拉绠、打夯是她们遇上的三个难题，那么第四个难题当属坝底清淤了。清淤一般是在河流的枯水期将坝底挖开清除淤泥，直到露出坚硬的石层。这个时节，往往是在冬季，许家崖水库清淤就赶在这时候。刚过了年，水面还结着冰，山风带着西北的寒气扑面而来。

指挥部的领导怜香惜玉，说："清淤是个艰苦的活，女同志就不要干了，让男同志干吧。"

袁春莲不服气，大声问："姊妹们，咱们怕冷吗？"

大家一起答："不怕！"

袁春莲说："那还等什么！"

说完，她自己呼啦一声先跳下去了。

淤越清越少，水越渗越多。她们的布鞋全湿了，北风一吹，冷飕飕的，一会儿鞋就结了冰，成了冰坨。袁春莲第一个脱了鞋，赤脚下水了。干活时，脚来来回回活动着，不觉得冷，可一停下来，就是钻心的凉。

刚从河底出来的地下水，跟寒风降过温的河水比，还算热乎点，"十姊妹"就把脚放进去暖一暖，算是享受了。

看着在冰水里大干的"十姊妹"，男劳力不再犹豫，呼呼啦啦地都下到水里去了。

榜样的力量是无穷的。

激情就这样燃烧起来。

激情燃烧的"十姊妹"哪里知道，她们这些不要命的行为，给她们带来了致命的伤害——

跟王光兰有一拼的王作兰姑娘，双脚就是那时候冻坏的。

因为这双脚，王作兰的后半生吃了不少苦头，走路只能用脚后跟，很多不知道情况的人，都以为她是"三寸金莲"，哪里知道她从没裹过一天脚，双脚十个脚趾头全部在许家崖水库工地上冻掉了。从此，她失去了跑的资格，再远的路，都得一小步一小步慢慢地挪动。一个风风火火的大姑娘，就这样变成了全村行动最慢的人。最让王作兰痛苦的是，自从打完水库，她再也没光过脚。闷热的夏天河水哗啦啦地响，声声都是诱惑。村民都跑下河去，脱下鞋，洗洗脚，洗洗澡，洗去一天的疲劳，过一个清爽的夏夜。每次她都是流着泪走开的。她怕露出那双丑陋的脚，她怕那双丑陋的脚被别人耻笑。王作兰原来是一个开朗、要强的姑娘，可自从那双脚被冻掉所有的脚趾后，她变了，变得沉默寡言、郁郁寡欢，常年闷在家里很少出门。那种离群索居的孤独对一个活泼的姑娘来说，是一个无情的伤害。

我们采访她时，谈及往事，她说："我们这辈人，哪个没遭受过七灾八难？要是没有一代人豁出命去干，哪里有这些水利工程啊！一想到现在吃的水，就是当年我们修的大坝拦截的水，心里也就痛快了许多。"

春风里,袁春莲站在大坝顶上,指着这个浩大的工程,得意地告诉孙子:"这座水库就是奶奶当年修的。"

孙子说:"奶奶,我都知道。"

袁春莲看看孙子,心里想:你这个小毛孩子,奶奶走的桥比你走的路都多,你不知道的东西还多着呢!

其实,不光孙子不知道,就连儿女们都不晓得,她一生都没有怀孕,那是她终生都难以启齿的痛苦。记得丈夫带她去医院检查时,医生告诉她,是月经期间被冷水害了。得知这个消息,她一夜泪流,多亏遇上一个通情达理的丈夫。丈夫劝说她:"不能生怕什么,咱抱养一个不一样吗!"

不孝有三,无后为大。在传统文化影响至深的沂蒙,袁春莲忍受了多少屈辱的目光、多少无情的流言,她已经忘记了,因为她身边有个知冷知热的丈夫。有他为伴,就足以抹平她心灵的创伤。

丈夫当年也在许家崖水库"出夫",他目睹了妻子当年的风采。他常说:"一个为国家建设付出了巨大代价的女人,是不应该承受指责的。"这就是沂蒙爷们。

就这样,他们夫妻俩一口气抱养了三个孩子:一男两女。两个人约定:三个孩子一律视为亲生,为了孩子们的成长,至死都不要告诉他们真相。同时,他们也把这个约定说给了全村人。村民欣然接受,并发誓:守口如瓶。

这就是善良守信的沂蒙人。

在沂蒙乡村采访的过程中,我们听到了许多跟袁春莲相似的故事,这些故事大都发生在1958年冬天到1961年清明节之前,尤其是1959年冬天。在那漫长奇寒的日子里,大量的女青年跟男人一样走向工地,面对一层薄冰,她们裤腿一挽就跳到冰冷的河水里。那些正在月经期的姑娘,火热的肉体突然遭遇冰冷的河水,一下子就受不了了。在这种反复的刺激中,那些姑娘从此经期错乱,有些人甚至从此没了月经。加之那个时候,乡村的医疗技术落后,使她们失去了最佳的医疗机会,变成了终生不育的女人，冰水无情地剥夺了她们做母亲的资格。在"愚公移山，改造中国"的举国行动中，共和国的女性付出了比男人还要大的牺牲。沂蒙姑娘袁春莲、王光兰、王作兰只是千千万万个无私奉献的女性的代表，虽然她们没有像红嫂们那样名声在外，但她们依旧是我们敬重的偶像。

4. 凤凰在火中涅槃

没有人告诉我们，1959年冬天，在蒙阴县岸堤水库工地上的那场大火中，她们究竟是几个人一同在烈火中永生的，没有人告诉我们她们的名字。我们翻阅了有关岸堤水库1959年到1960年的所有档案，都无法找到这一事件，但我们还是执着地相信这个悲壮故事的真实性。为此我们再次来到沂蒙腹地的蒙阴县，搜集有关这个悲壮故事的点滴信息。

站在云蒙湖大坝上，我们相信：用那么原始的劳作方式、那么简陋的工具，建造如此浩大的工程，光靠流汗是不可能的，流血、伤亡都是不可避免的，这也是大型水利建设工地都配备简易卫生院的原因。

记得在沂水的跋山水库库区采访时，谈及这个话题，一向具有"库区通"之誉的李培勤老人说："死亡？听说过，没有亲眼看到过。"

他说的有道理，一旦出现事故，人就第一时间送往医院了。

我们采访了数位当年担任营长、连长的老人，他们都对这个问题闭口不谈。

作为土生土长的沂蒙人，我们相信沂蒙乡村的一句话："人过留名，雁过留声，蛇过留痕。"有关人命的大事件，民间一定会留下伤痛的印痕，时空是无法抹去痛苦的记忆的。

于是，我们走进沂水档案馆，在卷帙浩繁的书架上，大海捞针。我们相信这些尘封的档案里，一定有我们所需要的文字记载。两天后，我们终于找到一份发黄的原始资料。这是一份用印有"山东临沂专员公署"字样的信笺书写的报告——《关于沂水县在大办水利中民工伤残情况的初步调查》，落款是：临沂专区水利建设指挥部，调查人：王世春、赵家进，报告时间：1961年3月18日。

跋山水库是1960年夏初合龙建成的，这份报告显然是在大坝工程竣工之后了。

——仅据黄山、十里、城关三个公社的初步调查有43人（重伤、轻伤），占三个公社民工人数7400人的0.6%，其中重伤、骨折9人，轻伤25人，关节重残4人。这些伤残者有的失去部分劳动能力，有的完全失去劳动能力，原因多种，下水清基受凉者居多。

黄山乡黄山东汪村民工刘乃堂，28岁，贫农，全家6口，1959年11月在跋山水库被树为团里的标兵，1960年2月因病回家，住院手术花费235元，出院后不能行走。刘在工地推小车，每次三个篓子叠加，每车超千斤，清基下水带头用粪篓扛砂，每篓200斤，一天扛130余篓。属于过度支付体力加之冰水侵害，造成走路困难。

按全县平均0.6%的比例计算，跋山工地用工55000人，共有330人致伤致残……

上述仅仅是一个跋山水库工程的民工伤残统计。1959年整个沂蒙山区开工的工程，仅大型水利工程就有八九处，按最保守的数字估计，致残的民工是不少于2500人的。这些民工伤残后几乎都没有得到任何机构的评残，也没有获取政府的补助。他们默默地返回故乡，隐藏起所有的辉煌、所有的荣光，去安心种地了。他们是我们不能忘却的无名英雄。

当然，这份调查报告没有涉及一人死亡，也许死亡不在这个报告的范围内，这个报告是为活着的人争取补助的，报告开明宗义：民工伤残情况调查。

很显然，要从官方档案中获取当年岸堤水库那场火灾的伤亡人数已经没有可能了，我们只能寄希望于在民间查找了。这是一项很困难的工作，但我们一定要尽自己所能，还原事情的真相，因为她们是和平时期，把生命奉献给社会主义建设的妙龄少女，是我们千秋百代后都应当记住的英雄。

终于，我们找到一个线索。他姓公，是一位年轻的自主创业者，在青岛有一家小型加工厂，他在家排行老大。他是回家过春节的，由于工厂不太景气，开工迟，他便在故乡多住了些日子，于是我们相遇了。谈及1959年冬天修岸堤水库的事，他说，他小姑就死在工地上。他告诉我，他父亲活着的时候说过，小姑人漂亮，很多男青年都盯着她呢，可惜红颜薄命，死于一场意外的大火。为此，他父亲一生都在悔恨。那年，他父亲身体有病，不能"出夫"，小姑就替他上了工地，在炊事班做饭。

他说，上级通知他父亲时，小姑已经被裹上白布放在医院的太平间了。

若干年后，大约是他13岁那年，父亲告诉他：小姑大眼睛、双眼皮、白皮肤，两条长辫子油光光的，见人总是不笑不说话。可这一切美好的记忆都让一场大火烧光了。

我问他："你父亲没说怎么失的火吗？"

他说："当时父亲没问。"

多少年来，我一直在民间寻找关于岸堤水库那场大火的故事。功夫不负有心人，最终，我还是找到了。

那是一个没有月光的晚上，劳累了一天的民工在窝棚里睡觉，外边是呼叫的山风，很冷。当时，我们国贫民穷，民工们大都只有一件空心棉袄、一条棉裤。姑娘们也不例外。她们几十个人挤在地铺上取暖。夜里，一盏油灯被弄翻，点燃了铺草，火就烧了起来。劳累的姑娘们都在梦中，等她们发现时，大火在北风的助力下，已经吞没了整个窝棚，姑娘们惊叫着逃出来。原本是没有人被困的，毕竟是窝棚，好逃生。可悲的是，当男人们赶来救火时，惊恐的姑娘们这才发现自己没穿衣服。于是，几个惊魂未定的姑娘，不顾一切地扑进火里去抢遮体的衣裳，却没有再出来。这其中，就有公先生的小姑。

是的，她们已经逃出了火海，但没有逃脱封建意识的束缚。

我们都知道一个典故：凤凰涅槃，浴火重生，说凤凰是人世间幸福的使者，每500年就会背负着累积于人世间的所有苦难和恩怨情仇，投身于烈火中，以生命的代价和美丽的终结，换取人世的祥和与幸福。我们不知道这几位姑娘在烈火中是否获得了"涅槃"，但有一点我们可以肯定：由于八百里沂蒙修筑起一座座大型水库，沂河下游的临沭、郯城、苍山平原和苏北地区成了鱼米之乡，十年九泛滥的淮河得到根治，淮河流域的百姓安居乐业了。

如此，她们应该如凤凰一样涅槃了。

此时，我们忍不住想放声大喊：那些安居乐业于临沭、郯城、苍山平原的人们，那些安顿于鱼米之乡的苏北平原的人们，那些享受水利福祉的淮河流域的人们，请你们记住这四位在烈火中永生的沂蒙姑娘吧，请你们记住那2500多名伤残的沂蒙汉子吧，请你们记住那些终身不育的沂蒙妇女吧，请你们记住为兴修水利而吃糠咽菜的民工吧，记住那二度奉献的沂蒙老区吧。

吃水不忘打井人，没有他们的无私奉献，我们怎么能安居乐业？

第十九章　库区移民

"问我老家哪里住？山西洪洞大槐树。"移民，一个古老的话题。

明朝洪武年间的大移民，是对密集区人口的一次大疏散，也是对蛮荒之地的一次大开发，属于国家战略。清朝末期兴起的沂蒙人闯关东，则是民间行为，是为贫困所逼的被动行动，是无助的平民为寻求一条活路而开辟的求生路线。

但是，两者有一个共性：人口大迁移。

20世纪50年代末60年代初的沂蒙库区大移民，和上述两次截然不同。

那些为建造水库、治理水患而背井离乡的沂蒙人，是二度牺牲者。他们的奉献，成就了新中国水利事业的辉煌。

他们既和旧社会的闯关东不同，又与新时期的三峡移民有异。他们是社会主义建设时期的无私奉献者。

对整个沂蒙库区来说，没建水库之前是相对富裕的，他们占有大河两岸肥沃的土地，那是沂蒙人眼里的粮囤子。在单纯的农业经济主导社会财富的时代，占有沃土是富裕的前提。这就决定了库区人更不愿意离开故乡。然而，浩渺的水面转眼将一切化为乌有。

失去家园的痛苦有多深？离别故乡的痛苦有多浓？迁移的脚步有多重？

1. 来了，我的天堂

三峡库区移民是改革开放以来，中国最大的人口集中迁移事件，这次移民被媒体称为"百万大移民"。

作为一个世界瞩目的超级水利工程，焦点和难点都集中在移民身上，移民的成功与失败，决定着这个世纪工程的走向，在人民至上的中国尤显突出。

要建大坝先移民。

1993年8月17日，江泽民总书记主持召开中央财经领导小组第七次会议，重点研究了三峡库区移民和资金筹措工作，决定："中央统一领导，分省负责，县为基础。"

同年8月19日，国务院总理李鹏签发了《三峡工程建设移民条例》。

为民谋福祉的中国共产党，把安置移民当作头号工程，在顶层的精心设计下，三峡库区移民开始踏上了天堂之路。

2003年春天，我走进沂蒙北部边缘的淄川区洪山镇韩庄村，寻找来自三峡库区的移民。这里有沂蒙山区接纳、安置的，来自库区最后的移民。

在一座二层新楼房里，我采访了川妹子冯玲。

2002年8月11日，冯玲领着儿子、牵着婆婆，丈夫担着简单的行囊，一家四口同其他移民一起走出淄川火车站。这次移民安置，国家推行人性化政策，移民自己可以选择安置区，四川开县渠口镇平井村的冯玲，一眼看中了遥远的沂蒙。她对婆婆说："战争年代沂蒙人民宁肯自己饿肚子，也把粮食送给八路军、新四军吃。那个地方是礼仪之邦，不欺生，咱就去沂蒙吧。"

婆婆不知道沂蒙在哪里，但她认准了一条：咱是外来户，要去就去一个不受气的地方。听儿媳妇这么一说，她半信半疑地上路了。她知道，这一去就再也别想回头了。

那天，韩庄的村民开着车，早早地守在出站口。冯玲记得很清楚，一见面，村支书褚全德开口说了一句话："走吧，有话咱到家里说。"

家？一个多么温馨的字眼啊！对失去家园的移民来说，家是一个渴望，一个期盼的地方。这些失去家园的外乡人，一听这话心里都热乎起来：沂蒙人没把咱当外人啊！

那时候，冯玲心里还在打鼓，她不清楚移民局许诺的优惠政策，沂蒙人是否给兑现。人在屋檐下，不得不低头，到了人家的一亩三分地里，自己即使是条龙也成了一头上套的驴，得听人家吆喝了。同所有的移民一样，冯玲心中忐忑不安，新家究竟是个什么样子，她心里没有谱。

韩庄到了。

八月的金相山上郁郁葱葱，山下的韩庄一时锣鼓喧天，一条大大的过街联上写着："欢迎你，新村民。"

在欢迎仪式上，当了38年村支书的褚全德说："不论你是哪里人，到了咱韩庄，就是韩庄人了。我只说一句话，今后咱们有福同享、有难同当，有困难你们就找村干部，我老褚的家门天天对你们敞着。"

良言一句三冬暖。冯玲心中的那份不安立时减去了一半。

当村民领着她走进全新的四合院时，她看到了一尘不染的铝合金窗户，采光性极好的玻璃窗上贴着红囍字，大得能开进汽车的院门格外敞亮……房顶上的太阳能热水器告诉冯玲：今晚可以洗个热水澡了。她终于看到了幻想了数十次的新房，这些由国家拨款、地方资助建造的新房，在整个富裕的韩庄也是一流的，冯玲心中最后的一点担忧荡然无存了。

当她走进厅堂时，她看见了沙发、电视、冰箱等一应俱全的家具。厨房里，从鸡鱼肉蛋到花椒茴香，早就备齐了。卧室内，双人床的一侧立着一张崭新的梳妆台，那可是结婚前她就梦寐以求的梳妆台啊！冯玲立时心花怒放。

素不相识的沂蒙人给了她一个意想不到的、温馨的家，一个梦中的天堂。

冯玲得意地告诉我们：她也不了解沂蒙，只是从书籍和电视上知道了这个"一碗米当军粮，一尺布做军装"的沂蒙老区，她没有跟家人商量就选择了沂蒙。现在看来，当初的选择无疑是明智的。她说，村里人好多去了重庆、湖南等地，她选择了孔子的故乡，在这里安居乐业了。她还说，婆婆整天笑得合不上嘴，直夸她有眼光。

冯玲说，什么眼光啊，是沂蒙老区名声好。

邻里好，一片宝。

从开县的平井村跨越三千里来到淄川的韩庄村，这是她一生最成功的选择。她得意地告诉我们："这次选择，让全家人一生受益，现在一下子明白了孟母三迁的含义。有一群好邻居，千金难求啊！"

沂蒙人表面粗枝大叶，可真办起事来，一个个心细如丝。他们知道四川人爱吃辣，厨房里就备下了"老干妈"，成串的红辣子挂在房檐下……这些都是褚全德的杰作。

古人云，千金置邻，八百置舍。看来，这些移民是摊上好邻居了。

在韩庄，日渐发展的工业挤压着耕地面积，城市化进程包围着农村，尽管褚全德拼尽力气保护耕地，可是三十年下来，韩庄人均粮田已经不足半亩了。在人多地少的情况下，韩庄人却敞开胸襟接纳了几十名三峡库区移民，这无疑是将自己碗里有限的肉拨给外来人吃，这需要境界、需要胸怀。令移民们没有想到的是，韩庄人做到了，沂蒙人做到了。

韩庄人说，为保证移民的生活，必须保证粮田的分配。土地从各家各户抽，优先将肥沃的耕地分给移民。这个决定，在韩庄是全票通过的。土地到户后，移民人均半亩，韩庄的老村民人均四分！

一分地不大，但是，一分地展现出的是胸襟，是品质，是道德的高度。

秋收时，韩庄人多，七手八脚先把移民的庄稼收完了，才去自家地里忙活起来。

移民们说，远亲不如近邻，他们算是进了天堂了，说着说着泪就下来了。

土地的一分之差，将一村人的思想境界、道德水准高高地挂在金相山上，把沂蒙人的情怀展示于众，于是韩庄成了全国安置移民的模范村，获得了政府和社会的广泛赞誉。

20世纪50年代末60年代初，八百里沂蒙也曾掀起一场宏大的移民潮。那次移民的背景是根治淮河，决策层制定了在淮河水系上构筑大型水库的方略。作为沂河和沭河的发源地，八百里沂蒙的千库万塘相继开工。修水库的地方都是河谷，土地肥沃，人口密集，移民就成了第一要务。那个时候，国家实力十分脆弱，民间财力严重不足，移民实际上就是库区人民的二度奉献。

2. 别了，我的庭院

沂水县城西北有座山峰叫跋山，那座大水库因此而得名。

跋山水库是千里沂河主河道上最大的一座人工湖。

发源于沂源县的沂河一路吸纳百川，到达沂水境内已长成一条浩浩荡荡的大河了。南下的沂河在山崮北部受到大山的阻拦，到达无儿崮时，坚硬的山岩给大水当头一棒，迫使大水折向东面的跋山，这里就形成了一个巨大的河湾。千百年来，大水给两岸淤积出肥沃的土地。

河湾里一字排开若干村落，以古镇葛庄最为出名。葛庄地处大河古道，千百年来成了水运码头，南来北往的船只大都在这里抛锚休整，于是便形成了水上大镇。日军占领沂水城后，很快发现了此地的战略优势，就在这里建起据点，锁住了进出山里的物质供应，同时也无情地盘剥来往的客商。

1944年9月3日下午2点，这里发生了继梁山战役之后，八路军又一次全歼一个日军大队的经典战役，同时歼灭汉奸一部，俘获367人。与葛庄相望的是河奎村。河奎的村民在1944年的那场战斗中遭受过一次磨难了，他们的村庄成了炮弹轰鸣的战场，庄稼地里鲜血横流，敌我双方交战兵力达六七千人，加上四乡八寨赶来的担架队、运粮弹的民工，上万人云集在河湾里，炮火连天，喊声阵阵。河奎人看到了人民战争的宏大场景。时隔15年，当5.5万民工云集河湾时，河奎人再次目睹了人民群众战天斗地的场面。

其实，河奎人不愿做移民，他们世世代代都生活在这片河滩上，河湾里拥有大片大片肥沃的耕地，河水里有逮不尽的鱼虾。村民人均三亩河滩地，那土地原本肥得一攥就流油，他们几年来又把田地深翻了一遍，收成更好了。正是这流油的土地，产出足够的粮食，医治了战争留下的创伤。河奎村在战后的废墟上迅速崛起，成为大河流域最富有的村庄，可是今天让村民搬迁，他们能乐意吗？

抗日战争时期，河奎是八路军的根据地，一河之隔的葛庄就是敌占区，那里是沂水城经东里镇去沂源县城的必经之地。八路军向河奎要兵、要粮，河奎人从来不说一个"不"字。1941年，八路军征兵，河奎村一夜工夫就动员了两个班的兵员。随后的日子里，不断有亲人牺牲的消息传来，河奎人只是痛哭一场，第二天照常为八路军做事。听党的话、跟党走成了河奎人战争年代养成的习惯，如今国家为了根治淮河，要在这里建一座大型水库，怎么办？

听毛主席的话，服从大局。

就这样，河奎人行动起来。

我在采访时，83岁的杨大娘告诉我：打葛庄战役那年，她8岁，跟着娘带着小妹妹给八路军磨粮食、做鞋子。爹参加了八路军，娘说："咱多做一双鞋，你爹就有鞋子穿了。你爹走的时候留下话，赶跑了鬼子，咱家就能分到上好的河滩地，咱就不愁没饭吃了。妮子，给娘搓麻绳吧。"

杨大娘那工夫还是个女娃子，她听了娘的话，就天天搓麻绳，把腿都搓出了血，可她没说一个"不"字。鬼子败了，她家分到了八亩河滩地，才过上了吃喝不愁的好日子。1959年,上级要求她家搬迁,她终于说了一句话:"这地是俺爹用命换来的,离开了这河滩地,俺一家人吃什么?"在这种思想支配下,村民差不多都迁移了,她家还没动,她们不愿失去相依为命的河滩地啊!可是大水漫上来了,进了家院,民工们上阵帮她们搬出大河湾,搬上了无儿岗。

那情景,杨大娘至今记忆犹新。她说,上百口子民工一齐上阵,锅碗瓢盆勺、油粮衣被,在无儿岗的山坡上,放了半亩地大小的一片。

杨大娘说的无儿岗就在现在的河奎村南头,搬迁过来的河奎人,虽说在这里住了几十年了,可是那片岩石裸露的山坡还是当年的模样。

用石头垒成的墙坝子拦住半尺山土,就是一片土地。这样的山地能长什么呢?现在看来连树都生存得很艰难。这种无水、贫瘠的山地怎么养活人?这样的土地十亩也顶不了半亩河滩地啊。可是河滩地正在一寸一寸地向大水里滑去,她们的家园正在她们的眼前一点一点地消失,而她们的新村是一片山冈,一片连草都不愿长的山冈。没有房子,她们就在石堰下挖一个洞,上面用秫秸盖起来,里面铺上山草当房子。床呢?别说床了,连门板都贡献给了大坝,搭了一座可供民工渡过的大浮桥。院里的石磨,村头的石碾,门口的石臼一个也没运上来,全成了建大坝的材料。为了建跋山水库大坝,河奎人奉献了自己的所有。

在跋山库区迁移的人口里,河奎是最后搬迁就地安置的村落。本着投亲靠友的原则,上级把河奎人分散安置在四周的村子里。

1959年的库区移民是跟三峡库区移民的社会背景、国家财力、地方实力截然不同的。那时候国穷民也穷,农村原本粮食就不够吃的,一个村猛然间增加了那么多人口,而土地还是那片土地,粮食还是那些粮食,自然就使当地人的口粮减少了。尽管我们是社会主义大家庭,但是个体间的敌对和歧视总是有的,河奎人无法忍受那些冷漠的眼神。

回忆起过去,杨大娘满眼都是凄凉。她说:"没办法,俺是移民户,人生地不熟,干什么都得赔着小心。譬如日常去井台打水,到石碾轧粮,这些事在农村原本是讲究先来后到的，可是俺是移民，就得让着人家。这哪里是人过的日子啊！"

宁看白眼狼不见白眼汉。受够了白眼、吃够了气的河奎人，从四乡八寨回到了无儿崮下。她们返回这片山地的时间是1961年的春天，那时全国性的饥荒已经开始，她们的日子可想而知。

杨大娘说，她们实在饿极了就去无儿崮南边偷外村的洋槐花吃。有一次，她被人家发现了，逃跑时从无儿崮上跌下来，整整躺了三天。

说到这里，83岁的杨大娘已是泪如雨下了。

杨魏氏今年75岁，1936年出生，1959年时，她才23岁，就做了母亲。她是从搬上无儿崮就坚持不走的十户人家中的一户。她说，俺之所以不走，是婆婆的主意。婆婆说，到别的村生插杠子，容易吗？这山上孬好还有几亩山岭薄地，再说，咱走的是社会主义道路，政府会记着咱们的，不走了。

杨魏氏耳朵有点聋，眼有些花，但是，她对1959年10月6日以后的每一个日子都记忆犹新。也许那段岁月留给她的记忆太深了，她说至死都不会忘记的。

当年仓促建造的那些住房，说是住房，其实就是在地堰子下借助地势挖个四方坑，临时搭建的草棚子，漏雨透风。因为没有床，只能就地搭铺，冬天还好一些，到了雨季，大雨没完没了，常常是外面下完了，屋里还在下。山上的积水也从墙壁上慢慢渗出来，一屋子都是潮气，衣服、被子都是潮湿的。这些都好说，关键是山上的土地里不长粮食啊！为了保证这些移民的基本生活，当时人民公社给移民的补助是一天二两黑豆、四两荞麦，跟洋槐花、榆树叶子比起来，这些粗粮就是难得的精品。有了这点补助，人就能勉强活下来。只是这些粗糙的粮食，大人还能勉强咽下，孩子可就遭罪了，尤其是那些刚刚断奶的娃娃。

提起孩子，这位老人的泪就从凹陷的眼窝里流出来，一滴一滴地落在胸前。她说："1961年春天，天上无雨，地上的草都懒得长，俺那个儿子都八个月了，瘦得像猴一样，那个腔尖尖着，坐在俺的手掌里都不满啊！大人吃不上粮食缺奶水，孩子又没细粮吃，瘦得可怜，实在憋急了，俺就去扒地瓜。当时由于缺苗，公社帮我们调来地瓜苗时已经是六月份了，山地贫，缺水少肥，地瓜长得慢，到了八月才长成手指肚子大小。俺就狠心扒出几个，煮了煮，喂给孩子。八月十五，俺实在没办法了，就抱着孩子，两手空空地去娘家求助。八月十五是出嫁的姑娘给娘送月饼的日子，俺只有空着手、厚着脸皮上门求帮助了。俺娘抱过轻飘飘的外甥就哭，说，这孩子怕活不下去了。俺一听就昏过去了。俺醒来时，娘已经把唯一的一点玉米面和上一只鸡蛋，给孩子做了一碗稀粥。俺那个可怜的孩子，才八个月，居然一口气喝了满满一大碗。吃饱饭的孩子看着姥姥笑，他似乎知道自己的命是姥姥救的。唉，小小的孩子就知道报恩了。"

杨大娘是村里的老党员，也是烈士之后。她拉一把杨魏氏说："他婶，咱不说这些了，人家大老远来一趟不容易，咱得说些好事。"

耳聋的杨魏氏依旧顺着自己的思路说下去——

她说，天下爹娘的心是一样的。俺娘把家里压缸底的一点粮食扫出来，给俺装进书包里说："妮，拿着吧。娘看啊，这孩子胃口好，打得粗，只要一天能喂上一顿粮食饭，就能活下来。这点麦子你带回去，磨细了掺上一点地瓜面，切上一点菜丝丝，熬成粥喂他，熬过这阵子就收谷子、高粱了，只要下来粮食，咱娃就有救了。"

她给娘磕了几个响头，抱着瘦猴一样的儿子，一步三回头地回到了无儿岗。

别看杨大娘比杨魏氏大，可她是共产党员，受党的教育比杨魏氏早，她有自己的名字：王成香。她一直反对别人叫她"杨王氏"，她说："俺有名字，党费单子上写的就是俺的名字：王成香。俺爹叫王传启，是河奎村最早的地下党员。"

王成香显然是受了杨魏氏的感染，她也陷入了回忆。

她说："俺这辈子遭的罪大，吃的苦多。要说这辈子最遭罪的事还是鬼子来的时候。俺爹俺娘都是党员，八路军来了，要征兵，俺爹就撇下俺娘几个，扛起枪打日本鬼子去了。走时，俺爹说，打跑了鬼子就回来种地，过安生日子。听俺娘说，俺爹是个机枪手，很厉害，汉奸、鬼子都怕他。后来鬼子败了，俺爹却没能回来，用命换回了一张烈士通知书……当时，俺爹是村里第一批当八路军的人，俺就是军属，鬼子、汉奸逮不着俺爹，就拿俺娘几个出气，三天两头上门来抓。俺娘就领着俺到处躲藏，夏天住山上，冬天钻秫秸团、麦穰垛，七八年没过一天安生日子。好不容易打跑了鬼子，因为俺是烈属，分地时，村干部让俺家优先挑选，俺家分到了八亩河滩地。种地时，村里派人帮俺家耕种、收粮，日子终于有了奔头。唉，要不是搬迁……俺娘生就的是个不吃气的主，因为搬迁成了移民，受尽了人家的白眼，一气之下带着俺们搬回老家，搬上这无儿崮。

"当时公社就从周边的村庄给俺家划了一批地，这些地都在无儿崮的南边，俺娘就得拖儿带女的去种，日子过得十分艰难。自打移了民，俺记得娘的泪就没干过。

"俺问过俺娘，当年咱一家子让鬼子撵得没处藏身，你咋不掉一滴泪呢？

"俺娘说：'妮，你爹不是在队伍上吗？'

"俺知道娘是没有指望了。俺就和妹妹拼命干活，养着俺娘，可是这该死的无儿崮，就是种不出粮食来，你汗珠子淌成河也没用。

"那工夫，烈士的遗属有点补助，俺记得最早一个季度领8毛钱。每次领到8毛钱时，娘就掉泪。她说，这是俺爹的命钱啊！那时候俺小，不明白，爹那么大的一个人，才值8毛钱？俺娘不让俺乱说。她说，你爹是跟了共产党，咱家才有这8毛钱的。后来涨到两块，俺记得清楚，俺娘80岁时领到8块钱，老人家一夜没合眼，那工夫8块钱能买十几斤猪肉呢！

"俺娘第二天一早就炒了一盘肉，在爹的坟前唠叨这件事：'妮子

他爹，你的命搭得值，上级给你长钱了，咱家日子好过了。俺用你挣的钱买的肉，给你做了一盘红烧肉，你尝尝吧。'

"俺娘笑一阵子哭一阵子。

"唉，俺娘命苦，要是活到今天就好了。现在，俺们这些老人一月能领上百元的养老补贴，每月还有60元的移民补助。现在种地不用交税了，国家还给发粮补，这也许就是俺爹说的幸福日子吧。可惜的是，这么好的日子，俺娘却没过上一天。唉，那辈人啊！"

王成香说着说着老泪就淌出来了。她掏出手帕擦了一下，说："唉，瞧俺这脑袋瓜子，刚才还说说点好事开开心，怎么净说这些伤心的事了。不说了，不说了，那些都是陈芝麻烂谷子，如今俺库区移民的好日子来了，国家没忘记俺们，给俺这些老百姓办医保呢！"

杨魏氏问："什么叫医保啊？"

王成香说："就是你有病，公家给你花钱治，不用你自己掏钱了。"

杨魏氏听了道："这可是大事，五年前俺那个二妮子住了一个月的院，几年的积蓄都折腾进去了。"

王成香到底是一名老党员，她笑了："你啊，就把心放在肚子里吧，社会主义制度就是消灭一切不合理的东西，早晚，国家会还给你一个公道的。"

杨魏氏说："那得什么时候？"

王成香说："快啊！想想刚移民时候的那些苦日子，不也是转眼就过去了吗？你怕什么啊，你长命百岁呢！"

两个老太太都笑了。尽管这笑声迟了许多年，但终归清晰地响起来了。

冬日的阳光很明亮地从无儿岗上泻下来，普照着库区的角角落落，小院子在冬阳里有几分温暖。如今的河奎村早已成了环湖景区的一部分，游人多起来，村里的土特产也就有了销路，村民收入增多了。昔日的山岗因为依山傍水而成为风景秀丽的宜居村落，如今要在这里建座房子不容易，因为地基已经被严格控制了。昔日那些低矮的石头草房子都不见了，敞亮的大平房和二层洋楼成为无儿崮下的一道风景。一个美丽的乡村呈现在眼前。

3. 别了，故乡

与沂水县境内的库区村河奎相比，蒙阴县岸堤库区的莲汪崖村算是幸运的。它的幸运在于地处水库的上游，不像河奎村那样地处水库库底，大坝工程一开工，就得仓促搬迁，而且是刻不容缓。莲汪崖村离岸堤水库大坝曲线距离有几十公里，直线距离也有十几公里，算是和大坝挨不上边的村落。但是库容达到饱和时，这里依然是库区。

1959年的那个冬季，7万民工聚集在重山脚下的时候，莲汪崖村前那条莫庄河，依旧在冬日的冰层下缓缓地流向梓河，那种不急不慢的流动如同村人此时的心绪。尽管县里已通知他们，梓河被腰斩，这里将要成为库区，大水即将漫上莫庄河谷，并随大坝加高而淹没村庄。可是莲汪崖的百姓依旧"漠不关心"，几十公里外的大坝与他们有什么关系？水库建在梓河上，与他们祖祖辈辈相依为命的莫庄河究竟有着多大的关系，他们心中并没有数，但有一点他们心中是有数的，那就是故土难舍、破家难离。他们忘不了帮库底村庄搬迁的情景，那些拖儿带女、肩挑背扛离开家园的库底村民啊！莲汪崖人的眼里塞满了他们不肯离去的背影，耳边回荡着男人长长的叹息和女人低低的哭泣。

金窝银窝，不如自己的狗窝。

莲汪崖人一致表示：坚决不搬！大不了就住山腰、住岭头。

说归说，莲汪崖人还是密切关注着几十公里外大坝的建设。他们记住了上级的那句话：大坝建成后这里将是一片汪洋。

1960年的那个夏季，一场接一场的山洪从村前的莫庄河流过后，向着梓河狂啸而去。村民一早醒来，发现大水已漫上了他们赖以生存的河套良田。那时，谷子刚刚抽穗，一片喜人，大豆刚刚开花，村边的莲藕池里正怒放着一朵朵粉红或纯白的荷花。青蛙蹲在脸盆大的荷叶上唱歌，大有"稻花香里说丰年，听取蛙声一片"的喜悦。然而，这一切都在雨过天晴之后荡然无存了。无边无际的大水从下游铺天盖地地涌来，浅黄色的大水顺着莫庄河河道排涌而上，昔日狭窄的莫庄河一下子宽阔起来，用村民的话说："莫庄河肿了。"河滩地上的高粱露出苍白的米穗，在水中无力地挣扎，向他们的主人发出求救的呐喊。

往常发大水，河上总是漂着几只家禽，湍急的大水总是冲下些许浮财，村民争相捕捞，可是今天站满山梁的村民没有这份心境。他们一个个一脸的惊讶与无奈：水这么快就上来了，那大坝不是远在几十公里外吗？

河边的住户家里已经进水了，大水荡进门槛，在院子里肆无忌惮地横流，鸡们一脸"惊恐"，早就跳上了磨台，几只鹅鸭倒是十分得意，扑进水里快活起来。主人冲出大门，大叫着："俺家进水了——"

面对突发的大水，个体总是显得无助和渺小。浅黄色的大水让村民只有一条道可走，就是爬山。大水攀升一尺，村民就退一尺。就这样，人们极不情愿地一尺尺向山梁上退着。黄水吞没了庄稼，冲倒了房舍，站在山梁上的村民却无可奈何。

县里早就告诉他们，在这里拦住洪水，下游的临沭、郯城、苍山平原就会变成鱼米之乡，几百公里外的苏北平原就会豆谷满囤，十年九泛滥的淮河两岸的人民就可以安居乐业了，这是国家大计，得支持。于是，村民决定退而求其次：不去外地，就地安置！

地处莲汪崖村下游的那个生产队，就这样被逼上了山梁，最终还是移民他乡。后来，他们回迁，蒙阴县从此就有了一个没有户籍的山庄——梁庄。

沂蒙的村庄大都以姓氏命名：朱家寨、崔家坡、王家埝……梁不是姓氏，是山梁，梁庄就是山梁上的村庄。

大水终于在1961年夏天灌满了岸堤水库，这个库容达7.82亿立方米的大型水库，在汶河和梓河交汇处构筑起它的汪洋大势，形成了沂蒙腹地最大的人工湖，其流域面积高达1693平方公里，淹没良田20多万亩，搬迁移民十几万人。

大水被稳如泰山的大坝迎头阻拦，只好顺着汶河和梓河向上游荡，一个盛夏，大大小小的河岔和山沟就成了水的世界。退到山梁上的莲汪崖第三生产队已经是走投无路了，再退就得翻山。山那边是外村的土地，山前是汪洋大水，他们只有脚下的这条狭窄的山梁了。几百人聚集在这片荒凉的山梁上，极度匮乏的土地资源，无法满足他们生存的需要。故乡虽好，可是已经无法养活他们了。迁移，离开故乡，已势在必行了。

那个时候，郭凤信和鞠振顺两个汉子，成了这个生产队的主心骨，生产队里的事大都要他们二人帮着拿主意。

怎么办？

听说去年迁移到东北的人回来了不少，识字的鞠振顺说："还能怎么办？反正我们不去关外，那里冰天雪地、林海雪原，不是我们生存的地方，反正我死也不去！"

郭凤信立刻应允："对，不去！闯关东，那是咱老辈人让日子逼疯了，走投无路才去的地方。都解放十几年了，共产党会为咱们着想的，大不了我们就守着这片山梁过日子。"

鞠振顺摇摇头，否定了他的意见，说："不去东北可以，但我们得移民啊！这地方已经养不起这么多人了，守着这片破山地，饿不死也得穷死。我们可以集体向上级提要求，不去关外，就近安置。我们的根在这里，老祖宗都埋在这里呢！"

终于，移民安置办在水库下游数百里外的临沂县册山公社，给他们划了一片土地，建起了房舍，垒起了院落，又给他们人均一亩半土地。他们开始了大迁移。

当他们决定离开故乡的时候，每个人脸上都挂着泪滴。别了，我们的家园；别了，我们的故乡。睡在山梁上的老祖宗啊，我们走了。

我到莲汪崖采访，已经是几十年之后的事情了。那天，76岁的郭凤信正在山梁上放羊，他被村干部叫下山时已经是太阳西斜了。被大水灌满的莫庄河上结了一层厚冰，天气亦如1959年的那个冬天。匆匆赶来的老人一脸红光，粗短的手指粗糙有力。在零下十几度的严寒中，老人跑得鼻尖上挂着细汗。

我给他泡了一杯热茶，开始了采访。

提起那次整体大搬迁，他脸上的笑没了，一丝悲壮浮上面颊。他告诉我，大迁移的那天晚上，一村人都没睡。他带着郭氏后生们打了几刀火纸，来到祖坟前，点起几炷香，向老祖宗告别。郭氏老祖宗是明朝中期搬到这片河谷的。老祖宗有眼光：莫庄河水清澈养人，河里有捉不完的鱼虾；河岸平地上五谷丰登，有吃不完的粮食；山梁上树木旺盛，有烧不尽的柴草，这里是个天然的好住处。老祖宗选择了这样一个地方繁衍生息，的确是后辈人的福祉。

380年前，郭氏老祖宗只是担着一副担和鞠氏老祖宗结伴到此，两家依河掘井，依山造房，开始繁衍后代。一晃几百年过去了，两姓各成大族。可今天，他们没能保住祖上留下的基业，要背井离乡到一个陌生的地方去谋生了。郭凤信跪在老祖宗的坟前泪如雨下："老祖宗啊，我们不孝，没能守住这片家园。可是，国家需要治理淮河，这里要修成大水库，我们得听党的话，得迁走。上级说，我们这叫奉献，就像当年咱支援八路军打鬼子一个样。"

郭凤信叨叨着，一脸泪水。

他回头看了一眼郭氏后生们，缓缓地说："都跪下吧，给老祖宗磕三个响头。"

立时，他的身后一片哭泣声。

郭凤信对着长满荒草的坟茔说："老祖宗啊，你们听见了吧，俺们都不愿意走。可是，这大水一年比一年高，脚下的土地一年比一年少，俺们是没有选择了。俺们都知道，走是对不起祖宗；不走，守着这片山梁就得饿死。老祖宗啊,我们是进退两难。"

哭声在夜风中变得响亮了,郭凤信举头张望。他知道,在离这里不远的那片林地里,他的老伙计鞠振顺也在干同一件事情:向老祖宗告别。

他们既是向老祖宗告别,也是给老祖宗一个期盼:安心吧,老祖宗,俺们不会忘记这片土地,老祖宗还在这里守着呢!

第二天一早,他们就结队迁移了。不走不行啊!眼瞅着一年一度的雨季就要来临,大水还要涨,他们脚下的土地还要变小,生存的空间在大水无情的挤压中越来越狭窄了。上为国家想,下为千秋万代计,他们都得走了。

告别祖祖辈辈生活的土地是一件痛苦的事情。

郭凤信转过头来,对跪了一地的后生说:"都给我听好了,郭氏老祖宗就埋在这里,这里就是咱的根脉,每年清明,你们要回来烧纸敬香,听见了没有?"

"听见了!"

那声音齐刷刷的,和着山梁下的涛声,雄浑而激越。

告别老祖宗,他们在五月的阳光里上路了。

210人,携家带口,担子里是锅碗瓢盆,提篮里是针头线脑,独轮车上是粮食衣被,牛车里是婴儿的小睡床和生产工具,一支长长的队伍,开始走下山梁。山梁下的大水依旧在上涨,在咆哮,在狂叫。对库区移民而言,在这场人与洪水的对峙中,洪水是胜利者。

郭凤信对那些送行的移民办官员和亲朋好友说:"我把一句话撂在这里,守护祖宗林地是后人的责任!这片山梁上埋着我们的老祖宗,谁也不能占有它,否则我们就是迁走了,也会再回来的。"

郭凤信的话,为他们数年后回迁埋下了伏笔。

他告诉我,那天早上,他们走得无声无息,没有人哭,因为泪早流干了。

他们面对的是一个全新的环境,他们不知道前边的路有多长,不晓得未来是个什么模样，只是无声地走着，无言地回首。他说，过了一座山梁，故乡不见了，大水不见了，他看见老朋友鞠振顺一脸泪光。

郭凤信走上前，低声说："大哥，走吧，咱这也算是支援国家啊！十几年前，咱们组织担架队上前线，死了好几个人，咱不是也过来了吗？1941年，5万多鬼子进沂蒙，烧了咱们的庄子，一间房都没有留下，咱们不也过来了吗？这回是移民，政府在册山给咱盖的都是新房。我挨家挨户都看了，主屋配房样样都有，听说上级准备给咱们配石磨和碾台呢！上级都替咱想好了，你哭什么？"

鞠振顺说："理是这么个理，可这心里总觉得空荡荡的。老祖宗说得是，'在家诸事好，出门万事难'啊！"

其实，郭凤信心里比鞠振顺还空。

他们异地落户了，安家了。

册山地处沂河的中游，由于上游修了大大小小的水库，狂暴的沂河被控制住了，册山一带就成了鱼米之乡。大米是山里人难得一见的好粮食，可种惯了地瓜、高粱的山里人不懂得种水稻，他们得一切从头开始。

莲汪崖的这些村民是在四周陌生的目光中居住下来的，他们总是感到背上的目光有些冷。

毋庸置疑，那时候，土地是农民唯一的资源，对当地人而言，移民的到来就瓜分了他们的生存资源，无形中就形成了心理上的对抗。移民受到太多的白眼、太多的冷遇，每逢碰上这种事，他们就更加怀念自己的故乡——那个水底下的故乡，一个温馨的好地方。

引发他们决意回迁的是一次争水事件。

那一年大旱，宽阔的沂河变成了一条线，多亏上游几大水库联合开闸放水，才使得沂河下游两岸干涸的稻田有了救命的水，于是各家各户都争着抢水插禾。当地的村民无意中觉得自己高人一等，这些移民理应就得排在他们后面用水。郭凤信他们不干了：凭什么啊！如果不是我们奉献了土地和家园，为你们修筑了大水库，拦截住洪水，变害为利，你们还能种水稻吃大米？啃你们的高粱窝窝头去吧。于是，双方各执一词、互不相让，最后发生了群殴事件。

那一次，郭凤信被对方的一个后生一铁锨拍倒在泥地里，许久都没有爬起来。

他委屈，他恼恨。

那一夜，他哭到鸡叫三遍，爬起来就敲开好友鞠振顺的家门，二人酝酿了一个回迁的大行动。1979年春天的一个夜晚，借助星光，他们联合了七八个人，背着行囊悄悄地顺着沂河北上了。

那一次，他们九条汉子昼行夜宿，向着遥远的故乡大步靠近。

走了一天两夜，他们终于在阳光灿烂的早晨，翻越最后一座山峦，回到了久违的故乡。一切都没有变化，山梁还是那座山梁，山梁下还是那片大水，只是由于去年干旱，蓄水量减少，昔日的莫庄河两岸肥沃的土地露出了水面。被冬日的山风吹拂了一个季节的山梁有几分荒凉，满坡的苦菜和萋萋芽在春天里长了出来。他们几个人在故乡的荒坡上躺成八字，心里别提有多高兴了。睡在故乡的土地上，心里踏实啊！

一个同行的汉子问："大叔，咱真的不回去了？"

郭凤信说："'君子一言，驷马难追'，不回去了。咱庄户人有地就有了一切，这片山梁地，养活200人难，可养活几十口人还是不成问题的。不回去了，安家，开荒种地。"

汉子说："安家？"

郭凤信说："对，安家，就在这山梁上安家种地，重打锣另开张。"

汉子看了一眼荒凉的山峦，问："就这里？"

郭凤信答："就这里。"

汉子苦笑一下："叔，这里光秃秃的，什么都没有啊！"

郭凤信说："咱干起来不就什么都有了吗？"

他们在一处向阳的地堰子上挖了一个大的地屋子，用杆子搭了一个架子，排上细树枝，上面压上草，一座大房子就建成了。他们从村里讨要了一担麦穰,床铺就有了。他们在房前挖出一个灶台,支上一口大铁锅,从水边上挖出一个泉眼,用泥罐子提来清水,于是山梁上就冒出一缕久违的炊烟……

那缕淡淡的炊烟,在无人的山梁上飘荡,久久不散……

没有耕牛,他们去邻村借;没有种子,他们去亲戚家赊;没有吃的,他们去朋友家讨……他们留下一句话:等到秋后,俺就什么都有了,到那时俺还本付息。

他们的到来,打破了莫庄河畔15年来的平静。

根据当时的规定,移民他乡的村民名下的土地,就成了留守村民或邻村人的资源。如今,他们又不邀而返,重新耕种当年的土地,这里的村民不干了。他们一齐爬上山梁,可是眼前的景象让他们心软了:九条汉子一个屋里睡觉,一口锅里煮饭,一只壶里烧水,已经是一个家了。他们睡在仅仅铺了一层麦穰的地屋子里,由于刚降了一场小雨,房外雨已经停了,而房内还在下,几个人顶着一块塑料布缩在一个角落里。

"鞠叔、郭大爷,你们这是何苦呢?在册山,你们有家有院,有田地,听说你们天天吃大米饭,何苦跑回来受这个难?"

鞠振顺说:"你们是'饱汉子不知饿汉子饥,骑驴的不知赶脚的苦'。你们知道人没有故乡的痛苦吗?"

众人无言,用不解的目光注视着这顶简陋的茅棚。

毕竟他们是外迁回归,不受任何法律的保护,属于没有任何上级许诺的私自行动,无法获得政府的支持,法律也不能保障他们的权益,可是他们却倔强地生存下来。他们也许没有想到,这种私自的行动,给后来的生活带来了巨大的麻烦。

他们先是一次一次地被驱逐,但效果不大,村民便开始同他们争夺生活资料,他们辛辛苦苦种下的禾苗在一夜间被拔掉了。这些汉子就轮流值班,保护他们的庄稼,但九个人的力量显得十分单薄。鞠振顺说:"只能找上级了,否则,我们始终无法获得居住下来的权利。"

郭凤信说："走，我陪你去。"

他们从县里找到省里，一路诉说着自己的故乡情结，讲述着一群移民不幸的遭遇，最后获得了有关方面的支持。于是，他们居住下来，开始了漫长的煎熬……

郭凤信告诉我，吃糠咽菜他们能忍受，风餐露宿他们也能支撑，没有农具、没有食物，他们都能克服，因为地里的庄稼已经拔节，青枝绿叶一派生机勃勃的景象。对庄户人来说，只要有土地，有种地的机会就有生存的希望。最让他们不能忍受的是，他们居然是没有户口的黑户，连党费都没有地方缴啊！

从制度和法律上讲，他们都不会在故乡拥有户籍了，因为移民的时候，他们的户籍落在册山公社了，故乡虽然埋着他们的祖先，可是故乡已不再给他们提供庇护了。

怎么办？

坚决不回去！活着在这里干，死了就埋在这里。

秋天终于来了，他们有了收获，地瓜、玉米、大豆、谷子……

丰收的喜悦激发了他们的斗志。他们用高粱秸在山梁上搭起十几个团瓢，从几百里外接回了老婆孩子。

新年的鞭炮声响起来，他们要做的第一件事就是祭祖。八十口人整齐地来到祖坟前，供桌上摆上丰收的食物，燃起三炷香，烧起几刀纸，向老祖宗跪拜，告知老祖宗：老祖宗啊，我们回来了，回到你们的身边来了。这里是我们的故乡，我们就在这里陪伴着你们，让你们年年享受香火，让你们有花不完的纸钱……

郭凤信说完这些，仿佛了却了一个硕大的夙愿，他落泪了。

在漫长的抗争中，在冷风雪雨里，在一麻袋地瓜干吃一个月的艰难岁月中，他没掉一滴泪。今天，面对粮囤里堆积的玉米、大豆，面对田野里绿油油的麦苗，面对团聚的妻子儿女，他落泪了。

此时的郭凤信只是感觉到一种回归故乡的自豪，而多年后，令他做梦也没有想到的事情发生了。

2006年,党中央出台了库区移民的普惠政策:库区移民每年每人享受600元的现金直补,同时国家拿出专项资金用于库区村项目扶持,扶持力度空前绝后,持续扶持时间长达20年。普惠政策传达出一种不彻底解决库区村困难不收兵的决绝。

库区移民温暖的春天到来了!

在库区移民村,超过60岁的村民还享受政府补助,以及粮食补贴、林果补贴等惠民政策。村民高兴地说:"现在过的日子,当年做梦都不敢想啊。"

再次采访莲汪崖时,库区普惠政策已经实施了15年。昔日被大水包围的莲汪崖村,不再无路可走,除了一条宽阔的公路从村头穿过外,一座大桥飞架在宽阔的水面上。此时的岸堤水库早已有了一个漂亮的名字——云蒙湖。一湖大水浩渺无垠,数列青山围着大水构筑起移民村特有的景观。

在国家十几年坚持不懈的项目扶持下,昔日长满荆棘和荒草的山坡全部改造成了果园,乱石岗变成了花果山。在技术人员的帮助下,村民对老果园实行技改,形成了现在的优质黄桃生产基地。村头一座水果市场向南来北往的客商讲述着黄桃兴村的故事。由于品种好,莲汪崖村一年有半年都在出售水果。而且水库里的水稍加过滤就能饮用,由这样的水灌溉的果树,结出的果实口感尤其好,商贩们宁愿多花20%的成本也要贩运莲汪崖的水果。遇上干旱时,其他村庄的果树严重减产,而莲汪崖却因靠着一湖碧水大获丰收。

采访中遇上了蒙阴县水利局的施工人员,他们高兴地把一本设计精良的莲汪崖村惠民工程图册展开。彩色的图册将村子的道路、公园、文化墙、小广场、云蒙湖观景台等设施一一标注。这本图册就是他们今年需要完工的全部项目。

中央大中型水库移民后期扶持结余资金项目今年给莲汪崖资助了

280万，用于村内道路、生产路建设以及村内美化、绿化项目。施工人员指着图册说："投资完成后，莲汪崖就成为一个环境优美的宜居山村了。"

如今的莲汪崖村民一个个自豪地称自己是库区移民，连后生们都喊自己是"移二代"，要知道，"库区移民"这四个字，曾经山一样压在他们的心头，让他们无言面对亲朋好友。如今时过境迁，在国家优惠政策的持续扶持下，莲汪崖成了众人羡慕的村庄。

沂蒙山区移民最多的是蒙阴县，15年来，仅中央支付的专项资金就高达5亿元之多。按照蒙阴县的规划，到2026年所有的库区村都达到宜居村落的标准，人均收入达到中上游水平。在专项资金的扶持下，库区移民在乡村振兴的道路上一路欢歌。

真是十年河东十年河西啊。看着碧波荡漾的湖水，莲汪崖村民得意地说："多亏了这湖大水啊。"

此时郭凤信老人正在湖边巡视，湖风吹拂着老人的胡须，布满褶皱的脸上呈现出太阳留下的暗红。精神矍铄的老人自愿担任云蒙湖管理员，任务就是看好这片水域，免遭破坏和污染，当然也看护孩子们，杜绝私自下水。他一天到晚都在湖边转悠，一双并不昏花的老眼盯着大湖，样子颇为认真。这湖大水给他带来了美好生活，让他知道了绿水青山才是金山银山。

一个原本对湖幽怨太深的老人，余生却精心守护着大湖，守护着库区移民们的金山银山，也算是一个意料之外的理想结局吧。

谈起当年回归故乡，郭凤信感慨地说："那时候啊，俺是恨水的，它吞噬了俺的家园。如今啊，俺是爱水的，它给了俺好日子。吃水不忘挖井人哪，当年修水库时，上级就说，咱们的牺牲是为了让子孙过上好日子。令俺没有想到的是，好日子居然让俺赶上了。"老汉得意地笑了。

山风从湖面上荡来，风中携带着熟悉的歌声："人人那个都说哎，沂蒙山好……沂蒙那个山上哎，好风光……"歌声里，老人略带惋惜地说：

"可惜老伙计没福气啊，好日子来了，他却走了。"

郭凤信说的老伙计就是鞠振顺。

4. 消失了的哭嫁歌

我们总是固执地相信，乡村那些凄凉的哭嫁歌，在改革开放后早已销声匿迹了，爱情的美好，婚姻的美满，出嫁的美景，迎亲的热烈，将喜气洋洋的氛围呈现给了世人。

然而，在某些老移民村，移民们的生活却没有因为政策的巨变、社会的发展而发生太多的变化。

大约是1995年，当我以采访者的身份走进沂蒙腹地的东墁子村时，面对残垣断壁的山庄，我的心为之一震。老移民村的现状大大出乎我的意料。我甚至不相信，改革开放快20年了，沂蒙腹地还有这样的村落？

我跨过破旧不堪的柴门，走进乱石码成的一所院落，坐在一株枝干裂开的老石榴树下开始采访。在村民李应山悲伤的眼泪里，在村支书文士运哀伤的叙述中，我的思绪慢慢地伸展，我仿佛看到了20世纪六七十年代崎岖的山道上无可奈何的送嫁队，耳边低低地回响起那首久违的哭嫁歌——

　　大哥送到柴门外
　　二哥送到上马台
　　三哥送到小河崖
　　妹妹
　　你何时再回来
　　桃花开，杏花败
　　栗子开花就回来

这首古老、悠远、苍凉的哭嫁歌，曾经伴随着乡村人的眼泪，走过了漫长的岁月。在农村实行生产责任制以前，除却文字上的些许变化，幽怨凄绝的韵调一直是它的主旋律。无奈的出嫁，没有爱情、仅为生存的婚姻，转亲、换亲、买卖婚姻……这些与爱情毫无关系，仅以结婚的形式构成的姻缘框架，是20世纪六七十年代乡村婚姻中存在的极为普遍的现象。这种低哑的旋律，这种令人伤感的调子，在党的十一届三中全会前的山间小道上时时唱响——

妹妹走下东山坡

孤山下竖着无语的我

泪眼婆娑望山道

响起了

苦苦菜喂养大的哭嫁歌

自农村实行生产责任制以后，这种伤怀的曲调渐渐远离了农村，农村正在变化中。

灿烂的阳光普照着山川、河流、城市、乡村，然而，在同一轮太阳下，不同的生存环境，造就了个体命运的巨大差异，演绎出人间喜悲迥异的绝唱。

富裕与贫困如同相互排斥的正负两极，因生存环境不同，差距越拉越大。贫困是一个历史的、地域的综合概念，通常分绝对贫困和相对贫困两种，绝对贫困就是我们所说的生存贫困。我所采访的东墁子村，就属于绝对贫困村。

谁之过？

不到60岁，却显得老气横秋的李应山告诉我，他们的村子原先不是这个样子，是垸庄水库把他们逼上山来的。修建垸庄水库之前，他们村是周围有名的富裕村，有几百亩肥沃的田地。

李应山记得，1959年，他家已建起五间四不露毛的大房子，囤里有吃不完的粮食，地里有长势喜人的庄稼，圈里有大肥猪，门外拴着黄牛。他家的土地就在山下的河两岸，那土地一攥就淌油，肥啊！上级说修水库，全村人听从号召、服从大局，二话没说就舍小家顾大家了。在河两岸的山头上，一个村庄一分为二，劈成东西两个墁子村。搬家那天，村里女人孩子都哭了，汉子是一步三回头啊！就在这荒凉的方山坡上，政府为每家盖了三间草房。李应山的家搬上了东墁子。

"你们看，你们看哪！"一只结满老茧的手不住地拍打斑驳的老墙。我看见了那石板垒起的山墙，看到了细细的高粱秸排成的房笆，看到了黄泥涂抹的墙皮上烟熏火燎的陈年旧痕。这些石墙草房在方山下、水库边栉风沐雨四十年。整整四十年，几百口人守着一座光秃秃的荒山，守着一片瘦土，希望就这样被现实磨光了。

事实上，对库区移民，相当一段时期内，我们缺乏政策的庇护，缺乏优惠的制度。他们在严重缺乏资源的山岗上苦守，一天又一天，一年又一年。几十年后，尤其是党的十一届三中全会后，山外早已推倒了旧草房建起了新瓦房，或者第三次更新成了楼房，东墁子人依旧住着1959年移民时集体仓促修建的石头草棚。

在这种无助的煎熬中，移民们送走了月亮，迎来了太阳。尽管太阳每天都是新的，可是他们每天还是旧时的模样。

汪洋之水阻断了交通，高大的方山挡住了去路，村民就用双脚在那布满乱石的山坡上、陡峭的水库边，踏出一条进出的羊肠小道。这条小道成了东墁子村连接外部世界的唯一通道。从此，弯弯的山道上就响起了伤心的哭嫁歌。

改革开放后，在中国乡村渐渐减少甚至慢慢绝迹的哭嫁歌，依旧在东西两个墁子村唱响……

20世纪90年代初，当青年村民文士坡目送嫁妆队走下山坡时，他听到妹妹撕心裂肺的哭喊声。都说出嫁的姑娘哭是喜，文士坡却坚信妹妹是真心哭泣，她哭自己苦涩的爱情，哭自己不幸的命运，哭自己多舛的青春。妹妹是在文士坡的背上长大的，他怎么也想不到，自己的婚姻竟然是小妹用自己的青春强行维系的。

妹妹啊，哥让你受委屈了。

文士坡泪如雨下！他眼睁睁地看着从小在自己背上长大的小妹跳进了火坑，却无可奈何。这是一个男人最大的悲哀。

妹妹出嫁了，明天他就可以做新郎，同妹妹换的那位姑娘结婚了，可他丝毫没有新婚前的喜悦，没有当新郎的那份兴致。在小妹的哭嫁声中，他独自站在村头，在潸然而下的泪水中低吟那首古老凄凉的哭嫁歌……

妹妹啊，你何时再回来？

回答他的是垸庄水库那持久不变的涛声。

同李应山的两个儿子李凤义、李凤玉相比，文士坡是幸运的，他毕竟还有个妹妹帮他换媳妇。可是李氏兄弟呢？

作为父亲，李应山从儿子降生那天起，就口省肚挪地积攒家私，好为儿子将来娶媳妇。无奈，闭塞的交通，恶劣的环境，贫瘠的山地，无论他怎么勤劳、如何节俭，全部的劳动所得仅仅能够糊口。两个儿子牛犊似的长起来后，他求亲告友央来的姑娘，在进山的小道前望而却步了。在一次次相亲的失败中，儿子长大了，让李应山别无选择，只有一条路可走：让儿子出嫁，让亲生儿子远嫁外乡，给人家当养老女婿。用东墁子人的话说就是"女娶男，倒插门"。

在沂蒙山区，有句辱骂男人最狠的话——竖子无能，改换门庭。

倒插门的男人就属于这一类。男人做上门女婿，这是下下策，是无奈的选择，这样的婚嫁令男人脸面丢尽、尊严丧失。

李凤义坚决不干，他受不了世俗的眼光，咽不下在别人房檐下的憋气！他说，我就是打一辈子光棍，也不当上门女婿！

父亲李应山何尝不想这样？作为父亲，他知道儿子们的难处，可他的难处儿子们知道吗？眼瞅着两个虎生生的小子都到了男大当婚的年龄，可外村的姑娘打死也不愿进东墁子，本村的姑娘宁可跳水库也不愿留在东墁子。

东墁子，已成了爱情的伤心谷！

李应山知道倘若再拖上几年，儿子们年龄就大了，那时连倒插门的资格都没有了。邻居70岁的文广武守着39岁的儿子文振军，一老一少，两个光棍，三间破屋，一个无言的结局。于是，他流着眼泪劝说儿子："去吧，那是一条路，走出东墁子一切就会好起来的。"

都说养儿为防老，一个父亲却把用来防老的儿子，送到一个没有儿子的家庭，那是一种怎样的无奈和悲伤？

李凤玉知道父亲的苦衷，就说："爹，您别哭了，我去！"

1979年，方山上的连翘花开了，水库边上的柳条摇着淡淡的山风，春天到了。可是，这个春天对东墁子村的青年李凤玉来说，绝对是个伤心的日子。他无奈地告别故乡，走下山冈，踩着文士坡的妹妹哭嫁的小道，离开了哺育他的小山村。当他向送行的父亲告别时，这个懂事的小伙子一脸笑容地劝着："爹，这是喜事，您哭什么？"

李应山抹了一把泪："二子，爹不哭，爹无能，爹对不起你啊！你自己走吧。你娘说了，她不来送你了，让我给你捎个话，到了人家那里，要听话，事事别由着性子来。媳妇是你的，好好地疼人家，齐心把日子过起来。想家了就回来看看，去吧，去吧。"

李凤玉转过身来，大滴大滴的泪如决堤之水哗地涌出来，暴雨般地砸在乱石铺成的山道上。

李凤玉一步一行泪走完了出村的四里山路。进城的大道就在眼前，他的大脑里一片空白，他不知道等待他的路是窄还是宽，但有一点他无比清楚：自己不是东墁子村嫁出去的第一个男人，也不是最后一个男人。

那天，当儿子的背影在山路上渐渐远去后，李应山同老伴抱头痛哭。作为一个男人，李应山有妻子儿女，是成功的；可他又是失败的，他不能像天下的父亲那样，给儿子盖上房子、娶上媳妇，尽到一个父亲的责任，却把儿子嫁给了外村，倒插门。这是一个父亲的耻辱和悲哀。

多年后，李应山向我们谈起这段往事，依旧泪流满面。他重重地叹了一口气，说："只要儿子们有个家室，有个好的前程，就是把心撕成两半也成啊,谁叫咱移民到这个地方呢?我们这一代的根扎在这里了,没办法挪动了,可孩子们还年轻啊!"

2002年,东崖子村的人口已从1961年的240人下降到139人(外出打工者也计算在内)。如今,留守山村的人大都是孤寡老人和孩子,可以肯定地说,照此下去,用不了多少年,东崖子作为一个村落就会消失于人们的视野。如果不改变他们的生存环境,这令人伤怀的哭嫁歌,这偏僻、贫寒的乡村独有的嫁男婚姻,也许只有随村落的消失才能中止。

诚然,我们可以用诸如自力更生、发愤图强之类的豪言壮语来教育李应山们,用人穷志短、马瘦毛长等辞令来责备文士坡们,但我们不能忽视这样一个现实:这些移民,是用独轮车支援过鲁南战役、孟良崮战役、淮海战役的老区人,战争年代,他们吃地瓜叶,将救命的粮食献给了军队,将自己的全部积蓄支援了战争,炮火毁了他们的家园,战争使他们一无所有;新中国成立后,他们好不容易积攒下的家业,又在"一定要把淮河的事情办好"的号召中毁家纾难了,他们祖居的山沟、河岸平原,变成了一座座大大小小的水库。

就在下游那些日渐小康的平原人家欢喜地迎娶新娘时,八百里沂蒙的这些库区村,如蒙阴县的东崖子、寨后万、小东山、魏石山,费县的燕窝村、小东山、刁家庄、黄土沟,莒南县的团结村、沃土村,平邑县的老泉崖、王家峪、洼子地,沂南县的上琅村,苍山县的车辋、烟堆,沂水县的河奎、上下葛庄……进出村庄的山间小道上,依旧飞溅着上门女婿们不轻弹的泪水,回响着低沉幽咽的哭嫁歌。

在沂水县的黄连庄村,我曾同一个光棍老汉交谈,他用低哑的噪音为我唱起那首伤心的小调:"黄连苦啊,苦黄连,黄连村里的光棍汉哟,足足一个连……"

我清晰地看见,光棍老汉那凹陷的眼窝里闪着晶莹的泪光。我知道,他的年轻岁月就是伴随着这首歌熬过来的。在这条始终没有改变的山道上，他也曾如文士坡、李凤玉们一样，眼睁睁地看着花轿抬走自己心爱的姑娘而泪眼婆娑。作为库区移民，他就这样在崎岖的山道上，在无助的等待中，默默地走向暮年。

我无法安慰这颗流血的心灵，不愿再勾起他深埋的伤感，不忍心看到他受伤的心灵再次流血，只好选择逃避。可是一想到东墁子，我刚刚释重的心又变得沉重起来。

作为一个弱势群体，当他们的希望在无尽的期盼中化为一地碎片时，他们只有无助的泪水和无奈的叹息。

时至今日，毛泽东时代沂蒙山区留下的40多座水库，依旧在为沂蒙人民及广大的下游人民的中国梦贡献着力量，我们向一个时代的辉煌成就而致敬。但是，我想，我们在致敬为这些水库而奉献的一代人的同时，也应该把崇高的敬礼献给广大的库区移民！那时，沂蒙山区共移民40多万人，淹没良田28万亩，山场5万亩，搬迁村庄689个……

一切都过去了，一切又都开始了。在乡村振兴战略全面推进的当下，东墁子村迎来了历史性的大转机。在精准扶贫的伟大行动中，这些贫困的库区村走上了振兴的快车道。党的十八大以后，我再次采访东墁子村时，这里已经变成了乡村旅游景区。东墁子建了社区，听说当年的上门女婿们纷纷回到了故乡，我就去找当年采访过的李凤玉，可惜他进城看孙子去了。不过，我也有意外的收获。在异地搬迁新建的社区里，我见到了四世同堂的文士坡，他正在社区的广场上哄重孙。我招呼了一声："哄孩子啊！"老人幽默地说："是重孙子哄我呢！"

一句话把我逗笑了。

这是一声迟到的幽默，不过现在出现也为时不晚。谈及往事，老人说："跟现在比比，那时候不是人过的日子啊！看看政府给建的新区，就觉得这社会主义的路，是越走越宽广了。"

第二十章　绿水青山

绿化祖国，实行大地园林化。

——毛泽东

绿水青山就是金山银山。

——习近平

从 1956 年开始，在 12 年内，绿化一切可能绿化的荒地荒山。

——《1956 年到 1967 年全国农业发展纲要（草案）》

联合国教科文组织执行局在法国巴黎通过决议，正式批准中国提交申报的"沂蒙山地质公园"成为联合国教科文组织世界地质公园，成为我国第 38 个世界地质公园。

——2019 年 4 月 17 日

山水林田人是一个生命共同体，人的命脉在田，田的命脉在水，水的命脉在山，山的命脉在土，土的命脉在树。树是人种的，植树造林是关键、是基础，没有了绿树，这个生命共同体就解体了，我们的家园也就不存在了。

——《费县林业志》

1. 植树造林，顶层设计

如果说分散在大小河流上的 8.6 万座水库，是人民公社留给后人的巨大财富，那么被绿树覆盖的高高低低的山岗、大小不一的荒滩，就是人民公社留下的巨大遗产。这些宝贵的遗产被后人无偿继承并终生享用，这些无法用数字计量的财富对社会的持续发展产生了深远的影响。这在沂蒙山区尤为突出。

抗日战争时期，沂蒙山区是抗日的主战场，解放战争时期更是主战场，十几年的战争打下来，山岗沟壑几乎无一例外地经受了炮火的洗礼。

战争对环境的破坏是巨大的，以我的家乡兰山区汪沟镇杨家峪村为例，村庄坐落在进出东蒙山的大道边上，是从苏北进入东蒙山的要冲。要紧的是，我们村子的北面有一座高高的瓢子山，这座山岗和周边的羊山、柴胡山构成了掎角之势。山的西面 30 里就是大青山、五彩山，是 1941 年冬季惨烈的大青山突围战的发生地，是国际友人汉斯·希伯牺牲的地方。山的北面是蜿蜒流淌的蒙河。山的东面和南面是平缓的岭地，瓢子山突兀而起，以鹤立鸡群的姿态傲慢地盯着一览无余的山地。这座山卡在 205 国道西侧，在山上架上几尊炮，就可以完全控制东蒙山的进出口了。这样的战略位置，日军自然不会放过。1941 年，5 万多日军"扫荡"沂蒙，他们在这里修筑连接三山的环形工事，在瓢子山上修筑永久性炮楼，一队日军带着一个大队的汉奸长期驻扎在这里。为提防八路军借树林掩护攻山，日军把山上山下所有的树木砍伐一空，此后每年秋天都会放火烧山。到日军投降时，原本灌木丛生、大树茂密的瓢子山已经是寸草不生了。

解放战争时期，对环境的破坏也是有过之而无不及。国民党重点进攻山东解放区的时候，为提防解放军或地方武装的夜袭，他们到达这些陌生的村庄后，第一步就是驱赶老百姓、占据院落，临街道的屋墙上全部凿上射击孔，把好端端的住房变成地堡；第二步就是把村庄变成易守难攻的堡垒,最省力的办法就是砍伐树木,绕村四周做成鹿寨。如此,一个完整的防御体系就建成了。无论是国民党的重点进攻还是全面进攻,沂蒙山区都是主战场,凡是国民党军队占据的村庄,几乎无一例外地重复着这种模式。部队一撤,村庄一片狼藉,十年甚至百年长成的树木就这样被通通毁掉了。

残酷的战争毁坏了人民的家园,无情的战火焚尽了树林、灌木,严重摧毁了生态。新中国成立初期,八百里沂蒙可谓荒山连着荒山,秃岗连着秃岗。荒芜,成为沂蒙山区的主色调。

1956年,毛泽东发出了"绿化祖国""实行大地园林化"的号召。中国开始了"12年绿化运动",目标是"在12年内,绿化一切可能绿化的荒地荒山,在一切宅旁、村旁、路旁、水旁以及荒地上荒山上,只要是可能的,都要求有计划地种起树来"。1958年8月,在北戴河中共中央政治局扩大会议上,毛泽东就强调:要使我们祖国的河山全都绿起来,要达到园林化,到处都很美丽,自然面貌要改变过来。于是,植树造林、绿化祖国的行动开始在沂蒙山区掀起热潮。这是新中国成立以来,关于植树造林的第一次顶层设计。

中国共产党是一个初心不改的政党,绿化祖国这个百年不变的行动即是例证。

1979年,在邓小平提议下,第五届全国人大常委会第六次会议决定:每年3月12日为我国的植树节。

1981年12月13日,第五届全国人大第四次会议讨论通过了《关于开展全民义务植树运动的决议》。这是新中国成立以来,国家最高权力机关对绿化祖国做出的第一个重大决议,以量的形式来强化国人的绿化意识。给国人规定一个栽树的棵数,恐怕只有社会主义制度下的中国能做到吧?"……年满十一岁的中华人民共和国公民,除老弱病残者外,因地制宜,每人每年义务植树三至五棵,或者完成相应劳动量的育苗、管护和其他绿化任务。"

从此，全民义务植树运动作为一项法律开始在全国实施。

2013年，习近平在哈萨克斯坦纳扎尔巴耶夫大学发表演讲时提出："我们既要绿水青山，也要金山银山。宁要绿水青山，不要金山银山，而且绿水青山就是金山银山。"

2015年，"坚持绿水青山就是金山银山"被写进中央文件《关于加快推进生态文明建设的意见》中；党的十八届五中全会首次提出"五大发展理念"，将绿色发展作为"十三五"乃至更长时期经济社会发展的一个重要理念，成为党关于生态文明建设、社会主义现代化建设规律性认识的最新成果。

2017年，"必须树立和践行绿水青山就是金山银山的理念"被写进党的十九大报告；"增强绿水青山就是金山银山的意识"被写进新修订的《中国共产党章程》之中。"两山论"已成为党在新时代的重要执政理念之一。

北戴河会议之后的淮河流域，转眼就到了植树造林的时节，于是轰轰烈烈的植树造林运动开始了。

我的家乡杨家峪村，在党支部书记、抗美援朝功臣杨如的带领下，开始了对瓠子山的绿化。面对光秃秃的瓠子山，1958年春天，他就提前培育了三亩树苗，用他的话说："要打胜仗，就要学会提前计划。"1959年一开春，他带领社员对瓠子山、大平岭进行了详细的规划，并带领一队人，把一座大山全部栽上了洋槐（学名刺槐）、马尾松、合欢树。三年自然灾害时，由于杨家峪村和周边村庄有了这些甜兮兮的洋槐花、软绵绵的洋槐叶子，才没饿死一个人。

熬过来的村民都说："要不是毛主席让咱们在山上种洋槐树，这三年自然灾害，瓠子山周围几个村庄还不晓得饿死多少人呢！"

2. 人民公社大遗产

2019年4月17日北京时间18点，一则令整个沂蒙沸腾的消息从世界五大国际都市之一的巴黎传来——

联合国教科文组织执行局17日通过决议，正式批准中国提交申报的沂蒙山、九华山地质公园，成为联合国教科文组织世界地质公园，成为我国第38和第39个世界地质公园。沂蒙山地质公园也是山东省继泰山之后的第二家世界地质公园。

这则消息迅速获得了广泛的传播。在信息时代，人人都是信息播报员，一部手机就是一部电台，数以万计的群众在无限量地扩大着这条消息的传播范围，动动手指的工夫，八百里沂蒙就家喻户晓了。

蒙山世界地质公园位于临沂市境内，包含蒙山旅游度假区和蒙阴县全境，共14个乡镇，总面积1804.76平方公里。蒙山主峰龟蒙顶在平邑县的西部，海拔1156米，是山东境内的第二高峰。公园内海拔1000米的山峰有四座。整个园区由蒙山园区、钻石园区、岱崮园区、孟良崮园区和云蒙湖园区组成，共有44个地质遗迹点，其中有最古老的地层、太古宙大规模的侵入岩系、奇特的"金钱石"、中国最早的金伯利岩型金刚石原生矿。这里还是岱崮地貌的命名地，崮群簇集，形态典型，蔚为壮观。区域内特有的龟形地貌景观与历史文化高度融合，是齐鲁文明的发祥地。

蒙山世界地质公园，其核心园区是以蒙山主峰为中心的区域。这是一个被鲜血染红的区域，一个用民族意志支撑的区域，一个被炮火反复犁耕的区域，也是孕育、凝练出"水乳交融、生死与共"的沂蒙精神的关键性区域。作为"党和国家宝贵的精神财富"的沂蒙精神，为这片新生的世界地质公园注入了鲜活的时代气息。

联合国教科文组织执行局的官员们考察过蒙山，他们都知道，蒙山世界地质公园获批，除却地形、地貌的优势，还有一个无与伦比的优势，即森林的覆盖率高，树种具有丰富多样性。蒙山为山东省第二高峰，素称"亚岱"，森林覆盖率99%以上，现为国家5A级旅游区。山上山下植被茂密、氧气含量大，景区内空气中负氧离子含量居全国之首。1999年，经中国科学院生态研究中心监测，景区内空气中负离子含量每立方厘米854167个，为有史以来测得的最高值，因此蒙山被誉为"天然氧仓""超洁净地区"。这里是一个天然的大氧吧，一年四季分明，冬天不太奇冷，夏天不很酷热，是最适宜人类居住的地方。在整个公园内，拥有龟蒙、天蒙、云蒙等五星级旅游景区，还有孟良崮、岱崮、彩蒙山等四星、三星级旅游景区。仅仅一个云蒙景区，一年的门票收入就高达7000万元。在沂蒙的经济发展中，旅游产业已成为红色沂蒙发展最快的产业，成为拉动经济增长的重要一极。

就在联合国教科文组织批准沂蒙山成为世界地质公园不久，又一则好消息从陕西省楼观台国有生态实验林场传出：2019年10月11日上午，中国林场协会森林康养专业委员会经过专家评审、大会表决等环节，授予蒙山旅游度假区国有天麻林场全国首批"森林康养林场"称号。显然，这是对蒙山境内所有国有林场的高度认可和最佳表彰。

沂蒙山区的所有旅游景区都和一个词语有着密切的关系，这个词语就是：国有林场。

从新中国成立开始，国家为加强林业建设和森林资源的管理利用，在国有宜林荒山面积较大的无林少林地区，以国家投资的形式陆续试办了一批以造林为主的国有林场。以费北县为例，国家在其方圆1100多平方公里的区域内设立了天麻林场、大青山林场、塔山林场、大洼林场等十余处国有林场。到1965年底，全国国有林场达3564个。后来，国家又在大江大河两岸、大型水库周边、风沙前沿、山岭等地方兴建国有林场，顶峰时期，全国1600多个县区拥有国有林场4855处。国有林场是按照全额拨款事业单位管理，每年由中央财政下拨事业费。沂蒙山区大大小小的林场,就是在这样的背景下诞生的,这些国有林场,最大限度地保护了林地资源,成为各地的聚宝盆。

前人栽树后人乘凉。

植树造林,绿化祖国。人民公社时期最丰厚的一笔遗产,惠及亿万人民。

3. 雨王庙传奇

雪依旧下着。

飞舞的雪花团团裹住雨王庙,这所孤零零的小庙开始在风雪中颤抖起来。一间低矮的茅舍内,一名中年汉子冷漠地看着舞动的雪花,他那布满皱纹的脸上,隐隐现出几分焦灼、几分不安。每年这个季节,他是渴望下雪的,虽说猝然而至的大雪阻断了下山的所有通道,让原本就孤独的他更加孤独起来,但他挺高兴,因为厚厚的积雪使可怕的火灾消失了,他就不用巡山了,可以安心睡觉了。

当1993年的这场大雪来临时,他当然很高兴,生着火塘,烤着自己种的土豆,很悠然地打发着枯燥的日子。待他掰着手指一算,新年近了,这才有些慌乱。汉子有一桩心事未了,这桩心事就是送一份礼,是给新来的县委书记送一份年礼。按当地的习俗,如果不抢在小年前后送出,这礼物就没有意义了。在汉子的心中,这份礼是非送不可的。为了这份礼物,在秋露如潮的早晨,他钻山林爬山沟,在马尾松下一顶一顶地采集黄色的蘑菇,然后小心地挑选那些个大、肉厚、鲜嫩的蘑菇晒干。为了这份礼物,汉子的上衣划破了,下衣扯开了,一双踢倒山鞋湿了又干,干了又湿。汉子很用心,终于积攒下这份礼物,他要亲自送给一个人。可是这雪,这纷纷扬扬的大雪打乱了他的全部计划。

吃了几个热乎乎的烤土豆,汉子觉得身上有了力气。他束紧棉袄,扣上帽子走出小屋。雪花一口吞没了他,汉子向那个最高点爬去。站在往日足可俯览全景的山尖上,他此刻只能看到十几米处。汉子还是执着地向北眺望,他想看一看那座县城,因为他打听准了信,那个人就在这座小城过年……此时,整个蒙山安静下来,唯有雪花飘舞,使大山更加空旷、寂静,更加让人孤独。此时,蒙山上的生命大都蜷缩在洞穴里,唯有汉子的脚步在雪地里轻叩。

松蘑是炖鸡炒肉最好的配料,明天就是小年了,一定要下山把礼物送给人家,不管雪有多深,否则就失去意义了。汉子要送礼的那个人,就是当时蒙阴的县委书记刘宗元。

一个是县委书记,一个是护林人,两者之间距离太远,任凭我们怎么想象,都无法把素昧平生的两个人联系在一起。到底发生了什么,才让一个高山护林人如此惦记新来的县委书记?故事还得从头说起——

1993年5月,蒙阴县委书记带着秘书,在一个周末走向高高的蒙山。

5月是鲜花盛开的时节,漫山遍野的鲜花点缀在无边的绿色里,山上山下一派生机。顺着被茂密的杂草侵占的小道,沐着5月的阳光,中午时分,他们攀上了山腰。蒙山云蒸霞蔚,空气变得湿润起来。此时,他们又饥又饿,亟须休息片刻,穿过一片松林,一座残垣断壁的小庙在绿荫掩映下时隐时现。

"带火种了吗?"

一个声音从茂密的树林里传出,随即一个中年汉子走出来。汉子精瘦,但精神饱满,书记分明发现他的眸子里流露出一种亲善的目光,那是长期与人群隔离的孤独者才会流露出的渴望!

"没带。"

"这就对了,咱这蒙山上松针枯草厚厚地铺了一层,一个火星就会引起大火啊!"

"不过,我已经让烟憋了一上午了。"

"我一看你的手,就知道你是个老烟民。要不,到我家里喝口山茶?"

书记对汉子有了好感,两个人一路攀谈得很热乎。

汉子说:"我呢,原先也是个烟鬼,一个人守着这林场心里闷,在山下林场种菜园时,一天能抽两荷包呢,后来调到这雨王庙才戒的。"

书记知道,对于一个抽烟人,戒烟是一件多么痛苦的事啊!

汉子说:"你不相信?我是砸碎了打火机,折断了烟袋杆子才上山的。晚上烟瘾发作,我就把白日挖的苦菜放嘴里嚼一阵,那汁儿苦啊,就这么着把烟戒了。"

这就是一个老护林员和一个新任县委书记的交流。遗憾的是,护林人并不知道他就是新来的县委书记。对一个常年孤独寂寞的高山护林人来说,有个人说几句话,那就是天大的幸福了,至于来人的身份,对他而言毫无意义。

雨王庙是清末道士王遂仁化缘求施,用一生的精力建造的,是供奉雨王的庙宇。每年干旱季节,四周的乡民来此烧香摆供,祈求雨王降雨。当年,庙宇曾十分宏大,而今已面目全非,几间20世纪50年代修建的草房已破烂不堪了,不过整个小院倒也被汉子收拾得干净利落。

汉子请他到自己的草舍里一坐,喝杯山茶解乏,书记欣然前往。汉子说:"这里离最高点挂心橛子还有一小时的路,过会儿我领你们去。不过呢,爬蒙山得到西岭山顶,那里景色最好看。"

草舍四面透风,房脊露着天,屋内阴暗潮湿。

"这就是你的住处?"

"是哩是哩,我在这里住了快二十年了。"

在交流中,书记知道了汉子的身份。国有林场是植树造林、绿化祖国的产物。1966年至1976年,国家的建设重心转移,对国有林场的重视程度弱化,管理机构不稳,管理层级下调。林业部国有林场管理总局被撤销,国有林场被下放到县、乡。于是,各地随意侵占国有林地、偷砍滥伐国有林木之风开始盛行,致使国有林场经营面积缩小,林地面积和森林蓄积量锐减,国有林场陷入发展困境,职工生活日益困难。在这种背景下,不少人离开了,可是地处高高的蒙山上的国有天麻林场不能没有人守护，汉子就是这时候来到蒙山林场的。他不享受林业工人的工资福利，却日复一日地守在山上，一个人守护着大面积的国有林场。

闲谈中，汉子告诉书记，自己是孤身一人，终日是一人吃饱了全家不挨饿。

书记感到奇怪。

说到家，汉子满怀伤感。他曾有个家，也有个属于他的女人。那时候，他在天麻林场干临时工，家就在紫荆关南面的费县。山高路远，他很少回家，因为只要上工，在山上一住就是一个月。一天夜里，下着雨，媳妇得了病，疼得满地打滚，一夜竟然疼死了。那时通信不便，等他赶到家里时，媳妇已去世多时了。他后悔得抓掉了自己的一头黑发。媳妇走了，孤零零地到另一个世界去了。

汉子在坟前哭啊哭啊，对着坟里的媳妇说："你啊，怎么就不能再等等？我年年当先进，领导说了，等有指标就给我转正。那时候，我一个人的工资足够咱一家人用了，就把你也搬上山去。你不知道吗？我是个临时工，那点钱养活不了一家人啊！"

可是所有这些美好的规划，媳妇都无法等到了。他给媳妇磕了三个响头，在坟前栽下一棵合欢树，铺盖一卷就把家搬到了天麻林场，后来又搬到了雨王庙。家越搬越高，离媳妇的坟茔越来越远，日子也就越来越冷清了。

看着汉子一脸泪水，书记目光里充满了同情。

汉子擦干眼泪，说："让你见笑了，多少年了，你是头一个听我讲故事的人。"

书记说："原来你是林场的职工啊！"

"是，就是工资少，反正几十年啦！这里的人来了走、走了来，最长的一个住了一个月零三天，就再也没回来。就这样，20多年过去了，这里只剩下我一个人了。领导说，雨王庙护林点山高林密，十分重要，这里还有江北最大的一片水杉林，需要人保护。我也想走，可是看看那些刚栽的水杉，跟孩子一样，小树苗需要人照顾啊！1963年，林场在山上开出三亩育苗地，种上从外省调剂的种子，苗子刚出来，一夜工夫让野猪全拱了。我刚来的时候，水杉才筷子那么粗，别说野猪了，就是一只兔子也能啃了它。我得保护这些幼苗。"

汉子没有讲他两只水桶救水杉苗的事，他觉得那是他分内的事情，不值得一提。

书记决定看看那片水杉林。他真的没有想到，水杉居然在蒙山上能长这么高，2000多亩，齐刷刷地站在山腰上，那是一道令人眼前一亮的景观。

书记的眼睛里有了些许泪花。就是这个其貌不扬的外乡人，苦守着这座蒙山，护理着万亩林场，一晃就是23年。他从未向上级提出过任何要求，只是希望靠自己的实干，能当上正式员工，把在山下苦守的媳妇搬上山来，一同守着山林，过正常人过的日子。可是，他把媳妇熬走了，也没能实现这个愿望，自己却把最美好的时光都给了这座蒙山。功臣，这就是蒙阴绿化荒山的大功臣！

书记一把握住他的手："孙少海同志，蒙阴人民不会忘记你，蒙阴的共产党更不会忘记你！"

孙少海糊涂了。他是谁？怎么知道我的名字？这么多年了，人家都叫我"老孙头"或"野人孙"，没有人知道我的大名了，他怎么知道我的名字？

这时，秘书说："刘书记，咱该走了。"

刘书记？这个能叫上自己名字的人，姓刘，叫刘书记。孙少海记住了他的名字：刘书记。

1993年5月6日，天麻林场。

天麻林场，一个悲壮的传说。

很久很久以前，蒙山上出现了一只凶猛的恶鹰，专吃孩童，致使周边百姓屡遭灾难。蒙山上一只成精的人参,目睹了这一幕幕人间悲剧,决心舍身救百姓,惩治恶鹰。人参化为一个胖乎乎的童娃引诱恶鹰,恶鹰上当了,血口大开向人参娃噬去。人参娃涕泗滂沱,泪水滴滴如血洒到蒙山,化为红红的天麻。

人参娃舍身救百姓的故事,如同孙少海守护蒙山的故事一样,都是舍己为人的壮举,他们都会被世人牢牢记住的。

就在这个流传着人参娃传说的地方,书记带着六大班子看完蒙山的风景后,召开了一个划时代的会议——关于开发蒙山旅游的拍板会。在这个会议上,他以县委书记的身份,为一个刚刚结识几天的高山留守人说话了:"孙少海同志是个外县人,几十年如一日地为绿化蒙山奉献着生命。没有他,蒙山的树木就不会如此茁壮;没有他,2000亩水杉就不会成为高山上的风景……公安局给他转户口,劳动局给他办理招工手续,林业局给他落实工资……所有这一切必须在五日内解决。工龄从1964年算起,工资从1993年1月份补齐。中共蒙阴县委绝不能亏待一个默默奉献的外乡人。"

一个高山护林人的命运,就这样在一个新任县委书记的手里改变了,但是这些孙少海一点都不知道。

1993年7月,孙少海去林业局领工资。他总是这样,因为山高路远,半年领一次。这回,他睁大了眼睛看着手里的钱,反复数了三遍,对女会计说:"你算错了,我一月36块,半年的工钱是216块,你这是4480块啊!"

女会计告诉他:"你转正了,工资从1月份补齐,工龄从1964年算起。"

他睁大了眼睛。

女会计说:"你的事是县委书记亲自办的,说你是全县林业战线上的大功臣,县里还要表彰你呢!"

"县委书记?我不认识他啊!"

"怎么会呢？不是你领着他看遍了山上的风景，还爬上了千米高峰挂心橛子，县里才决定开发蒙山旅游的吗？老孙啊，你可为蒙阴县办了一件大事啊！"

孙少海突然想起来了："你说的是刘书记吗？"

"不是他是谁？"

原来，"刘书记"不是人家的名字，就像"野人孙"不是他的真名，"孙少海"才是他的真名一样。

孙少海流泪了。

孙少海是沂蒙山区千千万万个护林人中的一个，正是这些护林人执着的坚守，八百里沂蒙才有了满目翠绿，才有了这金不换银不换的绿水青山。

沂蒙山区几十年持续的绿色化、果园化，为乡村全面振兴打牢了基础。八百里沂蒙境内的旅游景区，如龟蒙、云蒙、天蒙三大景区，博山区的原山，沂源县的鲁山，临朐县的沂山，沂南县与蒙阴县交界处的孟良崮，枣庄的抱犊崮，沂水县的纪王崮等知名的旅游景点，几乎都有国有林场。九间棚之所以能打造成4A级景区，除了红色的"九间棚精神"，国有大巡山林场的加盟，起到了画龙点睛的作用。可见，作为绿化祖国的先锋队，国有林场功不可没。作为国有林场的员工，无数个孙少海就是这满眼绿色的保护神。

我是1995年走进蒙山雨王庙与护林人孙少海彻夜长谈的。那天后半夜，他带我去看狼群。他说，狼一共有11只。狼群生活需要一个藏身的地方，还要有足够的食物，蒙山几十年的封山育林，正好满足了狼群的需求，于是这里就有了狼群。每年大雪封山，他都会给狼准备一些吃的，这些狼就和他熟了。在寂静的深夜，他冷不丁发出一声狼嚎，果然和着他的是满山的狼嚎。

他说，林子大了，环境美了，人和狼各有自己的地盘，才能和谐。植树造林既是人类自己救自己，也是给动物造一个家园。

那个夜晚，两个人、一群狼，在高高的蒙山上相逢，居然能和睦相处。那是我永远忘不掉的一个夜晚，永远忘不掉的一个护林员。

2019年，我再次走进天麻林场时，这里已经是5A级景区，山上游人如织，雨王庙也经修缮后成为一处景观。庙里换了新人，老护林员孙少海退休了。他留下话：能干的时候陪伴着林场，干不动了就回家陪陪媳妇。对了，他在媳妇坟前种下的那棵合欢树，这个季节应该开花了，他和媳妇是在合欢树下相识的。

4. 粉红的轻云

植树造林、绿化祖国的行动，在沂蒙山区持续的时间最长，到20世纪60年代末期大规模的植树行动才告一段落，此时的沂蒙已经旧貌换新颜。随着十一届三中全会的召开，农村迎来改革开放的新时代，粮食连续几年大丰收，吃上大米、馒头的农民，开始了对钱的渴望，渐渐意识到单纯种树、搞绿化并没有多大的经济效益。

"要想富栽果树，三亩一个万元户。"这是沂源县农民的经验。于是，整个沂源县建起60万亩果园，著名的"沂蒙红"苹果就产在这里。

在果树经济的诱惑下，对土地有了话语权的农民开始走上了发家致富的道路。于是，整个沂蒙山区由单纯的绿化走向了果树种植，漫山遍野的苹果、板栗、核桃、桃树、杏树等成为他们的摇钱树。

在沂蒙商贸物流经济崛起之前，林果经济一度成为沂蒙乡村经济的主体，为此，沂蒙人发明了令全国农村心动的庭院经济。

八百里沂蒙，最先发展庭院经济并取得巨大成就的，是蒙阴县一个叫八大峪的小山村。

八大峪，一个山套里的小山村，四周的山岭被八条沟壑轻易分割了，189户村民被扯了个七零八散，619人分散在几条沟梁上，山高土薄，粮食的收入实在难以恭维，不甘清贫的村支书就带领村民，实践着"庄园农舍"的梦想。他们利用山多沟广的优势，以分散的农家院为中心，整合周边山地，组建庭院经济体。经过几年的苦干、巧干，昔日单一的农业格局被重塑了。

那时候，由于持续20多年的绿化，沂蒙腹地的蒙阴县全境已经是"流峰时吐月，密树不开天"。4月的山地鲜花烂漫，来自全国的参观学习团队络绎不绝，此时的八大峪如同当年的厉家寨一样，算是对着墙头吹喇叭——名声在外了。

如果说20世纪50年代的厉家寨是集体力量的结晶，那么80年代的八大峪就是个体劳动的成果。看，几间石墙红瓦大房在一片绿色里时时露出星点房脊，一片果园、数架葡萄、几排兔舍构成了一个独具特色的家庭经济体。花开时节，洁白或粉红的花云浮出小院……如果没有环户大路，没有呼啸的汽车和突突的摩托车，没有高高探向天空的电视接收线，八大峪村就是一个绝美的世外桃源。

幸福生活里的村民作歌曰："空中挂钱串（葡萄），中间聚宝盆（兔舍），四周摇钱林（果园），瓦房前后栽香椿，富了山村。"

遍地的山草和果树叶子，给兔子提供了丰美的饲料，兔肥经过沼气池的发酵是果园最好的有机肥料，清洁的能源——沼气又为每一户提供做饭取暖的热量，一个绿色的循环在山村运转起来。那时候，县外贸局专门在八大峪设立兔毛收购站和果品收购处，可见产量之大、农产收入之多。优美的环境，人均收入3000元的现实令所有参观者心动。20世纪80年代初期，3000元就是一个天文数字啊！是啊，他们没用国家一分投资，硬是靠一双手辟出发家路，一个619人的山村，每年上缴国家的农林特产税就达5万元，由一个吃救济粮的落后村一跃成为富裕的奉献村。小村人富了，也敢进北京、下广州，也敢把4月的樱桃装上飞机直销北方冰城哈尔滨。

当然，对整个蒙阴县或者沂蒙山区而言，富裕的八大峪只是一个小小的盆景。在这个小盆景的诱惑下，在政府的竭力号召下，沂蒙人犹如当年学大寨一样，迅速掀起比学赶超的山村开发热潮。利益驱动的山村开发热潮，显然比单纯的政治鼓动更具有诱惑力，也更加持久。就林果经济而言，沂蒙山区昔日交通不便的山崮反倒成了优势。像獐子崮，被公茂田夫妇开发后，年收入竟高达 20 万元。

　　如今，在中国水果市场上，沂蒙山区的干果和鲜果绝对占有重要的份额。且不说蒙阴县、沂源县百万亩的苹果基地，费县、莒南县百万亩的板栗产业区，枣庄的石榴园，临朐的大樱桃基地，芍药山的核桃园……任何一个品种的水果，在沂蒙山区都会成为产业。沂水泉庄的冬桃，美国人、日本人不是以 5 美元一个的天价在包销？莒南县的蓝莓，创造出 100 元一斤的天价，且供不应求……

　　不信？那我们就走进中华寿桃之乡岱崮镇，去感受一下百年沂蒙的乡村变迁吧。

　　在春日的阳光下，盛开的桃花像粉红色的轻云，从山脚轻漫开来，漫向山腰，继而浮上崮头。此时的山崮一个个有如待舞的秀女披一身粉纱，静立、运气，做着起舞前的准备，一副雍容华贵的姿态。扑鼻而来的花香让人产生无限的遐想，置身花丛的感觉令人心旷神怡。

　　轻轻地滑下韩莱公路，面对同公路连接的山村道和一条条伸向高山小村的水泥路，不知将车子拐向何方，才能驶入那粉红的云层。岱崮人说，随便开吧，随便找个路口驶进去，不管山多高、沟多深，都能看到花海。

　　那就走东上峪吧。早在 1996 年，我曾多次到东上峪，那时蒙阴县正在全面搞山区开发，号召各村学东上峪。作为乡村整山治水、发展林果经济的典型，东上峪在村支书的带领下，把一个荒凉的山峪建成全省农业的典型，成为山区开发建设的一面镜子。那时新种的桃树还未开花，新开的山路还扬着冲天的土尘。时隔数载，岁月倥偬，不知昔日的典型是抖掉了当年的荣光，还是再现今日的辉煌？

　　驶进峪口，一股山风裹挟着浓浓的花香扑进车窗，我们减速换挡，贪婪地呼吸着被花香浸透的空气，恨不得扒开喉管，将醉人的花香一口吞下，让崮乡没有任何污染的空气，对肺进行一次彻底的清洗。轿车在水泥路上爬高，沿途的桃枝纷纷挑起花朵，向游人展示花瓣的艳丽、花蕊的芳香。盛开的桃花硕大而鲜艳，尖尖的绿叶，如一个个羞涩的男娃，躲在花姑娘丛中。青青的枝条高举着花串，色彩的组合是那样和谐自然。成群的蜂儿嗡叫着，在花丛中忙碌。此时，所有的游客都对这专为花而生而长而工作的小生灵充满由衷的羡慕，间或也会产生一丝淡淡的嫉妒。

前方的路没入一片桃林，而后又从林缘甩出来，抛向山涧，在一棵枯枝乱舞的百年老柿树下，拐一个弯向沟底飘去。远处，一个挑着担子的少妇轻盈地扭动着腰肢，在水泥路上迈着均匀的步幅向高崖山走去。

高崖山，在多山多崮的蒙阴北部，是崮乡永远的高峰，以海拔800多米的高度雄视着崮乡的千山百崮。千万年来，在一层岭一层崮的拱卫下，它以山的气魄与魅力征服了所有的山崮。高崖山的顶峰是沂水、沂南、蒙阴三县的交界点，这个三县交界处的村庄就叫黑土汪，也称高崖山村。一条山系的褶皱里，居然藏着四个行政村、数千人口。

顺着飘带一样的公路到达山顶，立于三县交界石上，领略山风的呼啸，欣赏群山的风采，就会发现在疾行的山风中，千壑万崮在春日的阳光下渐渐复活，前呼后拥，卷起巨大的浪潮，从四面八方向高崖山扑来，浩浩荡荡，十分壮观。这种山地气势宏大，让人颇为惊讶。倘若仔细观察，便会发现，一条白色的飘带在这些山崮沟壑间时隐时现。它时而飘上山腰，时而没入沟底，时而钻出果林，时而融进山村，为千百年单一的山丛增添了一种诱人的景观。再看脚下的黑土汪村，简直就是世外桃源。村房三三两两分散在桃花丛中，村庄的轮廓被偌大的桃林分割成几处青砖红瓦的组合，桃林的概念扩大了。桃林的边缘是松，是柏，是杂交的树林，这是植树造林的速写。

那时候，临沂地委根据沂蒙山区的地理特点，提出山岭综合治理方案——山顶松柏戴帽，山坡果树缠腰，山脚粮田连片，山沟河流环绕。显然，高崖山是这个方案的实践者。

岱崮人会告诉游客：他们战天斗地的时候，"文革"刚结束，国家经济弱，没有政府财力支持，全凭一双手、一腔热忱，那时要是有现在的好政策，山村的发展就坐上火箭喽。

就说眼前的这条山峪吧，全长 6700 米，高低差大，温差也大，光照时间也长，再加上土好水好，桃子酸甜适中，比任何地方的都可口。这不，桃树刚开花，外地的商贩就来谈业务了。刚才看到的山上的那些飘带，就是岱崮人修的"村村通"公路。有了这些公路，游客就可以尽情地在花云中穿行，随心所欲地到任何一座山崮、任何一条沟壑欣赏崮乡的桃花。

沂蒙七十二崮，三十六崮在蒙阴，而岱崮镇就是名崮扎堆的地方，南北岱崮、龙须崮、歪头崮、板子崮、獐子崮、油篓崮、鏊子崮、锥子崮……这些风情万种、神态各异的山崮，个个都有着优美的传说，崮崮都经过了血与火的洗礼。而今，5 万岱崮人硬是将这些被战火烧焦、被炮火炸烂的山崮开发成中华桃第一镇，以年产 5 亿斤的产能雄踞全国林果特色乡镇的榜首。长达几百里的环山路如一条长带将这些崮串联起来，将分散的桃林缝合成一个整体，构筑起崮乡独有的景致。

从植树造林、绿化祖国到发展果品经济，沂蒙山区完成了从荒山到绿山到果山的转变，实现了由绿色到硕果的飞跃。

绿水青山是金山银山的源头。如今，林果经济已成为八百里沂蒙的主导，由此引发的乡村游又为乡村经济锦上添花。

顺着被桃花覆盖的大道，轻点一下油门，轿车穿行在粉红的云层里，向雄伟的北岱崮驶去。

蜜蜂依旧在花簇中忙碌，亲完这朵亲那朵。小鸟在花云里嬉戏，时而碰落几片花瓣。转过山嘴，南北岱崮在花云中扬起秀美的头颅，如一对相望的情侣脉脉对视，无边的桃花把这对伴侣打扮得格外迷人。

瞧，岱崮在花海里笑了。

5. 南茶北引，领袖情结

在声势浩大的绿化祖国的行动中，毛泽东的一个建议，对沂蒙山区的生态和农业经济产生了深远影响。多年后，这个建议为八百里沂蒙山区打造出两大品牌：日照绿茶和沂蒙龙雾绿茶。前者集中在鲁东南沿海地区，后者集中在鲁中山区。

在日照，开门七件事"柴米油盐酱醋茶"中这排名第七位的茶，成为人们须臾难离的事。渔民由于天天漂泊在海上无遮无掩，终日风吹日晒，收网拉鱼劳动强度大，出海之前与归来之后，喝茶便成了他们的头等大事。当时日照县几乎各个村镇都设有茶炉，就连经济困难时期的1962年，"一条大街十个灯，一个喇叭全城听"的小县城，还设有茶炉17座。这也从另一方面反映出日照人对茶叶的情有独钟，只可惜沂蒙山区不产茶。20世纪六七十年代，日照还属于临沂地委，地区商业、供销系统每年从南方购进的茶叶，四成以上被日照消费了。不仅日照，整个山东都有以茶待客的习惯。当时茶叶是国家统配物资，是出口换汇的重要商品，增加调拨就会减少创汇。山东作为茶叶消费大省，即使国家每年从南方调拨4万多担茶叶，仍不能满足消费需求，茶叶自产迫在眉睫。

20世纪50年代，浙江省委副书记谭启龙来山东任省长前，毛泽东在杭州跟他谈话："山东人口多，又爱喝茶，你到山东去工作，应该把南方的茶引到山东去。"毛泽东还讲道，要把"丝""竹"等南方的一些物产也引到山东。谭启龙的到来，为山东从南方引种茶叶带来了机遇，他因此被人们誉为"南茶北引第一人"。

1966年，南茶北引工程开始了，南茶北引第一站是山东的沂蒙山区，在日照和鲁中同时展开。南茶北引和南竹北引几乎同时进行。第一株茶苗在日照这片土地上种下，从此开创了北方高纬度种茶的先河。山东省委安排日照引种南茶，县领导班子研究决定：在沿海安岚、丝山两处公社各选一村试种。安岚选定了安东卫北山村，丝山选定了双庙村。省委十分重视南茶北引工作，派商业厅厅长带工作组来日照指导工作。省、县工作组到两个村后，会同村干部勘察地形，确定了地块，北山村划地 5 亩，双庙村划地 3.7 亩。同时，两个村各选派一人到浙江学习种茶技术。省工作组安排人到浙江调运茶籽。1966 年谷雨时节，两个村在选好的地块里种上了茶籽。一场春雨过后，茶园里长出了绿油油的茶苗。人们十分高兴，争相到茶园里观看。南茶北引最大的难关不在下种出苗，而在茶苗能否安全过冬。在技术人员的精心护理下，第二年春天，北山村的茶苗大部分活了下来。缺苗断垄处经过移栽，共有 4.4 亩地长有茶苗。双庙村也取得了较好效果。南茶北引是新生事物，必须经过实践认识、再实践再认识的过程，直至掌握规律，才会有成功的可能。两个村的实践虽然取得了初步成功，但离南茶真正在日照扎根还很远，干部群众心里也没底。1967 年，县里派多种经营办公室主任到巨峰公社西赵家庄子村再次试种。这个村靠山面阳，山坡地多是沙壤，含微酸，适合茶树生长。工作组和村干部经过研究后，划出了 30 亩地种茶。根据北山、双庙两个村的经验，他们加大了保护措施。秋末，先浇冬前水，后在茶棚北侧培土增温，用草苫子搭挡风障，在茶棚上面盖松树枝，第二年春天，茶苗全部安全过冬。至此，可以说日照人基本掌握了茶树的生长规律。

　　海边的日照县如火如荼大搞南茶北引试验时，高山下的沂水院头公社也在试验种茶，而且大获成功。

　　南茶北引是一个系统工程，经过这么长时间的自然生长，南方的茶树品种逐渐适应了沂蒙山区的气候，开始在沂蒙扎根发芽。

　　在鲁东南沿海地区，从 1966 年第一批 5000 株茶苗全部冻死，到如今"江北第一名茶"的崛起，一杯日照绿茶，让几代人见证了日照从最初的南茶北引发展成"江北绿茶之乡"的艰辛历程。连绵起伏的鲁东南山地、丘陵为茶树提供了有利地形，暖温带大陆性半湿润季风气候和弱酸性的沙质土壤为日照绿茶营造了得天独厚的生长环境。扎根于高纬度的日照绿茶渐渐被赋予了鲁人的诚实、沂蒙的敦厚和儒风的仁礼。叶片厚、滋味浓、香气高，以及耐冲泡的品性像极了北方人心中那种浓郁的"家"的味道，因而日照绿茶对于北方茶友来讲，有着天然的亲和力。

在鲁中地区，随着家庭联产承包责任制的实施，位于沂蒙山区的茶园无法按照此前"统一种植、统一销售"的供销模式进行。茶园按照土地面积被分给各村村民，由农户个人自行种植和管理经营。当时村民认为这里的茶叶没有市场，种植积极性不高，大片大片的茶园处于撂荒状态。直到20世纪90年代末期，沂蒙山区的经济得到发展后，茶叶产业才被重新拾起。因为十几年的自然生长，这些剩下的茶树具备了半野生的性质，所长出的茶叶也具备了独特的风味。比起南方茶，沂蒙昼夜温差大，叶子生长缓慢，叶片更厚，叶芽的生长周期也更长，因而沂蒙绿茶耐泡、味浓。目前沂蒙茶叶合作社推行市场化机制，采取公司＋农户的生产模式，仅沂水县茶业合作社，就覆盖院东头镇辖区内的23个村。2010年4月，农业农村部批准对沂水绿茶实施农产品地理标志登记保护。

"茶"是没有边界的，"追求好茶"是每一个老茶客的本能。随着日照绿茶、沂蒙绿茶知名度的提升，沂蒙茶已成为中国茶系里重要的一员。绿油油的茶园不仅绿化了沂蒙山，也为沂蒙山区带来巨大的经济效益。随着南茶对北方水土、气候的适应，以及制茶工艺的提升，沂蒙山区不仅盛产绿茶、红茶，也能生产清茶和白茶。2019年，山东境内三大茶区（含胶东半岛）已形成35.6万吨的产能。

喝沂蒙茶时，总会想起毛泽东。正是领袖的亲民情结，成就了南茶北引的宏大事业。

第二十一章　信任资本

　　一个政党、一个国家，要立信于民、立威于世，需要的是"公共信任资本"。这个资本很难积累，却最容易被摧毁；积累需要漫长的时间，摧毁只需一夜之间。

　　从建党到新中国成立，整整28年，中国共产党积累了丰厚的"公共信任资本"。

　　新中国成立70多年来，党的"公共信任资本"也因环境的变化、时空的变迁而多次遭遇信任危机。所幸的是，党及时纠正过失，化险为夷了。

　　你是灯塔，照耀着黎明前的海洋；

　　你是舵手，掌握着航行的方向……

　　抗日战争和解放战争期间，带领战士冲向敌阵的必定是共产党员；社会主义建设时期，带领群众向贫困宣战的还是共产党员。

　　时代变了，维护"公共信任资本"的方式没有改变。

　　沂蒙老百姓的经验：给钱给物，不如建个好支部。

　　在沂蒙广大的农村，但凡那些富裕村庄几乎都有一个共同的现象：有一个坚守沂蒙精神、拥有家国情怀的村支书，有一个坚强有力的党支部。

1. 同在一座大山下

新闻联播之一

……2018年1月21日，中央电视台《新闻联播》"最美基层干部"专栏播出《王传喜：苦干19年 "乱村"换新颜》，报道了沂蒙山区兰陵县代村党支部书记带领群众共同致富，把负债累累的穷村庄变成美丽富裕新农村的感人事迹……

新闻联播之二

……沂蒙山区的崔家沟村原先在大山里，搬迁前，30岁以上的光棍有28个，全村一半家庭都是贫困户。在党中央精准扶贫的政策支持下，全村异地搬迁。2015年崔家沟村整村搬迁到30公里外的朱田镇上，新社区供暖、物业全部免费，还建成了幼儿园等公共设施和3个就业安置园区……

新闻联播之一，让宁家沟人想起了老支书孙士元，他跟王传喜一样都是把村民带入小康的领头人。遗憾的是，全村人彻底告别贫困时，他却走了。村民含着眼泪遗憾地说："老支书是累死的！"

新闻联播之二，让常常惦记着崔家沟的宁家沟人喜出望外："穷亲戚们终于熬出来了。"

崔家沟和宁家沟同在望海楼子山下，一个面南，一个向西，同顶一片山，同踏一方土。整日鸡犬相闻，其地理环境可以说是从竹席上滚到地上——没有多少差别。宁家沟有山、有岭、有沟、有河，崔家沟也一样都不少，而且土质完全相同。祖祖辈辈居住在一座大山下，几百年延续下来已经是亲戚连着亲戚了。彻底告别千年贫困，崔家沟虽然比宁家沟整整晚了二十年，但终于赶上了党的好政策，穷亲戚们搬进新楼房，一步迈进小康生活，宁家沟人的高兴劲儿就甭提了。

提及中国的山村，很容易让人想到诸如山清水秀、云雾缭绕、绿树红花等字眼。可是在中国的现实中，还有不少山村与这些美妙的词汇毫不沾边，却与荒凉、落后甚至贫穷连在一起，地处蒙山前的崔家沟就是一例。

崔家沟，群山环绕，沟壑众多，村居大都分散在岭头或山坡上，全村被纵横的山沟分隔成15个自然村，这样的山村在沂蒙山区比比皆是。从自然环境看，崔家沟的山是秃的、岭是荒的、沟是干的。除农业学大寨时期对全村耕地整治过一次，后来几十年一直没有深翻，土地越种越贫瘠，到了不用化肥几乎不长粮食的地步。跟其他村庄相比，崔家沟更贫穷一些。当地流传着这样的民谣："吃水难，上学难，就业难，看病难，娶媳妇更是难于上青天。"下面这首民谣更是崔家沟人生活的真实写照："几张黑煎饼，咸菜地瓜汤；穿衣就两季，袄面成了夏衣裳；三间石头黄草房，通腿儿就因缺张床；日头没出去赶集，回来日头已过晌。"

那时候正是20世纪70年代初期，乡村的集体经济十分脆弱，百姓的生活水平低下是普遍现象。崔家沟的这些歌谣，也是一山之隔的宁家沟的真实画像。

当时，新中国成立初期积累的基础设施开始老化，崔家沟吃水仅靠一个不到2米深、不足2平方米的洼塘。为了喝上清水，有的人家早晨三四点钟就起床排队，起晚的甚至无水可取。去镇上、县城的路太远，很多人得了病只好硬撑着，因为就医不及时导致偏瘫的有20多人。一副副黑黝黝的铁脊梁，只能无奈地在太阳下任凭汗珠子滚落，忍受着苦涩命运的折磨……

宁家沟跟崔家沟的环境是相似的，村民散居在33座山梁、11条山沟里。全村被分隔成24个自然村，比崔家沟还多9个，环境比崔家沟还差。原本山梁长满大树，在1958年"大炼钢铁"时全被砍光了。到了70年代，宁家沟已经是一片荒山秃岭了，人均年收入几十元，过着"吃粮靠救济，花钱靠母鸡"的饥寒日子。70年代初期孙士元出任村支书的时候，总结了几句能反映出宁家沟特点的话:"出门靠走,种地靠手,点灯靠油,通信靠吼,治安靠狗。"这种跟崔家沟没有多少差别的日子,在宁家沟已经持续了若干年,村民似乎已经习惯了。

那时候,贫困在沂蒙山区是一个普遍现象,全国亦如此。

孙士元出任宁家沟村支书时,只说了一句话:"咱们支部再不改变这种状况,就彻底失去群众的信任了。"于是,他开始带领宁家沟人改造家园,向贫困发起进攻。而崔家沟因为缺少一个带头人,一直没有行动。就这样,宁家沟人一干就是20年,崔家沟人一闲就是20年。20年后,两个曾在一条水平线上的村庄就有了天壤之别。靠苦干的宁家沟,家家有果园,户户住别墅,每家都有存款,基本实现了小康,而崔家沟还是石头院子、草房子,依旧在贫困线上徘徊。

两个村庄的经历再次证明:一个村庄的贫富,虽然与自然环境有一定的关系,但与村支部有着绝对的关系;村支部能否带领村民走向富裕,虽然与全体党员有着一定的关系,但与村支书有着绝对的关系。天长日久,在农村就形成了这样的顺序:村民看党员,党员看干部,干部看支书。

沂蒙山区不只有一个宁家沟,不止一个孙士元。沂南县后峪子村支书梁召利、平邑县万庄村支书毛衍传……他们的经历告诉我们:支部强,村就富;支部弱,村就穷。这不仅是他们几十年的经验,也是沂蒙乡村的写照。

由于历史和现实的诸多原因,有着光荣革命传统的沂蒙一度沦为贫困的代名词,曾任中共中央组织部部长的张全景对此很有感触。1985年在山东省委组织部工作时,张全景多次前往临沂农村考察。这个地区13个县中就有7个县被国务院列为重点扶持的贫困县,不通电、不通车、不通广播,吃水困难的现象比比皆是。通过整整17天的考察,尤其是看了九间棚和宁家沟后,张全景写出了《农村要致富必须建设好支部》的调查报告,次年在宁家沟召开了全省贫困村党的建设工作会议,村支书孙士元向大会做了《要致富看支部》的典型发言。他用朴实无华的语言,讲述了村支部带领村民整山治水、发展林果经济，把一个穷村变成富村的故事。

同一个大山下的宁家沟、崔家沟这两个相似的村庄，由于村支部领导力度的差异，两个村庄的差距渐渐拉大。为此，沂蒙百姓对上级扶贫工作队说了一句心里话：给钱给物，不如帮俺们建个好支部。

2. 干事的才叫干部

宁家沟村民经过对比，感慨地说："党员党员，只有那些吃苦在前的党员才是社员里的一员；村干部村干部，只有那些带领村民实干的干部才叫村干部。"

20 世纪 70 年代，宁家沟村新的党支部书记孙士元上任了。

深秋，漫山遍野的草黄了，树上的叶子落了。此刻，除了山上的野鸡在打鸣，就是村里的狗在狂吠，宁家沟宁静而安详。

两天来，孙士元把全村的山岭沟壑用脚丈量了一遍。他算了一笔账：全村上千口人，散居在近 8 平方公里的山梁上，由于人均耕地只有半亩山地，靠种地，无论如何是吃不饱肚子的，可荒山面积却多达 7000 亩，人均 6.5 亩荒山，这就是宁家沟的全部希望！

目标有了，就得行动了。

孙士元召开了第一次党员大会。他说："咱们都是土里刨食吃的农民，今后咱们村的任务就是将全部荒山开垦起来，种上果树。咱们也过上楼上楼下、电灯电话的日子。"

老党员王旭昌说："士元，你说的电灯电话、楼上楼下的日子，咱们指望什么才能过上呢？"

孙士元说："咱就指望 33 座山梁上的 7000 亩荒山。靠山不绿山，穷身不能翻。要摘穷帽子，就得整山水。7000 亩荒山全部整起来，能栽多少棵果树？我计算过，50 多万棵。11 条山沟，全整起来，人均能增加一亩粮田。一棵果树换 20 元钱，就是 1000 万元啊！人均一亩粮田，咱们不得天天吃馒头？咱们都是村里的党员，别的咱不管，咱们党员的任务就是带领宁家沟人过上电灯电话、楼上楼下的好日子。不然党支部还有什么威信可言？党员还有什么脸面站在社员面前？"

账不算不明，劲不鼓不足。

孙士元带着党员干部，对全村的山梁、沟壑进行了一番规划后，召开了一个全村村民大会。他说："从今天起，我们开始整山治水，建设自己的家园了。至于怎么干，俺不多说，村支部成员看着俺，俺怎么干你们就怎么干；全体党员看着干部，他们怎么干你们就怎么干；全村村民看着党员，党员怎么干，你们就怎么干。"孙士元的动员大会就这几句话。

作为烈士的后代，孙士元知道，要让群众相信自己，自己必须相信群众。当年，父亲就是这样带着一个担架班走进战场的。

第二天一大早，他第一个背起铺盖，扛着铁锨、镢头走出村庄，向南山走去。他的身后是干部、党员，跟在党员后面的是群众，队伍渐渐壮大，到达山坡时，已经是浩浩荡荡了……

"整哪座山，就在哪座山上搭个棚子，吃住都在山上，有时 5 个月不下山……"今年 74 岁的王旭昌是最早跟着孙士元一起整山治水的村民之一。他回忆道，每年秋后，他们都带上行囊，背上镢头、铁锨、钢钎跟着书记上山，下山时，长镐磨成了锤头，钢钎磨成了錾头，年轻汉子变得精瘦……

宁家沟人改造家园的行动，吸引了大量参观学习者。1984 年，九间棚村支书刘嘉坤带领全村党员来到宁家沟。那时候，谁也没有想到，这个年轻人在 1989 年那场"信任危机"中脱颖而出，他和八名党员带领村民创造的"九间棚精神"，为"沂蒙精神"一词提供了横空出世的窗口。

在孙士元的身后，党支部成员总是第一波上山，最后一波回村。上山时走在前头的是孙士元，下山时走在后面的又是孙士元。就凭着这种

"愚公移山"的韧劲，村党支部带领全村人，按照"山顶树林戴帽，山坡果树缠腰，沟岸粮田缠绕，沟底绿水欢笑"的治理规划，一年治理一座山头，24年治理了24条山梁，让昔日的荒山变成了花果山，昔日的干沟荡漾起绿水……

到2008年底，全村共整梯田2000多亩，砌石堰4000多道，修蓄水池24座，造防护林1500亩，建标准果园3000余亩，累计栽植板栗、核桃、杏、梨等果树51万棵……

之后，村民又修了一条26公里长、连接12个自然村的硬化路。这条路连接省道，外地客商能直接把车开到老百姓的果园里收购农副产品，果品价格慢慢上扬，村民的"钱袋子"渐渐鼓起来。

在村支书岗位上，孙士元带领宁家沟人，以自力更生、艰苦奋斗的精神，把一个贫穷落后的穷山村建成了小康村。2008年，全村实现产值1100万元，村集体经济纯收入过百万元，农民人均收入达7000元，户均存款10万元。

汗水换来了收获，宁家沟家家户户建起了二层小楼，村民过上了梦寐以求的楼上楼下、电灯电话的日子。

孙士元先后被评为"劳动模范""优秀共产党员"。

后来，宁家沟的村民回想起这段历史时，总是感慨地说："国家强不强，得看党中央；村庄富不富，得看党支部。"

就这样，宁家沟村党支部积累了丰厚的信任资本，村民跟着支部走已成为常态，每次换届选举，孙士元都是高票当选。

正如列宁所说："只有相信人民的人，只有投入生气勃勃的人民创造力源泉中去的人，才能获得胜利，并保持政权。"

同在望海楼子山下的崔家沟，由于缺乏一个强有力的村党支部，无人组织的村民一直安于现状、甘于贫穷。一山之隔的宁家沟人苦干了24年，崔家沟全村人却毫无作为了24年。24年过去了，崔家沟人的日子还是老样子，可是宁家沟人已经过上了绝对富裕的生活，家家住洋楼，户户有存款……于是，崔家沟人羡慕之余感慨地说："咱们崔家沟就缺少一个孙士元那样的村支书。"

此时，我们想起毛泽东的那句话："自力更生！艰苦奋斗！"同时也想起了习近平总书记的一句话："撸起袖子加油干！"

无论是过去还是现在，抑或是将来，自力更生、艰苦奋斗的苦干精神，都是中华民族崛起的唯一法宝。

3. 农村自治，党要管事

提起沂蒙，全国人民耳熟能详的就是"水乳交融、生死与共"的沂蒙精神。这个以八百里沂蒙做土壤，沂蒙人民做主体，党和军队为种子，共同孕育的惊天地、泣鬼神的沂蒙精神，是沂蒙文化里最经典的红色符号。沂蒙精神，全国妇孺皆知。然而，"沂蒙精神"一词的形成，是以小小的九间棚村为起点，这一点全国人民知道的并不多。

故事还得从头说起。

这是一段真实的往事。

淡淡的曙光虽然还挂在遥远的天际，但是蜷缩在山下的逃荒者的影子已经渐渐地显现出来。一个可怜的母亲带着两个孩子，在小叔子的帮助下，从滴水崖逃荒到此。

多次到山上挖药材的小叔子说："快了，爬上这个山头就到了，山腰上有一处能避风遮雨的向阳大石棚，石棚东侧流淌着一泓清澈的山泉，山顶平坦可以种地，咱就在那里安家吧。"

他们沿着崎岖的石阶，前后拉扯，相互搀扶，艰难地攀上陡峭的石壁，翻过荒无人烟的山口，山腰处果然有一个可以安身的天然石棚。

自此，石棚当了住房，石板当了卧床；刀耕火种，繁衍生息……

石棚旧址处的简介上说："……后来，随着子女增多，加之另外的逃荒者也来到这里,就把硕大的石棚用石片隔开,逐渐形成了九间,九间棚村由此得名。"

迄今,九间棚人已经在这座山上繁衍生息了260个春秋……

天宝山区属于青石山,青石山漏水。也许出于对水的极度向往,九间棚人给山起了个名字:龙顶山。自从老祖宗选择石棚栖身,九间棚人就与龙顶山相依为命了。

这里到处是悬崖峭壁,只有老祖宗开辟的一条细若游丝的羊肠小道,飘飘悠悠地沿崖壁垂下。飘带似的小路,成为山村与外界沟通的唯一通道。20世纪80年代,自行车开始进入农家。九间棚人也喜欢时髦的交通工具,但谁家买了自行车,也只好放在山下的亲戚家,因为要把自行车弄上山,就得车骑人了。

这里只有一眼小泉,人口多了,水就不够喝了,尤其是干旱季节,山下的亲戚来了,最好的礼物是挑一担水。山下的人叫龙顶山"干顶子山""黑顶子山""光棍子山"。

山上的猪养大了,村民就把猪绑在门板上,再请四个壮小伙子用门板抬着下山去卖。每每如此,山下人见了就要嘲弄:"病号吗?"

真的就让山下人说着了。那年春天,刘嘉坤的父亲患了胃穿孔,等用门板抬到山下的医院时,抢救的最佳时间早已过了,崎岖的山路断送了老人的性命。

从此,刘嘉坤心里暗暗记下了这块门板的沉重与耻辱。

龙顶山上有耕地112亩,分为大小3100块,就像和尚的百衲衣披在23条山梁上。地里的土是薄石头板子风化后的沙石层,只有耐干旱、耐瘠薄的农作物才能生长,但土生土长的金银花是个例外。党的十一届三中全会前的1978年,全村人均口粮200斤,人均收入40元。村民一年有半年吃不饱,全村20个已到婚龄的男青年有13个娶不上媳妇,这个比例在天宝山区是最高的,在八百里沂蒙也是首屈一指的。

穷归穷,可是九间棚人的革命精神旺盛。早在1939年八路军115师在距此不足十里的桃峪村召开高级干部会议时，九间棚人就开始跟着共产党走了，而且走得执着而坚定，为此，八路军才把北海银行鲁南印钞厂放心地安在了九间棚。北海银行就是中国人民银行的前身之一。就这样，九间棚人积极参军、全力支前，直到人民公社时期，九间棚依旧是老典型。

人穷，精神头却十足。这也许就是九间棚精神气质的源头。

党的十一届三中全会后，因联产计酬责任制的推行，农村的情况出现了暂时的好转。"要吃饭，靠单干。"生产力的大解放，土地到家的喜悦，给农村带来了巨大变化。但是对九间棚这样的山村来说，人均不足一亩人种天收的山地，无论怎么单干都无法获得更大的收获，资源的匮乏限制了经济的发展，况且一家一户的生产模式，其不足也渐渐显现出来。加之地处600多米的高山上，无路、无电、缺水的生存环境，使九间棚人的生活尤为艰难，村民的怨恨情绪开始滋生，尤其是那些光棍汉子："老祖宗瞎了眼，选择了这破地方。"

1984年，年轻的刘嘉坤出任村党支部书记，一个新的党支部班子成立了。

刘嘉坤说："埋怨老祖宗是没有出息的表现，人家厉家寨、大寨的人，老祖宗选择的也是穷山沟，可是人家硬是把那样的地方整成丰产田，咱们也得跟人家学学！"

于是，他带着几个党员在呼啸的山风里踏着积雪走下山，宁家沟村的山梁上热火朝天的现场感动了他们。

宁家沟村支书孙士元告诉年轻的刘嘉坤："咱们穷山村没有捷径，靠山就得吃山，山才是希望、是未来。老祖宗的那句话永远是对的：'能长树的地方就能结出果子来！'除了苦干，咱没有第二个选择。"

经就这样取回来了。

当年，八路军115师在天宝山剿灭廉德三的时候，刘嘉坤的父亲就积极拥军支前，是天宝山区有名的红哥。新中国成立后，他当过合作社的社长，为村里的事没少操心。刘嘉坤打小就知道共产党员应该是啥样的人。

在村民大会上，刘嘉坤立下了军令状："九间棚的五年计划完不成，村干部的补贴我一分不要，任凭村民处置，我不喊一声冤。一句话：村民看党员，党员看我，只要全村拧成一股绳，就没有干不成的事。有人说，老祖宗眼瞎了，给咱们选了这样的破地方。要我说，咱还得感谢老祖宗，给咱留下的荒山人均面积比宁家沟村还多呢！人家都把荒山看成希望，咱为什么就看成累赘？龙顶山这么大，栽种金银花、果树，那就是咱们的聚宝盆啊！现在制约咱们村发展的就是电、路、水，这三项是等不来的，咱们不干，上对不起老祖宗，下对不起子孙。架电、修路、引水治山这三大工程，咱们五年完成。"

说完，刘嘉坤当场拿出准备修房的300元钱摞到桌上。随后，老支书刘德敬拿出500元，老会计刘加训拿出1000元。党员们倾其所有，300元、200元……

一个群体就是这样，只要有人带头，事情就好办了。在党员干部的带头下，父老乡亲们再也坐不住了。许多人连夜下山，卖猪、卖羊、卖鸡。有的找亲戚、告朋友，有的拿出了闺女的嫁妆钱。60多岁的赵永兰大娘，把买棺材的钱和仅有的两只老母鸡，连同十几个鸡蛋一起硬塞进村干部的手里。3天，仅仅3天，贫穷的九间棚人几乎是靠变卖家当，集起了1.26万元！

如今，九间棚村作为四星级旅游景区、山东省党性教育基地，每年都吸引大量游客前来。游客们大都被纪念馆里的那张照片所感动：刘加训和老伴穿着一身破旧的衣服，站在自己的房门前，那两间破烂不堪的房子透风漏气，陈旧的房门无时不在诉说着贫穷。然而，老两口却把1000元捐给了村里。1000元在那个时候绝对是一笔巨款，在九间棚村，足够盖三间像样的房子。可是为了改变全村的贫穷现状，他们丝毫没有犹豫，全部捐出了。

此时，我们想起抗日战争初期八路军 115 师的张仁初对费北县大队副大队长王保胜说的那句话："只有不合格的指挥员，没有不合格的士兵。"几十年后，这张照片似乎在说："只有不合格的村干部，没有不合格的村民。"

架电。山下人不相信九间棚人能把电架上山。上千斤重的水泥电线杆，就凭着九间棚那几个劳力，能运上海拔 640 米的龙顶山？

党支部书记带头，党员跟进，群众相随。九间棚人豁出去了，男的、女的、老的、少的，16 个人就抬起一根电线杆。他们凭着蒙山般健壮的脊梁，硬是把一根根电线杆抬上了山崖。肩磨破了，用手抹一把；人累瘫了，往青石板上一躺。短短 20 多天，一条闪光的高压线从山下拉到山顶。通电那天，当九间棚村头第一盏电灯闪烁出醉人的光亮时，人们围坐在电灯下，说啊，笑啊，整整乐了一夜，因为黑暗了 200 多年的九间棚一片光明！

修路。从县城里请来的工程技术人员经实地测量得出了数据：盘山公路全长 3500 米，需搬动土石 2 万方，全村不到 40 个劳力，别的不干，光修路也得 5 年。

村支书刘嘉坤撂下一句话："半年！"

"半年？！"

"是的，就半年，我非拿下它来不可！"

3500 米路以记义务工的形式，一次承包到户。

为取信于民，刘嘉坤制定了一个特殊政策：村民觉得自己的承包段难干，可以和村里任何一个党员换，任何一个党员都可以跟村支书家调换！任何党员不得拒绝村民的选择。

这一招十分管用。就像宁家沟的孙士元那样，把点炮这个最危险的活交给自己的儿子干，全村人谁还说闲话？

刘嘉坤承包了悬崖处最艰苦的路段。他在工地上搭了个简陋的小棚，吃住都在那里。榜样的力量是无穷的。于是，全村上至 70 多岁的老汉，下到十几岁的孩子，加上外村来增援的亲戚，呼呼啦啦，一下子铺满了山坡。没有吊车，没有风钻，只有最原始的工具和一双双有力的大手。

数九寒天，冰雪封地，可钢钎"热"得迸火星，乡亲累得满身汗。转眼到了年关，刘嘉坤和村干部商量，让大伙歇歇身子，吃了过年饺子再干。大伙却说，就让这过年饺子在工地上吃吧，留个纪念。刘嘉坤见大伙情绪高涨，干劲正酣，高兴地说："咱们大年三十打 200 个炮眼，到时一起炸响，同山下的鞭炮比试比试！"

"轰——轰——轰——"

硝烟四起，炸声如雷，九间棚人个个脸上露出了节日的欢笑。

冲天的干劲兑现了当初的誓言。

只用了 5 个月，一条宽 6 米、长 3500 米、大小 24 个弯的盘山公路通车了。整个工程用去炸药 1 万公斤，压断扁担 200 多条，磨秃钢钎 1000 多根。1985 年 5 月 25 日通车这天，村里买了 18 盘百头响的鞭炮，从山下一直放到山顶。披红挂绿的大卡车在盘山公路上撒着欢地跑，爆碎的纸屑连同抖落的山花一起，如千万只彩蝶在路旁飞舞……

引水。春天，旱魔肆虐。新修的三个蓄水池全干了个底朝天。10 万株雪花梨树，眼瞅着要旱死，就连老祖宗赖以生存的那眼当家小泉也几欲干涸。整个龙顶山像个干柴堆，一点就会烧起来。于是，石棚前的山泉旁排起了等水的长队。

旱情在持续，为了保证全村人都能喝上水，党支部派民兵看护山泉，按人口用木瓢分到家家户户，并规定：任何人不得私自到泉边取水，违者从重处罚。

但抢水的事情还是发生了……

俗话说："山多高水就多高。"刘嘉坤不相信九间棚方圆十多公里的地盘上没有水。他想起村里老人讲的那个神话：卧龙山的绝壁上有一个深洞,洞里有个卧龙泉,那里是龙王的西宫,脉连东海……

刘嘉坤要验证这个传说。他备上草把、煤油,只身一人攀葛扯藤摸到山洞里,举火观望,不禁被眼前的景象惊呆了:冷森森的泉水直入山洞。

把水引上山!

卧龙泉处在高达 30 米、如刀削斧劈般的悬崖中段,上不靠天下不着地。在悬崖上打炮眼,那场面胆小的人看都不敢看。刘嘉坤让人把绳索系到他腰上,第一个悬到半山腰。党员跟着下去了,团员跟着下去了,青壮年群众也跟着下去了。悬崖上响起了"敢死队"清脆的锤声……

人们忘记了疲劳,忘记了危险,也忘记了农时。当时正值采收金银花的季节,那是九间棚人的经济来源,可为了让全村人喝上甘甜的泉水,党员干部家的金银花大都干在了花棵上……

高山顶上,一座碧波荡漾的人工天池,宣告了九间棚缺水历史的终结,全村第一届游泳大赛就在这里举办。如今,那座巨大的深水池成为景区的一大亮点。粼粼的水波总是在山风中,向天南海北的游客讲述着九间棚人战天斗地的传奇。

九间棚的经验告诉我们:农村要自治,党支部要管事。

中组部原部长张全景多次考察沂蒙后,也感慨地说:"没有一个强有力的党支部,农村就是一盘散沙,什么事情都干不成。"

4. "沂蒙精神"横空出世

任何一个典型、一种精神的出现,总是迎合着时代的节拍,顺应着时代的诉求,九间棚这个典型的树立以及"沂蒙精神"一词的出现,同样如此。

由于西方多年来对社会主义国家的持续打压,对共产党不懈的妖魔化,到了 20 世纪 80 年代后期,世界两大阵营可谓泾渭分明。

苏联解体是当时全球最大的政治地震，由此波及所有的共产党领导的国家，引发了世界范围内对共产党不满情绪的滋生。

在中国，与外部颠覆势力并存的是国内的贪腐现象。

在官场，贪腐现象的不断出现，严重损害了中国共产党的形象。在民间，搭乘"三提五统"班车的乱集资、乱摊派有增无减，老百姓的负担加重，民生受到侵害，百姓的不满情绪也在孕育中。中国共产党从1921年开始积累的"公共信任资本"出现了危机。

就在这个时间节点上，贫困的九间棚村民在村党支部的带领下，不等不靠，自力更生、艰苦奋斗，硬是把一个"三不通"的高山贫困村，建成了一个人均收入超过800元的富裕村庄。

在沂蒙，临沂行署把九间棚的事迹大力对外宣传，随即引起全国媒体的关注。九间棚村党组织的战斗堡垒作用被广泛宣扬，党员干部的模范带头作用得到全社会的认可。在党的"公共信任资本"普遍滑坡的情况下，九间棚村党支部爆发出来的惊人能量再次证实：中国共产党有能力带领人民过上好日子。

九间棚村党支部在沂蒙山区不是个案，同期出现的还有苍山县大炉乡杨庄村党支部、莒南县龙山镇杨家沟村党支部、沂南县鞋厂党支部等一批先进典型。临沂地委意识到这批典型的意义和价值，认为这是老区特有的财富，必须大力弘扬。于是，临沂地委宣传部部长李祥栋在《临沂大众》上，发表了《发挥老区政治优势，弘扬沂蒙精神》的署名文章。文章认为，"沂蒙精神"不是孤立的、偶发性的，要从历史的角度来看待，从文化的根源上找注释。战争年代共产党为人民求解放，无数党员抛头颅、洒热血，如今沂蒙山区的党支部、基层党员们的行为并不是创举，而是初心和使命的延续，是战争年代沂蒙人"听党话，跟党走，不怕牺牲，无私奉献"的精神在新时期的集中体现。这是首次公开在媒体上提出"沂蒙精神"的概念。

那个时候，中国亟须这种精神来展现党的执政力，激发民众的情绪。

于是，临沂地委就组织九间棚村、杨庄村、杨家沟村等五个基层党支部，组成了"沂蒙精神报告团"。其首场报告在济南引起强烈反响，"沂蒙精神"一词就在这样的大背景下横空出世了。

刘嘉坤作为报告团的一员，其朴实的演讲让九间棚的故事更加生动感人，加之九间棚的辉煌业绩就摆在高山上，令所有参观者的心灵都为之震动，于是九间棚村党支部作为基层党组织的典型迅速被国人所接受。从1990年开始，高山小村九间棚就成为全国媒体上最抢眼的字眼，从《人民日报》、新华社到央视，九间棚迅速红透了全国。

榜样的力量是无穷的。一年时间，九间棚竟然吸引了6个省320个县派来参观取经团，于是一向寂寞的天宝山一下子热闹起来。令人想不到的是，一晃20年过去了，这种热闹一直没有消退。

时任临沂地委书记的王渭田评价九间棚人：团结奋斗，自力更生，坚韧不拔，艰苦创业。

时任山东省副省长的高昌礼夸赞九间棚人：吃苦，吃亏，实干，开拓。

时任中央政治局委员的李铁映前来视察时，不禁连声称赞九间棚人：真不简单！

时任中央政治局常委的宋平在看到有关新闻报道后，很受感动。他在给时任山东省委书记的姜春云的信中写道：他们在那么穷困落后的地方，依靠自己的双手艰苦奋斗，改变了家乡的面貌，人均收入达到了800元的水平，实在是了不起的成绩。现在我国类似这样的地方还不少，农村富余的劳动力很多，这是我们的一大优势。如能有像九间棚村这样公而忘私的村干部带头，党员又能发挥先锋模范作用，把人民群众组织起来，就什么样的困难也能克服，什么奇迹也能创造出来。

邓小平、江泽民、李鹏先后接见了九间棚村党支部书记刘嘉坤。

"九间棚精神"被新华社概括为"团结奋斗，顽强拼搏，坚韧不拔，艰苦创业"十六个字。1990年4月10日，在济南举办的首场九间棚事迹报告会上，时任山东省委书记的姜春云把"沂蒙精神"概括为"立场坚定，爱党爱军；艰苦创业，无私奉献"十六个字。我们完全能从中看出两者内在的联系。毫无疑问，"九间棚精神"成了正能量的标志，它丰富了博大精深的"沂蒙精神"。

山东省委倡议全省人民弘扬"沂蒙精神"，这一倡议得到了全省各阶层的积极响应。加之全国媒体的宣传，以刘嘉坤为主的"沂蒙精神宣讲团"成立，开始在全国巡回做报告。这样的报告会，从乡村一直做到人民大会堂。应该说，"沂蒙精神"一词从出世到名闻全国，这个朴实的宣讲团队贡献很大。

这些基层的党支部书记，不一定能讲出多少大道理，但是他们都知道，共产党就得为老百姓办实事。他们就是凭着这样一种信念、一种朴素的感情，来履行基层党支部的职责、完成使命的。

2001年5月，时任中组部部长的张全景再次调研沂蒙。他发现，临沂市通过内找、外请、海选等方式为农村党支部选拔了大量书记，很多村子都发生了明显的变化。1995年，这个地区在全国18个连片贫困地区中率先实现整体脱贫。回到北京后，张全景连夜赶写了调查报告《沂蒙巨变看党建》，概括总结了新时期加强和改进农村基层党组织建设的经验和规律。以九间棚为例，证实了一个优秀的村支书能团结党员、带领全村人走向富裕。他从宁家沟、九间棚看到了党管农村的重要性，挥笔写下：给钱给物，不如建个好支部。

新中国成立后，通过几十年的不懈奋斗，我们国家有了丰厚的积累，政府有足够的财力反哺农村建设小康社会了。但是，无论我们多么有钱，依旧需要自力更生、艰苦奋斗的"沂蒙精神"，需要"撸起袖子加油干"的"九间棚精神"，需要更多的九间棚式的基层党组织，因为脱离了这种精神，离开了这样的党组织，乡村振兴就会沦为纸上谈兵。

如果基层党支部都能像九间棚那样，那么，党的"公共信任资本"就会越积累越深厚，中国特色社会主义道路就会越走越宽广。

5. 当年好困惑

在"惊天地、泣鬼神"的沂蒙精神里，有一个"与时俱进"，其实这是九间棚精神最初的写照。

新中国成立后，我们树立了无数典型，他们对社会主义建设起到了表率作用，但是好多典型只是昙花一现，缺少与时俱进的精神。尽管他们也曾风光一时，但在新的市场经济的大潮汹涌澎湃的时候，在乡村振兴的征程里，他们没有及时调整风帆顺应时代的风潮，没有跟上中央改革的步伐，结果被时代抛弃了。在沂蒙山区，丰富和提升了沂蒙精神的很多典型就充分意识到了这一点。在新的环境条件下，他们不断丰富着沂蒙精神的内涵，将最初的精神投入时代的熔炉，孕育出更大的裂变。20世纪90年代中国农业战线的一面旗帜——九间棚，就是一个精彩的个案。

四月的梨花盛开了，漫山遍野。在弥漫的花香里，无处不在的金银花也开始孕育花蕾了。昔日落寞的九间棚山上已经游人如织，站在老梨树下的刘嘉坤目视着龙顶山，长舒了一口气，多少年来的汗水没有白淌。中国改革的步伐执着而坚定，但九间棚后面的路该怎么走？

村里开党员会，刘嘉坤对全体党员说："咱们如果不与时俱进的话，不用几年九间棚就会落伍。跟不上形势的典型永远是明日黄花。"他当场对党员们重新分工，后带上村主任外出取经去了。

他们去了华西村。刘嘉坤没有暴露自己全国劳模、全国人大代表的真实身份，而是以客户的名义考察产品，进工厂，下车间，探求这个江南乡村异军突起的制胜秘诀。

眼界开阔的刘嘉坤意识到，单靠在山上实干，断难搞出什么新名堂来，走下山进城办厂，九间棚的明天才会更加美好，与时俱进才是对九间棚精神最好的实践和弘扬。

1991 年 7 月底，刘嘉坤带领九间棚人挺进县城，拉开了建厂的序幕。

他们宵衣旰食、风餐露宿，仅仅一个多月，花岗石厂主体工程就被九间棚人攻克。在以后的两年里，九间棚人开足马力，在县城相继建起了机械配件厂、塑料厂和金银花茶厂等企业，并适时成立了九间棚实业开发总公司。

后来，中央推进市场经济改革，按照当时的规定，九间棚村创办的这些企业可以全部卖给个人，任何村民都可以出资购买企业。那时候，如果刘嘉坤买断一个机械厂或石材厂，就凭他的能力和关系，早就成沂蒙首富了。可是刘嘉坤没有动过心思，尽管企业都是他创办的。他的亲弟弟是厂子的负责人，对企业管理熟悉，经营有一套。

弟弟对刘嘉坤说："哥，既然厂子对村民拍卖，我买一个。"

刘嘉坤撂下一句话："九间棚村谁都可以买，独独你不能！"

"为什么？"

"因为你哥是村支书。"

哥哥的理由过于牵强，弟弟无法理解，更无法接受。

有时候，理想很丰满，现实真的很骨感。集体企业的私有化改革就是例子，虽然加速了经济的发展，但并没有达到预期的效果。

那次全国性的企业大改制，让九间棚人苦心孤诣创办的集体经济，一夜之间全部私有化。九间棚人举全村之力打造的三家企业，都有了上亿元的产值，改制后，造就的仅仅是三个富翁，全村人并没有得到任何利益。这个结果让刘嘉坤困惑了许久许久。

事后若干年，我同刘嘉坤谈及 20 世纪 90 年代初期的那场改制，他说，他当初是一心想壮大集体经济，让全村人同享改革的红利，九间棚的企业由于他拖着迟迟没改制，为此，他险些被当成落后典型遭到批判。在政策的高压下，他只能含泪出售了村里含辛茹苦创办的三家企业。

事后的结果跟刘嘉坤预想的一样，先富起来的人并没有带领后人致富。在九间棚，私有化削弱了集体经济，加大了贫富巨差。这是村支书刘嘉坤最不愿意看到的结果。此后，他决心重建集体企业，因为共产党的初心就是为广大民众谋福祉的，而不是让少数人占有财富。

6. 风景这边独好

"虽然地处偏远，但风景这边独好。"这是习近平在听取刘嘉坤的发言后，当场说的一句话。

九间棚人把这句话当成建设美丽乡村的座右铭，雕刻在纪念馆前的一块巨石上。

村支书刘嘉坤明白，只有富了脑袋，才能鼓了口袋。

1997年8月22日，刘嘉坤踏进了北京大学光华管理学院的大门，开始了漫漫的求索之路。两年寒窗，刘嘉坤这个"访问学者"以优异的成绩过关。他的导师厉以宁教授这样评价他："该生在进修期间，认真学习，并能联系中国农村经济实际问题进行研究、探讨。学习态度端正，关心经济改革。"北京大学校方的结论是："刘嘉坤同志不愧是全国人大代表和全国劳动模范，充分体现了勇于探索、实事求是的钻研精神。他在校期间撰写的论文《贫困山区脱贫致富之路探析》，注重理论与实际的结合，文风朴实，有创见，论据充分，受到我院许多教授、专家的好评，认为该论文既有理论意义又有实用价值。"

那时候，国家电力总公司发现了刘嘉坤的才能，决定破格高薪招用他，条件很具诱惑力：北京住宅，京城户口，下属一家处级公司的总经理。多年后，谈及那次抉择，刘嘉坤说出了心中的秘密。在北京大学上学期间，他把村里的事务交给了他人。两年后，他回到家乡，看到的是贫富差距的拉大，村里公共设施的败落。他扪心自问：我才离开两年啊，九间棚就变成了这个模样。如果我永远离开村庄，那九间棚会变成什么样子？

于是，他拒绝了丰厚待遇的诱惑，毅然返回家乡再次创业。他反复衡量，最后决定：农民，就干农业吧。于是，他利用所学的知识和人际关系，建起了"九间棚农业科技园"。

在专家的帮助下，九间棚农业科技园引种、繁育的国内上百个最新苗木品种，极大地提升了九间棚及整个天宝山区林果品种的品质。

中科院植物研究所博士后徐常青，曾在九间棚村附近的国有林场当技术员。刘嘉坤带领村民向贫困宣战的事迹感动了他，重访九间棚后，他又被刘嘉坤发展现代化农业的执着精神所感动，便毫不犹豫地将花费13年心血培育的多倍体金银花新品种"九丰一号"给了九间棚。他对刘嘉坤说："这是我十几年的心血，只有交给你，才能让更多的农民从中受益。"

"九丰一号"是徐常青在野生大毛花的基础上研究培育的成果，它比传统的大毛花花蕾大、产量高，绿原酸含量也高，是金银花中的精品。

有了"九丰一号"，九间棚农业科技园就有了打造"中国金银花第一园"的构想，也就有了"铸九间棚品牌，造金银花帝国"的宏伟目标。

在沂蒙山区生长了几千年的传统金银花，有一个显著的短板，就是花期短，从大白花蕾到开花凋谢的周期只有2天。金银花在大白花期时，药效价值最高，此时花蕾成银白色，开花后，立即变成黄金色，这时的药用价值就大大地减弱了。于是采摘就成了难题，短暂的开花周期严重制约了产能。九间棚改良后的"九丰一号"虽然产量上去了，但依旧无法改变这一特征。

怎么办？

有过战天斗地的经历，又开阔了知识眼界的刘嘉坤坚信，科学能改变一切，包括千年不变的金银花花开花谢的短暂周期。于是，在国家农科院专家的帮助下，他开始了金银花新品种的研究。

功夫不负有心人。

数年后，金银花新品种在九间棚农业科技园选育成功，它的大白花蕾能持续 10~15 天不开花，彻底颠覆了几千年来沂蒙山区乃至全国金银花的传统特性，九间棚人将其命名为"北花一号"。这个品种的出现，立即引发了中国金银花种植领域的一场史诗性的革命。这种花蕾期长、便于采摘、产能大的"北花一号"，立即获得国家的认同和农民的认可。鉴于刘嘉坤对金银花产业的巨大贡献，中国林业协会金银花专业委员会选举他为主任委员。

"北花一号"改变了九间棚的集体化种植格局，也改变了金银花生产大县平邑的金银花生产模式，让这个金银花产量占全国 70% 的大县实现了新旧动能的大转换。

随着国家西部开发战略的实施和乡村扶贫战略的推进，九间棚人看到了金银花在建设美丽乡村中的巨大潜力和广阔前景。作为"九丰一号""北花一号"品牌的拥有者，刘嘉坤认为九间棚仅仅输出精神是不够的，必须抓住机遇，配合国家一带一路倡议和精准扶贫战略，向西部输出九间棚品牌。于是，一支又一支精干的金银花开发团队走出沂蒙，沿着一带一路的走向，向广阔的西部走去……

2017 年 10 月 13 日，《大众日报》头版推出重磅文章：《金银花"为媒"，九间棚精神"远嫁"》。

"九柱擎天"的九间棚和"苦甲天下"的定西，以金银花为"媒"，演绎出一段佳话。

九间棚的金银花种出了名堂，打造了金银花全产业链经营模式后，开始走向全国。

2013 年，甘肃省定西市推行招商引资，九间棚的金银花由此进入西北。定西市漳县武当乡邹家门村村民宋国士，就是九间棚金银花的受益者之一。

"种植玉米、小麦，一亩地收入不过 800 元，但金银花当年就能见收益，三年达到盛花期，每亩地收入能达 4000 元到 5000 元。在九间棚人的指导下，我家一下子栽种了 50 亩。"宋国士说。

金银花抗干旱耐瘠薄，第二年就能成林，尤其是"九丰一号"和"北花一号"可连续采摘二三十年，非常适合在定西种植。目前，整个定西已种植金银花 2.2 万亩。在 5504 户种植户中，贫困户占 2560 户。尤其是在 2016 年，定西遭遇有气象记录以来最为严重的特大干旱，庄稼严重减产甚至绝产，但耐干旱的金银花依然能长出花蕾。

金银花的经济效益、生态效益突出，成了脱贫攻坚的好项目。为此，2015 年定西派出考察团，来九间棚取经。时任定西市委副秘书长的张全有就是考察团的一员，他对考察时的见闻记忆犹新："定西绝大多数贫困农村的自然条件要比当年的九间棚村好得多，如果都像九间棚那样干，脱贫攻坚的任务一定能如期完成，有了金银花，返贫现象就会从根本上遏制。"

山东之行，让张全有收获满满，于是他执笔给市委写了一份《以金银花为媒学习弘扬九间棚精神助力脱贫攻坚——山东省平邑县九间棚村考察报告》。2016 年以来，已先后有两批定西的干部来到九间棚，专门就九间棚精神进行考察学习。随后，一批又一批定西的金银花种植户来九间棚学习。

金银花"为媒"，九间棚精神"远嫁"。现在，不仅是在甘肃，在新疆、云南等众多贫困地区的脱贫攻坚战中，也不时闪现着九间棚金银花的影子。

7. 边疆盛开沂蒙花

2021 年 2 月，九间棚金银花合作社，在新疆喀什地区岳普湖县设立的分公司，荣获全国脱贫攻坚先进集体的荣誉。毫无疑问，这是九间棚在异地开放的一朵美丽的花。这个故事说起来话长——

金银花市场的开拓跟别的商品完全不同。异地推广必先试种，尤其是偏远的新疆。遭遇干旱的气候、严酷的环境，沂蒙山区的九间棚金银花能否成活还是一个未知数。

国家扶贫战略实施后，当地政府也认识到金银花种植是扶贫的好项目，既可以防风固沙，又能创造效益，让农民实现增收，实现永久性脱贫。但是面对新疆的地理环境，他们一个个都心中无底。

刘嘉坤来了，对顾虑重重的岳普湖县领导们说了一句掷地有声的话："我们九间棚人帮助试种，成活了，咱们两家一起推广；失败了，所有费用都算我们的。"

刘嘉坤表现出了沂蒙人敢于担当的性格。

刘嘉坤带着几个小伙子，在岳普湖县的荒漠上搭起帐篷，开始了金银花的异地栽培试验。风吹着细沙从远方呼啸而来，小小的帐篷在风中颤抖，九间棚人在风中辛勤劳作，当地人看在眼里，大为感动。他们没有想到名扬天下、已经富起来的九间棚人，居然依旧保持着吃苦耐劳的精神。

其实他们并不知道，吃苦耐劳永远是九间棚人的传统，荒漠的劳作对吃惯了苦受惯了累的九间棚人来说并不算什么。当年他们就是凭借这股子劲头，在绝壁上凿路，在沟壑间架桥，用这种精神打造家园的。

任何成功都是建立在失败的基础上的。那些适应了沂蒙山区气候土壤的金银花苗子移植到新疆，自然要过适应环境这个坎的。九间棚人在这里栽培的苗子，越冬活下来的不超过三成。刘嘉坤鼓励技术人员说："别说三成，就是一成，我们也成功了，这说明我们九间棚的金银花在新疆是能种植的。"

历经千辛万苦，九间棚的金银花"北花一号"终于经住了风沙的蹂躏，经住了严寒的肃杀，顽强地扎下根系，抽出了绿叶，长出了银白色的花骨朵。

成功啦！

在山东省泰安市援疆指挥部的协调下,九间棚与岳普湖县人民政府签订了三年协议,计划在当地种植金银花10万亩,当年先行试种5200亩。

于是,一个先富带后富的佳话诞生了。

一向吃苦耐劳的九间棚人毫不含糊,立即向新疆进发。

为赶进度,九间棚村派出9名技术人员,分赴岳普湖9个乡镇,免费为当地群众提供技术指导服务。群众白天忙,他们就晚上去;语言不通,他们就请当地干部当译员,风雨无阻。那段时间,九间棚人晚上10点之前从没吃过晚饭。一次,他们到巴依阿瓦提乡,由于交通不便,运送20万棵苗子的大货车被卡在了路上,此时距离目的地还有5公里。无奈之下,他们只好用三轮车运送。三轮车一次只能拉1600棵苗子,他们从早上8点一直忙到晚上10点,饭都没吃上。

谈及这段辛苦的日子,小伙子们说,跟老书记那代人比起来,我们吃的苦只能算是九牛一毛。

精神永远是需要传承的,继承精神比继承财富更有前景。

凭着这股子韧劲,岳普湖县的金银花种植如期开启。

九间棚人摸索出一套高产的金银花种植技术,行距1.5米,株距0.7米,一亩地种植635棵,是最佳种植数量。为保证金银花的质量,九间棚人专门挑选金银花的优良品种"北花一号"援助新疆,供当地种植。

技术员手把手教群众栽培技术,确保种苗的成活率。

更为重要的是,金银花收益高,3月种的两年生花苗,当春就有收益,效益每年翻一番,到第五年达到高峰,届时亩产500公斤的鲜花蕾,收益可达10000元。

力提普·萨吾提是岳普湖县色也克乡阿克提坎村的建档立卡贫困户,家里有15亩耕地,由于缺乏技术,只能种植棉花、小麦等农作物维持生活。精准扶贫展开后,九间棚人主动上门提供技术,他毅然拿出8亩地来种植金银花:"我要好好干活,多向技术人员学习管理,多挣钱,争取早日脱贫。"

边疆盛开沂蒙花的消息，迅速传遍了新疆，也传到了北京。显然，这个来自沂蒙山区的项目对边疆地区而言，是件大好事。国务院扶贫办立即派员来九间棚调研，随后在刘嘉坤的陪同下来到新疆，呈现在他们眼前的是鲜花盛开的美景。"北花一号"那独有的银白色大花骨朵，在边疆的微风里摇曳，浓浓的花香覆盖着无际的荒漠。

九间棚金银花在贫困地区的推广，成为全国精准扶贫的成功案例。为此，新疆把九间棚金银花项目作为精准扶贫的优秀案例，申报到国务院扶贫办。沂蒙人自己脱贫致富后，不忘初心，输出金银花带动边疆致富的消息，让国人再次认识了九间棚，再次认识了刘嘉坤。

九间棚借助品牌优势，在全国范围内对金银花产业进行资源整合和战略布局，先后在北京、重庆、广东、云南创办了分公司，在新疆、湖南、湖北等地设立了金银花合作推广示范基地。

为消化收购的花蕾，保证新疆花农的收入，九间棚还将在岳普湖县建立加工厂，在种苗种植、技术管理、产品回收、产品加工全产业链上做文章，把金银花变成助民增收的"幸福花"。

目前，九间棚已经形成了配套完善的金银花"育种研究—育苗推广—种植基地—售后服务—烘烤制干—干花回收—购销流通—提取加工—产品研发—制药生产"产业链，成为中国金银花行业的龙头。

初心易得，始终难守。沂蒙农村基层党支部书记刘嘉坤做到了。

刘嘉坤1984年出任九间棚党支部书记，至今已有37年。三十多年来，他以不变的初心实践着一个基层共产党员的使命，用他的话说，就是兑现1984年上任时的诺言：带领全村人过上幸福生活。在他的带领下，九间棚人以苦干加巧干的办法，终于把一个"不适合人类居住"的九间棚，打造成国家4A级旅游景区、全国农业旅游示范点、中国县域旅游品牌景区200强。九间棚村也被评为"山东省十佳旅游特色村""全国文明村镇"。在天宝山区10万亩梨花组成的全国最大的天然花园里，有"沂蒙精神教育基地"称谓的九间棚村是最亮丽的景点。

刘嘉坤的付出获得了党和国家的高度好评,以及社会的广泛认可。现年67岁的刘嘉坤先后被选为党的十四大代表,第九、十、十一、十二届全国人大代表。

刘嘉坤,一个普通的农村党支部书记,用37年的不懈努力,在基层重塑了党组织的形象,强化了党的"公共信任资本"。

自新中国成立以来,我国乡村基层党支部换届选举也有十几届了,而九间棚村党支部书记只换过一任。1984年,刘嘉坤从老书记手里接过绘制九间棚蓝图的大任,一丝一毫也没改变过初心,一张蓝图绘制到底。这也许是九间棚村给我们的又一个启示。

作为典型,九间棚已走过37年的光辉历程,当年的小伙子刘嘉坤如今已是满头白发。但不论时空怎么变化,龙顶山上九间棚党性教育基地前的那面党旗,始终鲜红夺目。

第二十二章　江河无形

无粮不稳，无工不富。

谁说农民只会土里刨食？谁说农民走不出乡村的桎梏？谁说村办企业不能进入上市公司的主板市场？谁说农村不能和国际接轨？沂蒙汉子不信这个邪。

"上靠党中央，下有王廷江"，喊出了一村百姓的心声。

1988年，一个拥有600万元的农民，应该算是八面威风吧。当时，万元户在农村还是一个新鲜的词汇。

可是，他一转手就把600万元给了村里，眉头都没有皱一下。

谈及理由，他淡淡一笑，说："村里还有好多人穷得娶不上媳妇，我一个人富了算个啥啊？"

由无到有、由小到大、由土到洋。

一个农民为自己办起小厂子，那叫私营经济；一个农民带领一群农民为大家办了一个企业集团，那叫集体企业。

为还给社会一个碧水蓝天，他牙一咬、脚一跺：咱得先要碧水蓝天，才能要金山银山。

跟金钱比起来，白云蓝天、绿水青山才是无价之宝。

1. 上有党中央，下有王廷江

民间的传闻总是和事实有着较大的出入，有时甚至会黑白混淆、是非颠倒，自古以来都是如此。然而，沂蒙人总是固执地相信祖宗传下来的那句老话——风不来树不响，虱子不咬不痒痒。所以，民间的传闻也不都是空穴来风，百姓津津乐道的也不都是捕风捉影。

大千世界人各不同，有些人似乎生来就是话题，是被人谈论和关注的，蒙山之阳的罗庄区沈泉庄村的王廷江，就是其中的一个。王廷江，一个时代的传奇，一个有血有肉的沂蒙人书写了一个传奇的时代。

在20世纪80年代之后相当长的一段时间里，沂蒙有关王廷江的传闻、逸事渐渐多起来，最后形成民间茶余饭后的话题。那些有点靠题甚至压根就不靠谱的传闻，那些无中生有的逸事，被众口传得沸沸扬扬，让人难辨真假。但这些传闻都有着一个共同的功能，那就是有意无意之间提高了王廷江的知名度，增加了他的神秘色彩。

我们不妨在众多的故事中采撷一二，以飨读者。

"要想当干部，先看电视剧"。坊间传闻王廷江热衷看电视剧，甚至深陷其中无法自拔。他不但自己喜欢得要命，还号召集团高层看，后来发展到集团中层都要看。沈泉庄村的经济业务遍及全国，出口贸易覆盖好多国家和地区。王廷江常坐飞机往返于欧、亚、非三大陆，等飞机、坐飞机占用了他大半时间，于是他就见缝插针在旅途中学习。无论走到哪里，他总是抱着一台播放器，没完没了地看电视剧。于是坊间传说，在沈泉庄村，"要想当干部，先看电视剧"。

"管理管理，你不管他就不理你"。员工出工不出力、偷奸耍滑一直是管理者最头疼的问题，尤其是国有企业，至今都没有办法予以解决。有人说，解决的办法是私有化。于是，出现了承包经营的国有、集体企业的私有化大改制，一时私有化成了解决上述难题、增加企业效益的灵丹妙药。可是，从小就吃生产队的粮食长大的王廷江，坚决不信这个邪。他固执地相信集体化道路的优越性，相信公有制是国家、是社会的基础。于是，他反其道而行之，果断地将私有企业集体化。在诸多的质疑声中，他率领的村办企业却越办越大，一度支撑起罗庄区财政的半壁江山。

人多了就要管理。

王廷江制定了一个标准：一台机器周围不能有一丝杂物，必须做到一尘不染。这对一个陶瓷企业来说，尤其是那些放下锄头当工人的农民来说，并不是一件容易的事情，况且沈泉庄村的村办企业里大都是农民工，按照素质决定行为的论调，沈泉庄村的企业应该是老娘们的针线筐——乱得很。然而，事实却截然相反，所有到过沈泉庄村的村办企业的人，都对干净、整洁的车间环境感到惊讶。

那么沈泉庄村是怎么做到这一点的？

据说，有一次王廷江去日本谈判，签订了几个亿的买卖合同。回来后，他去了车间，看到一台机器周围落下不少残料，就收集了大半袋子，对工人说："抱起来！"

厂子很大，转一圈得一个多小时，等他转回来时，看见那个工人仍大汗淋漓地抱着袋子站在那里。王廷江看了看说："干活去吧！"

从此，这位邋遢的农民居然成了车间的标兵。这就是王廷江的理论："管理管理，你不管他就不理你。"

王廷江打算把村办企业上市，他说沈泉庄村要上市就上主板、上沪市，于是他找到了证券会的领导。那时候，全国排队等待的企业长长的一大串，人家压根就没把一个村办企业放在眼里，尤其是沂蒙山区一群农民鼓捣的企业。

一向倔强的王廷江有点不高兴，可是责任并不全在人家。从20世纪40年代末期新中国成立，到21世纪初期，大量的文艺作品、宣传媒介一直在描述、刻画沂蒙的落后，叙说沂蒙人在贫穷状态下的奉献精神，让人觉得沂蒙就是"一个挂满勋章的乞丐"。就连名声极大的《沂蒙九章》，透露的依旧是这样的信息。这样的作品多了，世人对沂蒙的印象也就固化起来。于是，贫穷、落后成为沂蒙的代名词。

这样的地方能有可以上市的好企业？然而，凭着王廷江的智慧和过硬的企业质量，沪市有了一个代号 600212 的上市公司——江泉实业。2001 年，股票价格 18 元。

20 世纪 90 年代，沈泉庄村旧村改造完毕，全村建造别墅 589 座，村民都住进了小洋楼，一位视察的领导看到一位 80 多岁的村民坐在别墅门前晒太阳，就问："您知道谁在做旧村改造这件大事吗？"

老人直言不讳地说："知道，上有党中央，下有王廷江。"

老人响亮的回答，让在场的人感受到了沂蒙人对共产党的深厚感情。与新中国几乎同龄的王廷江就在这样的氛围里，从一个拉车夫一步步走到华盛集团董事长的位置，不管职位有多大的变化，他使大伙都富起来的初心丝毫没有改变，带领村民为幸福生活打拼的行动也永远不会停止。

2. 一个农民的传奇

一个人倾其一生之力干成一件大事，就算得上个人物了。

一个拉着一辆地排车走出山村的沂蒙苦力，硬是干成了两件大事：一是白手起家，把一个村办企业核准为国家级集团，并当选全国 500 强企业；二是大闹机场，让航空公司改了霸王条款。

其实，坊间对王廷江的传说跟事实是有差距的，比如他在发票上签的"同意报锁"。事实上，王廷江读到了初中，在农村算是文化人了，辨别"锁"和"销"对一个初中生而言，并不是一件难事。只是人们为增加传奇色彩，有意把王廷江描述成小学水平甚至文盲，似乎只有这样，"同意报锁"的故事才和他匹配。

在沂蒙山区广大的农村上千万人中，王廷江绝对属于绝顶聪明、最先觉醒的那批人，是吃得下苦、耐得住劳的那批人。确切地讲，王廷江比那批同期崛起的人更有智慧。

党的十一届三中全会后，农村推行了联产计酬责任制，大量农民被彻底解放出来了。那时候王家兄弟多，土地不够种，闲着没事干的王廷江开始琢磨事了。改革开放初期，多年的思想禁锢还没有彻底清除，小买卖仍旧被视为"投机倒把"，已经很少有人干了，即使干也是偷偷摸摸的。这时候，善于琢磨的王廷江发现了一个商机。丰收的农村，家家户户都收获了大量的麦子，饿怕了的农民自然大量囤积。在农村，储存麦子最好的器具就是陶瓷大缸，那东西肚大腰圆，即保干又能装货，是农家最理想的储粮器具。丰收的农村需求量大得很，而鲁南地区又不生产陶瓷大缸，产缸的地方是鲁中的淄博地区。

怎么办？

说干就干是王廷江的性格，这种鲜明的个性成就了他的梦想。

他找来木匠，打了一辆地排车，带上一包煎饼、一罐咸菜、一捆大葱就上路了。从鲁南的沈泉庄村到鲁中的陶瓷生产基地博山县，沿途要经过沂南、沂水、沂源三个县，行程400多里。身强力壮的王廷江在博山装上一车陶瓷缸，自己拉着地排车，爬山过河，艰难地行走在蒙山沂水间。

拉地排车不仅需要力气，也需要耐力，民间称拉车人为"两腿驴"，这个活的劳累程度可见一斑。为早日摆脱贫穷，王廷江舍得这身力气。为尽快赶路，他常常是昼夜行走，累了就停在路边，在车下铺一件蓑衣，睡上一觉。一觉醒来，不管天明还是天黑，他拉着沉重的车子就开始赶路了。

沂蒙山区的路受地势的影响，几乎没有多少笔直、平坦的大道，即使公路也是顺山势而崎岖，随河道而蜿蜒。王廷江流下的汗水有多少？只有这些不平坦的山路记得。

唯一令王廷江感到安慰的是，那时候沂蒙山区没有任何污染，只要在沙滩上挖个坑，冒出来的水就纯净甘甜。他饿了就用煎饼卷一点咸菜、一棵大葱，就是一顿饭。他不需要住店，不需要下饭馆，成本低得很。这样的行程全凭双脚完成，沿途可谓一步一滴汗，挣的全是血汗钱。

第一车陶瓷大缸拉回来，还没等卸完车，就被村民抢购一空了。

赚到钱的王廷江买了一头毛驴做动力。前头是一头驴，中间是一个人，后面是一辆地排车，这是 20 世纪 80 年代初期沂蒙山区常见的运输图。有了毛驴做帮手，王廷江就把地排车加宽加长，所载的陶瓷大缸比原来多出五成，赚的钱也多起来。

王廷江没有小富即安。他拿出自己赚的血汗钱，购买了一台拖拉机，这在沈泉庄村无疑是个巨大的新闻。有了这个运输工具，一周一趟的运输瞬间变成了三天两趟，速度的提升开拓了利润的空间。

农民王廷江一时财源滚滚而来。

王廷江是典型的沂蒙汉子，既精于算计又舍得拼力气，这样的性格使他成为 20 世纪 80 年代村里的富人，不到一年工夫，穷汉子成为全村的首富。

看到贩运陶瓷大缸能赚大钱，村民纷纷效仿。利润被分割了，赚钱的空间被压缩了。

聪明的王廷江立即转行，改运陶瓷瓦。

为激励消费，给陶瓷瓦打开销路，王廷江扒掉住了几十年的草房，建起了瓦房。当一座青砖红瓦大房鹤立鸡群地站在村头上时，立即引起村民的围观。于是，有了钱的村民纷纷建造砖瓦房。王廷江的红瓦、瓷瓦就有了销路……

在寻找挖掘王廷江的事迹中，我们听到这样一个故事：20 世纪 80 年代中期，王廷江从博山拉着一拖拉机红瓦，飞快地跑着，也许是因为长途的困乏，也许是因为终日不停地劳累，在沂源县和博山县交界处，拖拉机一头扎进了村头的藕池里。巨大的声响、冲天的水柱引起了村民的注意。

王廷江的腿被压住了，无法动弹，水眼看着就淹没了他的脖颈，死神的狞笑声渐渐响起来，越来越清晰了。当水淹没到他的下巴时，他绝望了。但在危急关头，村民听见他呼救的喊声，十几个汉子跳下了藕池……

王廷江得救了。

沂蒙汉子王廷江并没有磕头致谢，他简单地问了一句话："咱们全村有多少户人家？"

记住这个数字的王廷江，开车走了。

腊月二十三，小年。王廷江拉着一车新大米来了。他对村民说："每家一袋，都尝尝，这就是临沂有名的唐崖大米，康熙年间的贡米，是给北京城的皇帝吃的。拿吧，分文不取，一家一袋！"

村民认出他来了，问："你不就是掉进藕池里的那个沂蒙汉子吗？"

王廷江说："是我，是我。今后每年腊月二十三，小年，我都来看望你们，给全村人拜个早年。"

就这样，王廷江把这个诺言践行了很多年。

其实，这个故事，王廷江从来没有提及过，新闻界也无人知晓。作为沂蒙汉子，他固执地认为：滴水之恩当以涌泉相报，何况是救命之恩。

随着农村建房数量的几何式增长，红瓦、瓷瓦成为乡村最大的需求。还是那句话：利益诱发竞争。随着大量的砖瓦运输户的出现，行业利润被摊薄，此时的王廷江又开始大转身。他几乎没有犹豫，就将多年积攒的血汗钱全部拿出来，在自己的家乡建起了窑厂，生产起瓷器来。

这些年，他一直是博山陶瓷厂的销售大客户，所以有充足的时间了解瓷窑的构造以及生产工艺流程，这就为他后来建厂储备了知识。

由此可见，王廷江绝对是一个极有心计的汉子。他能从偏远的小村走到改革开放的前沿，从底层跃上潮头，并迅速崛起，拥有了巨额财富，自有他的过人之处。

"要让一部人先富起来"，目的是让最先吃螃蟹的人趟出一条路，先富带后富，最终是大家都致富。其实任何时候都是这样，一个美好的愿望置入复杂的现实后，并不一定能完成初设的目标。纵观改革开放以后那些富起来的人，多数将改革赋予的红利占为己有，独享改革的财富。当然，也有许多人遵循了上述法则，成为共同富裕的领头人。

譬如王廷江。

一个人接受的教育、成长的环境，对其世界观的形成具有至关重要的影响。1951年出生的王廷江，跟着新中国一起长大，尤其是在沂蒙精神的熏陶下，他无意中给自己的生命赋予了舍己为人的色彩，骨子里有一种家国情怀。类似王廷江的还有后来同样闻名全国的沂蒙汉子刘嘉坤、赵志全、王传喜、梁召利、毛衍传……

率先致富的个体户王廷江决定把全部财富捐给集体，重走集体化道路，是源于几十年来社会主义道路留给他的深厚的文化积淀。社会主义好，在他的灵魂深处绝不是一句空话，因为他是这个制度的受益者。社会主义新中国，让饥饿不再困扰他的童年，学堂不再把少年的他们拒之门外。这个制度让阳光普照在每一个人的项顶，人们不再为寒冷而忧郁。平等给他们的童年带来了更多的快乐，让他们从小就有平均思想和社会责任感。

感谢这个没有歧视的制度。

拥有600万元财富的王廷江，看到村民还没有脱贫，光棍在大街上晃悠……一个人富了算什么？再说，党中央不也提倡先富带后富吗？自己富了，就有义务、有能力、有资格带领全村人致富。

王廷江产生这个想法的时候，沈泉庄村已经欠外债13万元，村集体账户上的流动资金仅剩下426元，全村1600口人，人均收入不足300元，村里还有13个找不到媳妇的光棍汉。村庄算得上一个彻头彻尾的穷村、一个欠巨额外债的负债村了。而王廷江个人的财富，已经到了让所有村民羡慕不已甚至眼馋心妒的程度。无奈的村民，只能一声长叹。

这声长长的叹息萦绕在1989年9月29日的沈泉庄村。

这天，秋高气爽，艳阳高悬。这天似乎没有任何先兆，可是，一个改写沈泉庄村历史的日子，就这样突然来临了。沂蒙山区最富有的个体户王廷江，带着600万血汗钱回归村集体，开始了共同致富的行动。他的行动让毫无思想准备的村民一齐睁大了眼睛，此举轰动了沂蒙，继而轰动了全国。

3. 一个村庄的涅槃

由于人的理念不同，对事物的审视角度不同，社会上出现的非常之举，往往遭受冷热两极化的境遇：鲜花与掌声、非议与讥讽常常是并存的。对于王廷江走社会主义道路的理念，那些对社会主义深怀敌意的国外媒体，总是以不信任的眼光看待这件事情，他们完全凭借自己的主观臆断，对发生在沂蒙这片热土上的事件妄加猜测。就像1987年发生在苍山县的"蒜薹事件"，原本是一件平常的事情，被国外媒体恶意炒作成政治事件，用以攻击与他们社会制度不同、意识形态不一致的对手。日本的媒体在采访王廷江时，就多次暗示性地问他："你捐厂是不是受到了外力的干预？"

沂蒙汉子王廷江忽地站起来，说："请你不要妄加揣摩，我认准的事，谁也拦不住；我不干的事，谁也强迫不了。"

不仅外国媒体如此，就连我们国内不也有人带着"吃不着葡萄就说葡萄酸"的心态看待王廷江吗？坊间不是有人在议论：没有三分利，谁起早五更？他是拿钱给自己买名！

各式言论把王廷江送入旋涡。所幸的是，王廷江心态端正：听见蝈蝈叫，还能不耩豆子吗？

多年后，王廷江面对我们的采访，说出了心里话："钱这东西，生不带来死不带去。作为一个男人，我所要的是干一番事业。干事业是需要环境的。国家政策那么好，不大干一番就对不起这个千载难逢的时代了。"

20世纪80年代末期，虽然国家鼓励、支持个体经济的发展，办个体企业也很赚钱，但由于人们观念传统，个体企业的发展环境还是比集体企业差很多，总是觉得有些束手束脚。

我们是社会主义国家，走的是社会主义道路。大河有水小河满，集体若是空壳了，村民怎么办？因此，王廷江最终决定把企业捐给村集体，让个体厂子变成集体企业。他看重的就是这一点，同时也需要一个更好的发展环境，才能把企业干大，让更多人受益。

事情的发展跟王廷江的思路高度吻合。

在集体资源的支撑下，几年时间，沈泉庄村先后上马了热电、电解铝、焦炭、钢铁等六大项目，仅钢铁厂设备一项就投入7亿多元。大投入带来的就是大产出，从此，小村开始腾飞，王廷江也带领村民走上了快速发展、共同富裕的集体化道路。

如今，沈泉庄村已成为全国明星村庄、全国文明村庄。华盛江泉集团是沈泉庄村集体企业，下属11个子公司，拥有30家工业企业，正式员工达1.8万名；集团占地200万平方米，总资产30亿元。2008年9月1日，全国企业500强排名新闻发布会在银川举行，华盛江泉集团在全国排名第342位，在山东省企业实力排名第34位。至今，华盛江泉集团已连续16年跨入全国500强企业之列。沈泉庄村当之无愧地进入全国经济强村、名村行列。

作为一个年产值上百亿的企业集团，王廷江是怎样管理的呢？

由于家境贫寒，王廷江只读到初中，但他管理企业自有办法。

华盛江泉集团宣传部部长郑宪峰说："王总要求下面企业的负责人集体看电视剧，一个都不能少，让我专门负责点名。看完后，必须认真结合各自的工作写出观后感。"

1995年，王廷江要求所有下属企业的负责人集体看电视剧《三国演义》，看完后个人写感想，然后集体进行讨论。

1997年,他设立专门的思想大讨论周,就企业的发展在集团内部开展讨论。

2006年,集团下属企业负责人集中看电视剧《康熙王朝》,从中学管理之策,学经营之道。王廷江自己更是将《三国演义》《康熙王朝》《武则天》等电视剧翻来覆去地看。出差时,他让工作人员给他备好光片播放机,火车上、飞机上都是他的学习时间。他认为,这些历史剧都是最好的企业管理教科书。

学习、提升的路径有很多,对识字不多的农民来说,这显然是一条捷径。这就是王廷江的聪明之处。诚然,现代化的企业管理仅靠这些是远远不够的。

怎么办?

王廷江的另一个绝招就是"借脑"。他用优惠的条件招募人才,让那些大学生、优秀经理人来小村落户,为乡村发展贡献聪明才智。

企业要立于不败之地,就必须不断上新项目、新设备,出新产品,这样才能引导消费、主导市场,企业才能长大、才能领先。显然,沈泉庄村的企业发展史就是一部"由小到大,由土到洋"的蜕变史。王廷江个人的经营理念也经历了"由小到大,由土到洋"的升华。

因为是集体企业,江泉股份上市后,控股85%的沈泉庄村赚了个盆满钵满,一跃成为沂蒙首富村。可是,带领村民创造了巨额财富的王廷江,个人依旧无法荣登财富榜。他只是和村民一样,享受着集体经济带来的高收入、高福利。

在沂蒙老区,集体化根深蒂固。事实上,不管是私有还是集体,只要对全体村民有好处,只要能促进乡村振兴,就不分优劣。但在新中国成立初期,个体显然不如集体发展迅速。事实证明,没有人民公社,全国8.6万座水库就无从谈起,全国性的绿化就无法实现,新中国就不会那么快复苏、崛起。我们在兰陵县代村采访时,村支书王传喜说过一句话:

"假如我们代村不走集体化道路，富起来的一定是少数人，3000多代村村民一定不会都富起来。"

在沂蒙老区，像沈泉庄村这样集体经济强大的村落比比皆是，如沂南县的南关村、河东区的柳疃村、兰陵县的代村、平邑县的九间棚村、蒙阴县的东关村……这些村庄尽管土地已承包到户，但是在实践中村民跟王廷江一样，发现了市场经济下公有制的长处，于是他们以流转、回收等方式，重新回到了集体经济的道路上。由于他们在坚守中开拓，才铸就了各自的辉煌。

此时，王廷江兑现了1989年9月29日对全体村民的诺言："老少爷们，只要咱们敢干能干，坚持走社会主义道路，发展村集体经济，我保证：全村人一定能过上家家住别墅、人人开轿车、户户有存款的幸福日子！"

就在富裕起来的沈泉庄村向着更大的目标前进时，风云突变……

4．碧水蓝天保卫战

2015年2月25日，中央电视台新闻频道报道：2月5日下午，受环保部委托，华东环保督查中心对山东省临沂市市长进行约谈。这是新《环境保护法》实施后，华东地区的首场环保约谈。

约谈缘由是：从2015年1月1日开始实施新中国历史上最严的《环境保护法》后，华东环保督查中心暗访了山东省临沂市，发现这个地方有不少企业在偷排、漏排，低产能、高消耗的企业比重大，给环境带来了极大的危害。

2015年1月1日《环境保护法》实施后，中央全面深化改革领导小组第十四次会议提出，对造成生态环境损害负有责任的领导干部，不论是否已调离、提拔或者退休，都必须严肃追责。环境保护，在中国无疑将越来越受到重视。各级政府不但守土有责，而且要承担第一责任，即便是调离、退休也要追责。重压之下的污染大户，要承受起转型的阵痛。

白云蓝天，绿水青山，人类与环境和谐共存，这是国家大计，也是中国共产党担当的拯救地球、保卫人类共同家园的世界大计。

中国共产党不仅注重现在，更着眼未来。或许，这就是一个政党百年来一直前进、一直执政的一个原因吧。

"绿水青山就是金山银山"指导下的最严厉的《环境保护法》颁布后，一场轰轰烈烈的蓝天保卫战在全国范围内拉开序幕。临沂市作为被约谈的地区，率先打响了断臂求生的第一枪。

沂蒙老区在这场蓝天保卫战中，罗庄区的沈泉庄村可谓身先士卒！

王廷江面临着新的考验。

从历史上来看，革命老区临沂市的工业基础差，起步晚，一向比较薄弱。改革开放以后，这里渐渐形成了以瓷砖、焦炭、水泥等为主的高耗能、高污染的产业结构，这是历史原因造成的。因为作为贫困地区，招商引资没有优势，各县区政府为发展经济，招商时纷纷铺设一些绿色通道，比如说一些手续、程序是可以减免的，其中免环评就成为吸引外资进驻的绿色通道。但是，随着时间的推移，人们的环境意识渐渐提高，昔日的绿色通道在今天来看，却成为一个巨大的、不可跨越的门槛。

发展就要淘汰落后，这是历史的经验，也是铁打的定律。

一百多年前，恩格斯曾十分郑重地提醒全人类："我们不要过分陶醉于我们人类对自然界的胜利，对于每一次这样的胜利，自然界都对我们进行报复。"

20世纪50年代，西方学者创立了环境库兹涅茨曲线理论，认为生态环境保护与经济发展之间关系的演变必然要经历一个阶段：在经济起飞时，经济发展以牺牲生态环境为代价，经济快速发展，而承载经济的生态环境逐步恶化。

历史的事实也在佐证这个理论。18世纪中叶，英国率先兴起工业革命，出现了典型的"先污染，后治理"模式；19世纪，美国经济发展迅猛，但随后洛杉矶等多个城市相继陷入空气污染的困扰；1930年冬天发生在比利时马斯河谷工业区的烟雾事件，导致大量人员死亡，成为20世纪最早记录的大气污染惨案；二战后，日本工业飞速发展，经济迅速崛起，但工业污染和各种公害病泛滥成灾……

"先发展，后治理"成为世界公认的模式，我国也没有跳出这个魔咒。所幸的是，中国共产党有着知错就改的传统、有错必纠的胸怀，哪怕是主观上犯的错误。在沂蒙，为求发展，对环保的忽视也是事实。尽管放低门槛引来了大量投资，GDP有了，利润有了，但蓝天不见了，星星不见了；钱多了，绿水变浑了，空气变浊了；肉蛋充足了，"三高"增多了……

有钱难买健康身，繁荣难换环境美。

生态资源是最宝贵的资源，不应以牺牲生态为代价推动经济增长，要有所为有所不为。当鱼和熊掌不可兼得时，要懂得放弃，要知道选择，要走人与自然和谐发展之路。从毛泽东时代的"绿化祖国"，到邓小平时期的"植树节"，到习近平的"两山论"，中国共产党一向推行人与自然和谐发展。只是不同的历史阶段，发展的任务不同罢了。

党的十八大以来，"两山论"被赋予新的时代内涵，在实践中日臻丰富完善，形成了一套生态文明建设的科学完整的理论体系。

于是，新旧动能转换开始隆重登场。其实，对中华民族、对发展的中国而言，这是一次彻底的革命，是凤凰涅槃，是老鹰拔翎撕爪式的再生。显然，痛苦是难免的。

大家都知道，这场蓝天保卫战，是断臂求生的一场决战。临沂市市长在被约谈后表示："接受约谈，我的心情是非常沉重的，同时我的决心也是非常大的。我接受了这一次约谈之后，我向你们保证，我不会再接受第二次约谈！"

于是，沂蒙老区立即行动起来。

王廷江领导的企业集团属于村集体，每年都要拿出相当的利润作为村里的公共积累，这是沈泉庄村持续发展的基石。按照王廷江的设想，全村再大干五年，还清贷款，给沈泉庄村留一个干干净净的企业集团。就在这时，全市的蓝天保卫战打响了。按照新环保法规定，沈泉庄村的利税大户瓷砖厂、钢铁厂都在关停范围之内。这就等于动摇了根本，因为这两大产业是集团的支柱产业，是沈泉庄村这棵大树傲然挺立的主根系，一旦被切断，这棵大树就会摇摆不定甚至枯萎。以钢铁厂为例，钢铁厂从2010年正式投产运营，每个月都能带来四五个亿的产值。对沈泉庄村来说，那就是一台提款机，关闭这样的提款机，全村人谁舍得？

　　然而，环境保卫战已经打响，怎么办？

　　王廷江独自一人在宽大的办公室里徘徊。

　　外界人都不晓得他的规划、他的梦想，也就无法体会面临抉择时他的痛苦。

　　钢铁厂的高炉属于高温设备，平常大检修都不敢停下来。检修时所谓的停，就是做一些保温处理，也就是压火闷炉子。因为一旦彻底停火，就会导致高炉里面冷却的材料彻底废掉，这样每一座炉子少则损失上千万，多则几千万，四座炉子直接的损失至少要过亿。钢铁厂一旦关停，全村的产值可就坐上过山车了，村民的福利怎么办？银行贷款怎么还？按照市里的规定，一同关掉的还有陶瓷厂。那样的话，8000工人的生计怎么办？设备供应商、原料供应商、产品经销商……这条维持企业运营的链条就会彻底断裂，企业的信用何在？

　　有形和无形的损失都在告诉他：关不起！

　　怎么办？

　　王廷江面临着生死抉择，沈泉庄村面临着生死抉择。

　　就这样，他把自己关在屋子里，整整一天。

　　晚上，王廷江对集团董事会和村两委成员说："环保一票否决，这是大趋势，谁也改变不了。为了给子孙留下蓝天碧水，咱们都关了吧。

这也是牺牲局部保全大局。"

那天，钢铁厂熄火了，王廷江暗暗地流下一串泪水。

在这场关系沂蒙未来的保卫蓝天大决战中，不仅仅一个沈泉庄村，整个临沂市都在行动，都在忍痛割爱，都在断臂求生。所有沂蒙人都在忠诚地执行国家政策。

沂蒙人在保卫蓝天行动中的表现绝非偶然，而是他们一贯的奉献精神的必然。

沂蒙人从抗战初期培育的听党的话、跟党走的觉悟，经过"两战"的锻炼已经常态化了。博大精深的沂蒙精神里"无私奉献"赫然在列，"一碗米做军粮，一尺布做军装；最后一个儿子送战场，最后一件老棉袄盖在伤病人员身上"的自觉行动，是无私奉献的真实写照。这种自觉在社会主义建设时期得以丰富和提升。为了修筑水库、治理淮河，还下游亿万人民一个鱼米之乡的盛世，沂蒙人奉献出自己的家园，奉献出赖以生存的土地，举家迁移到遥远的林海雪原。如今，为再现碧水蓝天，沂蒙人再次把无私奉献的精神演绎得淋漓尽致。

国家至上，为大局牺牲局部、为集体奉献个体的大公无私的精神，在沂蒙是有着极其厚重的文化积淀的。

20世纪70年代，临沭县常林大队社员魏振芳，翻地时捡到一颗天然巨钻，重达158.786克拉，如今价值高达数十亿，是真正的国家巨宝。当年《人民日报》以《我国发现一颗特大天然金刚石 华主席命名它为"常林钻石"》为题，头版头条报道这件来自沂蒙老区的特大新闻。

当年魏振芳把这个无价之宝无偿交给国家时，上级对她说："你有什么要求尽管提，政府一定满足你。"在场的人谁都没有想到，奉献出无价国宝的沂蒙村姑说："上级真要奖励，就给俺大队一台拖拉机吧，这样俺村的农业生产就上去了。"

这就是具有钻石心的沂蒙人，不论什么时候想到的都是国家、集体。

这就是只讲奉献、不讲索取的沂蒙人。所以，沂蒙人的无私奉献精神是常态化的。

当环保行动实施后，再度奉献就成了沂蒙人的自觉选择。在这次环保行动中，做出巨大牺牲的绝非一个沈泉庄村。在抉择面前忍受痛苦的也绝非一个王廷江。

瞧——

2015年2月5日被约谈后，从3月2日到6月18日，临沂市市长已经组织了五次临沂大气污染防治攻坚行动调度会，紧锣密鼓地指挥着这场保卫环境的攻坚战。

《大众日报》报道：红色老区临沂市，正在打一场非常艰难的环保攻坚战。在市长被约谈半个月后，临沂市突击对全市涉及大气的57家污染大户紧急停产整顿，对全市412家企业实施限期治理，对生态治理情况和秸秆禁烧情况进行了调度。

《齐鲁晚报》报道：临沂掀起一场剑指污染的环保风暴，摧枯拉朽，势如破竹。限产治理393家，停产治理163家，关闭8家。

四个月后。

2015年7月1日，中央电视台新闻网报道：华东环保督查中心对临沂市开展大气污染防治攻坚战给予了认可。

7月2日，中央电视台《新闻1+1》报道：污染治理的"临沂样本"！

主持人董倩：

言犹在耳，这是第一次，但是绝不会有第二次，这个决心是很大的。被约谈到现在，四个月的时间过去了，我们应该去看一看沂蒙老区临沂市治污的成果到底是怎样。

这四个月的环保，用"战争"两个字来形容，丝毫不为过。我们不妨看看经过这四个月的成果，临沂市政府6月12日公布的数字，5月31日以前全市412家火电、钢铁、焦化、水泥、建陶等重点污染企业要完成限期限产治理任务，目前已经有 305 家按期完成治理，备案解决恢复生产；29 家关闭搬迁，但是仍有 78 家没有完成限期治理的任务，对未完成限期治理的这些企业要转入停产整治。如果您对这个数字，还没有一些直观的这种感觉的话，那么我们再从环境的角度，看看经过这四个月的治理发生的变化。

这是《中国环境报》6 月 25 日提供的数字：山东省临沂市 1-5 月，PM2.5 下降了 24.3%，PM10 下降了 17.3%，二氧化硫下降了 36.1%，二氧化氮下降了 14.8%。从数字上来看，应该说是大规模、大幅度地下降。应该说，数字呈现出来的是立竿见影，但是它背后是几百家企业已经关闭了，那么几百家企业的背后，就有十几万职工和他们的家庭，企业如果关了以后，他们的生计未来又该如何？在治理环境问题的同时，社会问题、失业问题对于临沂市政府来说又是一个巨大的挑战。他们又是怎么做的呢？

对临沂的这种铁腕治污，有人给出了 16 个字的评价，叫作"空气好了，经济差了；民众点赞，企业抱怨"，这样就形成了一种非常复杂的、各方的利益都胶着在一起的困局。

如何破局？

代价是相当巨大的。以沈泉庄村为例，关停污染但赚钱的企业后，村里的经济坐上了过山车，原来的巨大利润变成了巨额亏损，最直接又真实的表现就是沪市的"江泉实业"的股票连续下跌，直到被进行退市风险警示后，才止住了"跌跌不休"的趋势。可是，为了因关停而下岗的员工有饭吃，沈泉庄村在最困难的日子里，仍旧坚持为员工发生活补助……

就在以华盛集团为首的高耗能企业断臂求生的时候，临沂市对关、改、转企业出台了优惠政策，除了减免税收帮助企业渡过难关外，还派出大批干部为企业雪中送炭。

由于受沂蒙精神的长期熏陶，临沂市各级政府和企业、党政机关和人民之间，形成了互帮互助的鱼水关系。譬如为解决城市用水，市里决定将山东省第二大水库——岸堤水库（云蒙湖）作为城市水源地。

一纸令下，十万网箱出大湖。

靠水吃水的库区百姓，养鱼十几年了，没有了网箱，他们就失去了生活来源。补偿对财政十分困难的蒙阴县来说是一大难题，于是，全县党政机关、事业单位纷纷施以援手，每人捐献了一个月的工资，帮助养鱼户渡过难关。

一方有难八方支援，是战争年代形成的社会风气。

这次临沂铁腕治污，事关污染企业的存亡，事关碧水蓝天的呈现，事关每个沂蒙人的健康，政府迅速行动，向企业伸出温暖的大手……沈泉村的钢铁厂就是靠这温暖的大手帮助，才实现凤凰涅槃的。

正如媒体所言：破解这个各方利益交织在一起的困局，是政府、企业、员工三方利益的牺牲。临沂人是用沂蒙精神取得了环保攻坚战的全面胜利。

仔细琢磨，的确如此。

第二十三章　楷模时代

因为有了使命感，初心的色彩才不会改变。

为了改变老区，有志者开始了创新的尝试。

沂蒙人没有想到，54年前，几个"劳动改造"的知识分子点燃的科技星火，燎原成临沂市最大的纳税大户、全国药企科研能力前三名的制药厂……

改革开放四十年来，作为民营企业家唯一的"时代楷模"，他的出现是"沂蒙精神"大纛下的必然。

我们需要时代楷模，社会需要楷模时代。任何一个向前发展的时代都需要开路的先锋。

"造福社会，为员工谋福利"成为他创业的内在动力。

他用几乎白手起家的积累为员工建造了4600套住房，自己却没造一座小楼。在耗尽全部精力后，他无声地倒在了办公室里。

作为一名共产党人，他以不变的初心为沂蒙精神增添了时代风采，他用27年的担当创建了一个物质财富的帝国，同时也缔造了中国企业家精神财富的家园。

1. 你是谁？

沂蒙民间有句流传甚广的俗语："官娘子死了哭满街，官爷子死了没人抬。"然而，这句俗语里所描述的现象，却因一个人的不幸而发生了大逆转。一位在殡仪馆干了40年的姓孙的工作人员感慨地说："我是头一次见到这么隆重的葬礼，整个火葬场里里外外都人山人海，足足有两万人啊！"

其实，他说的只是殡仪馆里，最大、最感人的送别场面并不在那里。

从2014年11月15日开始，在临沂火车站、机场等地方，从全国各地乃至海外匆匆赶来的人就渐渐多起来，这些人有一个共同的特征：面色凝重，脚步匆匆。他们无一例外地赶往同一个地点：鲁南新时代药业。

在鲁南新时代药业大门口，挂起了青纱黑幔，昔日那些喜笑颜开的同事，个个都是满面悲痛，就连平日威风凛凛的保安也低垂着头。厂区的道路两旁落满了枯黄的树叶，一派肃杀。草坪上平时青翠欲滴的小草也耷拉着脑袋，叶片泛黄、萎靡不振。昔日摇曳的塔松，静立不动……一切都那么肃穆，一切都那么庄严，一切都那么悲伤。人们一想到他，剜心的刺痛就在一瞬间席卷而来，吞噬灵魂的痛又在刹那间撕心裂肺。尚未抵达现场，人们耳边就传来了低沉的哀乐和断续的哭声，只是那哀乐有点别致。人们抬起头来，看到在青纱黑幔之间，他依然像平时一样微笑着，用充满关切的目光注视着每一个来者。只是这一次，所有人看到的只是他的黑白遗像，不再是那个熟悉的、高大的身躯了。于是，人们憋了一路的眼泪再也无法控制，泪水潸然而下。虽然悲伤，人们却无法哭天抢地、顿足捶胸，因为现场播放的哀乐是他生前最喜爱的歌曲之一——周华健的《忘忧草》：

让软弱的我们懂得残忍，
狠狠面对人生每次寒冷。

依依不舍的爱过的人，

往往有缘没有分……

心痛心酸心事太微不足道。

来来往往的你我与他，

相识不如相望淡淡一笑。

忘忧草，忘了就好……

歌曲是反复播放的，是整个祭奠现场唯一的乐曲。

他生前说过，人总是要死的，死是灵魂转化的一种存在方式，没有必要播放哀乐。他喜欢《忘忧草》，歌曲唱出了他创业时的酸甜苦辣，也无意中道出了他的心声。尽管歌曲里带着绵绵的伤感和无尽的伤痛，却在劝慰着前来送他一程的人，不要沉湎于悲伤之中，"忘忧草，忘了就好"。

硕大的照片两侧有一副当地书法家写的挽联：

为民造福沥血呕心制妙药丰功与蒙山沂水永在

为国筹谋忠肝义胆献嘉言美誉共清风明月同辉

纵观他的一生，这副挽联可以说概括得恰如其分，40个字就给他57岁的人生画上了一个盖棺定论式的句号。

没有沂蒙传统的孝布，没有燃烧的纸钱，也没有氤氲的香火，所有的人只有一支素洁的白花，满目是低声的哭泣和无尽的泪水。一群人走了，他们抹一把泪默默离开；一群人来了，他们抛一串泪深深鞠躬……一个白天就这样过去了。在褐色的夜空下，一幅用蜡烛摆成的画面，占据了好大的空间，那是一个心形图案，"心"里用蜡烛摆着：赵总走好。摇曳的烛光，巧妙的构图，配上沉沉的《忘忧草》的旋律，那是员工真心缅怀他们的领导啊！

据统计，这个场景被员工和网友转发了几十万次，成为各式各样纪念他的活动中最用心的创意，至今还被网友不停地点赞。

既然是沂蒙人，沂蒙的传统风俗还是要遵循的。停尸两天后，11月

16 日，人们恋恋不舍地送他上路了。去殡仪馆的路有 30 里，从 327 国道上走过。那天，灵车启程了，谁也没有想到人们迟迟不愿离去，他们跟在灵车后面，司机以为他们会跟到厂区大门口，因为从停尸处到厂区大门口，少说也有 10 里路。"送君一别时，十里长亭处"，也就算是仁至义尽了，可是上了国道，司机发现，灵车后面是一支望不到尾的队伍。

司机忍不住喟然长叹：这人有何德何能，居然赢得了那么多人的尊敬？他是谁？

他就是沂蒙汉子赵志全，一个新时期杰出的沂蒙精神的标杆性人物。

2. 历史的节点

要彻底了解一个人，必须研究他命运、事业转折的时间节点。

对沂蒙人赵志全来说，1987 年无疑是他人生和事业的关键之年，是他从一个无名小辈到工业大亨的转折之年，是一个大学生向一个企业家转变的转折之年。

那么，就让我们把目光锁定在 1987 年吧。

我们回望历史就会发现，1987 年不仅是世界史上不平凡的一年，也是中国经济史上不平凡的一年。

国际背景

苏联，戈尔巴乔夫领导苏联变革。

美国，纽约股市大跌，是为"黑色的星期一"。

日本，人均国内生产总值超过美国。

国内政策背景

中国国内生产总值 12101 亿元。

全国开始征收个人收入调节税。

商业事件

国际。达能、雀巢、联合利华、摩托罗拉、肯德基等国际商业巨头、世界级的品牌，大举进军中国市场。

国内。柳传志推出联想电脑，宗庆后、任正非、怀汉新开始创业……这些日后影响中国的经济人物，都是从这一年开始出场。

沂蒙。沂蒙人此时尽管还在做土地文章，但是已经开始了最初的工业设计。那些由政府投资的工厂，虽然弱小，但在八百里沂蒙已经遍地开花了。那时候的工厂相当于政府的一个部门，计划经济让其不愁原料，不愁销路。就在这个时候，河北一家造纸厂一个叫马胜利的供销科科长，掀起了一股"承包经营"的旋风，于是沂蒙山区开始受到这股旋风的洗礼……

在马胜利"承包旋风"的推动下，全国开始推行厂长、经理承包责任制试点，国企改革的大幕由此拉开……这个新鲜的体制，是对传统企业体制的一次大胆突破，它对生产企业无疑是一个重大的利好。因为是新鲜事物，受新中国成立几十年形成的惯性思维的影响，人们一时还难以接受一个新体制的来临。为推动这项具有划时代意义的改革，全国各地都在进行试点。大家都知道，既然是试点，成功和失败就会并存，希望与失望就可以同在。那么，怎样才能在试点中，把成功的希望推向极致，同时把失败带来的影响降到最低，这就成了各地政府要考虑的事情了。

作为革命老区，临沂地委的领导与全国各地官员的心态有着惊人的相似。在这种思想的支配下，临沂地区就把国企改革试点的任务交给了地区体制改革委员会，因其对全区企业的情况了如指掌。于是，临沂地区体制改革委员会选择了郯南制药厂。

全区的企业到处都是，为什么选择郯南制药厂？

让我们回过头来看看，1987年的郯南制药厂究竟发生了什么。

20世纪60年代末期，鲁南一带生产、科技比较落后。那时候，老百姓养的鸡、鸭，生产队喂的猪、牛，最怕的就是疫情，只要出现一场"鸡瘟"，全村的鸡、鸭就会一夜死光。在60年代，中国农村是把鸡当银行使的，这如何承受？尤其是大牲畜的死亡，对生产队而言就像天塌了一角使的。可是缺医少药的鲁南人民只能眼睁睁看着而无可奈何。于是，八百里沂蒙山区就有了一句无奈的叹息：家财万贯，带毛的不算。面对村民的叹息声，几个在郯城县郊区进行"劳动改造"的知识分子坐不住了，良知和责任让他们集体行动起来，要帮助老百姓救治这些家禽、牲畜。于是，他们从马陵山上挖来野草，开始用一个大铁锅熬制药水，居然遏制住了疫情。

需求决定市场。

他们就在学校一角开始了筹办药厂的梦想。

一粒种子就这样播下了，他们谁都不会想到，这粒种子居然长成了一棵大树，见证了沂蒙山区工业发展的整个历程，成为老区工业革命的缩影。

在建党一百周年来临之际，鲁南集团以年纳税14亿元的成绩，稳坐老区企业的头把交椅。这一切源于几个知识分子那一缕为人民服务的梦想，更源于一个叫赵志全的大学生的加盟。

1982年，青岛化工学院毕业的大学生赵志全到来时，这个小小的企业已经从生产兽药转为生产医用中药制剂了。

那个时候，郯南制药厂和全国所有的企业一样，原料按计划供给，产品由国家医药公司统一销售，企业在计划经济链条上不紧不慢地运行着。事实上，1987年双轨制中的国家计划的功能，被市场渐渐逼空，于是好多企业开始遭遇运转困难，效益的滑坡让那些吃惯了"计划饭"的工人产生了不满。赵志全所在的郯南制药厂就是一个典型，由于大家都在等、靠，谁都不愿意为企业谋划，结果好端端的一个企业开始衰败：生产时断时续，工资发放成了头等大事。

所幸的是企业小，虽然面临破产，但是给社会和政府造成的影响并不大。也正因为它小，临沂地区体制改革委员会才选择它做改革的试点，显然这是明智的选择。那时的郯南制药厂，一年的产值只有100多万元，利润几乎为零。选择濒临倒闭的郯南制药厂做全区首家承包经营试点，成功了，可以给全区的企业提供一个改革发展的模板；失败了，也不会给社会带来动荡。

这个决定如同巨石击水，在全厂引发了轩然大波，一向吃着"计划饭"的工人，哪里能接受这样的试点？改什么革？试什么点？明明是把国企私有化。我们堂堂的国企工人，不就成了给个体户打工的小工了嘛！

就在大家为前景担忧的时候，赵志全却觉察到了一个前所未有的契机的来临。作为一个想干事、能干事的人，他需要一个展示的平台、一个可以翱翔的空间。可是，作为一名小小的设备科科长，他施展的空间极其有限。赵志全反复看文件，越看越觉得光明一片，厂长责任制，就是厂长经理有权按照需求组织生产，有权对产品进行销售，也就是说，承包后可以在有限的空间里，实现无限的梦想。赵志全一下子感到了春天的来临，他的激情立时燃烧起来。

时势造英雄。

应该说，郯南制药厂发展成享誉全国的制药集团，是1987年的改革试点给了它一个生机无限的春天。赵志全能从一个小小的科长，实现人生的蜕变，成长为一个著名的实业家、创业者；由一个标准的农二代，成长为一名全国人大代表，走进人民大会堂，提交关于造好药造福社会的提案，也是1987年的那次试点成全了他。

3. 挺进风雨

改革给了中国企业家无上荣誉的同时，也让他们承受了常人所无法承受的苦难。尤其是在改革开放初期的沂蒙山区，传统观念根深蒂固，官本位主义严重制约了经济发展，企业改革每迈一步都很艰难，前进亦无章可循，一切都在摸索中。

在当时的社会环境里，做一个改革者，打破一种体制，可不是一件容易的事情，因为这种体制存在了几十年，一旦打破就会引发各方力量的反制，改革者极易陷入困境。这种困境不是某一个人的遭际，而是整个社会的哀伤。

1987年的中国，对"企业家"的概念，整个社会还是不认同的。"企业家"这个词出现在大众词典里，已经是两年后的事情了。1987年，我们的企业还在政府设置的轨道上，进行着惯性的运行，企业还肩负着政府和社会的诸多功能。那时候，我们称企业领导人为"厂长"，这个带有政治色彩的称谓，早已成为社会的共识。企业实行厂长承包责任制，作为政治推动下的体制改革，无疑是传统企业文化的一次转型。对一个转型时代而言，所有的价值观都亟待重建，于是冲突在所难免，尤其是在受传统文化影响至深的八百里沂蒙。

改革是一项特别复杂的社会系统工程，不可能在事先设计得天衣无缝的状态下进行，改革过程中不同利益群体的摩擦、碰撞甚至斗争，都是不可避免的。

马胜利掀起的"一包就灵"的旋风，依旧在席卷着华夏大地，毕竟是新鲜事物，人们对破除体制的热情有增无减。其实，沉浸在对改革的膜拜中的人们，还没有意识到这场触及深层的改革会给社会带来巨大的变化，包括对体制的致命撞击、对观念的彻底颠覆以及阶层的分化。也就是说，对这样的变革，无论是个体还是社会，都缺乏必要的准备。在这样的社会背景下，作为沂蒙山区第一个吃螃蟹的人，赵志全陷入旋涡也就在所难免了。

观念的冲突实在是致命的。

起初，工人还以为承包经营不过是换汤不换药的游戏，但当他们意识到改革触动的是切身利益时，就会有人不惜血本搅起漫天乌云。郯南制药厂的工人的心一下子就乱了，尽管赵志全使出浑身解数，可是他面对的不只是一个人。

那年，南京出现了甲肝，急需郯南制药厂的特效药：大青叶合剂。药厂仓库里明明有货，可就是发不出去。面对这样的情况，工人已经是六神无主了；他们的新厂长更是焦头烂额，因多头举报招来的十四个调查组，人数跟工人的数量差不多，都对着赵志全一个人，他怎么应付得了？现成的产品，运出去就是钱，可是没有人来干。眼瞅着企业效益就没有了，赵志全急得嘴上都起了泡。这就给了那些对他不满的人一个口实：看见了吗，他招架不住了吧？

赵志全无言以对，他寄希望于事实。他相信一句话：退潮后才知道谁在裸泳。同时，他又焦急地祈求这种大水漫灌式的调查早日结束，以便恢复生产。然而，现实是不以他的意志为转移的。面对那样一个庞大的调查组团，孤身一人的赵志全能走出困局吗？

让我们看看赵志全从小接受的文化熏陶，也许就能预测到结局了。跟那个时代的所有创业者一样，赵志全有着一个卑微的起点，岁月的嘲弄、苦难的打磨、底层社会的历练以及理想的破灭，都让他对生活的残酷有着清醒的认识。他具备了"狼"一样的素质，一旦遇到机遇，就会倾其全部的力量，豪情一搏。拥有这样素质的人，是不会轻易服输的，除非将他置于死地，让他不再拥有任何机会，否则他会坚决地沿着命运给出的一线甬道，向着光明执着而去。在这样的人眼里，任何困局都是一块磨刀石，只能让他出击的刀背更加明亮、刀刃更加锋利，只是他需要经历痛苦的磨砺。

他相信，改革是党中央主导的，是一个政党痛下决心的大行动，绝不可能因噎废食；自己是按照国家政策实行企业改革的，只要不贪不占，一心为企业发展，政府一定会给他一个公道。于是，他不顾一切，一头扎进风雨中……

4. 企业家特质

人人都可以创业，但并不是人人都可以成功。在众多的创业者中，出乎其类、拔乎其萃的成功者毕竟是少数。这些伤口累累、杀出重围的成功者，就是我们通常所说的企业家。

企业家绝对是一个民族的重要资源。企业家的敏锐和智慧，是整个中华民族最稀缺的资源，是国家此前、当下乃至未来经济发展的基本支撑。企业家的敏锐和智慧来源于他们独有的特质。

特质之一：前瞻意识

很多时候，能准确地预见前景，对于企业家来说，就是一种特质。比如中国地产业标杆式的人物王石，在1987年深圳的一次土地拍卖中，窥视到了地产业的曙光，尽管那时候他还是一个倒腾外汇、鼓捣批文指标的小商贩。就在王石发现地产业的机遇时，中关村的柳传志，在喧嚣的计算机行业里，看到了家庭电脑的大趋势。这些人独有的特质，造就了他们在各自领域的辉煌。

那时，刚同临沂行署签订企业承包经营合同的赵志全，也看到了医药行业的机遇。可惜，他还不能像做个体的王石、柳传志那样当机立断、全力出击，追逐他心中的梦想，因为他所领导的毕竟是一个刚刚改制的国有企业，跟王石他们的私营企业有着本质的不同。他有着一团需要理清的麻烦：那个小小的国企早已成了空壳，账面的资产不足19万元，车间无原料、机械停摆、工资断档……但是，国企积攒的种种痼疾却样样都在，譬如那遍地荆棘、来自四面八方的掣肘，都死死地锁住了他的手脚，他无法像王石他们那样在机遇到来时迅速出击。

在赵志全四面楚歌的那一年，中国企业界虽然被马胜利、李经纬他们超越常规的行动掀起一圈圈波浪，但是全国众多的企业厂长，还在履行着一个生产队长的职能。企业家的智慧潇洒发挥的时机还没有真正到来。那个时候，我们还没有"企业家"这一称谓。不管他们领导着多大的企业，政府给他们的任命文件上一律写着"厂长"。厂长和企业家是绝对不同的概念。从职能上看，他们都在领导着企业，似乎没有多大的区别，可是其内涵却有着天壤之别。人人都可以出任厂长，因为那是一纸任命就能实现的事情，但是厂长未必能成长为企业家。

1985年，一个叫彼得·德鲁克的人，出版了自己的书《创新与企业家精神》。这本书在中国并没有引起多少人的关注，但是那些研究中国经济的学者、关注中国经济命运的人开始如饥似渴地阅读它。在彼得·德鲁克的预言成为热点的时候，具有创新意识和企业家精神的赵志全，正在为排除前进征途上的遍地荆棘而煞费苦心。赵志全毕竟还是改革利好的第一批受益者，他的创业尚且如此艰难，那些还没有享受到这一利好的厂长，他们的艰难就更可想而知了。尽管经营企业艰难，可是在沂蒙，还是有那么一些人，抛开体制的束缚自己干起来，如沈泉庄村的王廷江。

赵志全在厂里的大会上说："企业要想长大，产品生产出来是关键，但卖出去更是关键。从长远看，我们必须招聘、培养自己的销售人员，以开拓我们自己的销售渠道。"

这话引起不小的反响。这不是没事找事吗？省、市、县三级医药公司不就是我们的销售渠道吗，为什么还要自己开拓？再说了，这也不合体制啊！万一上级追究下来咋办？

赵志全就一句话："我是承包经营的厂长，天塌了，由我顶着。"

在后来的采访中，我找到了第一批销售业务员中的一员。他叫马洪波，是企业的第五名业务员。他原本是厂子里的电焊工，在郯南制药厂迁往临沂的关键时刻，他同赵志全一起，加班加点，不辞辛苦。在赵志全的眼里，马洪波是一个能吃苦的小伙子，做推销业务，就需要这种吃苦耐劳的精神。赵志全说："洪波，你当业务员去吧。"

马洪波一惊："厂长，你让我拿焊枪行，你让我扛原料也行，出力流汗咱不含糊，可是你让我出去耍嘴皮子，我不行，去求爷爷告奶奶，我拉不下这张脸啊！"

赵志全说："你没去干，怎么知道自己不行？我没干厂长前也觉得自己不行，这不，咱们这一年多不是扭亏为盈了吗？洪波，我告诉你，三百六十行都是学会的，没有天生的行家啊！去吧，有难处找我，有我在你怕什么？"

马洪波焊枪一放，背起背包当起了业务员。

回忆起当年推销的故事，马洪波似乎并没有多少清晰的记忆。他说，那时候他们的思路还局限在主渠道上，跑业务就是跑外地的医药公司，与赵志全的本意是有差别的。他说他记忆最深的是，医药公司不是最终的消费者，可是消费者的钱却要打在医药公司的账户上，这就给销售人员回收货款增加了环节。

1989年的腊月二十七，工人都放假了，赵志全还在厂门口等马洪波，因为马洪波兜里装着1.47万元货款，而赵志全的身后，是等着拿原料款的厂家……

那时候，厂里只有大青叶合剂、元胡止痛片等几个品种，1.47万元的货款就是一笔大钱。当马洪波走到厂门口时，等候已久的赵志全一溜小跑就迎过来……马洪波至今都忘不了赵志全让钱挤兑得憔悴的样子。他之所以下那么大的力气，花费那么多的心血，组建自己的销售团队，肯定是被钱逼急眼了。到赵志全去世前，鲁南制药集团终于培养、组建了一支2000多人的销售团队。这支团队是鲁南制药集团纵横市场的先锋。赵志全从来不喊他们"销售员"，总是亲切地叫"我的业务将士们"，可见他对这支队伍的爱护。

那个时候，赵志全就有了鲜明的市场意识。

特质之二：机遇意识

鲁南制药集团真正的大翻身，是在推出银黄口服液之后。那时候，郯南制药厂改名为鲁南制药厂，厂长也变成了总经理，员工都亲切地喊赵志全"赵总"。

那年,赵志全决定开辟官方渠道之外的自销渠道。他亲自带队下江南,打上海市场。

可是上海那么大,谁会认可沂蒙山区一个小厂生产的银黄口服液啊!

那年有部电视剧叫《渴望》,因喊出了一代人心中的困惑而受到热捧。赵志全就盯上了电视剧,做电视剧的插播广告。那时候生产厂家给自己的产品做电视广告,是一个创新。别人根本就没有想到,可是赵志全想到了,而且想到就马上行动,这是他一贯的性格。

按照电视台的规定,在《渴望》电视剧中插播广告需要3万元广告费。那个时候,3万元是一笔巨款,足够全厂发一个月的工资。把全体员工一个月的工资,一下子给了电视台,换取一个还不知道有没有回报的广告,这不仅需要对未知的前景有一个准确的预测,同时还需要一种超人的胆识。

立时,厂里炸了锅。

咱是做药的,电视台跟咱有什么关系?全厂员工议论纷纷。

赵志全很坚定,这是投资,投资要的是回报。我们投出去3万元,就可能回来30万、300万甚至更多,当然,任何投资都有风险。

电视台又不是卖药的,能帮咱们挣钱?既然是投资,何不投给医药公司这样的主渠道,让他们多给咱推销推销不就成了?

真是应了《渴望》里的一句歌词:"悠悠岁月,欲说当年好困惑!"

就在大家不解的时候,赵志全大手一挥:划款!同时,他要求车间大量生产银黄口服液。大家都不知道赵志全这个宝能否押对,所以心都悬着:万一砸了,全厂人一个月的工资就泡汤了。那时候,赵志全在企业里还没有树立绝对的权威,不像后来,大家对他的决策都由衷地佩服。现在想想,多亏赵志全敢作敢为、行动果断,但凡有点顾忌,行动上有点犹豫,机遇就彻底失去了。

时至今日,那些老上海人还能依稀记得这个广告:一个孩子躺在床上咳嗽,妈妈一摸,说:"孩子发烧了,去医院打针吧?"孩子叫起来:

"不打针不打针。"父亲突然想起什么,说:"银黄口服液很好,上次我用了一盒就好了,专治孩子感冒、咳嗽。"孩子笑了。广告词:"银黄口服液,用了都说好。"

随着电视剧《渴望》的热播,银黄口服液的广告效应也显现出来,产品在上海迅速走红,成车成车的银黄口服液,从沂蒙发往上海,换回的是大把大把的钞票。

赵志全的每一个决策,在当时看来都是"烧钱"的行为,关键是这个行为的结果还无法预测。譬如"96决战"后,企业走出了困境,手里有钱了,就开始在全国各大院校高薪招募医药学博士研究生。赵志全给博士开出的条件是:月薪过万,一所160平方米的房子,一辆车子。这在当时算是很优厚的条件了。很快,鲁南制药集团就组建起一支由博士担纲的科研团队。为保障这样一个团队的工作正常开展,集团每年要拿出销售额的6%~7%做科研经费。

人无远虑,必有近忧。一个企业要想在残酷的竞争中做强做大,就必须盯紧远方。

付出就有回报,这是铁打的定律。谁占据了科技制高点,谁就拥有了无穷的财富。

5. 造福社会

当下,市场的供给侧严重失衡,一边是产能过剩,一边是供给严重不足。在医药生产领域更是如此,一方面是质次、价廉、低效的产品充斥市场,一方面是患者买不到优质、安全、有效的药物。低、小、散的产业布局,加大了市场的无序竞争。在利益的驱动下,药品的价格就成了占领市场的利器,降低成本就成了厂商的首选。一些厂家就开始选用廉价的原料,甚至偷工减料,于是治不了病的药品琳琅满目。患者忍不住要问:"能治病的救命药谁来生产?"

药品是个特殊的商品，医疗消费具有特殊性。事实上也是如此，老百姓购买任何商品都可以讲价，唯独在医院，没法跟医生讨价还价。"救死扶伤"被利益绑架后，花大价钱买来的药品不治病就已不是偶然现象。人民呼唤良心药，呼唤有疗效的药物。

鲁南制药集团有个长期亏损的药品：脉络舒通。十几年来，脉络舒通一直在生产，仅此一项集团付出的代价就是亏损7500万元。

在沂蒙精神出世的地方，企业家具有如此的情怀、企业具有如此的行动是一种必然，这也是沂蒙精神熏陶下的沂蒙企业家的胸怀。

2015年初，因环保问题，临沂市市长被环保部约谈，于是一场"还我蓝天白云、青山绿水的大行动"在沂蒙山区全面展开，数百家企业被关闭、整改，而鲁南制药集团却未受丝毫波及。

企业家的远见卓识，对企业的成功是至关重要的。2015年是中国政府大力治理污染、提倡企业创新的一年。因环保门槛的提高，企业破产、倒闭者不在少数。此时，国家提倡惠民政策，国产药品普降15%，这对药企是一个巨大的利空。可是，鲁南制药集团却在2015年再创新高，前10个月上缴利税就达到8亿元。

鲁南制药集团一枝独秀的原因固然很多，但最主要的原因，就是赵志全心里装着社会、人民，他始终奉行创办企业的目的是造福社会。

在相当长的一段时间内，无论是地方政府还是投资者，发展企业的目的都很明确：利润。于是，高耗能、高污染的项目，在各种利益的组合驱动下，以牺牲环境为代价公然上马，演绎出"只要金山银山，不要绿水青山"的"中国式绝唱"。那时候，企业治理污染似乎是一件奢侈的事情。在这样的潮流下，环保部门在持续增长的GDP面前也处处松绑，于是给后来环境的破坏、雾霾的猖獗埋下了隐患。

但赵志全不这么干，用他的话说："企业就是为了造福社会，你的工厂把环境都污染了，工厂就成了罪恶之源，你这个厂长就成了社会的罪人。"

这些年,鲁南制药集团在赵志全的带领下,不断地实现行业跨越。如果说1991年氯唑沙宗项目的奠基,揭开了鲁南制药集团中西药兼产的序幕,那么2002年新时代药厂的上马,就标志着鲁南制药集团步入了生物制药的时代。从此,鲁南制药集团成为集科研、生产于一体的现代化医药产业基地。每次跨越,赵志全都是环保优先。2002年新时代药厂上马,这是鲁南制药集团的最大跨越:从中西药到生物制药。他对设计公司说:"新时代必须配备一个万吨级的污水处理厂,经过我们处理的水可以直接排放到河里去,使污水达到一级排放标准。至于花多少钱,你们不必考虑。"

这种环保优先的自觉,让设计者由衷地佩服。要知道,一个万吨级的污水处理中心需要上亿元的投资啊!2007年,赵志全决定再投9600万元,建设一个占地达100亩的大型污水处理站。2010年,他又投资1.8亿元,建成了万吨级污水处理站,并通过"淮河流域污水治理项目"的环保验收。

费县人的母亲河温凉河从厂区流过,在"宁让企业亏,不让温凉河水浑"的环保理念下,赵志全专门招聘了1名学环保的博士、8名硕士,成立了"污染控制与资源化研究中心"。在重金投入和科技人员的努力下,鲁南制药集团排放的污水全部达到国家A级标准。村民说:"药厂排放的水比温凉河里的水还干净。"正是因为这些达标的水注入河道,温凉河流经厂区的河湾里才有了成群的野鸭、白鹭,水里才有了无数的鱼虾……

在治理雾霾的大势下,多少企业付出了血的代价,却未能生存下去,而鲁南制药集团却因环保先行的超前理念而受益了。

有人说是赵志全的企业家天赋,才让企业渡过了环保的难关。其实,我们始终认为这是沂蒙人赵志全"为社会造福,为员工谋利"的理念所致。

改革开放后,沂蒙山区在全国老少边穷地区中率先整体脱贫。在新时代，沂蒙山区又率先走向"一带一路"，成为全国老区发展最快的地方。毫无疑问，这与临沂"工业兴市"的理念有着重要的关系。在沂蒙走向振兴的历程中，本土企业家居功至伟，尤其是被中宣部授予"时代楷模"的赵志全。他不仅以创造财富的纯洁路径为创业者树立了典范，还以处理财富的高尚姿态为企业家树立了标杆。

2014年11月的一个深夜，赵志全终于熬不下去了，27年的连续透支，让他的身体彻底垮了。他将耗费毕生心血积累的财富还给社会后，溘然长逝。他唯一的要求就是把自己葬在厂区的花山上。那座温凉河湾里的小花山，是他用了20年时间绿化的，已经是繁花似锦、绿树成荫，是鸥鸟的栖身地了。

青山有幸埋忠骨。一心为社会造福的赵志全累了，他需要一个安静的地方长眠。

就在赵志全为社会造福，为员工谋利，苦心孤诣办企业的时候，2002年11月8日《半岛都市报》刊发一则消息：

在党的十六大即将召开之际，临沂师范学院11月6日举办了一个特别的捐助仪式。今年45岁的临沂市私营企业主——环保锅炉厂老板李云广，再一次风尘仆仆来到临沂师范学院，捐出了刚刚凑齐的300万元。

靠党的好政策富起来的李云广，致富后不忘回报社会。1997年，李云广向临沂师专捐款20万元设立奖学金，用这部分固定基金的利息，奖励、资助优秀困难大学生；1998年，李云广为沂水县王家庄子中学12名面临辍学的特困生捐款1万元；1999年，李云广在临沂三中设立教育基金，并与学校签订协议：每年捐助2万元来资助一些上不起学的优秀学生，这项捐助将一直持续到2009年；2000年，李云广把自己十多年来挣的100万元捐给了临沂师范学院；2001年，李云广又向临沂师范学院捐款100万元。他说，他给自己制订了一个向社会捐款助学的目标：3年达到500万元，5年要捐款1000万元。

要知道，20年前500万元可不是一个小数目。令人震惊的是，李云广的企业只有30余人，在沂蒙山区属于小企业，每年除去缴纳税金、支付工人工资和再生产的原料款外，他所挣的钱几乎都捐给了社会。他说："知足常乐。我有吃有喝有工厂，可那么多山区的孩子却因为贫穷而辍学，你说我要这么多钱干吗？"

临沂人李云广，几年来将自己干企业挣的钱全部捐献给了教育事业，2005年在中华慈善总会10周年评比活动中，他光荣当选"爱心中国——首届中国最具影响力慈善人物"。他是富甲一方的百万富翁，却过着寻常百姓的俭朴生活，他甚至连一身像样的西装都没有；他历尽艰辛创造财富，却倾其所有捐助教育事业；他是一个心中有梦的苦行僧，用自己广博的爱心谱写出一首奉献之歌。

像赵志全和李云广这样的人、这样的故事，之所以集中出现在"沂蒙精神"的诞生地，是因为沂蒙这片红色的土地为这些楷模、这些故事提供了成长的沃土。

6. 斯人已去，精神长存

在中国，几千年延续下来的"家天下"思想可谓根深蒂固，尤其是在政治领域，历代王朝都会把它演绎得淋漓尽致。虽然中国共产党彻底终结了这一思想，但是在民间，尤其是在财富的传承上，似乎并没有太多的改善。

在八百里沂蒙乃至全国，赵志全之所以去世后的声誉几乎超过生前的荣光，是因为他处理财富的方式，或者说他在财富面前高尚的姿态让人敬佩。他以胸有众生、襟怀天下的姿态，将财富的权杖传递到德才兼备者手中，后续的经营团队在他的精神感召下，开启了新一轮发展的高潮。

无论时空怎样变幻，不管后人如何审视赵志全，就在他拖着五劳七伤的躯体艰难地书写遗嘱的那一瞬间，一个高大的形象就树起来了。他那简短的遗嘱为中国的改革走出深水区提供了有力借鉴。赵志全去世后声名大震，从某种意义上讲，他那份简短的、没有任何修饰词语的遗嘱，起了关键作用。

2014年11月14日深夜，小花山下的小楼在冬风中显得有些孤单，温凉河水不知道小楼里将要发生的事情，依旧绕过小楼流淌。在赵志全办公室里的那盏灯熄灭之前，几乎没有人知道，这个沂蒙汉子在生命的最后一刻经历了什么。

十几年的癌症折磨，三次开胸手术的疼痛，对他而言已经不算什么了，重要的是，他用一生心血创建的事业，在没有他的日子里如何展现他期望的风采，到达他希望的高度？对一个创业者而言，事业成长犹如自己生命的延续一样重要。

冬天的风顺着温凉河逆流而上，和着水汽，阴冷而潮湿。此时，小花山下的小楼虽然已供暖，但寒气依旧包围着这座孤单的小楼。赵志全拖着被癌细胞吸光能量的身体，拿起笔写下了那份轰动沂蒙，引发人们长久思索，并令那些为财富而钻营取巧的人汗颜的遗嘱：一个与他毫无血缘关系的人，带着一个同样与他没有血缘关系的团队，接过他手中的权杖。

这是一个令接任者张贵民深感意外的遗嘱，因为他既不是创业的元老，也不是排行第一的副总，他不仅没有接班的可能，也毫无接班的念想。这也是一个令沂蒙人感到意外的遗嘱，因为它颠覆了传统的思维。人们开始打量这个年轻的团队。也许受赵志全权威和能力影响太深远，面对新的经营团队，担忧在众人心头化作团团迷茫……惯性造就的心态绝不是一份遗嘱就能化释的。

鲁南制药是八百里沂蒙山最大的药企，时代楷模的大旗能否继续飘扬，赵志全精神能否发扬光大？这一切都要看企业能否熬过创始人突然离世的危机，而后再创辉煌！假如继任者把企业搞垮了，那么一切都将不复存在。这是给继任者的压力，也是对继任者的考验。山西首富李兆会创立的海鑫钢铁集团，在后人手里演绎了一出破产的悲剧。在财富帝国里，这样的例子比比皆是，海鑫不是第一个，也不是最后一个。这样的故事依旧在发生，就像扬帆大海，总有船只会沉没一样。

时光在矛盾的交织和化解中前行，太阳和月亮在光明和黑暗交替间轮回。一切都在发展中成为浮云，一切都在企业的巨变中成为往事，化解一切疑虑的是集团的欣欣向荣。

真的应了普希金的那句诗："一切都是瞬间，一切都会过去……"

2019年8月27日，鲁南制药集团股份有限公司党代会召开，新当选的集团党委书记张贵民说：赵总创造的鲁南精神，是企业战胜困难的法宝，为鲁南制药走向辉煌提供了无穷的正能量。

在这股能量的驱使下，从2014年那个艰难的深冬到2019年底，新团队带领企业将销售收入从2014年的54亿元，增加到2019年的123亿元；缴纳税金从2014年的7.9亿元，上升到2019年的14.5亿元。新冠肺炎疫情汹涌而至后，各个行业都受到了前所未有的冲击，鲁南制药依仗赵志全时代打下的基础和新团队的努力，在困难中斩关夺隘一路前行……

赵志全时代，在资金紧张的情况下，鲁南制药集团就投巨资搭建起招揽人才的"黄金台"。那时候员工们都说："刚吃上饱饭，就花那么大代价招博士，一个博士的工资顶三十个工人的，有这个必要吗？"赵志全就给他们讲燕昭王筑黄金台的典故，讲乐毅、邹衍、剧辛等人才兴国的故事。在极端困难的条件下，集团建起了一支由博士生牵头，硕士生、本科生组成的科研团队。赵志全走后，"科技提升速度，创新彰显高度"的理念依然被忠实地执行着。证据之一就是：企业科研团队的规模空前壮大，由60名博士、1600名硕士组成的科研团队，成为鲁南制药对内实现新旧动能转换，对外抵御市场竞争的利器。如今，这家沂蒙老区的本土企业，已斩获国家科技进步二等奖7项，省科技进步一等奖3项，拥有国内外专利1783项，申请国内发明1447件，研发实力在全国5000多家药企中，综合排名第三。

没有什么比事业的发展更能安慰创业者的心灵了，此时，躺在小花山上的赵志全可以安息了。

　　鲁南制药这株改革之苗，历经 30 多年的风雨终于长成大树了。它无意中成为八百里沂蒙山工业发展进程中的坐标，成为沂蒙工业的缩影，因为时代赋予了它太多的使命和传奇，让它成为老区工业发展的一面镜子。

第二十四章　翻天覆地

从一大到十九大，在这近百年的时间里，沂蒙人打造出两张举世闻名的文化名片：沂蒙精神、临沂商贸物流城。

前者发源于战争年代，后者诞生于改革开放时代；前者蕴含着博大的精神，后者体现了巨量财富。二者跨越时空，在现实中相互呼应，产生了意想不到的能量，让老区实现了华丽转身。

那么，作为沂蒙一跃冲天的双翼和名扬天下的双擎，沂蒙精神和商贸物流城之间有着怎样的内在关系？

党旗和市场是两个风马牛不相及的概念，可是沂蒙人找到了二者内在的关联：党旗红，市场旺。

一个挂满"精神勋章的乞丐"般的国家级贫困老区，却在改革开放后一跃成为"中国市场名城""中国物流之都"，成为最具有发展前景的地方之一。

远离沿海、地处山区的沂蒙，在没有区位优势和资源优势的现实环境里，依靠商贸立市，商贸物流成为这座城市最强大的支撑，惠及千万民众。那么，临沂商贸物流城破土而出的文化基因是什么？

1. 老区新传奇

继续前进！

我们为什么要前进？

因为只有前进，我们才能在将来某一天，有资格不必再用无数烈士的鲜血警醒自己。前进，是为了我们可以摆脱屈辱的阴影；前进，是为了民族的振兴，国家的崛起。

沂蒙老区在前进，沂蒙人民在前进。

在抗日战争、解放战争期间，沂蒙人民为政治翻身而前进；新中国成立后，他们为社会主义建设而前进；改革开放后，他们为经济翻身而前进；在新时代，他们为实现民族复兴而前进。

前进，改变了自身的命运；前进，改变了老区的形象；前进，一个大、富、美的沂蒙老区向世界走来……

诞生于战争年代的沂蒙精神和崛起于改革开放时代的临沂商贸物流城，作为沂蒙山区的两张文化名片，对八百里沂蒙产生了深远的影响。假如我们对两者进行仔细的研究，就会发现它们之间有着文化上的一脉相承。

沂蒙传统的农业经济有着几千年的历史，而崛起的临沂商贸物流城不过是改革开放几十年的事情。后者改变了沂蒙千年不变的经济结构，对区域经济的全方位拉动作用是巨大的。

如今，临沂商贸物流城已成为全国三大商品批发城之一，其内销量及物流额全国第一，巨大的物流额带动了沂蒙加工业的勃兴。商贸物流城的崛起，改变了沂蒙山区农业经济的格局，惠及千万沂蒙人，商贸物流城以年物流额6000亿的巨量，带动了整个临沂市的经济振兴。正是由于商贸物流城的崛起，鲁南重镇临沂才具备了在沂河西岸、祊河北岸打造出一座水都的实力，才实现了几代沂蒙人心中的梦想——大、美、富新临沂。

山东省委原书记张高丽阔别数载后，以副总理的身份再次来到临沂时，面对升级后的商贸物流城和崛起的新都，感慨地说："这是梦幻般的变化。"2013年，习近平视察沂蒙，对老区的巨变给予了充分肯定。

沂蒙老区人民书写了新时代的传奇。

对临沂商贸物流城的崛起，国人大都疑问重重：一个交通并不便利，区位优势并不明显的山区城市，怎么会崛起成为一座名扬天下的商贸物流城？

似乎应了孟子的那句话："天时不如地利，地利不如人和。"

1981年，就在沂蒙人的激情还在土地上尽情地迸发的时候，不满足于土地回馈的江浙人已经走出土地，开始了单一的商贸往来。他们挑着布匹、鞋帽、针头线脑等零散的小商品，一路游荡走进临沂。江浙当地人称他们为"走商"，沂蒙人喊他们"小商贩"。

那个时候，这些并不起眼的小商贩，在临沂城西郊马路边上开始小商品交易了，只是令他们想不到的是，沂蒙老区人民的购买力高得出奇，在南方比比皆是的小商品居然在沂蒙成为畅销货，至于布匹、服装，几乎是有多少就能销售多少。"走商"大喜，于是口口相传，他们像发现了一块商贸新大陆那样蜂拥而至、逐利而来。

那时候的临沂地区包含现在的日照市，是一个有着近1400万人口的大区。

地摊上的便宜商品，每天都能吸引不少沂蒙人，这就是最初的马路市场。随着名声的传播，在利益的驱动下，外地的客户渐渐多起来，马路就变得拥挤不堪了。

交通堵塞，人们怨声载道。

江浙"走商"在其他城市也曾"制造"过这样的混乱局面，于是当地政府就以妨碍交通甚至妨碍治安为名，取缔了这些马路市场，于是他们只好一路北上到达临沂。

临沂城西郊拥挤、混乱的场面，也曾引发江浙"走商"的担忧，可是他们的忧虑很快就烟消云散了，因为他们到达的地方是以无私奉献而著称的沂蒙。善于包容的沂蒙人，没有因为他们妨碍交通、扰乱秩序就取缔了他们的交易，沂蒙人以特有的宽容大度，接纳了这些居无定所的江浙商人，给了他们家的温暖。

在沂蒙群众对江浙商人敞开怀抱的同时，地方政府也以最大的包容迎接着这些小商小贩。面对现实，临沂市人民政府干脆就在江浙商人聚集的西郊划出一片地，建成开放的集贸市场。这个市场一改过去"逢五排十"才有的"赶大集"，变成了天天开市，于是市场上就热闹起来。

在政府的倡导下，当地居民也把自己的房子腾出来，变成江浙商人的住所或仓库。于是，在八百里沂蒙大地上，一个简易的市场就这样在双方的共同努力下开始了运营。

这个在临沂西郊建立起的占地60亩的小百货市场，被人们称之为"西郊小百货市场"。由于市场是露天的，下雨天就无法开市。为方便这些外地商贩全天候开市，沂蒙人在市场一侧划出20余亩地，建起了塑料的棚顶，垒起了简易的柜台，免费供商贩们使用，时称"西郊大棚"。对于当时还没有走出贫困的整个沂蒙来说，这20亩简易的大棚有着划时代的意义，毕竟是它开启了临沂商贸物流城的大幕。

如果说辉煌源于梦想、一粒种子能长成一棵大树，那么，这个小小的简陋的大棚就是临沂商贸物流城的第一缕梦想、第一粒种子。

那时候，由于人们把小商贩作为投机倒把对象的观念根深蒂固，好多人还在开放和守旧之间摇摆。此时支持江浙"走商"，无疑是要冒风险的。

怎么办？

一向敢于担当的沂蒙人在举棋不定的关口，勇敢地向前跨了一步，这一步对解放思想、开放市场至关重要。1984年，临沂地区工商局发出通知，撤销工商企业、个体工商户定点赶集的规定，凡是持有个体工商业营业执照或临时执照的工商户，均可以到沂蒙山区的任何集市从事经营活动。

这样的规定简化了商贩来临沂经商的手续，那些最早来到沂蒙的江浙商人，在这样的重大利好面前，纷纷招呼亲朋好友前来经商，于是小商品经营者迅速云集临沂。一股商潮从南方荡起，波峰直指八百里沂蒙。

紧接着，以浙江义乌地区为代表的小商贩，以组团的方式，带着更多的商品进入临沂，成为临沂商城形成的最大的推动力量。

这些商人携带着大量小商品，从南方来到临沂，不仅促进了整个商城的崛起，也给沂蒙老区带来了新颖的经商思维。他们对沂蒙的贡献是双重的、多元的，沂蒙人对此心存感念。那个在商品城做到龙头老大的兰田集团董事长、全国人大代表王士岭说："咱祖辈子都是种地的，做买卖是跟人家江浙人学的，走到哪里都不能忘记人家。"

而事后多年，我们在大商城采访时，那些江浙人最爱说的一句话是："沂蒙人好啊！不欺生、不排外，他们总是把我们这些外乡人当成亲人，为我们提供力所能及的帮助，千方百计地为我们这些外乡人服务。这是我们能扎根沂蒙，并把事业做大的外因。"

也许，这就是沂蒙为什么能创办大商城的内在原因吧。

在战争年代，沂蒙人"一粒米做军粮，一尺布做军装，最后一个儿子送战场"，倾力支持革命；时隔四十年，沂蒙人又如当年那样支持江浙商贩，换来的是生活的共同富裕。

2. 春水北上

浙江义乌。

尽管这里的富裕程度和几千里之外的沂蒙山区并没有太多的差别，但是两地人的观念却有着显著的不同。沂蒙人还沉迷于田地的耕作时，义乌地区商业的潮水已经涌动成潮,并且从地下滚到地上了。

1985 年,就在沂蒙人忙于侍弄庄稼的时候,远在浙江刚刚 17 岁的陈文彪挑着两个大大的包裹,一大早就出了家门。他穿过绿树成荫、花草繁茂的村庄,走过一座座用石头建造起来的小小的拱桥,来到了乡里。这个义乌青年要出一次远门,目的地是他向往却又陌生的沂蒙山区。

陈文彪和所有当地的孩子一样,从小辍学,开始做被当地人延续了若干年的"鸡毛换糖"的小本生意。他生活的地方,一年中的绝大多数日子都在下雨,雨量不大,可是细雨如麻,下起来就没完没了,特别是每一年的六七月份的梅雨时节,小小的村庄里整整两个月的时间都看不见太阳。昨天夜里又下起了小雨,雨水的声音极小,宛如一个待字闺中的姑娘的羞涩低吟。绵延而悠长的雨水无比温柔地打在泥泞的地面上,伴随着环绕村庄的老樟树特有的香气,给人一种沁人心脾的清新。早上起来的时候,村子周围小小的河流就像是吃饱喝足了的儿童一般,河水顺着河床欢快地荡漾着。陈文彪就这么走在风景如画的故乡的土地上,疾疾地向前奔去,就如同古代画轴中打马穿过江南的过客一般。

走到乡政府大院前,陈文彪把担在身上的两个大大的包裹放在了院子的门口。两个包裹里的东西是他这趟出门所有的商品,原本他是舍不得它们离开自己的视线的,可是经过一路的奔波,包裹的外面已经沾上了无数泥点,显得有些肮脏。陈文彪只得把这些脏了的包裹放在门外,只带那根长长的扁担,一步三回头地走进院子,生怕他的这两个宝贝疙瘩突然间不见了踪影。

陈文彪要到办公室里领取一张乡政府给开的介绍信,这是几十年来农村人出门远行的最重要的凭证。今天前来领取介绍信的乡里乡亲似乎特别多,狭小的办公室里挤满了黑压压的人群,但是领取的速度却丝毫没有因为人数的众多而放慢。工作人员对每个人只问了几个简单的问题,介绍信就发给他们了。其实就在几年前,想要从乡里领取一封外出的介绍信,可是一件十分复杂的事情,工作人员刨根问底,恨不得把申领人所有的情况都给问出来，一折腾就得一个小时。陈文彪用了不到十分钟的工夫就拿到了介绍信，拿到了他这趟出远门所需要的东西。他隐隐觉得事态发生了变化。

陈文彪的这趟出门，归功于他经常出门的舅舅。前段时间在沂蒙赚了钱回家的舅舅告诉他，北边山东临沂地区的生意特别好做，钱十分好挣。利益对商人而言是最大的驱动力，已经长大、内心早就蠢蠢欲动的陈文彪，决定听从舅舅的意见去北方一趟，去遥远的沂蒙一趟。只是他不知道，他这么一去，就是整整 36 年……

那时候，从浙江义乌到山东临沂，要转坐好几次绿皮火车，经过好几天的长途跋涉。年轻的陈文彪是不在乎旅途劳顿的，只要能把自己包裹里的商品以好的价钱卖出去，一切都是值得的。

陈文彪到达临沂城的时候，"西郊大棚"已经建起来了。那天，人生地不熟的陈文彪挑着两大包商品刚一出现，就受到了管理人员的热情接待，一碗沂蒙山区的大碗茶，让这个异乡人感到从未有过的温暖。经过简单的登记之后，管理人员就在大棚里找到了一个摊位，大家共同帮他摆放商品。陈文彪感动之余，开始安心兜售自己的商品。

他卖的东西是义乌当地生产的圆珠笔芯、橡皮擦等，小小的笔芯被橡皮绳整齐地扎成一捆一捆的，露出一个个尖尖的脑袋，很是可爱；橡皮擦像小狗、小猫、松鼠、青蛙……整个摊子变成了动物世界。

陈文彪十分惊讶：顾客这哪里是在买啊，简直是在抢。在义乌论支卖的圆珠笔芯，在这里论捆就卖了，橡皮擦一出手就是十盒八盒。

正如舅舅所描述的那样，陈文彪的圆珠笔芯没多长时间就卖得一干二净，相比在义乌售卖的利润，大得超出他的想象。

陈文彪笑了。

他走的时候，市场上的人一直把他送到车站，临别时还给了他一袋沂蒙产的酥饼让他在路上吃。陈文彪一把攥住沂蒙人的手，留下一句话："等着我，五天后就回来！"

1992年，临沂兰田集团建立起一家专门以文具产品批发为主的市场，这个机会被年轻的陈文彪盯上了。陈文彪这代人和舅舅那代人不同，舅舅那代人的故土情结远比陈文彪这代人深厚得多，他们挣了钱就回到故乡打造房院去了，陈文彪却想着把钱再投进生意中，挣更多的钱。面对这一机遇，陈文彪丝毫没有犹豫，就把自己几年来所积攒的收入拿出来，在文体市场上购置了一处商铺，继续经营自己的文具生意。有了固定的经营场所后，他结束了"走商"的生涯。

2006年，兰田集团的临沂小商品城建立，其下属的三家分散的专业批发市场搬迁，陈文彪又在新市场里买了一处上下三层的商铺，举家移民沂蒙，悠然地过起了老板的日子。

如今，陈文彪依然在经营文具批发的生意，他在沂蒙注册了自己的公司，由于他的信誉好，公司已经成为全国几家知名的文具生产厂家的山东总代理，营业额也逼近了亿元大关。现在的陈文彪对于临沂来说，已经不仅仅是一个外来商人了，而是和众多土生土长的沂蒙人一样，成了在这里生活的主人。

我们采访时，问起陈文彪选择沂蒙的原因，他说，不单单是因为临沂有着巨大的商业潜力，而是他在临沂可以享受与所有当地人一样的待遇。某些时候，这个待遇比当地人的还高。

包容，是沂蒙文化里古老的元素，也是铸造沂蒙精神的内在动力。80多年前，这里的人们接纳了无数来自全国各地甚至国际上的抗日志士，并把这些人当作自己的亲人一样对待，甚至比对待自己的家人更加亲切。这里的人们把自己的一切都奉献出来，供养在这片大地上奋战的志士，甚至用自己的生命保护这些外乡人。80年后的今天，传统的包容文化一代代地传了下来，而现在的包容的内涵与几十年前有些不同。现在的包容更多的是平等，是合作，是和平共处、互惠互利。在临沂这片古老的土地上，没有文化的差异，没有待遇的高低，有的只是良性的商业竞争。这些来自南方的商人是临沂商城和临沂发展的开端，他们带来了先进的商业思想，带来了形形色色的商品，带来了南来北往的客户；他们在这里经营着市场的同时，也经营着自己的小家，把毕生的心血都贡献给了临沂。而临沂也没有辜负他们，给予他们的是平等、自由和沂蒙人所有能享受到的最好的服务和最优质的待遇。

今年，陈文彪的儿子已经读完了大学，踏入了社会。陈文彪正在一步步地培养着自己的孩子，让孩子一点点地熟悉自己所经营的业务，他打算把自己在临沂的一切都交给孩子来打理。这一切中包括他的文具生意，包括他在临沂的日常生活，包括他的小家的所有，也包括他对于这片古老土地的信任和感谢。

作为党员业户，陈文彪还有一个职责就是帮助业绩差的业户开拓业务。也许应了沂蒙人的那句老话："跟着好人学好人，跟着巫婆学跳神。"外乡人也学会了沂蒙人的那一套：帮别人开扇门，也是给自己留个窗。

如今的临沂商城，江浙商人无处不在，他们成为商城的主要力量。根据相关统计，现在常驻商城的江浙商人整整10万！10万江浙商人，构成了一座商贸物流城的主体。

3．人民的力量

随着临沂商业的崛起，以"西郊大棚"为主的分散的、规模较小的商品市场多样而杂乱，在南来北往的人流中显得拥挤不堪，最初没有细化的市场给商家和客户都带来了极大的不便，市场急需专业化的梳理和规范。

商场改造，钱从哪里来？

当时的临沂地区是全国最大的连片贫困区，财政早已捉襟见肘了，政府没有资金来打造更大、更规范的市场，眼瞅着机遇稍纵即逝。

怎么办？

对于不怕困难、挑战困难的沂蒙人来说，办法总是比困难多。1986年，临沂地委、行署终于开始了前所未有的破冰之旅：启动民间资本办市场的政策，确定了"人民市场人民建、公益事业大家办""谁投资，谁受益"的发展思路，开始尝试从政策上打开发展的瓶颈。对一向坚守集体道路的沂蒙人而言，这显然是一个超越常规的创举。在不同的时期，不同的策略会带来不同的效果，也正是有了这个大胆的尝试，才助推了沂蒙大商城的诞生。

多年后，经济学家研究沂蒙现象时说，如果说战争年代，一心为民众求解放的共产党人，带领沂蒙人民创造了"水乳交融、生死与共"的沂蒙精神；那么改革开放后，又是一心让人民富起来的政府和沂蒙人利益共享、风险共担，一起创办了这座"闻名全国，畅销世界"的临沂商贸物流城。

沂蒙的两张文化名片就是这样打造出来的。

事实再次证明，中国的事情无论多么复杂、多么艰难，只要党和人民联手就会出现奇迹，沂蒙精神和沂蒙商城就是最好的例证。

任何一个政策出台后都有两种心态存在：观望；行动。显然，观望者认为是个陷阱，他们坚信一个说法：事出常规必有妖。既然是好事为什么政府不出一分钱？而行动者坚信是一个巨大的利好，是政府让利于民。显然，这种坚信相当一部分来自党和政府多年积累下来的公信力。

还是那句话，人类所有的荣光、所有的辉煌，都源于心灵生出的那最初的一缕梦想。带着这缕最初的梦想，不甘贫困的水田村人开始了最初的探索，继而行动起来。同年10月，临沂市城关镇水田村出地150亩，与临沂工商局共同创办了临沂纺织品批发市场，把销售量最大的纺织品从"西郊大棚"市场分离出来，成为山东省第一家专业型批发市场。

这就是大商城的领跑者——兰田集团的前身。

这个行动无疑开了沂蒙人办市场的先河。纺织品批发市场的成功，仿佛是一剂催化剂，迅速引爆了沂蒙人办市场的热情。

多年后，兰田集团的董事长王士岭总是真诚地说："临沂商城的崛起，得力于西郊这些村庄的觉醒和奉献，西关村、水田村、曹家王庄、苗庄村……是村民奉献了土地，成就了大市场。"

在兰田人淘金成功后，几年时间里，临沂地区相继建成上百处专业型的批发市场，形成了一个包括小商品、服装、鞋帽、纺织品、药材、箱包、家电在内的日常用品专业型批发市场集群。此时的临沂市场已经有了现代商业的雏形，从无序发展到有序，从分散发展到越来越集中，市场更加规模化，经营更加专业化。

到2004年，临沂地区的市场集群已经发展到占地20平方公里，大型专业化批发市场68家，从业人员10余万人，日客流量30余万人。

2005年，临沂市机构编制委员会下发《关于建设临沂商城管理委员会的批复》，此时，临沂市场集群不再称为"临沂批发城"，而被正式更名为"临沂商城"。

不同的历史时期创造的奇迹：沂蒙精神、临沂商城，都在历史和现实的天空中张扬着一个政党和人民的胜利，张扬着一个制度的胜利。

4. 党旗红，市场旺

临沂商城发展到今天，年商品交易额已高达6000亿元。这么多的商品要运往全国乃至世界，于是庞大的物流就这样诞生了，临沂就有了另外一个名字，"物流之都"。如今，每天都有装满商品的国际专列从临沂始发，顺着"一带一路"走向世界各地。国内的运输车，更是满载商品，车头咬住车尾，密集出城，沿着京沪高速、长深高速、日东高速，驰往神州各地。

强大的物流催生了交通设施的升级，昔日闭塞的沂蒙也就有了由机场、铁路、公路组成的立体运输网。毫无疑问，这种便利的交通为物流的通达提供了条件。

那么，在众多的商贸城里，临沂商城越做越大的内力是什么？

党旗红，市场旺。这是兰田集团党性展馆大厅里的标语。

稍有常识的人都知道，市场和党旗是两个完全不同的概念，沂蒙人为什么非要把它们紧紧地黏合在一起？

要探讨这个问题，我们就不能不提及沂蒙第一代农民企业家王士岭。如今王士岭是全国人大代表，也是兰田集团的董事长。时间前移30多年，他只是乡镇企业苎麻厂的一个小厂长。或许他自己也不会想到，历史选择和现实需要的双重力量，把他推到了商城运营者的位置上。他见证了临沂商城的崛起，也看到了党建在商城中的作用。党旗红，市场旺，源于他在兰田集团的实践。

在中国庞大的商品批发市场里，浙江省的义乌和山东省的临沂是两大巨头，一南一北遥相呼应，代表着中国商城的高度，左右着中国商品批发市场的走向，两者之间的互动是多层次的。但谁也不会想到，是一个普通党员的行为，为南北两地的合作开辟出新的路径。

2015年底，浙江省义乌市埠头村党支部收到了一封来自山东临沂的喜报。拆开一看，原来是表扬从义乌到临沂小商品城做生意的党员陈文彪。他因为全力帮扶困难经营户，被兰田集团党委授予"流动党员创业先锋"荣誉称号。埠头村党支部书记陈维云说："人家临沂不愧是革命老区，党员的作用在商场上都发挥得淋漓尽致啊！"

兰田集团是临沂商城最早的开拓者之一，下辖18处专业市场、2.4万家经营业户，是年交易额超过460亿元的市场集群。这么一个庞大的经营组织，靠什么去管理？

"靠的就是公司党委积极构建区域化服务型党组织，激励各级基层组织和党员业户不断做大做强，打造了'党旗红，市场旺，人和谐'的多赢格局。"该公司董事长王士岭一语道出了商城的经营之道。

我们还是讲故事吧。

暑假即将结束，兰田集团下辖的中国教育用品采购基地也进入经营旺季。在卖场二楼，经营业户曹静却遇上了难处。她急需5万元进货费，借了几个地方都不够，银行贷款又没抵押和担保，店里眼看就要缺货了，下游客户眼瞅着就要选择新的供应商了，她急得嘴上都起了泡。

怎么办？

抱着试试看的想法，曹静来到市场贷款担保中心。她在服务大厅的贷款担保窗口交上了申请材料。两天之后，货款到账了。有了这笔钱，她进货及时，保证了正常经营。曹静感激万分。

这项贷款担保服务只是兰田集团党群服务平台的一个职能，目的是通过党组织帮助业户协调银行解决经营资金的困难。仅2015年一年，兰田集团所辖的党群服务中心，就解决经营业户实际困难1300余件，提供贷款担保1.2亿元，让鲜红的党旗高高飘扬在了群众心中。

从基层一路摸爬滚打过来的王士岭深知党组织在业户中的分量。兰田集团以"大市场、大党建、大服务"为主题，根据产业结构和市场布局，构建了三级党建服务体系，实现了市场党建工作的高标准、严要求。集团以公司党委为中心，4个党总支、24个党支部为分支，划分了36个网格党小组，形成党委抓指导、支部抓规范、网格党小组搞活动的基层党建格局。为保障党建服务活动开展，兰田集团还开通了党建信息网、区域性党建微信，打造了新媒体党务工作平台。在这个体系中，党员业户是网格中的亮点。

在兰田市场内从事文体用品经营的陈文彪的店铺前，挂着一块锃亮的名牌：共产党员经营户。

陈文彪是10万江浙商户中第一批来临沂做买卖的南方人。在兰田集团，没有本地人和外地人之分，用王士岭的话说："商城只有两个群体，一个是经营者，一个是消费者。"显然，经营者群体的素质直接关系到商城的声誉。

在文具批发市场上，232名党员业户都有这样一块牌子——亮出身份诚信经营，消费者随时可以来监督。

兰田集团党委要求，市场里的党员不但要挂牌承诺遵纪守法、诚信经营，每人还要联系10个经营户、帮扶1个困难户。在兰田集团管辖的市场里，232名党员经营户共联系中小业户2320家、困难经营户46家。他们不但要定期走访、传授经验，更要进行"一对一"结对帮扶，实现了党员与业户群众之间"点对面"的服务覆盖。

商城里也有贫困的经营户，他们是精准扶贫的对象。在兰田集团，精准扶贫在商场里运用得十分到位：不丢下一个经营业户，有饭大家吃，有钱一起赚。

党的十八大以来，兰田集团先后表彰五星级党员经营户82人，增强了党员的荣誉感，激发了模范作用的发挥。尤其是2012年，在集团党委的组织下，一批共产党员经营大户勇于担当，带领和帮助群众业户转型升级、调整适销产品，共度经济寒流，赢得了广泛赞誉。

对于那些勇于担当的党员经营户，集团党委从来都是大张旗鼓地进行表扬、表彰，甚至将奖状、喜报发到千里之外经营户的家乡。浙江省义乌市埠头村党支部绝不是第一个收到喜报的，也不是最后一个收到的。这样的喜报，年复一年地从临沂商城发出，送往南方各地……

2012年，临沂市委、市政府提出了推进"商城国际化"的部署，让市场在"一带一路"倡议中强发展、快发展。为此，兰田集团与国家贸促会等五家单位合作，成立了中国（临沂）跨国采购中心，分批次组织上千家业户走出去，与60多个国家的外商建立了贸易关系。这些商户大都是信誉比较好的党员，商城打的就是这张牌。后来，更多的商户跟随党员的脚步，沿着"一带一路"走向世界。

兰田集团党委帮助业户开拓国际市场、积极参与外循环的同时，千方百计夯实国内市场，扩大内循环。集团党委牵头，与全国2000多个城市实现了信息共享，为业户在贸易中带来了真正的实惠。集团党委充分发挥战斗堡垒作用，对业户开展电商培训4万多人次，帮助开办特色网店 5000 多家，引领市场电商化发展，提升了传统市场的竞争力。

经过几十年的发展，如今兰田集团拥有中国教育用品采购基地、中国劳保用品采购基地等 5 个"国字号"采购基地，是商城的领军企业。在 2020 年疫情造成经营不利的情况下，拥有全国先进基层党组织、全国优秀品牌市场的兰田集团，大力发展网上业务，积极投入"一带一路"建设，加大外贸力度，经营出现逆势增长，全年市场交易额高达 710 亿，为市场配套的金兰物流基地年货运量 1600 万吨，货值 730 亿元。

老区沂蒙崛起了一座商城，引起了广泛的社会关注，党和国家领导人纷纷前来视察。2013 年 11 月 25 日，习近平总书记来到临沂商贸物流城，王士岭向总书记汇报了"党旗红，市场旺"的经营模式。习近平总书记到兰田集团视察时指出，临沂物流搞得好，要继续努力，与时俱进，不断探索，多元发展，向现代物流迈进。总书记参观商城后称赞道："你们的事业大有可为！"

5．从制造到创造

如果说临沂商城的崛起，促使江南的商品加工业北上，带动了沂蒙制造的兴起；那么国际商贸的推进，则带动了沂蒙企业创造的觉醒。

从"制造"到"创造"只有一字之差，却历经千辛万苦，走过漫漫长途，跨越别人难以企及的高度。制造需要的是资本积累，创造需要的是技术创新。假如说制造是一个地方兴盛的开始，那么创造就是一个地域真正崛起的标志。

沂蒙千年小镇探沂就是从制造到创造的典范。

从地域上讲，小镇距商城 30 里，一条国道将两者相连，交通十分便利，这里自然成为承接商城商品加工最理想的场地，加之小镇最早出台了招商引资的优惠政策，大批商人接踵而来，仅木材加工厂就达 3000 多家，成为沂蒙山区最大的板材制造基地。

作为全国木业加工基地的探沂，在全国特色小镇 400 强中，是山东省唯一靠近前十的乡镇。全屋定制，点单打造，角逐世界市场……小镇在制造到创造的嬗变中，书写了太多的传奇，不仅涌现了行业的领军企业，也出现了敢于和美国叫板的企业家。

这个敢于向美国企业亮剑的人就是沂蒙汉子宋刚。

宋刚的传奇还得从头说起。

1994 年，临沂市为了激励区域经济的发展，制定了党政事业单位干部下海创业的优惠政策，宋刚就是在政策的鼓励下，投身到创业洪流的。

宋刚最初的目标是临沂商城，那里隐藏着太多的机会。经过十年打拼，他积累了可观的财富，但他没有小富即安，而是靠着企业家的天赋，敏锐地发现了沂蒙乃至中国即将诞生的木业高地——探沂小镇，尽管那时候小镇的木业发展势头刚刚出现，许多人并不看好。

2003 年 5 月，宋刚在看似偏远的小镇注册成立了具有自营进出口权的"山东安信木业有限公司"，并毅然离开商城，把十年打拼攒下的家底全部搬到了这里。

十几年后，探沂好像突然长大了，一跃成为全国特色小镇 400 强第 11 名，成了中国最强势也是最富有前景的木业基地。此时，所有依托临沂商城经营板材的人都知道，脚踩着探沂小镇，就是踏上了沂蒙、齐鲁乃至全国木业的制高点。而宋刚十几年前就看到了这一点。

拥有自营进出口权的山东安信木业有限公司，采取高端制造、技术兴业的路子，一开始就把目光投向了海外的高端市场。最初制订海外发展规划的时候，做事不服输的宋刚，站在办公室里，端详着墙上的世界地图，看了好几天。最后，他把海外市场的目标锁定在了大洋彼岸的美国。

美国人喜欢使用实木板材，胶合板的使用数量很小，而且对于域外的胶合板是非常排斥的。对于一个完全空白的市场，沂蒙板材在美国是否站得住脚，仍然是一个未知数。但是，宋刚没有过多的犹豫，因为他有着沂蒙人"不撞南墙不回头"的倔强，也有着"明知山有虎偏向虎山行"的勇气。

商场就是战场。有着十几年商场打拼经验的宋刚，知道只有激情是不够的，尤其是跟美国人做生意，必须彻底摸清楚他们的性格、经营思路和市场规则，做到知己知彼才能百战不殆。显然，按照国内的一套打法进入美国市场肯定是行不通的。长久以来，硬木材一直是美国制造商的主要原料，在过去的五六十年中，它一直受到消费者的偏爱。据宋刚得到的信息，美国人对传统家具保持了较强的需求，橡木、樱桃木、桃花心木、松木、胡桃木等家具在美国十分流行。

中、美两国的板材标准不一样，在中国市场上行得通的板材根本不适合美国市场。如果板材的质量上不去，即使运到了美国也无人问津。

宋刚委托一家权威的调查公司，对美国的家具和板材市场做了一个非常详细的调查。他不但要了解美国人日常的消费需求，也要了解美国人固定的需求标准，还要了解美国人的生活风俗和习惯。

市场调查做完之后，他开始量身打造适合美国市场的产品，并把样品发往美国西海岸的洛杉矶。紧接着，宋刚赶往洛杉矶，开始实施一系列的营销计划。他亲自到街道上发放宣传材料：客户不但可以免费使用他们的产品，还有额外的奖励，比如到中国进行五日游等。

有需求就有市场，只要方式对路，市场一旦打开，就像给奔腾的河水打开了坚固的闸门。很快，坚固、环保、便宜的安信胶合板在美国的市场风生水起了。

良好的开局是成功的一半。

2006年，宋刚在美国成功注册了"狸猫"商标。为进一步提升产品档次，实现板材产品的深层次加工，并进一步增加"狸猫"品牌的内涵和底蕴，同年，宋刚创立了"临沂柏恩地板制造有限公司"。柏恩地板拥有国内最先进，也是沂蒙第一条表面经过紫外线处理保护的板材UV流水线。自2006年7月份投产，仅仅一年的时间，柏恩公司"狸猫"地板就以其优质的产品质量——鲜艳的色泽、强烈的视觉冲击力、耐磨、使用寿命长、不变色、易清理，加上完善的售后服务，在美国市场赢得了良好的口碑，营销获得了巨大的成功。

仅仅三年的时间，安信木业取得了名列临沂市木业出口前三名、跻身全市出口创汇企业前30名的业绩，产品在美国拥有了巨大的市场，已经成为美国市场的一个知名的中国品牌。

宋刚的产品严重地冲击了美国的本土企业，美国人不干了。2006年11月底，美国胶合板产业协会和参议员Ron Wyden致信美国布什政府，称来自中国的进口胶合板损害了美国胶合板产业的利益。

2007年2月28日，美国参议院财政委员会主任致信ITC（美国国际贸易委员会），要求ITC针对进口木地板和胶合板发起"332调查"。

"332条款"，又称"常规性事实调查"条款，是指美国1930年关税法中的第332条。该条款规定，ITC可向美国总统、众议院、参议院财政委员会或USTR（美国贸易代表）等机构要求对任何涉及关税和贸易的事件，特别是美国与他国的产业竞争态势进行"常规性事实调查"并出具报告。"332条款"调查经常成为美国启动反倾销、反补贴等贸易保障措施的"先兆"，经常给国外的同类厂家带来灭顶之灾。

2000年，ITC受众议院之托出具了美、中两国铸造焦炭产业情况调查报告。2001年9月，美国商业部即裁定此产品构成倾销，最终导致该产品几乎完全退出美国市场。由此，探沂小镇的安信木业，成了美国反倾销的第一家中国木业公司，宋刚感到了前所未有的压力。就在危难时刻，中国林产工业协会的吴盛富主任来了。大家都明白，如果因为此次332调查报告，导致美国对中国地板出口实施反倾销和反补贴政策，那么，中国板材企业对美出口就会遭受致命的打击，对整个中国木业产业将会是一个巨大的伤害，很有可能中国在美国开拓的市场将全部丢失。

吴盛富安慰宋刚说，面对此类调查，我们既不能慌乱，更不能无动于衷，而是应该充分利用332调查的程序权利，积极地向美国国际贸易委员会提交有利信息，争取让国际贸易委员会做出有利于中国相关产业的报告，从而避免美国政府借此发起对中国产业不利的贸易政策。

于是，小镇开始了与大国的对峙。

有祖国做后盾，有中国林产工业协会鼎力相助，宋刚就有了底气，他拿起法律的武器坚决迎战。

2007年10月3日，ITC针对中国的332条款调查听证会在华盛顿特区的美国国际贸易大楼举行，中国林产工业协会联合安信木业等35家中国企业参加了听证会，摆出一副积极应诉、坚决维权的姿态。

在本次长达两年的"332调查"案中，宋刚在中国林产工业协会的帮助下，积极应对调查，参加调查听证会，并准备了大量材料提交给美国国际贸易委员会，在强势的对手面前发出了中国的正义之声。最终，这场跨国贸易官司，以我们的胜利而结束了。

经历了反倾销案后的安信集团，在取得了巨大的经济效益后，也通过自身的升级，带动了探沂乃至整个临沂木业产业的升级和转型。作为行业的领袖，宋刚充分利用行业协会协调的优势，通过协会的一系列活动和推动，让更多的业内大咖来到了小镇，融入这个产业集群中，使探沂的板材业成为全国的品牌中心。目前，探沂的胶合板产量占全国市场的40%，贴纸企业全国前10名有7家在探沂。

近年来，定制家居的发展异军突起，涌现出了一大批优质的企业。未来定制家居的发展，呈现出三个趋势：一是大家居；二是健康、环保；三是智能化。专家认为，定制家居发展的关键点是软件、硬件和人，这些很多企业都能做到，可是更重要的是把三者融入一个系统，那就是高科技的范畴了，一般的企业就无能为力了。

宋刚明白，要实现从制造到创造的大突围，就必须占据高科技领地。为加快产业升级，宋刚用了一年的时间进行软件的设计。这个系统使得安信木业在智能化发展上领先了市场五年，也使得企业信息化发展站在了行业的最前沿。

现在国际贸易壁垒多，形势不容乐观，在胶合板、木地板等反倾销方面，宋刚已经在国际上打了多轮官司。他也在这种贸易争端中不断成长。国外有美式橱柜、欧式橱柜的各项标准，中国还没有自己的橱柜标准，这是"宋刚们"所需要考虑的事情了。作为全国木业特色小镇上的龙头企业，安信是整个产业的标杆。习近平总书记阐述的乡村振兴的20字方针，第一个就是产业兴旺。没有发达的产业体系，没有高峰和群山呼应的产业格局，乡村振兴就无从谈起。

只有走出沂蒙，才能面向世界和未来。

6. 做大的不仅是网红

在临沂商城和义乌商城之间发生了一件有趣的事。

经济社会进入一个化腐朽为神奇的时代后，拥有一部手机，足不出户便可知天下事，可创造滚滚财富，而直播带货的网红们也瞬间成为一道靓丽的风景。临沂商城也出现了一个直播带货的网红，这个拥有千万粉丝的超级网红，为沂蒙商城招徕天下客户，创造巨大财富。

这是一个楚材秦用的时代，超级网红很快便被浙江义乌商城重金挖走了。

快手电商负责人及各大平台掌舵者，或公开或暗中来到临沂，是因为临沂商城拥有百万级粉丝的主播达200人之多，百万粉丝主播阵容在全国范围内仅次于广州和北京。这里拥有19座规模化的直播基地，主播快单发货量每日达150万件，直播带货交易额从100亿元迅速蹿升至300亿元。踩着直播电商的巨大红利，直播基地迅速崛起，处处风光无限。巨大的潜力伴随着激烈的竞争，各大平台虎视眈眈，平台负责人组团调研临沂，商城主播被猎走也就在情理之中了。

就在临沂商城颇感惋惜的时候，超级网红回来了。她告诉商城管理者，自己之所以拥有千万粉丝，是因为临沂商城拥有遍及全国城乡的物流体系，拥有围绕着商城崛起的完善的商品生产加工体系，离开了"买天下、卖天下"的商业环境，再红的网红也会失去色彩。显然，网红的感受是真实的。临沂商城拥有30多平方公里的面积，130多处专业市场，一个兰田集团就投资8600万元打造物流信息平台，与全国2000多个城市实现信息共享，为网红经济提供了宽广的空间。为了让客户适应先进的交易方式，早在十多年前线上交易刚刚出现的时候，临沂商城的管理者就重金聘请中国市场学会的教授们举办线上交易培训班，免费为经营业户举办网上交易业务培训。

人们对新事物的认可总会有一个过程，网上交易培训遇到业户抵制也在情理之中。那时候，实体店占据着市场，业户们参加一个小时的培训，就可能少接几个单子，就可能错失几个客户，就会减少几笔收入。现实和理想总是在矛盾中对立。兰田集团的王士岭苦口婆心地给业户讲述网络的前景，讲述线上交易的未来，最后采用软硬兼施的办法组织业户参加培训，终于抢占先机，让95%的业户掌握了新的交易模式，为疫情期间业户销售开辟了渠道，为商城开拓国际贸易打开了通道。这也是疫情期间临沂商城逆势增长的重要原因。

互联网席卷了临沂城。

2020年1月，山东省人民政府正式批复设立临沂"一带一路"综合试验区，以兰山为主要试验区域，以商城为主要试验载体，着力打造"一带一路"国际物流区域性枢纽、国际商贸创新型高地、国际产能合作示范基地、国际人文交流合作平台。物流科技提升、国际贸易拓展、电子商务兴市等5个方面13项具体任务已全面铺开。试验区的建设，加快了商城由"买全国、卖全国"向"买世界、卖世界"转变，由内贸易型商城向国际化、现代化商都转变。随着海外商城、海外仓、国际陆港的建设，国际专列从沂蒙老区启程驶向全球。

无形的网络缩短了世界有形的距离。

2020年底的一组数据显示：临沂商城的快手交易额全国第三，活跃用户数全国第二，商家注册量全国第一。

借助网络平台，临沂商城发起了从内销向外销的全面冲锋！

第二十五章　山河无恙

新冠肺炎疫情在全球蔓延,为什么只有中国全面遏制住了它的传播,迅速控制住了疫情?

人民至上,"每一个人都好"的国家政策,让不幸的人们感受到了国家的温暖、体制的优越。

一声令下,全国行动,数万医护人员驰援武汉,14亿国人积极配合,武汉封城,乡村封路……

中国向世卫组织及有关国家通报疫情,给世界分享抗疫经验,为疫情严重的国家提供帮助,一套组合拳展示的是大国责任、大国担当。

新冠肺炎疫情是新中国成立以来的一场特殊战役,"战疫"的成功再次证实了"中国共产党行,社会主义制度好"。

世界上只有一种真正的英雄,即认清生活的真相后依然热爱生活。危急关头,沂蒙老区的医疗队、蔬菜运输车,浩浩荡荡地奔向疫区。

1. 恶魔卷土重来

2020年9月8日，习近平总书记在全国抗击新冠肺炎疫情表彰大会上讲道："在过去8个多月时间里，我们党团结带领全国各族人民，进行了一场惊心动魄的抗疫大战，经受了一场艰苦卓绝的历史大考，付出巨大努力，取得抗击新冠肺炎疫情斗争重大战略成果，创造了人类同疾病斗争史上又一个英勇壮举！"

2019年底发生的新冠肺炎疫情，是百年来全球发生的最严重的传染病大流行，是新中国成立以来我国遭遇的传播速度最快、感染范围最广、防控难度最大的重大突发公共卫生事件。病毒突然而至，疫情来势汹汹，人民的生命安全和身体健康面临着严重威胁。

建党百年前夕的2020年，也是中国式扶贫攻坚的收官之年，全国人民都忙着备年货，准备隆重地过完春节后，继续人类最温暖的工程——精准扶贫。此时，一个小小的冠状病毒袭击了中国，新冠肺炎疫情在武汉暴发，继而影响全国，浓浓的年味荡然无存了。沂蒙人也因来自武汉的一例输入性病例，从新年的喜悦转入恐慌。

一个小小的病毒居然搅动了硕大无朋的地球，冠状病毒到底具有什么样的魔力？

1937年，博德特和哈德森从小鸡体内第一次分离到了冠状病毒，这说明冠状病毒在自然界里是很常见的东西，所以一直没能引起人类的重视。

2002年末，冠状病毒第一次显现出了让人意想不到的杀伤力。从2002年的11月末开始，一种奇怪的病悄悄地在广东境内传播。患者症状相似，比如发高烧、咳嗽、呼吸困难、胸片显示双肺阴影，部分病人还出现了呼吸衰竭。最早与病人接触的一些人，很快就被传染上了，比如病人的亲属、医生和护士。

国家疾控中心的一位电镜专家看到了清晰的支原体结构，于是就认为这是衣原体感染。既然是病菌，为什么各种抗生素对其毫无效力？对此提出质疑的人中，就包括钟南山院士，他认为应该是病毒感染。

美国、加拿大的医学家们先行一步，证实中国暴发的是1937年发现的冠状病毒，这就是令人谈之色变的SARS病毒。

这种病毒无药可治，只能靠人体的免疫力抵抗它，但是麻烦就出在了人体的免疫系统上。人体的免疫系统首先是对入侵者进行识别，假如不是自身里的东西，免疫系统就会调集大量的免疫细胞过来围殴入侵者，直到把入侵者消灭为止。但是对于SARS病毒，虽然人类的免疫系统认得出它是个异类，但是第一次见到这种病毒，不知道该怎么攻击它。怎么办呢？那就使出全部力量进行战斗。

而治疗SARS，经常是用糖皮质激素先把人体的免疫力降下来。但是又不能降得太低，要保证它能消灭病毒，又不会对人体造成过多的伤害，分寸是很难把握的，代价也很大。很多人虽然病治好了，但是肺部纤维化了，甚至出现了股骨头坏死。

怎么办？断臂求生，保命要紧。

战胜SARS的撒手锏就是切断传播途径，于是隔离、封闭成为对付传染性疾病屡试不爽的办法，因为早在新中国成立初期，我们国家就是这样对付令人恐怖的"大麻风"的。

2003年的夏天，我们抗击SARS胜利了，那不仅仅是医学的胜利、制度的胜利，更是国家的胜利、全民的胜利。

SARS来势凶猛，我们第一次见识了冠状病毒的威力。那年，全世界的确诊病例大约是8000人，死亡的人数大约是800人，也就是说，SARS的死亡率高达10%。

2003年的那个夏天，冠状病毒似乎从人们的视野里销声匿迹了。但是，历史的教训不止一次地告诉我们，病毒亡人类之心不死，恶魔总是在暗中寻找时机攻击人类，包括钟南山院士在内的人都明白，冠状病毒卷土重来是迟早的事情。

2020年春节的气息渐渐浓郁起来，腊月二十三是农村辞灶的日子，于是火车站、汽车站、飞机场早就进入了繁忙的春运，这是中国文化特有的景观：有钱没钱都要回家过年。就在这个时候，一个叫新型冠状病毒的幽灵，瞬间就把沉浸在喜庆里的武汉三镇变成了是非之地。接着，"谈武色变"的恐慌情绪在全国蔓延开来……

新冠肺炎的传染性比SARS要凶猛许多，它随着春节人口的大迁移在全国范围内传播，到2020年农历正月初四，全国感染确诊的病例就达5974例。

还是那个恶魔，还是那个冠状病毒，它真的卷土重来了，不仅袭击了中国，还席卷了全球200多个国家。在这场人类的浩劫中，一个远在武汉的沂蒙人不幸感染，成为八百里沂蒙的第一例输入性病例……

2．每一个人都好

明天就要启程回故乡了。

从武汉郊区的玉笋山公墓到石门峰陵园再到扁担山公墓，王志刚麻溜地转了一天，傍晚才确定了扁担山公墓，价格虽然高一些，但是距离市区较近，此后每年祭扫的时候都会省去很长的路程和很多的时间。

沂蒙人祭祀逝去的亲人，一年有好几个节点，清明节、农历七月十五、春节。每一次祭祀都需要到坟前跪拜，这是远在异乡的人无法做到的。自从老人过世后，每年的清明节王志刚就感到非常痛苦，武汉三镇与老家沂蒙山区远隔千山万水，上坟的日子不能回到父母坟前给他们燃上几炷香，烧上几刀纸钱，磕上几个头，成了他无法释然的心结。

经过多次心理斗争，王志刚决定今年春节回老家把老人的骨灰带到武汉，找一个公墓安放，这样每年都可以到墓地祭扫。再者，自己已在武汉娶妻生子，百年之后也会葬在这里，到时候就和逝去的父母永久相伴了。有子女在，坟墓就不会荒芜。

晚饭后，王志刚坐在书房里，和儿子谈起了故乡。刚刚开蒙的儿子出生在武汉，喝着长江水长大，对于遥远的沂蒙没有概念，对发源于岐山的洗耳河没有记忆。在他的内心深处，武汉就是他的故乡。所以，当王志刚虔诚地跟他谈起故乡时，他的目光里满是疑惑。

一位旅美女作家的一篇很短的小说，写到她对故乡的理解：哪里才是你的故乡？只有那个地方埋着你的至亲那把老骨头，那里才是你的故乡。这位作家发自心灵深处的对故乡的忏悔，是真诚的。每次看到"沂蒙山区"这几个字，王志刚都有一种隐隐的激动，那个儿时带给他无限欢乐的山水环绕的小村庄就会浮现在他的眼前。

这几天，王志刚和妻子熊芳都有些发烧。他觉得，可能是最近几天天气变凉引起的流行性感冒，按照以往的经验，吃点退烧药就过去了。从武汉到家乡有850公里的路程，路途遥远，开车要整整一天的时间，熊芳准备了足够的感冒药。第二天，天刚蒙蒙亮，王志刚就启动了车子，后备厢里装着一箱箱的武汉腊肉、酱板鸭、黄陂马蹄，那是送给乡亲们的。在王志刚的内心深处，也许这一次回乡，就是最后一次了。那个温暖的乡村，那些从小就印在脑海深处的故乡人，也许就是与他们的最后一次相聚了。带着这样复杂的心情，两个人启程了。经过了漫长的一个白天的旅行，在夜幕降临的时候，迎着清冷的西北风，他们回到了老家——岐山脚下的毛家河村。

故乡以极大的柔情迎接游子的归来。

毛家河村党支部书记孟祥发早就收到了他们要回来的信息，已经把王家老宅打扫干净，烧了一大捆秫秸，把炕烘得热乎乎的了。

要过年了，零星的鞭炮不时地炸响，节日的气氛弥散在村子的每一条小巷里，弥散在村头的每一棵柿子树上，弥散在村边的洗耳河的河道里，弥散在每一个故乡人的脸上。

在王志刚小的时候，父亲就因一次意外去世了。但是，苦命坚强的寡母，为了保护儿子纯洁的心灵不受伤害，总是苦心孤诣地把这种孤儿寡母的清苦日子过得有滋有味。在王志刚童年的记忆中，每年腊月二十三小年后，家里的日程就会排得满满的。那几天是娘非常繁忙的日子，要做豆腐，要摊上一大摞煎饼，要蒸上几锅大饽饽、菜包子，好的年景，娘会买上一个大猪头、一挂猪下水，煮一大盆肉，凉一大盆肉冻。娘一直忙到年三十，就开始贴春联，挂过门钱。

贴好春联后，娘就开始准备年夜饭了。除夕的晚饭，娘总会在饭桌上多放一副碗筷、一只酒杯，酒杯总是斟得满满的，那是给逝去的父亲准备的。

那时候年纪小，家里又困难，平日里油水吃得也少，王志刚看着满桌子好吃的，总是狼吞虎咽、大快朵颐。偶尔抬起头，他看到娘在静静地看着他，脸上漾着平静的笑容。

晚饭后，娘要包饺子，这个饺子要在初一黎明时用来敬天，也是全家人新年的第一碗饭。包饺子的时候，娘总会包上一个硬币，谁吃到了，预示着新年里交好运。可巧的是，每一年总是王志刚吃到那枚硬币。

一晃20年过去了，如今娘已经过世多年，家里这几间老房子虽然简陋，但孟祥发每年都会给修缮一下。孟祥发知道，王志刚每年都会回来。他常对村里人说，这个孩子出息了却不忘本，是村子里孩子们学习的榜样。

腊月二十九的早晨，睡了一夜的王志刚一起来就打电话给孟祥发，请他帮忙把自己带来的礼品分发给街坊邻居。因为一早起来，他和熊芳都感觉头重脚轻，量了一下体温，都接近38摄氏度，这是发烧了。他们头晕、浑身无力、干咳，非常难受，这个样子到乡亲们家里去，显得很不礼貌，礼品就委托孟祥发代发吧。

两个人都没有出门。

初一早晨，放完了鞭炮，吃完了饺子，敞开大门要出门拜年了。王志刚感觉自己的病情好像加重了一些。他用手摸了一下熊芳的额头，发现她的额头发烫得厉害，他们知道流感有传染性，两个人决定不出门拜年了。转过天来，王志刚觉得病情更加严重了，咳嗽得更厉害，还感觉到呼吸有些窘迫，他就跟熊芳去了卫生院。他们的病情让值班的大夫大吃一惊。

新冠肺炎疫情的消息，早在2020年1月22日就由国家对外宣布了，各个地方的政府已经开始做疫情防控的准备了。大夫看王志刚夫妇发病的状态，跟他刚刚参加的疫情防控工作会议上听到的如出一辙。得知两个人是从武汉回来时，大夫不再犹豫了。

值班的米兴军院长马上拨通了镇长戚万军的电话。

原本坐在椅子上听电话的镇长腾的一下子站了起来。他万万没有想到，八百里沂蒙的第一例新冠肺炎病例，竟然出现在探沂！

疫情就是命令，时间就是生命。

在详细询问了患者症状和有关接触人员的情况后，镇长第一时间给县里的有关领导做了汇报，决定立刻把王志刚夫妇送往刚刚组建的隔离医院进行紧急治疗。毛家河村立即实行封村，所有和患者接触过的人立即隔离观察。

一系列举措都在瞬间完成，时间仓促，工作却有条不紊。这就是一个地方政府的效率。

刚刚组建的新冠肺炎病人隔离医院里所有的医护人员，都是自愿报名到这里的。只有二十岁的护士王丽妮，每天步履匆匆地穿梭在各个病房，为病人量体温、分发药品、记录病情、打扫卫生。作为第一个进入隔离病房的病人，隔着口罩和护目镜，王志刚看不到王丽妮的面容，但是从话音里能听出来她是一个非常年轻的姑娘，那种柔柔的带着费县口音的话语，让王志刚觉得特别亲切、瓷实。同时，他也一直被王丽妮认真负责的工作态度所感动。如果在家里，她应该还是在父母面前撒娇的孩子呢！

"穿上防护服，我就不是个孩子了。"从主动请缨加入疫情防控第一线——隔离区开始,王丽妮就严肃地对待每一件事情,每天穿戴好专门的医用口罩、鞋套、手套、帽子、连体隔离服、护目镜……一样也不能少。隔离服密不透风,里面的衣服每天都是湿透的,黏黏地贴在身上,让人感到特别难受。更难受的是N95口罩带来的窒息感,就像是一整天被人捂住鼻子,只有摘了口罩才会恢复正常。口罩戴的时间久了,脸上勒出了一道道深深的印痕,让爱美的王丽妮不忍直视。

王丽妮的感受,跟所有奋战在抗疫一线的医护人员是完全一致的。一套昂贵的隔离服,去一趟厕所就废了。为了节省费用,她就尽量不喝水或少喝水,可是汗依旧出,体内缺水的感觉令人非常难受。

刚来隔离区的时候,王志刚感觉很不适应,情绪也有些焦躁。他经常会问王丽妮,问主治大夫,要他们给他一个明确的解除隔离的时间。王丽妮每次都会轻声细语地和他交流,给他做一些心理疏导,来缓解他的压力。一个小护士给一个大学老师做心理疏导,这是王志刚这么多年来碰到的最小的"老师"了。

渐渐地,王志刚的心情恢复了平静,他明白,隔离救治是对自己负责,也是对他人负责。经过了一个多月的漫长的隔离治疗,王志刚和熊芳痊愈出院了。

王志刚不知道在他和妻子住院期间探沂镇发生了什么,不知道这漫长的一个多月,毛家河人是怎么度过的。他只是深感内疚,自己居然给乡亲们带来这么大的麻烦,把全村人的年都彻底破坏了。

他从新闻里知道,这次席卷全国的疫情,给国家和人民造成了巨大的损失。电视里,原本人头攒动的武汉三镇的街道上变得空无一人,那些原本繁华的街市冷清得有些恐怖。封城的武汉迎来了全国各地驰援的医疗队以及源源不断的物资,雷神山和火神山的方舱医院神话般地建立起来……

作为一名大学教师、一名有着十几年党龄的党员,王志刚知道,这是发动了全国力量打响的一场没有硝烟的战争。而他们夫妇,在这个由党和政府率领全国人民建立的巨大的保护罩中,得以从死亡的边缘走了回来。他们是不幸中的幸运者。

那天,走出隔离区的王志刚,看到由县、镇领导率领的疫情工作人员整齐地站在门口。疫情之下,大家不握手了,互相合手掌致意,庆祝他的康复。

戚镇长代表探沂镇政府,给他献上了一束康乃馨;孟祥发代表毛家河村的父老乡亲,请他康复后先回家看一看;照顾他的小护士告诉他常回家看看……

那一瞬间,这个漂泊在异乡的沂蒙人涕泗滂沱。

岐山寺、毛家河,那个生养了他的故乡,那个埋葬着父母骨灰的地方,在这个春节期间陷入了恐慌:49名亲朋好友被隔离,村子被封,村民停止了一切工作,宅在家里抗疫。这一切都是因为他。为此,他觉得愧对故乡,愧对乡邻。

小镇的镇长告诉他,一个小镇就是一个大家庭,传染上新冠肺炎的每一个患者,都是我们的亲人,故乡希望每一个人都好。回家吧,这片土地是你的故乡,是你的家,在有困难的时候,家永远是最温馨的避风港。

带着复杂的心情,王志刚回到了毛家河村,回到了娘生活了一辈子的老房子。

村子已经解封了,街道已经放开了。那些熟悉的面孔看到了王志刚,没有一个人躲避,纷纷投来关切的目光。几位老大娘看到他们夫妇,颤颤巍巍地走上前来拉住他们的手。前街的孙奶奶,是娘生前最要好的人,她用粗糙的手抚摸着王志刚的脸,说:"孩子,看到你还活着,俺就放心了,你娘在那边知道了会多么高兴啊!这样吧,俺老了,没几年奔头了,等俺去了,第一件事就是给你娘说说这件大事,好让她放心。"

乡亲们一早就把院子打扫干净了,几个老邻居站在门口,看着健步走来的王志刚,纷纷竖起大拇指,口罩遮掩下的笑容质朴无华。一时间,王志刚仿佛看到了年轻的娘慈祥的笑脸,看到了小时候自己发烧时彻夜未眠的娘那温暖、关切的目光。

站在这个熟悉又亲切的小院里,王志刚改变了主意:以后每一年,他还要回到故乡的这所小院,和乡亲们一起迎接新年的到来。

武汉扁担山上的那个墓穴的定金,算是违约金吧。爹啊,娘啊!你们就永远地安眠在这片温暖的土地上吧!这个涌动着关爱和亲情的故乡,也是儿子心灵永远的家园,儿子要在百年后回到这里,和你们永远相伴,和这片土地永远相伴……

族林里长满松柏,残存的荒草也被烧得七零八落了,节后的林地有些寂寞,只有成片的纸灰在山风中飞舞。离开故乡前,王志刚再次走进族林,和妻子一起深深地跪在父母的坟茔前。

"爹、娘,儿子不能带你们去武汉了。"随即,一串泪水飞溅……

3. 来自积累的信任

不论是地震、水灾,还是疫情、战争,每到关键时刻,我们就更能够体会到,具有中国特色的社会主义制度,其优越性是其他国家都无法比拟的。

"生命至上,举国同心,舍生忘死,尊重科学,命运与共",是习近平总书记2020年9月8日在全国抗击新冠肺炎疫情表彰大会上总结的抗疫精神。这20个字就是中国共产党的执政理念的体现。

中国共产党人的初心和使命,就是为中国人民谋幸福,为中华民族谋复兴。这个初心和使命是激励中国共产党人不断前进的根本动力。毛泽东早在1944年就在《为人民服务》中指出:"因为我们是为人民服务的,所以,我们如果有缺点,就不怕别人批评指出。不管是什么人,谁向我们指出都行。只要你说得对,我们就改正。你说的办法对人民有好处,我们就照你的办。"中国实行的社会制度,选择的发展道路,是经过反复的实践检验,经过人民认可的,从新中国成立初期的互助组、合作社、人民公社到生产责任制，是党带领人民一步步摸索、实践的结果。

在中国，共产党具有绝对的威信，人民始终愿意跟党走，这种体制在危急关头总能迸发出前所未有的能量。

2020年2月4日，沂蒙山区有一个通知在网上广为流传——

各县区领导小组，市级各督导组，市指挥部办公室各工作组，市直各部门、单位：

新型冠状病毒感染的肺炎疫情防控工作进入关键时期，为全面打赢这场阻击战，市指挥部决定实施"防控疫情，人人有责"九项措施。现通告如下：

一、……

二、全市所有村庄、社区、单位实行封闭式管理，人员进出一律测温，并出具有效证件。外来人员和车辆一律严控，特殊情况由管理人员做好登记备案。

三、居民出现发热、咳嗽等症状，必须及时就诊，并第一时间向村、社区报告。对出现确诊病例的，视情对村庄、社区、住宅楼单元实行封闭式硬隔离。

四、近14天有外省特别是湖北旅居史的市外返回人员，须在1小时内主动向居住地村、社区报告，并接受定点集中隔离或管控居家隔离措施。

五、非涉及居民生活必需的公共场所一律关闭。超市、药店等场所合理安排营业时间，定期消杀，进入人员一律测温、佩戴口罩。快递、外卖实行无接触配送。

六、"红事"停办，"白事"从简，并提前报村、社区备案。对举办或承办集体聚餐、参与聚众活动的单位和个人，将严肃处理。

七、做到不串门、不集聚，尽量不外出，外出必须戴口罩。除特殊需要外，倡导每户家庭每两天指派1名家庭成员外出采购生活物资。

八、……

九、……

临沂市新型冠状病毒感染的肺炎疫情
处置工作领导小组（指挥部）办公室
2020 年 2 月 4 日

显然，沂蒙老区封村的通告比武汉封城要晚十几天。实际上，善于自治的沂蒙乡村，早在武汉封城后就开始村子自保了。村头那些执勤的党员，路口那些站岗的村干部，就是最好的证明。

通知在手机上传播，正值全国新冠肺炎确诊病例超过 2 万例的关口。

沂蒙人民之所以相信这个通告，是因为执政党的公信力；沂蒙人民之所以遵守这个通告，是因为它代表着民意，表达了群众的心声。

4. 制度的能量

新冠肺炎疫情发生在湖北，武汉三镇是重灾区。

武汉成为前线！武汉告急！

全国支援抗疫前线刻不容缓！

从 1921 年之后，每到危急关头，我们最先看到的往往是共产党领导的军队。就像 1944 年的那个春节，日本鬼子突然包围了沂蒙山区临沭县的朱村，汉奸协助鬼子准备抢掠年货，无助的村民只好顺着沭河河岸逃亡。

"老乡们，别怕，我们来了！"沭河岸边奔跑的八路军安抚着慌乱的群众。

老百姓立时有了主心骨，含着眼泪喊道："八路军来了，咱们有救了！"

76 年前的那个春节，八路军用鲜血和生命保卫了一方百姓的安宁。

76年后的这个春节,新冠病毒侵犯武汉,武汉危急,中国人民解放军组织的奔赴疫区医疗队率先出发了。

如果说76年前的枪声就是命令,那么76年后的疫情同样是命令。

把疫区当作战场。

陆军军医大学医疗队出发了。

海军军医大学医疗队出发了。

空军军医大学医疗队出发了。

2020年1月24日(除夕)晚上,解放军海陆空三支医疗队全部抵达武汉,医护人员不顾鞍马劳顿,迅速进入指定医院对病人展开救治。

军队医疗队的到来,拉开了武汉大救援的序幕,全国公立医院紧随其后,立即行动,纷纷派出医疗队。临沂市卫健委在1月24日就向全市医院发出紧急动员令,准备选拔医护人员奔赴湖北,参与抗击新冠肺炎疫情,全市符合条件的医护人员几乎全部报名了。临沂市精神卫生中心接到通知后仅仅十分钟,就有116名医护人员报了名。1月25日,临沂首批医护人员奔赴湖北。妻子吻别丈夫,母亲送别儿子,同事挥别同事……对沂蒙人民来说,这是多么熟悉的画面啊!人们行色匆匆,耳边回响着临沂市委书记送别时的话语:"你们代表着沂蒙老区的整体形象,希望大家大力弘扬沂蒙精神。"

南下的沂蒙医护人员走了一批又一批。在第五批出征前,出现了这样感人的一幕:

"妈妈,您放心,我会保护好自己的,一定会胜利归来!"2月20日,在临沂市第五批援助湖北医疗队欢送仪式现场,即将出征湖北的医疗队队员刘飐和妈妈拥抱在一起。

2003年,当时还在乡镇医院从事检测工作的刘飐的妈妈,主动报名加入抗击非典疫情的大军中。刘飐当时正在备战高考,看到妈妈与其同事辛苦工作,构筑起守护人民健康的防线,她决定学医。2020年新冠肺炎疫情暴发后,在医院上班的刘飐对妈妈说:"当年是您替我挡住病毒,今天女儿长大了，我要站在您前面。"妈妈笑了。

什么是白衣天使？白衣天使就是换了一身医装的女孩，就像那个志愿到隔离医院的王丽妮所言："穿上防护服，我就不是个孩子了。"

沂蒙女孩刘飒只是众多援助武汉的大军中普通的一员。

让我们来看下面的数据：

一声令下，1000多万人的城市一夜封城，最大限度地遏制病毒扩散。

一声令下，4万多名医务工作者逆势而行，驰援武汉。

一声令下，3.39万平方米的武汉火神山医院10天建成，7.97万平方米的武汉雷神山医院12天建成。

一声令下，全国9000多万共产党员成为抗击疫情的排头兵，哪里有困难哪里就有党组织。

一声号召，除了与生活必需品相关的企业、店家，其他的几乎全部停工或关闭。全国的老百姓为了不给政府添乱，自觉宅在家里。

一声号召，全国高速公路上除了少部分用于满足生活需求以及救灾救援的车辆，几乎鲜有私家车。

一声号召，海外同胞大肆扫货，口罩、防护服等相关物资，源源不断地寄回祖国。

是什么力量让一个拥有14亿人口的大国，在疫情暴发时，没有暴乱、没有抢夺，全民安心在家中坚守？

是什么力量让热闹了上千年的春节变得含蓄而内敛？

纵观全球，澳大利亚的山火失控，森林、家园遭到毁坏；法国巴黎圣母院大火后的重建，至今遥遥无期；日本海啸过去了多年，被迫离开家乡的灾民还没有妥善安置；美国新冠肺炎疫情全面失控，成为全球新冠肺炎累计确诊病例最多的国家，牢牢地占据了世界第一。

面对疫情，世界上只有中国迅速控制住了。原因何在？

试问，世界上有几个国家有中国共产党集中统一领导这种政党优势？

世界上有几个国家有中国政府这样强大的执行力？

中国共产党的领导，是中国特色社会主义的最大优势。正是有了这样的制度优势，我们才能集中精力渡过难关、集中力量办大事。

2020年3月，日本导演竹内亮拍摄了一部短纪录片《南京抗疫现场》，登上了日本雅虎首页。这部10分钟的纪录片，向整个日本乃至全世界展示了中国在抗击新冠肺炎疫情时是如何采取管控和预防措施的。

竹内亮感慨地说："假如1931年中国有着如此坚强的政府，有如此团结的国民，日本就无法占据东三省。"

5．老区连着疫区

疫情期间，有一个小视频感动过无数人。视频的主人公是一名来自沂蒙的大车司机，他拉着一车新鲜的蔬菜赶往武汉。面对镜头，他真诚地说："我是给车的老板打工的司机，武汉有难，我捐不出多少钱，可是我有一身力气啊！"

"有钱出钱，有力出力"，是抗日战争时期沂蒙人一贯的作风。今天，沂蒙人的"抗疫精神"就是当年"抗战精神"的延续。

武汉封城后，物资奇缺，沂蒙老区人民意识到了这一点。

战争年代支前、和平时期拥军是沂蒙妇女家国情怀的直接体现。这些年，沂蒙山区的驻军几乎都知道"朱老大水饺"，这个品牌的创始人就是兰山下岗职工朱呈镕。新冠肺炎疫情暴发时，朱呈镕已经64岁了。她从电视里看到武汉火神山医院建设现场有她最牵挂的子弟兵。要让战士们吃上水饺！于是，她带领朱老大食品有限公司员工连续生产了三天三夜的水饺。

2020年2月1日，这位64岁的拥军模范和"最美兵妈妈"，已经拥军18年了。这次，她又带着车队长途跋涉14个小时，亲自将手工水饺送到武汉，交到一线官兵手中。

自武汉返回临沂后,朱呈镕自行隔离了14天。她说,不给政府添麻烦。

兰陵县原名苍山县。

苍山地处沂河下游,淤积平原上含锌量高的黑土,是大蒜喜欢的沃土,全县常年种植大蒜32万亩。苍山大蒜的种植历史逾千年,它是在苍山特定的生态环境条件下,经过长期的自然选择和人为定向培育而成的独特品种,被誉为"天下第一蒜"。大蒜含有丰富的维生素、氨基酸、蛋白质、大蒜素和碳水化合物,是天然抗生素食品,有杀菌消炎的作用,具有较高的药用价值和营养价值。

了解到武汉急需蔬菜等生活必需品,兰陵县防疫指挥中心从全县大蒜储备库存中挑选出最好的大蒜捐赠给武汉。这些大蒜原本是销往海外市场的,每斤批发价4.3元。但一听说是捐赠给武汉,全县大蒜储备企业都非常支持,一夜就备齐了货物。

"昨天晚上,运输群里发通知说需要10辆车拉大蒜去武汉,群里好多人都积极报名。能为武汉人民出点绵薄之力,那是一个沂蒙人的光荣。"司机万继伟告诉我们。

这些沂蒙人驾着自己家的大货车上路的时候,正是武汉疫情十分严重的时候。那个时候,敢于逆势而行者大都是将生死置之度外的勇士。

2020年1月29日,20条沂蒙汉子开着10辆货车,载着200吨优质"苍山大蒜",带着兰陵县140万人民的深情厚谊和沂蒙老区人民的祝福驰援武汉。车轮滚滚,拉来的是一车车浓浓的沂蒙情谊。

最好的大蒜送武汉——这是沂蒙老区对武汉疫区发出的声音。

新冠肺炎疫情成功控制住之后,中国人民迎来千载难逢的双喜日子,白天迎国庆,晚上庆中秋。为期8天的长假过后,一笔账单惊艳了仍被疫情困扰的世界。国庆期间,中国6.37亿人次出游,实现国内旅游收入4665.6亿元;近1亿人次观影,票房达39.2亿元;零售和餐饮重点监测企业销售额约 1.6 万亿元，同比增长 4.9%。

国庆、中秋双节同庆，中国市场人气持续火爆，客流量持续攀升，恢复正常生活秩序的中国到处呈现出活力四射的景象。美国有线电视新闻网（CNN）2020 年 10 月 7 日刊发的文章指出，为期 8 天的黄金周假期是中国摆脱新冠肺炎疫情大流行的一项重要测试。

彭博新闻社报道，黄金周向人们展示了中国对经济复苏和公共卫生保障措施的信心。

尤其是进入 2021 年后，新冠肺炎疫情仍在全球蔓延。就在中国人轻松愉快地欢度"五一"假期时，世界上另一个人口大国印度疫情失控，人们陷入灾难的深渊。

当前，世界经济尽管出现了复苏迹象，但仍在低迷中徘徊。透过中国"五一"小长假这扇窗口，世界感受到了中国制度的力量，感受到了来自社会主义中国的巨大的爆发力。

第二十六章　千年梦圆

　　故善为国者，遇民如父母之爱子，兄之爱弟，闻其饥寒为之哀，见其劳苦为之悲。

——〔西汉〕刘向《说苑·政理》

　　消除贫困、改善民生、实现共同富裕，是中国特色社会主义的本质要求，是中国共产党的重要使命。

　　中共十八大以来，我们从全面建成小康社会要求出发，把脱贫攻坚作为实现第一个百年奋斗目标的重点任务，做出一系列重大部署和安排，全面打响脱贫攻坚战，困扰中华民族几千年的绝对贫困问题即将历史性地得到解决。

　　……提前10年实现联合国《2030年可持续发展议程》的减贫目标，完成这项对中华民族、对人类社会都具有重大意义的伟业。

——习近平致"摆脱贫困与政党的责任"国际理论研讨会的贺信

　　中国在减贫方面取得的卓越成就，向世界证明了西方模式之外的另一种发展道路的可行性。

——美国圣托马斯大学政治学教授乔·泰勒

　　中国在减贫领域取得的成就举世瞩目，为世界解决贫困问题提供了宝贵经验，具有重要现实意义。

——〔乌克兰〕当代中国研究所所长奥莉加·德罗博丘

1. 温暖的情怀

西汉经学家刘向在《说苑·政理》中讲述了这样一个故事。周武王向姜太公询问治国方法。太公答道："治国之道，爱民而已。"接着，二人就爱民方式、方法、问题进行了深入探讨。最后太公总结道："善于治理国家的人，对待百姓就像父母爱护子女、兄长爱护弟弟一样，听到他们挨冻受饿就感到哀伤，看到他们劳苦不堪就感到悲痛。"周武王顿悟。

由此，想起了毛泽东。

看到淮河发大水、老百姓遭难的消息，毛泽东寝食不安，于是发出一定要根治淮河的号召……

由此，想起了习近平。

2013年11月25日，习近平来到沂蒙山区的临沭县曹庄镇朱村。在"老支前"王克昌家里，总书记拉着老人的手说："我们这一代、下一代都要沿着中国特色社会主义道路向前，让老区人民生活得更幸福……"

面对贫困人口，习近平总书记指出，5000多万贫困人口在这4年多里摆脱了贫困，剩下的4000多万贫困人口，则需要在剩下的3年多时间里完成脱贫。实现第一个百年奋斗目标，任务依然艰巨繁重，特别是战胜深度贫困这个非常之敌，必须下非常之功，才能不让一个少数民族、一个地区掉队。

无论职位怎么变动，习近平始终牵挂着贫困群众，一直把扶贫使命扛在肩上。正如他自己所说："40多年来，我先后在中国县、市、省、中央工作，扶贫始终是我工作的一个重要内容，我花的精力最多。"

"全国集中连片特困地区就差吕梁还没有去了。"

"那里脱贫攻坚难度很大，一定要实地看一看。"

2017年6月26日，日理万机的习近平走进了吕梁山区……

从建党到现在，历任党的领导人都有乡村生活的经历，人民情怀是他们共有的特点。把人民的冷暖放在心上，这就是人民愿意跟党走的重要原因。从在梁家河插队时让乡亲们经常吃上肉的愿望，到提出摆脱贫困首先要摆脱"意识贫困""思路贫困"，再到4年来到处访贫问苦，逐步完善和实践精准扶贫精准脱贫的重要思想，习近平总书记的人民情怀令人温暖。

从毛泽东到习近平，百年来，为提高人民的生活质量，一个政党做着不懈的努力……

1986年，成立国务院贫困地区经济开发领导小组。

1993年，成立国务院扶贫开发领导小组。

2013年11月3日，习近平在湖南湘西十八洞村考察时首次提出"精准扶贫"。从此，"精准扶贫"成为国家消除绝对贫困的最有效的战略。

2016年2月23日，中共中央审议通过了《关于打赢脱贫攻坚战的决定》。

2020年，被党中央定为历史性地消除绝对贫困的攻坚收官之年。

"人民对美好生活的向往就是我们的奋斗目标。"打赢脱贫攻坚战，解决好贫困群众生产生活问题，满足贫困群众追求幸福生活的基本需求，这是共产党的目标，也是党的庄严承诺。据联合国2015年发布的《千年发展目标报告》显示，中国对全球减贫的贡献率超过70%，起到了火车头的作用。中国还决心提前10年实现联合国《2030年可持续发展议程》确定的减贫目标。为实现这一目标，全国上下齐动员，打响了一场深具历史意义和世界影响的脱贫攻坚战。

由此，山东省紧急行动起来，省委根据山东的实际情况，制定了紧盯"黄河滩"、聚焦"沂蒙山"、锁定"老弱病残"的扶贫方略，开始集中力量攻坚克难。就这样，沂蒙山区成为扶贫攻坚的焦点。

一部沂蒙减贫、脱贫史，就是中国脱贫史的缩影。

2. 老区脱贫史话

20世纪80年代,一部记录四川省黔江一带乡村落后、贫困面貌的纪录片《穷山在呼唤》,直接推动了全国的扶贫行动。从1986年国务院贫困地区经济开发领导小组成立,到2020年的扶贫攻坚收官之年,中国只用了34年时间,就历史性地消除了绝对贫困,补齐了全面小康的最短板。34年来,中国在扶贫方面走出了一串铿锵有力的脚步声,这种声响铸就了党的公信力,展示了社会主义制度的优越性,从而震惊了全世界。

联合国前副秘书长泰格埃格奈瓦克·盖图在接受记者采访时表示,"中国对待减贫工作一丝不苟,堪称全球典范。中国的减贫经验值得所有发展中国家学习"。

在中国,从某个视角上看,一部脱贫攻坚的历史,就是一部社会主义经济的发展史,更是一个政党执政为民的事实陈列史。

以沂蒙山区为例。

红色沂蒙曾一度被形容为"挂满勋章的乞丐"。勋章,是沂蒙人民的荣光;乞丐,是沂蒙人民的哀伤。

1986年,国务院贫困地区经济开发领导小组成立后,认定贫困县,确定扶贫标准,设立财政专项扶贫资金。从那时起,功勋卓著的沂蒙山区就被国家划入"全国18个连片扶贫地区"的篮子。那时候,我们国家的实力还弱,制定的扶贫标准,仅仅是能够维持基本生存的最低费用——以每人每日2100大卡热量(相当于28个鸡蛋,或10个肉包子,或8两白馒头,或4碗馄饨面)的最低营养需求为基准,再根据最低收入人群的消费结构来进行测定。经国家统计局测算,扶持标准为农民年人均纯收入206元。

现在看来,这个标准似乎不高,但是在那个时期,国家在财力严重不足的情况下,发起这么大规模的扶贫行动,已经非常难能可贵了。

另外，这个标准是随着物价指数变动逐年在调整的。到今天，国家的扶贫标准为年人均纯收入3128元。山东省则将扶贫标准提升为3888元，稳定脱贫标准4500元。"山东标准"彰显了山东省委、省政府对贫困人口的关爱。八百里沂蒙的贫困人口都是"山东标准"的受惠者。

其实，摆脱贫困的行动，从20世纪50年代就在全国范围内开始了。新中国成立初期，面对残垣断壁的国家和衣衫褴褛的国民，共产党带领人民以"愚公移山，改造中国"的勇气，开始了减贫脱贫的伟大实践。沂蒙人民积极响应，并迅速行动起来。

党的十八大以来，临沂市按照省委省政府的扶贫攻坚布局，全面推开了精准扶贫。全省认定了20个扶贫攻坚县，临沂市就占6个，约为全省的三分之一。到2018年底，临沂市基本完成脱贫攻坚任务，享有脱贫政策的人口19.6万户32.3万人，占全省总扶贫人口的六分之一。这些都彰显出临沂市在脱贫攻坚中的分量。

贫困人口多、扶贫攻坚任务重的临沂市，用沂蒙精神指导脱贫攻坚，走出了一条具有沂蒙特色的脱贫之路。

沂蒙人民在不同的历史时期，实现了几次大的跨越。

20世纪五六十年代，在"愚公移山，改造中国"的旗帜下，沂蒙老区干部、群众以"两只手，一把锨，敢教日月换新天"的豪情战天斗地、改造自然，涌现出了厉家寨、王家坊前、高家柳沟等一批典型。

1965年3月14日，《人民日报》在头版头条发表通讯《改造山 山低头 改造河 河变样 改造地 地增产——临沂地区人民发扬革命精神顽强不懈征服自然》，同时配发社论《做社会主义时代的新愚公》。社论指出，临沂地区在取得了厉家寨等地的典型经验之后，认真推广先进经验，带动了全区工作。莒南县的厉家寨成为20世纪五六十年代的全国典型。

20世纪70年代，在沂蒙人向贫困宣战的行动中，"北朱南杨"一度成为八百里沂蒙最亮丽的风景。北朱，指沂蒙北部沂源县张家泉村支书朱彦夫。他在朝鲜战场上失去了双手和双腿，成为特等伤残军人。他身残志坚，带领村民向贫困宣战，并著书立说，教育后人，有"中国当代保尔"的美誉。南杨，是沂蒙南部苍山杨庄村支书杨振刚。1974年，他在国防施工中重伤腰椎，成为一级伤残军人。他不甘贫困，带领村民整山治水，育树种果，创办企业，将脱贫的行动书写得淋漓尽致，也将共产党员的风采书写得淋漓尽致。"北朱南杨"一度轰动了八百里沂蒙，成为20世纪中后期的典型。

从20世纪70年代末期开始，全国实施山区治理和扶贫开发，旨在解决群众温饱问题。这一时期，从不落后的沂蒙山区又走在了全国的前头，八百里沂蒙随处可见整山治水的宏大场面。1996年3月23日，《人民日报》在头版头条以《山顶松柏戴帽　山坡果树缠腰　山脚粮菜丰茂——造血工程结出硕果　沂蒙山区整体脱贫》为题，报道了沂蒙老区在全国18个连片扶贫地区中，率先实现整体脱贫的特大喜讯。报道指出，沂蒙山区积极开展百万亩沙石山开发，炸石头、整梯田、栽果树，从根本上改善了沂蒙山区的生产、生存条件。昔日不长树木的荒山，如今已形成"山顶松柏戴帽，山坡果树缠腰，山脚粮菜丰茂"的喜人景象。费县的宁家沟村成为20世纪80年代乡村脱贫的典型。紧随其后的平邑县九间棚村，因"九间棚精神"成为20世纪90年代全国农业战线的一面旗帜。

随着农村联产计酬生产责任制的推行，沂蒙山区在树立集体典型的同时，并没有忘记以家庭为单位的个体力量。例如，沂蒙腹地的蒙阴县公茂田夫妇俩，五年时间用双手将一座叫獐子崮的大山，打造成年收入30万元的高山果园，从贫困户一跃成为"山村首富"。中共蒙阴县第21任县委书记刘宗元感慨之余，欣然挥笔给这对夫妻写了一副对联，"獐去千年留荒崮，公来五载造花山"，并号召全县人民向他们学习。公茂田夫妇因而成为个体脱贫致富的典型，影响和带动了大量家庭走向荒山荒崮。如今，遍及沂蒙山区的一山一崮一沟一壑一庄园的生态模式，差不多都源于那个年代。

2013年11月25日，习近平总书记视察临沂时，深情地提出"要紧紧拉住老区人民的手，决不让他们在全面建成小康社会进程中掉队"的殷切嘱托。自那以后，全市开展了贫困人口建档立卡工作，历史上首次为每一个贫困人口建立了档案资料，因村、因户、因人施策，扶贫走向了"精准"时代。

这一时期，临沂市要求各级党委、政府必须把扶贫开发工作作为重大政治任务来抓，切实增强责任感、使命感、紧迫感，到2020年底确保现行标准下的农村贫困人口实现脱贫，贫困县全部摘帽，彻底解决老区整体贫困。在这一时期，跟宁家沟只有一山之隔的崔家沟，在全省实现了整体搬迁，为全国脱贫蹚出了"搬迁一批"的新路子。

2017年12月20日，《人民日报》头版头条以《"习总书记办的，都是俺们盼的"——山东沂蒙山区听民声》为题，生动地介绍了迈入新时代临沂市取得的脱贫致富的新成就。

3.红嫂故里脱贫记

地处沂蒙腹地的院东头乡，是著名红嫂祖秀莲和八路战士郭伍士演绎生死绝唱的地方。

1941年11月6日，八路军山东纵队司令部侦察参谋郭伍士奉命查探敌情，在桃棵子村南的挡阳柱山下不幸遭遇日军，身中三枪，腹部被刺刀豁出了一条长口子。祖秀莲发现他以后，把他藏在了山洞里。在日军的反复搜查中，祖秀莲硬是用土法子将他从阎王手里夺了回来。

1947年，重伤残疾的郭伍士转业了。他没有回故乡山西，而是在沂蒙山区安家落户。多年来，他挑着一个货郎担子在院东头乡一带反复转悠，寻找自己的救命恩人。

1958年，郭伍士带着妻子和孩子来到院东头乡桃棵子村安顿下来，正式认祖秀莲为娘，并同她住在一起。郭伍士每个月都要拿出一部分钱、食油和面粉给祖秀莲，可是院东头乡毕竟山地贫瘠，他让祖秀莲吃上精米细面的愿望，直到1977年她去世他也没有完全兑现。

这是郭伍士的遗憾，只是他不曾想到，一场伟大的扶贫行动彻底了却了他的心愿。

在沂蒙山区，像桃棵子村这种环境恶劣的村落不在少数，用20世纪80年代中期德国粮援项目专家的话说："这是不适宜人类生活的地方。"然而，如今这里却拥有5A级景区1处、4A级景区1处、3A级景区5处、开放式景区多处，农家乐等乡村旅游服务项目遍地开花，年接待游客达几百万人次，不仅获得了"中国最美乡村"等省级旅游强乡镇的称号，也成为拥有山东省著名商标最多的乡镇。10多年间，沂水县院东头镇完成了从贫困到富裕、从落后到先进的飞跃。遗憾的是，这个历史性飞跃，我们的英雄郭伍士、红嫂祖秀莲没有看到。当我们把这个好消息告诉英雄和红嫂的时候，不要忘了这样一个扶贫典型——"沂蒙最美科技工作者"张学满。

鲁中的院东头与滨海的日照都属于"南茶北引"的重点试验区，它为数十年后对这片英雄山地的精准扶贫埋下了伏笔。

说起扶贫，人们一般会想到国家政策、政府资金，但是技术员张学满却发明了"激活资源扶贫法"。那是2004年，作为沂水县政府选派的首批科技扶贫特派员，张学满带着简单的行囊走进了红嫂故里院东头乡。院东头镇的高山茶园在经历了引种期、培育期后，到20世纪80年代分包到户，进入了调整期。但是，分到茶园的农户由于没有专业技术和销售渠道，致使很多茶园被迫撂荒了。张学满第一次进山发现大片茶树疯长的茶园时眼前一亮：茶树，不就是老百姓的摇钱树吗？

磨破了几双鞋后，张学满终于掌握了这些茶园的具体情况：这里是山东省唯一的天然明前茶产区，具有巨大的开发潜力和广阔的市场前景。他坚信，只要把茶树资源激活，红嫂故里就会彻底告别贫困。于是，他提出了打造"山东高山绿茶"高端品牌，采取龙头+茶农的经济体模式，为生产企业设计注册了"蒙山龙雾"商标，开启了激活资源的产业扶贫之路。

野生的茶树加上先进的工艺，"蒙山龙雾"作为新兴茶叶品牌，迅速成长为山东省知名品牌，获得了"山东省著名商标""山东省名牌产品"等荣誉，通过了国家有机产品认证和地理标志认证，茶厂也快速成长为山东省林业产业龙头企业。"蒙山龙雾"成为日照绿茶之后的又一个鲁茶品牌，让数千户茶农直接脱贫。

院东头镇四面环山，周围重峦叠嶂，森林覆盖率在70%以上，仅有一处开口与外部相连，原始自然风光保存较好，整个山区就是一个大景区。所以，在推动茶叶产业发展的同时，张学满又提出了乡村旅游的"大景区开发模式"：景区不收门票，而是发动区域内的广大农民参与经营。这种模式吸引了多方投资，众多旅游项目纷纷在此落户。为改善景区环境，各级政府也加大了支持力度，新修了100公里的观光旅游路，治理生态河流20多公里，将区域内的水塘、树林都变成了景点。景区内的老百姓也迸发出了前所未有的热情，开办农家乐等旅游服务项目300多家。由此，院东头镇荣获"中国特色旅游景观名镇"等国家、省级称号50多个。就这样，红嫂故里走出了一条依靠本地资源永久脱贫的新路子。

4．扶贫六姐妹

有一种传承叫"长大后我就成了你"。

家喻户晓的"沂蒙六姐妹"，是战争年代沂蒙山区涌现的模范组团，如今已经成为沂蒙精神经典的文化符号。在新时代脱贫攻坚的战场上，6名沂蒙年轻女子，在"沂蒙六姐妹"精神的感召下，靠自强不息的拼搏改变了自身的命运后，用女性柔弱的肩膀担起精准扶贫的重任，6人组团帮助、带领更多的人走出贫困，被誉为新时代沂蒙"扶贫六姐妹"。

2019年1月24日凌晨，淡淡的晨雾还在村庄缭绕，隐隐的鸡鸣在遥相呼应。此时，大多数村民还在睡梦中，但家住莒南县临港产业园莫家龙头村的于学艳，已经驱车赶往平邑县县城了。在那里，她要接上林西臻、刘加芹。与此同时，从沂水出发的曹淑云已经赶往蒙阴县县城了，她带上了牛庆花。家住临沂市区的王洋也驱车来到京沪高速入口。因扶贫结缘的"扶贫六姐妹"聚齐了，她们有一个共同的目标：去探望在济南住院的"沂蒙六姐妹"之一冀贞兰的儿子公丕祥，将1万元慰问金送到他手中。

平邑县武台镇咸家庄的刘加芹，是"扶贫六姐妹"中极为特殊的一个，她的特殊在于命运多舛。

刘加芹患有先天性心脏病。在农村，一场大病就足以使一个富裕的家庭陷入贫困，何况刘加芹家原本就贫困不堪。

怎么办？

弱不禁风的刘加芹有着沂蒙人不服输的性格：当年"沂蒙六姐妹"能以女性羸弱的身体架起一座火线桥，自己为什么就不能摆脱贫困呢？于是，她发誓一定要赚钱过上好日子。

2006年，在扶贫部门的协助下，她从信用社贷款2万元，购买了8台电动缝纫机、1台熨斗、1台锁边机，找来5个农村妇女帮忙，开办了服装厂。厂子建起来了，刘加芹却傻眼了：去哪里找活？

临沂商城肯定有活！刘加芹坐上车就来到这里的劳保批发市场。她拖着一条不太方便的腿，一家一家进门询问。

经销商一听是小型的新服装厂，都不愿意和她合作。她没有气馁，在市场上不停地寻找。这天下午，她疲惫地走进一家店铺，正好对方有几百件大褂的订单。刘加芹接过了这笔业务。她知道，这是她的开始，不能有丝毫马虎。她亲自动手，带领工人保质保量地完成了第一笔订单。尽管每件大褂她只赚了2角钱，但是商家非常满意，就帮她介绍了一些客户，她的服装厂终于正常运转起来。

2011年，经过老客户介绍，刘加芹承接了一批校服。由于她的厂子加工的服装质量过硬，深得客户的喜爱，她的业务范围扩展到济宁市、枣庄市等地。由于校服利润相对稳定，刘加芹的服装厂就转为校服制作，收入也就渐渐多起来。现在，年利润可达 30 多万元。

刘加芹常说，在自己最困难的时候，是党委、政府为她落实了低保等惠民政策，让她全家有饭吃、有衣穿；在她最艰难的时候，是乡亲们借钱帮助她渡过了难关。如今自己富起来了，就要响应党的号召，尽自己所能带领更多的贫困户走出贫困。于是，她主动对接扶贫部门，积极投身到脱贫攻坚行动中来。

"授人以鱼，不如授人以渔。"刘加芹通过自己的实践悟出了这个道理。脱贫致富关键在于掌握一技之长。在引导贫困户就业、创业时，"扶贫六姐妹"在提供就业机会进行"输血"的同时，还通过各种方式组织技能培训，进行"造血"。

扶贫先扶志。刘加芹知道，作为一名残疾人、一名贫困户，最缺乏的是迈出干事创业第一步的勇气，要首先在思想上把他们扶起来，才能让他们真正地动起来。刘加芹主动找镇扶贫办要了一份贫困人员名单，对其中具有一定劳动能力的贫困妇女进行走访，并以自身的经历现身说法，给她们鼓勇气、振精神，教育她们：脱贫不能光靠中央，得依靠自己的双手。她给厂子定了条规矩：只要是残疾人、贫困户，来多少要多少，而且每做一件衣服比正常人的加工费提高 0.5 元，鼓励更多的残疾人和贫困家庭妇女来厂工作，增加收入。有些贫困人员刚进厂不会干，刘加芹就办培训班，手把手耐心地教；一些贫困人员学习能力差，她就安排一些老技工，一对一地帮，一个一个地带。

细心的刘加芹发现，有些贫困人员残疾程度较重，没法来工厂上班；有些贫困人员家里有瘫痪在床的病人需要照料。35 岁的赵治美就是一例。她自己每天要服用中药，查出骨髓炎后又花了 2 万元做了截肢手术；丈夫常年患病，一直靠药物维持；两个孩子正在上学，家庭十分困难。截肢后的赵治美觉得低人一等，待在家里不想出门。刘加芹了解了情况后，就送来了一台缝纫机,让她在家里干,还专门派人给赵治美送料、收货,让她足不出户就能拿上工资。人就是这样,有了工作,有了收入,生活也就有了奔头。

2018年,刘加芹借助精准扶贫的利好,申请了央行专项扶贫贷款100万元,扩建了厂房,吸纳新职工30余人,又带动5户贫困户。

刘加芹以"沂蒙六姐妹"为标杆,活出了精彩的人生,也向世人展示了沂蒙女性的时代风采。刘加芹的凯凯服饰有限公司,2014年被平邑县残联评为"残疾人就业扶贫基地",2015年被临沂市评为"残疾人就业优秀基地",2017年被平邑县评为"巾帼就业创业扶贫基地"。刘加芹本人也先后获评"临沂市自强模范",成为2018年度"'感动平邑'十大网络人物",并当选为第十八届平邑县人大代表。

接受采访时,这个女强人说,在"扶贫六姐妹"中,她的贡献是比较小的,蒙阴县的"牛姐"对乡亲们的贡献比她大多了。"牛姐"就是牛庆花,是蒙阴县北晏子村人,在扶贫驻村第一书记的帮助下,她创办了"孟良崮果园"淘宝网店。不到4年,她的网店累积的顾客"能坐满5个万人体育馆"。她把乡亲们的产品销往全国298个城市,成了远近闻名的"'桃'宝皇后"。

跟同行业的"曹姐"比,刘加芹认为自己的差距更大。"曹姐"就是临沂市沂水慧阳制衣有限公司负责人曹淑云。有文化、善经营的曹淑云懂得,产业扶贫是贫困户实现增收的根本途径。

为了帮助那些贫困户,曹淑云在服装厂办得红红火火的时候,将目光转向了沂水县山沟里的贫困村。租房建厂、购买机器、培训工人、运输产品……一年多时间,她就在偏远的沂水县夏蔚镇、诸葛镇开办了3个扶贫车间,招收了146名贫困群众在家门口上班。

曹淑云说:"扶贫不仅是党委、政府的事,也不仅是贫困户的事,而是我们自己的事、大家的事。"战争年代"沂蒙六姐妹"说过:"打鬼子不光是八路军的事,也是咱们大家伙自己的事。"

瞧，这就是沂蒙妇女的胸襟。

沂蒙山区有句谚语："饥饿时候帮一口，强似温饱时候帮一斗。"帮扶成为沂蒙的文化传统。在这种优质文化的孕育下，扶贫开发34年来，沂蒙山区涌现出无数帮扶的典型。20世纪80年代末期，村妇陆萱抓住山区开发的时机，快速育出了山楂苗。致富后的她只用了两年时间，就把整个下牛田村打造成沂蒙山区第一个万元户村。一个妇女给全村带来了人均高达2万元的财富，陆萱从此成为闻名沂蒙山区的致富带头人。当然，一个人带动全村脱贫致富的案例，在八百里沂蒙比比皆是，"扶贫六姐妹"只是千万奋战在扶贫战线上的优秀女性的代表。

就像"沂蒙六姐妹"成为沂蒙精神的经典文化符号一样，在彻底解决困扰中国几千年的绝对贫困的伟大实践中，"扶贫六姐妹"成为"中国扶贫精神"的一部分。这种精神为中国创造扶贫攻坚的奇迹，提供了取之不尽、用之不竭的正能量。

5. 沂蒙大创新

毫无疑问，精准扶贫是政策先行、资金到位后才能实施的宏大战略。为彻底消除困扰新中国几十年的贫困，从中央到地方筹集了大量资金，那么这些资金的管理、使用就成了一个亟待研究的难题。谁都不会想到，这个难题居然在沂蒙破局了。

临沂是山东省面积最大、人口最多的地级市，是山东省脱贫攻坚的重点、难点。脱贫攻坚以来，临沂市扶贫办始终牢记习近平总书记2013年视察临沂时，做出的"要紧紧拉住老区人民的手，决不让他们在全面建成小康社会进程中掉队"的重要指示，按照中央和省、市党委政府部署要求，围绕打赢新时期脱贫攻坚的"孟良崮战役"，坚持精准扶贫、精准脱贫基本方略，积极探索资金循环使用、资产收益扶贫的新路子，创新建立了以"四权分置"为核心的扶贫资金资产管理长效机制。中央政治局常委、十三届全国政协主席汪洋同志先后三次批示，给予了充分肯定："临沂对扶贫资金资产的科学使用进行了积极探索，尤其是制度化的做法值得借鉴。"

山东省扶贫办联合省财政厅、农业厅总结临沂的经验，制定出台了《关于做好资产收益扶贫工作的意见》，在全省推广。《人民日报》、新华社、中央电视台《新闻联播》等，都对临沂市的做法进行了宣传报道。

脱贫攻坚以来，临沂市落实各级财政专项扶贫资金累计超过29亿元，整合涉农资金51.3亿元，建设了3174个扶贫产业项目，这些项目为数以万计的贫困人口找到了脱贫的捷径。此时问题出现了，这些项目形成的资产归谁所有，怎么经营，由谁监管、怎样监管，利益如何分配，怎么惠及更多的贫困群众，需要探索建立一套长效管理机制。

善于研究的临沂市扶贫办，充分发挥脱贫攻坚的市级"中军帐"作用，紧紧围绕扶贫资产如何安全高效运营、贫困户如何长期稳定受益，在深入基层专题调研、邀请专家会商指导、总结提炼经验做法的基础上，出台《临沂市加强扶贫资金资产管理壮大农村集体经济办法》，明确提出了"所有权归村集体、经营权归承包户、收益权归贫困户、监管权归镇政府"的"四权分置"扶贫资产管理模式。

明确所有权，把扶贫资产放进集体的篮子里。

明确产权归属是加强资产管理、杜绝资产流失的前提保障。临沂市扶贫办将各级财政专项扶贫资金、整合的各类涉农资金、社会各界的帮扶资金，用于产业扶贫发展形成的经营性资产界定为扶贫资产，明确所有权归村集体所有，向村集体颁发扶贫资产所有权证，任何组织和个人不得侵占、私分、抵押，拧紧了扶贫资金、资产管理的第一道"安全阀"。

如兰山区汪沟镇整合各村专项扶贫、企业援建、第一书记帮扶等资金1916万元，以镇为单位集中建设了冬暖式大棚、光伏发电站等35个扶贫产业项目，并按出资比例向各村颁发了扶贫资产所有权证，明确产权归项目村所有，为扶贫资产姓"公"夯实了基础。

放活经营权，让最能挣钱的人去用钱。

通过放活产业项目经营权，进一步增强了经营主体的发展实力，先后培育起蒙阴蜜桃、平邑金银花、郯城银杏等特色基础产业16个，新发展果蔬大棚3.2万个，建设扶贫车间1409个，建成电商扶贫网点790个，带动形成了"一镇一品、一县多业"的特色产业格局，为贫困群众稳定脱贫提供了产业发展基础。

确保收益权，让最需要的人能受益。

兰陵县矿坑镇依托兰陵蔬菜大县的市场优势，利用扶贫资金集中建设冬暖式蔬菜大棚25个，组织成立蔬菜种植合作社，自主发展无公害蔬菜种植，先后带动周边12个村、722个贫困户1214人增收脱贫。

沂水县沙沟镇集中整合各村扶贫资金400万元，到青岛保税区沂水功能区飞地建设占地30亩的高标准扶贫车间，招引企业到园区租赁生产经营，每年都有32万元的稳定收入，这些利润成为贫困户的长流水，为贫困家庭注入了活力。

落实监督权，让每一分钱都要在阳光下运行。

为确保扶贫资金资产安全，临沂市扶贫办将资金资产监管权下放至镇村，在全市568个扶贫工作重点村中，组建由老干部、老党员、致富能人、贫困户和村民代表组成的扶贫理事会，认真履行服务协调、监督建议等"第三方"职责，对扶贫资产的权属登记、经营管理、收益分配等环节进行民主监督，让"群众的事情群众办、大家的事情大家管"，确保扶贫资产运营全过程阳光透明、公平公正。

敢于担当的临沂市扶贫办的探索，为全国精准扶贫的资金找到了一个成功的管理模式。这个模式被称之为"临沂模式"或"沂蒙方案"。

"四权分置"是沂蒙老区人民创新扶贫的具体实践。在推进脱贫攻坚过程中，临沂市扶贫办大力弘扬沂蒙精神，以"功成不必在我、创业必须有我"的精神境界，锻造出了一支敢于担当、勇于创新的"沂蒙扶贫铁军"，为山东省脱贫攻坚提供了临沂方案、贡献了沂蒙智慧。每一滴汗水都不会白流，沂蒙老区精准扶贫的成就获得了社会的认可。全国产业精准扶贫现场观摩会、中央和国家机关选派第一书记示范培训班、全省脱贫攻坚现场会等会议先后在临沂市召开。

6. 一村一镇一县一城话沧桑

今天，我们站在蒙山最高峰龟蒙顶上，俯视鲁南这片山峦连绵、河流纵横的地域，就会发现在这片被战火多次焚烧，被炮弹反复轰炸，被日、伪军反复蹂躏，被土匪长期糟践的土地上，百年来的变化最具有代表性。战争年代，这里战事不止，是鏖战不息的战场。社会主义建设时期，这里是典型层出不穷的沃土，初期涌现出了厉家寨、高家柳沟、王家坊前等毛泽东批示的农业、农村典型，中后期出现了九间棚等全国典型。改革开放初期，这片区域先后涌现出沈泉庄村等全国闻名的典型。到了新时代，赵志全作为改革开放40年来唯一的民营企业时代楷模，引起全国关注；乡村振兴的典型——代村，引起全国轰动……

无论是"九间棚精神"，还是"沂蒙精神"，都有一个鲜明的特点：与时俱进。生活在沂蒙这片红色土地上的人民，从不墨守成规。听党话，跟党走，是这里的人民最鲜明的标志。他们的脚步从来都是踩着时代的鼓点，闪烁着时代的色彩，奏出时代的强音，许多时候还走在时代前列，甚至引领着时代潮流。

让我们的目光聚焦在蒙山前这片土地上吧，看看这片红色的土地，是如何描绘百年巨变的历史画卷的。

苍山县（现兰陵县），一个张扬着不屈、展示着血性的名字，红色精神给这片土地赋予了浓郁的色彩。1933年共产党领导的苍山暴动、1940年八路军鲁南反"扫荡"、1946年华东野战军组建前夕发动的鲁南战役，都发生在这一地区。这是一片传奇的土地，这片土地上的人民个性鲜明，爱憎分明。

这片土地坐落在沂河冲积平原上，特殊的黑黏土非常适宜种植大蒜。苍山县是中国大蒜之乡、牛蒡之乡，是山东最大的南菜园。1987年，这里发生了一场因蒜薹销路引起的纠纷，被称为"苍山蒜薹事件"。那次事件让不服输的苍山人明白了一个道理：不找县长找市场。从那时候起，苍山人开始为自己种的蔬菜找市场了。做事从不回头的苍山人一干就是20年，到2008年就形成了"30万人下江南"的壮观景象。浩浩荡荡的贩菜大军，已经掌控了长三角地区几乎所有城市的菜篮子工程。在长三角城市群里，苍山人对蔬菜价格拥有绝对的话语权。

2009年，为创作长篇报告文学《苍山三农》，我跟随苍山人的脚步南下，获得大量一手素材。苏州南环桥蔬菜批发零售市场，是一个拥有10000个摊位的大市场，苍山人经营的摊位占据8000个。仅上海一个城市，就有11万苍山菜商，以至于上海人感叹："一天不见Q，吃菜就犯愁。"Q是临沂市车牌打头的字母。巅峰时期，上海一天消费蔬菜9000吨，苍山人就销售7000吨。

扬州人爱吃鹅，苍山人就把在全国各地收购的大鹅运往扬州。如果苍山人停运三天，扬州人就闻不到鹅肉的香味了。

整个长三角城市群的菜篮子工程，苍山人的地位已经无法撼动了。

沂蒙人在江南挣钱的同时，也在传承"沂蒙精神"。1992年，南方遭遇百年不遇的大雪，道路全部中断，上海蔬菜告急，一斤大白菜卖到10元，没两天，天价蔬菜也断货了。上海市政府紧急求援菜商。面对大雪封道的现实，苍山菜商们激情上涌，胸膛一拍：不用政府补贴，只要能准备足够的防滑铁链，我们就能出动3000辆运菜大车。

在那个大雪封路的时刻，上海人见证了"沂蒙精神"：结冰的公路上，缠着防滑链的菜车浩浩荡荡地出动了……上海人感叹，这种玩命的事情也只有沂蒙人敢做。

30万人跑市场，让长三角城市群见识了沂蒙人的力量，也硬生生地把苍山打造成蔬菜基地，并带动周边地区的蔬菜种植。苍山成为沂蒙山区个体经济最发达的地区，全县家用轿车是同等人口县区的 2 倍，豪华轿车满街跑，即便是千万元级别的宾利在苍山也不稀奇。

不可否认，这些来自沂蒙山区的农民，彻底融入大都市了。

代村在苍山属于大村落。可是，这支由苍山人组成的菜商军团，竟然没有几个代村人。可见，代村人经商意识淡薄，同时也说明他们对土地迷恋，宁愿厮守土地、在家种菜，也不愿外出经商。这样的意识必然导致贫穷。

事实也是如此。在县城带出一支建筑队伍，挣了大钱的代村青年王传喜回村时，村集体负债已达 380 多万元了，法院的传票像雪片一样飞来。贫穷激化矛盾，群众信访不断，代村成了众人眼中的"落后村"。

个人富了不算富，带领全村人一起富才叫富裕。于是，王传喜上任了。

改革开放后，以家庭为单位的农业生产模式，在中国乡村已经延续了近 20 年。对处在县城边缘上的代村而言，这种模式已经不太适应时代的发展了。村党支部就提出了集体化为主、多种成分并存的发展思路，围绕着蔬菜大县、山东南菜园这棵大树，寻找代村的希望。

守住土地是所有梦想的前提。靠近城市的村庄，土地就是最大的资源，这些资源时刻面临着权力和利益的分割。面对金钱诱惑和权力逼迫，王传喜丝毫没有让步、妥协。就在收到法院第 120 张传票的王传喜焦头烂额时，一个搞房地产的朋友对他说："给我 100 亩地，我保证代村有钱花。""死心眼"的王传喜还是摇摇头。20 年的时间，这位朴实的沂蒙汉子坚持了下来，他守住了代村在乡村振兴的道路上唯一的筹码。

集约化经营是代村崛起的捷径。一个基层村干部凭借一身勇气，开始了中国乡村农业发展之路的点睛之作。他围绕全国蔬菜之乡做足代村的文章，不经意间创造了"蔬菜博物馆""国家农业公园""现代化农业产业示范园"落地的条件，这成为代村现在和将来发展规划的基础。有了这些硬件条件的代村人开始了乡村旅游的大规划。

发展乡村游是一种远见。2004 年，刚刚开始集约化经营的代村，就开始大力发展乡村旅游。在今天看来，乡村旅游已经铺天盖地、不再新鲜了，可是我们很难想象 20 年前乡村游是个什么概念。那就是一个理念，一个愿景，一个给城市人搭建的开心的舞台……虽然由于景点和规划的限制，代村最早的旅游没有实现较快的发展，但是这在王传喜心中打下了很好的基础。直到国家农业公园项目在代村落地，王传喜和代村人才找到了可以依靠的巨大优势，并借此将传统的农业文明提升为当下市场所需要的乡村文明。

像代村一样的大型农业产业园全国有很多，而像代村那样能够正常运营、盈利，并且在市场化运作中如鱼得水者却极度缺乏。代村由于死死抓住了特色农业这个主题，成为乡村游中的翘楚。2017 年，代村旅游达到了 100 万人次，其中 70% 的客流量是自驾游的散客。代村旅游已经发展成为独当一面、优秀且成熟的旅游品牌。

乡村振兴战略是习近平总书记 2017 年 10 月 18 日在党的十九大报告中提出的。实施乡村振兴战略，要坚持党管农村工作，也是报告中讲到的。可见党中央是高瞻远瞩的，只不过代村已经先一步实行了。代村的农业发展道路是成功的，从流转分散的土地到集约化经营，从现代化农业到乡村旅游，一个 3000 多人的村庄，迅速崛起为现代化的富裕村庄。但是，王传喜没有满足，代村人没有满足，他们知道，单单依靠农业是完全不够的。小到一个家庭，大到一个村庄、一个企业，过于单一的产业模式，过于依赖一个产业的产出，必将在日益激烈的市场竞争中面临巨大的危机。代村要想实现长期的发展与振兴，必须在农业发展之外寻找另一个与之相匹配的产业，必须在未来的道路上实现真正的"两条腿走路"。

于是，代村商城、医院、酒店、商业街的崛起，为其振兴安上了第二个引擎。

名不见经传的代村，就是靠着双擎腾飞起来的。如今，代村集体产业总产值超过 30 亿元，村集体纯收入近 2 亿元，村民人均纯收入高达 7 万元。当年贫困的代村，终于成为产业兴旺、生态宜居、乡风文明、治理有效、生活富裕的模范村。

《人民日报》在关于代村的报道中写道:"漫步代村社区,一排排楼房顶着太阳能,整齐划一,村民文化广场、老年健身广场人群熙熙攘攘。旧村改造后,代村建了58幢联排别墅、170座小康楼,暖气、天然气、网络等一应俱全。"可以说,代村在乡村振兴的攻坚道路上已经取得了令人瞩目的成绩。

党的十九大报告提出,要保证全体人民在共建共享发展中有更多获得感。而代村的发展真正、切实贯彻了这一发展理念,代村将全体村民的"共建"与"共享"发挥到了极致。

当下新农村的20字方针跟以前不同,从"生产发展"到"产业兴旺",从"生活宽裕"到"生活富裕",从"村容整洁"到"生态宜居",从"管理民主"到"治理有效",显然中国特色社会主义已进入新时代,"三农"事业将获得长足发展,从而更符合广大农民群众日益增长的美好生活需求。

代村,鲁南菜乡的一颗明珠,沂蒙乡村振兴的一个样板。

正当代村满怀激情跨出迈进小康的脚步时,岐山脚下的探沂镇已跑步在乡村振兴的大道上。

小康不小康,关键看老乡。幸福生活在探沂镇被展示得淋漓尽致。

在探沂镇,"老有所养,幼有所依"的亮点被迅速扩大。探沂社区,当清晨第一缕阳光映射下来时,八十多岁的徐大爷就搀扶着腿脚不太灵便的老伴走在小区里,岁月布在脸上的皱纹在温暖的阳光下舒展。每天早上,老两口都要走完这段路程,到达社区康养中心,度过他们快乐幸福的时光。到达后的第一件事是在小院里散步,等待着老朋友们的到来。八点半,他们在食堂选取可口的饭菜,吃饱喝足后开始遛弯,或到棋牌室打牌下棋,或三五成群回忆过去的时光。不论思绪扯到哪里,他们总是对现实由衷地称赞。这些高龄老农没有华丽的辞藻,只有内心的感动:

"想不到这辈子还能过上这样的好日子。"

随着社会老龄化的加速,延续了几千年的养儿防老的模式已经无法适应社会需要,小两口无法承担起赡养四位老人的责任。尤其是在农村,青年人大都外出打工,孤独成为老年人普遍的专利。留守老人手脚迟钝,应付三餐成为老年人的常态。这些难题在社区康养中心彻底化解了。

社区康养中心是社区从公共积累中拿出一部分,由镇财政兜底实施的乡村振兴的一部分。这项计划不仅给老人一个幸福的晚年,也彻底解放了年轻人,是一项真正的惠民工程。实施这样的工程,仅有善心是不够的,必须有充裕的财力。

探沂镇在八百里沂蒙山算是老典型,早在上个世纪八十年代,这个镇就以乡镇企业的崛起而名冠沂蒙。后来,在改制面前,探沂没有抓住历史的机遇,曾经辉煌一时的乡镇企业纷纷破产,名镇从此走向衰败。机遇是为有心人准备的礼包。到了2018年,探沂镇敏锐地搭上临沂商贸城产业集群西移的历史机遇,借助环境治理的东风,全镇5000余家小板材作坊大刀阔斧地实施合并升级,迁入工业园区。于是,全国最大的木材基地一夜崛起。在国家政策的扶持下,探沂镇将为沂蒙木材产业配套的几百家胶厂整合升级为化工园区……作为全国四百家特色小镇第十一强,产业集群带来就业,外来就业人口超过10万人。人口的持续流入拉动了刚需,小镇借机发力,实施宜居工程,于是乡村旅游、公园广场、超市地产等配套项目遍地开花。探沂镇沿着产业振兴、人才振兴、文化振兴、生态振兴、组织振兴的轨道,走向全面振兴。

抓住机遇带来的收获往往超越想象的极限。2017年,探沂镇实现税收5.6亿元,财政收入3.5亿元,到2020年税收突破12.8亿元,财政收入7.2亿元。疫情发生后,经济下滑成为常态,而探沂镇却一路高歌。2021年上半年,全镇实现税收12.8亿元,财政收入7.4亿元,远远超出周边的一些县。一个小镇将百万人口的大县甩在身后,绝不是一件容易的事情,可是小镇探沂做到了。弹指一挥间,探沂镇就逆势而袭,在全国特色小镇四百强中,成为全省唯一靠近前十的小镇。

费县,这座依山而建的小城,至今已有 2200 多年的历史,素有"圣人化行之邦,贤人钟毓之地"之称。

抗日战争爆发前,费县的地域宽广,是现在的两倍多,几乎涵盖了蒙山前大部分地域。现在的平邑县城,1946 年以前还是费县的一个镇,它与仲村镇、上冶镇、梁邱镇作为蒙山前四大古镇,构成了费县的基本框架。

从闹土匪到日寇入侵,再到解放战争,这片土地上几乎天天炮火、夜夜枪声。费县城跟临沂城一样,在攻守交战中数度易手,直到 1947 年华东野战军战略展开,叶(飞)陶(勇)兵团血战 6 天解放费县城。令人痛惜的是,孟良崮战役中兵团评选出的战斗英模,一半倒在费县城下。

费县城是一座英雄的城、血染的城、红色的城,也是一座被历次战火轮番焚烧的城。

1949 年,整座县城也只有一条石板铺成的街道,一首歌谣反映了当时县城的真实模样:"四面土石墙,一城草瓦房;石板铺马路,县衙坐中央;酒坊开门一城香,货郎皮鼓满街响。"这一年,全县总产值 0.42 亿元,第一产业 0.35 亿元,第二产业 0.01 亿元,第三产业 0.06 亿元。就这点产值,几乎全来源于农业,全县工业总产值只有 0.01 亿元。全县农民及县城人均可支配收入只有 15 元。

20 世纪 70 年代末期,整座县城最高的建筑,是中心大街那座四层高的红旗宾馆。所幸,无论县城怎么发展,费县人还是留下了这座建筑,也许只有这座小楼,能够帮助人们从高楼大厦间找回往日的记忆。那个时候县城还是狭小的,正如歌谣所描述的那样:"一条马路一盏灯,一个喇叭全城听,一个饭店买大饼,一个商店货架空。"

建党百年之际,这座被战火焚烧的县城怎么样了?

要看费县城,必须站在城北的制高点——钟罗山上。

此时的小城已经脱胎换骨,70 年前的模样被历史尘封成遥远的记忆。

目前的县城颇有都市风采,沿着两河(浚河、温凉河)四岸展开的高层建筑,被宽阔的马路拉向四面八方,城市在马路和高楼的联合中长大了。70年前一枪就能击穿的小城,如今一眼望不到边际,城区面积达到34.6万平方公里,中心城区人口达到24.4万人。

"背依青山览胜景,面对碧水听涛声",似乎是专门写给山城费县的。费县城有着得天独厚的环境条件,城北是蜿蜒起伏的山岭,犹如一道天然的城墙护卫着小城;钟罗山处在这列山岭的中间,犹如一口大铁钟倒立在城后,构成了小城的制高点。奔腾不息的浚河水绕着山梁形成一道弯,成为山的天然屏障。如今,由南而北的温凉河和由西而东的浚河构成了城市依水而居的格局。城因水而美,水因城而妖,两者成为绝佳的搭配。两条大河被层层大坝拦蓄,河水倒映着形态迥异的楼厦。阳光下,岸边有座城,水中有座城,两座城遥相呼应,一虚一实,虚实结合造就了小城特有的风景。

山、水、楼,是费县城特有的三元素。

费县境内有1400座山崮,106条河流。在生产力低下的时代,山崮成为累赘,河流成为城市发展的桎梏。但当中国飞速发展,成为世界第二大经济体时,人们改变了思维,山崮成为发展林果经济和旅游观光的最佳选项,河流成为一座城市难得的风景,一座座造型迥异的大桥成为城市美丽的景观。尤其是夜晚,华灯初上,楼厦的灯火和桥梁上的彩带,将大河打扮得分外妖娆,给城市带来几分魔幻色彩。

虽说美丽的费县城是中国特色社会主义持续发展的结晶,但其旧城改造,新城崛起,不过是近几年的事情,它跟全县的经济发展是同步的。近年来,费县因地制宜,制定了"践行五大发展理念,打造五个先行示范区"的策略,奋力走出符合时代要求的县域振兴之路,发展才算进入了快车道。到2020年,全县生产总值408亿元,在临沂市排第3位,是1949年的971倍。税收完成40.6亿元,居全市第2位。城镇居民人均可支配收入39915元,是1949年的2661倍;农村人均可支配收入

15618元，是1949年的1041倍。2021年上半年，疫情下的费县经济依旧强势突进，财政收入超过20亿元。

工业：费县规模以上工业企业达到479家，高新技术企业达到38家，被列为全国知识产权试点县。

农业：到2020年，优质农产品基地增加到34万亩，成功创建省级现代农业产业园，获评全省农产品质量安全县。

农村：成功创建全市首个山东省康养旅游示范基地，被评为全省休闲农业与乡村旅游示范县。

农民：因生态宜居、生活富裕，农民寿命大增，给费县挣来了"全国长寿之乡"的荣耀。

县城：在资金的支撑下，县城升级改造全面铺开。几年时间，费县城就脱胎换骨了，高楼大厦林立，街道宽阔，城和水一体联动的宜居城市横空出世，成功创建国家卫生县城、山东省森林城市，省级文明县也顺利通过复审。

与时俱进的费县人，并没有满足现在的成就，全县正在撸起袖子加油干，力争明年综合实力跨进全国县域经济200强。

无论是顺着沂河漂流南下，还是沿着滔滔祊河顺水东行，都会到达一片烟波浩渺处——三河口。沂河和祊河在此呈V字环抱，潺潺的柳清河从这个巨大的V字中间蜿蜒而来。无论从哪个角度看这座沿三河六岸崛起的新城，都能感受到北方城市的宏大和南方城市的细致。水环城而荡漾，城绕水而挺拔，构成了一座魔幻的水城。也许对沂蒙老区印象的固化限制了想象，但临沂新城的确超乎想象。

稍加梳理就会发现，沂蒙名扬全国的名片有两张：沂蒙精神和临沂商贸城。这两张名片的形成，演绎的是沂蒙波澜壮阔的百年史。

临沂城的崛起是从东关开始的。

临沂城向来是兵家必争之地，东关又是重兵把守之处。北伐期间，蒋介石围着临沂城攻打了两个月。1938年，日军用飞机、大炮对临沂城狂轰滥炸了四十八天。1945年9月11日，八路军总结两次攻城的教训，采取坑道作业炸开城墙，沦陷近八年的临沂城回到人民怀抱时，已经颓垣败壁、枯井颓巢了。建一座大、富、美的临沂城成了沂蒙人的梦想。经过沂蒙人一点一滴的积累和一楼一街的打造，到上个世纪九十年代，在祊河南岸、沂河西岸布局的临沂城已颇具规模了。由于商城在老城区迅速崛起，老城区的功能锐减，临沂城亟须扩容，1999年山东省人民政府批准了《临沂城市总体规划》。于是，在祊河北岸，一座集市政、文化、体育、高教科研、滨水休闲、中高档住宅为一体的新城横空出世了。这就是被人们称为"梦幻般变化"的临沂新城。

白天的富丽堂皇和夜晚的魔幻给临沂城赋予了太多的遐想。

一个地方崛起的突出特征是外来人口的急剧增加和房产价格的快速攀升。经济的快进带动就业，人口的增加拉动刚需，这两点在临沂城尤为明显。在临沂城购房落户者，仅浙商就高达10万人之多。

随着老城区的改造升级和商贸物流城的提升扩量（2020年商城物流总值高达6847亿元），临沂人抓住商机，以商升级，开始了"十四五"宏图，2021年临沂市人民政府印发《临沂商城转型发展规划（2021—2025）》。在西扩、东进、北上、南展的大布局中，临沂商城再次展开量的骤变和质的提升。就像十几年前人民期待大、富、美的新临沂一样，"十四五"规划落地后，一座强、富、精大商城必将崛起。因为，临沂市有全省地级市经济总量排行第三的实力，有沂蒙精神提供源源不断的能量，况且在鲁南经济带中，临沂的龙头地位早已确立。由大到强、由美到富、由新到精的临沂，必将与鲁南共振，与齐鲁同兴。

如果说临沂古城的涅槃是八百里沂蒙山百年巨变的缩影，那么沂蒙老区圆梦小康就是中国百年历史的写照。这是沂蒙人的期盼，也是一个大党的愿景。到新中国成立百年时，一个更强更美的沂蒙必将呈现在世人面前。对此，沂蒙人民深信不疑。